全國高等院校古籍整理研究工作委員會規劃重點項目
二〇一一——二〇二〇年國家古籍整理出版規劃項目
國家古籍整理出版專項經費資助項目

俞樾全集

汪少華　王華寶——主編

弟一樓叢書

（清）俞樾——著

王華寶　喬秋穎　傅傑
王博　張曉青　金鈺——整理

鳳凰出版社

圖書在版編目（CIP）數據

弟一樓叢書 / (清) 俞樾著 ; 王華寶等整理. -- 南京 : 鳳凰出版社, 2021.12（2022.9重印）
（俞樾全集 / 汪少華, 王華寶主編）
ISBN 978-7-5506-3530-2

Ⅰ. ①弟… Ⅱ. ①俞… ②王… Ⅲ. ①中國文學一古典文學研究 Ⅳ. ①I206.2

中國版本圖書館CIP數據核字(2021)第255315號

書　　名	弟一樓叢書
著　　者	(清)俞　樾 著
	王華寶　喬秋穎　傅　傑　王　博　張曉青　金　鈺　整理
責任編輯	張永堃
特約編輯	孫思賢
裝幀設計	姜　嵩
出版發行	鳳凰出版社(原江蘇古籍出版社)
	發行部電話025-83223462
出版社地址	江蘇省南京市中央路165號,郵編:210009
照　　排	南京凱建文化發展有限公司
印　　刷	蘇州市越洋印刷有限公司
	江蘇省蘇州市吴中區南官渡路20號,郵編:215104
開　　本	880毫米×1230毫米　1/32
印　　張	24.125
字　　數	422千字
版　　次	2021年12月第1版
印　　次	2022年9月第2次印刷
標準書號	ISBN 978-7-5506-3530-2
定　　價	180.00圓

(本書凡印裝錯誤可向承印廠調换,電話:0512-68180628)

《俞樾全集》編委會

主編

汪少華　王華寶

編委（按音序排列）

白朝暉　傅　傑　顧莉丹　胡文波　黄曙輝

劉珈珈　羅雄飛　倪永明　喬秋穎　喬玉鈺

孫　煒　滕振國　田松青　王其和　王倩倩

魏慶彬　謝超凡　顔春峰　張曉青　張燕嬰

目録

玩易篇

論語小言

春秋名字解詁補義

古書疑義舉例

古書疑義舉例二　第一樓叢書之五

古書疑義舉例七　弟一樓叢書之五

兒笘録

讀書餘録

詁經精舍自課文

湖樓筆談

前言

《弟一樓叢書》是清代著名學者俞樾（一八二一—一九〇七）多部雜纂圖書中的一種，共三十卷，收書九種。該叢書内容不僅涉及《易經》、《論語》、《春秋》、《説文》學，還有自課文和兩部包含龐雜内容的讀書筆記《讀書餘録》與《湖樓筆談》，以及訓詁學著作《古書疑義舉例》。《弟一樓叢書》雖然作爲叢書不太受重視，總體上研究該叢書的論著罕見，但是成書在《群經平議》、《諸子平議》之後，爲俞氏學術研究前期的精心之作，特别是包含了俞氏的代表作之一《古書疑義舉例》，其學術特色、學術成就等不應被忽視。

一、關於書名與成書情況

該叢書的書名來源、出書原由、總體規模、成書經過、資助情況等，較爲清晰。俞樾在《弟一樓叢書序目》中説明：「著述之事，其殆將輟筆乎？然篋中叢殘舊稿尚頗不乏，若遂焚如棄如，亦不免曹公雞肋之歎，於是竭炳燭之明，稍稍編緝薈萃成書，凡三十卷，釐爲九種，而命之曰『弟一樓叢書』。弟一樓者，余年來主講杭州詁經精舍所寓樓名也。其地在孤山之麓，背山臨流，西湖之勝畢効於前，春秋佳日倘佯其上。此九種之書雖不皆成於斯樓，大率皆於斯樓寫定者也。夫人生皆寓也，豈獨兹樓之爲吾寓哉？姑借勝地以名吾書。」由此可知，是俞樾將寫定於弟一樓的文稿，以樓命名而刊刻成書。據序文可知，此時俞氏「行年五十有一」，因「早衰多病」，此前又大病三月有餘，而有即時成書以傳後世之焦慮，因據舊稿多加整理，匯編成書，時在同治十年（一八七一），由友人資助刊行。其後長銷不斷，《古書疑義舉例》有多種整理本或校注本傳世，《湖樓筆談》、《讀書餘録》也與《九九銷夏録》（中華書局一九九五年版，崔高維點校）一併整理問世，近時《春在堂全書》、《續修四庫全書》全部收入了《弟一樓叢書》九種，更加方便讀者查核。

二、主要内容及其學術文化價值

所收書九種，多數有序言，且《春在堂全書録要》已有精當概括，可以參閲。

其一《易貫》五卷，其二《玩易篇》一卷。俞氏《易貫序》説：「孔子稱：『聖人設卦觀象，繫辭焉而明吉凶。』夫卦象，不過陰陽奇偶而已，聖人於何觀之而各繫以辭哉？曰：機之所觸，象即呈焉。今日觀之如是，明日觀之或未必如是矣。聖人之辭亦姑就所見者而繫之耳。然而『輿説輹』『臀无膚』之類，又一見再見，何也？曰：此聖人示人以端倪之可見者也。引而申之，觸類而長之，則『輿説輻』『臀无膚』又豈止此兩卦哉？其不必皆同者，機之所觸無一定也。其不妨偶同者，使人得由此而測之也。若并無此一二卦之偶同，則聖人之情不見於辭矣。樾憂患餘生，粗知學《易》，隨其所得，筆之於書，一以貫之，請竢異日。」《易貫》本「設卦觀象」之義，「引而申之，觸類而長之」，分條列舉《易》辭之同者分疏之。《玩易篇》分爲始《畫八卦篇》、《八卦成列篇》、《重卦篇》、《剛柔相易篇》和《變卦篇》五篇，取卦位卦變分爲十六圖，以明動則觀變之義。《清史稿》卷四八二有《俞樾傳》，稱：「樾於諸經皆有纂述，而《易》學爲深，所著《易貫》，專發明聖人觀象繫辭之義。《玩易》五篇，則自出新意，不拘泥先儒之説。復作《艮宧易説》、《卦氣值日考》、《續考》、《邵易補原》、《易窮通變化論》、《互體方位説》，皆足證一家之學。」對俞氏的《易》學成就多所肯定。就《易》學而言，俞氏不僅僅以文字訓詁治《易》，還發展了象數之學。林忠軍《論晚清俞樾對於漢易的整合與闡發》認爲：俞樾沿襲乾嘉《易》學之學風，從象數和訓詁兩個層面對漢《易》做了深入的探索。就象數而言，整合了荀爽、虞翻升降説和旁通説，提出了窮通變化説；通過解構漢《易》卦變説，提出了「非反對則旁通」的剛柔相易説與「八純卦和八爻卦」的變卦説；發現漢代卦氣説存在的問題，並予以辨析和修正；秉承了漢《易》的思路，以象解《易》，貫通經文。就訓詁而言，他以「正句讀、審字義、通古文假借」爲解經要旨，將文字訓詁運用於解《易》之中，提出不同於前人的解釋。俞氏《易》學迎合了晚清經學漢宋兼采的特點，折中漢宋象數之學，重建以訓詁兼象數的漢代《易》學。俞樾成爲乾嘉以後漢《易》研究最有成就的《易》學家，對於後世漢《易》傳承和研究産生很大的影響。（《武漢大學學報：人文科學版》二〇一四年第四期）此二書推求《易》理，觸類引申，標志著俞樾由《群經平議》卷一、卷二兩卷主要從訓詁角度商討《周易》，走向了漢宋兼采、以訓詁兼象數整合漢《易》並重新闡發的、具有强烈個性化色彩的《易》學之路，完成了對乾嘉漢《易》的繼承與發展。

其三《論語小言》一卷，「雜論名理，似子家，而每條之末引《論語》一句以證之」（李慈銘《越縵堂讀書記》語）。此書非專門闡釋《論語》之大義，而假借經文，發揮己意，「雜引古語古事，證以詩詞」，用以證成《論語》之義，此又似另類之訓詁。關於《論語》，俞氏尚有《何劭公論語義》一卷，《論語鄭義》一卷，《續論語駢枝》一卷，《論語古注擇從》一卷，《論語平議》二卷，學人或當合併以探討俞氏的《論語》學及儒學觀念。

其四《春秋名字解詁補義》一卷。古人有名與字，「名以正體，字以表德」，義多相應，有的字義不明之字正可利用古人的名字加以考察，東漢許慎已明此理，其《説文解字》每每引古人名字以詮發字義。清代王引之本許氏之旨意，著《春秋名字解詁》兩卷，收入《經義述聞》，鉤沉索隱，觸類引申，並闡發文字假借，就音以求義，創見頗豐。俞樾意猶未盡，校補其書，作本書一卷，洵爲高郵王氏功臣。又有胡元玉、錢馥等人之作。黄侃先生亦有《春秋名字解詁補誼》一文，刊於《國粹學報》。周法高《周秦名字解詁匯釋》則全録王書，匯以各家之説，並附個人考釋，收集成之效。

其五《古書疑義舉例》七卷。《清史稿・俞樾傳》載：俞氏「生平專意著述，先後著書，卷帙繁富，而《群經平議》、《諸子平議》、《古書疑義舉例》三書，尤能確守家法，有功經籍。……又取「九經」、諸子舉例八十有八，每一條各舉數事以見例，使讀者習知其例，有所據依，爲讀古書之一助」。對《古書疑義舉例》評價極高。古今學者對此書推崇備至，李慈銘《越縵堂讀書記》評論「析疑正誤，貫穿洞達，往往足發千載之蒙，此於經籍，深爲有功，不可不讀」。後有劉師培《古書疑義舉例補》、楊樹達《古書疑義舉例續補》、馬叙倫《古書疑義舉例校録》、姚維鋭《古書疑義舉例增補》多種補續之作，或補俞氏之未盡，或正俞氏之失誤，一九五六年中華書局匯爲

《古書疑義舉例五種》，校點排印，便利讀者。今人評論該書在中國訓詁學史上佔有極爲重要地位，它既總結了傳統訓詁學，又開啓了近現代訓詁學之先聲。許威漢、金甲著《俞樾〈古書疑義舉例〉評注》（商務印書館二〇一二年版）高度肯定俞氏的學術建樹，揭示特色有四：一、治學謹嚴，務實切要，精益求精，不曲從；二、充分佔有資料，畫龍點睛；三、方法論納入科學軌道；四、不爲成習膠固。此書分析歸納古書疑義數百例，分爲八十八類例，前四卷重在訓詁，後三卷重在校勘，而訓詁與校勘又相輔相成，誠「發蒙百代，梯梁來學」（馬敘倫語）。

其六《兒笘録》四卷，八十條，對東漢許慎《説文解字》中的近百個漢字，從字義訓釋、字形分析與部首歸併等方面提出不同的觀點，「想要解決一些《説文》中的疑難問題」（王力《中國語言學史》語），也體現出俞樾的文字觀和文字學方面的成就，如他認爲「字義與字體，皆考證文字所宜先」。俞氏總體上肯定和維護許慎《説文解字》，儘管對漢字起源、漢字構形理論、文字系統性等缺乏整體性認知，主觀性較强，時有誤用「聲近義通」條例之處，但是俞氏學術根柢較强，也有一些新的視角與方法，對許慎的一些不周全之處有所補充和糾正，對清代「《説文》學」有所裨益。如對「雁」「鴈」的考釋，與段玉裁等學者觀點不一，而王力先生等贊同俞説。俞氏具體考證之説，似得失參半，學術界利用其成果時，需要重新論證甄别。

其七《讀書餘録》二卷，其九《湖樓筆談》七卷。中華書局一九九五年出版的《學術筆記叢刊》之《九九銷夏録》，後有《湖樓筆談》、《讀書餘録》、《達齋叢説》三種，以其皆爲讀書劄記也。崔高維先生所撰「點校説明」稱：「這四種學術筆記，著眼點也都在正音讀、通訓詁、考制度、明古義上。俞氏的見解雖不免有穿鑿之處，有的議論也難免失當，但他學識淵博、治學嚴謹，又精於小學，考證多有根據，有些還是發前人所未發，可資借鑒之處是不少的。《九九銷夏録》和《達齋叢説》著重在對《易經》、《詩經》、《四書》的考校疏義上，也兼涉一些雜事，如琴棋書畫、文房四寶、漢瓦京磚、文人軼事等。《湖樓筆談》則側重于史書、詩文、小學的考辨。至於《讀書餘録》，則專門考證疏解《内經》、《鬼谷子》、《新語》、《説苑》和漢碑。這些考證疏解文字，不但有助於我們讀懂這些難讀的古籍，對於我們搞好古籍整理工作也大有裨益。」《讀書餘録》正可補《諸子平議》之不足。《湖樓筆談》談古論今，經、史、子、集、小學、釋教等無所不包，不少文字簡潔優美，頗富哲思，如《湖樓筆談》卷六：「蓋詩人用意之妙，在乎深入而顯出。入之不深，則有淺易之病；出之不顯，則有艱澀之患。」李慈銘對俞氏批評之語不少，而對《湖樓筆談》評價超過人們一直重視的《春在堂隨筆》，認爲「其書甚可觀，遠出《隨筆》之上」，「《談史漢》二卷，考證多密；《談小學》一卷，尤爲精緻；《談詩文》一卷，亦多解頤之言」。

其八《詁經精舍自課文》二卷，皆俞氏主講杭州詁經精舍時所作自課之文，篇中解經，多有創見。《自課文》、《湖樓筆談》中，有一些篇幅可顯示俞樾經學思想傾向於公羊學，如《自課文》卷二「《春秋》所書，皆孔子所立素王之法」，《湖樓筆談》卷一，談素王之法不得不有所托，而「托王於魯」，稱孔廣森篤信《公羊》而不信「托王於魯」是「買櫝還珠」，都值得研究者關注。

三、本書整理情況

本叢書收書九種，由多人分別整理，具體分工如下：《易貫》，喬秋穎整理，王華寶復校；《玩易篇》，喬秋穎整理；《論語小言》，金鈺整理，王華寶審訂；《春秋名字解詁補義》，喬秋穎整理；《古書疑義舉例》，傅傑、王博整理；《兒笘録》，喬秋穎整理；《讀書餘録》，王華寶整理；《詁經精舍自課文》，張曉青整理；《湖樓筆談》，王華寶整理。王華寶通讀全稿，並撰寫《前言》。

本次整理，以鳳凰出版社影印光緒重刊本《春在堂全書》爲底本，參考了蔡啓盛《春在堂全書校勘記》和已出相關各種整理本，查核了相關古籍的引文，努力吸收當前的學術研究成果，對明顯的俞氏誤記、古籍誤刻或明顯版本異文等出校説明，有的做了改動；至於一些明顯的手民之誤、版刻之異，則徑行改正；對一些異體字，除十分必要者外，一般不改。

感謝傅傑教授、喬秋穎教授和張曉青博士等的信任，我們有機緣共同完成本書的整理工作！因涉及較多古字、俗字及卦圖等，書稿編輯與排印工作非常艱難，感謝相關人員的理解、支持和幫助！

限於水準，整理中難免疏漏，敬請讀者批評指正，以便修訂完善。

王華寶

二〇二一年十月

弟一樓叢書序目

余早衰多病，庚午之春，航海至閩中省視太淑人起居。太淑人年八十五，精神矍鑠。撫余而歎曰：「兒何省瘦如此，總坐著書，耗費心力耳，此後慎勿爾也。」余唯唯，謹受命。其夏於蘇寓大病，淹纏三月餘乃愈。太淑人命家兄壬甫寓書，申前誡。嗟乎！著述之事，其殆將輟筆乎？然篋中叢殘舊稿尚頗不乏，若遂焚如棄如，亦不免曹公雞肋之歎，於是竭炳燭之明，稍稍編緝薈萃成書，凡三十卷，釐爲九種，而命之曰「弟一樓叢書」。弟一樓者，余年來主講杭州詁經精舍所寓樓名也。其地在孤山之麓，背山臨流，西湖之勝畢効於前，春秋佳日倘佯其上。此九種之書雖不皆成於斯樓，大率皆於斯樓寫定者也。夫人生皆寓也，豈獨茲樓之爲吾寓哉？姑借勝地以名吾書。列目如左：

弟一樓叢書之一

易貫五卷

第一樓叢書之九

湖樓筆談七卷

是書也成，余行年五十有一矣。臣精消亡，學問荒落，不過就舊稿鈔撮成書，稍稍彌補其罅漏而已。《禮》云「五十始衰」，又云「六十不親學」。乃歎前此未衰之年，因循失學爲可惜也。而二三同志之友知有此書，憫其成書之難，懼其久而仍歸於散失，乃醵錢而刻之。夫戒勿著書者，慈母拳拳之意也。而幸其書之或傳者，又友朋見愛之深也。中心藏之，何日忘之，謹列其名字於簡端：曰李君朝斌，字質堂；曰吳君大廷，字彤雲；曰顧君文彬，字子山；曰沈君秉成，字仲復；曰馮君渭，字少渠；曰鍾君丙耀，字桂溪。時同治十年秋七月，俞樾記。

易貫

易貫序

孔子稱：「聖人設卦觀象，繫辭焉而明吉凶。」夫卦象，不過陰陽奇偶而已，聖人於何觀之而各繫以辭哉？曰：機之所觸，象即呈焉。今日觀之如是，明日觀之或未必如是矣。聖人之辭亦姑就所見者而繫之耳。然而「輿説輹」「臀无膚」之類，又一見再見，何也？曰：此聖人示人以端倪之可見者也。引而申之，觸類而長之，則「輿説輻」「臀无膚」又豈止此兩卦哉？其不必皆同者，機之所觸無一定也。其不妨偶同者，使人得由此而測之也。若并無此一二卦之偶同，則聖人之情不見於辭矣。樾憂患餘生，粗知學《易》，隨其所得，筆之於書，一以貫之，請俟異日。俞樾記。

易貫一　弟一樓叢書之一

大川

《坎》爲水，《兑》爲澤，澤亦水也。經言「涉大川」，不言「涉大水」，則不必專以《坎》言。《大過》上卦爲《兑》，而上六有「過涉」之文，是《坎》水可涉，《兑》澤亦可涉也。《需》、《訟》兩卦皆有《坎》，故皆言大川，其象固甚明矣。乃一「利涉」，一「不利涉」者，《需》三陽在《坎》下，是未出乎險也。未出乎險，則宜往而出險，故《傳》曰「利涉大川，往有功也」。《訟》之三陽在《坎》上，則已出乎險矣。已出乎險，不宜又入險，故《傳》曰「不利涉大川，入於淵也」。《涣》之爲卦，下體有《坎》，與《訟》同，然《巽》木浮於《坎》水之上，則「利涉大川」矣。《中孚》無《坎》象，然《巽》木浮於《兑》澤之上，則亦「利涉大川」矣。《益》卦無《坎》象，并無《兑》象，而亦曰「利涉大川」者，上《巽》爲木，下《震》爲足，足主於行，而木非水不行，故《傳》曰「利涉大川，木道乃行」。《傳》文一「乃」字正見非水不行也。《同人》亦無《坎》無《兑》，而曰「利涉大川」，則《傳》文明言其義矣，《傳》曰「利涉大川，乾行也」。《坤》五之《乾》二，而《乾》爲《同人》，則《乾》二之《坤》五，而《坤》爲《比》，《比》上之《坎》以《乾》行之《坤》而成，故曰「利涉大川，乾行也」。《蠱》、《大畜》均無《坎》無《兑》，而曰「利涉大川」，則以中四爻言。兩卦中四爻皆上互《震》下互《兑》，《震》動於《兑》澤之上，故「利涉大川」也。《泰》與《升》中四爻亦上互《震》下互《兑》，此兩卦雖無「利涉大川」之文，然《泰》之九二曰「用馮河」，「馮河」即涉大川也；《升·象辭》曰「南征吉」，南方多水，「南征吉」即利涉大川也。其辭不同，其旨一也。推之《謙》初六曰「用涉大川」，則以中四爻上互《震》下互《坎》，故《謙》之「用涉大川」，即《泰》之「用馮河」也。《未濟》六三「利涉大川」，則以下體爲《坎》，而自三至五又互成《坎》，故其象明白，更不待言矣。惟《頤》六五「不可涉大川」、上九「利涉大川」，其義不易明。細思之，兩爻之詞相反，當以兩爻交易取義，虞仲翔所謂「五上易位」者是也，易位則成《坎》矣。然在六五爲失中，失中即失正，故曰「居貞吉，不可涉大川」；而在上九則又以交易爲利，故曰「由頤，厲吉，利涉大川」。《頤》上九之「由頤」，即《豫》九四之「由豫」也。《廣雅》曰：「由，行也。」《豫》之九四行而至五則爲「由豫」，《傳》曰「由豫，大有得，志大行也」；而六五則曰「貞疾，恒不死」，《傳》曰「六五貞疾，乘剛也；恒不死，中未亡也」。明六五與九四交易則亡其中矣，故必「貞疾」而後「恒不死」。《豫》六五之「貞疾」，即《頤》六五之「利居貞」；《豫》九四之「由豫」，即《頤》上九之「由頤」，皆從兩爻交易取義。是故「不可涉大川」即「中未亡也」，「利涉大川」即「志大行也」。《傳》曰「由頤，厲吉，大有慶也」，《頤》上九之「大有慶」，即《豫》九四之「大有得」，兩卦之義可以比例而求之矣。

寇

《説卦傳》曰：「坎爲盜。」《繫辭傳》引《解》六三「致寇至」之文，而釋其義曰：「負且乘，致寇至，盜之招也。」然則寇、盜義同，坎爲盜，即爲寇。凡經言寇者，皆指《坎》而言也。《需》九三曰「需於泥，致寇至」，寇謂外卦《坎》，故《傳》曰「災在外也」。《解》卦下體爲《坎》，而自三至五互體又爲《坎》，六三一爻在下體之《坎》爲上，而在互體之《坎》爲下，是負《坎》而又乘《坎》，寇莫深於此矣，故曰「負且乘，致寇至」也。《需》、《解》竝有「致寇至」之文，而《繫辭傳》獨釋《解》六三之義，是《解》之寇有甚於《需》之寇也。然《解》之爲卦，《震》上《坎》下；《屯》之爲卦，《坎》上《震》下。《解》有寇，則《屯》亦有寇，乃《屯》六二曰「匪寇昏媾」，何也？曰：《易》言「匪寇昏媾」者三：《屯》六二也，《賁》六四也，《睽》上九也。「昏媾」之義，見於《震》上六曰「昏媾有言」。

《震》反對之卦爲《艮》,《艮》旁通之卦爲《兑》,《兑》爲口舌,故「有言」;自《震》而《艮》,自《艮》而《兑》,故爲「昏媾」。《屯》卦釋文引馬注以媾爲重昏,是也。凡言「昏媾」者,非反對之卦,即旁通之卦。《屯》上體有《坎》,是有寇也。然自三至五互成《艮》,則與下體《震》爲反對之卦,匪寇而昏媾矣。《賁》自二至四、《睽》自三至五,互體皆爲《坎》,是有寇也。然《賁》内卦爲《離》,《睽》外卦爲《離》,則互體之《坎》,正其旁通之卦,匪寇而昏媾矣。至《蒙》上九又有「利禦寇」之文,《蒙》之爲卦,《艮》上而《坎》下,《説卦傳》曰「艮爲狗」,《九家易》曰「艮止,主守禦也」。《蒙》以《艮》狗禦《坎》盜,故不利爲寇而利禦寇。《漸》九三亦有「利禦寇」之文,《漸》自二至四互《坎》,故有寇象,而下體爲《艮》,則足以禦之矣,九三居《艮》體之上,與《蒙》上九同,故亦曰「利禦寇」也。《繫辭傳》曰:「重門擊柝,以待暴客,蓋取諸《豫》。」此以中四爻言,上互《坎》而下互《艮》,《坎》盜而《艮》止之也,《豫》之「待暴客」,即《漸》之「禦寇」矣。

戎

《需》九三《傳》曰「自我致寇」,《釋文》曰「寇,鄭、王肅本作戎」。《解》六三《傳》曰「自我致戎」,《釋文》曰「本又作致寇」。是寇、戎通稱。寇以《坎》言,則戎亦以《坎》言。虞翻謂《離》爲戎，非經旨矣。《同人》九三「伏戎於莽」，若《離》爲戎，則《同人》下體爲《離》，明有戎象，何言伏乎？蓋《同人》之「伏戎」，正京房「《坎》、《離》互伏」之義，故《傳》曰「伏戎於莽，敵剛也」。「敵」者，言相匹敵也，《離》與《坎》正相匹敵之卦。《傳》以「伏戎」爲「敵剛」，則戎謂《坎》明矣。《坎》陽卦，故剛也。何以於九三言之？曰：《離》之九三，爲日昃之《離》。蓋三居下體之上，亦有物窮則變之道。《坤》六三曰「或從王事」，虞氏謂《乾》爲王，然則於《離》三言「伏戎」，猶於《坤》三言「從王」。王謂《乾》，非謂《坤》，則戎謂《坎》，非謂《離》也。《傳》以「敵剛」釋之，此「敵」字即本《中孚》六三「得敵」之「敵」。《同人》與《師》旁通，其下體一《離》一《坎》相敵也；《中孚》與《小過》旁通，其下體一《兑》一《艮》相敵也。故《同人》九三爲「敵剛」，而《師》六三有「師或輿尸」之凶；《中孚》六三爲「得敵」，而《小過》九三有「從或戕之」之凶。「或」者它有所指之辭，則「敵」者亦它有所指之辭，而「伏戎」之義明矣。《夬·象辭》曰「不利即戎」，蓋《夬》與《需》所異者，止九四一爻，若九四變，則上體成《坎》，即爲《需》九三「致寇至」之「寇」。今九四未變，而「臀无膚」，則不成乎《坎》，即不成乎寇。故曰「不利即戎」，猶曰不利有《坎》也。然則九二爻辭何以又曰「莫夜有戎」乎？曰：剛柔者，晝夜之象也。若九四變，則剛變爲柔，亦晝變爲夜，而上體之《坎》成矣，故曰「莫夜有戎」也。乃有戎而曰「勿恤」者，異乎《需》九三之「致寇至」也，

《需》九三失中，而《夬》九二得中故也，故《傳》曰「有戎勿恤，得中道也」。至九三則與《需》九三同矣，故有「獨行遇雨」之象。「雨」謂《坎》也，《夬》九三「遇雨」，即《需》九三「致寇」也。其曰「獨行」者，《易》以三、四兩爻爲人，九四變而爲陰，則九三一陽獨矣。故曰「獨行遇雨」，明不獨行不遇雨也。然九四「臀无膚」，則終不變也，故《傳》曰「終无咎也」。夫《夬》卦本無《坎》象，乃以上體爲《兑》之故。自文王觀之，九四不變非《坎》也，故曰「不利即戎」；自周公觀之，九四變即《坎》矣，故曰「莫夜有戎」，又曰「獨行遇雨」。非周公觀象與文王異也。引而申之，觸類而長之，所謂善繼人之志也。或疑卦無《坎》象，而乃從《坎》取義，不幾於課虛無而責有乎？及愚以全經求之，如「臀无膚」「輿説輹」「密雲不雨」「舊井无禽」，其取義往往如此。乃歎虞氏解《兑》爲澤，有《坎》水半見之説，向頗疑其不然，今始知其自有師承也。請更以《萃》明之，《萃傳》曰「君子以除戎器」，《萃》上體爲《兑》，九四變則成《坎》矣。《繫辭傳》曰「形而下者謂之器」，然則「除戎器」者，變去《坎》下爻也。聖人之辭，固字字有精意矣。

雨

《坎》之爲雨，夫人而知之，乃經言「雨」者，其卦不必皆有《坎》象。惟《睽》上九「遇雨」，則互體有《坎》。然所謂雨者，乃謂旁通之《蹇》上體有《坎》，非謂本卦互體有《坎》也，故曰「往遇雨則吉」。「往」者，自此而之彼，若本卦則無所謂往矣。至《小畜·彖辭》與《小過》六五竝曰「密雲不雨」，《小畜》上九曰「既雨既處」，《夬》九三曰「獨行遇雨」，《鼎》九三曰「方雨虧，悔終吉」，此數卦者，其内外象及互象皆無《坎》也。始求其故而不得，後因《夬》九二「莫夜有戎」之文而悟九三「獨行遇雨」之義，於是凡言雨者一以貫之矣。請先以《小畜·彖辭》明之。荀慈明謂「上《坎》爲雲，下《坎》爲雨」，非也。《屯傳》曰「雲雷屯」，又曰「雷雨之動滿盈」，雲謂上《坎》，雨亦謂上《坎》，豈有上下之别乎？雖然，分而言之，則雲、雨一也；合而言之，則雲者未成乎雨者也。《小畜》雖無《坎》象，然上爻變則上體成《坎》矣，二爻變則自二至四互體又成《坎》矣。有二《坎》而皆未成乎《坎》，故曰「密雲不雨」也。《小過》亦然，三爻變，則自三至四互成《坎》矣，四爻變，則自二至四互成《坎》矣，故六五爻辭即用《小畜·彖辭》之文，而曰「密雲不雨」也。然則《豐》、《旅》二卦，其中四爻與《小過》同，豈亦可曰「密雲不雨」乎？曰：其文不必同，其旨則亦寓焉。故《豐·彖辭》曰「勿憂」，《坎》爲加憂，「勿憂」即「不雨」也，亦即《夬·彖辭》之「不利即戎」也。《旅》九四曰「旅於處」，此「處」字即《小畜》上九「既雨既處」之「處」。虞翻謂《巽》爲處，《小畜》上體《巽》也。上九變則雨矣，不變則處矣，故曰「既雨既處」。乃周公於《旅》之九四而忽有觸於《小畜》之上九也，何也？《旅》九四變，則自二至四互《坎》矣；不變，則互《巽》矣。是亦「既雨既處」者也，故曰「旅於處」。經文「處」字惟此兩見，則固借以鈎貫以見其義相通也。若夫《鼎》之爲卦，亦有「密雲不雨」之象，何也？九三變，則自初至三互成《坎》，自三至五亦互成《坎》。有二《坎》而皆未成乎《坎》，豈非「密雲不雨」乎？故於九三曰「方雨虧，悔終吉」，此當以「方雨虧」爲句，「悔終吉」言有悔而終吉也。「方」之言竝也，《爾雅・釋水》曰「大夫方舟」，注曰「併兩船」。夫兩船相竝謂之「方舟」，然則兩《坎》相竝謂之「方雨」矣。雨言方，猶雲言密也。彼言「密雲不雨」，此何以言「方雨」？蓋其義見於「虧」字矣，《爾雅・釋詁》曰「虧，毀也」，九三不變，則上下兩《坎》其體皆毀，故曰「虧」也。方雨而虧，即密雲而不雨也，故其義皆一貫也。《傳》曰：「作《易》者其有憂患乎？」《坎》爲加憂，聖人觀象繫辭，非必其卦有《坎》也，有《兑》有《巽》，則《坎》象已半見，而聖人憂患之情即見乎辭矣，蓋先天下之憂而憂者也。

輿

《説卦傳》「《坤》爲大輿」，而於《坎》又云「其於輿也爲多眚」，是《坤》與《坎》竝有輿象。其實一也，輿象因《坎》而見，以《坤》陰載《乾》陽於其中，是之謂輿，而因以《坤》爲大輿，非有二義也。《剥》下體《坤》，而自三至五互體又成《坤》，故上九曰「君子得輿」，以《坤》爲輿，此最著矣。其佗言輿者，大率多取《坎》象。《困》九四「困於金車」，下體有《坎》也；《睽》六三「見輿曳」、上九「載鬼一車」，互體有《坎》也，車即輿也。然則何謂「曳」？「曳」之言牽曳也，《坎》、《離》兩體相連，則謂之「曳」。《説卦傳》曰「坎爲曳」，然經言「曳」者凡三見，皆以《坎》、《離》兩體相連而言。《既濟》下體爲《離》，而自二至四互《坎》，《未濟》下體爲《坎》，而自二至四互《離》，故《既濟》初九、《未濟》九二竝曰「曳其輪」。《睽》上體爲《離》，而自二至五互《坎》，故於六三曰「見輿曳」，其義同也。然則何謂「載鬼」？《繫辭傳》曰：「精氣爲物，游魂爲變，是故知鬼神之情狀。」虞氏有「《乾》神《坤》鬼」之説，凡經文言鬼者，率以《坤》爲鬼釋之，此未得也。《傳》本泛論，不必專指《乾》、《坤》。竊謂自陽卦而變爲陰卦，則皆稱鬼；自陰卦而變爲陽卦，則皆稱神。「《乾》神《坤》鬼」必古有此説，然非謂經稱神鬼皆《乾》、《坤》也。《坤》變成《乾》，則神矣；《乾》變成《坤》，則鬼矣。故《觀·象辭》曰「聖人以神道設教」，蓋《否》九四變而成《觀》，上體之《乾》一陽又失，是有鬼道焉，鬼道不可以爲教，則聖人仍以神道設教。其義在六四曰「觀國之光，利用賓於王」，夫《觀》下有《坤》，則有國；上無《乾》，則無王也。而曰「利用賓於王」，此即聖人之以神道設教也。以《乾》、《坤》例《坎》、《離》，則《坎》爲《離》神，《離》爲《坎》鬼，從可知矣。《既濟》上互《離》，下互《坎》，以下互之《坎》視上互之《離》，是謂「鬼方」，故九三曰「高宗伐鬼方」。《未濟》上互《坎》，下互《離》，以上互之《坎》視下互之《離》，是謂「鬼方」，故九四曰「震用伐鬼方」。《睽》之「曳」猶《未濟》、《既濟》之「曳」，《睽》之「鬼」亦猶《未濟》、《既濟》之「鬼」。以互體《坎》車載上體《離》鬼，是謂「載鬼一車」。因之并可悟「輿尸」之義，《師》六三曰「師或輿尸」，六五曰「弟子輿尸」，此何義也？曰：《師》六三變，則田无禽而不利執言，其説詳見《禽》下。於是下體成《巽》，而下互成《兑》。成《巽》則《坎》上爻變，成《兑》則《坎》下爻變。已變則非《坎》，而《坎》象猶未盡壞，則未可謂之鬼，故不爲鬼而爲尸，所謂「失氣亡神，形體獨陳」者也。至《大有》之卦無《坤》象，亦無《坎》象，而九二曰「大車以載」，此何車乎？曰：大車即大輿，以《坤》言也。《坤》二來之《乾》五，而《乾》成《大有》，則《乾》二往之《坤》五，而《坤》成《比》。《乾》居《坤》體，是謂「大車以載」，此正《易》取象於輿之本旨也。其文繫於《大有》之九二，而其旨則在《比》之九五，故《比》九五曰「王用三驅」。「王」謂《乾》也，自《乾》二至《坤》五，中歷三爻，故有「三驅」之象。「驅」者，驅車也。《比》九五所驅之車，即《大有》九二所載之車矣。《大壯》九四曰

「壯於大輿之輹」，此亦以《坤》言也。蓋地天交爲《泰》，天地之氣，無偏勝也〔一〕，《泰》六四變而成《大壯》，則大者壯矣。《大壯》之九四，正《坤》陰所變，故曰「壯於大輿之輹」，猶曰壯於《坤》之下也。輹在車下，故以車之輹象《坤》之下也。《小畜》九三曰「輿説輹」，此則以《坎》言也。《釋文》曰「輻亦作輹」，當從之。「輿説輹」與「夫妻反目」，語似不倫，而意實相承，實皆發明《彖辭》「密雲不雨」之義也。蓋《小畜》九二變則成《家人》，「女正位乎内，男正位乎外」，夫妻之象也。自二至四互體成《坎》，所謂輿也。乃《小畜》「密雲不雨」，則自二至四不互《坎》而互《兑》，《坎》無下爻，是無輹矣。《兑》爲毁折，故曰「説輹」。「輿説輹」即「密雲不雨」也。乃不繫於九二而繫於九三者，此爻之義重在夫妻反目，故《傳》不及「輿説輹」，而但曰「夫妻反目，不能正室也」，此「正」字與《家人傳》中諸「正」字相應。《家人》「男女正」，故「家道正」，「家道正」即能正室也。《小畜》男女不正，不正則反矣，《傳》以「不能正」釋「反」字，其義自見。曰「反目」者，自三至五互體成《離》，《離》爲目，若九二變而成《家人》，則下體亦爲《離》，兩目相連，目不反也。今下體無《離》，而自二至四互《兑》，與上體之《巽》正相反。於是互體之《離》，適在《巽》、《兑》

〔一〕 偏，原誤作「徧」，據蔡啓盛《校勘記》改。

反對之中，是謂「反目」矣。乃推《離》目之所以反，實由於《坎》輿之「説輹」，故先言「輿説輹」，而後言「夫妻反目」也。上九曰「尚德載」，則又承「輿説輹」而言。蓋上九變，則上體成《坎》矣。故有「既雨」之文，又有「月既望」之文。《坎》輿雖説輹於下，而《坎》月又既望於上，則説輹之輿尚可得而載也。德、得古通用。「得載」之爲「德載」，猶《剥》上九「得輿」，京房作「德輿」、董遇作「得車」也，《傳》曰「德積載也」，則又推而言之。若上九變，而九二亦變，則自二至四、自四至二皆《坎》也，有兩《坎》故曰「積載」。積載之積，即密雲之密，周公、孔子之辭，皆以發明文王之辭而已矣。《大畜》自初至四與《小畜》同，故九二曰「輿説輹」，與《小畜》正相發明，《小畜》於九三言之。然二是輹，三非輹也，故又於《大畜》九二言之，而《小畜》「輿説輹」之義因之，益見此經文之自爲疏證也。至九三又有「曰閑輿衛」之文，此當從鄭氏作「日閑輿衛」，而訓爲「閑習車徒」，輿衛即車徒也。古以車輿竝言，亦以徒衛竝言，《左氏》文公七年《傳》曰「乃多與之徒衛」是也。衛即是徒，猶車即是輿。《大畜》言「輿衛」，與《賁》言「車徒」同。《賁》初九曰「舍車而徒」，蓋《賁》自二至四互《坎》，自三至五互《震》。初在下位，故舍《坎》輿而用《震》足，有舍車而徒之象。《大畜》自三至五亦互《震》，《坎》輿雖説，而《震》足自在，故「日閑輿衛」，利有攸往」，即《賁》初九之「舍車而徒」也。《大畜》九二變即爲《賁》，故「輿衛」與「車徒」義可互明，猶《小畜》九二變即爲《家人》，故「不能正室」與「家道正」義亦互明也。反復推求，其旨愈出矣。

月幾望

《易》言「月幾望」者三：《小畜》之上九也，《歸妹》之六五也，《中孚》之六四也。比而求之，則《小畜》、《中孚》皆以上爻變動而言。《坎》爲月，《離》爲日，「望」者，日月相望也。蓋《小畜》與《豫》旁通，《小畜》上九變則上體成《坎》，《豫》上六變則上體成《離》，而日月望矣。《中孚》與《小過》旁通，《中孚》上九變則上體成《坎》，《小過》上六變則上體成《離》，而日月望矣。以其變而日月相望，故曰「幾望」。《小畜》之上九變而爲《豫》之上六，則「鳴豫，凶」矣，故曰「月幾望，君子征凶」。若《中孚》之上九變而爲《小過》之上六，是亦所謂「弗遇過之，飛鳥離之，凶」者也。然其辭繫於六四，而不繫於上九。若能絶其類於上而勿使變，則「馬匹亡」而「无咎」矣。「馬」者，《坎》象。「馬匹亡」猶言《坎》象亡也，《傳》曰「馬匹亡，絶類上也」。若上九變爲上六，則與六四同爲陰類，故必絶其類而後免於咎也。《小畜》、《中孚》之「月幾望」，竝以上爻變動而言，而一繫於上九，一繫於六四。凡《易》之辭類以錯綜見義也。至《歸妹》之「月幾望」，則以初爻變動而言。《歸妹》與《漸》旁通，《歸妹》初九爻變則下體成《坎》，《漸》初六變則下體成《離》，而日月望矣。乃其辭繫於六五，何也？曰：此爻之義在「其君之袂，不如其娣之袂良」。何謂「君」？《震》爲君也，君固《乾》象，而《震》得《乾》之初陽，是謂「帝出乎《震》」，故亦得稱君。何謂「娣」？《兑》爲娣也，《兑》者少女也，故稱娣。何謂「袂」？袂猶決也，《說卦傳》曰「《震》爲決躁」，又曰「《兑》爲附決」，此兩「決」字即《歸妹》爻辭。兩「袂」字因其君之決、其娣之決，文不成義，故變而稱「袂」，聲近而義通也。《說文》曰：「決，行流也。」是決有行義。《傳》曰「以貴行也」，此「行」字即釋經文兩「袂」字，益知袂即爲決矣。「君之袂」猶言《震》之決也，「娣之袂」猶言《兑》之決也。《震》二之《兑》五成《歸妹》，是《歸妹》六五即《震》六二，所謂「其君之袂」也。《兑》五之《震》二亦成《歸妹》，是《歸妹》九二即《兑》九五，所謂「其娣之袂」也。以《震》二之《兑》五，不如以《兑》五之《震》二，是謂「其君之袂，不如其娣之袂良」。質而言之，則六五《兑》五爲不當位，又爲柔乘剛，故《傳》曰「征凶，位不當也。无攸利，柔乘剛也」。然則以《震》不如九二而已矣。故繼之曰「月幾望，吉」，即九二所謂「利幽人之貞」，與《履》九二「幽人貞吉」同義。初九變則下體成《坎》，而爲月幾望。在九二即爲幽人，虞仲翔謂二在坎獄中，故稱幽人，其說是也。《傳》曰：「作《易》者其有憂患乎？」又曰：「《易》之興也，其當殷之末世，周之援《易》者盛德邪？當文王與紂之事邪？」以此推之，則文、周之《易》自有微辭，必如干令升之注《易》援殷周之事一一比附〔一〕，斯固失之，然竟謂無所寓意，則亦所謂「頌其詩，讀其書，不知其人」者也。《尸子》曰「文王幽於羑里」，大史公曰「文王因而演《周易》」，然則爻辭所稱「幽人」者，殆指文王而言也。《履》初九變即成《訟》，《訟》九二曰「不克訟，歸而逋，其邑人三百户，無眚」，此寓文王歸國之事也。故《履》九二曰「幽人貞吉」。《歸妹》初九變即成《解》，《解》九二曰「田獲三狐，得黄矢，貞吉」，則并牧野之事而寓之矣。牧野之役，紂與二妻授首，事見《周書・克殷篇》，其即「三狐」歟？《左傳》曰「狐蠱乃其君也」〔二〕，或古《易》説固有此矣。此《歸妹》九二所以利幽人之貞，而六五所謂「月幾望，吉」也。月幾望之象在初九，而其吉乃在九二，而其文又不繫於九二而繫於六五，視《中孚》爻辭，更爲錯綜矣。

〔一〕干令升，原誤作「千令升」，據文意改。
〔二〕狐，原誤作「孤」，據蔡啓盛《校勘記》改。

缶

虞氏謂《坤》爲缶，以經徵之，則非也。《左氏》襄公九年《傳》曰「具綆缶」，杜預曰「缶，汲器」，《詩・宛丘篇》正義亦曰「缶是汲水之器」。《坎》之六四，引下《坎》而至上《坎》，故有「用缶」之文，以缶是汲器也。故九五「坎不盈」，即承「用缶」而言。「不盈」者，缶不盈也，《傳》釋其義曰「坎不盈，中未大也」。中何以未大？曰：物莫能有兩大，《坎》二、五皆剛，則中而未大矣。若九二變則成《比》，《比》初六曰「盈缶」，正與《坎》六四、九五兩爻之義相發明，何也？九二變則中大，而《坎》水盈缶矣。然則《離》之九三何以亦稱「鼓缶」？曰：《離》至九三，下體盡矣，所謂「日昃之離，何可久也」。物窮則變，亦固其所。乃九三在下體，因而即以下體變，不以《離》五之《坎》二，而以《離》二之《坎》五，於是不成《比》縩而成《師》憂，是謂「不鼓缶而歌，則大耋之嗟」。《離》所鼓之缶，即《坎》所用之缶也。愚於「憂」下言之詳矣。

禽

《小過・彖辭》曰：「飛鳥遺之音，不宜上，宜下，大吉。」《傳》曰：「有飛鳥之象焉。『飛鳥遺之音，不宜上，宜下，大吉』，上逆而下順也。」《集解》引宋忠之説曰：「二陽在内，上下各陰，有飛鳥舒翮之象。」虞仲翔斥爲俗説，而陸希聲作《易傳》取之，曰：「《中孚》柔在内而剛在外，有鳥鷇實之象。今變爲《小過》，則剛在内而柔在外，有飛鳥之象。」愚按：其説是也，《坎》之爲卦，一陽在内，上下各陰，亦剛在内而柔在外，與《小過》同。《小過》有飛鳥之象，故《坎》亦有飛鳥之象。《師》下體爲《坎》，而六五曰「田有禽」，是其證矣。乃不言鳥而言禽，則更有精義焉。《小過》六五曰「公弋取彼在穴」，《傳》曰「已上也」；上六曰「飛鳥離之凶」，《傳》曰「已亢也」。兩爻義實相承，一就人言，一就鳥言耳。《坎》爲穴，《小過》與《坎》體同，則亦爲穴。以《坎》而言，三在穴上；以《小過》而言，五、上兩爻在穴上。在穴上，則人得弋而取之矣。弋而取是爲禽，禽古擒字，猶獲也。「田」即《乾》九二「見龍在田」之「田」，《乾》與《坤》交而成《坎》，《坎》二即《乾》二也，故稱「田」。《坎》三猶《小過》之五、上鳥而擒者也，故稱「禽」。「田」謂二，「禽」謂三也。《恒》九四曰「田无禽」，《恒》之二亦《師》之二也，故「田」同。《恒》之三非《師》之三也，故「有禽」「无禽」異。以《恒》之「无禽」，證《師》之「有禽」，而禽之爲三益明矣。《井》初六曰「舊井无禽」，蓋《坎》六三一爻變而成《井》，是《井》下體本《坎》泉也，故曰「舊井」。乃六三變，則與《恒》同矣，故曰「舊井无禽」。《井》之「无禽」，即《恒》之「无禽」也。推之《屯》六三，《傳》曰「即鹿无虞，以從禽也」，「禽」謂上六也。《屯》上體爲《坎》，《屯》上猶《師》三也。《比》九五曰「失前禽」，「禽」亦謂上六也。《比》上體爲《坎》，《比》上猶《屯》上也，《屯》之六三與上六同類相應從〔一〕，曰「從禽」；《比》之九五與六二應，而不與上六應，故曰「失前禽」，其義皆甚明矣。《解》上六曰「公用射隼於高墉之上」，《繫辭傳》曰「隼者，禽也」，《解》下體爲《坎》，則「隼」亦六三也。夫《解》之爲卦，《震》上《坎》下；《屯》之爲卦，《坎》上《震》下。乃以《屯》之六三，上而從上六之鹿，則「往吝」；而以《解》之上六，下而射六三之隼，則「無不利」。此無它，順逆之勢異也。《小過傳》曰：「『不宜上，宜下，大吉』，上逆而下順也。」《屯》之「往吝」，所謂「不宜上」也；《解》之「無不利」，所謂「宜下」也。孔子於此《傳》發明之，曰：「舍逆取順，失前禽也。」知《比》之「失前禽」爲舍逆，則知《屯》之「從禽」不如舍矣。《比傳》之文實與《小過傳》相發明，然則愚因《小過》之象飛鳥而推之，於《坎》非曲説也。因而《解》九二之「田獲三狐」，《巽》六四之「田獲三品」，亦可通其義矣。「田獲三狐」猶云「田有禽」也，「田獲三品」猶云「田无禽」也。何言之？《易》之爲書，觸類而長之者也。因《小過》有飛鳥之象，故《坎》亦有飛鳥之象；因《小過》五上爲弋取之

〔一〕類，原誤作「類」，據蔡啓盛《校勘記》改。

鳥，故《坎》三亦爲弋取之鳥，乃既變鳥爲禽，則固通乎鳥獸矣。《白虎通·田獵篇》曰：「禽者何？鳥獸之總名也，明爲人所禽制也。」是故隼禽也，鹿亦禽也，然則狐亦禽也。《解》九二所獲之狐，即《解》上六所射之隼也。其曰「三狐」者，六三一狐也，乃越九四一陽爻，而又得五、上兩陰爻，是又獲二狐也。因於《巽》之六四，證明其義，曰「田獲三品」，《巽》之爲卦，惟初、二爻與《解》同，而三、四、五、上皆與《解》異者也。《解》六三爲狐，則《巽》九三非狐矣。「品」之言等也，《傳》曰「品物流行」，又曰「爻有等，故曰物；物相雜，故曰文」。爻之有等，以未相雜而言，陽有陽物，陰有陰物，是謂「品物」。《巽》之九二，陽物也，而九三亦陽物也。田无禽而獲其同品之物，乃越六四一陰爻，而又得五、上兩陽爻，則又獲其同品之物矣，故曰「田獲三品」。《解》之「田獲三狐」，繫於九二，以二爲田故也。《巽》之「田獲三品」，不繫於九二，而繫於六四者，申明悔亡之義也。六四變爲九四，則所獲不止三品矣。然以九居四，則失位而有悔，悔生乎動者也。六四不動則悔亡，六四悔亡，則田之所獲止於三品。故「田獲三品」之文繫於六四悔亡之下，而三與五、上合爲三品可見矣。即《解》之以三與五、上合爲三狐，因之亦見矣。以是推之，《井》之「舊井无禽」繫於初六者，申明「井泥不食」之義也。「井泥不食」由於「舊井无禽」，若九三變則有禽而非舊井，即非「井泥不食」矣。《師》之「田有禽」繫於六五者，爲「利執言」之文發端也。「執」之言制也，讀如《淮南·主術篇》「人主所以執下」之「執」，高誘訓執爲制是也。若六三變而田无禽，則自二至四互《兑》，《兑》爲口舌，五以陰柔居其上，不得而制之矣。今「田有禽」則不互《兑》而互《震》，無《兑》象，故「利執言」，有《震》象，故又曰「長子帥師，弟子輿尸」，猶言利有《震》、不利有《兑》也。「弟子」謂《兑》也，《兑》爲少女，故在《歸妹》謂之「娣」，弟猶娣也，因事而異其文耳。《恒》之「田无禽」繫於九四者，《傳》明釋其義矣，曰「久非其位，安得禽也」。若九四進而居五，則爲得位，而《恒》變爲《井》。《井》之下體舊井也，无禽者也；《井》之上體非舊井也，有禽者也。今九四失位而爲《恒》，則以下體言固田无禽矣，以上體言不成爲田，而又安得有禽？故觀《恒》之九四，以失位而无禽，則知《坎》在下體以六三爲禽，《坎》在上體以上六爲禽，而《屯》所從之禽，《比》所失之禽，竝指上六，從可知矣。

易貫二　弟一樓叢書之一

虎

《説卦傳》無虎象，京房謂《坤》爲虎，馬融謂《兑》爲虎，《九家易》又謂《艮》爲虎，言人人殊。按《風俗通·祀典篇》曰「虎者，陽物，百獸之長也」，晉解揚字子虎，《漢書·古今人表》作「解陽」，蓋正取虎爲陽物之義。而以《坤》、《兑》陰卦當之，失其旨矣。至《艮》固陽卦也，以《艮》爲虎，疑若得之。乃愚求之於經，則其義尤未盡。蓋虎實《乾》象也，孔子以「雲從龍，風從虎」釋《乾》九五之義，則龍與虎竝爲《乾》象明矣。《履·象辭》曰：「履虎尾，不咥人。」「虎」謂《乾》也，「尾」謂九四也。凡《易》言「尾」者，皆在初爻：《遯》初六曰「遯尾」，《既濟》初九、《未濟》初六曰「濡其尾」，皆是也。九四在上體，則亦爲初爻。居《乾》之初，是虎之尾也。六三一爻適當虎尾之下，故有「履虎尾」之象。然《彖辭》明言「不咥人」，而六三爻辭又曰「履虎尾，咥人凶」

者，此正發明《象辭》之義也。夫《履》下體爲《兑》，《兑》得《坤》之上爻，《履》六三之「爲于大君」，即《坤》六三之「或從王事」也。乃在《坤》非武人，而在《履》爲武人者，《履》之六三即《兑》之六三「來兑凶」者也，以《坤》陰來居《乾》體之上，妻制其夫，臣凌其君，於地爲剛鹵，於人爲武人，《傳》曰「武人爲于大君，志剛也」，以是「履虎尾」則非所謂「説而應乎乾」，而大失《象辭》之旨矣。故「咥人凶」也，然則何如而後吉？愬愬則吉矣，故又於九四申明之曰「履虎尾，愬愬終吉」。夫九四乃虎尾也，非《履》尾者也。《履》尾之吉，仍以六三言，《傳》曰「愬愬終吉，志行也」，明六三志剛故凶，若守其志而不變，則終凶矣，必推而行之，乃始凶而終吉也。《履》六三《傳》曰「咥人之凶，位不當也」，《兑》六三《傳》曰「來兑之凶，位不當也」，兩《傳》文同，是其義同。來兑何以凶？曰：《兑》之爲卦，主於説者也，六三以一陰來居二陽之上，知説而不知憂，所以凶也。若六三而能愬愬，則亦終吉。故又於反對之《巽》初六箸其義曰「進退，利武人之貞」，此「武人」即《履》六三之「武人」。《傳》曰「進退，志疑也；利武人之貞，志治也」，《傳》文兩「志」字正與《履傳》兩「志」字相應，明《兑》之「志剛」，不如《巽》之「志疑」。若能變《兑》之武，而爲《巽》之進退，則愬愬終吉矣。聖人之辭，參伍錯綜而實一貫也。《革》九五曰「大人虎變」，《革》上體有《兑》，疑若以《兑》爲虎，不知經文明有「變」字，則固以變體言。《遯》卦初之上、上之初即變爲《革》，故《革》初、《遯》二竝曰「用黄牛之革」，是兩卦之義通也。《遯》上爲《乾》，《革》九五「大人虎變」，明上體乃《乾》所變也。《遯》下爲《艮》，《革》上六之「君子豹變」，明《革》之上六即《遯》之初六也。虎者《乾》象，豹者《艮》象，虞翻謂《艮》爲豹是矣。《艮》何以爲豹？曰：豹與虎同類而小，《乾》陽物也，《艮》得《乾》之上爻，亦陽物也，《乾》爲虎，《艮》宜爲豹。然虎豹同類，散文則亦可通，故《頤》六四「虎視眈眈」，則竟以上體之《艮》爲虎矣。此猶龍爲《乾》象，而《説卦傳》又以《震》爲龍也，《震》之爲龍本於《乾》之爲龍，《艮》之爲虎本以《乾》之爲虎。九家竟以《艮》爲虎，未盡其義，而視以《坤》、《兑》爲虎者，或稍優乎？

金

《説卦傳》曰：「《乾》爲金。」凡經傳言金皆爲《乾》也。《姤》初六曰「繫於金柅」，《姤》上體《乾》，而自二至四互體又爲《乾》，故稱金焉。柅謂九四也，九四在上體之《乾》則爲初爻，在互體之《乾》則爲上爻，象絡絲之柎上下旋轉，故稱柅焉。初與四應，是謂「繫於金柅」矣。《鼎》六五曰「鼎黄耳金鉉」，《左傳》載惠伯之説曰「黄中之色也」，又曰「中美能黄」，而孔子亦以「黄中」釋《坤》六五之「黄裳」，是黄以中言，古《易》説固如此矣。耳者，《坎》象也。《鼎》九三一爻變而爲陰，則下體成《坎》，而自三至五互體又成《坎》，有兩《坎》，是有兩耳矣。六五以上體《離》之中爻，爲互體《坎》之上爻，是「黄耳」矣。乃九三不變，則自二至四互體成《乾》，有金象。以《乾》金貫《坎》耳之中，有金鉉之象，此其義即見於九三爻辭。蓋九三不變，而兩《坎》皆不成，所謂「方雨虧」也，《坎》雨虧，即《坎》耳塞矣。《坎》耳何以塞？不陰虚而陽實，則塞矣。故曰「鼎耳革，其行塞」，即金鉉之義也。乃上九又稱「玉鉉」者，金、玉竝《乾》象，文異而義同。若九三變，則《鼎》成《未濟》，而上九「飲酒濡首」爲「不知節」矣。「鼎耳革」則「鼎玉鉉」，而上九乃「大吉无不利」，《傳》曰「剛柔節也」，正與《未濟》上九「不知節」相發明也。《同人》上體爲《乾》，自三至五互體又爲《乾》，故《繫辭傳》於《同人》九五曰「二人同心，其利斷金」，言二、五陰陽相應，《乾》體雖堅剛，不能限之也。乃有無《乾》象而亦言金者，《蒙》六三「見金夫」。蓋《蒙》、《革》旁通，《蒙》自三至五互《坤》，《革》自三至五互《乾》，「金夫」謂《革》互體之《乾》也，《坤》有妻道，故《乾》爲夫矣。《蒙》之六三，見旁通之《革》有金夫，往而從之，故曰「見金夫不有躬」。「不有躬」猶言不有《坤》，《傳》曰「行不順也」，順謂《坤》也，言失其本體之《坤》也。是故《蒙》之「見金夫」，猶《益》之「告公用圭」也。《益》六三曰「有孚中行，告公用圭」，《益》與《恒》旁通，《益》自二至四互《坤》，《恒》自二至四互《乾》。兩卦相孚，則《益》所用之「圭」即《乾》也。《乾》

爲玉，圭猶玉也。六三非中而曰「中行」者，在互體之《坤》則中矣。《蒙》六三非中，而在互體《坤》亦非中，則其「見金夫」也，不過爲初六之「童觀」而已，此「見金夫」所以異於「告公用圭」也，然其取象於旁通之卦則一也。至《噬嗑》九四曰「得金矢」，六五曰「得黄金」，其義不易明。細思之，欲求所謂金，必先求所謂矢。《旅》六五曰「射雉一矢亡」，雉者，《離》象也，《離》初爻變而成《旅》，是亡失其初之一陽，故曰「射雉一矢亡」，然則「一矢」謂《離》初爻明矣。《坤》與《乾》交而成《離》，其中一陰《坤》也，其上下兩陽實《乾》體也。故《離》之矢，金矢也。《噬嗑》上體《離》，九四即其初爻，是得金矢矣。《噬嗑》所得之矢，即《旅》所亡之矢也。六五以《坤》陰居《乾》體之中，在中故稱「黄」，在《乾》體故稱「金」。《觀》六五之「得黄金」，而益知九四之矢爲「金矢」矣。以是言之，凡《離》下一陽皆可稱「矢」，合上下兩陽皆可稱「金」，而聖人觀象繫辭不必盡同。且如《離》爲《乾》卦，明見於《説卦傳》，而「乾胏」「乾肉」止見於《噬嗑》九四、六五兩爻，九陽剛故稱「胏」，六陰柔故稱「肉」。推之上九，亦「乾胏」也。然而不言者，聖人固曰「不可爲典要」也。乃《解》九二又曰「得黄矢」，蓋《解》自二至四互體成《離》，九二在互體《離》爲初爻，則矢也，而在下體《坎》實爲中爻，則黄矢也。二、五居中，不因互體而矢其中，故《解》九二稱「黄矢」，猶《鼎》六五稱「黄耳」矣。是《解》所得之矢，亦即《旅》所亡之矢也。《旅》九三變則爲《晉》，下體之《離》，上下兩陽俱失，是《旅》亡其一矢，《晉》又亡其一矢。於是自三至五互《坎》而有憂矣。故必矢得而後勿恤，勿恤即勿憂也。而在《明夷》即爲「左股」，何也？《明夷》之左腹在《晉》，則左股亦宜在《晉》，乃《晉》無《巽》，是無股也。矢得則勿恤，而自二至四互《巽》，乃有股矣。兩卦之義可互明也。《困》九四曰「困於金車」，則以上爻變而上體成《乾》，故稱金，又與《訟》初六「小有言」互明，執一卦以求之，則皆不得其旨矣。

馬

《説卦傳》：《乾》、《震》、《坎》三卦皆有馬象。蓋因《乾》爲馬，而《震》、《坎》皆得《乾》之一陽，故亦爲馬。猶《乾》爲龍而《震》亦爲龍，《乾》爲虎而《艮》亦爲虎也。諸卦言馬，惟《大畜》九三「良馬逐」，以《乾》而言。然「逐」者，相追逐也。《大畜》下體有《乾》，而自三至五互體有《震》，九三一爻在《乾》爲上，在《震》爲初，《乾》馬與《震》馬相逐，故曰「良馬逐」也。《屯》六二、六四、上六竝曰「乘馬班如」，《屯》之爲卦，上《坎》下《震》，固有馬象。然《震》、《坎》所以爲馬者，謂《乾》之一陽也。是故《震》下陽爻，馬也；其上陰爻，乘馬者也。《屯》六二即《震》六二。《震》六二《傳》曰「乘剛也」，《屯》六二《傳》亦曰「乘剛也」，明以「乘剛」釋「乘馬」，則馬謂初九明矣。初九即《乾》陽也，故《震》馬仍《乾》馬也。推之《豫》六五、《噬嗑》六二，《傳》竝曰「乘剛也」，則不必有「乘馬」之文，其義可通矣。以《震》例《坎》，《坎》上一陰，亦爲乘剛，雖《坎傳》無文，而《困》六三《傳》曰「乘剛也」，《困》三即《坎》三也。《屯》上體《坎》以上六乘九五之剛，猶下體《震》以六二乘初九之剛，故竝曰「乘馬也」。若六四在《坎》陽之下，不得言乘，亦曰「乘馬」者，四與初應，馬即初九也，六四之馬即六二之馬。其馬雖同，而乘之者異。在六二爲乘剛，在六四則剛柔相應之正，所以「吉无不利」也。以是觀之，《震》、《坎》之所以爲馬者，其義可見。且《艮》亦得《乾》之一陽，而不與《震》、《坎》同爲馬者，其義亦可見，何也？《艮》一陽在上無乘之者，故非馬也。《賁》六四曰「賁如皤如，白馬翰如」，《賁》自二至四互《坎》，固有馬象。然《巽》爲白，《賁》無《巽》不得言白，而稱「白馬」者，蓋《離》九四一爻變而爲《賁》，在《離》則自二至四互《巽》，在《賁》則自二至四互《坎》，是本爲皤如之白，而變爲翰如之馬矣。由白而馬，故曰「白馬」。其稱「翰如」者，《釋文》引黄穎注曰：「翰，馬舉頭高卬也。」然「翰」字從羽，其本義屬鳥，《中孚》上九「翰音登于天」，王弼注曰「翰，高飛也」，是其本義也。「白馬翰如」，蓋以鳥之高喻馬之高，有深義焉。《坎》體外柔内剛，與《小過》同，故亦有飛鳥之象。愚以經文考之，凡言禽者皆指《坎》，是其證也。《坎》上下兩陰如鳥兩翼，其上一陰則翼之高飛者也。《賁》之六四在互體《坎》爲上爻，故有「翰如」之象。雖以馬言，實以鳥言，其義即可通於《中孚》之「翰音」。《中孚》六四曰「月幾望，馬匹亡，无咎」，蓋《中孚》上體《巽》也，若上九一爻變而成《坎》，即與《小畜》上九之「月幾望，君子征凶」同矣。故必「馬匹亡」而後「无咎」，「馬匹亡」謂不成《坎》也。何謂「匹」？上九變爲上六，則與六四同爲陰類而相匹矣。「亡其匹」即絶其類，故《傳》曰「馬匹亡，絶類上也」。然以馬言之上其匹也，以鳥言之上其翰也。上九不變，則爲「馬匹亡，无咎」；上九變，則爲「翰音登於天，貞凶」。「凶」即「君子征凶」之「凶」。曰「貞凶」者，明與《節》上六「苦節，貞凶」同。蓋《中孚》上九變，即成《節》也。其言「翰」，并言「音」者，即《小過・象辭》所謂「飛鳥遺之音」也。《易》之言曲而中，粗觀之，不過「雞曰翰音」而已；精求之，則此「音」字與《小過・象辭》相鈎貫，明《坎》之象飛鳥，從《小過》之象飛鳥，觸類而引申也。此「翰」字又與《賁》六四爻辭相鈎貫，何也？《中孚》上體有《巽》無《坎》，白而非馬也，乃上九「翰音登於天」，則爲馬矣。《賁》互體有《坎》無《巽》，馬而不白也，然所以爲馬者，由「翰如」之故，不翰如則白矣。故知《中孚》之「翰音」即賁之「翰如」，則知《賁》之「白馬」即《中孚》之「馬」。《中孚》不言「白馬」者，白不待言也；《賁》言「白馬」者，由白而馬也。上九又曰「白賁，无咎」，何也？曰：《中孚》上九變則馬矣，故於六四曰「馬匹亡，无咎」；《賁》六四變則白矣，故於上九曰「白賁，无咎」。蓋《坎》爲加憂，作《易》者有憂患焉，故不成《坎》則皆无咎矣。兩卦之旨一也，而《中孚》六四之「馬匹亡」，又與《睽》初九之「喪馬」同義。《中孚》上九變，則爲《坎》而有馬，不變則無馬矣。《睽》初九變，則爲《坎》而有馬，不變則無馬矣。同一無馬，在《中孚》不於上九言之，而於六四言之，則曰「馬匹亡」；在《睽》即於初言之，則直曰「喪馬」，義異而同也。《晉·彖辭》曰「用錫馬蕃庶」，馬亦《坎》也，自三至五互《坎》，故有馬象。而下體爲《坤》，《坤》爲衆，故云「蕃庶」矣。至《涣》初六、《明夷》六二竝曰「用拯馬壯，吉」，則謂《震》也。《涣》自初至四互《解》，《明夷》自二至五亦互《解》。《解》之爲卦，上《震》下《坎》，《震》動於《坎》水之上，故稱「用拯」。猶《蠱》、《大畜》中四爻，上互《震》，下互《兑》，《震》動於《兑》澤之上，而曰「利涉大川」也。出溺曰拯，「用拯」即「利涉」也。既出《坎》水，宜乘《震》馬。「壯」即《大壯》之「壯」，《大壯》九四曰「壯於大輿之輹」，此云「馬壯」，兩「壯」字義同。以《乾》之初陽而居《坤》下，故在輿爲壯，在馬亦爲壯也。《坤·彖辭》之「牝馬」，則兼《震》、《坎》言，畜父爲牡，畜母爲牝，《震》、《坎》皆以《坤》爲母，故爲「牝馬」矣。《繫辭傳》曰：「服牛乘馬，引重致遠，以利天下。」蓋取諸《隨》。《乾》爲馬，《坤》爲牛。《隨》之爲卦，上《兑》下《震》：《兑》以二陽居《坤》陰之下，是爲「服牛」，「服」之言負也；《震》以二陰居《乾》陽之上，是爲「乘馬」，「乘」之言登也。觀《兑》之爲「服牛」，則知《震》之爲「乘馬」，而《震》、《坎》之馬，仍即《乾》馬明矣。

牛

《繫辭傳》有「服牛乘馬」之文，愚求其説而知《兑》爲「服牛」，《震》爲「乘馬」，是《兑》有牛象矣。以是推之，則《離》亦有牛象矣，何也？《坤》爲牛，猶《乾》爲馬，《震》、《坎》得《乾》之一陽而皆爲馬，則《兑》、《離》得《坤》之一陰，宜皆爲牛。雖《説卦傳》無文，可以隅反也。《離·彖辭》曰「畜牝牛吉」，此《離》爲牛之明證。《説文》曰「牝，畜母也」，是牝牛即母牛。以《坤》言之，則母牛矣；以《離》、《兑》言之，則子牛矣。《大畜》六四曰「童牛之告」，童即子也。《大畜》自二至四互《兑》，《兑》得《坤》上爻，故爲童牛；而九四又在《艮》體，有艮止之義，故曰「童牛之告」。然則《離·彖辭》之「牝牛」，就《坤》言之耳，若以《離》言則亦「童牛」也。《説卦傳》既曰「坤爲牛」，而又曰「爲子母牛」，正以明《離》、《兑》之亦爲牛矣。卦之具《離》、《兑》兩象者，《離》上《兑》下爲《睽》，《兑》上《離》下爲《革》，《睽》六三曰「其牛掣」，《革》初九曰「鞏用黄牛之革」，《離》、《兑》固皆有牛象，然經所言則皆謂《離》也。「掣」當作「㸷」，而從虞氏「牛角一低一仰」之以兩陽包一陰取義，則牛之皮也，《革》初九所謂「黄牛之革」是矣。然以陽剛取義，則牛之角也；以《坤》中爻，在《坤》爲「黄裳」，在《離》爲「黄離」，故牛亦爲「黄牛」。其稱「黄牛」者，《離》中爻即九與九三皆其革也。或謂卦名乃變革之革，爻辭不當爲皮革之革，不知皮革、變革義本相通。初《説文》曰：「革，獸皮治去其毛，革更之。」然則卦名雖以變革爲義，而爻辭連「黄牛」言，即爲皮革，亦豈相背乎？乃《遯》初無牛象，而六二曰「執之用黄牛之革」，其義殊不易明。細思之，《遯》初之上、上之初，即變爲《革》。故《革》九五曰「大人虎變」，虎謂《遯》上體《乾》也；上六曰「君子豹變」，豹謂《遯》下體《艮》也。然則《革》從《遯》來，聖人固明箸之矣。《遯》初六曰「遯尾，厲，勿用有攸往」，《傳》曰「遯尾之厲，不往何災也」。「往」者，往而之上也。初爲尾，上爲首，《革》上六曰「小人革面」，「面」猶首也。以初六言，則與其往而爲《革》之「面」，不如勿往而爲《遯》之「尾」。若以六二言，則《遯》二即《革》二也，黄牛也。乃初九變爲初六，則有陰柔之尾，無陽剛之革矣。然而其九三一陽如故也，是亦革也，故必固執之而勿説焉。《易》言「莫之勝」者二：《遯》六二曰「莫之勝説」，《漸》九五曰「終莫之勝」。蓋九五、六二竝居正位，故莫之能勝也。《遯》九三曰「係遯」，則承「莫之勝説」而言，「説」之言解也、釋也，莫能解釋，則九三爲訓。《離》兩陽爻象牛角之剛，而一在上、一在下，故爲羸矣。

其所係矣。《旅》上九曰「喪牛於易」，《旅》上體爲《離》，明有牛象，而曰「喪牛」者，其義見於《大壯》之《傳》。《大壯》六五曰「喪羊於易」，《傳》曰「位不當也」，蓋上九、六五竝爲不當位，《大壯》自三至五互《兑》，故有羊，而六五不當位，易而爲九五則當位矣，然而喪羊矣。《旅》上體爲《離》，故有牛，而上九不當位，易而爲上六則當位矣，然而喪牛矣。疆場與變易古字通用，以辭言之則當爲疆場之易，以義言之則當爲變易之易，兩卦正一律也。乃喪羊於易无悔，而喪牛於易則凶者，蓋《大壯》喪羊，則變爲《夬》，《夬》之九五曰「莧陸夬夬，中行无咎」，此《大壯》六五喪羊所以无悔也。《旅》喪牛，則變爲《小過》，《小過》之上六曰「弗遇過之，飛鳥離之，凶」，此《旅》上九喪牛所以凶也。辭也者，各指其所之，故同而異也。《既濟》九五曰「東鄰殺牛，不如西鄰之禴祭」，「鄰」者以兩卦旁通而言，「東」謂《未濟》，「西」謂《既濟》也。《未濟》，《離》日在上，日生於東，故爲「東鄰」；《既濟》，《坎》月在上，月生於西，故爲「西鄰」。「東鄰殺牛」即以上體《離》牛言也，「西鄰禴祭」即以上體《坎》水言也。《漢書·郊祀志》引此文作「瀹祭」，「瀹」者以湯煮物之名，故其字從水，謂以《坎》水瀹而祭也。乃《萃》六二、《升》九二竝曰「孚乃利用禴」，何也？曰：《萃》下爲《坤》，《升》上爲《坤》，竝有牛者也。以兩卦旁通而言，則《萃》與《大畜》孚，《升》與《无妄》孚，孚則無牛矣。於是瀹祭而已，所謂「孚乃利用瀹」也。雖然，《未濟》之「瀹祭」，以有《坎》水也，《无妄》、《大畜》皆無《坎》水，而亦曰「瀹祭」，何哉？蓋嘗三復爻辭，而得其說焉。《无妄》九五曰「无妄之疾，勿藥有喜」，《大畜》九二曰「輿説輹」，「輿」與「疾」皆《坎》象也。《坎》有輿象，明見《説卦傳》；疾象雖無明文，然爲心病，病即是疾，虞仲翔謂「坎爲疾病」是也。《无妄》九五變，則自三至五互《坎》；《大畜》九二變，則自二至四互《坎》。故言「疾」言「輿」，「疾」而「勿藥有喜」，「輿」而「説輹」，明其未成乎《坎》也。而要其可以爲《坎》者，固在也。《坎》爲加憂，聖人先天下而憂，往往無《坎》象而言《坎》，如「月幾望」「密雲不雨」之類皆是也。然則「用瀹」之文，復何疑乎？《无妄》六三曰「或繫之牛」，此「牛」即指《升》上體之《坤》，正與《升》之「利用瀹」其義互明。以是推之，則《大畜》之「童牛」，固指互體之《兑》。然經言牛者多矣，獨此曰「童牛」者，言「童」，明其有母也，即指《萃》下體之《坤》也。反復推求，而嘆聖人立言之妙。《升》、《萃》兩卦明有《坤》牛，而經無牛象，其牛象反因旁通之《无妄》、《大畜》而見，在本卦則止以一「瀹」字見義。夫一「瀹」字何足見義？則以有《既濟》爻辭「殺牛不如瀹祭」之文也，參伍錯綜，至此極矣。

言

《兑》爲口，又爲口舌，故有言象。《中孚》與《節》其下體竝有《兑》，《繫辭傳》於《節》初九曰「亂之生也」，則言語以爲階；於《中孚》九二曰「出其言善，則千里之外應之；出其言不善，則千里之外違之」，是明以《兑》爲言矣。《困·象辭》曰「有言不信」，《傳》曰「尚口乃窮也」，以「尚口」釋「有言」，「尚」與「上」通，明指《困》上體之《兑》。顧尚口何以窮？蓋窮即在尚矣。《兑》上《坎》下爲《困》，《坎》上《兑》下爲《節》。《節》之《兑》在下體，是爲慎密不出之言。然則《困》之《兑》在上體，是爲不慎不密之言矣，宜其不信也。《夬》上體亦有《兑》，故九四曰「聞言不信」。然其義則與《困》異，《困》上《兑》爲口，下《坎》爲耳，口以尚而窮，非耳之不聽也。《夬》則無《坎》，九四變乃有《坎》，九四不變則在《坎》「臀爲无膚」，而在《坎》耳爲不聽，故不曰「有言不信」，而曰「聞言不信」，《傳》曰「聞言不信，聰不明也」。其義不在《兑》口之窮，而在《坎》耳之塞，乃承「臀无膚」而言，正與九二之「莫夜有戎」、九三之「獨行遇雨」相發明也。《革》上亦有《兑》，《兑》在《革》體，是爲「革言」，猶《坎》在《鼎》體，是爲「鼎耳」也。九三與上六相應，故自三至上歷三爻而就之。《傳》曰「革言三就，又何之矣」，明舍此而它往則凶，以發明「征凶」之旨。

此「言」字特以見所就者爲「兑」之上爻，其義亦不在乎「尚口」之窮也。若夫無《兑》象而稱「言」者，實皆從《兑》取義，比例觀之，無不可見。《需》九二、《訟》初六竝曰「小有言，終吉」，「小有言」明未成乎言也。「言」即《夬》、《困》兩卦之「言」，《夬》九四變即爲《需》，《需》六四變即爲《夬》。故《夬》九二曰「莫夜有戎」，《夬》何以有戎？九四變則上體成《坎》而有戎。《需》九二曰「小有言」，《需》何以有言？六四變則上體成《兑》而有言，此可以比例而見者也。《困》上六變即爲《訟》，《訟》上九變即爲《困》，在《困》則於九四明之曰「困於金車」，《困》何以有金？上六變則上體成《乾》而有金矣。在《訟》則於初六明之曰「小有言」，《訟》何以有言？上九變則上體成《兑》而有言矣，此亦可以比例而見者也。《明夷》與《訟》旁通，故初九曰「有攸往，主人有言」，「往」者自此至彼，言往而與《訟》旁通，則「主人有言」。「主人」即指《困》也，《困》上六變而成《訟》，故《困》即爲《訟》之主人，猶《明夷》六四變而成《豐》，故《明夷》即爲《豐》之主人，《豐》九四所謂「遇其夷主」是也。知主人之所在，則知有言之所在矣。《兑》象在《困》，而「有言」之文乃在《明夷》，所謂「其旨遠」也。由是即「主人有言」之義，推「昏媾有言」之義，而《震·象辭》之「震來虩虩，笑言啞啞」，亦可得而明矣。虞仲翔謂「《震》爲言」，蓋即因此而誤。乃聖人當日若預知後人將誤《震》爲言者，故於「言」上加一「笑」字見因喜説而後有言，則言之由於《兑》説明矣。而初九爻辭乃申明之曰「震來虩虩，後笑言啞啞」，加一「後」字，明「笑言啞啞」不在本卦也。又於上六爻辭申明之曰「昏媾有言」，「昏媾」取「重昏曰媾」之義。何謂「重昏」？《震》與《巽》旁通，《巽》又與《兑》反對，是爲「重昏」。《震》與《艮》反對，《艮》又與《兑》旁通，亦爲「重昏」。是故「震不于其躬，于其鄰」，則「昏媾有言」矣。「鄰」指旁通之「巽」可也，「巽」與「兑」反對者也，或指反對之《艮》亦可也。《艮》與《兑》旁通者也，是皆可謂之「婚媾有言」。請更於《巽》、《艮》二卦中求之，《巽》九二曰「用史巫紛若」，「巫」乃《兑》象，《巽》不得有巫，與《兑》反對則有巫矣，巫仍在《兑》，不在《巽》也。《艮》六五曰「言有序」，「言」乃《兑》象，《艮》不得有言，與《兑》旁通則有言矣，言仍在《兑》，不在《艮》也。此可比例而見者也。《漸》初六曰「小子厲，有言无咎」，「小子」謂下體《艮》也，《艮》爲少男，故稱「小子」。「言」即《艮》六五「言有序」之「言」，與《兑》旁通，故有言也。《艮》之「言有序」、《漸》之「有言无咎」，皆出於《兑》口，而非自爲言。經文於《震》上六曰「婚媾有言」，則固舉隅以示人矣。若《家人傳》所謂「言有物而行有恒」，其義在二、五之正位，若二、五不正而交易焉，則自二至四互《兑》，《兑》爲口，是爲言；自三至五互《震》，《震》爲足，是爲行。然而言則言矣，六二變爲九二，不正矣；行則行矣，九五變爲六五，不正矣。君子可以不言不行，而不可以安於位之不正，此「言有物而行有恒」之義也。乃《家人》二、五交易，即成《大畜》，《大畜》中四爻正，上互《震》，下互《兑》，似乎言而不必有物，行而不必有恒矣。故《傳》曰「君子以多識前言往行，以畜其德」，與《家人傳》正互相發明也。

朋

人以兩爲朋，物亦以兩爲朋。《豳風·七月篇》毛《傳》曰「兩尊曰朋」，《漢書·食貨志》注引蘇林曰「兩貝爲朋」，皆其證也。《易·損》六五「或益之十朋之龜」，《集解》引崔憬曰「雙貝曰朋」，與蘇林説同，甚得朋字之義。《周易》「朋」字始見於《坤·彖辭》，曰「利西、南得朋，東、北喪朋」。西、南、東、北以《坎》、《離》、《震》、《兑》居四正者而言，凡陽以得陰爲朋，陰以得陽爲朋。西、南者，《兑》、《離》也，其卦一陰而二陽，二陽即朋也；東、北者，《震》、《坎》也，其卦二陰而一陽，一陽則不爲朋矣。故宜乎「西、南得朋，東、北喪朋」也。若就《乾》而言之，則又以《震》、《坎》二陰爲得朋，《兑》、《離》一陰爲喪朋，即謂之「利東、北得朋，西、南喪朋」，無不可者，聖人之辭固舉隅以見例也。是故《復·彖辭》曰「朋來无咎」，《復》之爲卦，《坤》上而《震》下，以《坤》言之，則《震》爲東、北喪朋之卦，不宜有朋者也；以《震》言之，則二陰即爲朋矣。故《震》

之「朋來」，以初九一爻言，何以明之？以《豫》九四明之，《豫》卦《震》上《坤》下，與《復》卦兩體互易，《豫》九四即《復》初九也，其辭曰「朋盍簪」，《豫》之「朋盍簪」，即《復》之「朋來」也。「簪」字當從虞翻作「戠」。「盍」，合也；「戠」，聚會也。《復》言「朋來」，《豫》言朋合會者。《豫》上體爲《震》，則九四以上兩陰爻爲得朋，自三至五互體爲《坎》，則九四又以上下兩陰爻爲得朋，故朋，合會也。推之《解》九四「朋至斯孚」，《解》上體爲《震》，自三至五互體爲《坎》，其象正與《豫》同。《解》之「朋至」，即《豫》之「朋盍戠」也。何以不言「合會」？曰：其義已在「孚」字矣，「孚」之言符也。《史記·律書》曰「言萬物剖符甲而出也」，《索隱》曰「符甲即孚甲」，是「孚」與「符」古字通用。《文選·甘泉賦》注引文穎曰「符，合也」，凡合符所以取信，故《説文》曰「符，信也」。《易》凡言「孚」者其義皆爲信，蓋從符合取義。「朋至斯孚」猶朋至斯合矣。《咸》九四曰「憧憧往來，朋從爾思」，《咸》卦四、五兩陽，本自爲朋，而九三一陽在下，孤立無助，又思上從九四爲朋。於是九四既與五朋，又與三朋，此所以「憧憧往來」也。《咸》與《損》爲旁通之卦，故義亦互見。《損》六三曰「三人行則損一人，一人行則得其友」，「友」即朋也。六三一陰，以初、二兩陽爲朋，所謂「一人行則得其友」，即《坤》之「利西、南得朋」也。推之上九一陽，以四、五兩陰爲得朋，則亦「一人行而得友」者也。若六三與四、五兩陰爻合而爲《坤》，則上九與初、二兩陽爻合而爲《乾》，是皆「三人行」矣。然而《坤》之下爻寄於《兑》體，《乾》之上爻寄於《艮》體，則皆「損一人」者也。以《損》例《咸》，《損》之「三人行」即《咸》九四之「憧憧往來，未光大也」，《損》之「一人行」即《咸》九四之「貞吉悔亡，未感害也」，兩卦之義一以貫之矣。《損》六五、《益》六二竝曰「或益之十朋之龜」，「龜」者《離》象，《損》初之四則上體成《離》，《益》上之三則下體成《離》，是爲龜。若《損》反之爲《益》，而以《益》初之《損》四；《益》反之爲《損》，而以《損》上之《益》三，則亦龜也，是謂「益之十朋之龜」。「十朋之龜」，蓋古有此名，故王莽即本之以定龜寶四品，而《易》之辭則固托以見義。其言「朋」者，明《損》上體成《離》，則六五得上、四兩陽爲朋；《益》下體成《離》，則六二得初、三兩陽爲朋也。至其言「十」，則自有通例。愚於凡言數者，總而釋之，義别見彼矣。《泰》九二曰「朋亡，得尚於中行」，《泰》自二至四互《兑》，二、三兩陽爻爲一朋，朋不亡也。然以《乾》之中爻爲《兑》之下爻，則失中矣，故必「朋亡」而後「得尚於中行」也。朋之義明，則貝之義亦明，古以兩貝爲朋，則貝者朋之半也。《震》六二曰「億喪貝，躋於九陵」〔一〕，「貝」謂初九也，二、三兩陰爻爲朋，則初爻一陽爲貝。《震》反之而爲《艮》，《震》之初九去而爲

〔一〕六二，原誤作「九二」，據《震》卦辭改。

《艮》之上九，是謂「喪貝」。六五曰「億」，「无喪」謂九四也，《震》九四即《艮》九三，在《震》則上互成《坎》，在《艮》則下互成《坎》，皆以此一陽爲貝，無論在《震》在《艮》，而此貝皆无喪也。若不明乎「得朋」之義，則「喪貝」之義亦不見矣。《兑》之爲卦，一陰在上，得兩陽爻爲朋，而《兑》又爲口舌，《傳》曰「君子以朋友講習」，虞氏乃謂凡言朋者皆指《兑》，非《易》義也。

易貫三　弟一樓叢書之一

憂

《坎》以一陽陷于二陰之中〔一〕，是有憂象，習《坎》故爲加憂。習，重也；加，亦重也。乃《師》、《比》竝有《坎》，而《雜卦傳》曰「《比》樂《師》憂」，初不可解，細思之，則即《需》、《訟》之一「利涉」、一「不利涉」也。《需》，《坎》在上，是未出險，未出險則宜往而出險，故「利涉大川」；《訟》，《坎》在下，是已出險，已出險則不宜又入險，故「不利涉大川」，此「利涉」「不利涉」之别也。然《需》、《訟》之「利涉」「不利涉」，以《乾》言也，《乾》陽上升，故《坎》在上爲未出險，而《坎》在下爲已出險。若《師》、《比》則當以《坤》言矣，《坤》陰下降，故《坎》在上爲不遇險，而《坎》在

〔一〕 陷，原誤作「陷」，據蔡啓盛《校勘記》改。

下爲遇險。《比》，《坎》在上，是不遇險，故樂；《師》，《坎》在下，是遇險，故憂。「《比》樂《師》憂」正與《需》、《訟》之「利涉」「不利涉」相反，而實一義也。夫《師》憂，則《需》亦憂矣，乃《需傳》曰「君子以飲食宴樂」，此古人所謂「惟食忘憂」者也，故《需》之宴樂正其憂也。以飲食忘憂，以涉大川，出險然後其義不困窮矣。請更以《蹇》、《解》、《井》、《困》四卦明之：《艮》、《震》皆陽卦也，陽則上升，故《艮》上有《坎》爲《蹇》，而《震》下有《坎》則《解》矣；《兑》、《巽》皆陰卦也，陰則下降，故《巽》上有《坎》爲《井》，而《兑》下有《坎》則《困》矣。《蹇》、《解》猶《需》、《訟》也，以《坎》在上爲未出險，而《坎》在下爲已出險；《井》、《困》猶《師》、《比》也，以《坎》在下爲遇險，而《坎》在上爲不遇險。《傳》曰「井通而困相遇也」，明《井》、《坎》在上，則《巽》陰已通矣；《困》、《坎》在下，則《兑》陰降而適與相遇也。知《井》之通，則知《比》之樂矣；知《困》之相遇，則知《師》之憂矣。《同人》九五曰「同人先號咷而後笑，大師克相遇」，《師》之相遇與《困》之相遇同，顧何以于《同人》言之？曰：《師》上體之《坤》與《同人》上體之《乾》相敵也，《師》下體之《坎》與《同人》下體之《離》相敵也。故《同人》九三有「伏戎」之象，而《傳》有「敵剛」之文。《離》與《坎》敵，敵之剛者也；《乾》與《坤》敵，敵之柔者也。乃因下體之柔，而并失其上體之剛，九四所以「乘其墉，弗克攻」也。在《同人》爲「弗克」，則在《師》爲「克」矣，故《傳》曰「大師相遇，言相克也」。克則《同人》變爲《師》，《師》憂故號咷，知其憂而即反爲《比》，《比》樂故笑，先以《師》言，後以《比》言，此「先號咷後笑」之旨也。《同人》之號咷與笑，其義在《師》、《比》，然則《旅》之笑與號咷，其義在《節》、《涣》矣，何也？《巽》、《兑》皆陰卦，《兑》上有《坎》爲《節》，則不遇險，《巽》下有《坎》爲《涣》，則遇險，是故《節》、《涣》猶《師》、《比》也。《旅》六五曰「射雉一矢亡，終以譽命」，「雉」者《離》象，《離》初爻變而成《旅》，則亡失其初之一陽，而下體成《艮》矣。《艮》與《兑》旁通，故變即成《兑》，所謂「終以譽命」也。「譽」即《蹇》初六「往蹇來譽」之「譽」，亦即《豐》六五「來章有慶譽」之「譽」，并謂《兑》也。《傳》曰「終以譽命，上逮也」，明下體變爲《兑》，則上體亦必變爲《坎》。此猶《同人》下體變爲《坎》，則上體亦必變爲《坤》也。於是上九即曰「鳥焚其巢」，「鳥」者《坎》象，本爲《離》火，而以《坎》鳥居之，則「鳥焚其巢」矣。又曰「旅人先笑後號咷」，以《同人》之例推之，《旅》變爲《節》，《節》猶《比》也，故笑；乃《節》又反爲《涣》，《涣》猶《師》也，故號咷，此「先笑後號咷」之旨也。不明乎「《比》樂《師》憂」之義，則皆不得其旨矣。《臨》六三曰「既憂之，无咎」，此「憂」即「《師》憂」之「憂」，與《節》六三曰「不節若，則嗟若，无咎」義同，「嗟」猶憂也。《師》初六變則爲《臨》，故於《臨》六三曰「既憂之」，明憂在《師》不在《臨》也。《坎》初六變則爲《節》，故於《節》六三曰「不節若，則嗟若」，明不節則嗟，節則不嗟也。若《節》六四又變，則并上體而成《兑》，《兑》説也，正與憂反矣。《文言傳》於《乾》之初九曰「樂則行之，憂則違之」，此蓋發明《坎》憂《兑》説之義。《坎》本憂也，初九一陽行而來，則《坎》變爲《兑》而説矣，所謂「樂則行之」也；《兑》本説也，初九一陽違而去，則《兑》變爲《坎》而憂矣，所謂「憂則違之」也。於《乾傳》發之者，諸陽爻皆根於《乾》體故也。《豐・象辭》曰「勿憂」，則以中四爻言，九三變則上互成《坎》，九四變則下互成《坎》，三、四不變則兩《坎》皆不成，故曰「勿憂」。《豐・象辭》之「勿憂」，即《小畜・象辭》之「密雲不雨」，亦即《夬・象辭》之「不利即戎」也。《夬》九四變，則上體成《坎》，而即爲《需》，險在前矣。「不利即戎」猶言不利有坎也。爻辭於九二曰「惕號莫夜，有戎勿恤」，于九三曰「獨行遇雨，若濡有慍」，皆反覆申明《彖辭》之義。爻辭言「惕號」與《彖辭》言「孚號」，竝即「號咷」之「號」。號也，恤也，慍也，其爲憂一也，與「有戎」「遇雨」皆《坎》象也。九四不變而《坎》「鬢无膚」，然後上六得成其爲《兑》，故曰「无號」。「无號」即「勿憂」也。而曰「終有凶」者，此即《兑》六三「來兑」之凶，以一陰來居二陽之上，知説而不知憂，是以凶也。《夬》九四變即爲《需》，猶《升》九三變即爲《師》，故《升・象辭》曰「勿恤」，《升》之「勿恤」，即《豐》之「勿憂」也。《泰》九二變，則自二至上互《師》，故于九三曰「勿恤」。《家人》上九變，則自二至上互《坎》，故于九五曰「勿恤」。其義竝同矣。《晉》六五之「勿恤」，則承「矢得」而言，《離》

變爲《旅》，亡其初九一矢，《旅》變爲《晉》，又亡其九三一矢，於是自三至五互《坎》而有憂矣，故必「矢得」而後「勿恤」也。至《萃》六二變而成《困》，與《夬》九四變而成《需》，《升》九三變而成《師》，雖非一律，然其有憂同也。故《夬》九二始言「惕號」，繼言「勿恤」，《萃》初六始言「若號」，繼言「勿恤」，兩爻之辭相近。《夬》九二何以號？因《需》險在前而號也。《萃》初六何以號？因《困》與險相遇而號也。《涣》九五曰「涣汗其大號」，均是號也，而《涣》之號何以獨大？曰：《涣》與《師》同，《旅》上九之「號咷」，即以《涣》言也。若上九變，即成《坎》矣，是本爲《師》之憂，又變而爲《坎》之憂，號而又號，所以爲「大號」也。乃不于上九言之，而于九五言之，亦猶《萃》之「若號」，不于六二言之，而于初六言之，聖人示人以思患豫防之道也。然則《夬》之「惕號」，宜言于九三，而乃言于九二者，將于九三言「愠」，故先于九二言「號」也。愠爲怒，亦爲憂，《禮記》曰「愠斯戚戚」，即憂也，《廣雅》曰「愠，愁也」，此殆古《易》説乎？《萃》六三又曰「萃如嗟如」者，蓋九四變則上體又成《坎》矣，《萃》六三之「嗟」，即《夬》九三之「愠」。《夬》九三陽剛，故憂而愠怒；《萃》六三陰柔，故憂而嗟嘆也。其上六又曰「齎咨涕洟」，「齎咨」者，嗟嘆之聲，與六三「嗟如」同。「涕洟」者，不號咷而涕洟，明憂稍殺也。《屯》之上體已成爲《坎》，則上六「泣血漣如」；《萃》之上體未成爲《坎》，則上六「齎咨涕洟」而已，憂有淺深故也。乃《離》六五亦曰

「出涕沱若，戚嗟若，吉」，何也？蓋其義由于《坎》九五之中未大，而《坎》不盈物，莫能兩大。於《坎》二、五皆剛中而未大也，宜如何而後大？以《離》五之《坎》二，則《坎》成《比》而盈缶矣。是以《坎》二之《離》五，而《離》成《同人》，則上體有《乾》，《乾》爲君，是爲王公，故《傳》曰「六五之吉，離王公也」。然必《離》五之《坎》二，而後《坎》二得之《離》五，故必「出涕沱若，戚嗟若」而後「吉」。「出涕沱若，戚嗟若」謂成《坎》也，成《坎》雖憂，成《比》則樂，故吉也。此其義又見于九三爻辭，九三曰「日昃之離，不鼓缶而歌，則大耋之嗟，凶」，蓋《離》至九三，日已昃矣，故亦有物窮則變之義。乃九三猶在下體，于是不以上體變，而以下體變，其變也不以《離》五之《坎》二成《比》之樂，而以《離》二之《坎》五成《師》之憂，是爲「不鼓缶而歌，則大耋之嗟」矣。曰「鼓缶」、曰「大耋」，皆以《坎》言也。「缶」即《坎》六四「用缶」之「缶」，汲水器也。「大耋」喻近死也，即《困》六三《傳》所謂「死期將至」也。《坎》一陽陷于二陰之中，故爲疾，疾甚則死。《傳》曰「大過，顛也」，虞翻曰「顛，殞也」。上經終《坎》、《離》，而先以《頤》、《大過》；下經終《既濟》、《未濟》，而先以《中孚》、《小過》。蓋《頤》、《中孚》與《離》體同，《大過》、《小過》與《坎》體同也。《大過》爲殞，則《坎》亦可爲死。《困》九四變即成《坎》，故六三爲「死期將至」。推之《豫》六五之「貞疾，恒不死」，即《頤》六五之「居貞吉，不可入大川」。「大川」《坎》象，「死」亦《坎》象也。

《離》五之《坎》二，與《離》二之《坎》五，其爲之《坎》則同，而《比》樂與《師》憂則異，故《離》五之《坎》二爲「鼓缶而歌」，而《離》二之《坎》五爲「大耋之嗟」。「大耋之嗟」，言將死而憂也。《晉》初六曰「晉如摧如」，六二曰「晉如愁如」，虞翻曰「摧，憂愁也」，是「摧如」「愁如」文異而義同，猶曰「萃如」「嗟如」也。《晉》自三至五互《坎》，初、二兩爻《晉》則與《坎》遇，故泣有憂也。《中孚》六三曰「或鼓或罷，或泣或歌」，蓋《中孚》本與《離》體同，而初、上兩爻變則成《坎》。「鼓」者，亦《坎》象也，《禮記・樂記篇》正義引崔氏之説曰「鼓鼙爲坎」，《淮南子・天文篇》高誘《注》亦曰「坎爲鼓」，是古《易》説固有此。《中孚》上爻變而上體成《坎》，則爲鼓；不變而仍爲《巽》，《巽》不果則罷矣。《中孚》初爻變而下體成《坎》，則爲泣；不變而仍爲《兑》，《兑》説則歌矣。均是《坎》象，對《巽》而言則爲鼓，對《兑》而言則爲泣，其旨一也。故于上九曰「翰音登于天，貞凶」，「翰」即「白馬翰如」之「翰」，言變爲《坎》則凶也。于初九曰「虞吉」，「虞」即「即鹿无虞」之「虞」，言不變爲《坎》則吉也。「翰」字之義，愚於「白馬翰如」言之詳矣。請言「虞」字之義，《繫辭傳》曰「悔吝者，憂虞之象也」，「憂」與「虞」相連，義亦相因。虞之言度也，有憂則宜度之也，故「憂虞」猶憂思也。《屯》上有《坎》，明有憂象，而六三不知虞則往而吝矣。《屯》六三以无虞而吝，故《中孚》初九以虞而吉，知其憂而虞度之，所以吉也。《萃傳》曰「戒不虞」，《萃》六二變則下體

「齎咨涕洟」，上六之「嗟」，六三之「號」，初六之无虞。故不可以《坎》成則上體變四九，《坎》無非虞而已矣。

説

《坎》以陽陷而憂，《兑》則《坎》下一陰變而爲陽，陽不陷矣，故曰「《兑》，説也」，又曰「《兑》爲澤」。《兑》之爲澤，固與《艮》爲山相對。然古義即存乎聲：澤之言釋也，猶説之言脱也；澤之言懌也，猶説之言悦也。孔子于《兑傳》曰「説以先民，民忘其勞，説以犯難，民忘其死」，《坎》爲勞，亦爲死，「忘勞」「忘死」即忘憂也，然則《坎》憂而《兑》説明矣。是故《兑》爲言，亦爲笑言，《震》彖辭爻辭竝曰「笑言啞啞」是也。《震》之有言，在昏媾之《兑》，故于「言」上加「笑」字，明其由于「《兑》，説也」。《萃》初六曰「一握爲笑」，即「笑言」之「笑」。自二至四互《艮》，《艮》爲手，故稱「一握」；上體爲《兑》，《兑》説，故「笑」矣。《隨》上體亦爲《兑》，而《傳》曰「以喜隨人」，「喜」即説也。故《兑》九四曰「介疾有喜」，「介」猶交也，《巽》初至《兑》四則上體成《坎》，《巽》四至《兑》初則下體成《坎》，交而有疾，是爲「介疾」。然在本體則實《兑》也，無《坎》象也，是爲「介疾有喜」。《否》上九曰「先否後喜」，初觀之，似與「先號咷後笑」同，其實不然。彼不舉卦名，而此舉卦名也。既舉卦名，則不得與《同人》與《旅》一例相推，而與《萃》六三之「萃如嗟如」，其義轉可以互見。蓋「先否後喜」以上九變即成《萃》也，《萃》上體爲《兑》，本爲有喜，而《萃》上六乃曰「齎咨涕洟」，則以九四變即成《坎》之故，方憂虞之不遑，未及言喜也，而喜象乃見于《否》之上九，其旨遠矣。《无妄》九五曰「无妄之疾，勿藥有喜」，蓋九五變則自三至五互《坎》而有疾，不變則無疾，而可以勿藥。若九五不變而上九變，則上體成《兑》，不但可以勿藥，而且有喜，喜即《否》上九之喜也。《損》六四曰「損其疾，使遄有喜」，蓋四與初應，初變則下體成《坎》而有疾，不變則下體是《兑》非《坎》，故無疾而有喜。觀《損》之有喜，以下體《兑》言，則知《无妄》之有喜，以上九變成《兑》而言，而《否》之「先否後喜」，從可知矣。《傳》于《升》九二曰「九二之孚，有喜也」，則以自二至四互《兑》也。于《大畜》六四曰「六四元吉，有喜也」，亦以自二至四互《兑》也。且六四之「有喜」，由于九二之「輿説輹」，若九二變而《坎》輿不説輹，則有疾而无喜。故《大畜》六四之「有喜」，即《損》六四之「損其疾，使遄有喜」也。《賁》自二至四互《坎》，不得言喜，而六五《傳》曰「六五之吉，有喜也」，則其義在六四之「白馬」。《離》九四變而成《賁》，在《離》則自二至四互《巽》，在《賁》則自二至四互《坎》，此《賁》之馬所以稱「白馬」也。故于六五曰「束帛戔戔」，「帛」「白」古字通，帛猶白也，白則有喜矣，何也？六四變則下互成《巽》，爲白，而上互成《兑》，爲喜也。六五之「有喜」由于帛，猶上六之「无咎」由于白，皆承六四「白馬」而言，愚于「白馬翰如」言之詳矣。《蹇》九三《傳》曰「往蹇來反，内喜之也」，卦無《兑》象，喜于何有？乃於經文三復之，而得其説焉。夫往來有以彼此言者，亦有以先後言者，徐彦《公羊疏》所謂「方至爲來，已過爲往」是也。此卦四爻皆言往來，而《傳》于初六釋之曰「往蹇來譽，宜待也」。以「宜待」釋「來」字之義，則往來之以先後言無疑矣。「往蹇來譽」猶云「先否後喜」，「譽」與「豫」古通用，譽亦喜也。六二變則自二至四互《兑》，故于初六曰「往蹇來譽」，若六四變則上體成《兑》，在九三亦爲「往蹇來譽」，乃不曰「往蹇來譽」，而曰「往蹇來反」，則以上體變成《兑》，而自二至四又互成《巽》，《巽》、《兑》相反故也。知「來反」之「反」爲《巽》、《兑》相反，則知「來反」之即「來譽」矣。《傳》故申明之曰「内喜之也」，不直曰「喜之」，而曰「内喜之」，見内卦兩爻言「來」皆爲有喜。故言「内」以别于外也，則竝初六之「來譽」而釋之矣。夫九三之「來反」即爲「來譽」，猶初六之「來譽」即爲「來反」，何也？六四變則上體成《兑》，而自二至四互《巽》，固相反矣。六二變則下體成《巽》，而自二至四互《兑》，亦相反也。經于初六言「來譽」，于九三言「來反」，義本互明，故《傳》亦并釋之耳。六四曰「往蹇來連」，則以初爻變而言，初爻變則下體成《離》，而自三至五又互《離》，兩《離》相連，是爲「來連」，與九三之「來反」正相對成義。上六

「往蹇來碩」，則以三爻變而言，三爻變則自三至五互《艮》，故曰「來碩」，虞仲翔謂「艮爲碩」是也。「碩」「石」古通用，《艮》爲小石，故亦爲碩，《剥》上體《艮》，而上九稱「碩果」，是其證也。以初言之，則六二不可以不變，不變則《坎》矣，故以二爻變取義；以三言之，則六四不可以不變，不變則《坎》矣，故以四爻變取義；若四與上，則本在《坎》體矣，故各以下之應爻變取義。諸爻之義明，則九三一爻之義明，而所謂「内喜之」者亦可見矣。於是以《蹇》之「來譽」推之，則知凡言「譽」者，皆《兑》也。「譽」之一字，始見于《坤》六四之「无譽」。《坤》六四之言「无譽」，猶《乾》初九之言「樂則行之」也。六四固非初，而以上體言，則亦猶夫初也。《坎》本爲憂，得《乾》之初陽，則《坎》變爲《兑》而樂矣；《兑》本爲説，得《坤》之初陰，則《兑》變爲《坎》而憂矣。此其義即在《兑》九四之「介疾有喜」，九四有喜，若變爲六四，即无喜，无喜即无譽。是故「无譽」之文，雖繫于《坤》之六四，而其旨乃在于《坎》之六四。《文言傳》釋其義曰「天地閉，賢人隱」，「隱」即《坎》爲隱伏」之「隱」，則「无譽」之義明矣。然則《大過》上體有《兑》，何以九五亦言「无譽」？曰：《大過》與《頤》旁通，《大過》上互有《乾》，是爲「老夫」，以《大過》二之《頤》五，則《頤》上體成《巽》，是謂「得其女妻」；《頤》上互有《坤》，是爲「老婦」，以《頤》二之《大過》五，則《頤》上體成《震》，是謂「得其士夫」。于是《頤》上體之《兑》變成《震》，是「无譽」矣。《旅》六五曰「終有譽命」，言下體變爲《兑》也；《蠱》六五曰「幹父之蠱，用譽」，言自二至四互《兑》也；《豐》六五曰「來章有慶譽」，言自三至五互《兑》也。又以《豐》六五之「有慶譽」推之，則知凡言「慶」者亦《兑》也。《坤傳》曰「東、北喪朋，乃終有慶」，《坤》之「東、北喪朋」，以《震》、《坎》言，《震》、《坎》皆止一陽，是無朋矣。然《震》一陽在初，《坎》一陽在中，合《震》、《坎》初、二兩陽，則即《兑》之兩陽也，是「終有慶」也。《兑》九四《傳》曰「九四之喜，有慶也」，變「喜」而言「慶」，慶即喜矣。因《兑》九四之「有喜」，而可知《坤》六四之「无譽」，因《兑傳》之「有慶」，而可知《坤傳》之「有慶」，學者所宜觀其會通也。《升・象傳》曰「勿恤，有慶也」，明九二不變則不成《坎》，而自二至四互《兑》，不惟「勿恤」，而且「有慶」也。《大畜》六四《傳》曰「六四元吉，有喜也」，六五《傳》曰「六五之吉，有慶也」，則皆以九二不變，而《坎》「輿説輹」之故。於是自二至四互《兑》，而有喜有慶矣。于四言「喜」，于五言「慶」，文異而義同。猶《夬》九二言「號」，九三言「愠」，「號」與「愠」皆憂也，「慶」與「喜」皆説也。《睽》六五《傳》曰「厥宗噬膚，往有慶也」，《睽》下體有《兑》，固有慶矣，而《傳》意則不在下體之《兑》，何也？《睽》六五《傳》之「往有慶」，與《晉》六五《傳》之「往有慶」同。若謂《睽》之「有慶」在下體之《兑》，然則《晉》何慶乎？蓋《晉》之所以「有慶」，由于「矢得勿恤」。「矢得」者，六三變爲九三也。《離》變爲《旅》，亡其初九一矢；《旅》變爲《晉》，又亡其九三一矢。此矢亡，則自三至五互《坎》，而有恤矣；此矢得，則自三至五不互《坎》而互《兑》，勿恤而有慶矣。「有慶」之文在《晉》，而「有慶」之象在《旅》，故曰「往有慶」。以是推之，則《睽》六五之「往有慶」，由於「厥宗噬膚」。何謂「厥宗噬膚」？「厥宗」謂《乾》也，虞仲翔謂「《乾》爲宗」是也。「宗」者，尊也、主也，《乾》爲君，故稱「宗」。《睽》之異于《晉》者，止在初、二兩爻，其自三至上則一也。《旅》九三變而成《晉》，然則《大有》九三變而成《睽》，可以例推矣。《大有》下體之《乾》，是爲「厥宗」。乃九三變則不成爲宗，而自三至五互《坎》，三爻即爲《坎》膚之膚，故必噬而去之，於是不互《坎》而互《兑》，乃有慶矣。「有慶」之文在《睽》，而「有慶」之象在《大有》，故亦曰「往有慶」。一則得《離》上之矢，而後有慶，《離》上無矢，非慶也；一則噬《坎》下之膚，而後有慶，《坎》下有膚，非慶也，故兩《傳》一律也。《履》上九曰「視履考祥，其旋元吉」，《傳》曰「元吉在上，大有慶也」。「祥」與「羊」古通用，於文爲「吉祥」之「祥」，於義則即「《兑》爲羊」之「羊」。蓋《兑》上爻變而成《履》，《履》上爻變，則仍旋反而成《兑》，故曰「視履考祥，其旋元吉」。「考」之言成也，「考祥」猶言成羊，謂成《兑》也，此所以「大有慶」也。更以《困》傳》明之，《困》初六變即成《兑》，故于九二《傳》曰「中有慶也」。若九四變即成《坎》，故于六三《傳》曰「不祥也」，「不祥」即不考祥，謂不成《兑》也。知《困》九四變之爲「不祥」，則知《履》上九變之爲「考祥」矣。「元吉在上，大有慶」，猶言上有慶，與中有慶同。顧「大有慶」之文，又見于《頤》之上九。《頤》上九曰「由頤厲吉，利涉大川」，《傳》曰「由頤厲吉，大有慶也」，此何説也？曰：《頤》之「大有慶」，其説長矣。此「大」字即本于《豫》九四之「大有得」，而此「慶」字又承《坤傳》「終有慶」而言。蓋《頤》上九、六五皆不當位者也，若兩爻交易，則上體成《坎》而爲大川，然上九「利涉大川」，而六五「不可涉大川」者，以上九變爲九五則得中，而六五變爲上六則失中也。故六五之「居貞吉，不可涉大川」，即《豫》六五之「貞疾恒不死」；而上九之「由頤厲吉，利涉大川」，即《豫》九四之「由豫，大有得」。愚于「利涉大川」已箸其義矣，夫《豫》九四何以「大有得」？蓋陽以得二陰爲朋，《豫》九四在上體爲《震》下爻，則以上兩陰爲朋，在互體爲《坎》中爻，則以上下兩陰爲朋，是固得朋者也。而「由豫」之「由」，即「由頤」之「由」，「由」之言行也。九四行而與六五易，則上體成《坎》，而上下兩陰又其朋矣，故曰「由豫，大有得，勿疑，朋盇戠」。《傳》于《震》六五之「億无喪，有事」，即用其義，而變其文曰「其事在中，大无喪也」。蓋六五之「无喪」，承六二「喪貝」而言，「无喪」者，不喪貝也。物以兩爲朋，一爲貝。九四一陽，在上體爲《震》初爻，貝也；在互體爲《坎》中爻，亦貝也。故《豫》之「朋盇戠」，就陽言也，陽以二陰爲朋；《震》之「无喪貝」，就陰言也，陰以一陽爲貝。其實「朋盇戠」即「无喪貝」，一而已矣。《傳》

曰「大无喪也」，以陰言之則「大无喪」，以陽言之即「大有得」也。《頤》之上九行而爲九五，與《豫》之九四行而爲九五同，則亦以上下兩陰爲朋者也，乃不曰「大有得」，而曰「大有慶」者，蓋下體本爲《震》而上體又變爲《坎》，則即《坤》「東、北喪朋」之卦也。喪朋則得貝矣，而合二貝則仍一朋，何也？《震》陽在初，《坎》陽在中，合之即《兑》之二陽也，此《坤》所以「終有慶」也。《坤》「終有慶」之義明，則《頤》「大有慶」之義亦明。而聖人猶恐人之不得其義也，故于《履》上九即用其文曰「大有慶」，知《履》之「大有慶」以成《兑》言，則知《頤》之「大有慶」亦以《兑》言矣。凡《易》之辭反復相明，類如此也。

臀

虞仲翔謂「《坎》爲臀」，其説是也。《坎》爲隱伏，于隱伏之地而有《坎》穴，臀之象矣。《困》初六曰「臀困于株木」，「臀」謂下體《坎》也。自二至四互《離》，是爲科上槁之木，故曰「困于株木」也。《夬》九四、《姤》九三竝言「臀无膚」，虞氏謂「《艮》爲膚」，未得經旨。膚者柔脆之物，《艮》乃陽卦，不得爲膚。蓋膚即就臀而言，初非佗有所指。《坎》爲臀，上下兩陰皆其膚也。《夬》上體爲《兑》，九四變即爲《坎》，不變則《坎》失其下之一陰而无膚矣，此《夬》之「臀无膚」

也。《姤》下體爲《巽》，九三變即爲《坎》，不變則《坎》失其上之一陰而无膚矣，此《姤》之「臀无膚」也。由是而凡言「膚」者，皆可推其義矣。《噬嗑》與《睽》竝有「噬膚」之文，其義一也。《大有》九三變即爲《睽》，《睽》六五曰「厥宗噬膚」，《傳》曰「往有慶也」。《大有》下體之《乾》，是爲「厥宗」，乃九三變則不成爲宗。而自三至五互《坎》，三爻即爲《坎》臀之膚，故必噬而去之。於是不互《坎》而互《兑》，乃爲有慶，與《旅》六五同。愚于《傳》文「往有慶」言之詳矣。至《噬嗑》之異于《睽》者，惟六二一爻。自三至五互《坎》，是爲臀；自二至四互《艮》，是爲鼻。荀九家及虞仲翔竝謂「艮爲鼻」是也，不「噬膚」則不能「滅鼻」，即不能「无咎」，何也？《離》九三變而成《噬嗑》，於是《離》之六二「黄離，元吉」者，變爲《震》之六二「震來厲」矣，此所以有咎也。必噬《坎》膚，滅《艮》鼻，而復成其爲《離》之六二，然後无咎，故曰「噬膚滅鼻，无咎」。而《傳》曰「乘剛也」，即用《震》六二《傳》文，明以乘剛之故，宜乎噬膚滅鼻，非謂噬膚滅鼻由于乘剛也。此與初九「屨校滅趾」、上九「荷校滅耳」，其滅同而所以滅之者異，故《繫辭傳》引初九、上九之文而釋之，而不及此爻之文也。至《剥》六四曰「剥牀以膚」，初不可解，深思之而得其故焉。欲求「膚」字之義，當先求「剥牀」之義。「牀」猶壯也，《釋名》曰「牀，裝也，所以自裝載也」，「裝」從壯得聲，「牀」言裝，即言壯，蓋聲同者義亦同矣。欲求「剥牀」之義，又必先求「壯」字之義。《大壯傳》曰「大者，壯也」，《姤・彖辭》曰「女壯」。《姤》之「女壯」指下體《巽》之一陰，然則《大壯》之「大者壯」指上體《震》之一陽明矣。《大壯》九四曰「壯于大輿之輹」，《坤》爲大輿，「輹」者，車下縛也〔一〕。「壯于大輿之輹」，言壯于《坤》下也。《震》之壯，壯于《坤》下，然則《巽》之壯，壯于《乾》下也，故《巽》九二、上九竝曰「巽在牀下」。「牀下」即「壯下」，避不辭耳。言《巽》之所以爲《巽》者，在壯其下也。以是推之，「剥牀」即「剥壯」也。自古先有三畫之卦，而後有六畫之卦。以六畫言，一陽在五陰之上，始謂之《剥》；一陽在五陰之下，始謂之《復》。以三畫言，則《震》即《復》也，《艮》即《剥》也，故《兑》九五曰「孚于《剥》」。夫《兑》與《艮》旁通，宜曰「孚于《艮》」，乃曰「孚于《剥》」，《艮》即《剥》也。《艮》反爲《震》則復矣，《震》反爲《艮》則剥矣。「剥其牀」，猶言剥其壯也。初六曰「剥牀以足」，六二曰「剥牀以辨」，鄭康成謂「指閒稱辨」，蓋即《説文》「釆」字，許氏謂「象獸指爪分別，讀若辨」者也。「足」以《震》言，《震》爲足故也；「辨」以《艮》言，《艮》爲指故也。初爻言足，二爻言辨，見由《震》反爲《艮》也。自是而上，以六畫言，則方《剥》而未已，以三畫言，則已當《艮》陽之位，是亦碩果也，不可剥者也，故于六三曰「剥无咎」，明此

〔一〕縛，原誤作「縛」，據蔡啓盛《校勘記》改。

爻雖居《剥》體，獨得无咎也。今本誤衍「之」字，遂若《剥》之而得无咎者，失經旨矣。當以《釋文》爲定。《傳》曰「失上下也」，明其不與上下四陰同類也。至六四曰「剥牀以膚」，則經文之自爲疏證，懼後人不得「剥无咎」之義，而特用一「膚」字以明之。夫膚必因《坎》爨而後有，卦無《坎》象，即無爨象，而何有乎膚？曰：以六三一爻當《艮》陽之位，則互體無《坎》而有《坎》矣。《傳》曰「切近災也」，此又《傳》之善于釋經，懼後人不知此「膚」即爲《坎》爨之膚，故特用一「災」字以明之，虞氏謂「《坎》爲災」是也。凡《易》之辭，字字有精義，非通全卦，不能通一字，如此「膚」字是矣。

趾

《震》爲足，《艮》爲手。手之與足固異矣，乃《説卦傳》又曰「艮爲指」，指則通乎手足者也，無乃捍歟？曰：此正聖經之精義也。夫《艮》、《震》即《剥》、《復》也，以六畫之卦言，則《剥》反之爲《復》，《復》反之爲《剥》；以三畫之卦言，則《艮》反之爲《震》，《震》反之爲《艮》。《震》一陽在下即《復》也，《艮》一陽在上即《剥》也。故《剥》初六曰「剥牀以足」，六二曰「剥牀以辨」，「辨」

即《説文》「釆」字〔一〕，許君所謂「象獸指爪分别，讀若辨」者也。初爻言足，二爻言指，見其由《震》而反爲《艮》，所以爲《剥》也。於是于《艮》初六曰「艮其趾」，此與《剥》初六之「足」、六二之「辨」，其義一貫，何也？趾固屬足，然不曰足而曰趾，則足也而實止也，即一「趾」字可見《震》反爲《艮》之義。虞仲翔謂「《震》爲趾」，非也。《震》反爲《艮》，而後爲趾。古「趾」字只作「止」，於義則《震》足也，於文則《艮》止也，可見聖經用字之精矣。《鼎》初六曰「顛趾」，九四曰「折足」，「足」以《震》言也，「趾」則以《艮》言也，何以明之？曰：《鼎》九三變，則下體成《坎》，而自三至五又互《坎》，有兩《坎》，是有兩耳，不變則無耳，是謂「鼎耳革」。然則「顛趾」與「折足」，可以類推也。九二變則下體成《艮》而有趾，不變則無趾，是爲「顛趾」。九四變則上體成《艮》，而自三至五又互《震》，不但有趾而且有足，不變則無足，是謂「折足」。觀《鼎》卦既言趾，又言足，知趾與足固有别矣。《艮》初爻變則成《賁》，故初九曰「賁其趾」，即承《艮》初六「艮其趾」而言。至《噬嗑》初九「屨校滅趾」，疑若以下體之《震》爲趾者，而實不然。初九之「屨校滅趾」，猶上九之「荷校滅耳」，初、上兩陽皆校也，非趾與耳也。何謂「趾」？自二至四互《艮》，斯爲趾。何謂

〔一〕釆，原誤作「米」，據蔡啓盛《校勘記》改。

「耳」？自三至五互《坎》，斯爲耳。以《艮》趾履初九之剛，是謂「屨校滅趾」；以《坎》耳荷上九之剛，是謂「荷校滅耳」。知耳之所在，則知趾之所在矣。乃有無《艮》象而亦言趾者，如《大壯》初九「壯于趾」，《夬》初九「壯于前趾」。此何「趾」也？曰：《大壯》與《遯》反對，猶《剥》與《復》也。《大壯》初九之「壯于趾」，猶《剥》初六之「剥牀以足」，《剥》之足在《復》下體之《震》，然則《大壯》之趾在《遯》下體之《艮》也。若夫《夬》與《姤》反對，亦猶《大壯》與《遯》也。故《夬》初九亦有「壯趾」之文，即承《大壯》初九而言。然而《大壯》反對之《遯》下體有《艮》，《夬》反對之《姤》下體無《艮》，而旁通之《剥》則上體有《艮》，故不曰「壯于趾」，而曰「壯于前趾」。《夬》之「前趾」與《比》之「前禽」同，「前」猶上也，以其在上故稱「前」也。夫《震》爲足，《艮》爲手，聖人既示人以兩卦之相反，而又以一「趾」字見《震》之反即爲《艮》，其義固甚微矣。然而《艮》可謂之趾，《震》不可謂之趾，何也？古「趾」字只作「止」，《震》起不可以爲《艮》止也。於是《咸》、《解》兩卦又不言「趾」而言「拇」，《説文》曰「拇，將指也」。初無手足之分，古之説《易》者或以爲手大指，或以爲足大指，皆未能觀其通也。《咸》下體《艮》，而初六曰「咸其拇」，則以爲手大指可也。《解》上體《震》，而九四曰「解而拇」，則以爲足大指可也。《説卦傳》於《艮》特箸「爲指」之文，經無「指」字，拇即指也。手有手之指，足有足之指。《艮》爲手，亦爲指，然則《震》爲足，亦爲指，不言而見矣。以手足言之則别，以指言之則通。知《震》之反即爲《艮》，則知《復》之反即爲《剥》。聖人固以《震》、《艮》之反復，明《剥》、《復》之反復，示人以《剥》、《復》循環之理也。此在《艮·彖辭》實明箸其義，故曰「艮其背」。「背」之言相背也，《艮》、《震》相背之卦也，是故「艮其背，則不獲其身」矣。言《艮》之背即爲《震》，而《震》之背即爲《艮》也。我孔子作《傳》以贊經，因《震》反爲《艮》而爲趾，其義未顯，而《彖辭》「背」字則明白甚矣。故經言「艮其背」，而《傳》則言「艮其止」，「止」即趾也。明初六爻辭之「艮其趾」，本乎《彖辭》之「艮其背」也。然則六四爻辭之「艮其身」，即承《彖辭》之「不獲其身」而言，又可知矣。《傳》曰「艮其身，止諸躬也」，夫身之爲躬，誰不知之，而必爲之詁訓乎？不知此「躬」字即用《震》上六爻辭「不于其躬」之「躬」，《傳》以「躬」代「身」字，明「艮其身」即「艮其躬」。《震》有《震》之躬，《艮》有《艮》之躬，反之則背也，皆「不獲其躬」者也。若非反復推求，豈能得聖人之意乎？

易貫四　弟一樓叢書之一

食

《兑》爲口，口者言語所從出，飲食所從入也。《頤傳》曰：「君子以慎言語，節飲食。」夫《頤》之爲卦，取自輔車之名，而《傳》即以飲食、言語贊之。然則《兑》爲口，又爲口舌，其有言語、飲食之象，從可知矣。言象屬《兑》，愚已箸其義。食象屬《兑》，請具論之。《泰》九三曰「于食有福」，以自二至四互《兑》也；《井》九五曰「寒泉食」，亦以自二至四互《兑》也。然則《井》初六曰「井泥不食」，九三曰「井渫不食」，又何歟？曰：其義在「井泥」「井渫」。《釋文》引黄穎注曰「渫，治也」，愚謂「泥」亦治也，「泥」本爲泥垢，而治去其泥垢，即謂之「泥」，猶「污」本爲污穢，而治去其污穢，即謂之「污」。《詩・周南・葛覃篇》正義曰「污澣相對」，則污亦澣名，知污之同於澣，則知泥之同於渫矣。《坎》六三一爻變而成《井》，是《井》之下體本亦《坎》泉，六三變而

《坎》泉塞矣。泥之渫之，而《坎》泉復通，則《兑》象不見，此「不食」之義也。至初六言「井泥」，九三言「井渫」，義亦有在。蓋《坎》泉所以塞，正在九三一爻，故在九三則直曰「渫之」而已。若初六即《坎》初爻也，無所用其渫也，故不曰「渫」而曰「泥」，言去其泥也。「泥」謂九三也，《坎》上一陰變，而《坎》泉不通，所謂泥也。經於《震》九四明之曰「震遂泥」，「遂」者，繼事之辭。《震》三之《巽》上成《井》，又以《震》四之《巽》初則爲遂泥，言泥而又泥也。遂泥則《井》成《需》，《需》九三曰「需于泥」，以《需》九三之爲泥，明《井》九三之爲泥也。「需于泥」與「需于沙」對文，則爲泥垢。「井泥」與「井渫」對文，則爲治去其泥垢，義實相承也。「井泥」之義明，則「不食」之義亦明矣。《鼎》九三曰「雉膏不食」，義亦同。此《鼎》上體《離》，《離》爲雉。若九三一爻變，則下體成《坎》。《坎》爲膏，即《屯》九五「屯其膏」之「膏」，虞氏謂「《坎》雨稱膏」是也。於是自三至五互體本爲《兑》者，九三變則不互《兑》而互《坎》矣。故曰「雉膏不食」，言雉而膏則不食也。此其義并可通於《大畜·彖辭》之「不家食」，《家人》二之五則成《大畜》，在《家人》則自二至四互《坎》，在《大畜》則自二至四互《兑》，故曰「不家食」，言不成家人則食也。蓋成《兑》則食，成《坎》則不食，與《泰》九三始言「勿恤」，繼言「有福」，其義一貫。《泰》爻詞之「勿恤」「有福」，即《升·彖傳》之「勿恤有慶」。《升》九二不變，則自二至四不互《坎》而互《兑》，是謂「勿恤有慶」。

《泰》九二不變，則自二至四亦不互《坎》而互《兑》，是謂「勿恤」「有福」。《傳》曰「君子以飲食宴樂」，「飲食」與「宴樂」相連，然則《兑》食而《坎》不食，即《坎》憂《兑》説之旨，固《易》之通義矣。惟《剥》上九「碩果不食」，則義又有别。《剥》與《夬》旁通，《夬》上體有《兑》，《兑》爲食，而食在《夬》不在《剥》，故《剥》上九稱「不食」。猶《剥》上體有《艮》，《艮》爲趾，而趾在《剥》不在《夬》，故《夬》初九稱「前趾」也。「不食」之文，雖與《井》、《鼎》同，而非以《兑》變爲《坎》取義，故義稍别矣。夫《兑》變爲《坎》，則爲不食，而有《兑》有《坎》，則又爲飲食，何也？以《坎》水入《兑》口，飲之象也。《需》上體爲《坎》，而下互爲《兑》，故《傳》曰「需者，飲食之道也」，又曰「君子以飲食宴樂」。《需》九五曰「需於酒食」，「酒食」即飲食也。《困》上《兑》而下《坎》，故九二曰「困於酒食」，義與《需》同。《需》、《訟》反對，《需》互體有《兑》，《訟》互體無《兑》。乃《訟》六三曰「食舊德」者，《困》之上六變而成《訟》，於是上九與六三剛柔相應，然而其位則皆不當也。以《訟》三之上則當位，而上體之《乾》乃復成《兑》，是爲「食舊德」，即爲「從王事」，《傳》曰「食舊德，從上吉也」，固明著其義矣。至《漸》之爲卦，亦無《兑》象，而六二曰「飲食衎衎」，《傳》曰「飲食衎衎，不素飽也」，則亦明著其義矣。「不素飽」之文，似即《詩》所謂「不素餐」者。乃《易》之體例與《詩》不同，聖人贊《易》大都因文見義，未可泥其文以求之。「不素飽」與「不家食」一律，「不家食」者言不家則食也，「不素飽」者言不素則飽也。何謂「不素」？「素」即「素履」之「素」。《履》初九「素履，往无咎」，虞注曰「應在《巽》，爲白，故素履」，然則素猶白也，謂《巽》也。《震》五之《巽》二而成《漸》，則《巽》五之《震》二而成《歸妹》，於是下體有《兑》，而上互有《坎》，是爲「飲食衎衎」。夫既以《震》五之《巽》二，而又以《巽》五之《震》二，則《巽》之上下兩象皆壞，是爲「不素」。虞氏訓「素」爲空，與「素履」之「素」異義，未得其旨也。至《豐傳》之「月盈則食」，則其字本當作「蝕」，即《説文》「蝕」字。「日中則昃，月盈則蝕」，乃通論《豐》、《涣》兩卦之旨。《豐》與《涣》旁通，《離》上爻變而成《豐》，所謂「日中則昃」也；《坎》上爻變而成《涣》，所謂「月盈則蝕」也。經典「月蝕」字皆以「食」爲之。虞氏因以《噬嗑》之「食」附會其義，而陸德明遂以作「蝕」之本爲非，愚未敢從也，故鄙論不及焉。

福

愚於《泰》九三之「于食有福」，謂「有福」即「有慶」。凡經言「有慶」「有喜」，皆謂《兑》也。然則「有福」，亦謂《兑》。《困》上體爲《兑》，而九五《傳》曰「利用祭祀受福也」，是其證也。《泰》九三曰「于食有福」，是「食」與「福」相連。《井》之九三則「井渫不食」矣，又曰「王明並受其福」，何也？曰：《井》自二至四明有《兑》象，其「不食」者，「井渫」故也。九三變是爲「井渫」，即爲「不食」，九三不變則不渫而食矣，此所以受福也。乃不直曰「受福」，而曰「竝受其福」者，兼初六言之也。初六之「井泥不食」，即九三之「井渫不食」，其不食同，則其食而受福亦宜同，故言「竝」也。然九三當位，而初六不當位，不當位則不能受福，必求王明而後可以受福。何謂「王明」？曰：以《震》三之《巽》上成《井》，又以《震》四之《井》初成《需》，是謂「震遂泥」，愚於「食」下已箸其義矣。《需》九三曰「需于泥」，《需》之「泥」即「井泥」之「泥」，則《井》之「食」即「需于酒食」之「食」。《井》初六不當位，《需》初九則當位矣。《需》下體有《乾》，《乾》爲君，故爲王；自三至五互《離》，《離》爲日，故爲明。《傳》曰「求王明，受福也」，經無「求」字，而《傳》增「求」字者，明必展轉相求，至《需》而後得也。《傳》曰「无交而求，則民不與也」，以《震》三之《巽》上，又以《震》四之《井》初，是之謂「交」，交則可求矣，此「求王明」之義也。《需》與《晉》旁通，《需》有《兑》象，《晉》無《兑》象也，而《晉》六二曰「受兹介福于其王母」，何歟？曰：其義在「介」字，《傳》曰「憂悔吝者存乎介」，虞氏訓「介」爲「纖至介福」之「介」，又訓爲「大」，由未得其旨，故望文生訓，前後異説。《説文》曰「介，畫也」，介爲介畫，故有交錯之義。古賓主相見，必有介紹，紹取相接，介取相交也。凡《易》言「介」者，皆以相交而言。《豫》六二曰「介于石」，《繫辭傳》以

「上交不諂，下交不瀆」贊之，可知介之義矣。《豫》與《小畜》旁通，《小畜》五之《豫》二，是爲富于其鄰；《豫》二之《小畜》五，即爲「介于石」。「石」者，《艮》象也。《豫》二之《小畜》五，則成《大畜》，上體有《艮》也。此「介」字以《豫》、《小畜》相交而言也。《兑》九三曰「介疾有喜」，「疾」者，《坎》象也。《巽》初之《兑》四，則上體成《坎》，《巽》四之《兑》初，則下體成《坎》，是謂「介疾」，此「介」字以《巽》、《兑》相交而言也。然則「介福」之「介」從可知矣，蓋以《需》、《晉》相交而言也。《需》二之《晉》五成《否》，《否》上有《乾》，是爲王；《晉》二之《需》五成《泰》，《泰》上有《坤》，是爲母。於是自二至四互《兑》而有福矣，故曰「受兹介福于其王母」。《晉》所受之福，蓋即《泰》之福也，此其義即可通於《既濟》。《既濟》九五曰「東鄰殺牛，不如西鄰之禴祭，實受其福」，「東鄰」謂《未濟》也，「西鄰」謂《既濟》也。愚於「東鄰殺牛」已箸其義矣，請言「受福」之義。《晉》二之《需》五成《泰》，《需》五之《晉》二則成《未濟》；《需》二之《晉》五成《否》，《晉》五之《需》二則成《既濟》。乃《未濟》不如《既濟》之受福者，仍以《否》、《泰》言也。《未濟》五之二成《否》，《既濟》五之二成《泰》，《泰》互體有《兑》，《否》互體無《兑》，《故》曰「東鄰殺牛，不如西鄰之禴祭，實受其福」，所受之福亦即《泰》之福也。《傳》曰「實受其福，吉大來也」，「大來」二字，即用《泰·象辭》「小往大來」之文，其義自見矣。至《震》初九《傳》曰「恐致福也」，則即上六「震不于其躬，于其鄰，昏媾有言」之義。重婚爲媾，《震》與《艮》反對，《艮》與《兑》旁通，是謂「昏媾有言」。《震》之「有言」，以《兑》故，則《震》之「致福」，亦以《兑》故。「震來虩虩」，恐矣，因即反爲《艮》，而與《兑》旁通，是謂「笑言啞啞」，即爲「致福」。知「笑言啞啞」之即爲「致福」，則《兑》之爲福，此亦一證也。

君

《説卦傳》曰「《乾》爲君」，而經於《乾》每以「大君」稱之。《履》六三曰「武人爲于大君」，即《坤》六三、《訟》六三之「或從王事」也。以《坤》三之《乾》上，是爲「從王事」，而《訟》三之上，亦爲「從王事」者，《訟》上體有《乾》也，《履》上體亦爲《乾》，以三之上，則亦可謂之「從王事」。不曰「從王事」，而曰「爲于大君」，文異義同。《師》上六「大君有命」，則承九二「王三錫命」而言。《乾》五之《坤》二成《師》，爲「王三錫命」，猶《乾》二之坤《五》而成《比》，爲「王用三驅」。愚於凡言數者，已總釋之矣。《臨》六五曰「大君之宜」，則即《觀》六四「利用賓于王」之義。《否》九四一爻變而成《觀》，則上體之《乾》成《巽》，無王矣，故「利用賓于王」，此聖人以神道設教也。《泰》九三一爻變而成《臨》，則下體之《乾》成《兑》，無君矣，故於六五曰「大君之宜」。《傳》曰

「大君之宜，行中之謂也」，是知「大君之宜」者，謂下體變成《乾》也。變成《乾》即爲《泰》行中之謂，即承《泰》六五《傳》中「以行願」而言，其義自見矣。夫《乾》爲君，何以謂之「大君」？所以別於《震》也。然則《震》亦稱「君」乎？曰：《震》得《乾》之初陽，是謂「帝出乎《震》」，有君道焉」。《小過》六二曰「不及其君遇其臣」，「君」謂上體《震》，「臣」謂上互《兑》，《震》得《乾》初一陽，故稱「君」，《兑》得《坤》上一陰，故稱「臣」。猶《歸妹》六五「其君之袂，不如其娣之袂良」，「其君」謂《震》，「其娣」謂《兑》，愚於「月幾望」已著其義矣。《兑》之爲臣對《震》君而言，《兑》之爲娣亦對《震》君而言，名隨事異，其實一也。復上六「以其國君凶」，君亦謂《震》也，《復》上體《坤》故稱「國」，下體《震》故稱「君」。《傳》曰「迷復之凶，反君道也」，蓋《剥》、《復》猶《震》、《艮》也。《復》反爲《剥》，猶《震》反爲《艮》，故《傳》以「反君道」贊之也。知《震》有君道，則凡經稱「公侯」者，皆可得其義矣。虞仲翔謂「震爲諸侯」，其説是也。愚以經求之，凡言王者，皆謂《乾》也；凡言公言侯者，皆謂《震》也。《坤》、《訟》之「從王事」，《師》、《比》之「三錫」「三驅」，及《觀》六四之「賓于王」，其説已見前。《井》九三之「王明竝受其福」，已見「福」下矣。《萃》、《涣・彖辭》竝曰「王假有廟」，何也？曰：《小畜》二之《豫》五成《萃》，《小畜》下體《乾》也，是《萃》之九五本從《乾》體而來，是謂「王假」，「假」之言至也。於是以《豫》二之《小畜》五而成《大畜》，則上體有

《艮》，是謂「有廟」，虞氏謂「《艮》爲廟」是矣。《傳》曰「王假有廟，致孝亨也」，《禮記・祭統》曰「孝者，畜也」，《廣雅・釋言》及《釋名・釋言語》竝曰「孝，畜也」，然則「致孝」即是成《大畜》矣。《渙・彖辭》「王假有廟」，則與《豐・彖辭》「王假之」互明，《渙》、《豐》旁通之卦也，《渙》五之《豐》二，則《豐》下體成《乾》，是謂「王假」，而在《豐》即爲「王假之」。於是以《豐》二之《渙》五，而《渙》上體成《艮》，是謂「有廟」。是故《萃》之「王假有廟」，謂九五自《乾》而來也；《渙》之「王假有廟」，謂九五往而成《乾》也。《易》辭之錯綜類如此。《渙》九五曰「渙王居，无咎」，然則《渙》之「王假有廟」，以九五一爻言，經固自爲疏證矣。《大畜》下體爲《乾》，則亦有王，以《大畜》二之五成《家人》，故《家人》九五曰「王假有家」，其例與《萃》、《渙》同。《隨》上六曰「王用亨于西山」，《升》六四曰「王用亨于岐山」，兩文相同，亦當一律。《隨》與《蠱》旁通，《蠱》三之《隨》上則成《无妄》，《无妄》上體之《乾》是爲王。《隨》上體有《兑》，下互有《艮》，《蠱》上體有《艮》，下互有《兑》，《兑》爲西方，《艮》爲山，故有「西山」之象。《升》與《无妄》旁通，《无妄》四之《升》初則成《泰》，《泰》下體之《乾》是爲王。《升》下互成《兑》，《无妄》下互成《艮》，則亦「西山」也。然在《升》有《兑》象，無《艮》象，在《无妄》有《艮》象，無《兑》象。一西山之象，而分見於兩卦，斯爲岐矣。故不曰「西山」，而曰「岐山」也。《益》六二「王用亨于帝」，《大有》九三「公用亨于天子」，兩文亦相同，其義亦可互明。天子猶王也，竝謂《乾》也；公也、帝也，竝謂《震》也。《否》四之初成《益》，《否》上有《乾》，《益》下有《震》，是謂「王用亨于帝」。《比》四之《大有》初，則上體有《震》，下體有《乾》，是謂「公用亨于天子」。然而《大有》變爲《大壯》矣，故繼之曰「小人勿克」，「小人」謂《比》四也，《比》六四曰「比之匪人」，所謂「小人」也。「小人勿克」，明《比》四不之《大有》上，故不成《大壯》也。《大壯》九三曰「小人用壯」，此與《大有》九三「小人勿克」互明，言「小人勿克」則爲《大有》，「小人用」則爲《大壯》矣。夫「帝出乎《震》」，《傳》有明文，乃爲「公侯」者，以其得《乾》之一陽而言則爲公侯，以其得《乾》最初一陽而言則爲帝。帝也、公侯也，異名而同實也。《益》六三「告公用圭」、六四「告公從」，下體有《震》也。《解》上六「公用射隼于高墉之上」，《小過》六五「公弋取彼在穴」，上體有《震》也。《鼎》無《震》象，而九四曰「覆公餗」，此承「鼎折足」而言。《鼎》九四變，則上互成《震》，《震》爲足；九四不變，則不互《震》而互《兑》，爲毁折，是爲「折足」，即爲「覆公餗」。「足」者，《震》象，則「公」亦爲《震》象矣。《屯・彖辭》曰「利建侯」，下體有《震》也。《豫・彖辭》曰「利建侯」，上體有《震》也。爻辭于《屯》初九曰「利建侯」，蓋申明《彖辭》所謂「利建侯」者，以初九一陽言也。《比》無《震》象，《傳》曰「親諸侯」，則與《晉・彖辭》「康侯」同義。《比》與《師》反對，《師》下互有《震》，是爲侯。《師》反爲《比》，則下互之《震》，反爲上互之《艮》，侯不親矣，故宜親之也。《晉》與《明夷》反對，《明夷》上互有《震》，是爲侯。《明夷》反爲《晉》，則上互之《震》，反爲下互之《艮》，侯不安矣，故宜康之也。《屯・象傳》「宜建侯而不寧」，蓋《屯》下有《震》，固有侯象，而上互成《艮》，適與下體之《震》相反，侯而不康者也，故曰「不寧」，「不寧」即不康也。然則「康侯」之義，《傳》已于《屯》贊之，錯綜極矣。惟「不寧」，故「利建」。《豫》之「利建侯」，亦以下互有《艮》故也。《傳》不言者，從可知也。雖然，《震》之爲公、爲侯，皆本於《乾》之爲君，據《爾雅》則公、侯皆君也。是故《震》不得稱「王」，而《乾》亦得通稱「公」「侯」，凡「王公」「王侯」皆謂《乾》也。《蠱》上九曰「不事王侯」，《蠱》與《隨》旁通，《蠱》三之《隨》上，則上體成《乾》，是爲「事王侯」。《蠱》上之《隨》四，則上互成《乾》，亦爲「事王侯」。「不事王侯」言不以《蠱》上之《隨》四也，此「王侯」謂《乾》也。《坎傳》曰「王公設險以守其國」，《乾》二、五之《坤》成《坎》，《坎》二、五即《乾》二、五，其初、三、四、上則《坤》之本體也，《坤》爲國，故曰「王公設險以守其國」，此「王公」謂《乾》也。《乾》二、五之《坤》成《坎》，則《坤》二、五之《乾》成《離》，《離》上九曰「王用出征」，「出」者，出之《坤》也。「王用出征」之「王」，即「設險守國」之「王公」。《離》六五《傳》曰「離王公也」，謂《坎》二之《離》五，而上體復成《乾》也。然則《離》六三《傳》所稱「王公」，又即「王用出征」之「王」，故知「王公」與「王侯」皆《乾》通稱也。

國

凡經傳稱國、稱邑、稱邦，虞仲翔皆以爲《坤》象，其説是也。《乾》爲君，則《坤》爲國。《乾》中爻居《坤》成《坎》，初爻居《坤》成《震》，上爻居《坤》成《艮》，《乾》之有《坤》，猶君之有國也。《師》上六曰「開國承家」，《比傳》曰「先王以建萬國」，《謙》上六曰「征邑國」，《觀》六四曰「觀國之光」，《復》上六曰「以其國君凶」，諸稱「國」者，皆明有《坤》象。《泰》上六曰「自邑告命」，《晉》上九曰「維用伐邑」，《升》九三曰「升虚邑」，諸言「邑」者，皆明有《坤》象，是固無可疑矣。《否》初之四成《益》，《否》下體爲《坤》，故《益》六四曰「利用爲依遷國」。《損》初之四成《未濟》，《損》上互爲《坤》，故《未濟》九四曰「三年有賞于大國」。雖本卦無《坤》象，而國則皆取《坤》象也。凡言「邑」者亦然。《夬》無《坤》象，而《彖辭》曰「告自邑」，此即《泰》上六「自邑告命」之「邑」。《泰》上有《坤》邑，若六四變而爲《大壯》，則上體成《震》矣。若六五又變而爲《夬》，則上體成《兑》矣，《兑》爲口舌，故爲「告命」。由《坤》變成《兑》，所謂「自邑告命」也。在《泰》順而推之，則爲「自邑告命」，在《夬》逆而溯之，則爲「告自邑」，其義正可互明矣。《井》亦無《坤》象，而《彖辭》曰「改邑」，此即《升》九三「升虚邑」之「邑」。《坤》邑本虚，若《升》六五變而成《井》，則上體成《坎》，《坤》陰之中受《乾》之一陽，邑不虛矣，是爲「改邑」。因之可得「邑人」之義，《坤》爲邑，即爲邑人，猶《震》爲行，即爲行人，《坎》爲隱伏，即爲幽人，《兑》爲剛鹵，即爲武人，其義一也。《比》九五曰「邑人不誡」，《比》下體有《坤》，固無疑矣。《訟》無《坤》象，而九二曰「其邑人三百户」，則在旁通之《明夷》，《明夷》上體《坤》也，其説已具「户」下矣。《无妄》亦無《坤》象也，而六三曰「邑人之災」，則在旁通之《升》，《升》上體《坤》也，其説已具「牛」下矣。至「邦」字經文未見，而《傳》則屢言之。《師》九二《傳》曰「王三錫命，懷萬邦也」，此非指上體之《坤》也。《乾》五之《坤》二而成《師》，謂之「錫命」，即謂之「懷萬邦」，與凡稱「正邦」者同義。《離》上九《傳》曰「王用出征，以正邦也」，《乾》二五之《坤》，則《乾》體成《離》，「王用出征」，謂《乾》二五之《坤》也，而《傳》謂之「正邦」。「正」者，正也，亦長也。國不可無君，無君即無長，無君長即不得其正，故曰「王用出征，以正邦也」。知「出征」之爲「正邦」，則知「錫命」之爲「懷萬邦」矣。《蹇・象傳》曰「當位貞吉，以正邦也」，當位謂九五一陽，《蹇》上體爲《坎》，九五一陽即「王用出征」之王也。《漸・象傳》曰「進以正，可以正邦也」，《漸》中四爻皆當位，惟初、上不當位，若初之上，則亦當位矣，是謂「進以正」。於是九五一陽與《蹇》九五同，亦即「王用出征」之「王」也，故皆有「正邦」之義。《中孚・象傳》曰「孚乃化邦也」，義亦猶是。《中孚》四之初、三之上，則成《坎》，是即「王用出征」

矣，不曰「正邦」而曰「化邦」，上下交孚，故稱「化」也。猶以「錫命」言謂之「懷」，以「出征」言謂之「正」，文以事異，其義同耳。於是《否・象傳》所謂「上下不交，天下无邦」者，亦可得其義矣。《否》體有《坤》，何以謂之「无邦」？此正聖人之微意也。《否》雖有坤，而上下不交，則有邦而不正，即謂之「无邦」，此孔子作《春秋》，所以爲天子之事也。

首

《乾》爲首，見《説卦傳》。而《乾》用九曰「見群龍无首，吉」，何也？曰：獨陽不生，《乾》、《坤》交而後萬物生焉，所謂「大哉乾元，萬物資始」也。六子皆生於《乾》、《坤》之相索，一索而成《震》、《巽》，再索而成《坎》、《離》，三索而成《艮》、《兑》，則《乾》象不復見矣，是爲「見群龍无首」，即爲「首出庶物，萬國咸寧」，故吉也。然則以《乾》二之《坤》五而成《比》，正「群龍无首」之一，而《比》上六又曰「比之无首，凶」，何也？曰：《乾》二之《坤》五成《比》，不如《坤》二之《乾》五成《大有》，《比》私而《大有》公也。《乾》二之《坤》五，是謂「比之无首」；《坤》二之《乾》五，是謂「自天祐之」，一凶一吉，皆於上爻發之，其義可互明矣。《離》上九曰「王用出征，有嘉折首」，此即《傳》所謂「首出庶物」者。《乾》二五之《坤》，《乾》體成《離》，是謂「王用出征」。於是自三至五互《兑》，《兑》爲嘉、爲慶，故稱「嘉」，《兑》又爲毁折，故稱「折」，《乾》入《兑》體，是謂「有嘉折首」。乃《明夷》有《坤》象，無《乾》象，而九三曰「得其大首」，所得何首也？曰：《明夷》與《訟》旁通，《明夷》二之《訟》五，則《訟》上體成《離》，是謂「明夷于南狩」。《訟》五之《明夷》二，則《明夷》下體成《乾》，是謂「得其大首」。於是《明夷》變成《泰》矣，《傳》曰「南狩之志，乃大得也」，即《泰》「小往大來」之義也。《既濟》二之五成《泰》，《泰》下體《乾》，是首也。《泰》二之五成《既濟》，則上體成《坎》，而下體之《乾》不見，是以《坎》水濡《乾》首也。《未濟》二之五成《否》，《否》上體《乾》，是首也。《否》二之五成《未濟》，則下體成《坎》，而上體之《乾》不見，是亦以《坎》水濡《乾》首也。故《既濟》上六、《未濟》上九竝有「濡其首」之文，正與《乾》用九「見群龍无首」相應。亦有不言「首」而言「頂」者，《大過》上六曰「過涉滅頂」。《大過》上互下互皆《乾》，而下互之《乾》居《巽》體，以《巽》木載之不滅也。上互之《乾》居《兑》體，則没於《兑》澤而滅矣，故曰「滅頂」，不曰「滅首」。頂又在首之上，明所滅者上互之《乾》也，此經文屬辭之密也。

獄

《坎》以一陽陷於二陰之中，故有獄象，虞仲翔謂「《坎》爲獄」是也。《噬嗑》上互有《坎》，反對爲《賁》，則下互有《坎》，有《坎》則有獄。乃《噬嗑・彖辭》曰「利用獄」而《賁傳》曰「无敢折獄」，虞氏因謂三在獄得正，故「无敢折獄」；《噬嗑》四不正，故「利用獄」。此則拘牽文義而未得《周易》立言之旨。愚謂「无敢折獄」，即「利用獄」也。其不曰「利用獄」而曰「无敢折獄」，則亦有説。蓋《否》五之初成《噬嗑》，而《泰》上之二成《賁》，其説亦本虞氏。徵之《賁》六二《傳》曰「賁其須，與上興也」，則虞説可信。不然則二與上兩不相涉，何以曰「與上興」乎？夫以《泰》上之二而成《賁》，則以《賁》二之上復成《泰》。於是自二至四不互《坎》而互《兑》，《兑》爲毁折，是爲「折獄」，獄折則不用獄矣。惟「利用獄」，故「无敢折獄」，兩卦之義一也。因之可得《豐》、《旅》兩卦之義，《豐》、《旅》中四爻相同，故兩卦之義可以互明。《豐》九四一爻變則成《明夷》，是謂「遇其夷主」。然則《豐》之爲卦，本由《明夷》而來，在《明夷》則自二至四互《坎》爲獄，在《豐》則自二至四不互《坎》而互《兑》，即爲「折獄」。《傳》曰「君子以折獄致刑」，「刑」者《兑》象，亦虞説也。刑官屬秋，《兑》正秋之卦，故爲刑，「致刑」即「折獄」矣。《旅傳》曰「君子以明慎用刑而不留獄」，「明慎用刑」即《豐傳》所謂「致刑」也，「不留獄」即《豐傳》所謂「折獄」也。知《豐》之「折獄」即《旅》之「不留獄」，則可知《賁》之「无敢折獄」即《噬嗑》之「利用獄」矣。《中孚傳》曰「君子以議獄緩死」，「獄」固《坎》象也，「死」亦《坎》象也。《中孚》初爻變則下體成《坎》，而有獄象；不變則下體《兑》也，《兑》爲口，又爲口舌，故不《坎》而《兑》，是爲「議獄」。《中孚》上爻變則上體成《坎》，而有死象；不變則上體《巽》也，《巽》爲進退，又爲不果，故不《坎》而《巽》，是謂「緩死」。其義皆本於六三一爻，六三爻辭曰「或鼓或罷，或泣或歌」，「議獄」云者，即所謂「或泣或歌」也。「緩死」云者，即所謂「或鼓或罷」也。「鼓」者《坎》象也，「罷」者《巽》象也。「泣」者《坎》象也，「歌」者《兑》象也。愚於「憂」下已箸其義矣。

實

陽實陰虚，故《鼎》九二曰「鼎有實」。然九二實矣，其位則不當也。以二之五則當位，於是上體成《乾》而有金象，故六五曰「鼎黄耳金鉉，利貞」，《傳》曰「鼎黄耳，中以爲實也」，「實」即「鼎有實」之「實」。明二之五，乃爲實也。《大畜》二實而五虚，與《鼎》同，故《傳》曰「剛健篤實，輝光日新其德」。《大畜》下體有《乾》，剛而健矣。然九二雖實而不當位，故必篤實而後能輝光日新其德，何謂篤實？曰：此正聖人用字之精。世但以篤厚解之，未得其義也。「篤」字從「馬」，《説文》曰「馬行頓遲也」。《乾》爲馬，以二之五爲行，《乾》健而《艮》止之，則馬行頓遲矣。然必二之五，而後五之虚者實，是謂「篤實」。於是《大畜》變爲《家人》，下體《離》日，是謂「輝光日新其德」。《家人傳》曰「言有物」，即此義也。《大畜》上互《震》，《震》爲足，故爲行。下互《兑》，兑爲口，故爲言，《傳》曰「君子以多識前言往行」是也。然五陰柔則爲失實，亦爲失常。二之五而成《家人》，然後有物有常。《傳》曰「君子以言有物而行有恒」，「恒」猶常也。《家人》無《震》足、無《兑》口，《傳》稱「言」「行」者，正承《大畜傳》之文。君子可以不言而不可以無實，可以不行而不可以無常，此「言有物」「行有恒」之義也。「言有物」之「物」，與「頤中有物」之「物」同。《頤》體中虛，是無物矣，故必「自求口實」。得九四一陽而成《噬嗑》，然後有物，有物即有實也。《歸妹》亦五虛而二實，上六曰「女承筐无實」。下《兑》爲女，上《震》爲筐，以下體《兑》女承上體《震》筐，則筐爲虛筐，五虛故也。以二之五則有實矣，故又繼之曰「士刲羊无血」。《歸妹》上互爲《坎》，明有血，卦乃云「无血」者，以二之五言也。二之五則上體成《兑》，下體成《震》，《兑》爲女，故《震》爲士，以下體之《震》士刲上體之《兑》羊，而互體無《坎》矣，所謂「士刲羊无血」也。《傳》曰「上六无實，承虛筐也」，不及「士刲羊」者，蓋兩句雖若對文，實則反覆相明，非有二義也。《泰》亦五虛而二實，六四《傳》曰「皆失實也」，則合《泰》五《否》二言之，其説已見「富」下矣。因《泰》之失實，可見《既濟》九五「實受其福」之義。東鄰《未濟》也，西鄰《既濟》也。《既濟》五實，《未濟》五虛。《既濟》五之二成《泰》，《未濟》五之二成《否》。《泰》互體有《兑》，《否》互體無《兑》，《兑》爲喜、爲慶，故爲「福」。無《兑》則無福，此「東鄰殺牛」所以「不如禴祭」之「受其福」也。「福」即《泰》九三「有福」之「福」，則「實」即泰六四《傳》「失實」之「實」。自《既濟》言之，則爲因實而受福，自《泰》言之，則爲有福而失實矣。《蒙》六四《傳》曰「獨遠實也」，《蹇》六四《傳》曰「當位實也」，兩《傳》之義可以互明。《蹇》六四「往蹇來連」，謂初六一爻變爲陽也。《蹇》上互《離》，若初六變則下體亦成《離》，兩象相連，是謂之「連」。而在初九，即謂之「當位實」，「當位實」之文，贊初也，非贊四也。《蒙》初六爲不當位，即謂「失實」，故六四《傳》曰「獨遠實」。蓋《蒙》二與五、三與上皆虚實相應，獨四與初則皆虚而不實，必待與《革》旁通而後得初九一爻之實，斯其實獨遠矣，此「遠實」之義也。然《賁》六四與初九正虚實相應，乃六四《傳》不曰「當位實」而曰「當位疑」，何也？曰：「賁如皤如」，故疑也。「皤」者白也，《巽》爲白，《賁》無《巽》象，而曰「皤如」者，蓋以《離》九四一爻變而成《賁》，在《賁》則自二至四互《坎》爲馬，在《離》則自二至四互《巽》爲白，故曰「賁如皤如，白馬翰如」。於是「當位實」者，反爲「當位疑」矣。愚於「馬」下已詳箸其義。因「當位疑」與「當位實」兩文相近，故又坿及之。

易貫五　弟一樓叢書之一

門户

《傳》曰「《乾》、《坤》，其《易》之門邪」，又曰「闔户謂之《坤》，闢户謂之《乾》」，是《乾》、《坤》爲《易》之所從出，故有門、户之象。虞仲翔謂「《乾》爲門，《坤》爲户」，非也。然以經文言之，或言「門」、或言「户」，亦未始無别。初不得其義，乃因《説卦傳》「《艮》爲門闕」，虞氏有「《艮》陽在門外」之説，始悟門、户之别，即在内、外之分，門外而户内。《艮》一陽在外，門也；《震》一陽在内，户也。蓋《乾》、《坤》雖同爲《易》之門、户，而「首出庶物」者，《乾》也。《震》、《艮》各得《乾》之一陽，經以《震》、《艮》之爲門、户，明《乾》之爲門、户，而不以《巽》、《兑》之爲門、户，明《坤》之爲門、户，舉隅示例，從可知也。《繫辭傳》曰「重門擊柝，以待暴客，蓋取諸《豫》」，《豫》上體《震》而互體有《艮》，鄭康成謂《艮》爲門，《震》亦爲門，重門之象，是以《震》爲門。鄭氏固有此説，但合言之則《震》亦通謂之門，分言之則《艮》門而《震》户，經固未嘗挸也。故《節》初九曰「不出户庭」，九二曰「不出門庭」，此可見門、户之别。《節》自二至四互《震》，初九出即《震》户矣；自三至五互《艮》，九二出即《艮》門矣。初九當位而九二不當位，故初九不出无咎，而九二不出則凶也。乃既言門、户，而又言庭者，何也？曰：庭者，自户以至門者也。《節》下互《震》，上互《艮》。九二一陽在《震》爲户，九五一陽在《艮》爲門，其六三、六四兩爻《震》、《艮》共之，於户爲户庭，於門爲門庭，此庭之義也。爻辭用「庭」字，蓋本於《艮・象辭》之「行其庭」。《艮》何以有庭？「艮其背」，則有庭矣。何謂「艮其背」？「背」之言相背也，《艮》、《震》相背之卦也，以《艮》門對《震》户，而庭在其中矣。《説卦傳》明箸「《艮》爲門闕」之文，而經於《艮》乃不言門而言庭，蓋言門則義專乎《艮》矣。《艮》之背即爲《震》，《震》之背即爲《艮》。然則《艮》所行者，《震》之庭；《震》所行者，《艮》之庭。辭雖繫於《艮》，而義則兼通乎《震》，故不言門而言庭也。「不見其人」與「不獲其身」，此二語爲互文。《震》有《震》之身，《艮》有《艮》之身。各身其身，是爲其身。《震》以《艮》爲人，《艮》以《震》爲人，各人其人，是爲其人。《震》則不《艮》，《艮》則不《震》，是爲「不獲其身」，即爲「不見其人」，其實一也。此經文言庭不言門之旨也，於是而《明夷》之言「門庭」，亦可見矣。《明夷》六四曰「入于左腹，獲明夷之心于出門庭」，蓋《明夷》與《晉》以反對見義，明入地中，一反復而明出地上，此《晉》之所以名也。《明夷》與《晉》皆有《坤》，《坤》爲腹，兩卦相次，先《晉》而後《明夷》。則《晉》之《坤》，左腹也；《明夷》之《坤》，右腹也。《明夷》反對而爲《晉》，則《明夷》之六四變爲《晉》之六三，是從右腹之下入而居左腹之上矣。「明夷之心」謂六二也，《明夷》之六四變而爲《晉》之六三，則《明夷》之六二變而爲《晉》之六五。在《明夷》則自三至五互《震》，在《晉》則自二至四互《艮》，是《明夷》六二一爻本居《震》户之下，出而在《艮》門之上，故曰「獲明夷之心于出門庭」。夫《晉》之互體有《艮》無《震》，是有門無户，本不必言庭。然合兩卦言之，則有《震》户、有《艮》門，故言門必言庭，見其由《明夷》之《震》户，而出《晉》之《艮》門也。《隨》初九曰「出門交有功」，《隨》下互有《艮》，故有門象。《隨》初九之「出門」，即《節》九二之「出門庭」也。《隨》自初至四與《節》中四爻同，則亦有門兼有户，而何以不言門庭？曰：聖人觀象繫辭，義各有取。《節》爻辭既取義于《震》户，又取義于《艮》門，故言庭也。《隨》爻辭專取《艮》門，而不及《震》户，斯無庭矣。《豐》上六曰「闃其户」，《豐》上體《震》，下體《離》，以《離》目闃《震》户，是謂「闃其户」。於是并可得《觀》六二「闚觀」之義。《觀》自三至五互《艮》，六二一爻適當《艮》門之下，觀于門内是謂闕矣。《豐》之闚爲「闚户」，《觀》之闚爲「闚門」，其闚同而所闚者異也。乃有無《震》、《艮》而亦言門、户者，《訟》之「户」、《同人》之「門」是也。《訟》九二曰「其邑人三百户，无眚」，欲求户之所在，必先求邑之所在。虞仲翔謂「《坤》爲邑」，而《同人》無《坤》也。與《明夷》旁通，乃有《坤》，邑在《明夷》，則户亦在《明夷》矣。《訟》九二不當位者也，故「不克訟，歸而逋」，逋則宜何之乎？之《明夷》而已矣。「其邑人三百户，无眚」，此以《明夷》言也。《明夷》上體有《坤》，故稱「邑人」；上互有《震》，故稱「户」。顧安所得三百户？曰：三百户以邑人言也。《坤》爲邑，每爻當百，則三百矣。虞氏謂「三爻，故三百户」，其説可節取。謂「《乾》爲百」，則非也。「百」者，成數也，成數則陰數也。《震·彖辭》曰「震驚百里」，蓋《坤》陰三爻，每爻當百，則三百里，而初爻已變爲《乾》陽，是謂「震驚百里」，即《震》之「百里」可明《訟》之「三百户」也。「无眚」者，無《坎》也。《坎》爲多眚。《訟》下體《坎》，而《明夷》下體《離》，故「无眚」也。其辭在《訟》而其義皆在《明夷》，言《訟》之逋，逋《明夷》也。《同人》初九曰「同人于門」，則猶《同人》上九之「同人于郊」，虞氏謂「《坤》爲郊」，非也。《坤》爲邑，邑外爲郊。然則郊謂《兑》也，《兑》得《坤》陰之在外者，而爲邑外之郊，猶《艮》得《乾》陽之在外者，而爲門外之闕也。凡經稱「郊」者，皆以《兑》言。《需》初九曰「需于郊」，自二至四互

《兑》也。《小畜·彖辭》及《小過》六五竝曰「自我西郊」，其互體皆有《兑》也，「西」以《兑》之方位言，則郊亦以《兑》象言明矣。《同人》無《兑》象，上九變則上體成《兑》，是謂「郊」。《同人》亦無《艮》象，初九變則下體成《艮》，是謂「門」。《同人》上九之變成《兑》，猶《履》上九之「視履考祥」，言變成《兑》羊也。《同人》初九之變成《艮》，猶《賁》初九之「賁其趾」，言變成《艮》止也。可以比例而求矣。雖然，門、户固《乾》、《坤》象也，《艮》、《震》各得《乾》之一陽，而經之言「門」者皆《艮》，言「户」者皆《震》，無一取義于《乾》、《坤》者。惟《夬·彖辭》之「揚于王庭」，庭屬之王，則當以《乾》言矣。《乾》爲君，故爲王也。《夬》下體《乾》，而自三至五又互《乾》，下體之《乾》在内爲户，互體之《乾》在外爲門，有門有户，則有庭矣。《傳》曰「揚于王庭，柔乘五剛也」，明以「五剛」爲「王庭」矣。言門則失户，言户則失門。故不言門，不言户，而言庭，則門、户皆該焉，與《艮·彖辭》之言庭不言門，其旨一也。

三七十

愚于《訟》之「三百户」，不從虞《注》「二變應五，《乾》百《坤》五」之義，而節取其三爻。故「三百户」之説，竊謂凡《易》言數者，皆據爻而言也。請先以「三」明之，莫明于《革》九三之「革言三就」，上六一爻爲上體《兑》卦之主，是爲「言」；在《革》體，是爲「革言」；而與九三剛柔相應，歷三爻而來就之，是爲「三就」。知《革》之「三就」，則知《訟》之「三褫」。蓋《訟》初、二兩爻與《革》相反，三、四、五、上四爻亦與《訟》相反。《革》之「三就」以上六就九三也，《訟》之「三褫」以六三褫上九也。上九居外卦《乾》體之上，是謂「終朝」，猶《乾》九三之「言終日」。于是物窮則變，而六三一陰歷三爻而往褫之，此「三褫」之義也。於是《師》九二之「三錫」、《比》九五之「三驅」，皆可得其義矣。《乾》五之《坤》二而成《師》，「王」謂《乾》也，自五而四一錫，自四而三二錫，自三而五三錫，是謂「王三錫命」。《乾》二之《坤》五而成《比》，「王」亦謂《乾》也，自二而三一驅，自三而四二驅，自四而五三驅，是謂「王用三驅」。推之《需》與《損》之言「三人」，亦即言三爻也。《需》之客猶《明夷》之主人，《明夷》之主人在《訟》，《明夷》、《訟》旁通故也。《需》之客亦在《訟》，《需》、《訟》反對故也。愚于「主人」有言，已箸其義矣。請言《需》之「客」，《需》卦《坎》上《乾》下，《乾》陽上升，利在出險，故曰「利涉大川，往有功也」。「涉大川」則《需》反爲《訟》，下體三陽來居上體，此《需》上六所謂「不速之客，三人來也」。《損》之爲卦，六三一陰，以初、二兩陽爲得朋，上九一陽以四、五兩陰爲得朋，所謂「一人行，則得其友也」。若三與四、五合爲《坤》，而上與初、二合爲《乾》，則皆三人行矣。然《坤》之下爻寄于《兑》體，《乾》之上爻寄于《艮》體，是各損一人也，此《損》六三所謂「三人行，則損一人也」。他若《解》九二「田獲三狐」，則謂三與五、上三陰爻；《巽》六四「田獲三品」，則謂三與五、上三陽爻。與《需》、《損》之「三人」雖不同，其據爻而言則一也，其説已見「田有禽」矣。更有言「三歲」「三年」「三日」者，以愚推之，則亦據爻而言，每一爻當一歲，歷三爻則爲三歲，推之年、日皆然。是故《革》上六變而成《同人》，《革》九三與上六剛柔相應，是謂「革言三就」；《同人》九三與上九兩剛不相就，是謂「三歲不興」，「興」之言起也，言不可起而就上也。《同人》九三之「三歲不興」，即《坎》上六之「三歲不得」。蓋《坎》上與三兩柔不相就，猶《同人》三與上兩剛不相就也。若《困》初六與九四、《豐》上六與九三，則皆相就者也，而何以竝曰「三歲不覿」？蓋「覿」猶見也，《傳》曰「《兑》見而《巽》伏」，是《兑》爲見也。《困》上體《兑》，初之四而上體成《坎》，《坎》爲隱伏，則不見矣。《豐》上互《兑》，上之三而上互成《坎》，亦爲隱伏，則亦不見矣，故「三歲不覿」，猶「三歲不孕」也。《漸》九五曰「三歲不孕」，虞仲翔謂「《離》爲孕」，蓋附會「《離》爲大腹」之義，實非經旨。「孕」者《坎》象也，以《坤》陰受《乾》之一陽，是爲孕。故九三曰「婦孕不育」，明九三一陽在互體《坎》爲中爻，乃《坤》腹所受之孕，孕而不育者，以下體爲《艮》也。故繼之曰「利禦寇」，即承「婦孕不育」而言。《坎》孕而《艮》止之，是爲「婦孕不育」；《坎》盜而《艮》止之，是爲「利禦寇」矣。

「婦孕不育」之義明，則「三歲不孕」之義亦明。以五之二歷三爻爲三歲，于是下互不成《坎》而成《兑》。《兑》爲澤，澤猶釋也；《兑》爲説，説猶脱也。故互《坎》則孕，互《兑》則不孕。不互《坎》而互《兑》爲不孕，猶不互《兑》而互《坎》爲不覿矣。更以《既濟》、《未濟》之「三年」明之。「鬼方」之説，愚于《睽》上九「載鬼一車」已箸其義矣。《既濟》九三曰「高宗伐鬼方，三年克之」，「鬼方」謂上互《離》也，以三之上歷三爻爲三年，於是上體成《巽》，《巽》爲入，故曰「克之」。《未濟》九四曰「震用伐鬼方，三年有賞于大國」，「鬼方」謂下互《離》也，以四之初亦歷三爻爲三年，於是下體成《兑》，而自三至五互《坤》，《兑》爲慶，凡經言「有慶」皆《兑》也，「賞」即慶也，《坤》爲邑，凡經言「邑人」皆《坤》也，「國」即邑也，故曰「有賞于大國」。諸言「三日」者，既皆一例，於是「蠱」之先後甲、《巽》之先後庚，先儒聚訟不得其義者，以愚推之，則亦以二之五、五之二歷三爻爲三日。「甲」謂《震》，《震》東方木甲也；「庚」謂《兑》，《兑》西方金庚也。《震》二之《巽》五而成《蠱》，是謂「先甲三日」；《蠱》五之《歸妹》二而又成《震》，是謂「後甲三日」。「先甲」「後甲」，猶云先《震》、後《震》也。若以《兑》五之《艮》二而成《蠱》，又以《蠱》二之《歸妹》五而成《兑》，則即謂之「先庚三日，後庚三日，無不可」者。聖人之辭，固舉隅以見例也。爻辭于《巽》九五即用其例，曰「先庚三日，後庚三日」，蓋以《兑》二之《蠱》五而成《巽》，以《巽》五之《隨》二而又成

《兑》，此「先庚」「後庚」之一例也。以《兑》五之《漸》二而成《巽》，以《巽》二之《歸妹》五而又成《兑》，此「先庚」「後庚」之又一例也。先儒説此者，皆拘牽「《離》爲日」之文，於是其義愈晦。不知「《離》爲日」猶「《坎》爲月」，「月幾望」之「月」以《坎》言也，「八月有凶」之「月」不以《坎》言也。若謂三日即《離》日，然則八月即《坎》月乎？《乾》九三言「終日」，而《訟》上九變其文爲「終朝」，是《乾》九三之「日夕」猶言朝夕，止取剛柔晝夜之義，而非從《離》日取義，經文固自爲疏證矣。故《晉》、《明夷》皆有《離》象，《晉・彖辭》之「晝日三接」，以《離》日言也。「三」則三爻也，《晉》與《明夷》以反對見義，《明夷》明入地中夜之日也，《晉》明出地上晝之日也，《明夷》一反復而即成《晉》，於是《明夷》之六二變爲《晉》之六五，是謂「獲明夷之心于出門庭」，即謂之「晝日三接」，言自二而三，三而四，四而五，相引接而上也。若夫《明夷》初九之「三日不食」，不以《離》日言也，「三」則亦三爻也。《小過》四之初而成《明夷》，自四之初歷三爻爲三日，《小過》象飛鳥，四之初故爲垂其翼。在《小過》則上互成《兑》，在《明夷》則上互成《震》，有《震》足而無《兑》口，故曰「君子于行，三日不食」。「三日」與「三歲」「三年」各就其事言之耳，不可曰「三年不食」，故曰「三日不食」，不可曰「三日不孕」，故曰「三年不孕」，學者毋泥其辭矣。然則《復》、《震》、《既濟》之「七日」，可得而推其義乎？曰：亦據爻而言也，《復》與《剥》反對，《復》之初九即《剥》之上九，自《剥》上至《復》初，每爻當一日，七爻則七日矣，故曰「七日來復」。《震》、《艮》猶《剥》、《復》也，《艮》反之而爲《震》，猶《剥》反之而爲《復》也。《震》六二曰「億喪貝」，「貝」指初九一陽，《震》之初九去而爲《艮》之上九，則「喪貝」矣。「躋于九陵」，言其在《艮》之上也，《艮》爲山，故爲陵也。自《艮》上至《震》初，每爻當一日，則亦七日，故曰「七日得」，即「七日來復」也。《既濟》六二之「喪茀」，猶《震》六二之「喪貝」，亦謂初九一陽。「茀」者，車之蔽，即《詩》「翟茀以朝」之「茀」。初九在互體《坎》輿之下，故有茀象，《既濟》之初九去而爲《未濟》之上九，則婦喪其茀矣。自《未濟》之上而至《既濟》之初，則亦七日也，故亦曰「七日得」也。然則經又有言「十年」者，可得而推其義乎？曰：亦據爻而言也，合三與七而言之則十矣。《既濟》九三一爻變而成《屯》，自二至三互《坤》，《坤》道成女，是爲女子。在《既濟》則自二至三互《坎》，《坤》陰之中，受《乾》之一陽，女子而孕者也，九三變則不孕矣。故《屯》六二曰「女子貞不字」，「不字」即不孕也，宜如何而後字？《屯》反爲《蒙》，然後以《蒙》上之《屯》三則字矣。《屯》反爲《蒙》，猶《艮》反爲《震》、《剥》反爲《復》、《未濟》反爲《既濟》，彼云「七日」，則此當爲「七年」。《蒙》上之《屯》三，猶《震》二之《巽》五、《蠱》五之《歸妹》二，彼云「三日」，則此當爲「三年」，并而言之則十年矣，此其義即可通于《頤》六三之「十年勿用」。夫《頤》六三與上九，剛柔相應，非如

《同人》九三之「三歲不興」、《坎》上六之「三歲不得」也。乃上九曰「由頤，厲吉，利涉大川」，「由」之言行也，上行之五，則上體成《坎》，是爲「大川」，愚于「利涉大川」已箸其義矣。上行之五，即五行之上，是爲拂經，故六四曰「拂頤」。拂則上九變爲上六，而上與三兩柔不相應，即《坎》之「三歲不得」矣，此所以不用也。宜如何而後用？曰：《頤》拂則成《屯》，必《屯》反爲《蒙》，而後《屯》三可之《蒙》上，《蒙》上可之《屯》三，故在《屯》爲「十年乃字」，而在《頤》爲「十年不用」，「十年不用」即十年乃用也。《屯》爻辭「以」字、「不」字反復申明，而《頤》爻辭則直曰「不用」。然以十年爲斷，則十年乃用不待言矣。若《頤》上六變而爲《復》，則上六與六三不相應，上不可之三，三不可之上，是爲「不克征」。即《復》反爲《剥》，而初六與六四其「不克征」如故也。故《復》上六曰「至于十年不克征」，曰「至于十年」，極言之也。若《頤》六三但曰「十年」，而不曰「至于十年」，明其「至于十年」即可用矣，其義又可互見也。然則《損》、《益》竝言「十朋之龜」，其亦一例乎？曰：「龜」者《離》象，《損》初之四則上體成《離》，《益》上之三則下體成《離》，是爲龜矣。若《損》反之爲《益》，而以《益》初之《損》四，《益》反之爲《損》，而以《損》上之《益》三，則亦龜也。夫《損》反之爲《益》，《益》反之爲《損》，而又以《益》初之《損》四，《損》上之《益》三，猶《屯》反之爲《蒙》，而又以《蒙》上之《屯》三也。然則「十朋」之「十」與「十年」之「十」一例也，《離》以上下兩陽爲朋，愚于凡言「朋」者，已通釋其義矣。「十朋之龜」，蓋古有此名，故王莽猶循用之《易》之辭，則固託以見義。因十而又得龜，是謂「益之十朋之龜」，非合全經之言數者而會通之，不能得其義之所在也。

富

陽實陰虛，實則富，虛則不富。《升》九三曰「升虛邑」，荀氏謂「《坤》稱邑，五虛無君」是也。而《升》上六《傳》曰「冥升，在上消不富也」，蓋五虛故不富矣。《泰》六四《傳》曰「翩翩不富，皆失實也」，不富由于失實，正可明《升傳》「不富」之義。然則所謂「富以其鄰」與「不富以其鄰」者，皆可推矣。「鄰」以旁通及反對之卦言，《震》之鄰，以旁通言則《巽》也，以反對言則《艮》也。愚于《震》上六之「昏媾有言」，已箸其義矣。《既濟》與《未濟》爲旁通，即爲反對，東鄰《未濟》也，西鄰《既濟》也，愚于《既濟》九五之「東鄰殺牛」已箸其義矣。《小畜》反對爲《履》，而旁通爲《豫》；《謙》反對爲《豫》，而旁通爲《履》。故《小畜》九五之「富以其鄰」，與《謙》六五之「不富以其鄰」，義可互明。《小畜》九五陽實故富，若以《小畜》五之《豫》二，則《豫》下體之《坤》變而爲《坎》，邑不虛矣，是爲「富以其鄰」，「以」猶及也，言富及其鄰也。《履》二之《謙》五，則《謙》上體之《坤》變而爲《坎》，亦可謂「富以其鄰」。乃在《履》二無文，而于《謙》六二曰「不富以其鄰」，聖人之辭固以錯綜而互見也。知《小畜》九五之「富以其鄰」，則《履》九二之「富以其鄰」，不待言矣；知《謙》六五之「不富以其鄰」，則《豫》六二之「不富以其鄰」，亦不待言矣。《无妄》六二《傳》曰「不耕獲，未富也」，《无妄》之「未富」，即《謙》六五之「不富以其鄰」，何也？《謙》五之《履》二則成《无妄》也，若夫《豫》二之《小畜》五而成《大畜》，猶《謙》五之《履》二而成《无妄》。《无妄》六二《傳》明箸「未富」之文，而《大畜》六二則經傳無文也，乃其義于《家人》見之。《家人》六四曰「富家大吉」，《家人》之富，即從《大畜》而來，《大畜》之六五固不富矣，乃以二之五即成《家人》，《大畜》之五虛，而《家人》之五則實也，以其即用《大畜》二之《大畜》五，不待乞諸其鄰而自富，故曰「富家」。蓋對「富以其鄰」而言也，以《小畜》之五富《豫》之二，富其鄰者也；以《大畜》之二富《大畜》之五，富其家者也。「富家」之文雖繫于六四，而其義則在九五，猶《升》上六《傳》之「消不富」義在六五也。然則《泰》六四之「翩翩不富以其鄰」，義亦在六五矣。《詩・巷伯篇》「緝緝翩翩」，毛《傳》曰「翩翩，往來皃」，《易》之「翩翩」與《詩》之「翩翩」同義，亦言往來也。《謙》六五之「不富以其鄰」，以《謙》五往之《履》二而言也，若以《履》二來之《謙》五則富矣。是一往一來，而富與不富各異。若《泰》五之《否》二，《否》二之《泰》五，則同爲不富而已矣。故曰

「翩翩不富」，以其鄰此往彼來而皆不富，是謂「翩翩不富」。《傳》曰「翩翩不富，皆失實也」，《傳》文用「皆」字，明合《泰》五、《否》二而言之矣。

貴

《傳》稱「崇高莫大乎富貴」，虞仲翔于《小畜》九五曰「五貴稱富」，則合富貴而一之，其説似未得也。愚謂：五無不貴，而有不富，何也？陽實陰虛，必以九居五乃爲貴而且富，若止以貴言，則九五固貴，六五亦貴也，此富貴之别也。經言富不言貴，傳之言貴者則屢見。《鼎》初六、《蹇》上六《傳》竝曰「以從貴也」，其「從貴」同，而所從之貴則有陰貴陽貴之不同，《蹇》九五陽貴也，《鼎》六五陰貴也。《蹇》之上六曰「利見大人」，「大人」謂九五，則貴亦謂九五，固甚明矣。若《鼎》初六曰「利出否，得妾以其子」，此何謂也？曰：以初之四而言也，初之四則下互成《兑》，上互成《震》，《兑》爲妾，《震》爲長子，是謂「得妾以其子」。《鼎》自二至四互《乾》，初六一陰居互體《乾》下，故爲《否》，與《否》、《泰》之《否》同義，出而之四，是爲「出否」，即爲「從貴」，言出而從六五之貴也。《鼎》與《屯》旁通，若《屯》初之四以從九五，亦可謂之「從貴」。然《鼎》之初六不當位者也，不當位則「利出否」；《屯》之初九當位者也，當位則「利居貞」。是《鼎》初可之四，《屯》初不可之四，既不以賤從貴，則宜以貴下賤〔一〕，故《屯》初九《傳》曰「以貴下賤，大得民也」。《屯》、《鼎傳》兩「貴」字義可互明，則六五與九五竝得言貴，有明證矣。《歸妹》六五《傳》曰「以貴行也」，此「貴」字則不以《歸妹》六五言，而以《兑》九五言。《震》二之《兑》五成《歸妹》，《兑》五之《震》二亦成《歸妹》，而《震》二之《兑》五不如《兑》五之《震》二之當位，是謂「其君之袂不如其娣之袂良」。愚于「月幾望」箸其義矣。《傳》曰「以貴行也」，此釋其娣袂良之義，以《兑》五對《震》二，則五貴而二賤，「以貴行」猶言以五行也。《頤》初九《傳》曰「亦不足貴也」，此其義在「亦」字。「亦」者，亦上九也，上九曰「由頤，利吉，利涉大川」，「由」之言行也，上行之五，則上體成《坎》，是謂「大川」，愚于「利涉大川」已箸其義矣。《傳》曰「由頤，厲吉，大有慶也」，夫上九貴而無位，本不足貴，其大有慶實以由頤而涉大川之故。傳之贊經，每以錯綜而互見，故于上九止贊其由頤之吉，而其何以當由則不言也。乃于初九曰「亦不足貴」，則其義見矣。何也？上九無位，初九亦無位，知初九無位之不足貴，則知上九無位之亦不足貴，而上九之以涉大川爲利，從可知矣。

〔一〕賤，原誤作「成」，據蔡啓盛《校勘記》改。

亦

愚於《頤》初九《傳》之「亦不足貴」謂「『亦』者，亦上九也」，其説已見「貴」下矣。乃即此推之，而知凡傳文言「亦」者，皆文在乎此，義兼乎彼。蓋聖人之辭，字字有精義，雖一虚字不可不深思之也。《訟》上九《傳》曰「以訟受服，亦不足敬也」，「亦」者，亦六三也。凡《易》言「三」者，如「三錫」「三驅」之類，皆以歷三爻而言，愚于凡言數者，已總釋之矣。《訟》上之三，是謂「三褫」；三之上，是謂「從王事」。《訟》上體有《乾》，故稱「王」也。乃經明言「從王事无成」，而《傳》則曰「從上吉」者，以經言「終吉」故也，因于上九并見其義。曰「亦不足敬」，明上之三爲「終朝三褫」，固不足敬，三之上爲「從王事无成」，亦不足敬也。傳文用一「亦」字，蓋并六三而贊之矣。《小畜》九二《傳》曰「牽復在中，亦不自失也」，「亦」者，亦初九也。「不自失」之文，與《比》六二《傳》同。《乾》二之《坤》五而成《比》，《比》五非《坤》五矣，而《比》二則猶《坤》二也，是謂「不自失」。《坤》初之《乾》四而成《小畜》，《小畜》之四非《乾》四矣，而《小畜》之初則猶《乾》初也，是亦可謂之「不自失」。乃《易》之辭每以錯綜而見義，故《比》之「不自失」，即於六二贊之，而《小畜》之「不自失」，則不于初九贊之，而于九二贊之。以二之不失，明初之不失，故亦六不自失也。以是推之，則《觀》六二《傳》之「亦可醜」，兼初六而言也，以闚觀之可醜，明童觀之可醜也。《大過》九五《傳》之「亦可醜」，兼九二而言也，以老婦得士夫之可醜，明老夫得女妻之可醜也。《解》六三《傳》曰「負且乘，亦可醜也」，則與《損》六四《傳》之「損其疾，亦可喜也」，兩《傳》一例。《損》初九變，則下體成《坎》而有疾，不變則下體是《兑》非《坎》，爲無疾而有喜，故六四曰「損其疾，使遄有喜」。「有喜」之文雖在六四，而「有喜」之象實在初九。惟初九有喜，故六四有喜，初與四相應故也。知《損》六四之「亦可喜」，則知《解》六三之「亦可醜」矣。《損》何以可喜？喜在無《坎》；《解》何以可醜？醜在有《坎》。蓋《恒》凡三變而成《解》，《解》六三「負且乘」之醜，即《恒》九三所謂「不恒其德，或承之羞」也。三與上相應，猶初與四相應，六三醜，則上六亦醜矣，故必射而獲之，然後無不利。「隼」者，禽也，即謂六三也，説已見「禽」下矣。《傳》曰「公用射隼，以解悖也」，虞仲翔謂「《坎》爲悖，三出成《乾》，而《坎》象壞，故解悖」，其説是也。不能射而獲之，則不能解悖，即不能無醜。乃《傳》于上六不言「可醜」，而于六三曰「亦可醜也」，則并上六而贊之矣。《損》之喜在初，而以四之「可喜」，明初之「可喜」。《解》之醜在三，又以三之「可醜」，明上之「可醜」。《易》之辭，無往不用其錯綜也。《咸》九三《傳》「咸其股，亦不處也」，此亦以三、上相應而言，《兑》見而《巽》伏，《巽》伏則處，《兑》見則不處。虞氏于《小畜》上九之「既雨既處」、《旅》九四之「旅于處」竝曰「《巽》爲處」，得其旨矣。《兑》之不處，虞氏未及，然可推而知也。《雜卦傳》曰：「《小畜》，寡也；《履》，不處也。」《小畜》之寡以上體《巽》言，即「《巽》爲寡髮」之「寡」，然則《履》之不處以下體《兑》言可知矣。《咸》上體爲《兑》，上六爲《兑》之主，不處者也，而自二至四又互《巽》，《巽》爲股，故曰「咸其股」。以《巽》言則宜處矣，乃九三一爻，雖在《巽》體而實與上六應，上六不處，故九三亦不處，「亦」者，亦上六也，此「亦不處」之義也。《旅》九三《傳》曰「旅焚其次，亦以傷矣」，此爻之義與六二互明。蓋《未濟》二、三兩爻互易而成《旅》，《未濟》六爻皆不當位，失其次矣。若《未濟》之六三與九二交易而爲《旅》之六二，是爲「即次」，于是自三至五互《兑》，是爲「得童僕」，虞氏謂「《艮》爲童僕」，非也。「童僕」乃《兑》象，《兑》爲妾、爲羊，虞本「羊」作「羔」，訓爲女使。《漢上易傳》引鄭康成本作「陽」，注云「此陽爲養無家女，行賃炊爨，今時有之，賤于妾也」，然則鄭本作「陽」乃「養」之叚字，虞本作「羔」疑「恙」字之誤，亦「養」之叚字，即「廝養」之「養」也，此《兑》爲「童僕」之明證也。于是又于九三互見其義，曰「旅焚其次，喪其童僕」。《未濟》二、三兩交易，則二爲「即次」，三亦爲「即次」；若不交易，則皆失其次。二之「即次」，以交易言也；三之「焚其次」，以不交易言也。何謂「焚其次」？曰：不交易，則自二之四互《離》，有《離》火，故焚矣。于是自三至五互《坎》，而不互《兑》，是謂「喪其童僕」。兩爻之辭，本以互文見義，故《傳》曰「亦以傷矣」。「亦」者，亦六二也，以「焚其次」之傷，明「不即次」之傷。一「傷」字并贊兩爻，故言「亦」也。若《未濟》初六《傳》曰「亦不知極也」，則因《未濟》初六之「濡尾」，而并贊《既濟》初九之「濡尾」。《未濟》上九《傳》曰「亦不知節也」，則因《未濟》上九之「濡首」，而并贊《既濟》上六之「濡首」。所謂「文見乎此，義兼乎彼」者，至此益信矣。

玩易篇

玩易篇　弟一樓叢書之二

《傳》曰：「君子所居而安者，《易》之序也；所樂而玩者，爻之辭也。是故君子居則觀其象而玩其辭，動則觀其變而玩其占。」然則《易》也者，其君子之所玩乎？樾憂患餘生，蹉跎半百，韋編三絶，聊以自娱。若夫河洛之學久失其傳，漢宋諸儒各樹其幟，禮家聚訟，而《易》尤甚。以樾檮昧，固無聞焉。

始畫八卦篇弟一

庖犧氏仰觀俯察，見天以陽而位乎上，地以陰而位乎下，人兼陰陽而位乎中，于是則而象之，畫爲《艮》、《巽》二卦。其下畫皆偶，所以象地也；其中畫一奇一偶，所以象人也；其上畫皆奇，所以象天也。是故卦始於《艮》、《巽》。

☶☴

庖犧氏又見陰陽有交感之理，天氣下降，地氣上升，而萬物生焉。於是以《艮》之上爻下行而爲《震》，以《艮》之下爻上行而爲《坎》，以《巽》之上爻下行而爲《離》，以《巽》之下爻上行而爲《兑》。是故卦次《震》、《坎》、《離》、《兑》。

☳☵☲☱

於是《艮》、《震》、《坎》之中，三陽存焉，積而爲《乾》；《巽》、《離》、《兑》之中，三陰存焉，積而爲《坤》。是故卦極於《乾》、《坤》。

☰☷

烏乎！聖人畫卦之始，吾不得而見之矣。雖然，求古人之迹必於近古者觀之。夏后氏之世，去古未遠者也，而世傳夏后氏之《易》以《艮》爲首。然則聖人畫卦，其殆始於《艮》乎？《艮》所以終萬物而始萬物也，因推其義爲圖如此。或曰：「《易》以《乾》、《坤》爲父母而生六子。如此圖，則先有六子而後有父母，傎孰甚焉。」曰：此《周易》之説也，《周易》首《乾》、《坤》，故以《乾》、《坤》爲父母而生六子。若夏《易》首《艮》，商《易》首《坤》，固當別有説矣。而況在伏羲畫卦之始，吾安知其説云何哉！且夫畫卦之始，吾固不得而知也。然而其不始於《乾》、《坤》，則可知也。何也？一陰一陽之爲道，聖人畫一奇一偶以象之，其亦足矣。乃必層累而積之，至於三畫而後已。此何理也？聖人何其不憚煩也？是故卦成之後，則《乾》爲純陽，《坤》爲純陰，無有尊於此者矣。而在畫卦之始，《乾》者，《震》、《坎》、《艮》三陽所積焉，先有《震》、《坎》、《艮》，而後有《乾》也。《坤》者，《巽》、《離》、《兑》三陰所積焉，先有《巽》、《離》、《兑》，而後有《坤》也。此在《周易》未嘗不箸其説。故《説卦傳》以《乾》君、《坤》藏居六子之後，蓋古説之相承有如此者，而孔子亦附箸之焉。且八卦方位，《乾》居西南，《坤》居西北，皆非正位，然則以《乾》、《坤》爲父母，特周人一代之學而已，未可泥《周易》之説，而以定畫卦之次弟也。

八卦成列篇弟二

夫始於《艮》、《巽》，次《震》、《坎》、《離》、《兑》，而極於《乾》、《坤》，此畫卦者之次弟也。八卦既成，乃合八卦而觀之，觀其陰陽升降以定八卦之序，所謂八卦成列也。今夫就畫卦者言之，則必自下而上，故《巽》一陰在下而爲長女，《兑》一陰在上而爲少女。然而陰陽之理實不如此。陰自上而降者也，陽自下而升者也。《兑》一陰生於二陽之上，象夏至之日，一陰自天而生也。《震》一陽生於二陰之下，象冬至之日，一陽自地而生也。由是而爲《離》、《坎》，則《兑》之一陰降而在二陽之中，《震》之一陽升而在二陰之中矣。又由是而爲《巽》、《艮》，則《離》之一陰又降而在二陽之下，《坎》之一陽又升而在二陰之上矣。是故陰始見於《兑》，至《巽》而伏。陽始起於《震》，至《艮》而止。此《雜卦傳》所以有《兑》見、《巽》伏、《震》起、《艮》止之説也。由是以《兑》、《離》、《巽》之三陰〔一〕，積而爲《坤》，則爲純陰；以《震》、《坎》、《艮》之三陽，積而爲《乾》，則爲純陽。此八卦之序也。

〔一〕三，原誤作「二」，據蔡啓盛《校勘記》改。

☱ 一陰始見於二陽之上

☳ 一陽始起於二陰之下

☲ 《兑》之一陰降而在二陽之中

☵ 《震》之一陽升而在二陰之中

☴ 《兑》之一陰降而在二陽之下

☶ 《坎》之一陽升而在二陰之上

☷ 《兑》、《離》、《巽》三陰積而爲《坤》

☰ 《震》、《坎》、《艮》三陽積而爲《乾》

或曰："然則《乾》父《坤》母之説非歟？"曰："是各一義也。夫《易》之義廣矣、大矣，仁者見仁，知者見知，聖人固言之矣，非可以執一論也。且夫後世儒者，其材識之不逮聖人亦遠矣。然而自漢田何以來，言《易》者人人殊，蓋亦各有所見焉。而況上古數千百年，神聖代興，就伏羲所已畫者引而申之，觸類而長之，豈遂無所創獲乎？是故畫卦始於《艮》，此夏后氏《連山》之《易》所本也。八卦既成，觀其陰陽、升降而定八卦之序，始於《兑》之一陰積而成《坤》，始於《震》之一陽積而成《乾》，此殷人《坤》、《乾》之《易》所本也。若夫以《乾》、《坤》爲父母而生六子，則《周易》是矣。故曰「是各一義也」。夫三易之名見於《周禮》，信而有徵，而後人輒疑之，曰：子不可以先父母也，何以先《艮》也？婦不可以先夫也，何以先《坤》也？烏乎！此《周易》之説也。

重卦篇弟三

八卦成列，因而重之，此所以爲六十四卦也。宋人《先天圖》推六十四卦之序，自謂整齊，實則陰陽錯亂甚矣。兹以吾説求之，陰始於《兑》之一陰，歷《離》、《巽》而下，極於《坤》。陽始於《震》之一陽，歷《坎》、《艮》而上，極於《乾》。所謂「八卦成列」也。因而重之則陰降之卦十有六，陽升之卦十有六，陰陽交之卦十有六，陰陽不交之卦十有六。各爲圖如左。

䷹兑　䷰革　䷛大過　䷬萃

䷥睽　䷝離　䷱鼎　䷢晉

䷼中孚　䷤家人　䷸巽　䷓觀

䷒臨　䷣明夷　䷭升　䷁坤

右陰降之卦十有六

䷲震　䷂屯　䷚頤　䷘无妄
䷧解　䷜坎　䷃蒙　䷅訟
䷽小過　䷦蹇　䷳艮　䷠遯
䷡大壯　䷄需　䷙大畜　䷀乾

右陽升之卦十有六

䷐隨　䷮困　䷞咸　䷪夬
䷔噬嗑　䷿未濟　䷷旅　䷍大有
䷩益　䷺渙　䷴漸　䷈小畜
䷗復　䷆師　䷎謙　䷊泰

右陰陽交之卦十有六

䷵歸妹　䷶豐　䷟恒　䷏豫
䷻節　䷾既濟　䷯井　䷇比
䷨損　䷕賁　䷑蠱　䷖剥
䷉履　䷌同人　䷫姤　䷋否

右陰陽不交之卦十有六

剛柔相易篇第四

易之爲言《易》也，上下無常，剛柔相易，聖人固言之矣。惟其剛柔相易，是故變動不居，周流六虚，有以成天地之文而定天下之象，所謂「剛柔相推，而生變化」也。然不得其義例之所在，則必至於顛倒錯亂而不可知。夫《易》之爲象，非反對則旁通也。若虞仲翔謂《屯》自《坎》來，《蒙》自《艮》來，既非反對，又非旁通，六十四卦可以隨意命之曰是從某卦來，而《易》道大亂矣。愚因爲此圖以明剛柔相易之例，凡初上相易也，二五相易也，三四相易也，有兩爻易者，有四爻易者，有六爻易者，有不易者，具列如左。

䷀乾

䷁坤

䷜坎

䷝離

䷚頤

䷛大過
䷼中孚
䷽小過
右不易之卦八

䷖剥　䷗復
䷪夬　䷫姤
䷶豐　䷷旅
䷺渙　䷻節
右初與上兩爻相易之卦八

䷆師　䷇比
䷌同人　䷍大有
䷞咸　䷟恒
䷨損　䷩益
右二與五兩爻相易之卦八

䷈小畜　䷉履

䷎謙　䷏豫

䷔噬嗑　䷕賁

䷮困　䷯井

右三與四兩爻相易之卦八

䷂屯　䷃蒙

䷒臨　䷓觀

䷠遯　䷡大壯

䷰革　䷱鼎

右初與上、二與五四爻相易之卦八

䷘无妄　䷙大畜

䷤家人　䷥睽

䷦蹇　䷧解

䷬萃　䷭升

右二與五、三與四四爻相易之卦八

䷄需　䷅訟

䷢晉　䷣明夷

䷲震　䷳艮

䷸巽　䷹兑

右初與上、三與四四爻相易之卦八

䷊泰　䷋否

䷐隨　䷑蠱

䷴漸　䷵歸妹

䷾既濟　䷿未濟

右初與上、二與五、三與四六爻相易之卦八

圖中所列如《需》、《訟》、《師》、《比》、《同人》、《大有》、《泰》、《否》、《晉》、《明夷》、《既濟》、《未濟》十二卦，即所謂兩象易也。虞氏知有兩象易之説，而不求其義例之所在，乃以《大壯》、《无妄》、《大過》、《中孚》、《夬》、《履》皆爲兩象易。然則六十四卦上下兩象皆可以隨意易置，其何以爲聖人之經乎？

變卦篇弟五

自漢以來，言卦變者多矣。有從八卦來者，有從十二辟卦來者，其例參差不一。愚以新意爲變卦圖四，則皆從八純卦、八交卦而來。其法惟上爻不變，自初至五變成五卦，自二至五變成四卦，自三至五變成三卦，自四至五變成二卦，以五變之，又成一卦。故每卦變成十五卦，以兩純卦、兩交卦變之，而六十四卦備焉。惟上爻不變，何也？曰：是不可變也，若上爻亦變，則《乾》、《坤》毁而無以見《易》矣，其在《剥》也爲碩果。

䷀乾

䷫姤　䷠遯　䷋否　䷓觀　䷖剥

䷌同人　䷘无妄　䷩益　䷚頤

䷉履　䷼中孚　䷨損

䷈小畜　䷙大畜

䷍大有

䷁坤[一]　䷗復　䷒臨　䷊泰　䷡大壯　䷪夬

䷆師[二]　䷭升　䷟恒　䷛大過[三]

䷎謙　䷽小過　䷞咸

䷏豫　䷬萃

䷇比

䷾既濟　䷦蹇　䷯井　䷜坎　䷮困　䷧解

䷄需　䷻節　䷹兑　䷵歸妹

䷂屯　䷐隨　䷲震

䷰革　䷶豐

䷣明夷

䷿未濟　䷥睽　䷔噬嗑　䷝離　䷕賁　䷤家人

〔一〕䷁，原誤作「䷖」，據《易經》改。

〔二〕䷆，原誤作「䷭」，據《易經》改。

〔三〕䷛，原誤作「䷟」，據《易經》改。

䷢晉　䷷旅　䷳艮　䷴漸

䷱鼎　䷑蠱　䷸巽

䷃蒙　䷺渙

䷅訟

右第一圖以《乾》、《坤》與《坎》、《離》之交卦《既濟》、《未濟》變之，各得十五卦，而六十四卦備。

䷜坎

䷻節　䷂屯　䷾既濟　䷰革　䷶豐

䷇比　䷦蹇　䷞咸　䷽小過

䷯井　䷛大過　䷟恒

䷮困　䷧解

䷆師

䷝離

䷷旅　䷱鼎　䷿未濟　䷃蒙　䷺渙

䷍大有　䷥睽　䷨損　䷼中孚

䷔噬嗑　䷚頤　䷩益

賁　家人〔一〕

同人

泰　升　謙　坤　豫　萃

明夷　復　震　隨

臨　歸妹　兑

大壯　夬

需

否　无妄　履　乾　小畜　大畜

訟　姤　巽　蠱

遯　漸　艮

觀　剥

晉

〔一〕 家人，原誤作「革」，據《易經》改。

右弟二圖以《坎》、《離》與《乾》、《坤》之交卦《泰》、《否》變之，各得十五卦，而六十四卦備。

震　豫　解　恒　升　井
　　歸妹　大壯　泰　需
　　豐〔一〕　明夷　既濟
　　復　屯
　　隨
巽　小畜　家人　益　无妄　噬嗑
　　漸　觀　否　晉
　　渙　訟　未濟
　　姤　鼎
　　蠱
咸　革　夬　兑　節　臨

〔一〕豐，原誤作「賁」，據《易經》改。

大過　困　坎　師

萃　比　坤

蹇　謙

小過

損　蒙　剥　艮　旅　遯

頤　賁　離　同人

大畜　大有　乾

睽　履

中孚

右弟三圖以《震》、《巽》與《艮》、《兑》之交卦《咸》、《損》變之，各得十五卦，而六十四卦備。

艮　賁　大畜　損　睽　履

蠱　蒙　未濟　訟

剥　晉　否

旅　遯

䷴漸

䷹兌　䷮困　䷬萃　䷞咸　䷦蹇　䷎謙

䷐隨　䷰革　䷾既濟　䷣明夷〔一〕

䷪夬　䷄需　䷊泰

䷻節　䷒臨

䷵歸妹

䷟恒　䷡大壯　䷶豐　䷲震　䷗復　䷂屯

䷽小過　䷏豫　䷁坤　䷇比

䷧解　䷆師　䷜坎

䷭升　䷯井

䷛大過

䷩益　䷓觀　䷺渙　䷸巽　䷫姤　䷱鼎

〔一〕䷣，原誤作「䷭」，據《易經》改。

中孚　小畜　乾　大有

家人　同人　離

无妄　噬嗑

頤

右弟四圖以《艮》、《兑》與《震》、《巽》之交卦《恒》、《益》變之，各得十五卦，而六十四卦備。以圖所列觀之，八純卦之中，八交卦在焉；八交卦之中，八純卦在焉。體用互根而秩然不紊。竊以竢後之君子備變卦之一義焉。若夫不用八純卦，而但以交卦變之，則亦各得十五卦，合四卦而成六十四卦。蓋亦法象之自然有條而不紊者也。續爲圖如左。

屯　比　坎　井　大過　恒

節　需　夬　大壯

既濟　革　豐

隨　震

復

鼎　大有　離　噬嗑　頤　益

䷀乾　䷍大有

䷙大畜

䷏豫　䷲震　䷵歸妹〔一〕　䷡大壯　䷊泰　䷄需

䷧解　䷟恒　䷭升　䷯井

䷽小過　䷎謙　䷦蹇

䷁坤　䷇比

䷬萃

右弟二圖以《蒙》、《革》、《小畜》、《豫》四卦變之，各得十五卦，而六十四卦備。

䷄需　䷯井　䷦蹇　䷇比　䷬萃　䷏豫

䷾既濟　䷂屯　䷐隨　䷲震〔二〕

䷻節　䷹兌　䷵歸妹

〔一〕䷵，原誤作「䷒」，據《易經》改。

〔二〕䷲，原誤作「䷗」，據《易經》改。

䷪夬　䷡大壯

䷊泰

䷢晉　䷔噬嗑　䷥睽　䷍大有　䷙大畜　䷈小畜

䷿未濟　䷱鼎　䷑蠱　䷸巽〔一〕

䷷旅　䷳艮　䷴漸

䷖剥　䷓觀

䷋否

䷆師　䷒臨　䷗復　䷣明夷　䷶豐　䷰革

䷁坤　䷎謙　䷽小過　䷞咸〔二〕

䷭升　䷟恒　䷛大過

䷧解　䷮困

〔一〕䷸，原誤作「䷴」，據《易經》改。

〔二〕䷞，原誤作「䷓」，據《易經》改。

䷜坎

䷌同人　䷠遯　䷫姤　䷅訟〔一〕　䷺渙　䷃蒙

䷀乾　䷉履　䷼中孚〔二〕　䷨損

䷘无妄　䷩益　䷚頤

䷤家人〔三〕　䷕賁

䷝離〔四〕

右弟三圖以《需》、《晉》、《師》、《同人》四卦變之，各得十五卦，而六十四卦備。

䷅訟　䷉履　䷘无妄　䷌同人　䷤家人　䷕賁

䷋否　䷠遯　䷴漸　䷳艮

䷫姤　䷸巽　䷑蠱

〔一〕䷅，原誤作「[illegible]」，據《易經》改。
〔二〕䷼，原誤作「[illegible]」，據《易經》改。
〔三〕䷤，原文脱上九，據《易經》補。
〔四〕䷝，原文脱上九，據《易經》補。

䷺渙　䷃蒙

䷿未濟

䷣明夷　䷎謙　䷭升　䷆師　䷧解　䷮困

䷊泰　䷒臨　䷵歸妹　䷹兌

䷗復　䷲震　䷐隨

䷶豐　䷰革

䷾既濟

䷇比　䷂屯　䷻節　䷄需　䷪夬　䷡大壯

䷜坎　䷯井　䷛大過　䷟恒

䷦蹇　䷞咸　䷽小過

䷬萃〔一〕　䷏豫

䷁坤

〔一〕 ䷬，原誤作「䷘」，據《易經》改。

䷍大有[一] ䷱鼎 ䷷旅 ䷢晉 ䷖剥 ䷓觀

䷝離 ䷔噬嗑 ䷚頤 ䷩益

䷥睽 ䷨損 ䷼中孚

䷙大畜 ䷈小畜

䷀乾

右弟四圖以《訟》、《明夷》、《比》、《大有》四卦變之，各得十五卦，而六十四卦備。

䷐隨 ䷬萃 ䷮困 ䷛大過 ䷯井 ䷭升

䷹兑 ䷪夬 ䷄需 ䷊泰

䷰革 ䷾既济 ䷣明夷

䷂屯 ䷗復

䷲震

䷑蠱 ䷙大畜 ䷕賁 ䷚頤 ䷔噬嗑 ䷘无妄

[一] ䷍，原誤作「䷀」，據《易經》改。

艮　剝　晉　否

蒙　未濟　訟

鼎　姤

巽

中孚

渙　觀　漸　遯　旅

益　家人　同人　離

小畜　乾　大有

履　睽

損

小過

豐　大壯　歸妹　臨　節

恒　解　師　坎

豫　坤　比

謙　蹇

咸

右弟五圖以《隨》、《蠱》、《中孚》、《小過》四卦變之，各得十五卦，而六十四卦備。

臨	師	坤	謙	小過	咸
	復	明夷	豐	革	
	泰	大壯	夬		
	歸妹	兌			
	節				
遯	同人	乾	履	中孚	損
	姤	訟	渙	蒙	
	否	觀	剥		
	漸	艮			
	旅				
噬嗑	晉	未濟	鼎	蠱	巽
	睽	大有	大畜	小畜	
	離	賁	家人		

頤　益

无妄

井　需　既濟　屯　隨　震

蹇　比　萃　豫

坎　困　解

大過　恒

升

右弟六圖以《臨》、《遯》、《噬嗑》、《井》四卦變之，各得十五卦，而六十四卦備。

觀　益　中孚　小畜　乾　大有

渙　巽　姤　鼎

漸　遯　旅

否　晉

剥

大壯　恒　小過　豫　坤　比

䷶豐　䷲震　䷗復　䷂屯
䷵歸妹　䷒臨　䷻節
䷊泰　䷄需
䷪夬
䷕賁　䷳艮　䷑蠱　䷃蒙　䷿未濟　䷅訟
䷙大畜　䷨損　䷥睽　䷉履
䷚頤　䷔噬嗑　䷘无妄
䷝離　䷌同人
䷤家人
䷮困　䷹兌　䷐隨　䷰革　䷾既濟　䷣明夷
䷬萃　䷞咸　䷦蹇　䷎謙
䷛大過　䷯井　䷭升
䷜坎　䷆師
䷧解

右弟七圖以《觀》、《大壯》、《賁》、《困》四卦變之，各得十五卦，而六十四卦備。

䷖剝　䷚頤　䷨損　䷙大畜　䷍大有　䷀乾

䷃蒙　䷑蠱　䷱鼎　䷫姤

䷳艮　䷷旅　䷠遯

䷢晉　䷋否

䷓觀

䷪夬　䷛大過　䷞咸　䷬萃　䷇比　䷁坤

䷰革　䷐隨　䷂屯〔一〕　䷗復

䷹兌　䷻節　䷒臨

䷄需　䷊泰

䷡大壯

䷤家人　䷴漸　䷸巽　䷺渙　䷅訟　䷿未濟

〔一〕䷂，原誤作「䷗」，據《易經》改。

䷈小畜　䷼中孚　䷉履　䷥睽

䷩益　䷘无妄〔一〕　䷔噬嗑

䷌同人　䷝離

䷕賁

䷧解　䷵歸妹　䷲震〔二〕　䷶豐　䷣明夷　䷾既濟

䷏豫　䷽小過　䷎謙　䷦蹇

䷟恒　䷭升　䷯井

䷆師　䷜坎

䷮困

右弟八圖以《剥》、《夬》、《家人》、《解》四卦變之，各得十五卦，而六十四卦備。

䷗復　䷁坤　䷆師　䷭升　䷟恒　䷛大過

〔一〕䷘，原誤作「䷋」，據《易經》改。

〔二〕䷲，原誤作「䷗」，據《易經》改。

䷒臨　䷊泰　䷡大壯　䷪夬

䷣明夷〔一〕　䷶豐　䷰革

䷲震　䷐隨

䷂屯

䷫姤

䷀乾　䷌同人　䷘无妄　䷩益　䷚頤

䷠遯　䷋否　䷓觀　䷖剥

䷅訟　䷺渙　䷃蒙

䷸巽　䷑蠱

䷱鼎

䷥睽

䷿未濟　䷢晉　䷷旅　䷳艮　䷴漸

䷔噬嗑　䷝離　䷕賁〔二〕　䷤家人

〔一〕 ䷣，原誤作「䷆」，據《易經》改。

〔二〕 ䷕，原誤作「䷙」，據《易經》改。

大有　大畜　小畜

損　中孚

履

蹇　既濟　需　節　兑　歸妹

井　坎　困　解

比　萃　豫

咸　小過

謙

右弟九圖以《復》、《姤》、《睽》、《蹇》四卦變之，各得十五卦，而六十四卦備。

无妄　否　訟　姤　巽　蠱

履　乾　小畜　大畜

同人　家人　賁

益　頤

噬嗑

䷭升　䷊泰　䷣明夷　䷗復　䷲震　䷐隨
䷎謙　䷁坤　䷏豫　䷬萃
䷆師　䷧解　䷮困
䷟恒　䷛大過
䷯井
䷷旅　䷝離　䷍大有　䷥睽　䷨損　䷼中孚
䷱鼎　䷿未濟　䷃蒙　䷺渙
䷢晉　䷖剥　䷓觀〔一〕
䷳艮　䷴漸
䷠遯
䷻節　䷜坎　䷇比　䷦蹇　䷞咸　䷽小過
䷂屯　䷾既濟　䷰革　䷶豐

〔一〕䷓，原誤作「䷩」，據《易經》改。

需 夬 大壯

兑 歸妹

臨

右弟十圖以《无妄》、《升》、《旅》、《節》四卦變之，各得十五卦，而六十四卦備。

大畜 蠱 艮 剥 晉 否

賁 頤 噬嗑 无妄

損 睽 履

大有 乾

小畜

萃 隨 兑 夬 需 泰

困 大過 井 升

咸 蹇 謙

比 坤

豫

䷶豐　䷽小過　䷟恒　䷧解　䷆師　䷜坎

䷡大壯　䷵歸妹　䷒臨　䷻節

䷲震　䷗復　䷂屯

䷣明夷　䷾既濟

䷰革

䷺渙　䷼中孚　䷩益　䷤家人　䷌同人　䷝離

䷓觀　䷴漸　䷠遯　䷷旅

䷸巽　䷫姤　䷱鼎

䷅訟　䷿未濟

䷃蒙

右弟十一圖以《大畜》、《萃》、《豐》、《渙》四卦變之，得十五卦，而六十四卦備。

䷚頤　䷖剝　䷃蒙　䷑蠱　䷱鼎　䷫姤

䷨損　䷙大畜　䷍大有　䷀乾

䷕賁　䷝離　䷌同人

噬嗑　无妄
益
大過　夬　革　隨　屯　復
咸　萃　比　坤
困　坎　師
井　升
恒
漸　家人　小畜　中孚　履　睽
巽　渙　訟　未濟
觀　否　晉
遯　旅
艮

䷵歸妹　䷧解　䷏豫　䷽小過　䷎謙　䷦蹇〔一〕

䷲震　䷶豐　䷣明夷　䷾既濟

䷡大壯　䷊泰　䷄需

䷒臨　䷻節

䷹兌

右弟十二圖以《頤》、《大過》、《漸》、《歸妹》四卦變之，各得十五卦，而六十四卦備。

右爲圖十有二，合之前圖，凡十有六，備矣。或曰：「卦之有變也，揲蓍求之，而後有也。聖人設卦觀象，繫辭焉而明吉凶，豈有舍本卦而言變卦者乎？是故變卦之説，始于荀、虞〔二〕，求之經義，實無當焉。而子又創爲新説，何歟？」曰：聖人言之矣，以言者尚其辭，以動者尚其變，以制器者尚其象，以卜筮者尚其占。然則變固《易》中自有之義，非占者揲蓍求之而後見也。文王、周公之經，孔子之傳，固亦有及於變卦者，故曰「《坤》至柔而動也剛」，非謂其變而

〔一〕䷦，原誤作「[illegible]」，據《易經》改。

〔二〕荀，原誤作「荀」，據蔡啓盛《校勘記》改。

之後爲以圖此爲愚故！哉也義此無《易》謂得安？乎《夬》而、《壯大》而、《泰》而、《臨》而、《復》

於，者立自以所之子君，變不所其觀，也窮之下天通以所子君，變所其觀　。助之變觀則動子君

！矣在乎是

論語小言

論語小言序

昔孔子贊《易》，舉《中孚》九二等七爻而說之，又舉《咸》九四等十一爻而說之。叚藉經文，發揮意義，此其濫觴矣。漢韓嬰著《詩外傳》，雜引古語古事，證以詩詞，於經義不必盡合。班固稱三家之詩或取《春秋》、采雜說，咸非其本意，是古之經師固有此例。《韓非子》書有《解老》、《喻老》兩篇，引老氏之文，成一家之說，亦其流乎？呫畢之餘，偶有一得，輒引《論語》以證成之，詹詹小言，無當大道。至其體例，蓋有自來，先民有作，非曰侮聖。俞樾記。

論語小言　弟一樓叢書之三

兩壯夫相與處而鬬者有之矣，兩童子相與處而鬬者有之矣，一壯夫、一童子相與處而鬬者未之有也。非童子之能讓壯夫也，彼壯夫固不與童子較也。君子之與天下也，其猶壯夫居童子之群乎！已大而物小，己重而物輕，己貴而物賤，是故「君子無所争」也。

同器而食，味之旨否，不必言也。不同食而與言味之旨否，彼又不知矣。同車而游，境之險夷，不必言也。不同游而與言境之險夷，彼又不信矣。故曰：「予欲無言。」

不觀夫如京師者乎，有陸行而至者焉，有水行而至者焉。陸行者之所遇，水行者不遇也；水行者之所見，陸行者不見也。故曰：「道不同不相爲謀。」然既至京師，則所遇同，所見同矣。故曰：「有教無類。」

死生其猶旦暮乎！旦則著衣冠而興，莫則脱衣冠而寢，事之常也。夫神明之於恒幹，生而來，死而去，亦何異衣冠之朝著而莫脱哉！雖然，冠則有纓矣，衣則有帶矣。今夫人之生也，親戚之恩愛，名利之貪戀，其牢固而不可解脱也，甚於纓帶。不脱其纓，不解其帶，遂欲脱冠而解衣，其解脱也苦矣！脱其纓，解其帶，從而去之，若無事然，斯不亦解脱之至樂者乎！故曰：「朝聞道，夕死可矣！」道也者，脱纓而解帶者也。

夫火，一也。焚椒桂則香，燔枯骨則臭，火豈有香臭哉？夫水，一也。以調飴則甘，以和藥則苦，水豈有甘苦哉？火無香臭，故可以香，可以臭；水無甘苦，故可以甘，可以苦。性無善無不善，故可以爲善，可以爲不善。子曰：「性相近也，習相遠也。」此之謂也。或曰「有性善，有性不善」，是謂火有香臭，水有甘苦也。或曰「性善」，是謂凡火皆香，凡水皆甘也。或曰「性惡」，是謂凡火皆臭，凡水皆苦也。其不然乎！其不然乎！

舟行千里，不以爲苦也。其中有一里二里之必車行者，則以爲苦矣。車行千里，不以爲勞也。其中有一里二里之必舟行者，則以爲勞矣。故方其舟行也，以一里二里之必車行爲苦，不知我故嘗車行矣。及其車行也，又以一里二里之舟行爲勞，不知我故嘗舟行矣。在舟爲舟，故憎車；在車爲車，故惡舟。聖人則不然，在舟而忘舟，在車而忘車，是以聖人「毋固」。

人以爲晝，而鵂鶹以爲夜；人以爲夜，而鼠以爲晝。然則晝夜豈有定歟？萬物皆以爲夏，而靡草以爲秋；萬物皆以爲冬，而荔挺以爲春。然則春秋冬夏豈有定歟？東家之西，西家之東。然則東西南北豈有定歟？大地本圓，人物環處其上。我以爲下，彼以爲上。然則上下豈有定歟？是故晝夜也、四時也、上下四方也，皆自我而名之也，非物物皆然也。推而言之，周公大聖，管、蔡流言，盜跖暴戾恣睢，其徒慕義無窮，是賢否無定也。莊姜之美，莊公不答；哀駘它支離無脣，見寵於魯衛之君，是好醜無定也。庸可以我之耳目爲天下人之耳目，我之心思爲天下人之心思哉！是以聖人「毋我」。

天地之氣，人得其精，物得其粗。唐虞之時，鳳皇降而麒麟游，蓂莢生於庭，萐脯生於廚，人以爲瑞也，不知此其粗者也。其精者，皋、夔、稷、契先得之矣。商紂之時，蜚鴻滿野，夷羊在牧，人以爲妖也，不知此其粗者也。其精者，飛廉、惡來先得之矣。故善氣有精粗，惡氣亦有精粗，皆以在人者爲精，在物者爲粗。粗者不足言，言其精者，故曰：「周有八士。」精者不可見，見其粗者，故曰：「鳳鳥不至，河不出圖，吾已矣夫！」

神農著《本草》，不著方書，但舉藥之爲温、爲寒、爲攻、爲輔者以詔後世，而用之之法則聽之於人，何也？病萬變，藥亦萬變。吾制方以示人，使後之醫者執吾之方以治病，則生人者十一，殺人者十九。是以孔子言治，止曰富、教，不言所以富、所以教也，若孟子則詳言之矣。是以孟子之言不行於一時，孔子之言可行於萬世。

烏乎！聖人之教何其易而善入乎！顔淵問仁，而孔子與之言禮；又不與之言禮，而與之言非禮。且不曰非禮勿思，而曰勿視、勿聽、勿言、勿動。所謂循循善誘者乎！請淺言之。語人曰：爾能仁乎？不能也。語人曰：爾能拜、能揖、能跪乎？則曰能矣。語人曰：爾能從吾言而拜、而揖、而跪乎？或能或不能也。語人曰：爾能從吾言而勿紾兄之臂乎？則曰能矣。此孔子所以不與言仁而言禮，不與言禮而與言非禮也。然語人曰：爾必無紾之之事。可也。語人曰：爾必無紾之之心。則又不能矣。此孔子所以不禁非禮之思，而禁非禮之視、聽、言、動也。雖然，視、聽、言、動一於禮矣，其所思者可知矣。無一念之非禮矣，即無一念之不仁矣。是故聖人之教，中人以下可以通行；而推而極之，則雖爲聖人，無難也。若夫釋氏之教則不然，不論事而論心，曰「一念之堅，萬緣俱絶」矣。夫天下之人能有此一念者，誰乎？非大知大勇者，不足以語此矣。是故孔子之教，似難而實易；釋氏之教，似易而實難。

人身一天地也，觀於吾身，則知天地矣。夫吾身有四支百體，而主之者心也。吾心注想及於頭，則頭涔涔然；吾心注想及於腹，則腹漉漉然；吾心注想及於背，則背凜凜然；吾心注想及於手，則手振振然；吾心注想及於足，則足踻踻然。是故心治而身治，心病而身病，心死而身死。今夫天地則可心乎？人生天地之中，即其心也。一夫含憤而白虹爲之貫日，一婦含哀而長城爲之崩阤，况乎千萬人之衆乎？是故衆志熙熙，則有和風甘雨之休；群情戚戚，則有山崩川竭之異。大哉心乎！心動於内而四支百體應之於外。大哉人乎！人動於中而天應之於上，地應之於下。聖人之治身也，養心而已矣。聖人之事天也，治人而已矣。故曰：「務民之義。」

衮衣而繡裳，所以彰吾德之華也；佩玉而鳴鑾，所以播吾德之和也；堂高數仞，所以表吾德之尊也；庭實千品，所以昭吾德之富也。是故有德者處之若固有焉，何者？其内之所有，足以副其外之所有。非惟副之，抑又過之，而何驚焉？若其中闇然而其外衮衣繡裳，則眩矣；其中嚻然而其外佩玉鳴鑾，則蕩矣；其中卑下而其外堂高數仞，則傾矣；其中空虚而其外庭實千品，則溢矣。顛到錯亂，喪其所守，曷怪哉！故曰：「不仁者不可以長處樂。」

人行五里，鳥飛千里。鳥之飛不必甚捷，人之行不必甚遲，然而相去倍蓰〔一〕，何也？人行地上，無徑直之途；鳥飛空中，無紆迴之路也。《易》曰：「何天之衢？亨。」使天下之路而皆如天之衢，千里百里，不猶咫尺乎？我非鳥也，夫安所得天衢而行之？曰：天衢者，人之心也。我心狐疑，前劇而後歧；我心窘迫，左阡而右陌。循乎自然之轍，行乎同然之塗，而我已登天

〔一〕 蓰，原誤作「簁」，據蔡啓盛《校勘記》改。「倍蓰」，常見詞，謂數倍。

衢。故曰：「斯民也，三代之所以直道而行也。」

閉門而爲屨，不與足謀而自合乎天下之足；閉門而爲鞍，不與馬謀而自合乎天下之馬。何也？有定法也。是故執一權量，可以御天下之輕重多寡。隨物之輕重而各爲之權，逐物之多寡而異爲之量，則雖萬猶不足也。譬如學書焉，吾熟乎偏旁，可以識天下之文矣。雲隸、蟲隸、龜隸、鳥隸之各異，吾不必問也。吾通乎雙聲，可以審天下之音矣。三十六母、四十二母之各異，吾不必究也。故曰：「吾道一以貫之。」

雖有輕裘，夏日御之，猶患其重也；雖有重葛，冬日服之，猶覺其輕也。夫裘葛未變乎前，而輕重有時而異，君子知其然也。不以物之憎愛爲憎愛，不以物之用舍爲用舍。輕，我自輕也，非物之能輕我也；重，我自重也，非物之重我也。故曰：「古之學者爲己。」

執塗之人，而語之曰：「爾桀爾紂。」則强者怒於言，弱者怒於色矣。彼塗之人，所居者蓽門圭竇，未覩瓊臺璇室之華也；所食者疏食菜羹，未嘗熊蹯豹胎之美也，而命之曰桀紂，何爲而不怒哉？若居之以瓊臺璇室而欲易之以蓽門圭竇，食之以熊蹯豹胎而欲易之以疏食菜羹，則弱者怒於言而强者至於攘臂。烏乎！桀紂之名則惡之，桀紂之實則樂之，吾未見人之喜夷齊而惡桀紂也。故曰：「士志於道而恥惡衣惡食者，未足與議也。」

平原千里，望之曠然。其間有魁父之丘，則過者爲之停車；有潢污之水，則游者爲之濯纓。是故情寄於登眺，不必太行、王屋之高也；意愜於流連，不必雲夢、洞庭之廣也。至於乘軺車、稱使者、奉牲玉而行貍沈之典，則必於名山大川。而魁父之丘無祈羊，潢污之水無沈玉。故曰：「君子不可小知而可大受，小人不可大受而可小知。」

衆人之言猶犬羊之皮也，塊然而已矣。彍其中而實之，亦蠢然而已矣。君子之言猶虎豹之皮也，彪然而有文。彍其中而實之，虓然而有威。聖人之言，其猶神龍之遺蜕乎。徒觀其外，其鱗角之嶄然，已不敢逼視矣。彍其中而實之，則乘風雲而上天，迅雷疾霆，不崇朝而徧雨乎天下。故曰：「畏聖人之言。」

夫聖人奚作哉？《傳》曰：網罟取諸《離》，耒耜取之《益》，弧矢取諸《睽》，棟宇取諸《大壯》，棺槨取之《大過》，書契取之《夬》。然則網罟、耒耜之屬，非聖人自作也，有所取之也。夫《離》、《益》諸卦，聖人又何所取之哉？《傳》曰：包犧氏之王天下，仰則觀象於天，俯則觀法於地，觀鳥獸之文與地之宜，近取諸身，遠取諸物，於是始作八卦。然則八卦亦非聖人自作之也，有所取之也。夫聖人何所取之？其取之天乎！是故作者，天之事也；述者，人之事也。聖人亦人也，非天也。故曰：「述而不作。」善述人之事，是爲孝子；善述天下事，是爲聖人。善爲高者，因丘陵；善爲下者，因川澤；善爲政者，因民之利；善爲教者，因人之材。夫何作之有？有小丈夫者，恥於述而勇於作，盜天下之機以行其私智小慧，終亦必亡而已矣，所謂「代大匠斲，必傷其手」也。

請言勇。夫孟賁、夏育暗啞叱咤，千人皆廢，極天下之勇矣。然使孫武、吴起率三軍之士，鼓行而前，進退有度，步伐有法，所過之處，麾城擗邑，若撥爨然。賁、育之徒，何足以當之哉？然使宰我、子貢伏軾撙銜，游説諸侯，居齊則齊重，居魯則魯重，坐廟堂之上而折衝千里之外，掉三寸不爛之舌，不戰而屈人之兵。孫、吴之徒，又何足以當之哉？然使段干木、田子方居人之國，其君過閭而式之，分庭而禮之，天下之覘國者皆曰：「其國有大賢焉！不可伐也。」則宰我、子貢又不足言矣。然使伯夷、伊尹、孔子得百里之地而君之，皆足以朝諸侯、有天下、莅中國、撫四夷，則段干木之徒又何足道哉？故曰：「驥不稱其力，稱其德也。」

請言士。夫孟嘗君在齊，不知有馮煖，及去齊居薛而後知之。平原君在趙，不知有毛遂，及去趙入楚而後知之〔一〕。二君之知二子，不已後乎！雖然，猶未後也。晏子分倉粟府金，以養

〔一〕楚，原誤作「秦」，據蔡啓盛《校勘記》改。

北郭騷之母。及晏子得罪出奔，過北郭騷而辭，北郭騷無言。晏子上車大息，自歎不知士也。晏子既去，北郭騷與其友造齊君之廷，曰：「晏子去齊，齊必侵矣。與見國之侵，不如死。」乃自刎。其友曰：「北郭子爲國故死，吾將爲北郭子死。」亦自刎。景公大駭，自追晏子而反之。晏子登車大息，自歎愈不知士也。夫晏子於北郭子，生不知之，死乃知之，不更後乎？雖然，猶未後也。柱厲叔事莒敖公，不見知而去之海上。夏則食菱芡，冬則食橡栗。及莒敖公有難而死，柱厲叔謂其友曰：「吾以不見知故去，今死而弗往死，是果知我也。」乃往死之。夫莒敖公於柱厲叔，生不知之，及其死也，己又先死，是終不知之也，不更後乎？故曰：「不患人之不己知，患不知人也。」「歲寒，然後知松柏之後彫。」

顔涿聚，梁父之大盜也，學於孔子。段干木，晉國之大駔也，學於子夏。皆爲天下名士顯人，王公大人從而禮之。故曰：「學也，禄在其中矣。」雖然，君子之爲學也，以求益也，非欲速成也。子使漆雕開仕，開曰：「吾斯之未能信。」子説。子路使子羔爲費宰。子曰：「賊夫人之子。」是以古之君子以早仕爲不幸。故曰：「三年學，不至於穀，不易得也。」

天地温厚之氣，君子得之以爲仁，藹乎其可親也，肫乎其可容也。雖天下之小物，若不欲傷之；雖一夫一婦之賤，若不敢與之抗也。小人竊之以媚世，則爲「巧言令色」。天地嚴凝之氣，君子得之以爲義，凛乎不可犯也，儼乎其有威也。雖三軍之衆而不能奪，雖太山崩乎前而不爲之驚。小人竊之以高世，則爲「色厲而内荏」。

詹何聞牛鳴，曰：是黑牛而白角。使人視之，則黑牛而以布裹其角。使五尺之愚子開門而視之，必知黑牛而布裹其角矣。是詹何之知不如愚子。公輸子刻木爲鵲，鵲成而能飛，飛三日而墮。使市中之拙工鏤三寸之木以爲車輗，則可以引五十石之重而致千里之遠。是公輸子之巧不如拙工。故曰：「好行小慧，難矣哉！」

夫道不可見，見之於物，是故離物不足以爲道，離道不足以爲物。離物而言道，譬猶滅燭而求光，毀刃而求利也。既無燭，何有光？既無刃，何有利？既無物，何有道？故曰：「爾愛其羊，我愛其禮。」離道而言物，譬猶風息而張帆，水涸而置碓也。既無風，何有帆？既無水，何有碓？既無道，何有物？故曰：「禮云禮云，玉帛云乎哉？樂云樂云，鐘鼓云乎哉？」

夫人所貪者，利也；所惜者，命也。故曰：「見利思義，見危授命。」人皆貪利也，有棄利而弗顧者，則衆以爲廉矣；人皆惜命也，有舍命而不辭者，則衆以爲勇矣。衆以爲廉，不問其可以取可以勿取也；衆以爲勇，不問其可以死可以不死也。夫然，則是天下無是非也，無所取則皆是，有所取則皆非也；天下無賢不肖也，能死則賢，不能死則皆不肖也。今夫道無方體者也。苟惟不取之爲是，能死之爲賢，則執一而非所以爲道也。是故原思辭粟，子曰：「毋！以與爾鄰里鄉黨乎！」子路責管仲之不死，子曰：「豈若匹夫匹婦之爲諒也，自經於溝瀆而莫之知也。」

舜生諸馮，東夷之人也；禹生石紐，西夷之人也。是二聖者，相去千里猶比屋也。太公避紂，居東海之濱；伯夷避紂，居北海之濱。是二賢者，相去千里猶對宇也。故曰：「德不孤，必有鄰。」

知、仁、勇，天下之達德也。子曰：「知者不惑，仁者不憂，勇者不懼。」知、仁、勇之序，其不可易乎！又曰：「君子道者三：仁者不憂，知者不惑，勇者不懼。」殆記人失其序矣。之三德者，知爲首，仁次之，勇次之。舜有天下，選於衆，舉皋陶，不仁者遠矣；湯有天下，選於衆，舉伊尹，不仁者遠矣。故曰：「未智，焉得仁。」文王一怒而安天下之民，武王亦一怒而安天下之民。故曰：「仁者必有勇。」此知、仁、勇之序也。

情猶水也，氣猶火也。夫水之初，涓涓而已；涓涓不已，至於滔天。夫火之初，熒熒而已；熒熒不已，至於燎原。夫情之初，油油而已；油油不已，至於易内而竊妻。夫氣之初，悻悻而已；悻悻不已，至於臣弑君而子弑父。善治情者，不治之於滔天之日而治之於涓涓之微；善治氣者，不治於燎原之時而治之於熒熒之始。故「可以群，可以怨」。

古有亡人之天下者矣，無滅人之國也。古有亡人之國者矣，無絶人之族也。當周之初，黄帝之後在薊，堯之後在祝，舜之後在陳，禹之後在杞，湯之後在宋，是有亡天下、無滅國也。當漢之初，齊諸田、楚昭、屈、景及燕、趙、韓、魏之後，皆稱彊族，是有亡國、無絶族也。秦漢以來，封建廢，世禄亡，於是滅絶之禍起。其興也，輿臺有配天之魂；其亡也，九廟有餒而之鬼。其盛也，草木有衣錦之榮；其衰也，子孫無立錐之地。天下泛泛若雨中之漚，倏然而起，倏然而滅。自上至下，曾無固志，棄百世之謀，爲一切之計，悲夫！故曰：「上失其道，民散久矣。」

周之尹氏，逢歲饑荒，羅鼎鑊作糜。臨食，失三十人，乃入鑊中掔取底糜。鑊深大，故人不見也。宋之丁氏，家無井而出汲，常一人居外。及其家穿井成，告人曰：「吾穿井得一人。」聞而傳之者曰：「丁氏穿井得一人。」宋君令人問之，對曰：「得一人之使，非得一人於井中也。」是嗟乎！傳聞之言，庸可據乎哉！信如所傳，則尹氏鑊中實失三十人，丁氏井中真得一人矣。是故鄉人皆好之，未可也；鄉人皆惡之，未可也。「衆好之，必察焉；衆惡之，必察焉。」

夫牛馬之力十倍於人，雖壯夫不敵焉。然馭之得其道，則三尺童子使之左而左，使之右而右。馭之失其道，則牛能觸、馬能蹄，其殺人也，與虎豹無以異。夫民猶牛馬也，唐虞三代馭之得其道，天下歸其仁，若慈父母。然秦、隋馭之失其道，一夫攘臂而呼則閭左之人皆敵國。故曰：「爲君難。」

秦穆公以女樂二八遺戎王，而戎王疏由余。曹共公時，僖負羈之賢不見用，而美女乘軒者三百人。故曰：「吾未見好德如好色者也。」江乙說安陵君曰：「以財交者，財盡而交絶；以色交者，華落而愛渝。今君擅楚國之勢而無以自得於王，竊以爲君危之，願君請從死，以身爲殉，如是必長得重於楚國。」安陵君用其計，楚國大悦。司馬喜爲陰姬，謂中山王曰：「趙王非賢王也。臣聞其乃欲請所謂陰姬者，王如不與，則社稷危矣；與之，即爲諸侯笑。」中山王曰：「爲之柰何？」曰：「王立爲后，以絶趙王之意。世無請后者，雖欲得之，鄰國不與也。」中山遂立以爲后。夫陰姬之美，非司馬喜不得立；安陵君之美，非江乙則不能長見重於楚。故曰：「不有祝鮀之佞，而有宋朝之美，難乎免於今之世矣。」烏乎！德與色遇，德不敵也；色與佞遇，色不敵也。然則德與佞遇，將何如哉？讒人高張，賢士無名，是以深惡佞也。

君子之德猶松柏也，其大足以蔽牛，行者解衣縣冠倚劍而寢其下。何者？樂其陰也。然而兩松相去至近十步，兩柏相去至近五步。不十步不足以爲兩松，不五步不足以爲兩柏。故曰：「君子周而不比。」小人之德猶草也，上與下相糾，前與後相繚，其間不能以髮，然而其蔭不足以庇其身。故曰：「小人比而不周。」

夫道若大路然。今以六十里爲期，有行三十里而止者，有行九十里而止者，其失期均也。故曰：「過猶不及。」行三十里者前行三十里，適如其所期。行九十里者卻行三十里，雖亦至乎所期之地，而已行百有二十里。故曰：「禮，與奢也〔一〕，寧儉。」

道猶車也。車有載千鈞者，有載百鈞者。以百鈞之車而載千鈞，懼其折也。然百鈞之車往返者十，則千鈞致矣。道猶舟也。舟有載千石者，有載百石者。以百石之舟而載千石，懼其沉也。然百石之舟往返者十，而千石致矣。故曰：「人能弘道，非道弘人。」

甚乎蘇子之論智也，曰：「天下之事，譬如有物十焉，吾舉其一而人不知，吾之不知其九也。歷數之以至於九而遺其一，不如舉一之不測也。」嗟乎！此蓋以術愚天下也。夫術必有時而窮。子貢曰：「回也，聞一以知十；賜也，聞一以知二。」今我未及子貢之知二，而欲欺天下以爲顏子之知十哉，是猶齊宣王之用弓也。齊宣王好人之謂己能用彊弓也。其所用不過三石，以示左右，左右試之，皆中關而止，曰：「此不下九石，非王其孰能用是？」宣王所用不過三

〔一〕與，《論語》作「與其」，義長。

石，而終身自以爲用九石，豈不悲哉？蘇氏之論智無以異此。故曰：「知之爲知之，不知爲不知，是知也。」

楚石奢爲政，道有殺人者，石奢追之，則其父也。還車而反，曰：「以父行法，不忍；阿有罪，廢國法，不可。失法伏罪，人臣之義也。」於是乎伏斧鑕而死於王廷。若石奢者，可謂忠且孝矣。墨者鉅子腹䵍居秦，而其子殺人。秦惠王曰：「先生之年長矣，非有他子也。寡人已令吏弗誅矣。」腹䵍曰：「墨者之法，殺人者死。王雖爲之賜，不可不行墨子之法。」不許惠王，而遂殺之。若腹䵍者，可謂公矣。雖然，使腹䵍而行石奢之事，則死而無名矣；使石奢而爲腹䵍之事，則不可以立於世矣。夫腹䵍之公、石奢之忠且孝，天下之所美也。易地而爲之，則匹夫匹婦得而笑之。故曰：「視其所以。」趙襄子游於囿，至於梁而馬不進，使青荓視之，則豫讓在焉，其友也。青荓曰：「子且爲大事而我言之，是失爲友之道；子將賊吾君而我不言，是失爲臣之道。」乃退而自殺。君子曰：青荓之死，不如石奢之死矣。君臣與父子，一也，石奢不可以不死也。朋友與君臣則有間矣，青荓可以不死也。故死非難，而處死難也。吴起示其妻以組，曰：「子爲我織組，令之如是。」組已就而效之，其組異善。吴起曰：「使子織組，令之如是，而今異善，何也？」乃出其妻。其妻請其兄爲之索入。兄曰：「吴子，爲法者也。其爲法必先踐其妻妾，然後行之子，毋索入矣。」君子曰：吴起之守法，不如腹䵍之守法也。腹䵍之子殺人，其罪宜死；吴起之妻爲組而善，其罪未至於出也。是故腹䵍之殺其子，守法也；吴起之出其妻，非守法也，欲以行法也。守法，公也；欲以行法，私也。故曰：「察其所安。」

孔子窮於陳蔡之間，七日不食，弦歌於室，曰：「昔桓公得之莒，文公得之曹，越王得之會稽。陳蔡之阨，於丘其幸乎！」斯言也，自孔子言之，則爲聖人之言也。齊湣王亡居衛，謂公玉丹曰：「我何如主也？」對曰：「王，賢主也。名稱東帝，實辨天下。去國居衛，容貌充滿，顏色發揚，無重國之意。」王曰：「甚善！丹知寡人。寡人自去國居衛也，帶益三副矣。」斯言也，由齊湣王言之，則爲狂夫之言也。故曰：「察其所安。」

一城之成，爲工者萬。有操畚者，有操搧者，而皆聽命於操表綴者。一室之成，爲工者百，有執斧者，有執鋸者，而皆聽命於執繩墨者。一衣之成，爲工者十。有執鍼者，有執鉥者，而皆聽命於執刀尺者。故曰：「子帥以正，孰敢不正？」

公輸子之刻木而爲鳥也，人見其身以爲龍鶏也，人見其身以爲鵕鸐也。及其既成，翠冠而朱距，錦身而綺翮，乃皆驚曰：「鳳也！鳳也！」夫君子之爲學，何異公輸子之爲鳳乎？鳳未成而遽以示人，吾安知其不以爲雞鶩也？故曰：「人不知而不愠。」「不患莫己知，求爲可知也。」

觀物者從其多，不從其少也；觀人者從其大，不從其小也。犬有麟之一毛，未可以爲麟；鷄有鳳之一羽，未可以爲鳳。若夫麟亦有常毛，鳳亦有凡羽，豈以其有常毛、凡羽而謂非麟鳳哉？是故盈倉之粟偶有鼠菌，無損於粟；盈幅之帛偶有蠅屎，無傷於帛。非鼠菌不足爲穢，蠅屎不足爲污，固不以少而廢多，因小而棄大矣。且天之生物也，不能皆有用。是故孟賁，天下之勇士也，其手可以剸犀兕，其足可以轢虎豹。手之所批，足之所踦，無不糜爛，然而其舌固柔，其髮固脆也。今謂勇如孟賁，必以鏌邪爲舌、徽纆爲髮，有是理耶？是故直木不能無曲枝，正路不能無邪徑，多寡大小之間，不可不辨也。一井之水，貍溺其中，則人相戒不飲；江湖之水，腐胔朽骨多矣，而人汲以祭上帝。今夫小材小藝，猶井中水也，稍有不潔，已爲人棄；大材大藝，猶江湖水也，縱有污濁，何傷其浩浩哉？故曰：「觀過，斯知仁矣。」

人之筋力不可强也，故烏獲能舉千鈞之鼎，而秦武王舉之，則至於絶臏而死。人之目力不可强也，故孔子能見吳閶門外之白馬，而顔淵視之，則所見才如匹練，而齒爲之落、髮爲之白。夫道之爲物也，其重大而難勝，非直千鈞之鼎；其微眇而難見，非直吳閶門之馬也。故曰：「中人以下，不可以語上也。」

群盲之觀象也，或捫其耳，言象如箕；或捫其鼻，言象如杵；或捫其腹，言象如甕；或捫其尾，言象如繩。彼皆得其一體，未觀全象也。夫道亦然。孔子之後儒分爲八，墨子之後墨離爲三。老聃之貴柔、關尹喜之貴清、列禦寇之貴虚、陳駢之貴齊、陽朱之貴己、孫臏之貴勢、王廖之貴先、兒良之貴後，人人以爲道在是。彼得其一端，未覩道之全體也。然合群盲之言以求象，即象之全體也；合諸子之言以求道，即道之全體也。謂諸子未知道而别求所以爲道，猶謂群盲不知象而别求所以爲象，吾懼其求象而得沐猴也。故曰：「多聞，擇其善者而從之；多見而識之，知之次也。」

後世儒者之論，其猶高陽魋之論爲室乎。高陽魋將爲室，匠曰：「未可也。木尚生，加塗其上，必撓。」高陽魋曰：「木益枯則勁，塗益乾則輕。以益勁任益輕，不敗也。」匠無以應。及室之成，不久而果敗。夫天下之言，固有於理似可信，求之事實而不合者也。後之儒者執一理以盡天下之事，無惑乎楝折榱崩之相望矣。伊尹以味説湯，知味者也，然使列鼎鼒而烹，則不如齊之狄牙；太公以釣説文王，知釣者也，然使張網罟而漁，則不如宋之豫且。何也？一知其理，一熟其事也。故曰：「吾嘗終日不食，終夜不寢，以思，無益，不如學也。」

常人之性，其猶蟣蝨乎。頭蝨著身，稍變而白；身蝨處頭，浸變而黑。黑白初無定質，移易存乎所居。故曰：「里仁爲美，擇不處仁，焉得知？」若夫君子則不然。譬猶春日之風，夏日之雨，其所至之處，句者茁，萌者達。生繁華於枯荑，育靈芝於朽壤。故曰：「君子居之，何陋之有？」

夫有摩頂放踵以利天下之墨子，必有拔一毛而利天下不爲之楊子矣；有囹圄不羞、見侮不辱之宋榮子，必有不色撓、不目逃之漆雕子矣。各是所是，各非所非，悲夫！何天下是非之多也。故曰：「中庸之爲德也，其至矣乎！民鮮久矣。」

世之君子，口藜藿之味而頤朵乎八珍，身蓬蓽之宮而神遊乎朱門。其役役於形勢之途而不能超然於塵壒之外，豈有怪乎？子曰：「衣敝緼袍，與衣狐貉者立而不恥者，其由也與？」又曰：「道不行，乘桴浮於海。從我者，其由也與？」夫子路惟不恥緼袍，故能從夫子而浮於海也。雖然，聞《雄雉》之詩而誦之終身，其猶有緼袍、狐貉之見存乎？有緼袍、狐貉之見存，則將喜緼袍而厭狐貉；喜緼袍而厭狐貉，則將厭人間而喜海外矣。故子路終身誦之，子則曰：「是道也，何足以臧？」子路聞之喜，則曰：「由也，好勇過我，無所取材。」

夫求仁者，猶齊王之臣之之楚也。其始出門也，行乎齊之國；其始出國也，行乎齊之郊。然而問其行，不曰之齊而曰之楚。楚之名不定於稅駕之夕而定於發軔之朝，然則出門一步即楚之塗矣。故曰：「仁遠乎哉？吾欲仁，斯仁至矣。」及其既至楚也，行乎楚之郊矣，入乎楚之國矣，楚行人揖客而問所自來，則曰自齊來，不曰自楚來。終不能舍齊，是終不能至楚也。故曰：「仁以爲己任，不亦重乎？死而後已，不亦遠乎？」

先王之道猶水也，先王之法猶器也。槃圓而水圓，盂方而水方。水無方圓，視器以爲方圓。是以槃之水可寫之盂，盂之水可寫之槃。故曰：「君子不器。」若夫槃盂之方圓，則有定矣。槃而不圓非槃也，盂而不方非盂也。故曰：「觚不觚，觚哉！觚哉！」

「五十而知天命」，何謂也？曰：「文王既没，文不在兹乎！天之將喪斯文也，後死者不得與於斯文也。」此天之所以命孔子而孔子知之也。「道之不行，已知之矣。」「學而時習之，不亦説乎？有朋自遠方來，不亦樂乎？人不知而不愠，不亦君子乎？」故曰：「不知命，無以爲君子也。」

童子之逐胡蝶也，使瞀然而竟去，則亦已矣。翔而左焉，翩而右焉；若可得也，若不可得也。此童子所以敗顙折足而不知止也。今夫人之於富貴利達亦然，若可得也，若不可得也，遂使天下之人逐逐乎敗顙折足而不知止。悲夫！故曰：「不知命，無以爲君子也。」

春秋名字解詁補義

春秋名字解詁補義序

本朝經術昌明，詁訓之學超踰前代，而余尤服膺高郵王氏之書，其所箸《經義述聞》、《讀書雜志》，發明義理，是正文字，允足以通古今之言，成一家之學。《經義述聞》中坿《春秋名字解詁》二卷，於古人名字相應之義鉤深索隱，曲而能中，尤爲先儒所未及。然自唐以來，典籍散佚，古義不盡有徵，王氏所説得者大半，而千慮一失亦或有之。余鑽孯既久，妄有訂正，又篇末所列闕疑三十餘條，亦以己意補其數事。依原書之次録之，題曰《春秋名字解詁補義》。俞樾記。

春秋名字解詁補義　弟一樓叢書之四

鄭渾罕字子寬

王氏《解詁》曰：罕讀爲衎。《漸》六二：「飲食衎衎。」馬融注曰：「饒衍。」王肅注曰：「衎衎，寬饒之貌。」樾謂：王謂「罕讀爲衎」，非也。罕者，軒之叚字。《韓非子·外儲説左篇》正作「渾軒」，是其明證也。昭元年「鄭罕虎」，《公羊》作「軒虎」，定十五年「罕達」，《公羊》作「軒達」，是古字「罕」與「軒」通。《左傳·閔二年》「鶴有乘軒者」、僖二十八年「乘軒者三百人」、哀十五年「服冕乘軒」，杜注並曰：「軒，大夫車。」《毛詩·大車篇》傳曰：「大車，大夫之車。」名軒而字子寬，從車取義，言車之寬大也。

鄭公子呂字子封

王氏《解詁》曰：呂之言甫也。《爾雅》：「甫，大也。」《商頌》：「封建厥福。」毛傳：「封，大也。」樾謂：春秋之世，若晉侯周、衛侯鄭、陳侯吴、衛侯晉之類，以他國爲名者甚衆。呂乃姜姓之國，《鄭語》所謂「南有荆蠻申呂」是也，是時已爲楚縣矣。公子呂蓋取古國名爲名，故字子封。《楚語》韋注曰：「封，國也。」

鄭國參字子思

王氏《解詁》曰：參讀爲慘。《爾雅》曰：「慘，憂也」，「憂，思也」。又曰：「惄，思也。」《周南・汝墳篇》：「惄如調飢。」《韓詩》「惄」作「愵」，云「憂也」，是憂亦謂之思。樾謂：如王説則非令名矣。《莊子・天下篇》曰：「聖人之法，以參爲驗，以稽爲決。」《史記・禮書》曰：「參是豈無堅革利兵哉？」《索隱》曰：「參者，驗也。」《荀子・解蔽篇》曰：「參稽治亂而通其度。」楊倞注亦以「參驗」釋之。是「參」有參驗之義，故名參字思，明既參驗之於物，又必思之於心，然後可以得天下之理也。或曰：「參」與「傪」通，「思」與「偲」通，古書省人旁耳。《說文》曰：「傪，好貌。」名傪字偲，猶《詩》云「美且偲」。

燕級字思　魯孔伋字子思

王氏《解詁》曰：級與伋，皆急字之叚借也。急者，憂恐迫切之意。《莊子·天地篇》：「汲汲然惟恐其似己也。」汲與急通。是急爲憂恐，思亦憂也，故名急字子思。樾謂：王說非也。古人何取乎憂思之義而輒以爲字乎？《說文·人部》「伋，人名」「伉，人名」，許君每字必箸本義，而此二字止曰「人名」，明其爲人名，故從人無它義也。「伉」篆下引《論語》有「陳伉」。今《論語》作「陳亢」，鄭注曰「字子禽」，蓋取《爾雅》「亢，鳥嚨」之義〔二〕，是伉即亢字也，然則「伋」即「及」字明矣。《史記·齊太公世家》「丁公呂伋」，徐廣曰：「伋，一作及。」蓋作「及」者本字也。以其爲人名，故加人旁，猶山名皆加山旁，水名皆加水旁，邑名皆加邑旁，古人作書自有此例也。「燕級」之「級」，王氏從單行《索隱》本，故作「級」。今《史記·仲尼弟子列傳》止作「伋」，與

〔二〕　嚨，原誤作「曨」，據蔡啓盛《校勘記》與《爾雅》改。

孔伋同名同字。昔孔子之教人也，曰：「未之思也，夫何遠之有？」《詩》曰：「雖不能至，心嚮往之。」名及字思即此義也。《禮記·文王世子篇》正義曰：「冀，及也。」思之爲及，猶冀之爲及矣。《索隱》本燕伋作「級」，即「伋」之叚字。《荀子·解蔽篇》曰：「空石之中有人焉，其名曰觙，其爲人也，善射以好思。」「觙」亦「伋」之叚字。蓋古人名伋字思，故設言好思之人亦曰伋也。觙與級竝當爲伋，而伋即及字。名及字思，乃取冀及之義。段氏玉裁《説文解字注》因《荀子》之文疑伋字自有本義，朱氏駿聲作《説文通訓定聲》曰「當訓爲急思」，殆未免乎鄉壁虛造矣。

魯原憲字子思

王氏《解詁》曰：《説文》：「憲，敏也。」僖三十三年《左傳》杜預注曰：「敏，審當於事也。」憲有「審當於事」之義，故字子思。或曰：「憲」與「獻」通，「思」與「偲」通，皆謂多才能也。樾謂：王氏二説皆近迂曲。憲字蓋自有思義。《禮記·學記篇》曰：「發慮憲，求善良。」鄭注訓憲爲法，非也。「善良」二字同義，「慮憲」二字亦必同義。《爾雅·釋詁》曰：「慮，思也。」然則憲亦思也。《大戴記·文王官人篇》「其老觀其意憲慎」，《周書·官人篇》作「其老者觀其思慎」，是意憲即思也。名憲字思，義正相應矣。

楚卻宛字子惡

王氏《解詁》曰：宛當讀爲怨。怨、惡義相近，故名怨字子惡。樾謂：如王説則非令名也。宛讀如宛丘之宛，毛傳曰「四方高中央下曰宛丘」，是也。惡讀爲亞。《説文》曰：「亞，醜也。象人局背之形。」楚卻宛蓋局背者，故名宛字亞，皆肖其形，所謂「以類名」也。惡與亞古字通。《尚書大傳》「鐘鼓惡」，注曰：「惡當讀爲亞。」《易·繫辭傳》：「言天下之至賾，而不可惡也。」荀本惡作亞，竝其證矣。

顏高字子驕

王氏《解詁》曰：《史記·孔子世家》、《漢書·古今人表》皆作「顏刻」，《仲尼弟子傳》作「顏高」。高乃亯之誤，亯隸作克，克、刻同聲，古字通用。《論語·憲問篇》馬注曰：「克，好勝人也。」意與驕相近，故字子驕。樾謂：王以高爲克之誤，是也。至以克爲好勝，故字子驕，則是驕矜之義，非美德也。何取而以爲名字乎？隱元年《左傳》正義曰：「克者，戰勝獲賊之名。」驕當讀爲𩨭。《爾雅·釋訓》曰：「𩨭𩨭，勇也。」《釋文》引舍人注曰：「𩨭𩨭者，得勝之勇。」然則名克字𩨭，正合古訓矣。

齊陳逆字子行

王氏《解詁》曰：行，官名，謂行人也。《秋官·小行人》：「凡諸侯入王，則逆勞于畿。」樾謂：王説非也。逆讀爲綌。《説文》曰：「綌，綬維也。」《續漢書·輿服志》曰：「綌者，古佩璲也。佩綬相逆受，故曰綌。」行讀爲珩。《説文》曰：「珩，佩上玉也。」然則名綌字子珩，義正相應，古文省偏旁耳。

楚屈到字子夕

王氏《解詁》曰：到，至也。到字子夕，蓋取朝發夕至之義。《楚辭·離騷》：「朝發軔於蒼梧兮，夕余至乎縣圃。」樾謂：《離騷》之文非可以爲詁訓，謂到字子夕即取此義，斯不然矣。今按到即顛倒之倒，古無倒字，以到爲之。《莊子・外物篇》「草木之到植者」，《太玄・事》上九「到耳順止」，竝即倒字也。夕者，不正也。《廣雅・釋詁》曰：「夕，衺也。」《呂氏春秋・明理篇》曰：「是正坐於夕室也。」高注曰：「夕者，邪夕不正。」是其誼也。名到字子夕，猶名側字子反，反猶到也。《周易・復・象傳》「反復其道」，正義曰：「反謂入而倒。」側猶夕也。《詩・雲漢篇》序曰：「側身修行。」正義曰：「側者，不正之言。」

齊慶舍字子之

王氏《解詁》曰：《夏官・司戈盾》鄭注、桓十六年《公羊傳》何注竝曰：「舍，止也。」之當爲止，二字篆書相似而誤。樾謂：王説非也。《爾雅・釋詁》：「之，往也。」往必有所舍，故名舍而字子之，與楚令尹舍字子發同義。若必改讀爲子止，則楚令尹不當字子發矣。

魯秦非字子之

王氏《解詁》曰：非與飛通，字亦作蜚。之當爲止，字之誤也。《小雅・四牡篇》曰：「翩翩者雖，載飛載止。」樾謂：王説非字是矣，以之爲止字之誤，非也。之當讀爲㞢。《説文・羽部》：「㞢，飛盛皃，從羽之聲。」然則名飛字㞢，義正相應。作之者，古文以聲爲主，省不從羽耳，㞢省羽而爲之，猶蜚省虫而爲非也。

公祖句茲字子之

王氏《解詁》曰：句與拘通。《説文》曰：「拘，止也。」茲如《詩》「昭茲來許」之茲，語詞也。之亦當爲止。句訓爲止，故字子止也。樾謂：王説非也。句乃句萌之句，《月令篇》「句者畢出」，鄭注曰：「句，屈生者。」茲乃茲益之茲，《説文・艸部》：「茲，草木多益，從艸絲省聲。」是句茲二字竝從艸木取義。《説文・之部》：「之，出也，象艸過中，枝莖益大，有所之。一者，地也。」然則名句茲字子之，義正相應，不必改字。

宋樂溷字子明

王氏《解詁》曰：溷當讀爲焜。昭三年《左傳》「焜燿寡人之望」，服注曰：「焜，明也。」故名焜字明。樾謂：王氏因溷無明義，故讀爲焜，殊近迂曲。今按：《説文·水部》：「溷，亂也。一曰水濁皃。」是溷有濁義。《楚辭·離騷》曰「世溷濁而不分兮」，《涉江篇》曰「世溷濁而莫余知兮」，皆其證也。《禮記·樂記篇》曰「清明象天」，《孔子閒居篇》曰「清明在躬」，是明與清義相近，故《淮南·精神篇》曰〔一〕：「清目而不以視。」高注曰：「清，明也。」溷濁、清明義正相對。樂溷字子明，猶晉閻没字明，蓋取相反者爲義，《周易·噬嗑》注曰「不溷乃明」是也。

魯冉孺字子魯

王氏《解詁》曰：孺與濡通。《孟子·公孫丑篇》：「是何濡滯也。」趙岐注曰：「濡滯，猶稽也。」是濡爲遲鈍也，魯亦遲鈍也。《説文》：「魯，鈍詞也。」《論語·先進篇》孔注曰：「魯，鈍也。」樾謂：王氏讀孺爲濡，非其本義，且古人多名孺者，如《史記·佞幸傳》「籍孺」「閎孺」之類是也。濡滯初非美談，古人何取乎此而輒以命名乎？蓋孺者幼稚之稱，如今人小名耳，及長遂

〔一〕 精神，原誤作「原道」，據《淮南子》改。

以爲名，因配之以字。其曰魯者，言幼稚無知識也，是故冉孺字子魯，猶晉胥童字之昧也，童、孺皆言幼稚也。《白虎通·嫁娶篇》曰：「夫人自稱曰小童」，「言己智能寡少如童蒙也」。此胥童字昧之義，亦即冉孺字魯之義矣。

陳公良孺字子正

王氏《解詁》曰：孺讀爲需，正當爲止字之誤也。《雜卦傳》曰：「需，不進也。」《説文》曰：「需，䇓也，遇雨不進，止䇓也。」是需有止義。樾謂：王氏讀孺爲需，與讀孺爲濡同，竝非。古人命名之意也，孺亦當爲幼稚之稱。《易·蒙·彖傳》曰：「蒙以養正，聖功也。」賈誼有言：「習與正人居之，不能毋正，猶生長於齊不能不齊言也；習與不正人居之，不能毋不正，猶生長於楚不能不楚言也。」然則名孺而字之曰正，蓋即所以爲教矣，不當徒以訓詁求其義也。

晉解揚字子虎

王氏《解詁》曰：虎讀爲盱，古音虎與盱同。昭三十一年《公羊傳》：「人未足而盱有餘。」

《説文》引作「虍有餘」，是其例也。《方言》：「盱、揚，雙也；黸瞳子，燕代朝鮮洌水之間曰盱，或謂之揚」，郭注曰「盱，舉眼也；揚，《詩》曰『美目揚兮』」是也。樾謂：王氏所説非其本義，揚當讀爲陽。《禮記·玉藻篇》：「盛氣顛實揚休。」鄭注曰：「揚讀爲陽，聲之誤也。」是其例矣。《釋名·釋天》曰：「陽，揚也，氣在外發揚也。」然則揚與陽聲近而義通，故昭二十五年《公羊春秋》「次于揚州」，《左氏》、《穀梁》竝作「陽州」。《詩·野有蔓草篇》「清揚婉兮」，《説苑·尊賢篇》作「清陽婉兮」，蓋古字通用，非必盡爲聲誤。《漢書·古今人表》正作「解陽」，可證也。《風俗通·祀典篇》曰：「虎者，陽物，百獸之長也。」《楚辭·繆諫篇》王注曰〔一〕：「虎，陽物也。」《易·革》九五：「大人虎變。」陸注曰：「《兑》之陽爻稱虎。」然則解陽字子虎，義正相應。王氏未檢《古今人表》，不知揚爲陽之叚字，因讀爲盱，轉涉迂曲矣。

晉韓不信字子音

王氏《解詁》曰：音當爲言，字之誤也。《困·彖辭》曰：「有言不信。」樾謂：不信非美

〔一〕諫，原誤作「稱」，據《楚辭》改。

德，古人何取而以爲名哉？不乃語詞，魯密不齊、楚任不齊，王氏並以不爲語詞，是也。信讀爲呻，以信爲呻，猶以信爲伸也。《説文·口部》：「呻，吟也。」名呻字音，與樂欬字子聲一例。

晉荀盈字伯夙

王氏《解詁》曰：盈讀爲贏，夙讀爲肅。贏，寬緩也；肅，嚴急也。樾謂：王説非也。盈當讀如本字，夙讀爲縮。縮從宿聲，宿從佰聲，佰即古文夙字也。是縮本從夙得聲，故可叚夙爲之。《周官·馮相氏》疏曰：「晷進爲盈，晷退爲縮。」《文選·東京賦》：「不縮不盈。」薛綜注曰：「縮，短也；盈，長也。」是盈與縮正相對，故名盈字縮也。不必讀爲贏肅，始得其義。

魯孔求字子家

王氏《解詁》曰：《玉篇》：「求，索也。」《説文》：「索，入家搜也。」樾謂：如王説則以入家探索爲義，古人命名何取此義乎？今按：求讀爲逑。《爾雅・釋訓》「惟逑鞠也」，《釋文》曰：「逑本作求。」是求、逑古字通用。《詩・關雎篇》毛傳曰：「逑，匹也。」《周官・小司徒職》鄭注曰：「有夫有婦，然後爲家。」孔求字子家，正取此義。

楚蔿賈字伯嬴

王氏《解詁》曰：嬴當讀爲贏。《説文》：「贏，賈有餘利也。」昭元年《左傳》：「賈而欲贏，而惡囂乎？」樾謂：王説非也。賈當讀爲夏，齊東郭賈字子方，王氏曰：「賈、夏古字通。」《史記・趙世家》「北登夏屋」，《漢書・地理志》作「賈屋」。今按：蔿賈之賈亦當作夏，與東郭賈同名。王氏偶未照耳。《爾雅・釋木》「槄，山榎」，《釋文》曰「榎」本作「檟」。然則賈之爲夏，亦猶檟之爲榎也。《爾雅・釋天》曰：「夏爲長嬴。」名夏字伯嬴，正取此義。

楚鬬般字子揚

王氏《解詁》曰：《漢書叙傳》曰：「班氏之先與楚同姓，令尹子文之後也。子文初生，棄於瞢中，而虎乳之，楚人謂虎『班』，其子以虎爲號。」師古曰：「子文之子鬭班亦爲楚令尹。」胡三省曰：「《左傳·莊三十年》申公鬭班殺令尹子元，而鬭穀於菟爲令尹〔一〕。恐班非子文之子。」案：子文之子爲令尹者鬭般也。般與班雖同音，而般字子揚，則非虎也。孟堅之説殆不可信。般與播古字通，般即播之叚借也。《春官·大師》：「皆播之以八音。」鄭注曰：「播猶揚也。」樾謂：王説非也。般、班古通用，成十三年《左傳》「鄭公子般」、襄三十年《穀梁傳》「蔡世子般」，《釋文》竝云：「般本作班。」《禮記·檀弓》「公輸般」，《孟子·離婁篇》注作「魯班」。《漢書·揚雄傳》「般倕弃其剞劂兮」〔二〕，顔注曰：「般讀與班同。」然則鬭般之即鬭班，猶魯般之即魯班。王氏以爲二人，誤矣。揚當讀爲陽。楚鬭班字子陽，猶晉解陽字子虎也，竝取虎爲陽物之義，其説見前。《左傳》晚出之書，不盡可據。班氏叙述先世，自當無誤，不得轉據《左》以疑班也。

〔一〕菟，原誤作「莬」，據《左傳》改。
〔二〕揚，原作「楊」，本書「楊子雲」「楊子」「楊雄」均改作「揚子雲」「揚子」「揚雄」。

郳公子藞字捷

王氏《解詁》曰：捷讀爲插。《説文》：「插，刺内也。」藞之言傳也，插也。李奇注《漢書・蒯通傳》曰〔一〕：「東方人以物插地中爲傳。」顏師古曰：「傳音側吏反。《周官・考工記》又作藞，音皆同耳。」樾謂：王説非也。捷當讀爲𨪐。《説文・甾部》：「𨪐，斛也，古田器也。」又《斗部》斛：「一曰利也。《爾雅》曰：『斛謂之𨪐。』古田器也。」按《爾雅・釋器》：「斛謂之𨪐。」《文選・祭古冢文》引作「鍬」，謂之鍤，是𨪐爲古鍤字。《釋名・釋用器》曰：「鍤，插也。插地起土也。」藞者，反草之名。《周易・无妄》釋文引董遇曰：「藞，反草也。」《爾雅・釋地》：「田一歲曰藞。」郭注曰：「今江東呼初耕地反草爲藞。」然則名藞字𨪐，義正相應，𨪐作捷者，音同叚借耳。

〔一〕 奇，原誤作「何」，據《漢書》改。

郳子克字儀父　周王子克字子儀　楚鬭克字子儀　宋桓司馬之臣克字子儀

王氏《解詁》曰：克與刻通。《説文》：「克，象屋下刻木之形。」故以克爲刻也。儀讀如娑，字或作犧、作獻。《淮南・俶真篇》「斲而爲犧尊」，高注曰：「犧尊，疏鏤之尊。」《明堂位》「周獻豆」，鄭注曰：「獻，疏刻之。」犧、獻皆爲疏刻而與儀通，此猶《周語》「犧人薦醴」，賈逵本作「儀人」，《大誥》「民獻有十夫」，《尚書大傳》作「民儀」也。儀爲疏刻，故名刻字子儀。樾謂：王説非也。疏刻之義古人何所取，而名克字儀者如此衆乎？今按：《爾雅・釋言》曰：「克，能也。」《釋詁》曰：「儀，善也。」善與能同義，故《荀子・勸學篇》「非能水也」，楊注曰：「能，善也。」又《廣雅・釋言》曰：「儀，賢也。」賢與能亦同義，故《老子》上篇「不尚賢」，王注曰：「賢猶能也。」然則名克字儀，義正相應。且其義甚美，故往往以爲名字矣。

楚薳吕臣字叔伯

王氏《解詁》曰：吕與旅、伯與百古字竝通。莊二十二年《左傳》「庭實旅百」，杜注曰：「旅，陳也。百，言百物備。」僖二十二年《傳》「庭實旅百」，注曰：「庭中所陳品數百也。」樾謂：王説非也。吕當讀爲閭，古字省不從門耳。閭與伯皆古軍中部曲之名。《周書・武順篇》曰：「左右一卒曰閭。」又曰：「四卒成衞曰伯。」

齊王驩字子敖

王氏《解詁》曰：驩讀爲讙，敖讀爲嚻。《説文》：「讙，譁也。」《荀子・彊國篇》「百姓讙敖」，楊注曰：「讙，喧譁也；敖，喧噪也。」《地官・司虣》「禁其鬭嚻者」，鄭注曰：「嚻，讙也。」《墨子・號令篇》：「讙嚻駴衆，其罪殺。」樾謂：如王説則非美名也。驩當讀爲歡。《孟子・盡心篇》「驩虞如也」，音義引丁音曰：「驩虞當作歡娱，古字通用耳。」《荀子・大略篇》「夫婦不得不驩」，楊注曰：「驩與歡同。」文六年《左氏春秋》「晉侯驩」，《史記・晉世家》作「歡」。然則王驩本名歡，此其例矣。《説文・欠部》：「歡，喜樂也。」《出部》：「敖，出游也。」出游則有喜樂之義。《吕氏春秋·貴直篇》「在人之游」，高注曰：「游，樂也。」故名歡字子敖也。

陳顓孫師字子張

王氏《解詁》曰：張讀爲長，知丈切。《皋陶謨》「州十有二師」，鄭注曰：「師，長也。」故名師字長。樾謂：顓孫子之字自來不讀知丈切，王説非是。師者，衆也。義本《周易·序卦傳》。經典屢見，無事博引。凡有衆多義者，即有大義。《玉篇·多部》㚇、㚊、㚌、䵑四字竝曰「大也」，而其字皆從多。至㚌、䵑二字亦作奓、奝，又從大，是可見其義之通矣。《詩·韓奕篇》「魴鱮甫甫」，毛傳曰：「甫甫然，大也。」《廣雅·釋訓》曰：「甫甫，衆也。」甫甫爲大而亦爲衆，然則師爲衆亦爲大矣。《韓奕》傳曰：「張，大也。」《廣雅·釋詁》亦曰：「張，大也。」名師字子張，猶伯嚭字子餘。嚭之言丕也，大也；餘，多也。

魯顔何字冄

王氏《解詁》曰：古聃字或省作冄，聃與儋通。《史記·老聃傳》「或曰儋即老子」是也。《説文》：「何，儋也。」「儋，何也。」故名何字儋。樾謂：如王説則破冄爲聃，又破聃爲儋，其義迂曲矣。何當讀爲阿，冄當讀爲那，阿那疊韵字，古有此語。《文選·南都賦》「阿那蓊茸」，注云：「柔弱之貌。」亦作猗那，《商頌》曰「猗與那與」是也。名阿字那，蓋依聲取義耳。

鄭公子魚臣字僕叔

王氏《解詁》曰：魚讀爲御。《小雅·出車》傳曰：「僕夫，御夫也。」樾謂：魚、御雖聲近，然讀魚爲御於古無徵。今按：魚讀爲吾。《國語·晉語》曰：「暇豫之吾吾。」韋注曰：「吾讀如魚。」《水經·濟水注》曰：「魚山，吾山也。」《列子·黄帝篇》「姬，魚語女」即「居，吾語女」，此古人魚、吾通用之明證。鄭公子名吾臣，猶周有王子余臣也。曰吾曰余，蓋發聲之詞，其命名之義止在臣字，名臣故字僕叔。《書·微子篇》曰：「我罔爲臣僕。」《禮記·禮運篇》曰：「仕於公曰臣，仕於家曰僕。」

燕周豎字子家

王氏《解詁》曰：豎，内豎也。内豎給事於内，故字子家。家猶内也。《爾雅》：「牖户之間謂之扆，其内謂之家。」樾謂：豎字初無内義。《國語·楚語》：「使富都那豎贊焉。」韋注曰：

「豎，未冠者也。」《周官·天官》「内豎」，鄭注亦曰：「豎，未冠者之官名。」蓋以其未冠，故謂之豎，以其給事於内，故謂之内豎。今但名豎，安得以内爲命名之義而字子家乎？蓋豎者幼小之稱，故未冠曰豎，以豎命名，猶冄孺、公良孺之名孺也。子生三月咳而命之，或曰孺或曰豎，孺猶言孺子，豎猶言豎子，無它義也。古人質僕，及長，遂以爲名，不復更易，因配之以字。周豎字子家者，鄭君注《周官·小司徒》曰：「有夫有婦，然後爲家。」然則名豎字家，蓋望其成立之意。豎者，弱而未冠之稱；家者，壯而有室之謂矣。此乃古人名字之别一例，在王氏所陳五體六例之外，不當僅以訓詁求之也。

鄭駟歂字子然

王氏《解詁》曰：歂讀爲煓。《方言》：「煓，赫也。」郭注曰：「火熾盛之皃。」《説文》：「然，燒也。」或曰歂讀爲顓，然讀爲僛，皆敬慎之義也。《説文》：「顓，頭顓顓謹皃。」《玉篇》引《説文》曰：「『僛，意膬也。』一曰意急而懼也，一曰慹也。」樾謂：王氏二説皆近迂曲。《説文·欠部》：「歂，口氣引也。」《口部》：「嘫，語聲也。」鄭駟歂當字子嘫。經傳無嘫字，皆以然爲之。如語詞之然，本當作嘫而今作然是也。然乃嘫之叚字。名歂字嘫，猶樂欬字子聲，其義正相應矣。

楚王子鉤字發

王氏《解詁》曰：成十六年《左傳》：「囚楚公子茷。」正義曰：「《晉語》謂之王子發鉤，蓋一名一字也。」案：茷、發古同聲，茷即發之叚借。發，字也；鉤，名也。古人名字並稱，皆先字而後名，故謂之王子發鉤。鉤讀爲彀。《説文》：「彀，張弩也。」「發，䠶發也。」樾謂：王氏謂鉤名而發字，是也；讀鉤爲彀，非也。鉤仍讀如本字，發當讀爲伐，發、伐聲近而義通。《周頌·噫嘻篇》鄭箋曰：「發，伐也。」《考工記·匠人》鄭注曰：「伐之言發也。」《左傳》作「茷」，亦伐之叚字。《詩·泮水篇》「其旂茷茷」，《釋文》作「伐伐」，云「本又作茷茷」，是古字通用之證。《大雅·皇矣篇》曰：「以爾鉤援，以爾臨衝，以伐崇墉。」名鉤字伐，即取《詩》義耳。毛傳曰：「鉤，鉤梯也，所以鉤引上城者。」正義曰：「鉤援一物，正謂梯也。」按：下句「與爾臨衝」，傳曰：「臨，臨車；衝，衝車。」臨、衝既非一車，則鉤、援當亦二物，蓋皆兵器也。鉤讀爲句，兵器曲者謂之句，直者謂之援。《考工記·廬人》注曰：「句兵，戈戟屬。」又《冶氏》注曰：「援，直刃也。」《晏子春秋·雜篇》：「曲刃鉤之，直兵推之。」古言兵器，必兼曲直，故《詩》以鉤、援竝言，説詳余所箸《群經平議》。《説文·人部》：「伐，擊也，從人持戈。」鉤爲戈戟之屬，然則名鉤字伐正相應矣。

魯公子尾字施父

王氏《解詁》曰：施讀爲拕。《説文》：「拕，曳也。」《莊子·秋水篇》曰：「此龜者，甯其死爲留骨而貴乎？甯其生而曳尾於塗中乎？」取曳尾之義，故名尾字拕。樾謂：古人名字誠有取之於物者，然何取乎龜之曳尾而以爲名字乎？其説迂曲，殆非也。又按：王氏念孫《讀書雜志餘編》曰：「魯公子尾字施父，是施與尾同意。」然施、尾同意不知所據，恐亦臆説也。今按：《説文·㫃部》：「施，旗皃。」古人名施者多字旗，如鄭豐施、齊欒施竝字子旗是也。施父之字亦當取義於旗。《説文·犛部》：「犛，西南夷長髦牛也。」「氂，犛牛尾也。」徐鍇曰：「其牛曰犛，其尾曰氂，以飾物曰旄。」蓋古人多以犛牛尾注于竿首，用以指麾。《書·牧誓》「右秉白旄以麾」是也。《詩·干旄篇》傳曰：「注旄於干首，大夫之旃也。」《説文·㫃部》：「旄，幢也，從㫃從毛。」然則公子尾字施父，卽旄字從㫃從毛之意。尾猶毛也，施猶㫃也。尾之爲用，莫大於旄，故取以爲名字耳。

秦西術字乞

王氏《解詁》曰：術讀爲遂。文十二年《公羊經》正作遂。乞讀爲訖。遂，終也，竟也。《逸周書·太子晉篇》孔注曰：「遂，終也。」《廣雅》云：「遂，竟也。」訖亦終也，竟也。《爾雅》云：「訖，止也。」止亦終也。《漢書·西域傳》顔注曰：「訖，竟也。」樾謂：王氏讀術爲遂是也，其説非也。《廣雅·釋詁》：「遂，往也，行也。」《禮記·緇衣篇》鄭注曰：「遂，猶達也。」遂之爲義，有往而必達之義，故襄十二年《公羊傳》曰：「大夫無遂事。」疏曰：「遂者，專事之辭。」襄十年《穀梁傳》曰：「遂，直遂也。」名遂蓋取勇往之義，故字乞。乞讀爲仡。《説文》曰：「仡，勇壯也。」字亦通作矻。《漢書·王褒傳》注曰：「矻矻，健作貌。」《爾雅·釋訓》曰：「遂遂，作也。」然則名遂字仡正相應矣。《説文·走部》：「赳，直行也。」亦與直遂之義相應。赳與仡聲同。

齊杞殖字梁

王氏《解詁》曰：殖讀爲植。立者謂之植，横者謂之梁。樾謂：王氏讀殖爲植是也，《古今注》正作「杞植」；其説非也。《禮記·檀弓篇》「行并植於晉國」，鄭注曰：植謂剛而專己。蓋植之言直也。《易·繫辭傳》：「其動也直。」王注曰：「直，剛正也。」《考工記·弓人》：「骨直以立。」鄭注曰：「骨直謂强毅。」是直有剛强之義。《周書·謚法篇》「剛彊理直曰武」是也。梁之言强梁也。《釋名·釋宫室》曰：「梁，彊梁也。」《爾雅·釋地》釋文引《太康地記》曰：「梁州者，言西方金剛之氣彊梁，故因以爲名。」杞植字梁，蓋亦取此義，猶孔紇字叔梁也。王氏曰：「紇讀爲仡，强壯謂之仡，亦謂之梁。」古人以王父字爲氏，《潛夫論·氏姓篇》：「鄭共叔之後爲彊梁氏。」《元和姓纂》引《世本》：「衞將軍文子生慎子會，生强梁，因氏焉。」是古人名字多取彊梁之義。梁或作良，良亦彊也，故齊高彊字子良。今按：杞植與孔紇、高彊同字，正當依王氏此義説之矣。

陳諸字伯爰

王氏《解詁》曰：諸讀爲堵，爰讀爲垣。《小雅·鴻雁篇》曰：「之子于垣，百堵皆作。」樾謂：王説非也。諸與爰竝大也。古字諸與都通，故《史記·夏本紀》「明都」，《漢書·地理志》作「盟諸」，是其例也。《漢書·武五子傳》「將軍都郎羽林」，師古注曰：「都，大也。」《廣雅·釋詁》觰與都竝訓大。《説文・角部》：「觰，下大者也。」諸與觰、都竝從者聲，義得相通。又《説文・奢部》：「奢，張也。」張亦張大之意。《老子》曰：「是以聖人去甚去奢去泰。」奢與甚、泰同義，竝言大也。古書都字或通作奢。《荀子・賦篇》：「閭娵、子奢，莫之媒也。」楊注曰：「子奢當作子都。」是也。諸與都通，則亦得與奢通矣。《説文・玉部》：「瑗，大孔璧也。」《目部》：「暖，大目也。」《見部》：「覒，大視也。」凡從爰得聲之字每有大義，是爰亦大也。蓋爰聲與亘聲相近，蕿之或體作藼，亦作萱，是其例也。《説文・大部》：「奆，奢奆也，從大亘聲。」經傳無奆字，以桓爲之。《詩・長發篇》「元王桓撥」，傳曰：「桓，大也。」蓋桓亦從亘聲也。許君以奢奆説奆字，是古有奢奆之語。然則陳諸字伯爰者，諸即奢也，爰即奆也，猶名奢而字伯奆矣。

齊公孫竈字子雅

王氏《解詁》曰：雅讀爲竊。《玉篇》引《倉頡篇》曰：「楚人呼竈曰竊。」樾謂：王説非也。《韓子・外儲説篇》作「子夏」，當從之。夏者正字，雅者叚字也。雅、夏古字通。《荀子・榮辱篇》曰：「越人安越，楚人安楚，君子安雅。」又《儒效篇》曰：「居楚而楚，居越而越，居夏而夏。」

是雅與夏通用之證。古人五祀，夏則祀竈。蔡邕《獨斷》曰：「夏爲太陽，其氣長養，祀之於竈。」然則名竈字夏，義正相應。

魯公孫宿字成

王氏《解詁》曰：成與城通。隱元年《春秋》：「及宋人盟于宿。」杜注曰：「宿，小國。」國必有城，故字城。樾謂：如王説則當字國，於義方合。今字城，殆非取之國名矣。成當讀如本字。宿之言縮也，縮者收縮之謂也。《詩·七月篇》「九月肅霜」，傳曰：「肅，縮也。」霜降而收縮萬物。名縮字成，乃取收縮之義。又按：宿與就聲近。《説文·糸部》：「縮，一曰蹴也。」《手部》：「摍，蹴引也。」古字聲近者義即相通。然則宿有就義矣，故名宿字成也。

宋大宰盈字蕩

王氏《解詁》曰：盈讀爲桯。《方言》：「榻前几，江沔之間曰桯。」《説文》：「桯，牀前几」也；「桱，桯也。東方謂之蕩。」樾謂：王説迂曲，殆非也。盈與蕩義本相因，凡物盈滿則必動蕩，故曰盈而蕩，天之道也。名盈字蕩即取此義。又按：盈之言充也，充之言大也。《廣雅·釋詁》曰：「盈，充也。」高誘注《吕氏春秋·必己篇》、《淮南子·説山篇》竝曰：「充，大也。」襄二十九年《左傳》曰：「美哉蕩乎。」正義曰：「蕩，寬大之意。」《論語·泰伯篇》「蕩蕩乎」，包注曰：「蕩蕩，廣遠之稱。」《荀子·非十二子篇》「蕩蕩然」，楊注曰：「蕩蕩，恢夷之皃。」然則蕩亦大也，故名盈字蕩也。

宋公子何字弗父

王氏《解詁》曰：何讀爲枷，弗讀爲柫。《説文》：「柫，擊禾連枷也」，「枷，柫也」。樾謂：王説非也。何當讀爲阿，何與阿聲近而義通。《釋名·釋丘》曰：「偏高曰阿丘。阿，何也。」是其證也。《國語·周語》曰：「弗諫而阿之。」《晉語》曰：「從其義，不阿其惑也。」韋注竝曰：「阿，隨也。」《吕氏春秋·長見篇》曰：「阿鄭君之心。」《君守篇》曰：「舍職而阿主之爲矣。」高注竝曰：「阿，從也。」是阿有隨從之義。《説文·丿部》：「弗，撟也。」《口部》：「咈，違也。」弗與咈義相近。古書每以拂爲之。《賈子·保傅篇》曰：「潔廉而切直、匡過而諫邪者謂之拂。拂者，拂天子之過者也。」《荀子·臣道篇》曰：「有能抗君之命，竊君之重，反君之事，以安國之危，除君之辱，功伐足以成國之大利，謂之拂。」然則名阿字弗，以相反爲義。幼而名之曰阿，義取乎隨從也；冠而字之曰弗，即所以爲教矣。或曰何讀爲疴，竝從可聲，故字得通用。《說文·疒部》：「疴，病也。」弗讀爲祓。《詩·生民篇》「以弗無子」，箋曰：「弗之言祓也。」《說文·示部》：「祓，除惡祭也。」名疴字祓，乃取祓除之義，猶鄭公子名去疾也。

齊梁丘據字子猶

王氏《解詁》曰：據讀爲遽，猶讀爲輶。遽也、輶也，皆車之輕且速也。《爾雅》：「遽，傳也。」「輶，輕也。」《說文》：「輶，輕車也。」樾謂：王說非也。據乃豦之叚字。《爾雅·釋獸》：「豦，迅頭。」郭注曰：「今建平山中有豦，大如狗，似獮猴，黄黑色，多髯鬣，好奮迅其頭，能舉石摣人，玃類也。」《說文·犬部》：「猶，玃屬。」然則名豦字猶，義正相應。王釋爲車則反迂曲矣。

齊宗樓字子陽

王氏《解詁》曰：樓讀爲鏤，陽讀爲錫。《大雅·韓奕篇》：「鉤膺鏤錫。」樾謂：王說非也。

樓與陽均當讀如本字。《釋名·釋宮室》曰：「樓，言牖户諸射孔婁婁然也。」按《説文·女部》：「婁，空也。」「射孔婁婁」，言其牖户之洞達也，是故樓之言麗廔也。《説文·广部》：「廔，屋麗廔也。」《囧部》：「囧，窗牖麗廔闓明也。」字亦作「䴡廔」。《玉篇·广部》〔一〕：「䴡廔，綺窗。」蓋屋言䴡廔，猶人言離婁，皆謂明也。《禮記·月令篇》「可以居高明」，鄭注曰：「高明，謂樓觀也。」是樓有明義。《詩·七月篇》「我朱孔陽」，傳曰：「陽，明也。」《白虎通·號篇》曰：「陽，猶明也。」宗樓子陽即取高明之義，不必改讀。

鄭豐卷字子張

王氏《解詁》曰：卷讀爲弮。《漢書·司馬遷傳》：「張空弮，冒白刃。」李奇注曰：「弮，弩弓也。」或曰卷讀爲韏，《説文》：「韏，弓曲也。」樾謂：二説竝非也。《儀禮·公食大夫禮》：「有司卷三牲之俎，歸于賓館。」鄭注曰：「卷，猶收也。」《淮南子·兵略篇》：「旗不解卷。」高注曰：「卷，束也。」是卷有收束之義。《廣雅·釋詁》曰：「張，開也。」開與收束義正相反，名卷字

〔一〕 篇，原誤作「部」，據《玉篇》改。

張，即取相反者爲義。

鄭石制字子服

王氏《解詁》曰：制讀爲製。《説文》：「製，裁衣也。」定九年《左傳》服虔注云：「貍製，貍裘也。」哀二十七年《傳》杜預注云：「製，雨衣也。」《説苑・復恩篇》：「甯文子具紵絺三百製。」《史記・叔孫通傳》：「服短衣，楚製。」則製乃衣服之通稱。樾謂：王説非也。制讀如本字，服當爲𠬝。《説文・又部》：「𠬝，治也。从又从卪。卪，事之制也。〔一〕」然則名制字子𠬝，義正相應。經傳無𠬝字，蓋皆以服爲之，而𠬝廢矣。《尚書・盤庚上篇》：「先王有服。」又曰：「以常舊服，正法度。」服字竝當作𠬝。「有服」言有制也，「舊服」言舊制也。襄三十年《左傳》：「上下有服。」服亦當作𠬝，言上下有制也，説詳余所箸《群經平議》。王氏不知子服之爲子𠬝，而讀制爲製以配之，蓋古字亡而古義亦晦矣。

〔一〕兩「卪」字，原誤作「卩」，據《説文》改。

顔祖字襄

王氏《解詁》曰：祖讀爲菹，襄讀爲蘘。《廣雅》：「蘘，葅也。」葅與菹同。《説文》：「蘘，菜也。」《廣韵》云：「蘘菜爲葅。」葅亦與菹同。或曰祖讀爲坥，襄讀爲壤。《方言》：「坻、坥，場也。梁宋之間，蚍蜉䵹鼠之場謂之坻，螾場謂之坥。」壤即場也。樾謂：二説皆迂曲，且其義甚小，古人何取而以命名乎？今按：《方言》曰：「摇、祖，上也。祖，摇也。祖，轉也。」郭注曰：「動摇即轉矣。」是祖有旋轉而上之義。《尚書・堯典篇》：「蕩蕩懷山襄陵。」某傳曰：「襄，上也。」《史記・趙世家》：「以樂乘爲武襄君。」正義曰：「襄，舉也，上也。」字亦作驤。《文選・琴賦》：「參辰極而高驤。」李善注曰：「驤與襄同。」然則名祖字襄，義正相應，不必改讀。

鄭公子平字子豐

王氏《解詁》曰：平疑當作年，相似而誤。名年字豐，取豐年之義。樾謂：王氏以平爲字誤，是也；謂當作年，非也。平當作丕。《爾雅・釋詁》：「丕，大也。」《釋文》曰：「丕，又作⿱不干。」⿱不干與平字正相似，故易致誤。《後漢書・耿秉傳》「太醫令吉⿱不干」，李注曰「⿱不干，或作平」，即其例也。《易・序卦傳》曰：「豐者，大也。」丕與豐竝有大義，故名丕字子豐也。

陳公子少西字子夏　鄭公孫夏字子西

王氏《解詁》曰：西夏，國名也。《逸周書・史記篇》：「昔者西夏性仁非兵，城郭不脩，武士無位，惠而好賞，屈而無以賞。唐氏伐之，城郭不守，武士不用，西夏以亡。」或曰：大夏，山名。《吕氏春秋・古樂篇》高注曰：「大夏，西方之山。」樾謂：以西夏爲國名，古人何取乎既亡之國而多以爲名字乎？或謂山名，義亦無取。今按：夏者，南方火也，是故夏猶南也。《易・坤・象辭》曰：「利西、南得朋，東、北喪朋。」《蹇・象辭》曰：「利西、南不利東、北。」是西與南同類。名少西當字子南，字子西亦當名南。不曰南而曰夏者，不欲徑遂其辭，故變文見義，亦周人尚文之一端也。

魯公斂陽字處父

王氏《解詁》曰：僖二十八年《穀梁傳》「山南爲陽」、《大雅・皇矣篇》「居岐之陽」，是其義也。或曰：陽，温也。《管子・宙合篇》：「夏處陰，冬處陽。」樾謂：二説皆非也。《釋名・釋天》曰：「陽，揚也。氣在外發揚也。」名之曰陽，蓋取在外發揚之義；字曰處父，懼其窮大而失居也，所以爲教也。

周劉狄字伯盆

王氏《解詁》曰：狄當爲秋，字形相似而誤也。秋者，椒之叚借，古聲椒與秋同。劉秋字伯盆，猶鬬椒字伯棼。棼、盆皆芬之叚借也。樾謂：王説迂曲，未得其義。狄當讀爲翟，古字通用。《禹貢》「羽畎夏翟」，《漢書・地理志》作「羽畎夏狄」，是也。盆者，鳻之叚字。《説文・羽部》：「翟，雉尾長者，从羽从隹。」《鳥部》：「鳻，鳥聚皃。一曰飛皃。从鳥分聲。」然則名翟字鳻，義正相應。

魯公子奚斯字子魚

王氏《解詁》曰：奚讀爲鮭，聲近叚借也。斯，語詞。或曰：奚斯，馬名。《赭白馬賦》注引劉劭《趙都賦》曰〔一〕：「良馬則飛兔、奚斯。」魚讀爲圉。鄭衆注《夏官·校人》曰：「養馬爲圉。」《爾雅·釋畜》曰「二目白魚」，《詩·駉篇》「有驔有魚」，《釋文》曰：「魚，《字書》作䲆，《字林》作䱷。」蓋皆俗字，古止作魚。奚斯字子魚，其名字皆取馬名耳。

魯公子翬字羽父　鄭公孫揮字子羽

王氏《解詁》曰：翬，本字也；揮，叚字也。《爾雅》：「鷹隼醜，其飛也翬。」或曰：翬，雉名。《爾雅》説雉曰：「伊雒而南，素質五采皆備成章曰翬。」樾謂：翬、揮竝叚字，其本字當爲緷。《爾雅·釋器》曰：「百羽謂之緷。」故名緷而字羽。

〔一〕 劭，原作「邵」，據《三國志》改。

晉寺人勃鞮字伯楚一名披

樾按：勃鞮者，波字之合音，猶頭曼之合音爲欒，壽夢之合音乘也。披者，波之叚字也。《周書・職方篇》「河南曰豫州」，「其浸波溠」，鄭注曰：「《春秋傳》曰：楚子除道梁溠，營軍臨隨。則溠宜屬荊州，在此非也。」按《説文・水部》：「溠，荊州浸也。」許説亦與鄭合。蓋《周禮》經文荊豫互誤耳。波者，荊州之浸。楚即荊也，故名波字伯楚也。

以下諸條王氏竝云闕疑，今就其可知者粗爲疏證，其不可知者仍從蓋闕。

宋公子目夷字子魚

樾按：夷讀爲鮷。《説文・魚部》：「鮷，大鮎也。」字亦作鮧。《爾雅翼》曰：「鮧魚偃額，兩目上陳，頭大尾小，身滑無鱗。謂之鮎魚，言其黏滑也。」鮧即鮷字也，蓋弟、夷古同聲，故從弟者亦或從夷。《説文・鳥部》「鵜」篆下重文「鶇」，曰：「鵜或從弟。」即其例也。目夷之名當取義于鮷魚，故字子魚。作夷者，鮧之省也。目夷猶言鮧目。鮧魚兩目上陳，疑宋公子之目似之，故取此名，所謂以類名爲象也。不曰「夷目」而曰「目夷」，猶楚鬭穀於菟取虎乳之義，不曰「於菟穀」而曰「穀於菟」也。

魯公子買字子叢

樾按：《説文・丵部》：「叢，聚也。從丵取聲。」故古音叢字即讀如聚。僖三十三年《左氏春秋》「公伐邾，取訾婁」，《公羊春秋》作「取叢」。叢即訾婁之合音，可知古音讀如聚也，故字亦作藂。《尚書大傳》：「卿雲藂藂。」「藂藂」即叢叢也。《詩・葛覃篇》毛傳曰「灌木，叢木也」，《釋文》曰「叢，俗作藂」，是也。公子買當字子聚。《説文・貝部》：「買，市也。从网貝。《孟子》曰：登壟斷而网市利。」然則買字从网从貝會意，言网羅貨貝也。名買字子聚，義正相應，作叢者，叚字耳。

楚公子貞字子囊

樾按：《周易・文言傳》曰：「貞固足以幹事。」是貞有固義。《管子・任法篇》：「皆囊于法以事其主。」尹注曰：「囊者，所以斂藏也。」以貞固爲名，故以斂藏爲字，此即可徵古《易》説矣。

楚伍員字子胥

樾按：員當讀作䁍。《説文·見部》「䁍，外博衆多視也。从見員聲，讀若運。」伍員之員亦讀若運，可知其爲䁍字矣。《爾雅·釋詁》曰：「胥，相也。」胥與相古亦通用。《書·大誥篇》「誕鄰胥伐于厥室」，《漢書·翟方進傳》作「欲相伐于厥室」。《詩·公劉篇》「聿來胥宇」，《新序·雜事篇》引作「聿來相宇」，竝相、胥通用之證。相，視也；胥，亦視也。《管子·樞言篇》「與人相胥」、《君臣篇》「胥令而動者」，尹知章注竝曰：「胥，視也。」名䁍字胥，義正相應矣。世知伍員之員當讀如運，而不知其本字當爲䁍，則不特字子胥之義不見，并所以讀如運者，亦終莫知其何故也。

魯季公亥字若

樾按：亥者，欬之省也。孔子弟子有樂欬，季公亥之名蓋與之同。《説文·欠部》：「欬，屰氣也。」名欬者以疾名之，名欬而字以若。若，順也，以其氣之逆，故欲其順也。

宋樂祁字子梁

樾按：《詩·吉日篇》：「其祁孔有。」毛傳曰：「祁，大也。」梁者，彊梁也。名祁字梁，蓋取彊大之義。梁爲彊梁義，見「杞殖」條。

宋樂茷字子潞

樾按：潞與露通。昭元年《左傳》杜注曰：「露，羸也。」《吕氏春秋·不屈篇》高注曰：「潞，羸也。」此露、潞通用之證。茷者，《説文·草部》曰「草葉多」也。《詩》曰：「湛湛露斯，在彼豐草。」故名茷字子露。

晉士蔿字子輿

樾按：蔿讀作爲，輿讀作與，竝叚字也。《管子·戒篇》曰：「自妾之身之不爲人持接也。」

尹知章注曰：「爲猶與也。」是爲、與義通。《詩·鳧鷖篇》「福禄來爲」、《論語·述而篇》「夫子爲衞君乎」，鄭箋、鄭注竝曰：「爲猶助也。」《國策·秦策》「不如與魏以勁之」、《齊策》「君不與勝者而與不勝者」，鮑注竝曰「與猶助也」。士爲字子與，蓋取相助之義。蔿從爲聲，古得叚借。至與之爲輿，更不勝枚舉。襄二年《左傳》「正輿子」、襄十年《傳》「伯輿」、襄三十一年《傳》「展輿」、定五年《傳》「闉輿罷」，《釋文》竝曰「輿本作與」；《史記·仲尼弟子傳》曾參字子輿，《家語》作「子與」，然則晉之子輿亦可作子與矣。

晉祁奚字黄羊

樾按：奚讀作觟。《説文·角部》：「觟，牝牂羊生角者也。」然則名觟字黄羊，義正相應。作奚者，聲近叚借也。魯公子奚斯字子魚，王氏曰：「奚讀爲鮭。」鮭，《廣韵》古攜、苦圭、户圭三切，音皆與奚相近，鮭之爲奚，猶鞋之爲鞵也。按：王説是也。祈奚之奚當讀作觟，亦如奚斯之奚當讀作鮭矣。《説文·言部》：「謑，從言奚聲。」重文「謨」，曰：「謑或從奊。」「奊」字從圭得聲。然則謑之或體從奊聲，即從圭聲也。此尤奚、圭聲近之明證矣，可補王氏引證所未及。

魯孔箕字子京

樾按：箕當作丌。《説文・丌部》：「丌，下基也。讀若箕。」錢氏大昕《潛研堂集》有同音叚借説，曰：漢人言讀若者皆文字叚借之例，不特寓其音，并可通其字。即以《説文解字》言，「䣛」讀若許。《詩》：「不與我戍許。」不必從邑從無也。「鄚」讀若薊，《禮記》封黃帝之後於薊，不必從邑從契也。其所徵引凡數十事。然則丌讀若箕，即可以箕爲之，不必作丌矣。《説文・京部》：「京，人所爲絶高丘也。」《爾雅・釋丘》曰：「絶高謂之京。」因而引申之即有高義。《文選・西京賦》：「聚似京峙。」薛注曰：「京，高也。」《老子》曰：「高以下爲基。」故名丌字子京矣。

魯冉雍字仲弓

樾按：雍讀爲辟雍之雍。《詩・靈臺篇》正義引《五經異義・韓詩説》曰：辟雍，天子之學，春射秋饗，尊事三老五更。然則冉雍字仲弓，蓋取辟雍春射之義。《文選・東京賦》：「徐至于射宫。」薛綜注曰：「射宫，謂辟雍也。」此可以證仲弓名字，而辟雍古義亦即見於此矣。依《説文》，本當作廱，雍即廱之俗體耳。

魯公夏首字乘

樾按：名首字乘，義不可曉。首，疑百字之誤。《説文・白部》：「百」，古文作「𦣻」；又《首部》：「首，古文𦣻也。」百、𦣻二字相似，以隸體書之，則皆爲百矣。此公夏百所以譌爲公夏首也。《孟子・梁惠王篇》趙注曰：「百乘之家，謂大國之卿，食采邑有兵車百乘之賦者也。」公夏百字乘即取此義。春秋時，宋有南宫萬以百爲名，亦猶以萬爲名。閔元年《左傳》曰：「萬，盈數也。」《國語・晉語》曰：「庭實旅百。」韋昭注曰：「百，舉成數也。」《禮記・檀弓篇》：「虞人致百祀之木。」正義曰：「言百者，舉其全數也。」百與萬竝數之多者，故古人以爲名耳。

魯縣成字子祺

樾按：《國語・周語》曰：「成，德之終也。」《尚書・皋陶謨篇》：「簫韶九成。」鄭注曰：「成，猶終也。」是成有終義。《周官·司書》：「及事成，則入要貳焉。」事成即事終也。《禮記·聘義篇》：「日幾中而後禮成。」禮成即禮終也。《荀子·彊國篇》：「道德之威成乎安彊，暴察之威成乎危弱，狂妄之威成乎滅亡。」猶言終乎安彊，終乎危弱，終乎滅亡。説詳余所箸《諸子平議》。祺讀爲基。《説文·示部》：「祺，籀作禥。」是祺字籀文本從基得聲，故即可讀爲基。《爾雅·釋詁》：「基，始也。」《易·蠱·彖傳》曰：「終則有始，天行也。」故名成字子基。又楚鬬成然字子旗。王氏曰：「成然，旃也。疾言之爲旃，徐言之爲成然。」成然之合音爲旃，猶終葵之合音爲椎也。《説文》：「旃，旗曲柄也。所以旃表士衆。」樾謂：王説非也。然乃語詞，成然字子旗，猶縣成字子祺。旗、祺竝基之叚字也。王氏以旗之本字讀之，因不得成然所以字旗之義，而疑爲旃之合音，誤矣。余以縣成字子祺，而并得鬬成然字子旗之義，因附辨之於此。

魯公肩定字子中

樾按：中當讀如本字，定之言正也，古字定與正通。《尚書·堯典》「以閏月定四時」，《史記·五帝紀》「定」作「正」；《國語·齊語》「正卒伍」，《漢書·刑法志》「正」作「定」，竝其證也。故「定」字即有「正」義。《爾雅·釋天》：「營室謂之定。」郭注曰：「定，正也。作宫室皆以營室中爲正。」《詩・定之方中篇》正義引孫炎注亦與郭同。公肩定字子中，蓋取中正之義。《淮南子・主術篇》：「是以中立。」高注曰：「中，正也。」《儀禮・聘禮篇》鄭注曰：「門中，門之正也。」《論語・堯曰篇》：「允執厥中。」皇侃義疏曰：「中，謂中正之道也。」是中與正義相近，故《孟子・離婁篇》章指曰：「履其正者乃可爲中。」或曰：定乃星名，謂營室也。公肩定字子中，即取《詩》「定之方中」之義，是亦一說也。王氏讀中爲伯仲之仲，與命名之義不相比屬，斯失之矣。

古書疑義舉例

古書疑義舉例序目

夫周秦兩漢，至於今遠矣。執今人尋行數墨之文法，而以讀周秦兩漢之書，譬猶執山野之夫，而與言甘泉、建章之巨麗也。夫自大小篆而隸書，而真書；自竹簡而縑素，而紙，其爲變也屢矣。執今日傳刻之書，而以爲是古人之真本，譬猶聞人言筍可食，歸而煮其簀也。嗟夫，此古書疑義所以日滋也歟！竊不自揆，刺取九經諸子，爲《古書疑義舉例》七卷，使童蒙之子習知其例，有所據依，或亦讀書之一助乎。若夫大雅君子，固無取乎此。俞樾記。

古書疑義舉例二

古書疑義舉例三

古書疑義舉例五

上下兩句易置例

字以兩句相連而誤疊例

字以兩句相連而誤脱例

字句錯亂例

簡策錯亂例

古書疑義舉例七

不識古字而誤改例

不達古語而誤解例[一]

兩字一義而誤解例

兩字對文而誤解例

文隨義變而加偏旁例

字因上下相涉而加偏旁例

[一] 語，原作「義」，據正文改。

兩字平列而誤倒例

兩文疑複而誤删例

据他書而誤改例

据他書而誤解例

分章錯誤例

分篇錯誤例

誤讀夫字例

誤增不字例

古書疑義舉例一　第一樓叢書之五

上下文異字同義例

古書有上下文異字而同義者。《孟子·公孫丑篇》：「有仕於此而子悦之，不告於王而私與之吾子之禄爵；夫士也，亦無王命而私受之於子。」按：「有仕於此」之「仕」，即「夫士也」之「士」。「夫士也」，正承「有仕於此」而言。士，正字；仕，叚字，是上下文用字不同而實同義也。《論語·衛靈公篇》：「臧文仲其竊位者與？知柳下惠之賢而不與立也。」按：古文「位」「立」同字。此章「立」字當讀爲「位」，「不與立」即不與位，言知柳下惠之賢而不與之禄位也。上文「竊位」字作「位」，下文「不與位」字作「立」，異文而同義也。

莊元年《左傳》：「築王姬之館于外。爲外，禮也。」按：「爲外，禮也」，猶曰「于外，禮也」。古「于」「爲」義通。鄭注《士冠禮》曰：「于，猶爲也。」然則「爲」亦猶「于」也，此舉《經》文而釋之。若但曰「禮也」，疑若通言築之爲得禮，而無以明築于外之爲得禮。故疊「于外」二字，乃舉《經》文作「于外」，而《傳》文自作「爲外」，亦異文而同義也。

《周書·太子晉篇》：「遠人來驩，視道如咫。」又曰：「國誠寧矣，遠人來觀。」按：觀，正字也；驩，叚字也。亦上下文之用字不同者。

《荀子·宥坐篇》：「詩曰：『瞻彼日月，悠悠我思；道之云遠，曷云能來？』子曰：『伊稽首不其有來乎？』」按：「首」字當讀爲「道」。《周書·芮良夫篇》：「予小臣良夫稽道。」《群書治要》作「稽首」。是「道」與「首」古字通。稽者，同也。《堯典》正義引鄭注曰：「稽，同也。」《詩》言「道之云遠，曷云能來」，孔子言「道苟同，則雖遠亦來矣」。故曰：「伊稽道不其有來乎？」蓋借《詩》言而反之。若《唐棣》之詩也，因叚「首」爲「道」，遂莫知其爲上文「道」字，而注者曲爲之説，致失其義矣。

《商子·兵守篇》：「給從從之，不洽而熯之，使客無得以助攻備。」按：上「從」字下有闕文，下「從」字當在「不洽」之下，「洽」亦當爲「給」，古字同聲而通用也。此文當云「給，從而□之；不給，從而熯之」，蓋承「發梁撤屋」而言。所發所撤，其材尚可作它用。若其力有餘，則取之而歸；若力不足，則從而熯之，無使爲敵用也。給與不給，反復相明，乃上用「給」字，下用

「洽」字，又有闕文，讀者遂不知爲何語矣。

《吕氏春秋・辯土篇》：「必厚其靹。」又曰：「其靹而後之。」按：「後」與「厚」同義。《釋名・釋言語》曰：「厚，後也。」上言厚，下言後，亦異字同義之例。

上下文同字異義例

古書亦有上下文同字而異義者。《禮記・玉藻篇》：「既搢必盥，雖有執於朝，弗有盥矣。」上「有」字乃有無之「有」，下「有」字乃「又」字也，言雖有執於朝，不必又盥也。《論語・公冶長篇》：「子路有聞，未之能行，惟恐有聞。」上「有」字乃有無之「有」，下「有」字亦「又」字也，言有聞而未行，則惟恐又聞也。

《尚書・微子篇》：「降監殷民，用乂讎斂，召敵讎不怠。」按：《釋文》曰：「讎，如字。下同。」此依《傳》義作音也。又曰：「徐云鄭音疇。」是鄭注上讎字與下讎字異義。鄭於上讎字蓋讀爲疇，故徐云鄭音疇也。「乂」與「刈」通。「降監殷民，用乂讎斂」，言下視殷民，方用刈穫之時，計疇而斂之也。《孟子・盡心篇》趙注曰：「疇，一井也。」殷制用助法，上所應得者，惟公田所入耳。此云「疇斂」，則是按井而斂之，所取不止於公田，殆紂時所加賦歟？枚傳不知上下兩饁字文同義異，致失其解。又《酒誥篇》：「朝夕曰：『祀兹酒，惟天降命，肇我民，惟元祀。』」按：上祀字讀爲「巳」。《周易・損》：「初九，巳事遄往。」《釋文》曰：「巳，虞作祀。」是「祀」與「巳」古字通也。巳者，止也。巳兹酒者，止此酒也。「巳兹酒，惟天降命」，此二句乃倒句，猶言「惟天降命止此酒」，蓋重其事，故託之天命也。「肇我民，惟元祀」，言與民更始，在此元祀。元祀者，文王之元年。蓋文王初受命，即有止酒之誥，故云然耳。枚傳不知上下兩祀字異義，致失其解，皆由不知古書有同字異義之例也。

《詩・文王有聲篇》：「既伐于崇，作邑于豐。」按：下「于」字乃語詞，上「于」字則「邘」之叚字也。《史記》載虞、芮決獄之後，明年伐犬戎，明年伐密須，明年敗耆國，明年伐邘，明年伐崇侯虎而作豐邑。是伐邘、伐崇與作豐邑事適相連，故詩人詠之曰「既伐邘崇，作邑于豐」也。「邘」作「于」者，古文省，不從邑耳。今讀兩「于」字竝爲語詞，則下句可通，上句「既伐于崇」文不成義矣。

倒句例

古人多有以倒句成文者，順讀之則失其解矣。僖二十三年《左傳》：「其人能靖者與有幾？」昭十九年：「諺所謂室於怒市於色者。」皆倒句也。

《周易・震》：「六二：億喪貝。」《釋文》引鄭云：「十萬曰億。」梁氏玉繩《瞥記》曰：「『億喪貝』乃倒文，與《莊子・在宥篇》『萬有億喪』同一句法。」《禮記・檀弓篇》：「蓋殯也，問於郰曼父之母。」高郵孫氏濩孫《檀弓論文》曰：「此二句乃倒句也。蓋殯淺而葬深，孔子之父實殯於五父之衢，而見之者皆以爲葬。孔子不敢輕啓父墓而遷葬，乃其慎也。及問於郰曼父之母始得其實，當云『問於郰曼父之母，蓋殯也』，故作倒句以取曲折耳。」按：此二義，余著《群經平議》均不之從。然倒句成文，則古書自有之，亦存其説以備一解。

詩人之詞必用韵，故倒句尤多。《桑柔篇》：「大風有隧，有空大谷。」言大風則有隧矣，大谷則有空矣。今作「有空大谷」，乃倒句也。説詳王氏《經義述聞》。《節南山篇》：「弗聞弗仕，勿罔君子。式夷式已，無小人殆。」言勿罔君子，無殆小人也。無，猶勿也，「罔」與「殆」義相近，《論語》亦以罔、殆對文可證。今作「無小人殆」，乃倒句也。説詳余所著《群經平議》。

《孟子・盡心下篇》：「若崩，厥角稽首。」按：《漢書・諸侯王表》「厥角稽首」〔二〕，應劭曰：

〔二〕角，原誤作「首」，據《漢書》、蔡啓盛《校勘記》改。

「厥者，頓也。角者，額角也。稽首，首至地也。」其説簡明，勝趙注。「若崩」二字，乃形容厥角稽首之狀。蓋紂衆聞武王之言，一時頓首至地，若山冢之崒崩也。當云「厥角稽首若崩」，今云「若崩厥角稽首」，亦倒句耳。後人不得其義，而云稽首至地，若角之崩，則不知角爲何物，失之甚矣。

《墨子·非樂上篇》：「啓乃淫溢康樂，野于飲食。」按：「野于飲食」，即下文所謂「渝食于野」也，與《左傳》「室於怒市於色」句法正同。畢氏沅校本疑「野于」當作「于野」，蓋誤連「康樂」二字讀之，亦由不達古書之例，失其讀，并失其義矣。

《史記·樂毅傳》：「薊丘之植，植於汶篁。」《索隱》曰：「薊丘，燕所都之地也。言燕之薊丘所植，皆植齊王汶上之竹也。」按：此亦倒句。若順言之，當云「汶篁之植，植於薊丘」耳。宋人言宣和事云「夷門之植，植於燕雲」，便不及古人語妙矣。

倒序例

古人序事，有不以順序而以倒序者。《周官·大宗伯職》：「以肆、獻、祼享先王。」若以次弟而言，則祼最在先，獻次之，肆又次之也。乃不曰「祼、獻、肆」，而曰「肆、獻、祼」，此倒序也。

《大祝職》：「隋釁、逆牲、逆尸。」若以次弟而言，則逆尸最在先，逆牲次之，隋釁又次之也。乃不曰「逆尸、逆牲、隋釁」，而曰「隋釁、逆牲、逆尸」，此倒序也。《小祝職》：「贊徹、贊奠。」若以次弟而言，則奠先而徹後也。乃不曰「贊奠、贊徹」，而曰「贊徹、贊奠」，此倒序也。說者不知古人自有此倒序之例，而必曲爲之解，多見其不可通矣。

《禮記・文王世子篇》：「其登、餕、獻、受爵，則以上嗣。」正義曰：「以《特牲》言之，則先受爵而後獻，獻而後餕。今此《經》先云餕者，以餕爲重，舉重者從後以嚮先，逆言之，故云『其登、餕、獻、受爵』也。」按：以《特牲》言之，嗣子與長兄弟爲上下兩餕，是餕不止嗣子一人；而受爵止嗣子一人，是受爵重於餕也，安得云以餕爲重乎？孔氏蓋不知古書有此倒序之例，曲爲之說而失其義。

錯綜成文例

古人之文，有錯綜其辭以見文法之變者。如《論語》「迅雷風烈」，《楚辭》「吉日兮辰良」，《夏小正》「剥棗栗零」，皆是也。

《詩・采緑篇》：「之子于狩，言韔其弓；之子于釣，言綸之繩。」箋云：「綸，釣繳也。君子往狩與？我當從之爲之韔弓；其往釣與？我當從之爲之繩繳。」按：箋以「韔弓」「繩繳」對舉，則知下句「繩」字與上句「韔」字對，下句「綸」字與上句「弓」字對，蓋錯綜以成文也。正義曰：「謂釣竿之上須繩，則已與之作繩。」是以繩字對上句弓字，失之矣。

又《思齊篇》：「古之人無斁，譽髦斯士。」按：「古之人」與「髦斯士」文正相配。古之人，言古人也；髦斯士，言髦士也。此承上而言，惟成人有德，故古之人無斁；惟小子有造，故譽髦斯士。古之人者，《尚書・無逸篇》枚傳所謂古老之人也。無斁，謂不見厭惡也。譽與豫通。《爾雅》曰：「豫，樂也，安也。」言其俊士無不安樂也。「豫」與「無斁」互文見義。無厭惡則安樂可知，安樂則無厭惡可知。上句先言古人而後言無斁，下句先言譽而後言髦斯士，亦錯綜以成文也。毛鄭均未得其解。

《周禮・大宗伯職》：「王后不與，則攝而薦豆籩徹。」按：薦豆籩徹者，薦豆徹籩也。於豆言「薦」，於籩言「徹」，互辭耳。不曰「薦豆徹籩」，而曰「薦豆籩徹」，亦故爲錯綜以成文也。賈疏曰：「凡祭祀皆先薦後徹，故退徹文在下。」此不得其解而爲之辭。

《太玄・止》次八曰：「弓善反，弓惡反；善馬狠，惡馬狠。」按：弓善弓惡，即善弓惡弓，與善馬惡馬同義。乃云弓善弓惡者，故與下文錯綜其詞也。范望注曰：「善反，《詩》云『四矢反兮』，言反其故處也。惡反者，不善發則翩然反也。」誤以善惡連反字讀，失之。《測》曰：「反弓馬狠，終不可以也。」不曰「弓反馬狠」，而曰「反弓馬狠」，文法與此同。

《淮南子·主術篇》：「夫疾風而波興，木茂而鳥集。」上言疾風，下言木茂，亦錯綜其詞。《意林》引此作「風疾而波興」，由不知古人文法之變而以意改之。

《春秋》僖十有六年書：「隕石於宋五，六鷁退飛，過宋都。」石五之與六鷁，亦錯綜以成文。《公羊》有記聞記見之説，《穀梁》有散辭聚辭之義，此乃作傳之體例如此，未必得《經》意也。

《夏小正》：「梅杏杝桃則華，緹縞。」上句先言梅杏杝桃而後言華，下句先言緹而後言縞，蓋古人之辭，往往有此。傳曰：「先言緹而後言縞，何也？緹先見者也。」亦未免曲爲之説也。

參互見義例

古人之文，有參互以見義者。《禮記·文王世子篇》：「諸父守貴宮貴室，諸子諸孫守下宮下室。」又云：「諸父諸兄守貴室，子弟守下室，而讓道達矣。」鄭注曰：「上言父子孫，此言兄弟，互相備也。」又《雜記上篇》：「有三年之練冠，則以大功之麻易之。」鄭注曰：「言練冠易麻，互言之也。」疏曰：「麻，謂經帶。大功言經帶，明三年練亦有經帶；三年練云冠，明大功亦有冠。是大功冠與絰帶，易三年冠及絰帶，故云互言之。」又《祭統篇》：「王后蠶於北郊，以共純服；夫人蠶於北郊，以共冕服。」鄭注曰：「純服，亦冕服也，互言之爾。純以見繒色，冕以著祭服。」凡此皆參互以見義者也。

鄭注有云「通異語」者。《文王世子篇》：「庶子以公族之無事者守於公宫，正室守太廟。」注云：「或言宫，或言廟，通異語。」又有云「文相變」者。《喪大記篇》：「浴水用盆，沃水用枓，沐用瓦盤。」注曰：「浴沃用枓，沐於盤中，文相變也。」亦皆互文以見義之例。

《周易·雜卦傳》：「乾剛坤柔，比樂師憂。」皆兩兩相對。他卦雖未必然，而語意必相稱。獨「晉，晝也；明夷，誅也」，其義不倫。愚謂此亦參互以見義也。知「晉」之爲「晝」，則「明夷」之爲「晦」可知矣。「明入地中」，非晦而何？知明夷之爲「誅」，則晉之爲「賞」可知矣。「康侯用錫馬蕃庶」，非賞而何？自來言《易》者，未見及此也。

兩事連類而竝稱例

《少牢饋食禮》：「日用丁己。」言或用丁，或用己也。《士虞禮》：「冪用絺布。」言或用絺，或用布也。古人之文，自有此例。《士喪禮》：「魚鱄鮒九。」此亦連類而竝稱，言或鱄或鮒，其數則九也。若必縛紨竝用，而欲合其數爲九，則孰四孰五，不得無文矣。

《禮記·郊特牲篇》：「繡黼丹朱中衣。」按：繡黼二物，丹朱亦二物，言中衣之領，或以繡爲之，或以黼爲之；中衣之緣，或以丹爲之，或以朱爲之；是爲繡黼丹朱中衣，非必一時竝用也。鄭注破繡爲綃。正義曰：「五色備曰繡，白與黑曰黼，繡黼不得共爲一物，故以繡爲綃也。」此未達古人立言之例也。

《日知録》曰：「孟子云：『禹、稷當平世，三過其門而不入。』考之《書》曰：『啓呱呱而泣，予弗子。』此禹事也，而稷亦因之受名。『華周、杞梁之妻，善哭其夫而變國俗。』考之《列女傳》曰：『哭於城下七日，而城爲之崩。』此杞梁妻事也，而華周妻亦因之以受名。」愚謂此皆連類而及之例也。《吕氏春秋》曰：「孔丘、墨翟，晝日諷誦習業，夜親見文王、周公旦而問焉。」因孔子而及墨翟，因周公而及文王，亦此類矣。

兩義傳疑而竝存例

《儀禮·士虞禮》：「死三日而殯，三月而葬，遂卒哭。」鄭注曰：「此記更從死起，異人之聞，其義或殊。」賈疏曰：「上已論虞卒哭，此記更從始死記之，明非上記人，是異人之聞，其辭或殊，更見記之事，其實義亦不異前記也。」按：此即傳疑竝存之例。注、疏「聞」字今誤作「閒」，非是。辨見《群經平議》。

《穀梁傳》之解《經》，多有竝存兩説者。隱二年《傳》：「或曰，紀子伯莒子而與之盟。或曰，年同爵同，故紀子以伯先也。」又五年《傳》：「穀梁子曰：『《舞夏》，天子八佾，諸公六佾，諸侯四佾，初獻六羽，始僭樂矣。』尸子曰：『《舞夏》，自天子至諸侯皆用八佾，初獻六羽，始厲樂矣。』」又，八年《傳》：「或曰，隱不爵大夫也。或説曰，故貶之也。」又莊二年《傳》：「於餘丘，邾之邑也。其曰『伐』，何也？公子貴矣，師重矣，而敵人之邑，公子病矣，病公子，所以譏乎公也。其一曰，君在而重之也。」又，文十八年《傳》：「姪娣者，不孤子之意也。一人有子，三人緩帶。一曰，就賢也。」凡此皆兩義竝存，不獨疑以傳疑，且足見網羅放失之意。《公羊傳》亦閒有之。閔二年《傳》：「或曰，自鹿門至於争門者，是也。或曰，自争門至於吏門者，是也。」亦二説竝存也。

《禮記·檀弓篇》：「滕伯文爲孟虎齊衰，其叔父也；爲孟皮齊衰，其叔父也。」按：孟虎孟皮，疑是一人，虎與皮蓋一名一字。鄭罕虎字子皮，即其例也。縣子本得之傳聞，或故老所説不同，或簡策所載互異，疑以傳疑，故竝存之。正義謂虎是滕伯文叔父，滕伯是皮之叔父，夫記文兩言「其叔父也」，乃謂一是叔父，一是兄弟之子，殆不然矣。

《爾雅·釋蟲》有「蝝，蝮蜪」，《釋魚》有「蜪，蚅」[一]；《釋蟲》有「蛭蝚，至掌」，《釋魚》有「蛭，蟣」，蓋皆一物也。或云蟲類，或云魚類，故竝存之。郭注於《釋蟲》不解「蛭蝚，至掌」，於《釋魚》不解「蜪，蚅」，由未知其爲同物耳。

凡著書者，博採異文，附之簡策。如《管子·法法篇》之「一曰」，《大匡篇》之「或曰」，皆爲管氏學者傳聞不同而竝記之也。《韓非子》書如此者尤多。如《内儲説上篇》引魯哀公問孔子莫衆而迷事，又載：「一曰晏嬰子聘魯，哀公問曰：『語曰，莫三人而迷。』」《外儲説左篇》引孟獻伯相魯事，又載：「一曰孟獻伯拜上卿，叔向往賀。」如此之類，不下數十事。《尚書》每有「又曰」之文，愚謂亦當以是解之。《康誥篇》：「非汝封刑人殺人；無或刑人殺人，非汝封。又曰劓刵人，無或劓刵人。」蓋史策所載異辭，一本作「非汝封刑人殺人；無或刑人殺人，非汝封」；一本作「非汝封劓刵人，無或劓刵人，非汝封」，故兩載之，而詞有詳略也。下文：「王曰：『外事，汝陳時臬，司師茲殷罰有倫。』」此一本也。「又曰：要囚，服念五六日，至於旬時，丕蔽要

[一] 蚅，原誤作「蚖」，據《爾雅》及文意改。

囚。王曰：『汝陳時臬事，罰蔽殷彝。』」此又一本也，亦兩存之而語有詳略。余從前著《群經平議》，未見及此，蓋猶未達古書之例也，當更爲説以明之。

兩語似平而實側例

古人之文，有似平而實側者。《詩·蕩篇》：「侯作侯祝。」傳曰：「作祝詛也。」段氏玉裁曰：「『作祝詛也』四字一句，『侯作侯祝』與『乃宣乃畝』『爰始爰謀』句法同。」《緜篇》：「曰止曰時。」箋云：「時，是也。曰可止居於是。」正義曰：「如箋之言，則上『曰』爲辭，下『曰』爲『於』也。」按：此亦似平而實側者，與「爰始爰謀」「乃宣乃畝」一例。王氏引之曰：「經文疊用曰字，不當上下異訓，二曰字皆語辭，時亦止也。」轉未得古人義例矣。

《論語·憲問篇》：「君子恥其言而過其行。」正義曰：「此章勉人使言行相副也。君子言行相顧，若言過其行，謂有言而行不副，君子所恥也。」按：恥其言而過於行，亦語平而意側。皇侃《義疏》本作「君子恥其言之過其行也」，語意更明。朱注曰：「恥者，不敢盡之意；過者，欲有餘之辭。」誤以兩句爲平列，失之。

《孟子·公孫丑篇》：「今夫蹶者趨者。〔一〕」趙注曰：「蹶者相動，今夫行而蹶者，氣閉不能自持，故志氣顛倒；顛倒之間，無不動心而恐矣。」尋趙氏之意，謂趨由於蹶。「今夫蹶者趨者」，猶云「大凡顛蹶之人，皆是趨走之人」。蓋人之疾趨而行，氣使之也，而至於顛蹶，則無不動心矣，故曰「是氣也而反動其心」。「蹶者趨者」似平而實側，若以蹶、趨平列，則其義不見矣。

兩句似異而實同例

古人之文，有兩句竝列而實一意者，若各爲之説，轉失其義矣。《禮記·表記篇》：「仁有數，義有長短小大。」鄭注曰：「數與長短小大，互言之耳。」按：數即短長小大，質言之，則是仁有數，義亦有數耳。乃於仁言「數」，而於義變言「長短小大」，此古人屬辭之法也。

《周官·大司徒職》：「令五家爲比，使之相保；五比爲閭，使之相受。」按：「受」與「保」同義。古語或以「受保」連文，《士冠禮》「永受保之」是也；或以「保受」連文，《尚書·召誥》

〔一〕 蹶者趨，馬叙倫《古書疑義舉例校録》改爲「趨者蹶」。

「保受王威命明德」是也。使之相保，使之相受，文異而義同，皆謂使之互相任保，不爲罪過也。杜子春及後鄭均未達斯旨。又《族師職》云：「使之相保相受，刑罰慶賞相及相共。」按：「相受」猶「相保」也，「相共」猶「相及」也，皆變文以成辭耳。賈疏斷「刑罰慶賞相及」爲句，失之。

《儀禮・特牲饋食禮》：「簒有以也；醑有與也。」兩句義同，變文以成辭耳。《史記・貨殖傳》：「智不足與權變，勇不足以決斷，仁不能以取予。」《漢書・揚雄傳》：「建道德以爲師，友仁義與爲朋。」與、以互用，是「有與」即「有以」也。鄭注曰：「與，讀如諸侯以禮相與之與。」失之。

《孟子・梁惠王下篇》：「吾王不遊，吾何以休？吾王不豫，吾何以助？」趙注曰：「言王者巡狩觀民，其行從容，若遊若豫。豫，亦遊也。」按：不遊不豫，變文以成辭而無異義。趙氏此注，斯通論矣。下文曰：「從流下而忘反謂之流，從流上而忘反謂之連。從獸無厭謂之荒，樂酒無厭謂之亡。」按：「亡」當讀爲「芒」。《荀子・富國篇》：「芒軔僈楛。」楊倞注曰：「芒，昧也。或讀爲荒。」是荒、芒義通。故《淮南子・詮言篇》曰：「自身以上，至於荒芒爾遠矣。」荒芒連文，與流連一例，皆古之恒語。「從流下而忘反，謂之流；從流上而忘反，謂之連。」連與流一也。「從獸無厭謂之荒；樂酒無厭謂之亡。」芒與荒亦一也。流連荒芒，亦猶上文遊豫之比，變文成辭而無異義。趙氏一一爲之詮釋，則轉失之，良由不知「亡」爲「芒」之叚字，故滋曲説。其解「亡」字曰「若殷紂以酒喪國也，故謂之亡」，然則若羿之好田獵，無有厭極，以亡其身，亦可謂之亡矣，何以從獸無厭謂之荒乎？

《尚書・舜典篇》：「流共工于幽州，放驩兜于崇山，竄三苗于三危，殛鯀于羽山。」枚傳曰：「殛、竄、放、流，皆誅也。異其文，述作之體。」至詩人之詞，此類尤多。《關雎篇》：「參差荇菜，左右流之；窈窕淑女，寤寐求之。」傳曰：「流，求也。」則流之、求之，一也。《兔爰》首章：「我生之初，尚無爲。」次章：「我生之初，尚無造。」傳曰：「造，爲也。」則無爲、無造，一也。

《荀子・正論篇》：「故盜不竊，賊不刺。」按：《漢書・郊祀志》：「刺《六經》中作《王制》。」師古注曰：「刺，采取之也。」又《丙吉傳》：「至公車刺取。」注曰：「刺，謂探候之也。」是刺有探取之義。「盜不竊，賊不刺」，變文以成辭而無異義也。《莊子・知北遊篇》：「若正汝形，一汝視，天和將至；攝汝知，一汝度，神將來舍。」按：「一汝度」當作「正汝度」。《淮南子・道應篇》、《文子・道原篇》竝同，可據以訂正。「攝汝知」即「一汝視」，所視者專一，故所知者收攝矣。「正汝度」即「正汝形」，度，猶形也。是亦變文以成辭而無異義也。

《揚子法言·吾子篇》：「多聞則守之以約，多見則守之以卓。」按：卓亦約也。《莊子·大宗師篇》郭象注曰：「卓者，獨化之謂也。」是卓有獨義。《説苑·君道篇》：「踔然獨立。」踔與卓同。「卓約」本疊韵字，《莊子》之「淖約」，《上林賦》之「綽約」，竝其證也。「多聞則守之以約，多見則守之以卓」，猶「淖約」「綽約」之比。是亦變文以成辭而無異義也。

以重言釋一言例

《禮記·樂記篇》：「肅肅，敬也；雍雍，和也。」顧氏《日知録》曰：「《詩》本肅雍一字而引之二字者，長言之也。《詩》云：『有洸有潰。』毛公傳之曰：『洸洸，武也；潰潰，怒也。』即其例也。」

錢氏大昕《養新録》曰：「《詩》『亦汎其流。』傳云：『汎汎，流貌。』『碩人其頎。』箋云：『長麗俊好，頎頎然。』『咥其笑矣。』傳、箋皆云：『咥咥然笑。』『垂帶悸兮。』傳、箋皆云：『悸悸然有節度。』『條其嘯矣。』傳云：『條條然嘯。』『零露漙兮。』傳云：『漙漙然盛多。』『子之丰兮。』箋云：『面貌丰丰然。』『零露湑兮。』傳云：『湑湑然，蕭上露貌。』『噂沓背憎。』傳云：『噂，猶噂噂然；沓，猶沓沓然。』『有扁斯石。』傳云：『扁扁，乘石貌。』『匪風發兮，匪車偈兮。』傳云：『發發飄風，非有道之風；偈偈疾驅，非有道之車。』『匪風嘌兮〔一〕。』傳曰〔二〕：『嘌嘌，無節度也。』」竝以重言釋一言。

《丘中有麻篇》：「將其來施施。」《顔氏家訓》曰：「河北《毛詩》皆云施施；江南舊本悉單爲施。」按：當以江南本爲正。傳云：「施施，難進之意。」箋云：「施施，舒行伺閒，獨來見己之貌。」《經》文止一施字，而傳、箋竝以施施釋之，所謂以重言釋一言也。後人不達此例，增《經》文作施施，非其舊矣。

《周易・乾》：「九三，君子終日乾乾，夕惕。」惕者，惕惕也，猶言「終日乾乾，終夕惕惕」也。後人不明一言之即爲重言，遂以「夕惕若」爲句矣。《尚書・盤庚中篇》：「乃咸大不宣，乃心欽。」欽者，欽欽也。「乃心欽」，猶《詩》云「憂心欽欽」也。後人不明一言之即爲重言，遂以「乃心欽念以忱」爲句矣。由不達古書之例，失其義，并失其讀也。

〔一〕風，《詩・匪風》作「車」。《養新録》誤與此同，殆俞氏引錢氏之文，未加核驗。

〔二〕曰，《養新録》無此字。

以一字作兩讀例

古書遇重字，多省不書，但于本字下作二畫識之；亦或并不作二畫，但就本字重讀之者。《考工記·輈人》曰：「輈注則利準，利準則久，和則安。」鄭注曰：「故書『準』作『水』，鄭司農云：『注則利水，謂輈脊上雨注，令水去利也。』玄謂利水重讀，似非。」據此，則故書「利水」二字，本無重文，先鄭特就此二字重讀之，故後鄭可以不從也。

《孟子·告子上篇》：「異於白馬之白也。」按：上「白」字當重讀。蓋先折之曰「異於白」，乃曰「白馬之白也，無以異於白人之白也」，則又申説其異之故也。如此則文義自明，亦不必疑其有闕文矣。

倒文協韵例

《詩·既醉篇》：「其僕維何？釐爾女士。釐爾女士，從以孫子。」按：女士者，士女也；孫子者，子孫也，皆倒文以協韵。猶「衣裳」恒言，而《詩》則曰「制彼裳衣」；「琴瑟」恒言，而《詩》

則曰「如鼓瑟琴」也。《甫田篇》：「以穀我士女。」此云「女士」，彼云「士女」，文異義同。箋云：「予女以女而有士行者。」則失之纖巧矣。經文平易，殆不如是。

《莊子·山木篇》：「一上一下，以和爲量。」按：此本作「一下一上，以和爲量」。上與量爲韻。今作一上一下，失其韻矣。《秋水篇》：「無東無西，始於元冥，反於大通。」亦後人所改。《莊子》原文本作「無西無東」，東與通爲韻也。王氏念孫已訂正。上下、東西，人所恒言，後人口耳習熟，妄改古書，由不知古人倒文協韻之例耳。

古書多韻語，故倒文協韻者甚多。《淮南子·原道篇》：「無所左而無所右，蟠委錯紾，與萬物終始。」不言「始終」而言「終始」，始與右爲韻也。《文選·鵩鳥賦》：「怵迫之徒，或趨西東；大人不曲，意變齊同。」不言「東西」而言「西東」，東與同爲韻也。後人不達此例而好以意改，往往失其韻矣。

變文協韻例

古人之文，更有變文以協韻者。《詩·鄘風·柏舟篇》：「母也天只，不諒人只。」傳曰：「天，謂父也。」正義曰：「先母後天者，取其韻句耳。」按：「母」則直曰「母」，而「父」則稱之爲

「天」，此變文協韵之例也。

《蓼蕭篇》：「既見君子，爲龍爲光。」按：光者，日也。《周易·説卦傳》：「離爲日。」而虞注於《未濟》「六五」及《夬彖傳》竝云：「離爲光。」於《需·彖辭》則曰：「離日爲光。」是日與光義得相通。《文選》張孟陽《七哀詩》注：「朱光，日也。」陸士衡《演連珠》注曰：「重光，日也。」詞賦家以日爲光，本經義也。「爲龍爲光」猶云「爲龍爲日」。龍與日，竝人君之象。《賈子·容經篇》曰：「龍也者，人主之譬也。」《尸子》曰：「日五色，陽之精，君德也。」是龍、日爲君象，古有此義。此言遠國之君朝見於天子，故曰「既見君子，爲龍爲光」，竝以天子言。不言「爲龍爲日」，而曰「爲龍爲光」，亦變文以協韵耳。傳訓龍爲「寵」，則已不得其義矣。

《周易》亦多用韵之文，亦有變文協韵者。如《小畜》：「上九，既雨既處。」按：處者，止也。《説文·几部》：「処，止也。」処，即處字。故毛傳於《江有汜篇》、《鳧鷖篇》竝曰：「處，止也。」「既雨既處」者，「既雨既止」也。止，謂雨止也。不曰「既雨既止」，而曰「既雨既處」，變文以協韵也。正義以「得其處」釋之，則與「既雨」之文不倫矣。

古書疑義舉例二　第一樓叢書之五

古人行文不嫌疏略例

《儀禮·聘禮篇》：「上介出請入告。」鄭注曰：「於此言之者，賓彌尊，事彌録。」據注，知聘賓所至，上介皆有出請入告之事，而上文不言，是古人行文不嫌疏略也。必一一載之簡策，則累牘而不能盡矣。乃古人不言，後人亦遂不知。即《儀禮》一經疏略之處，鄭君亦有未能見及者。後人讀書鹵莽，更無論矣。今舉數事見例。

《聘禮》：「乃入陳幣於朝，西上。」注曰：「其禮於君者不陳。」按：鄭見此經所陳，止有上賓之公幣私幣及上介之公幣，而無禮於君之幣，故曰「禮於君者不陳」。下文「執賄幣以告」，注曰：「賄幣在外也。」若然，則當有出取之事，何以無文乎？今以下文「上介執璋」例之，知賄幣乃衆介奉之以入，上介授璋後，衆介從而授幣，故使者得執之以告也。《經》略而不言，鄭君亦遂不知矣。

《公食大夫禮》〔一〕：「簠有蓋冪。」注曰：「稻粱將食乃設，去會於房。」按：鄭以《經》文「公設粱」後，其下即云「左擁簠粱」，不見有卻會事，故爲此説。不知六簋乃宰夫所設，故宰夫爲卻會；若簠則公親設之，公尊，不爲卻會，賓將食，自卻之。《經》云：「賓卒食，會飯。」以卒食後賓自加會，知將食時賓自卻會也。經文略而不言，鄭君亦遂不知，并會飯之義而失之矣。

《士虞禮記》：「祝從，啓牖、鄉如初。」按：鄉者，北出牖也。「啓牖、鄉」者，「啓牖」亦「啓鄉」也。上文「祝闔牖户」，不言鄉，是疏略之處。鄭注此句，因云「鄉、牖一名也」，然則記人何必言「牖」又言「鄉」乎？

《特牲饋食禮》：「酢如主人儀。」注曰：「不易爵，辟内子。」按：尸酢主婦，無不易爵者，此不言易爵，疏略耳，鄭注非。又曰：「尸謖祝前。」按：「尸謖」上當有「祝入」二字，《既夕篇》「祝入尸謖」，是其例也。蓋祝出告利成後，必復入，以爲尸謖之節，此不言者疏略。《禮經》若此類，不可勝舉。

〔一〕公食大夫禮，原作「聘禮記」，據《儀禮》改。

襄二年《左傳》：「以索馬牛皆百匹。」正義曰：「《司馬法》：『丘出馬一匹，牛三頭。』」則牛當稱頭而亦云匹者，因馬而名牛曰匹，并言之耳。經傳之文，此類多矣。《易・繫辭》云：「潤之以風雨。」《論語》云：「沽酒市脯不食。」《玉藻》云：「大夫不得造車馬。」皆從一而省文也。按：此亦古人行文不嫌疏略之證。使後人爲之，必一一爲之辭，曰「以索馬百匹，索牛百頭」；曰「沽酒不飲，市脯不食」。此文之所以日繁也。

古人行文不避繁複例

古人行文，亦有不避繁複者。《孟子・梁惠王篇》：「故王之不王，非挾泰山以超北海之類也，王之不王，是折枝之類也。」《離婁篇》：「瞽瞍底豫而天下化，瞽瞍底豫而天下之爲父子者定。」兩「王之不王」，兩「瞽瞍底豫」，若省其一，讀之便索然矣。

《周易・繫辭傳》：「言天下之至賾而不可惡也，言天下之至賾而不可亂也；擬之而後言，議之而後動。」鄭所據本如此，見《釋文》；虞本亦如此，見《集解》，此古本也。兩言「天下之至賾」，句似複而非複。乃鄭於下句云：「賾當爲動。」虞亦云：「動舊誤作賾。」則鄭虞猶未解此。孔穎達謂：「以文勢上下言之，宜云至動而不可亂也。」更無足怪矣。所謂「以上下文勢言」者，徒見上文「賾」與「動」對舉，故云然耳。其實此文「不可惡」「不可亂」，專承「天下之賾」而言。下文「擬之而後言」，「議之而後動」，然後覆説「動」字。

《管子・權修篇》：「凡牧民者，欲民之正也。欲民之正，則微邪不可不禁也。微邪者，大邪之所生也。微邪不禁，而求大邪之無傷國，不可得也。凡牧民者，欲民之有禮也。欲民之有禮，則小禮不可不謹也。小禮不謹於國，而求百姓之行大禮，不可得也。凡牧民者，欲民之有義也，欲民之有義，則小義不可不行。小義不行於國，而求百姓之行大義，不可得也。凡牧民者，欲民之有廉也。欲民之有廉，則小廉不可不修也。小廉不修於國，而求百姓之行大廉，不可得也。凡牧民者，欲民之有恥也。欲民之有恥，則小恥不可不飾也。小恥不飾於國，而求百姓之行大恥，不可得也。凡牧民者，欲民之修小禮，行小義，飾小廉，謹小恥，禁微邪，此厲民之道也。」按：此一段之中，疊用「凡牧民者」句，文繁語複，使今人爲之，則芟薙者過半矣。

《墨子・尚賢》、《尚同》、《兼愛》各分上、中、下三篇，而文字相同者居半。此亦古人不嫌繁複之證，文繁不具録。

語急例

古人語急，故有以「如」爲「不如」者。隱公元年《公羊傳》：「如勿與而已矣。」注曰「如，即不如」是也。有以「敢」爲「不敢」者。莊二十二年《左傳》：「敢辱高位。」注曰「敢，不敢也」是也。詳見《日知録》三十二。

《詩・君子偕老篇》：「是紲袢也。」毛傳曰：「是當暑袢延之服也。」然則「袢」即「袢延」也。竝古人語急而省也。

《論語・先進篇》：「由也諺。」鄭注曰：「子路之行，失於畔喭。」然則「喭」即「畔喭」也。

《雍也篇》：「君子博學於文，約之以禮，亦可以弗畔矣夫。」「畔」亦即「畔喭」也。畔、喭本疊韵字，急言之，則或曰「喭」，「由也喭」是也；或曰「畔」，「亦可以弗畔矣夫」是也。鄭注曰：「弗畔，不違道。」殆未免乎知二五而不知十矣。

《禮記・曲禮篇》：「爲大夫累之。」按：「累之」猶「解之」也。累、解本疊韵字。《荀子・富國篇》：「則和調累解。」累、解二字同義，猶和調二字亦同義，古語如此，楊倞注非也。緩言之曰「累解」，急言則止曰「累」矣。鄭注曰：「累，倮也。謂不巾覆也。」然不巾覆者，大夫至庶人所同，何獨於大夫言之乎？

語緩例

古人語急，則二字可縮爲一字；語緩，則一字可引爲數字。襄三十一年《左傳》：「繕完葺牆以待賓客。」急言之，則止是「葺牆以待賓客」耳，乃以「葺」上更加「繕完」二字，唐李涪《刊誤》遂疑「完」字當作「宇」矣。昭十六年《左傳》：「庸次比耦，以艾殺此地。」急言之，則是「比耦以艾殺此地」耳，乃以「比」上更加「庸次」二字，杜注遂訓爲用次更相從耦耕矣。皆由不達古人語例故也。按《方言》曰：「庸、恣、比、侹、更、迭，代也。」庸、恣、比三字，即本《左傳》。恣與次通。

《尚書·牧誓篇》：「王朝至於商郊牧野。」按：郊牧野者，《爾雅》所謂邑外謂之郊，郊外謂之牧，牧外謂之野也。枚傳云：「至牧地而誓衆。」則但謂之「商牧」可矣。《國語》曰：「庶民弗忍，欣戴武王，以致戎于商牧。」是其正名也。乃連郊野言之，曰「郊牧野」。又或連野言之，曰「牧野」，《詩》曰「牧野洋洋」是也。此皆古人語緩，故不嫌辭費。

一人之辭而加曰字例

凡問答之辭，必用「曰」字，紀載之恒例也。乃有一人之辭中加「曰」字自爲問答者，此則變例矣。《論語·陽貨篇》：「『懷其寶而迷其邦，可謂仁乎？』曰：『不可。』『好從事而亟失時，可謂知乎？』曰：『不可。』」兩「曰」字仍是陽貨語，直至「孔子曰諾」，始爲孔子語。《史記·留侯世家》：「『昔者湯伐桀而封其後於杞者，度能制桀之死命也。今陛下能制項籍之死命乎？』曰：『未能也。其不可一也。』『武王伐紂封其後於宋者，度能得紂之頭也。今陛下能得項籍之頭乎？』曰：『未能也。其不可二也。』」此下凡「不可」者七，皆子房自問自答；至漢王輟食吐哺駡曰「豎儒」，始爲漢王語，與《論語》文法正同。説本閻氏《四書釋地》。按：記人於下文特著「孔子曰」，則上文兩「曰不可」，非孔子語明矣。前人皆未見及，閻氏此論，昭然發千古之矇。

《孟子·告子篇》：「『爲是其智弗若與？』曰：『非然也。』」此自問自答之辭。《盡心篇》：「『子以是爲竊屨來與？』曰：『殆非也。』」亦自問自答之辭。乃趙氏誤以此「曰」字爲「館人曰」，後人因并以下文數語，皆爲館人之言。而《經》文「夫予」字，遂誤作「夫子」，不得謂非趙氏有以啓之矣。

亦有非自問自答之辭，而中閒又用「曰」字以別更端之語者。《禮記·檀弓篇》：「公瞿然失席曰：『是寡人之罪也！』曰：『寡人嘗學斷斯獄矣。』」哀十六年《左傳》曰：「乞曰：『不可得也。』曰：『市南有熊宜僚者，若得之，可以當五百人矣。』」《論語·憲問篇》：「子曰：『若臧武仲之知，公綽之不欲，卞莊子之勇〔一〕，冉求之藝，文之以禮樂，亦可以爲成人矣。』曰：『今之成人者何必然。』」《微子篇》：「齊景公待孔子曰：『若季氏則吾不能，以季孟之閒待之。』曰：『吾老矣，不能用也。』」皆加「曰」字，以別更端之語也。

《揚子法言·學行篇》：「或曰：『顔徒易乎』曰：『睎之則是。』曰：『昔顔嘗睎夫子矣，正考甫嘗睎尹吉甫矣，公子奚斯嘗睎正考甫矣；不欲睎則已矣，如欲睎，孰禦焉？』」按：「睎之則是」上已有「曰」字，而其下又有「曰」字，明世德堂本遂删去上「曰」字。然「睎之則是」，乃答語而非問詞，上「曰」字不可删，下「曰」字當移在「正考甫」句上。揚子既告之曰「睎之則是，昔顔嘗睎夫子矣」，又恐或人疑「夫子大聖，非人所能睎」，故又舉正考甫、公子奚

〔一〕卞，原誤作「下」，據《論語》、蔡啓盛《校勘記》改。

斯以曉之，正以小見大，以淺見深也。若其間無「曰」字以別更端，則漫無主賓之辨矣。淺人以三句平列而移「曰」字於「睎之則是」之下，又以兩「曰」字疊用而删上「曰」字，皆不達古書之例者也。

兩人之辭而省曰字例

一人之辭自爲問答，則用「曰」字；乃有兩人問答，因語氣相承，誦之易曉，而「曰」字從省不書者。如《論語・陽貨篇》「子曰：『由也，女聞六言六蔽矣乎？』對曰：『未也。』『居，吾語女！』」「居，吾語女」，乃夫子之言，而即承「對曰未也」之下，無「子曰」字。「子曰：『食夫稻，衣夫錦，於女安乎？』曰：『安。』『女安，則爲之。』」「女安，則爲之」，乃夫子之言，而即承「曰安」之下，無「子曰」字。

《孟子》書如此者尤多。「臣請爲王言樂。」孟子之言也，而無「曰」字。「敢問何謂浩然之氣？」公孫丑之言也，而無「曰」字。文義易明，故省之也。「然則子之失伍也亦多矣！」「然則治天下獨可耕且爲與？」「然則犬之性猶牛之性，牛之性猶人之性與？」句上皆無「曰」字，文勢易見，故省之也。乃亦有因省「曰」字致失其義者。《公孫丑篇》：「季孫曰：『異哉！』子叔疑。」二子，孟子弟子。「使己爲政，不用，則亦已矣」以下，乃孟子解二子之異意疑心，趙注甚明。因「使己爲政」上省一「曰」字，後儒遂生異説，以此一節皆爲季孫之言，失之甚矣。《滕文公篇》：「周霄問曰：『古之君子仕乎？』孟子曰：『仕。』」一言足矣，無事繁稱博引也。「傳曰」「公明儀曰」皆周霄所引以爲發問之地。蓋周霄意中先有此兩説，故竝引之，而先以「三月無君則弔」爲問，又以「出疆必載質」爲問也。因省「曰」字，讀者不能辨别，遂以「傳曰」「公明儀曰」兩説皆孟子所徵引，失之甚矣。

《禮記・檀弓篇》：「悼公之喪，季昭子問於孟敬子曰：『爲君何食？』敬子曰：『食粥，天下之達禮也。』『吾三臣者之不能居公室也，四方莫不聞矣。勉而爲瘠，則吾能，毋乃使人疑夫不以情居瘠者乎哉？吾則食食。』」此文自「吾三臣者」以下，又爲季昭子之言。蓋敬子所答，自是正論，昭子不欲從之，故有此説。因中閒省一「曰」字，遂若皆孟敬子之言者。敬子知問曾子之疾，獲聞君子之道，何至無忌憚若此？李氏惇作《群經識小》，始辨正之。

文具於前而略於後例

《詩・大叔于田篇》：「叔善射忌，又良御忌。」其下云「抑磬控忌，抑縱送忌」，則專承良御而言。「叔馬慢忌，叔發罕忌。」其下云「抑釋掤忌，抑鬯弓忌」，則專承叔發罕忌而言。文具於前略於後也。毛傳曰：「騁馬曰磬，止馬曰控，發矢曰縱，從禽曰送。」按：磬、控雙聲，縱、送疊韵。凡雙聲疊韵之字，皆無二義。傳以一字爲一義，發矢從禽與騁馬止馬，又不一例，傳義失之。磬、控、縱、送，皆以御言。磬，即控也，言止馬也；送，即縱也，言騁馬也。

《板篇》〔一〕：「天之牖民，如壎如篪，如璋如圭，如取如携。携無曰益，牖民孔易。」按：「携無曰益」，承上四句而言。益與隘通，言天之牖民，如壎篪之相和，如璋圭之相合，如取携之必從；無曰「有所阻隘也」，牖民乃孔易耳。因上疊句成文，累言之則於文不便，故止承携而言曰「携無曰益」，亦文之具於前而略於後者也。鄭箋未得其義。

夫詩人之詞，限於字句，具前略後，固所宜也。乃有行文之體，初無限制，而前所羅陳，後從省略，乃知古人止取意足，辭不必備也。《荀子·彊國篇》曰：「『力術止，義術行，曷謂也？』曰：『秦之謂也。』『威彊乎湯武，廣大乎舜禹，然而憂患不可勝校也，諰諰然常恐天下之一合而軋己也。此所謂力術止也。』『曷謂威彊乎湯武？』『湯武也者，乃能使說己者使耳。今楚，父死

〔一〕 板，原誤作「版」，據《詩經》改。

焉，國舉焉，負三王之廟而辟於陳、蔡之閒；視可司閒，案欲剡其脛而以蹈秦之腹，然而秦使左案左，使右案右，是乃使讎人役也。此所謂威彊乎湯武也。』『曷謂廣大乎舜禹也？』曰：『古者百王之一天下，臣諸侯，未有過封内千里者也。今秦，南乃有沙羡與俱，是乃江南；北有胡貉爲鄰；西有巴戎；東在楚者乃畛於齊；在韓者踰常山，乃有臨慮〔一〕；在魏者乃據圉津，即去大梁百有二十里耳；在趙者剡然有苓而蓋據松柏之塞，負西海而固常山：是地徧天下也。此所謂廣大乎舜禹也〔二〕。威動海内，彊殆中國，然而憂患不可勝校也，諰諰然常恐天下之一合而軋己也。」按：此文前以「威彊乎湯武」「廣大乎舜禹」兩句提綱，中閒又作兩段申説，而後云「威動海内，彊殆中國」，則止承威彊而言，不及廣大，是文具於前而略於後也。《荀子》此文，傳寫舊有錯誤，余作《諸子平議》已訂正之，兹不具論。

斯例也，孔子傳《易》即已有之。《同人·象傳》：「同人之先，以中直也。」王氏引之曰：「同人之先，謂同人之先號咷而後笑也。」「先者，有後之辭也，言先而後見矣。《隨》：『六二，係

〔一〕有，原誤作「在」，據《荀子》改。

〔二〕「此所謂廣大乎舜禹也」句，原在「諰諰然常恐天下之一合而軋己也」句之下，俞氏移至「是地徧天下也」句下，辨見《諸子平議》卷十三。

小子，失丈夫。』傳則曰『係小子』，而省失丈夫之文。『六三，係丈夫，失小子。』傳則曰『係丈夫』，而省失小子之文。」是其例也。今以王氏之説推之，《乾》：「九三，君子終日乾乾，夕惕，若厲无咎。」傳則但曰「終日乾乾」。《坤》：「六四，括囊无咎无譽。」傳則但曰「括囊無咎」。《蒙》：「初六，發蒙，利用刑人，用説桎梏。」傳則但曰「利用刑人」。《泰》：「九三，无平不陂，无往不復。」傳則但曰「无往不復」。《隨》：「上六，拘係之，乃從維之。」傳則但曰「拘係之」。《无妄》：「六三，不耕穫，不菑畬。」傳則但曰「不耕穫」。《離》：「九四，突如其來如，焚如，死如，棄如。」傳則但曰「突如其來如」。《鼎》：「六五，鼎黄耳金鉉。」傳則但曰「鼎黄耳」。《歸妹》：「上六，女承筐无實，士刲羊无血。」傳則但曰「上六无實」。《中孚》：「六三，得敵，或鼓或罷，或泣或歌。」傳則但曰「或鼓或罷」。竝文具於前而略於後者也。

僖十九年《穀梁傳》：「梁亡，自亡也。湎於酒，淫於色，心昏耳目塞，上無正長之治，大臣背叛，民爲寇盜。梁亡，自亡也；如加力役焉，湎不足道也。」范注曰：「如使伐之而滅亡，則淫湎不足記也。」按：上文已備列梁所以亡之故，使下文必一一言之，則累於辭矣。故曰：「湎不足道也。」止以一「湎」字該之，亦具於前而略於後也。

文没於前而見於後例

古人之文，又有没其文於前，而見其義於後者。《書・微子篇》：「我祖底遂陳于上，我用沈酗于酒，用亂敗厥德于下。」按：「底遂陳于上」，蓋以德言，紂所亂敗者，即湯所底遂而陳者也。德字見於後而没於前，枚傳不達其義，乃曰「致遂其功，陳列于上世」，則上句增出「功」字矣。《國語・晉語》：「鄢陵之役，荆壓晉軍，軍吏患之，將謀。范匄自公族趨過之〔二〕，曰：『夷竈湮井，非退而何？』」按：楚壓晉而陣，晉無以爲戰地，軍吏將謀者，蓋謀退也。非畏楚而退，乃欲少退使有戰地耳。然军勢一動，不可復止，必有潰敗之憂。范匄爲夷竈湮井之計，則不必退而自有戰地，乃不退之退也，故曰「非退而何」。「退」字見於後而没於前，韋注不達其義，乃曰「平塞井竈，示必死，楚必退」，則文義不合矣。

《詩・生民篇》：「誕置之隘巷，牛羊腓字之；誕置之平林，會伐平林；誕置之寒冰，鳥覆翼之；鳥乃去矣，后稷呱矣。」按：后稷所以見棄之故，千古一大疑，而不知詩人固明言之，蓋在「后

〔二〕范匄，原本作「范匃」，據《國語》、蔡啓盛《校勘記》改。

稷呱矣」一句。夫至鳥去之後，后稷始呱，則前此者未嘗呱也。凡人始生，無不呱呱而泣。后稷生而不呱，是其異也。於是人情駭怪，僉欲棄之於隘巷、於平林、於寒冰，愈棄愈遠亦愈險，聖人不死，昭然可見。而后稷亦既呱矣，遂收而養之，命之曰棄，志異也。詩人歌詠其事，初不言見棄之由，蓋没其文於前而著其義於後，此正古人文字之奇也。後人不達，而異義横生矣。

《禮記·曲禮篇》：「五官之長曰伯[一]，其擯於天子也，曰天子之吏，天子謂之伯父，異姓謂之伯舅。」又曰：「九州之長，入天子之國曰牧，天子謂之叔父，異姓謂之叔舅。」按：陸氏德明作《音義》所據本如此，乃古本也。「天子謂之伯父」「天子謂之叔父」，皆言同姓之國，而《記》文無「同姓」二字；蓋下文既别言異姓，則此爲同姓，不待言矣，亦没於前而著於後者也。淺人不達，誤加「同姓」二字，殊非其舊矣。

文二年《左傳》：「於是夏父弗忌爲宗伯，尊僖公。」初不及臧文仲，後乃引孔子之言，以臧文仲縱逆祀爲三不知之一，則知夏父弗忌之躋僖公，實臧文仲爲之也。《孟子·梁惠王篇》魯平公將見孟子，初不言由於樂正子，後乃載樂正子之言曰「克告於君，君爲來見也」，則知魯平

[一]「伯」下脱「是職方」三字。《禮記·曲禮下》原作：「五官之長曰伯，是職方。其擯于天子也，曰天子之吏。」

公之就見孟子，樂正子爲之也。凡此皆没於前而見於後也。《禮記・檀弓篇》「晉獻公之喪，秦穆公使人弔公子重耳」，不言使人爲何人；下文云「子顯以致命於穆公」，則知使者之爲子顯矣。《孟子・公孫丑篇》「孟子之平陸，謂其大夫曰」，不言平陸大夫爲何人；下文云「王之爲都者，臣知五人焉，知其罪者惟孔距心」，則知平陸大夫爲孔距心矣。雖人之名字亦没於前而見於後，尤極文字之奇矣。

蒙上文而省例

古人之文，有蒙上而省者。《尚書・禹貢篇》：「終南、惇物，至於鳥鼠。」正義曰：「三山空舉山名，不言治意，蒙上既旅之文也。」是其例也。又「導岍及岐，至于荆山」，正義曰：「從此導岍至敷淺原，舊説以爲三條：導岍北條，西傾中條，嶓冢南條。鄭玄以爲四列：導岍爲陰列，西傾爲次陰列，嶓冢爲次陽列，岷山爲正陽列。」今以《經》文求之，鄭説爲是。導岍言導，西傾不言導，導嶓冢言導，岷山不言導。蓋兩陽列，兩陰列，各一言導；次陰列蒙陰列而省，正陽列蒙次陽列而省也。

《禮記・玉藻篇》：「君羔幦虎犆，大夫齊車；鹿幦豹犆，朝車。」此言人君羔幦虎犆之車，大夫以爲齊車；人君鹿幦豹犆之車[一]，大夫以爲朝車也。「鹿幦」上亦當有「君」字，「朝車」上亦當有「大夫」字，蒙上而省也。下云「士齊車，鹿幦豹犆」，則自言士制，不蒙此文。鄭誤以「大夫齊車」至「士齊車，鹿幦豹犆」爲一節，爲之説曰：「臣之朝車與齊車同飾。」然則但曰「大夫士齊車朝車鹿幦豹犆」，豈不簡而易明乎？定四年《左傳》：「楚人爲食，吳人及之。奔，食而從之。」此文「奔」字一字爲句，言楚人奔也。「食而從之」四字爲句，言吳人食楚人之食，食畢而遂從之也。「奔」上當有「楚人」字，『食而從之』上當有「吳人」字，蒙上而省也。杜注曰：「奔食，食者走。」則奔食二字，文不成義矣。

探下文而省例

夫兩文相承，蒙上而省，此行文之恒也。乃有逆探下文而預省上字，此則爲例更變，而古書亦往往有之。《堯典》：「舜生三十徵庸，三十在位，五十載。」因下句有「載」字，而上二句皆不言「載」。《孟子・滕文公篇》：「夏后氏五十而貢，殷人七十而助，周人百畝而徹。」因下句有「畝」

〔一〕 犆，原誤作「直」，據蔡啓盛《校勘記》改。

字，而上二句皆不言「畝」，是探下文而省者也。《詩・七月篇》：「七月在野，八月在宇，九月在户，十月蟋蟀入我牀下。」鄭箋云：自「七月在野」至「十月入我牀下」，皆謂蟋蟀也。按：此亦探下文而省，初無意義〔一〕。正義曰：「退蟋蟀之文在十月之下者，以人之牀下非蟲所當入，故以蟲名附十月之下，所以婉其文也。」斯曲説矣。牀下既非蟲所當入，何反以蟲名附十月之下乎？

《大戴記・本命篇》：「故男以八月而生齒，八歲而毁齒，一陰一陽，然後成道；二八十六然後情通，然後其施行。女七月生齒，七歲而毁，二七十四，然後其化成，合於三也，小節也。中古男三十而娶，女二十而嫁，合於五也，中節也。太古男五十而室，女三十而嫁，備於三五，合於八十也。」按：合於三不言三十，合於五不言五十，皆因「合於八十」句有十字而省也。孔氏廣森作《補注》，乃删去「十」字，止作「合於八也」，蓋未達古書之例。

舉此以見彼例

孔子曰：「舉一隅不以三隅反，則不復也。」是以古書之文，往往有舉此以見彼者。《禮

〔一〕意，據全書體例及文意，或爲「疑」之誤字。

記・王制篇》：「大國之卿不過三命，下卿再命，小國之卿與下大夫一命。」鄭注曰：「不著次國之卿者，以大國之下互明之。」正義曰：「以大國之卿不過三命，則知次國之卿不過再命；大國下卿再命，則知次國下卿一命，故云互明之。」又《喪大記篇》：「復者朝服，君以卷，夫人以屈狄。」鄭注曰：「君以卷，謂上公也。夫人以屈狄，互言耳。上公以衮，則夫人用褘衣；而侯、伯以鷩，其夫人用揄狄；子男以毳，其夫人乃用屈狄矣。」正義曰：「男子舉上公，婦人舉子男之妻；男子舉上以見下，婦人舉下以見上：是互言也。」又《祭法篇》：「燔柴於泰壇，祭天也。瘞埋於泰折，祭地也。用騂犢。」鄭注曰：「地陰祀用黝牲，與天俱用犢，連言爾。」正義曰：「祭地承祭天之下，故連言用牸犢也。」凡此之類，皆是舉此以見彼，學者所當以三隅反者也。

顧氏炎武《日知録》曰：「以紂爲弟，且以爲君，而有微子啓；以紂爲兄之子，且以爲君，而有王子比干。竝言之則於文有所不便，故舉此以該彼，此古人文章之善。且如郊社之禮，所以事上帝也，不言后土；地道无成而代有終也，不言臣妻；先王居檮杌於四裔，不言渾敦、窮奇、饕餮。後之讀書者，不待子貢之明，亦當聞一以知二矣。」

錢氏大昕《養新録》曰：「古人著書，舉一可以反三，故文簡而義無不該。姑即許氏《説文》言之：木，東方之行；金，西方之行；火，南方之行，水，北方之行；則土爲中央之行可知也。

鹹，北方味也，而酸、苦、辛、甘皆不言方。䨜，水音也，而宮、商、徵、角皆不言音。青，東方色也；赤，南方色也；白，西方色也；而黑不言北方。黄，地之色也；而玄不言天之色。鐘，秋分之音；鼓，春分之音；而不言二至。笙，正月之音；管，十二月之音；而不言餘月。龍，鱗蟲之長；而毛羽、介蟲之長不言。皆舉一以見例，非有遺漏也。」

昭四年《左傳》：「左師獻公合諸侯之禮六」，子産「獻伯子男會公之禮六」。其曰公者，蓋兼侯而言。「公合諸侯」，謂公侯合伯子男也；「伯子男會公」，謂伯子男會公侯也。哀十三年《傳》：「伯合諸侯，則侯帥子、男以見於伯。」此「伯」字，杜注謂「諸侯長」，非五等之伯。其曰「侯」者，蓋兼公而言；其曰「子男」者，蓋兼伯而言，謂公侯帥伯子男以見於伯也。古者公侯爲一等，伯子男爲一等，故舉公可以兼侯，舉侯可以兼公，舉子男可以兼伯，亦舉此以見彼之例也。

因此以及彼例

古人之文，省者極省，繁者極繁，省則有舉此見彼者矣，繁則有因此及彼者矣。《日知録》曰：「古人之辭，寬緩不迫。得失，失也。《史記・刺客傳》：『多人，不能無生得失。』利害，害也。《史記·吴王濞傳》：『擅兵而别，多佗利害。』緩急，急也。《史記·倉公傳》：『緩急無可使者。』《游俠傳》：『緩急人所時有也。』成敗，敗也。《後漢書·何進傳》：『先帝嘗與太后不快，幾至成敗。』同異，異也。《吴志·孫皓傳》注：『蕩異同如反掌。』《晉書·王彬傳》：『江州當人强盛時，能立異同。』羸縮，縮也。《吴志·諸葛恪傳》：『一朝羸縮，人情萬端。』禍福，禍也。晉歐陽建《臨終詩》：『成此禍福端〔一〕。』」按：此皆因此及彼之辭，古書往往有之。《禮記·文王世子篇》：「養老幼於東序。」因老而及幼，非謂養老兼養幼也。《玉藻篇》：「大夫不得造車馬。」因車而及馬，非謂造車兼造馬也。

《禮記·雜記篇》：「爲妻，父母在，不杖不稽顙。」正義曰：「按《喪服》云：『大夫爲適婦，爲喪主。』父爲己婦之主，故父在不敢爲婦杖；若父没母在，不爲適婦之主，所以母在不杖者，以父母尊同，因父而連言母。」然則因此及彼，《經》固有此例矣。《喪服小記篇》：「生不及祖父母諸父昆弟，而父税喪，己則否。」按：己生之年所不及者，安得有弟？王氏以爲諸父之昆弟，

〔一〕「成此禍福端」句上脱「潛圖密已構」句。《日知録》卷二十七《通鑒注》原作：「晉歐陽建《臨終詩》：『潛圖密已構，成此禍福端。』」

則「諸父」二字足以包之，何必曰「諸父昆弟」乎？劉氏、蔡氏以弟爲衍文，庾氏又曲爲之説，謂「死者爲昆，己爲弟」，不知昆弟親同，因昆而連言弟，亦猶父母尊同，因父而連言母耳。不達古書之例，難以説經矣。

《説文・女部》：「妻之女弟同出爲姨。」按《周易・涣》：「六四，匪夷所思。」《釋文》曰：「夷，荀本作弟。」又，《明夷》：「六二，夷於左股。」《釋文》曰：「夷，子夏本作『睇』，又作『眱』。」然則女弟謂之姨，正以聲近而義通。《爾雅・釋親》曰：「妻之姊妹同出爲姨。」此蓋因妹而連言姊也。

昭十三年《左傳》：「鄭，伯男也。」正義曰：「《周語》云：『鄭，伯男也，王而卑之，是不尊貴也。』王肅注此與彼，皆云『鄭，伯爵而連男言之，足句辭也』。」按：王説得之。鄭衆、服虔云鄭在男服，賈逵云男當作南，謂南面之君，竝曲説耳。

《管子・禁藏篇》：「外内蔽塞，可以成敗。」按：此欲其敗，非欲其成。而曰「可以成敗」，乃因敗而連言成也。王氏《讀書雜志》謂「成」當爲「或」，非是。

古書疑義舉例三　第一樓叢書之五

古書傳述亦有異同例

古曰在昔，昔曰先民，蓋古人之書，亦未必不更本於古也。然其傳述或有異同，不必盡如原本。閻氏若璩《四書釋地》曰：「《論語》杞、宋竝不足徵，《中庸》易其文曰『有宋存』。《孔子世家》言：『伯魚生伋，字子思，嘗困于宋。子思作《中庸》。』《中庸》既作於宋，易其文殆爲宋諱乎？且爾時杞既亡而宋獨存，易之亦與事實合。」按：閻氏此論，可謂入微，蓄疑十年，爲之冰釋。至宋氏翔鳳附會公羊家説，黜杞而存宋，雖亦巧合，然以本文語氣求之，疑未必然也。

《管子・小匡篇》：「其相曰夷吾，大夫曰甯戚、隰朋、賓胥無、鮑叔牙。用此五子者何功？」按：「五子」當作「四子」，淺人見上有五人而改易其數，不知非作書者之意也。此本《國語・齊語》之文，其文曰「惟能用管夷吾、甯戚、隰朋、賓胥無、鮑叔牙之屬而伯功立」。此是齊國史記所載，乃當時公論也。《小匡》一篇，多與《齊語》同，蓋管氏之徒剌取國史以爲家乘，於是更易其文，專美夷吾，明桓公之霸，由其相夷吾，若用此四子，何功之有？下文曰：「則唯有明君在上，察相在下也。」正見齊桓明君，夷吾察相，相得而成，非由此四子也。以《齊語》參校，改易之迹顯然矣。

《列子・黄帝篇》：「是殆見吾衡氣幾也。鯢旋之潘爲淵，止水之潘爲淵，流水之潘爲淵，濫水之潘爲淵，沃水之潘爲淵，氿水之潘爲淵，雍水之潘爲淵，汧水之潘爲淵，肥水之潘爲淵，是爲九淵，嘗又與來。」按：上文「是殆見吾杜德幾也，嘗又與來」，又曰「是殆見吾善者幾也，嘗又與來」。而此文「是殆見吾衡氣幾也」，下乃羅列九淵，不特全無意義，且於文氣亦隔絶矣。疑此五十八字，乃它處之錯簡。《莊子・應帝王篇》即用此篇文，止列首三句，而總之曰「淵有九名，此處三焉」。蓋以其與本篇文義無關，而古本相傳，又不敢竟從芟薙，姑存大略耳。此亦古人述古之一例也。

《禮記・月令篇》：「孟春行夏令，則雨水不時。」按：仲春之月始雨水，則孟春之月而雨水，即爲不時矣。漢太初以後，更改氣名，以雨水屬正月，正月雨水不復爲異。故《吕氏春秋・孟春紀》、《淮南子・時則篇》，竝作「風雨不時」，此太初以後人所追改，以合本朝之制者也。

《國語・魯語・齊孝公來伐章》曰：「昔者成王命我先君周公及齊先君太公曰〔一〕：『女股肱周室，以夾輔先王。』」按：曰齊先君太公者，别於魯先君太公也。魯亦自有太公，即伯禽是也。上文「魯饑」章：「大懼殄周公〔二〕、太公之命祀。」周公旦、太公伯禽竝謂魯先君，蓋古始封之祖，竝有太稱，説詳《群經平議》。此云「齊先君太公」，正古人屬辭之密。《左傳》易其文曰「昔周公、太公，股肱周室，以夾輔成王」，則删改原文而失其義矣。又韋昭注「夾輔先王」句曰：「先王，武王也。」蓋此本成王之命，故美其夾輔武王之功。《左傳》易之曰「夾輔成王」，抑又失其義矣。轉相傳述，非復元文，雖古書亦不能無此失也。

古人引書每有增減例

《日知録》曰：「《書・泰誓》：『受有億兆夷人，離心離德；予有亂臣十人，同心同德。』《左傳》引之則曰：『《太誓》所謂商兆民離，周十人同者衆也。』《淮南子》：『舜釣於河濱，期年而漁

〔一〕周公，原誤作「周文公」，據《國語・魯語》改。
〔二〕殄，《國語・魯語》作「乏」。

者争處湍瀨，以曲限深潭相與〔一〕。』《爾雅注》引之則曰：『漁者不争隈。』此皆略其文而用其意也。」按：今《泰誓》僞書，即因《左傳》語而爲之，不足據。然《管子·法禁篇》引《太誓》曰：「紂有臣億萬人，亦有億萬之心；武王有臣三千而一心。」則《太誓》原文詳而《傳》所引略，誠如顧氏説也。又按：《後漢書·郅惲傳》：「孟軻以彊其君之所不能爲忠，量其君之所不能爲賊。」亦是略其文而用其意。蓋古人引書，原不必規規然求合也。

《孔叢子》孔臧《與子琳書》引《詩》曰：「操斧伐柯，其則不遠。」《三國志》杜恕上疏云：「昔周公戒魯侯曰：『無使大臣，怨何不以。』」《晉書·載記》苻離上書於苻堅曰：「詩曰：『兄弟急難，朋友好合。』」又《律曆志》楊偉云：「孟軻所謂方寸之基，可使高於岑樓者也。」《宋書·彭城王義康傳》：「《詩》云：『兄弟雖鬩，不廢親也。』」又《顧覬之傳》：「丘明又稱天之所支不可壞，天之所壞不可支。」《南齊書》蕭子良與孔中丞書：「孟子有云：『君王無好智，君王無好勇。』」《舊唐書·孫伏伽傳》：「《論語》云『一言出口，駟不及舌』。」又，《崔元亮傳》：「孟軻有言：『衆人皆曰殺之，未可也。』」凡此皆用其意而略其文，詳見秀水沈氏《懷小篇》。按《東坡集·上神宗

〔一〕與，當爲「予」。《淮南子》、《日知録》皆不誤。

皇帝書》引《書》曰：「謀及卿士，至於庶人，翕然大同，乃底元吉，若違多而從少，則靜吉而作凶。」此亦以意引經，北宋時人猶讀古書，其體裁有自也。

《說文》引《詩》，往往有合兩句爲一句者。如《齊風・鷄鳴篇》：「東方明矣，朝既昌矣。」《日部》引作「東方昌矣」。《大雅・綿篇》：「混夷駾矣，維其喙矣。」《口部》引作「犬夷呬矣」，皆是也。又《酉部》「醺」下，引《詩》「公尸來燕醺醺」。按：此亦合兩句爲一句者。今《詩・鳧鷖篇》云：「公尸來止熏熏，旨酒欣欣。」熏熏欣欣，傳寫誤倒，本作「公尸來止欣欣，旨酒熏熏」。「熏熏」以旨酒言，猶下句「燔炙芬芬」，「芬芬」以燔炙言也。作「熏」者叚字，《說文》作「醺」者正字，觀其字從酉，可知其當在「旨酒」下也。乃觀毛傳所訓，是毛公作傳時已誤，宜近世治《說文》者莫能見及此矣。

《禮記・中庸篇》：「衣錦尚絅。」正義曰：「《詩》本文云『衣錦褧衣』，此云『尚絅』者，斷絶《詩》文也。又俗本云：『衣錦褧裳。』」按：以俗本推之，古本《禮記》當作「衣錦絅尚」。「尚」者，「裳」之叚字。《詩》本文云：「衣錦褧衣，裳錦褧裳。」而記人撮舉其辭曰「衣錦絅尚」，亦猶「東方昌矣」「犬夷呬矣」之比。俗本「衣錦褧裳」，正是古本相傳之舊，但易叚字而爲本字耳。後人不知古人引經自有此例，又不通叚借，遂移「尚」字於「絅」字之上，於義不可通矣。

稱謂例

古人稱謂，或與今人不同。有以父名子者，《左傳》成十六年「潘尪之黨」、襄廿三年「申鮮虞之傅摯」是也；有以夫名妻者，《左傳》昭元年「武王邑姜」是也，竝見《日知録》。今按：《漢書・外戚傳》孝宣王皇后父奉光封邛成侯，「成帝即位，爲太皇太后，時成帝母亦姓王氏，故世號太皇太后爲邛成太后」，亦以父名子也。《漢書・燕剌王旦傳》：「旦姊鄂邑蓋長公主。」張晏曰：「蓋侯王信妻也。」師古曰：「當是信子頃侯充。」此亦以夫名妻也。

昭十二年《左傳》：「殺獻太子之傅庾皮之子過。」按：「子」字衍文，本作「庾皮之過」，亦是以父名子之例。據《釋文》：「潘尪之黨；一本作潘尪之子黨；申鮮虞之傅摯，本或作申鮮虞之子傅摯。」蓋皆後人不達古人稱謂之例，而妄加之。

又有以母名女者。襄十九年《左傳》：「齊侯娶于魯曰顔懿姬，其姪鬷聲姬。」杜注曰「顔、鬷皆二姬母姓，因以爲號」是也。《史記・秦本紀》：「申侯言於孝王曰：『昔我先驪山女。』」正義曰：「申侯之先娶於驪山。」按：驪山女蓋娶於驪山所生之女，是亦以母名女也。

又有以子名母者。隱元年「惠公仲子」是也。《穀梁傳》曰：「禮賵人之母則可，賵人之妾則不可，君子以其可辭受之。」蓋繫仲子於惠公，明周以其爲惠公之母而賵之，非以其爲孝公之妾而賵之也，此《春秋》正名之義也。

至於《禮經》所稱，則有以事目其人者，《特牲饋食禮》「三獻作止爵」鄭注曰「賓也，謂三獻者以事命之」是也。下文「嗣舉奠盥入」。按：嗣、舉、奠三字連文。嗣子盥入，而尸爲之舉鉶南所奠之爵，故即命之曰「嗣舉奠」，亦以事目其人之例也。鄭注曰：「舉，猶飲也。」則失其義矣。又《禮記》：「王后褘衣，夫人揄狄，君命屈狄。」按：君命，謂世婦也。下文云「唯世婦命於奠繭」。此《經》不直曰「世婦屈狄」，而云「君命屈狄」者，若言世婦屈狄，則是凡世婦皆得服之矣。故必曰「君命屈狄」，乃見世婦因奠繭而君命之，始得服也。此亦以事目其人之例也。鄭注曰：「君，女君也。」又失其義矣。

《禮記·祭義篇》：「易抱龜南面。」鄭注曰：「易，官名。」按：此亦以事目其人，非必官名也。

寓名例

《史記·萬石君傳》：「長子建，次子甲，次子乙，次子慶。」甲、乙非名也，失其名而假以名之也。《漢書·魏相傳》：「中謁者趙堯舉春，李舜舉夏，兒湯舉秋，貢禹舉冬。」不應一時四人同以堯、舜、禹、湯爲名，皆假以名之也。説詳《日知録》。

《莊》、《列》之書多寓名，讀者以爲悠謬之談，不可爲典要，不知古立言者自有此體也。雖《論語》亦有之，長沮、桀溺是也。夫二子者，問津且不告，豈復以姓名通於吾徒哉？特以下文各有問答，故爲假設之名以别之，曰「沮」，曰「溺」，惜其沈淪而不返也。桀之言「傑然」也，「長」與「桀」，指目其狀也。以爲二人之真姓名，則泥矣。

《孝經正義》引劉炫《述義》曰：「炫謂孔子自作《孝經》，本非曾參請業而對也。夫子運偶陵遲，禮樂崩壞，名教將絶，特感聖心，因弟子有請問之道，師儒有教誨之義，故假曾子之言，以爲對揚之體，乃非曾子實有問也。若疑而始問，答以申辭，則曾子應每章一問，仲尼應每問一答。按《經》，夫子先自言之，非參請也；諸章以次演之，非待問也。且辭義血脈，文連旨環，而開宗題其端緒，餘章而成之〔一〕，非一問一答之勢也。理有所極，方始發問，又非請業請答之事。首章言『先王有至德要道』，則下章云『此之謂要道也，非至德其孰能順民』，皆遥結首章答曾子

〔一〕章，原誤作「音」，今據蔡啓盛《校勘記》改。

也。按：「答」上疑奪「非」字。舉此爲例，凡有數科，必其主爲曾子言，首章答曾子已了，何由不待曾子問，更自述而明之？且首起曾參侍坐，與之論孝，開宗明義，上陳天子，下陳庶人，語盡無更端，於曾子未有請，故假參歎孝之大，又説以孝爲理之功；説之已終，欲言其聖道莫大於孝，又假參問，乃説聖人之德不加於孝。在前論敬順之道，未有規諫之事，故須更借曾子言陳諫諍之義。此皆孔子須參問，非參須問孔子也。莊周之『斥鷃笑鵬』『罔兩問影』，屈原之『漁父鼓泄』『太卜拂龜』，馬卿之『烏有』『亡是』，揚雄之『翰林』『子墨』，寧非師祖製作，以爲楷模者乎？」按：劉氏此論，最爲通達，然非博覽周秦古書，通於聖賢著述之體，未有不河漢斯言者矣。

以大名冠小名例

《荀子・正名篇》曰：「物也者，大共名也；鳥獸也者，大别名也。」是正名百物，有共名别名之殊。乃古人之文，則有舉大名而合之於小名，使二字成文者。如《禮記》言「魚鮪」，魚其大名，鮪其小名也。《左傳》言「鳥烏」，鳥其大名，烏其小名也。《孟子》言「草芥」，草其大名，芥其小名也。《荀子》言「禽犢」，禽其大名，犢其小名也。皆其例也。

《禮記·月令篇》：孟夏「行春令，則蝗蟲爲災」；仲冬「行春令，則蝗蟲爲敗」。王氏引之曰：「『蝗蟲』皆當爲『蟲蝗』。此言『蟲蝗』，猶上言『蟲螟』，後人不知而改爲『蝗蟲』，謬矣。」按：上言「蟲」而下言「蝗」，上言「蟲」而下言「螟」。「蟲」，其大名也；「蝗」「螟」，其小名也。

《中孚傳》曰：「乘木舟虛也。」按：正義引鄭注曰：「空大木爲之曰虛，總名皆曰舟。」然則舟、虛并言，舟其大名，虛其小名也。王注曰：「乘木於用舟之虛。」此說殊不了，輔嗣徒習清言，未達古義也。

《爾雅·釋獸》：「麎，牡麌牝麎；鹿，牡麚牝麀。」《秦風·駟驖篇》：「奉時辰牡。」「辰」即「麎」之叚字，《詩》言「麎牡」，猶襄四年《左傳》言「麀牡」也。蓋以凡獸言之，則爲「牝牡」；專以麎言，則爲「麎麌」；專以鹿言，則爲「麀麚」。乃《詩》言「麎牡」，《傳》言「麀牡」。牡者通凡獸而言，其大名也；曰麎曰麀，專以麎鹿言，其小名也。毛公傳《詩》，訓「辰」爲「時」。古語之不能通曉，自六國時已然矣。

以大名代小名例

古人之文，有舉大名以代小名者，後人讀之而不能解，每每失其義矣。《儀禮·既夕篇》：

「乃行禱于五祀。」鄭注曰：「盡孝子之情。五祀，博言之。士二祀：曰門，曰行。」推鄭君之意，蓋以所禱止門、行二祀，而曰「五祀」者，博言之耳。「五祀」，其大名也；「曰門，曰行」，其小名也。祀門、行而曰「五祀」，是以大名代小名也。賈疏曰：「今禱五祀，是廣博言之，望助之者衆。」則誤以爲真禱五祀矣。

《荀子·正論篇》：「雍而徹乎五祀。」楊注於「乎」字絶句，引《論語》曰：「『三家者以雍徹』，言其僭也。」劉氏台拱曰：「此當以『雍而徹乎五祀』爲句，謂徹乎竈也。《周禮·膳夫職》云『王卒食，以樂徹于造』，『造』『竈』古字通。《大祝》六祈，『二曰造』。故書『造』作『竈』，專言之則爲『竈』，連類言之則曰『五祀』。若謂丞相爲三公，左馮翊爲三輔也。」按：劉氏此説，深得古義，足證明鄭注博言之義矣。

《春秋》之例，通都大邑得以名通，則不繫以國，如楚丘不書衛，下陽不書虢是也。若小邑不得以名通，則但書其國而不書其地。如盟于宋，會于曹，必有所在之地，而其地小，名亦不著，書之史策，後世將不知其所在，故以國書之。此亦舉大名以代小名之例也。後儒説《春秋》，謂不地者即於其都也，失之。

以小名代大名例

又有舉小名以代大名者。《詩・采葛篇》:「一日不見,如三秋兮。」三秋,即三歲也。歲有四時而獨言秋,是舉小名以代大名也。《漢書・東方朔傳》:「年十三學書,三冬文史足用。」三冬,亦即三歲也。學書三歲而足用,故下云「十五學擊劍」也。注者不知其舉小名以代大名,乃泥「冬」字爲説云:「貧子冬日乃得學書。」失其旨矣。

《吕氏春秋・壅塞篇》:「此戴氏之所以絶也。」按:此即上文齊滅宋之事。戴氏爲宋公族,《孟子》書有戴盈之、戴不勝,《韓非子・内儲説》有戴驩,爲宋太宰,蓋皆戴公之後。世執國柄,與國同休戚者,宋亡則戴氏絶矣。不曰「此宋之所以亡也」,而曰「此戴氏之所以絶也」,亦是以小名代大名之例。此句即結上之辭,非别一事也。高誘注未達其旨。

以雙聲疊韵字代本字例

「集」與「就」雙聲,而《詩・小旻篇》「集」與「猶」「咎」「道」爲韵,是即以「集」爲「就」也。

「戎」與「汝」雙聲，而《詩・常武篇》「戎」與「祖」「父」爲韻，是即以「戎」爲「汝」也。此以雙聲字代本字之例也。

《尚書・微子篇》：「天毒降災荒殷國。」《史記・宋微子世家》作「天篤下災亡殷國」。篤者，厚也。言天厚降災咎，以亡殷國也。「篤」與「毒」、「亡」與「荒」皆疊韻。此以疊韻字代本字之例也。

《詩・天保篇》：「君曰卜爾，萬壽無疆。」傳曰：「卜，予也。」《楚茨篇》「卜爾百福」，箋義亦同。按：「卜」之訓「予」，雖本《爾雅》，然其義絶遠。余嘗疑此「卜」字即《檀弓》「卜人師扶右」之「卜」，當讓爲「僕」。僕者，古人自謙之稱，故訓「予」，與「台」「朕」「陽」一例，非賜予之「予」也。毛鄭以之説《詩》，殆未可從。《大田篇》：「秉畀炎火。」《韓詩》「秉」作「卜」。卜，報也。卜爾之「卜」，亦當訓「報」。卜爾者，報爾也，以雙聲字代本字也。

《夏小正》：「黑鳥浴。」傳曰：「浴也者，飛乍高乍下也。」按：飛乍高乍下，何以謂之浴，義不可通。「浴」者，「俗」之誤字。《説文》：「俗，習也。」黑鳥俗，即黑鳥習也。《説文》：「習，數飛也。」傳所謂飛乍高乍下者，正合數飛之義。俗、習雙聲，故即以「俗」字代「習」字耳。

「夏」與「暇」疊韻。《尚書・多方篇》：「天惟五年須暇之子孫。」暇即夏字，言天既降喪于殷，以夏后氏有大功德于民，故以五年須待夏后氏之子孫，冀其克念作聖而作民主也。《詩·皇矣篇》鄭注引此《經》，正作「須夏之子孫」。《尚書》以「暇」代「夏」，乃以疊韵字代本字。

「穀」與「禄」疊韵。《禮記·檀弓篇》：「齊穀王姬之喪。」按：此王姬乃齊僖公之夫人，魯莊公之外祖母，故下文有「或曰外祖母」之説。僖公名禄父，此云「齊穀」，猶云「齊禄」，斥其名而繫以國，亦猶齊潘、齊環之比；齊穀王姬以夫名妻，亦猶武王邑姜之比，古人自有此稱也。不曰「齊禄」而曰「齊穀」，以疊韵字代本字也。鄭注曰：「穀當爲告。」失其義矣。古書多叚借，雙聲疊韵字之通用者，不可勝舉，略舉一二，以例其餘。

以讀若字代本字例

錢氏《潛研堂集》曰：「漢人言『讀若』者，皆文字叚借之例，不特寓其音，並可通其字。即以《説文》言之，『鄦，讀若許。』《詩》『不與我戍許』，《春秋》之許田、許男，不必从邑从無也。『郪，讀若薊。』《禮記》『封黄帝之後於薊』，不必从邑从契也。『璹，讀若淑。』《爾雅》『璋大八寸謂之琡』，即『淑』之譌，不必从玉从壽也。『瑄，讀若宣。』《爾雅》『璧大六寸謂之宣』，不必从玉从旬也。『趍，讀若煢。』《詩》『獨行煢煢』，不必从走从勺也。『趙，讀若匐。』《詩》『匍匐救之』，不必从走从音也。『丮，讀若戟。』《春秋傳》『公戟其手』，不必作丮也。『檷，讀若柅。』《易》『繫於金柅』，不必改爲檷也。『勼，讀若鳩。』《書》『方鳩僝功』，不必改爲勼也。『㬪，讀若疊。』《詩》『莫不震疊』，不必改爲㬪也。『奡，讀若傲。』《書》『無若丹朱傲』，不必改爲奡也。『橾，讀若藪。』《考工記》『以其圍之阞捎其藪』，不必改爲橾也。『𡰯，讀爲僕。』《孟子》『僕僕爾』，不必改爲𡰯也。『辛，讀爲愆』，今經典『辠辛』字皆作『愆』。『刱，讀若創。』今經典『刱業』字皆作『創』。『亼，讀若集。』今經典『亼合』字皆作『集』。『㚔，讀若達。』今《詩》正作『達』。『㞷，讀若皇。』今《周禮》正作『皇』。」「『莧，讀與蔑同。』今《尚書》『莧席』正作『蔑』。『嵒，讀與聶同。』今《春秋》『嵒北』字正作『聶』。『卟，讀與稽同。』今《尚書》『卟疑』字正作『稽』。『雀，讀與爵同。』『𢻱，讀與施同。』今經典『鳥雀』字多用『爵』，『敷𢻱』字皆用『施』。『㥯，讀與隱同。』《孟子》、《莊子》『隱几』字不作『㥯』。是皆叚其音，并叚其義，非後世譬况爲音可同日語也。」按：錢氏此論，前人所未發，頗足備治經之一說。

《周易·鼎彖傳》曰：「鼎，象也。」按：六十四卦，皆觀象繫辭，而獨於「鼎」言象，義不可通。虞注曰：「象事知器，故獨言象也。」此亦曲爲之説耳。《周易》「象」字，依《説文》當作「像」。《説文·人部》：「像，象也。從人象聲，讀若養字之養。」然則「鼎象也」猶曰「鼎養也」，下文云「聖人亨以享上帝，而大亨以養聖賢」，是其義也。學者不知「象」爲「養」之叚字，故不得其義。《呂氏春秋·古樂篇》〔一〕：「伶倫自大夏之西，乃之阮隃之陰。」按：「隃」本作「侖」，涉上「阮」字從𠂤，而加𠂤旁作「隃」，又誤爲「隃」耳。阮者，昆之叚字。《説文繫傳·𠂤部》：「阮，代郡五阮關也。從𠂤，元聲，讀若昆。」阮讀若昆，故即叚阮爲昆，「阮侖」即「昆侖」也。《漢書·律志》正作「昆侖」可證。凡讀若字，義本得通，故彼此可以叚借也。

美惡同辭例

古者美惡不嫌同辭。如「退食自公，委蛇委蛇」，詩人之所美也；而《左傳》云「衡而委蛇必折」，則「委蛇」又爲不美矣。「豈弟君子，民之父母」，詩人之所美也；而《齊風》云「魯道有蕩，齊子豈弟」，傳曰「言文姜於是樂易然」，正義足成其義曰「於是樂易然，曾無慙色」，則「豈弟」又爲不美矣。「齊子豈弟」本與下章「齊子翶翔」一律，而鄭必破作「闓圛」，謂與上章「齊子發夕」一律。蓋以他言「豈弟」者，皆美而非刺，故不從傳義。不知古人美惡不嫌同辭，學者當各依本

〔一〕樂，原誤作「音」，據《呂氏春秋》改。

文體會，未可徒泥其辭也。

《詩・皇矣篇》：「無然畔援。」箋云：「畔援，猶跋扈也。」《韓詩》曰：「畔援，武强也。」按：「畔援」即「畔喭」。《論語・先進篇》鄭注：「子路之行，失於畔喭。」正義曰：「言子路性行剛强，常吸喭失禮容也。」正與鄭、韓義合。「喭」之爲「援」，猶「畔」之爲「吸」，聲近而義通矣。《玉篇》又作「無然伴换」，古雙聲疊韵字無一定也。《卷阿篇》：「伴奂爾游矣。」伴奂，即伴换也。箋曰：「伴奂，自縱弛之意。」蓋即跋扈之意而引申之。是故「畔援」也、「伴奂」也，一而已矣。「畔援」爲不美之辭，而「伴奂」爲美之之辭，美惡不嫌同辭也。《訪落篇》：「將予就之，繼猶判涣。」判涣，亦即伴奂也。傳、箋均未得判奂之義。判涣亦自縱弛也，言將助我而就之，猶不免於縱弛也。是故「伴奂」也、「判涣」也，一而已矣。「伴奂」爲美之之辭，「判涣」又爲不美之辭，美惡不嫌同辭也。

《禮記・孔子閒居篇》：「耆欲將至。」鄭注曰：「謂其王天下之期將至也。」按《中庸篇》：「禍福將至。」此云耆欲，即福也，美惡不嫌同辭。《月令篇》：「節耆欲，禁耆欲。」以耆欲之不善者言也。《祭統篇》：「興舊耆欲。」此云耆欲將至，以耆欲之善者言也。王肅作《家語》，改作「有物將至」，足徵其不達古義矣。

高下相形例

昭十三年《左傳》：「子産、子大叔相鄭伯以會。子産以幄幕九張行，子大叔以四十，既而悔之，每舍損焉。及會亦如之。」「癸酉退朝，子産命外僕速張於除，子大叔止之，使待明日。及夕，子産聞其未張也，使速往，乃無所張矣。」注曰：「傳言子産每事敏於大叔。」按：子産與子大叔，皆鄭國賢大夫，傳者欲言子産之敏，乃極言子大叔之不敏，此高下相形之例也。《禮記・檀弓篇》：「曾子襲裘而弔，子游裼裘而弔，曾子指子游而示人曰：『夫夫也爲習於禮者，如之何其裼裘而弔也？』主人既小斂，袒括髮，子游趨而出，襲裘帶絰而入。曾子曰：『我過矣！我過矣！夫夫是也。』」按：曾子、子游皆聖門高弟，記人欲言子游之知禮，乃先言曾子之不知禮，亦高下相形之例也。後世記載之家，但有簿領而無文章，莫窺斯秘，於是讀古人之書，亦不得其抑揚之妙，徒泥字句以求之，往往失其義矣。

《孟子・離婁篇》：「曾子養曾晳，必有酒肉。將徹，必請所與；問有餘，必曰『有』。曾晳死，曾元養曾子，必有酒肉。將徹，不請所與；問有餘，曰『亡矣』！將以復進也。」此亦舉曾元之養口體，以形曾子之養志，學者不可泥乎其詞。

叙論竝行例

僖三十三年《左傳》：「秦伯素服郊次，鄉師而哭曰：『孤違蹇叔，以辱二三子，孤之罪也。』不替孟明，『孤之過也。大夫何罪？且吾不以一眚掩大德。』」王氏念孫曰：「『不替孟明』下有『曰』字，而今本脱之。『不替孟明』及『曰』字，皆左氏記事之詞。自『孤之過也』下，方是穆公語。上文穆公鄉師而哭，既罪己而不罪人矣，於是不廢孟明而復用之，且謂之曰：『孤之過也，大夫何罪？』若如今本，穆公既以不替孟明爲己過，則孟明不可用矣，何以言『大夫何罪』，又言『不以一眚掩大德』乎？」今按：王氏解「不替孟明」句是也，謂今本脱「曰」字非也。自唐石經以來，各本皆無「曰」字，未可以意增加。蓋古人自有叙論竝行之例，前後皆穆公語，中間著此「不替孟明」四字，并未閒以他人之言，「孤違蹇叔」與「孤之罪也」語出一口，讀之自明，原不必加「曰」字也。如昭三年《傳》：「則使宅人反之，『且諺曰：「非宅是卜，唯鄰是卜。」二三子先卜鄰矣。』」按：「則使宅人反之」，左氏記事之辭；「且諺曰」以下，晏子之語，中閒無「曰」字，即其例矣。

《史記·屈原傳》叙事中閒以議論，論者以爲變體。愚按：《趙世家》云：「以至父子俱死，爲天下笑，豈不悲乎？」《魏世家》云：「惠王之所以身不死，國不分者，二家謀不和也。若從一家之謀，魏必分矣。故曰：『君終無適子，其國可破也。』」皆於叙事中入議論，古人之文無定法也。

實字活用例

宣六年《公羊傳》：「勇士入其大門，則無人門焉者。」上「門」字實字也，下「門」字則爲守是門者也。襄九年《左傳》：「門其三門。」下「門」字實字也，上「門」字則爲攻是門者矣。此實字而活用者也。《爾雅·釋山》：「大山宫小山，霍。」郭注曰：「宫謂圍繞之。」宫本實字，而用作圍繞之義，則活矣。宣十二年《左傳》：「屈蕩户之。」杜注曰：「户，止也。」户本實字，而用作止義，則活矣。又如規矩字皆實字。《國語·周語》：「其母夢神規其臀以墨。」韋注曰：「規，畫也。」此規字活用也。《考工記》：「必矩其陰陽。」鄭注曰：「矩，謂刻識之也。」此矩字活用也。經典中如此者，不可勝舉。

執持於手即謂之手，《公羊》莊十二年傳「手劍而叱之」、《禮記·檀弓篇》「子手弓而可」是也。懷抱於腹即謂之腹，《詩·蓼莪篇》「出入腹我」是也。《史記·司馬相如傳》：「手熊羆，足野羊。」注曰：「手足，謂拍蹹殺之。」手所拍即謂之手，足所蹹即謂之足，古人用字之法也。

尊者，酒器也。《儀禮》注：「置酒曰尊。」則尊字活用矣。席也，筵也，敷布之具也。《儀禮》注曰：「席，敷席也。筵，布席也。」則席字、筵字活用矣。蓋在《禮經》即有此例。《史記・東越傳》：「即鏦殺王。」以鏦殺人而即謂之鏦。《張釋之馮唐傳》：「五日一椎牛。」以椎殺牛而即謂之椎。皆此例也。

莊三十一年《公羊傳》：「旗獲而過我也。」《解詁》曰：「旗獲，建旗縣所獲得以過我也。」按：此解非是。閔二年《左傳》：「佩，衷之旗也。」杜注曰：「旗，表也。」然則「旗獲而過我」，謂表示其所獲之物而過我也。蓋旌旗之屬，所以表示行列。《國語・晉語》：「車無退表。」韋注曰：「表，旌旗也。」故旌與旗竝有表義。僖二十四年《左傳》：「且旌善人。」哀十六年《傳》：「猶將旌君以徇於國。」杜注竝曰：「旌，表也。」旗之爲表，猶旌之爲表也。旌、旗皆實字，而用作表示之義，則實字而活用矣。解者不達此例，乃以爲「縣所獲於旗」，豈旌君以徇於國，亦將縣之於旌乎？

以女妻人即謂之女，以食飼人即謂之食，古人用字類然。經師口授，恐其疑誤，異其音讀，以示區別，於是何休注《公羊》，有長言短言之分；高誘注《淮南》，有緩言急言之別。《詩》：「興雨祁祁，雨我公田。」《釋文》曰：「『興雨』，如字；『雨我』，于付反。」《左傳》：「如百穀之仰膏雨也，若常膏之。」《釋文》曰：「『膏雨』，如字；『膏之』，古報反。」苟知古人有實字活用之例，則皆可以不必矣。

古書疑義舉例四　弟一樓叢書之五

語詞疊用例

《大雅・緜篇》：「迺慰迺止，迺左迺右，迺疆迺理，迺宣迺畝。」四句中疊用八「迺」字。《蕩篇》：「曾是彊禦，曾是掊克，曾是在位，曾是在服。」四句中疊用四「曾是」字。《尚書・多方篇》：「爾曷不忱裕之于爾多方？爾曷不夾介乂我周王享天之命？今爾尚宅爾宅，畋爾田，爾曷不惠王熙天之命？爾乃迪屢不静〔一〕，爾心未愛，爾乃不大宅天命，爾乃屑播天命，爾乃自作不典，圖忱于正。」十一句中疊用三「爾曷不」字，四「爾乃」字，皆疊用語詞以成文者也。

〔一〕　静，原作「靖」，據《尚書》改。

《禮記·哀公問篇》:「即安其居,節醜其衣服。」按:鄭君作注時,蓋作「即安其居,即醜其衣服」,故注曰「即,就也。醜,類也。就安其居處,正其衣服」,以一「就」字總釋兩「即」字也。因「即」誤作「節」,正義誤以鄭注「正」字是釋「節」字,而有「節,正也」之説,非鄭意矣。然鄭注亦未安,兩「即」字均當讀作「則」,古字通,《大戴禮·哀公問於孔子篇》作「則安其居處,醜其衣服」可證也。此文疊用兩「即」字,皆承上之詞,猶云「則安其居,則醜其衣服」也。《射義篇》「則燕則譽」,文法與此同,但句有長短耳。

《周官·遼師職》:「辨其丘陵、墳衍、遼隰之名物之可以封邑者。」按:兩「之」字疊用,「之名物」「之可以封邑者」竝蒙丘陵墳衍遼隰而言。蓋既辨其名物,又辨其可以封邑者,故總言丘陵墳衍遼隰於上,而以兩「之」字分承於下也。鄭注以「物之」二字爲句,失其讀矣。

《賈子·服疑篇》:「是以高下異,則名號異,則權力異,則事勢異,則旗章異,則符瑞異,則禮寵異,則秩禄異,則冠履異,則衣帶異,則環佩異,則車馬異,則妻妾異,則澤厚異,則宫室異,則牀席異,則器皿異,則飲食異,則祭祀異,則死喪異。」此十九句,疊用十九「則」字,文法奇絶。建本於「則死喪異」下又加則字,是誤於則字絶句,由不達古人文法之變也。又《數寧篇》:「因諸侯附親軌道,致忠而信上耳。」自此以下,凡用「因」字「耳」字者十,其句法皆同。

班固删改以入《漢書》，大失《賈子》之真。人人習讀《漢書》，不覩《賈子》原文，遂亦無襲用此句法者矣。

古人之文，每以「故」字相承接，似複而實非複。《禮記·禮運篇》：「故君者所明也，非明人者也；君者所養也，非養人者也；君者所事也，非事人者也。故君明人則有過〔一〕，養人則不足，事人則失位。故百姓則君以自治也，養君以自安也，事君以自顯也。故禮達而分定，故人皆愛其死而患其生。」此段一氣相承而用五「故」字。又《樂記篇》：「是故知聲而不知音者，禽獸是也；知音而不知樂者，衆庶是也；唯君子爲能知樂。是故審聲以知音，審音以知樂，而治道備矣。是故不知聲者，不可與言音；不知音者，不可與言樂。」此段亦一氣相生，而用三「是故」字。

子書中如此者尤多，《墨子·親士篇》：「是故比干之殪，其抗也；孟賁之殺，其勇也；西施之沈，其美也；吴起之裂，其事也：故彼人者，寡不死其所長。故曰太盛難處也。故雖有賢君，不愛無功之臣；雖有慈父，不爱無益之子。是故不勝其任而處其位，非此位之人也；不勝

〔一〕明，原作「則」，據《禮記》改。

其爵而處其禄，非此禄之士也〔一〕。」《韓非子・主道篇》：「故曰，君無見其所欲，君見其所欲，臣將自雕琢；君無見其意，君見其意，臣將自表異。故曰，去好去惡，臣乃見素；去舊去智，臣乃自備。故有智而不以慮，使萬物知其處；有行而不以賢，觀臣下之所因；有勇而不以怒，使群臣盡其武。是故去智而有明，去賢而有功，去勇而有强。」若此之類，並於一簡中疊用「故」字、「是故」字、「故曰」字，彌見古人文氣之厚。偶舉此二則，以例其餘。

《墨子・尚賢中篇》：「是以民皆勸其賞，畏其罰，相率而爲賢，者以賢者衆而不肖者寡。」按：「相率而爲賢」絶句，「者」字乃「是」字之誤，屬下讀；惟其相率而爲賢，是以賢者衆而不肖者寡也。兩句疊用「是以」字，亦古書之恒例。今誤作「相率而爲賢者」，則是民之相率爲賢，以賢者衆不肖者寡之故，義不可通矣。

語詞複用例

古人用助語詞，有兩字同義而複用者。《左傳》：「一薰一蕕，十年尚猶有臭。」尚，即猶也。

〔一〕　士，《墨子・親士》作「主」。

《禮記》：「人喜則斯陶。」斯，即則也。此顧氏炎武說。「何」謂之「庸何」。文十八年《左傳》：「人奪女妻而不怒，一抶汝，庸何傷？」庸，亦何也。「詎」謂之「庸詎」。《莊子・齊物論篇》：「庸詎知吾所謂知之非不知邪？庸詎知吾所謂不知之非知邪？」庸，亦詎也。「安」謂之「庸安」。《荀子・宥坐篇》：「女庸安知吾不得之桑落之下？」庸，亦安也。「孰」謂之「庸孰」。《大戴記・曾子制言篇》：「庸孰能親汝乎？」庸，亦孰也。此王氏引之說。

《尚書・秦誓篇》：「尚猶詢兹黄髮。」言「尚」又言「猶」。《禮記・三年問篇》：「然後乃能去之。」言「然後」又言「乃」。《莊子・逍遥遊篇》：「而後乃今將圖南。」言「而後」又言「乃」。《史記・商君傳》：「乃遂去之秦。」言「乃」又言「遂」。《漢書・食貨志》：「天下大氏無慮皆鑄金錢矣。」言「大氏」又言「無慮」。

《管子・山國軌篇》曰：「此若言何謂也？」《地數篇》曰：「此若言可得聞乎？」《輕重丁篇》曰：「此若言曷謂也？」言「此」又言「若」，若亦此也。後人不達古語，有失其讀者，有誤其文者。《禮記・曾子問篇》：「以此若義也。」鄭君讀「以此」爲句，「若義也」爲句，則失其讀矣。《荀子・儒效篇》：「行一不義，殺一無罪，而得天下，不爲也。此若義信乎人矣。」今本「若」誤作「君」，則誤其文矣，由不達古書用助語之例也。

句中用虛字例

虛字乃語助之詞，或用於句中，或用於首尾，本無一定。乃有句中用虛字而實爲變例者，如「螽斯羽」，言螽羽也；「兔斯首」，言兔首也。毛傳以「螽斯」爲「斯螽」，鄭箋以「斯首」爲「白首」，均誤以語詞爲實義。辨見王氏《經傳釋詞》。

《禮記·射義篇》：「又使公罔之裘。」鄭注曰：「之，發聲也。」僖二十四年《左傳》：「介之推不言禄。」杜注曰：「之，語助。」按：於人名氏之中用語助，此亦句中用虛字之例也。

《尚書·君奭篇》「迪惟前人光」，猶云「惟迪前人光」也，故枚傳曰：「但欲蹈行先王光大之道。」又曰「天惟純佑命」，猶云「惟天純佑命」也，故枚傳曰：「惟天大祐助其王命。」乃《經》文不曰「惟迪」而曰「迪惟」，不曰「惟天」而曰「天惟」，此亦句中用虛字之例，乃古人文法之變也。

《詩·無羊篇》：「牧人乃夢，衆維魚矣，旐維旟矣。」按：「衆維魚矣」猶云「維衆魚矣」，「旐維旟矣」猶云「維旐旟矣」。與《斯干篇》「吉夢維何？維熊維羆，維虺維蛇」一律。彼「維」字用之句首，而此「維」字用之句中，乃古人文法之變也。後人不達此例，而異義横生矣。

上下文變換虚字例

古書有疊句成文而虚字不同者。《尚書·洪範篇》：「水曰潤下，火曰炎上，木曰曲直，金曰從革，土爰稼穡。」上四句用「曰」字，下一句用「爰」字。爰，即曰也。《爾雅·釋魚篇》：「俯者靈，仰者謝，前弇諸果，后弇諸獵。」前兩句用「者」字，後兩句用「諸」字。諸，即者也。《史記·貨殖傳》：「智不足與權變，勇不足以決斷，仁不能以取予。」上一句用「與」字，下二句用「以」字。與，即以也。《論語·述而篇》：「富而可求也，雖執鞭之士，吾亦爲之；如不可求，從吾所好。」上句用「而」而字，下句用「如」字。《孟子·離婁篇》：「文王視民如傷，望道而未之見。」上句用「如」字，下句用「而」字。而，即如也。《禮記·文王世子篇》：「文王九十七乃終，武王九十三而終。」上句用「乃」字，下句用「而」字。而，即乃也。《鹽鐵論》：「忠焉能勿誨乎？愛之而勿勞乎？」崔駰《大理箴》：「或有忠能被害，或有孝而見殘。」上句用「能」字，下句用「而」字。能，即而也。《墨子·明鬼篇》：「非父則母，非兄而姒。」《史記·欒布傳》：「與楚則漢破，與漢而楚破。」上句用「則」字，下句用「而」字。而，即則也。

《周易·繫辭傳》：「是故變化云爲，吉事有祥。」按：《廣雅·釋詁》曰：「云，有也。」「變化云爲」即「變化有爲」，與「吉事有祥」一律，特虛字不同耳。變化有爲，故象事知器；吉事有祥，故占事知來。正義分「變化云爲」爲四事，則與下文不屬矣。《大戴記・哀公問五義篇》：「口不能道善言，而志不邑邑。」按：下句本作「志不而邑邑」，與上句「口不能道善言」一律，特虛字不同耳。而，即能也。《荀子・哀公篇》作：「口不能道善言，心不知色色。」心，即志也；不知，即不能也。以彼證此，其義自見。淺人不知「而」與「能」通，改作「而志不邑邑」，則與上句不倫矣。又《誥志篇》：「在國統民如恕，在家撫官而國。」按：「恕」乃「孥」字之誤。「在國統民如孥，在家撫官而國」，兩句本一律，特虛字不同耳。而，亦如也。「統民如孥」，猶言愛民如子。孔氏廣森作《補注》，不知「恕」字之誤，乃欲互易其「如而」兩字，爲之説曰「君統民而能恕，大夫撫私臣如在國」，則兩句不倫矣。《禮記・檀弓篇》：「爲爾哭也來者，拜之；知伯高而來者，勿拜也。」按：韋昭注《國語・周語》曰：「知政，猶爲政也。」高誘注《吕氏春秋・長見篇》曰：「知，猶爲也。」「知伯高而來者」，猶曰「爲伯高而來者」，與「爲爾哭也來者」相對成文，特虛字不同耳。正義曰：「若與伯高相知而來哭者。」則誤解知字，而兩句不一律矣。又：「蠶則績而蟹有匡，范則冠而蟬有緌，兄則死而子臯爲之衰。」按：《孟子・滕文公篇》趙注曰：「爲，有也。」是「有」與「爲」義通，「蟹有匡」即「蟹爲匡」，「蟬有緌」即「蟬爲緌」，與「子臯爲之衰」文義相同。

以上兩句喻下一句也。特虚字不同耳。注曰：「蚩兄死者，言其哀之不爲兄死，如蟹有匡，蟬有緌，不爲蠶之績，范之冠也。」則與語意不合矣。

《爾雅・釋詁》：「粤、于、爰，曰也。」而爰、粤、于三字，又訓「於」，是「曰」「於」義同。《禮記・禮運篇》：「其降曰命，其官於天也。」言其降於教命者，皆其法於天者也。上句用「曰」字，下句用「於」字，亦虚字變换之例。

尹知章注《管子・戒篇》曰：「爲，猶與也。」是「爲」「與」義同。《列子・仲尼篇》曰：「無言與不言，無知與不知，亦言亦知。」按：上云「用無言爲言，亦言，無知爲知，亦知」，此承上文而更進一義，猶云「無言爲不言，無知爲不知，亦言亦知」也。上用「爲」字，此用「與」字，亦虚字變换之例。

反言省乎字例

「嚚訟，可乎？」「乎」字已見於《堯典》，是古書未嘗不用「乎」字。然「乎」者語之餘也，讀者可以自得之。古文簡質，往往有省「乎」字者。《尚書・西伯戡黎篇》：「我生不有命在天？」據《史記》則句末有「乎」字。《吕刑篇》：「何擇非人？何敬非刑？何度非及？」《史記》作：「何擇非其人，何敬非其刑，何居非其宜乎？」則亦當有「乎」字，皆《經》文從省故也。

《老子》弟五章：「天地之間，其猶橐籥乎？」易州唐景龍二年刻石本無「乎」字。弟十章：「抱一能無離乎？專氣致柔，能嬰兒乎？滌除玄覽，能無疵乎？愛民治國，能無知乎？天門開闔〔一〕，能無雌乎？明白四達，能無爲乎？」河上公本此六句竝無「乎」字，蓋無「乎」字者，古本也；有「乎」字者，後人以意加之也。七十七章：「是以聖人爲而不恃，功成而不處，其不欲見賢。」末句當云「其不欲見賢乎」，文義始明。而各本皆未增加，猶《老子》原文也。

《逸周書·大戒篇》：「連官集乘，同憂若一，謀有不行。」按：「不行」下亦當有「乎」字。「謀有不行乎」，言必行也。《大玄·唐》次五：「奔鹿懷鬛，得不眥。」按：「得不眥」下亦當有「乎」字。「得不眥乎」，范望注所謂「必肆詆毀於賢者」也。《法言·問明篇》：「鳳鳥蹌蹌，匪堯之庭。」按：「匪堯之庭」下亦當有「乎」字。吴秘曰：「治則見，非堯之庭乎？」是其義也。凡若此類，當善會之；雖不可增加，以失古書之舊，然亦不可不知。讀者毋以反言爲正言，致與古人意旨剌謬也。

〔一〕闔，王弼本、河上公本《老子》作「闔」。

助語用不字例

不者，弗也。自古及今，斯言未變，初無疑義。乃古人有用「不」字作語詞者，不善讀之，則以正言爲反言，而於作者之旨大謬矣。斯例也，詩人之詞尤多。《車攻篇》：「徒御不警，大庖不盈。」傳曰：「不警，警也；不盈，盈也。」《桑扈篇》：「不戢不難，受福不那。」傳曰：「不戢，戢也；不難，難也。那，多也；不多，多也。」《文王篇》：「有周不顯，帝命不時。」傳曰：「不顯，顯也；不時，時也。」《生民篇》：「上帝不寧，不康禋祀。」傳曰：「不寧，寧也；不康，康也。」《卷阿篇》：「矢詩不多。」傳曰：「不多，多也。」凡若此類，傳義已明且晳矣。乃毛公亦偶有不照者。如《思齊篇》：「肆戎疾不殄。」「不，語詞也。」傳曰：「大疾害人者，不絶之而自絶也。」則誤以「不」爲實字矣。亦有毛傳不誤而鄭箋誤者。如《常棣篇》：「鄂不韡韡。」傳曰：「鄂，猶鄂鄂然，言外發也。韡韡，光明也。」是「不」語詞也。箋云：「不當爲柎〔一〕，古聲同。」則誤以「不」爲跗字矣。王氏引之作《經傳釋詞》，始一一辨正之，真空前絶後之學。今姑舉數事，聊以見例，

〔一〕 柎，原作「拊」，今據蔡啓盛《校勘記》改。

且補王氏所未及。

《杕杜篇》：「嗟行之人，胡不比焉？人無兄弟，胡不佽焉？」按：兩「不」字皆語詞。《爾雅》曰：「行，道也。」行之人，即道之人，猶《荀子・性惡篇》所謂「塗之人」也。詩人之意，謂「彼道路之人，胡親比之有？人無兄弟，胡佽助之有？」鄭君不知兩「不」字皆語詞，乃云「女何不輔君爲政令」，又云「何不相推佽而助之」，正義因言「猶冀他人輔之」。上文明言「豈無他人，不如我同父」。乃冀他人輔助，失《詩》旨甚矣。

《東山篇》：「不可畏也，伊可懷也。」按：「不」，語詞；「伊」，亦語詞。言室中久無人，荒穢如此，可畏亦可懷也。箋云「是不足可畏，乃可爲憂思」，則語意迂曲矣。

《狼跋篇》：「德音不瑕。」按：「不」，語詞。「瑕」與「遐」通，遠也，言其德音之遠也。傳訓「瑕」爲「過」，箋以「不可疵瑕」説之，均未達「不」字之旨。

《論語・微子篇》：「四體不勤，五穀不分。」按：兩「不」字皆語詞。丈人蓋自言：「惟四體是勤，五穀是分而已，安知爾所謂夫子？」若謂以「不勤」「不分」責子路，則不情甚矣。安有萍水相逢，遽加面斥者乎？

也邪通用例

《論語》：「君子人與？君子人也。」朱注曰：「與，疑詞；也，决詞。」乃古人之文則有以「也」字爲疑詞者。陸氏德明《經典釋文·序》所謂「邪、也弗殊」是也。使不達此例，則以疑詞爲决詞，而於古人之意大謬矣。今略舉數事以見例，其已見于王氏《經傳釋詞》者，不及焉。

《大戴記·本命篇》：「機其文之變也？其文變也。」按：「機」，當作「幾」，而讀爲「豈」。古書每以「幾」爲「豈」字。《荀子·榮辱篇》曰「幾直夫芻豢稻粱之縣糟糠爾哉？」又曰「幾不甚善矣哉？」《大略篇》曰「幾爲知計哉？」竝其證也。「幾其文之變也，其文變也。」上「也」字當讀爲「邪」，此兩句乃自爲問答之詞。

《論語·八佾篇》：「子入太廟，每事問。或曰：『孰謂鄹人之子知禮乎？入太廟，每事問。』子聞之曰：『是禮也？』」按：此章乃孔子歎魯祭之非禮也。魯僭禮之國，太廟之中，犧牲服器之等，必有不如禮者。子入太廟，每事問，所以諷也。或人不諭，反有孰謂知禮之譏，故夫子曰：「是禮也？」「也」讀爲「邪」，乃反詰之詞，正見其非禮也。學者不達「也」「邪」通用之例，以反言爲正言，而此章之意全失矣。

《論語》中以「也」爲「邪」者甚多：「子張問十世可知也？」「井有人焉其從之也？」「豈若匹夫匹婦之爲諒也？」諸「也」字竝當讀爲「邪」。又如：「事君盡禮，人以爲諂也？」子曰：「其事也？」兩「也」字亦必讀爲「邪」，方得當日語氣。以本字讀之，則神味爲之索然矣。

《孟子·萬章篇》：「《書》曰：『祇載見瞽瞍，夔夔齊栗，瞽瞍亦允。』若是，爲父不得而子也？」按：此節「瞽瞍亦允」四字爲句，趙注所謂瞍亦信知舜之大孝也。「若是」二字爲句。「爲父不得而子也？」「也」讀爲「邪」，乃詰問之辭，正所以破咸丘蒙之説。東晉《古文尚書》竊其語入《大禹謨篇》，而以「允若」連文，蓋由不達古語，故誤讀《孟子》。

《晏子春秋·諫上篇》：「寡人出入不起，交舉則先飲，禮也？」「也」當讀爲「邪」，乃詰問晏子之詞。

亦有應用「也」字而以「與」字代之者，使失其讀，則正言若反矣。《禮記·祭義篇》：「夫人曰：『此所以爲君服與。』」「與」即「也」字。世婦獻繭，本以爲君服，初無所疑，何待致問。下文：「古之獻繭者其率用此與。」「與」亦「也」字，乃記人之辭，以結上文言「古之獻繭者」，其法用此也。鄭不解「與」字之義，誤以爲問者之辭，正義并以爲夫人致問，失經意甚矣。

雖唯通用例

《説文》「雖」從「唯」聲。凡聲同之字，古得通用。然「雖」之與「唯」語氣有别，不達古書通用之例，而以後世文理讀之，則往往失其解矣。《禮記・表記篇》：「唯天子受命於天。」鄭注曰：「唯當爲雖。」此「雖」「唯」通用之明見於經典者。今於王氏《釋詞》之外，舉數事見例。

《尚書・洛誥篇》：「女惟冲子惟終。」按：《尚書》無「唯」字，今文作「維」，古文作「惟」，即「唯」字也。此句兩「惟」字，上「惟」字當讀爲「雖」。「女雖冲子惟終」，與《召誥》「有王雖小，元子哉」文義正同。「終」讀爲「崇」。《君奭篇》「其終出于不祥」，馬本作「崇」，是古字通用也。言女雖冲幼，然女位甚尊崇，故宜敬識百辟享也。又，《詩・抑篇》：「女雖湛樂從。」此「雖」字當讀爲「惟」。「女惟湛樂從」，猶《尚書・無逸篇》曰「惟耽樂之從也」。枚傳不知「女惟」之當作「女雖」，鄭箋不知「女雖」之當作「女惟」，胥失之矣。

《論語・子罕篇》：「雖覆一簣，進，吾往也。」按：此「雖」字當讀爲「唯」。言平地之上，唯覆一簣，極言其少；正與「未成一簣」相對成義。又，《鄉黨篇》：「肉雖多，不使勝食氣，唯酒無量不及亂。」按：此「唯」字當讀爲「雖」，與上「肉雖多」一例。古書一簡中上下異字，往往有之。

「無量」即《儀禮》所謂「無算爵」，言雖飲酒至無算爵之時，不及於亂也。《論語》此兩篇正相連，而一「雖」字當讀「唯」，一「唯」字當讀「雖」，亦可見古書之難讀矣。

《禮記·内則篇》：「夫婦之禮，唯及七十，同藏無閒；故妾雖老，年未滿五十，必與五日之御。」按：此《經》「唯」字當讀爲「雖」，與「妾雖老」一例，一用「唯」字，一用「雖」字。猶《鄉黨篇》「肉雖多」「唯酒無量」，亦一用「唯」字，一用「雖」字也。夫婦之禮，雖及七十，同藏無閒，明不以衰老而見疏外，妾則不必然矣，然雖老而未滿五十，必與五日之御，亦不以衰老而見疏外也。兩句一義，中閒用「故」字承接，其義可見。鄭注不知上「唯」字之當讀爲「雖」，于是不得其解矣。

句尾用故字例

凡經傳用「故」字，多在句首，乃亦有在句尾者。《禮記·禮運篇》：「則是無故，先王能脩禮以達義，體信以達順故。」「故」字在句尾者也。下云：「此順之實也。」鄭注曰：「實，猶誠也，盡也。」正義於此節逐句分疏，而不别出「此順之實也」句，但云：「『則是無故』者，言致此上事，則是更無他故，由先王能脩禮達義，體信達順之誠盡，故致此也。」牽合下句解之，似尚失其讀也。

《大戴記・曾子制言篇》：「今之所謂行者，犯其上，危其下，衡道而彊立之，天下無道故。若天下有道，則有司之所求也。」王氏引之曰：「故字當屬上讀，言犯上危下之人，所以幸而免者，天下無道故也。若天下有道，則有司誅之矣。」按：王説是也。盧辯注誤以「故若」二字爲句，孔氏廣森《補注》亦未能訂正。

句首用焉字例

凡經傳用「焉」字，多在句尾，乃亦有在句首者。《禮記・鄉飲酒義》：「焉知其能和樂而不流也，焉知其能弟長而無遺矣，焉知其能安燕而不亂也。」劉氏台拱曰：「三『焉』字皆當下屬。焉，語詞，猶於是也。」按：王氏《釋詞》，「焉」字作「於是」解者數十事，文繁不具録。

《孟子・離婁篇》：「聖人既竭目力，焉繼之以規矩準繩，以爲方員平直，不可勝用也。既竭耳力，焉繼之以六律正五音，不可勝用也。既竭心思，焉繼之以不忍人之政，而仁覆天下矣。」按：此三「焉」字亦當屬下讀，「焉」猶「於是」也。

古書發端之詞例

凡發端之詞，如《書》之用「曰」字，《詩》之用「誕」字，皆是也。乃有發端之詞，與今絶異者，略舉數事以見例。

「乃」者，承上之詞也，而古人或用以發端。《堯典》「乃命羲和」是也。《周官・小司徒職》「乃頒比灋于六鄉之大夫」「乃會萬民之卒伍而用之」「乃均土地以稽其人民而周知其數」「乃經土地而井牧其田野」「乃分地域而辨其守」，凡五段文字，皆以「乃」字領之。

「故」者，承上之詞也，而古人亦或用以發端。《禮記・禮運篇》：「故聖人參於天地，並於鬼神」以下，正義標「故聖」至「地也」爲一節，「故君」至「其生」爲一節，「故用」至「之變」爲一節，「故聖」至「爲之」爲一節。又，「故人者其天地之德」以下，正義標「故人」至「氣也」爲一節，「故天」至「質也」爲一節，「故人」至「爲畜」爲一節。又，「故先王秉蓍龜」以下，正義標「故先」至「有序」爲一節，「故宗」至「至正」爲一節，「故禮」至「藏也」爲一節。又，「故禮義也者人之大端也」以下，正義標「故禮」至「其禮」爲一節，「故禮」至「以薄」爲一節，「故聖」至「者尊」爲一節，「故治」至「危也」爲一節，「故禮」至「實也」爲一節。是每節皆以故字發端。

「若夫」者，轉語之詞也，而古人或用以發端。王氏《釋詞》引《大戴記·衛將軍文子篇》：「文子曰：『若夫知賢，人莫不難。』」《孝經》：「曾子曰『若夫慈愛恭敬，安親揚名，則聞命矣。』」竝其證也。《禮記·曲禮篇》：「若夫坐如尸，立如齊。」劉原父曰〔一〕：「此乃《大戴禮·曾子事父母篇》之辭，曰：『孝子惟巧變，故父母安之。若夫坐如尸，立如齊，弗訊不言，言必齊色，此成人之善者也，未得爲人子之道也。』此篇蓋取彼文，而『若夫』二字失於删去，鄭氏不知，乃謂此二句爲丈夫之事，誤矣。」按：鄭君此注誠誤，然謂失於删去，則記人亦所不受，蓋在彼文用爲轉語，而在此文用爲發端，原不必删也。

《禮記·中庸篇》「今夫天」一節，四用「今夫」爲發端，此近人所習用者，乃或變其文爲「今是」。《禮記·三年問篇》：「今是大鳥獸。」《荀子·禮論篇》「今是」作「今夫」。《荀子·宥坐篇》：「今夫世之陵遲亦久矣。」《韓詩外傳》「今夫」作「今是」，竝其證也。王氏《釋詞》已及之。乃或又叚「氏」爲「是」而作「今氏」。《墨子·天志下篇》，上云「今是楚王食於楚之四境之内」，

〔一〕父，原誤作「夫」。按：劉敞，字原父，一作原甫。據南菁書院光緒《皇清經解續編》本《古書疑義舉例》（下簡稱「南菁本」）改。

「今是」即「今夫」也；下云「今氏大國之君」，「今氏」即「今是」，亦即「今夫」也。《禮記·曲禮篇》：「是職方。」鄭注曰：「是或爲氏。」《儀禮·覲禮篇》：「大史是右。」注曰：「古文是爲氏。」蓋「是」「氏」古通用耳。「今是」之文，古書多有；「今氏」之文，惟此一見，而今本《墨子》「氏」上又衍「知」字，故雖王氏之博極群書，徵引不及矣。

古書連及之詞例

凡連及之詞，或用「與」字，或用「及」字，此常語也。乃有其語稍別，後人遂失其解者，略舉數事以見例。

《爾雅》曰「于，於也」，而《尚書》每用爲連及之詞。《康誥篇》「告女德之説于罰之行」，言告女德之説與罰之行也。《多方篇》「不克敬于和」，言不克敬與和也。説本孔氏廣森《卮言》、王氏引之《釋詞》。又《吕刑篇》「罔中于信」，「中」與「忠」通，「于」亦連及之詞，言三苗之民皆無忠信也。枚傳失其義，而前人亦未見及。又按：此例《毛詩》亦有之。《鳧鷖篇》：「公尸來燕來宗，既燕于宗，福禄攸降。」此「于」字亦連及之詞。「來燕來宗，既燕于宗」二句相承，猶言既燕與宗也。鄭箋不達，遂使上下兩宗字異義，失之甚矣。《泮水篇》「不吴不揚，不告于訩」二句亦相承，猶云不吴不揚，不告與訩也。「告」讀如嘷呼之嘷，「訩」猶訩訩，喧嘩之聲也。上句「不吴不揚」，箋云「不讙嘩，不大聲」，此云「不告與訩」，義正相近，鄭失其義。

《考工記》注「若，如也」，乃古人則又用爲連及之詞。《儀禮·燕禮篇》「冪用綌若錫」，《禮記·投壺篇》「矢用柘若棘」，皆是也。又或變其文曰「如」。《論語·先進篇》「方六七十，如五六十」，又曰「宗廟之事如會同」，皆是也。「如」之與「若」，義本不殊，故連及之詞，爲「若」又爲「如」矣。朱注曰：「如，猶或也。」古無此義。

「之」字，古人亦或用爲連及之詞。《考工記》「作其鱗之而」，文十一年《左傳》「皇父之二子」，皆是也。《禮記·中庸篇》：「知遠之近，知風知自，知微之顯。」此三句自來不得其解。若謂遠由於近，微由於顯，則當云「知遠之由於近，知微之由於顯」，文義方明，不得但云「遠之近」「微之顯」也。且「風之自」句義不一例，「微之顯」句亦與弟一句不倫。既云「遠之近」，則當云「顯之微」矣。今按：此三「之」字皆連及之詞。知遠之近者，知遠與近也；知微之顯者，知微與顯也。「知遠之近，知風之自，知微之顯，可與入德矣」，猶《易·繫辭傳》云：「君子知微知彰，知柔知剛，萬夫之望也。」然則「知風之自」句，當作何解？「風」讀爲「凡」，「風」字本從「凡」聲，故得通用。《莊子·天地篇》：「願先生之言其風也。」「風」即「凡」字，猶云「言其大凡」也。

「自」者，「目」字之誤。《周官・宰夫職》：「二曰師，掌官成以治凡；三曰司，掌官灋以治目。」鄭注曰：「治凡，若月計也；治目，若今日計也。」然則「凡」之與「目」，事有鉅細，故以對言，正與「遠近」「微顯」一例。余著《群經平議》未見及此，故於此發之。

「惟」字，古人亦用爲連及之詞。《禹貢篇》「齒、革、羽、毛惟木」是也。《酒誥篇》「爾大克羞耇惟君」，此本承上文「奔走事厥考厥長」而言。耇，即考也；君，即長也。惟者，連及之辭，猶云「爾大克進獻爾考與爾長」也。下文曰：「又惟殷之迪諸臣惟工。」「臣惟工」與「耇惟長」一律。枚傳曰：「女大能進老成人之道，則爲君矣。」未達『惟」字之義。

古書疑義舉例五　弟一樓叢書之五

兩字義同而衍例

古書有兩字同義而誤衍者。蓋古書未有箋注，學者守其師説，口相傳受，遂以訓詁之字誤入正文。《周官·亨人》：「職外内饔之爨亨煮。」既言「亨」，又言「煮」，由古之經師相傳，以此「亨」字乃「亨煮」之「亨」，而非「亨通」之「亨」，因誤《經》文「爨亨」爲「爨亨煮」矣。王氏念孫謂誤始唐石經，非也。

《周易·履》六三《象傳》：「不足以與行也。」按：「以」字衍文。《傳》文本云：「眇能視，不足以有明也；跛能履，不足與行也。」古「與」「以」二字通用。上句用「以」字，下句用「與」字，乃虚字變换之例，説見前。學者不知「與」字之即「以」字，而更加「以」字於「與」字之上，轉爲不辭矣。

隱元年《左傳》：「有文在其手曰：『爲魯夫人。』」按：「曰」字，衍文也。閔二年《傳》：「有文在其手曰『友』。」昭元年《傳》：「有文在其手曰『虞』。」彼《傳》無「爲」字，故有「曰」字；此《傳》有「爲」字，即不必有「曰」字。猶桓四年《公羊傳》：「一曰乾豆，二曰賓客，三曰充君之庖。」《穀梁傳》作：「一爲乾豆，二爲賓客，三爲充君之庖。」有「爲」字則無「曰」字，是其例也。「曰」「爲」並用，亦兩字同義而誤衍。

《國語・晉語》：「若無天乎？云若有天，吾必勝之。」王氏念孫曰：「云字當在若字下，『若無天乎』爲一句，『若云有天』爲一句。」今按：王説是矣，而未盡也。古本蓋止作：「若無天乎？若云天，吾必勝之。」「云」即有也。《廣雅・釋詁》曰：「云，有也。」文二年《公羊傳》曰：「大旱之日短而云災，故以災書。此不雨之日長而無災，故以異書也。」「云災」「無災」相對爲文，「云災」即有災也。此以「無天」「云天」相對爲文，正與彼同。「云」「有」二字同義而誤衍，傳寫又誤倒之耳。

《大戴記・五帝德篇》：「闇昏忽之義。」按：《大戴》原文本作「闇忽之義」，與上文「上世之傳，隱微之説」文法一律。其衍「昏」字者，闇即昏也。《禮記・祭義篇》鄭注曰：「闇，昏時也。」「闇」「昏」二字同義而誤衍。《老子》弟六十八章：「是謂配天古之極。」按：《老子》原文當作

「是謂配古之極」，與上文「是謂不爭之德，是謂用人之力」文法一律。其衍「天」字者，「古」即天也。《尚書・堯典》鄭注：「古，天也。」「天」「古」二字同義而誤衍。

《晏子春秋・諫下篇》：「聾喑非害國家而如何也。」按：「如」字衍文，「而何」即「如何」。有「而」字不必更有「如」字。《管子・君臣上篇》：「非兹是無以理人，非兹是無以生財。」按：「是」字衍文，「非兹」即「非是」，有「兹」字不必更有「是」字。

《墨子・備城門篇》：「令吏民皆智知之。」按：智、知義同。《釋名・釋言語》曰：「智，知也。」《墨子》原文本作「令吏民皆智之」，傳其學者謂此「智」字乃知識之「知」，因相承而衍「知」字矣。《淮南子・人閒篇》：「曉然自以爲智知存亡之樞機，禍福之門户。」「知」字亦誤衍，與《墨子》同。

兩字形似而衍例

凡兩字義同者，往往致衍，已見前矣。兩字形似者，亦往往致衍。《荀子・仲尼篇》：「求善處大重，理任大事，擅寵於萬乘之國，必無後患之術。」按：「處大重」「任大事」相對爲文，「重」下不當有「理」字。楊注曰：「大重，謂大位也。」亦不釋理字之義。是「理」字衍文，蓋即

「重」字之誤而衍者也。

《墨子·非攻下篇》：「率不利和。」按：「利」字衍文〔一〕，「率」乃「將率」之「率」，言將率不和也。「利」即「和」字之誤而衍者〔二〕。又《天志下篇》：「而況有踰人之墻垣，抯格人之子女者乎？」按：「抯」字衍文，「格人之子女」與「逾人之墻垣」相對成文，「抯」即「垣」字之誤而衍者。

《列子·説符篇》：「今趙氏之德行無所施於積。」按：《呂氏春秋·慎大篇》無「施」字，「施」即「於」字之訛而衍也。

《韓非子·詭使篇》：「名之所以成，城池之所以廣者。」按：「池」乃「地」字之誤，「名之所以成」「地之所以廣」相對成文，不當有城字，「城」即「成」字之訛而衍也。

《呂氏春秋·安死篇》：「此言不知鄰類也。」按：《聽言篇》曰「乃不知類矣」，《達鬱篇》曰「不知類耳」，竝無鄰字。此云「鄰類」，義不可通。「鄰」即「類」字之訛而衍也。

《商子·兵守篇》：「四戰之國，好舉興兵以距四鄰者國危。」「舉」字即「興」字之誤而衍。

〔一〕利，原誤作「和」，據蔡啓盛《校勘記》改。

〔二〕利即和，原誤作「和即利」，據蔡啓盛《校勘記》改。

《管子・事語篇》：「彼壤狹而欲舉與大國爭者。」「舉」字即「與」字之誤而衍。《呂氏春秋・異寶篇》：「其主俗主也，不足與舉。」「舉」字亦即「與」字之誤而衍。《淮南子・泰族篇》：「夫欲治之主不世出，而可與興治之臣不萬一。」「興」字亦即「與」字之誤而衍。

《春秋繁露・考功名篇》：「其先比二三分以爲上中下以考進退。」按：一句中因誤而衍者二字。「比」即上「先」字之誤，「二」即下「三」字之誤。

《太玄・永》次四：「子序不序。」按：上「序」字即上「子」字之誤而衍者。王注云：「子而不居子之次序。」是王涯本正作「子不序」也〔一〕。又《居》次三：「長幼序序子克父。」按：下「序」字即下「子」字之誤而衍者。宋、陸、王本並作「長幼序子克父」〔二〕，獨范望本衍一「序」字。

涉上下文而衍例

古書有涉上下而誤衍者。《既濟・彖辭》：「亨小利貞。」「小」字衍文，涉下文《未濟》「亨小

〔一〕涯，原誤作「淮」，據文意改。
〔二〕宋，原誤作「朱」，據文意改。

狐汔濟」而誤衍也。《禮記・檀弓篇》「禮有微情者，有以故興物者，有直情而徑行者」，弟三句「有」字衍文。「有微情者，有以故興物者」，皆禮之所有；「直情而徑行者」，戎狄之道也，本非禮之所有，安得言有乎？此「有」字涉上兩「有」字而誤衍也。

《周書・大匡篇》：「樂不牆合。」按：「墻合」二字無義，涉下句「牆屋有補無作」之文，誤衍「牆」字也。盧氏文弨以宮縣説之，則曲説矣。

《管子・正篇》：「能服信政，此謂正紀；能服日新，此謂行理。」按：上文云「立常行政，能服信乎？中和慎敬，能日新乎？」此承上文而言，當作「能服信，此謂正紀；能日新，此謂行理」。上句「政」字，涉上文「臨政官民」而衍；下句「服」字，即涉上句「能服信」而衍。

《墨子・尚同下篇》：「故又使國君選其國之義，以義尚同於天子。」下「義」字涉上「義」字而衍，以上下文證之可見。

《吕氏春秋・侈樂篇》：「遂而不返，制乎嗜欲；制乎嗜欲無窮，則必失其天矣。」下「制乎」字涉上「制乎」字而衍。《適威篇》：「子陽極也，好嚴，有過；而折弓者恐必死，遂應猘狗而弑子陽，極也。」上「極也」字涉下「極也」字而衍。《壹行篇》：「陵上巨木，人以爲期，易知故也，又况於士乎？士義可知故也，則期爲必矣。」下「故也」字涉上「故也」字而衍。又《遇合篇》曰：

「客有進狀，有惡其名，言有惡狀。」按：此十二字中衍三字，皆涉上下文而誤衍者也。「客」字下，涉下而衍「有」字；「其」字下，涉上文「楚王怪其名」句而衍「名」字；末「狀」字亦涉上而衍。呂氏原文本作「客進狀有惡，其言有惡」。兩「有」字均讀爲「又」。「狀又惡，其言又惡」，即下文所謂「惡足以駭人，言足以喪國」也。今多衍字，致不可解，此古書之所以難讀也。

涉注文而衍例

古書有涉注文而誤衍者。《詩・丘中有麻篇》：「將其來施。」傳曰：「施施，難進之貌。」箋云：「施施，舒行伺閒，獨來見己之貌。」按：《經》文止一「施」字，而傳、箋並以「施施」釋之，此以重言釋一言之例，説見前。今作「將其來施施」，即涉傳、箋而誤衍下「施」字。《顏氏家訓・書證篇》曰：「江南舊本悉單爲『施』。」

《大戴記・曾子制言篇》：「其功守之義，有知之則願也，莫之知苟吾自知也。」按：「其功守之義」五字，乃盧注之誤入正文者，孔本、阮本均已訂正。

《禮記・檀弓篇》：「望反諸幽，求諸鬼神之道也。」按：「反」字衍文。據正義曰：「望諸幽者，求諸鬼神之道也。」是《記》文本無「反」字，乃涉上注文「庶幾其精氣之反」，因而誤衍。又

《緇衣篇》：「毋以嬖御士疾莊士大夫卿士。」注曰：「莊士亦謂士之齊莊得禮者，今爲大夫卿士。」按：《禮記》原文本作「毋以嬖御士疾莊士」，與上文「毋以嬖御人疾莊后」一律。鄭注：「今爲大夫卿士」，本作「或爲大夫卿士」。蓋别本有作「毋以嬖御士疾大夫卿士」者，故鄭記其異也。今正文作「莊士大夫卿士」，即涉注文而衍；又改注文「或爲」作「今爲」，而正義從而爲之辭，失之甚矣。

《商子·墾令篇》：「姦民無主，則爲姦不勉；爲姦不勉，則姦民無樸〔一〕，則農民不敗。」鄭宷本於「姦民無樸」下，有「樸根株也」四字，乃舊解之誤入正文者。

《韓非子·難三篇》：「且夫物衆而智寡，寡不勝衆，智不足以徧知物，故則因物以治物；下衆而上寡，寡不勝衆者，言君不足以徧知臣也，故因人以知人。」按：《韓非》原文本作：「且夫物衆而智寡，寡不勝衆，故因物以治物；下衆而上寡，寡不勝衆，故因人以知人。」舊注於上句「寡不勝衆」云「言智不足以徧知物也」；於下句「寡不勝衆」云「言君不足以徧知臣也」，傳寫誤入正文，而又有錯誤，遂不可讀。

〔一〕「姦民無樸」上原衍「本」字，據《商子》改。

涉注文而誤例

《考工記・梓人》：「强飲强食，詒女曾孫諸侯百福。」注曰：「曾孫諸侯，謂女後世爲諸侯者。」按：正文「諸侯」當作「侯氏」，此以「詒女曾孫侯氏百福」八字爲句。《大戴記・投壺篇》載此辭曰：「强食食爾曾孫侯氏百福。」雖文有奪誤，而正作「曾孫侯氏百福」可證也。鄭君此注本云：「曾孫侯氏，謂女後世爲諸侯者。」正文「侯氏」，涉注文而誤作「諸侯」，於是并改注文亦作「曾孫諸侯」矣。

《韓非子・外儲説左篇》：「吾父獨冬不失袴。」舊注曰：「刖足者不衣袴，雖終其冬夏，無所損失也。」按：正文本作「吾父獨終不失袴」，故注以「終其冬夏，無所損失」釋之。今作「冬不失袴」，即涉注文而誤「終」爲「冬」，此皆涉注而誤者也。

以注説改正文例

段氏玉裁曰：「司巫：『祭祀則共匰主，及道布，及蒩館。』杜子春云：『蒩讀爲蒩。蒩，藉也。』書或爲『蒩』。今本改云『蒩讀爲鉏。鉏，藉也』，則不可通。『蜮氏：下士一人。』鄭司農云：『蜮讀爲蟈。蟈，蝦蟇也。』今本改云『蟈讀爲蜮。蜮，蝦蟇也』，則不可通。『土馴』，鄭司農云：『馴讀爲訓，謂以遠方土地所生異物告道王也。』今本改云『訓讀爲馴』，則不可通。《祭統》：『鋪筵設詷几。』鄭注：『詷之言同也』。今本改『同之言詷』。以易識之字更爲難字，則不可通。《穆天子傳》：『道里悠遠，山川諫之。』郭注：『諫音閒。』是即讀『諫』爲『閒』，明叚借法也。今作『閒音諫』，則非。《西京賦》：『烏獲扛鼎。』李善注：『《説文》：扛，横關對舉也。舡與扛同。』《吴都賦》：『覽將帥之權勇。』李注：『《毛詩》曰：無拳無勇。權與拳同。』今本正文作『扛』，作『拳』，注文又譌舛而不可通。」以上諸條，皆因先用注説改正文，又用已改之正文改注，於是字與義不謀，上與下不貫矣。按：段氏此論，前人所未發，讀古書者不可不知也。

《周易·坤》：「初六履霜。」《釋文》曰：「鄭讀履爲禮〔二〕。」按：履霜之義，明白無疑，鄭讀爲「禮」，義不可通。疑鄭氏所據本作「禮霜」，鄭注則曰「禮讀爲履」，破叚字而讀以本字也。後人用注説改《經》，又以既改之《經》文改注，而陸氏承其誤耳。

〔二〕履，原誤作「禮」，據《釋文》、蔡啓盛《校勘記》改。

《周官・男巫》：「春招弭以除疾病。」注曰：「杜子春讀弭如彌兵之彌。」按：《經》文「弭」字當作「彌」，注文「彌」字當作「弭」，蓋《經》文作「彌」，而杜子春讀爲弭兵之「弭」，《左傳》「弭兵」字，作「弭」不作「彌」也。後人以注説改《經》文，遂改注文作「彌兵」，而義不可通矣。

以旁記字入正文例

王氏念孫曰：「書傳多有旁記之字誤入正文者。《趙策》：『夫董閼于，簡主之才臣也。』『閼』與『安』，古同聲，即董安于也。後人旁記『安』字，而寫者並存之，遂作『董閼安于』。《史記・曆書》：『端蒙者，年名也。』端蒙，旃蒙也。後人旁記『旃』字，而寫者並存之，遂作『端旃蒙』。《刺客傳》：『臣欲使人刺之，衆莫能就。』衆者，終之借字也。後人旁記『終』字，而寫者竝存之，遂作『衆終莫能就』。《漢書・翟方進傳》：『民儀九萬夫。』『儀』與『獻』古同聲，即民獻也。後人旁記『獻』字，而寫者竝存之，遂作『民獻儀九萬夫』。」按：此皆旁記字之誤入正文者也。

《周書・命訓篇》：「通道通天以正人。」按：下文云「正人莫如有極，道天莫如無極。道天有極則不威，不威則不昭；正人無極則不信，不信則不行」，皆以「道天」「正人」對舉。然則此文當作「道天以正人」。襄三十一年《左傳》注、《荀子・禮論篇》注並曰：「道，通也。」道天以正人，即通天以正人。疑他本或有作「通」字者，後人旁記於此，傳寫誤入正文，則爲「道通天以正人」，文不成義，乃又於「道」上加「通」字耳。

《國語・晉語》：「不可以封國。」按：「國」字衍文。《楚語》曰：「其生不殖，不可以封。」韋注曰：「封，國也。」此作「不可以封國」者，蓋由別本作「國」後人旁記于此而誤羼入也。

《管子・版法解篇》：「故莫不得其職姓。」按：「得職」猶「得所」。《漢書・趙廣漢傳》「小民得職」是其義也。職姓連文，甚爲不辭。姓者，「性」字之誤。得其性，即得其職也。此亦後人旁記異文而誤合之也。《明法解篇》：「孤寡老弱不失其所職。」「所職」二字，亦爲不辭，誤與此同。

《荀子・禮論篇》：「大路之素未集也。」楊注曰：「未集，不集丹漆也。」此說於義未足，殆非也。「未」當爲本末之「末」。素末是一事，素集是一事，亦寫者旁記異文而誤合之也。「末」者「幦」之叚字。上文「絲末」，楊注「末與幦同」是其證。《大戴記・禮三本篇》作「素幭」，「幭」與「幦」同。《荀子》作「末」之本，與《大戴記》合。「集」者「幬」之叚字。「集」音轉而爲「就」，《詩・小旻篇》與「猶」「咎」「道」爲韵，是其證。故「集」字得讀爲「幬」。《史記・禮書》正作「素幬」；《荀子》作「集」之本，與《史記》合。

《墨子・雜守篇》：「守節出入，使主節必疏書，署其情，令若其事。而須其還報，以劍驗之。」劍、驗二字不可通。《墨子》原文蓋止作「劍之」。假「劍」爲「驗」，「劍之」即「驗之」也。《韓非子·外儲説左上篇》：「以馬爲不進盡，釋車而走。」進、盡二字不可通。《韓非子》原文蓋止作「不盡」。假「盡」爲「進」，「不盡」即「不進」也。凡此皆後人旁記異文而誤入之，與義同誤衍之例，可以參觀。

因誤衍而誤删例

凡有衍字，宜從删削，乃有删削不當，反失其本真者。《周易·升象傳》：「君子以順德，積小以高大。」《釋文》曰：「以高大，本或作以成高大。」按：此本作「積小以成大」，正義所謂「積其小善以成大名」也。後誤衍「高」字而作「積小以成高大」，則累於辭矣。校者不知「高」字之衍，而誤删「成」字，此删削不當而失其本真者也。

《淮南子·氾論訓》[一]：「洞洞屬屬而將不能，恐失之。」高注曰：「而將不能勝之，恐失之。」按：正文本作「而將不能勝之」，「而」與「如」古通用，謂「如將不能勝之」也。高注「恐失

[一] 氾論訓，原作「道應篇」，據《淮南子》改。

之」三字，正解「如不能勝之」義。此三字誤入正文，校者反删去「勝之」二字，亦删之不當者也。

因誤衍而誤倒例

校古書者鹵莽滅裂，有遇衍字不加删削，而以意移易使成文理者。《大戴記·哀公問於孔子篇》：「君何以謂已重焉？」此本作「君何謂以重焉」，「以重」即「已重」，「以」「已」古字通也。後人據《小戴記》作「已重」，旁記「已」字，因而誤入正文，校者不知删削，乃移「以」字於「謂」字之上，使成文理。此因誤衍而誤倒者也。

揚子《太玄·玄瑩》：「嘖情也，抽理也，瑩事也，昭君子之道也。」按：上文云「陰陽所以抽嘖也，從横所以瑩理也，明晦所以昭事也」，此當云「抽嘖也，瑩理也，昭事也」方與上合。今「抽嘖」誤作「嘖情」，「情」字蓋即「嘖」字之誤而衍者。於是移「抽」字以易下句「瑩」字，而「瑩理」誤作「抽理」矣。又移「瑩」字以易下句「昭」字，而「昭事」誤作「瑩事」矣。至「昭」字無可易，乃移置下句之首，而「君子之道也」誤作「昭君子之道也」。蓋因一字之誤衍，而遂使諸字以次而疊降，以此校書，亦可云不憚煩矣。

因誤奪而誤補例

凡有奪字則當校補，乃有校補不當，以至補非其字者。《大戴記・曾子立事篇》：「多知而無親，博學而無方，好多而無定者，君子弗與也。」按：下文云「君子多知而擇焉，博學而算焉，多言而慎焉」。據此則本文「好多」二字亦當作「多言」，校者因奪「言」字而誤補「好」字，此校補之不當者也。又《曾子本孝篇》：「庶人之孝也以力惡食。」按：「以力惡食」本作「以任善食」，盧注所謂「分地任力致甘美」是也。今「任善」二字，誤移在下句之首，作「任善不敢臣三德」，甚爲無義，可知其誤。此文因奪「任善」二字而誤補「力惡」二字，亦校補之不當者也。

《爾雅・釋草》：「中馗菌，小者菌。」注於上句曰：「地蕈也，似蓋。今江東名爲土菌，亦曰馗廚，可啖之。」又注下句曰：「大小異名。」按：中馗謂之菌，小者又謂之菌，何以見大小之異名乎？據《説文・草部》：「菌，地蕈也。」疑古本《爾雅》作「中馗地蕈小者菌」，故《説文》即以地蕈説菌，蓋對文别而散文通也。因正文奪「地蕈」二字，校者據注中「土菌」之文臆補「菌」字，而大小異名者，轉若大小同名矣。注文「地蕈似蓋」句，本無「也」字，乃舉正文地蕈而釋之。今正文奪「地蕈」字而誤補「菌」字，則「地蕈」字于正文無見，乃增注文作「地蕈也」，而其誤不可復正矣。

因誤字而誤改例

凡遇誤字則宜改正，乃有改之不得其字而益以成誤者。《周書·謚法篇》：「純行不二曰定。」按：此本作「純行不忒曰定」。古書「忒」字，或以「貣」字爲之。《尚書·洪範篇》「衍忒」，《史記·宋世家》作「衍貣」，是其證也。「貣」譌作「貳」，後人因改作「二」矣。又《史記篇》：「奉孤而專命者，謀主必畏其威而疑其前事。」按：「謀主」二字不可曉，當作「其主」，言其主必畏而疑之也。「其」誤作「某」，後人因改作「謀」矣。此皆因誤字而誤改，益以成誤者也。

《管子·霸言篇》：「故貴爲天子，富有天下，而伐不謂貪者，其大計存也。」按：「伐」乃「代」字之誤。《管子》原文本作「世不謂貪」，言一世之人不以爲貪也。唐人避諱，改「世」爲「代」，後人傳寫又誤「代」爲「伐」。

《荀子·非相篇》：「傳者久則論略，近則論詳。」按：兩「論」字皆「俞」字之誤。「俞」讀爲「愈」，古字通用，見本書《榮辱篇》注，《韓詩外傳》正作「久則愈略，近則愈詳」，可證也。「俞」字誤作「侖」，校者又誤改作「論」。

《韓非子·主道篇》：「是以不言善應，不約而善增。」按：道藏本、趙用賢本「不言」下皆有

「而」字，當從之。「增」乃「會」字之誤。「不言而善應」，語本《老子》。「不約而善會」，亦即《老子》所謂「善結無繩約而不可解」也。善會，猶善結也。「會」字誤作「曾」，校者又誤改作「增」。

一字誤爲二字例

古書有一字誤爲二字者。《禮記・祭義篇》：「見閒以俠甒。」鄭注曰：「『見閒』當爲『覸』。」《史記・蔡澤傳》：「吾持粱刺齒肥。」《索隱》曰：「『刺齒肥』當爲『齧肥』。」《孟子・公孫丑篇》：「必有事焉而勿正心。」《日知録》載倪文節之説，謂當作「必有事焉而勿忘」。

《禮記・緇衣篇》：「信以結之，則民不倍；恭以涖之，則民有孫心。」惠氏棟《九經古義》謂「孫心」當作「愻」。《説文》：「愻，順也。《書》云：『五品不愻。』」今文《尚書》作「訓」，古文《尚書》作「愻」，今孔氏本作「孫」，衛包又改作「遜」，古字亡矣。《緇衣》猶存古字耳。

《尚書・多方篇》：「我有周惟其大介賚爾。」按：枚氏因「大介」連文，而以「大大賜汝」釋之，不詞甚矣。《説文・大部》：「夰，大也。從大，介聲，讀若蓋。」凡經傳訓大之介，皆其叚字也。此《經》疑用本字，其文曰：「我有周惟其夰賚爾。」「夰賚」即大賚也。後人罕見「夰」字，遂誤分爲「大介」二字。

《國語·晉語》：「吾觀晉公子，賢人也。其從者，皆國相也。以相一人，必得晉國。」按：僖二十三年《左傳》曰：「吾觀晉公子之從者，皆足以相國；若以相，夫子必反其國。」疑此文「一人」二字乃「夫」字之誤。「以相」絶句，即《左傳》所謂「若以相」也。「夫必得晉國」絶句，即《左傳》所謂「夫子必反其國」也。「夫」者，指目其人之辭，説詳襄二十三年《左傳》正義。今誤作「一人」二字，義不可通矣。

二字誤爲一字例

古書亦有二字誤合爲一字者。襄九年《左傳》「閏月」，杜注曰：「『閏月』當爲『門五日』，『五』字上與『門』合爲『閏』，則後學者自然轉『日』爲『月』。」按：古鐘鼎文往往有兩字合書者，如石鼓文「小魚」作「𩵋」，散氏銅盤銘「小子」作「𡥈」是也。古人作字，但取疏密相閒，經典傳寫，則遂并爲一字矣。

《禮記·檀弓篇》：「從母之夫，舅之妻，二夫人相爲服。」按：「夫」字衍文也，「二人」兩字誤合爲「夫」字，學者旁識「二人」兩字以正其誤，而傳寫誤合之，遂成「二夫人」矣。《國語》「夫」字誤分爲「二人」二字，《檀弓》「二人」字誤合爲「夫」字，甚矣古書之難讀也！

《淮南子·説林篇》：「狂者傷人，莫之怨也，嬰兒詈老，莫之疾也，賊心亾。」陳氏觀樓曰：「『亾』字當爲『亡也』二字之譌。亡，無也。言狂者與嬰兒，皆無賊害之心，故人莫之怨也。」按：此亦二字合爲一字者。又，《人閒篇》：「孫叔敖病疽將死。」按：「病」字「將」字並衍文也。「疽」字乃「疒且」二字之誤。《説文·疒部》：「疒，痾也〔一〕。人有疾痛，象倚箸之形。」朱氏駿聲謂：「疒乃疾病之本字。疾字，從矢，疒聲，乃疾速之本字。後人叚『疾』爲『疒』，而『疒』廢矣。」愚按：其説是也。「孫叔敖疒且死」猶云「孫叔敖疾且死」也。其事亦見《列子·説符篇》、《吕氏春秋·異寶篇》，竝作「孫叔敖疾將死」。將，猶且也。彼作「疾」，此作「疒」，古今字耳。因「疒且」二字誤合爲「疽」字，後人乃於上加「病」字，下加「將」字，失之矣。又《脩務篇》：「琴或撥刺枉橈，闊解漏越，而稱以楚莊之琴，側室爭鼓之。」高注曰：「『側室』或作『廟堂』。」按：「側室」及「廟堂」均無義。疑《淮南》原文本作「則尚士爭鼓之。」「尚」與「上」通，尚士，即上士也。《考工記》「桃氏爲劍」「弓人爲弓」竝有「上士服之」之文。故此言琴，亦曰「上士鼓之」也。上文曰「今劍或絶側羸文，齧缺卷鋌，而稱以頃襄之劍，則貴人爭帶之」，兩文相對，此曰「則上士爭

〔一〕 痾，《説文》作「倚」。

鼓之」，猶彼曰「則貴人争帶之」也。因段「尚」爲「上」，而「尚士」二字誤合爲「堂」字，淺人因改「則」字爲「廟」字，高所見或本是也。又因古本實是「則」字，遂改「堂」字爲「室」字，而加人旁於「則」字之左，使成「側」字，高所據本是也。轉展致誤，而要皆由於「尚士」二字之誤合爲「堂」字，所宜悉心校正也。

重文作〓畫而致誤例

古人遇重文，止於字下加「〓」畫以識之，傳寫乃有致誤者。如《詩·碩鼠篇》：「逝將去女，適彼樂土。樂土樂土，爰得我所。」《韓詩外傳》兩引此文，竝作「逝將去女，適彼樂土；適彼樂土，爰得我所」，又引次章亦云：「逝將去女，適彼樂國；適彼樂國，爰得我直。」此當以《韓詩》爲正。《詩》中疊句成文者甚多。如《中谷有蓷篇》疊「慨其歎矣」兩句，《丘中有麻篇》疊「彼留子嗟」兩句，皆是也。毛、韓本當不異。因疊句從省不書，止作「適〓彼〓樂〓土〓」，傳寫誤作「樂土樂土」耳。下二章同此。

《莊子·胠篋篇》：「故田成子有乎盜賊之名，而身處堯舜之安，小國不敢非，大國不敢誅，十二世有齊國。」《釋文》曰：「自敬仲至莊子，九世知齊政；自太公和至威王，三世爲齊侯，故云十二世。」按：此説非也。本文是説田成子，不當追從敬仲數起。《莊子》原文本作「世世有齊國」，言自田成子之後，世有齊國也。古書重文從省不書，止於字下作「=」識之，應作「世=有齊國」。傳寫誤倒之，則爲「二世有齊國」，於是其文不可通。而從田成子追數至敬仲，適得十二世，遂臆加「十」字於其上耳。

重文不省而致誤例

亦有遇重文不作「=」畫，實書其字而致誤者。《周書·典寶篇》：「一孝子畏哉，乃不亂謀。」按：本作「一孝，句。孝畏哉，乃不亂謀」，猶下文曰：「二悌，悌乃知序。」「悌」下疊「悌」字，則「孝」下必疊「孝」字矣。今作「孝子畏哉」，「子」即「孝」字之誤也。又下文曰「三慈惠，兹知長幼」，當作「三慈惠，慈惠知長幼」。「慈惠」下疊「慈惠」字，猶「孝」下疊「孝」字，「悌」下疊「悌」字也。今作「兹知長幼」，「兹」即「慈」字之誤也。此皆重文不省，而轉以致誤者也。

闕字作空圍而致誤例

校書遇有缺字，不敢臆補，乃作□以識之，亦闕疑之意也，乃傳寫有因此致誤者。《大戴記·武王踐阼篇》：「機之銘曰：『皇皇惟敬，口生㖃，口戕口。』」盧注曰：「㖃，耻也。言爲君子榮辱之主，可不慎乎？㖃，㖃詈也。」孔氏廣森《補注》曰：「㖃有兩訓，疑《記》文本作『㖃生㖃』，故盧意謂君有㖃耻之言，則致人之㖃詈也。」按：此説是也。惟其由㖃生㖃，故謂之「口戕口」。今作「口生㖃」者，蓋傳寫奪「㖃」字，校者作空圍以記之，則爲「□生㖃」，遂誤作「口生㖃」矣。

本無闕文而誤加空圍例

亦有本無闕文而傳寫誤加空圍者。《周書·寤儆篇》：「欲與無□，則欲攻無庸，以王不足。」按：此三句本無闕文，「欲與無則，欲攻無庸，以王不足」，皆四字爲句。言欲與之而無則，欲攻之而無庸，以王則不足也。下文周公之言曰：「奉若稽古維王，克明三德維則，戚和遠人維庸。」正對此三句而言。淺人不知「無則」「無庸」相對成文，而以「則」字屬下句，因疑「欲與無」下尚有闕文，乃作□以識之耳。

又《本典篇》：「能求士□者，智也；與民利者，仁也。」按：兩句一律，上句不當有闕文，誤加空圍，宜删。又，《官人篇》：「問則不對，佯爲不窮，□貌而有餘。」按：貌上本無闕文，「而」讀爲「如」，貌如有餘，即所謂佯爲不窮也。誤加空圍，亦宜删。又云：「有知而言弗發；有施而□弗德。」按：此文本作「有知而不發，有施而弗德」。「發」讀爲「伐」，古字通用。「有知而弗伐，有施而弗德」，皆五字爲句。上句本無「言」字，下句亦無闕文。學者不知「發」與「伐」同，而臆加「言」字，則下句少一字矣，因作空圍以識之也，亦宜删。以上三條，竝見王氏念孫《讀書雜志》。

古書疑義舉例六　第一樓叢書之五

上下兩句互誤例

古書有上下兩句平列，而傳寫互誤其字者。《詩・江漢篇》：「江漢浮浮，武夫滔滔。」王氏引之曰：「當作江漢滔滔，武夫浮浮。」《小雅・四月篇》：「滔滔江漢。」此云「江漢滔滔」，義與彼同。「浮」與「儦」聲義相近。「江漢滔消，武夫浮浮」，猶《齊風・載驅篇》「汶水滔滔，行人儦儦」也。寫經者「滔滔」「浮浮」上下互譌，後人又改傳箋以從之，莫能是正矣。説見《經義述聞》。

《禮記・明堂位篇》：「夏后氏之四璉，殷之六瑚。」按：包咸、鄭玄注《論語》，賈逵、服虔、杜預注《左傳》，皆云「夏曰瑚，殷曰璉」，與此不同。據《論語》云「瑚璉也」，先瑚後璉，則瑚屬夏而璉屬殷明矣。若是夏璉殷瑚，當云「璉瑚」，不當云「瑚璉」也。蓋《記》文傳寫誤倒耳。

《周書·大聚篇》：「立勤人以職孤，立正長以順幼。」按：此當作「立正長以勤人，立職孤以順幼」。蓋立正長所以勤民事，而立職孤所以使幼者得遂其生也。正長也，職孤也，皆其名也；勤人也，順幼也，皆其事也。「立職孤以順幼」，與下句「立職喪以卹死」文法正同，傳寫誤倒，失其義矣。

《爾雅·釋木〔一〕》：「唐棣，栘。常棣，棣。」按：《詩·何彼襛矣篇》、《采薇篇》毛傳説「唐棣」「常棣」均與《爾雅》合，《晨風篇》傳「棣，唐棣也」則與《爾雅》異，此必有一誤。而《兼明書》引孔氏《論語解》曰「唐棣，棣也」，亦與《晨風》傳同。《玉篇·木部》：「榶，徒郎切，棣也。」「榶」即「唐」字，疑毛傳當以《晨風》爲正，餘篇乃後人據《爾雅》改之。其實《爾雅》之文，本作「唐棣，棣。常棣，栘」。今本傳寫互易，非其舊也。《爾雅》一書，訓釋名物，尤易混淆。《釋山》：「多草木，岵；無草木，峐。」《詩·陟岵篇》毛傳曰〔二〕：「山無草木曰岵，山有草木曰屺。」又：「石戴土謂之崔嵬，土戴石爲砠。」《卷耳篇》毛傳曰：「崔嵬，土山之戴石者。石

〔一〕木，原誤作「草」，據《爾雅》改。
〔二〕陟，原誤作「涉」，據《詩經》改。

山戴土曰砠。」其義並與《爾雅》相反，正義謂「傳寫誤」也。《釋天》：「春爲蒼天，夏爲昊天。」《書・堯典》正義曰：「鄭玄讀《爾雅》曰：『春爲昊天，夏爲蒼天。』」則《爾雅》一書之傳述不同，自昔然矣。

《周官・職方氏》：「正南曰荆州，其浸潁湛。」鄭注曰：「潁水出陽城，宜屬豫州，在此非也。」「河南曰豫州，其浸波溠。」注曰：「《春秋傳》：『除道梁溠，營軍臨隨。』則溠宜屬荆州，在此非也。」蓋荆、豫二州相次，傳寫誤倒之耳。凡此之類，安得有如鄭君之卓識悉爲考定哉？

《論語・季氏篇》：「不患寡而患不均，不患貧而患不安。」按：寡、貧二字，傳寫互易，此本作「不患貧而患不均，不患寡而患不安」。「貧」以財言，「不均」亦以財言；不均則不如無財矣，故「不患貧而患不均」也。「寡」以人言，「不安」亦以人言；不安則不如無人矣，故「不患寡而患不安」也。《春秋繁露・度制篇》引孔子曰「不患貧而患不均」，可據以訂正。

《管子・八觀篇》：「萬家以下，則就山澤可矣；萬家以上，則去山澤可矣。」按：「下」「上」二字，傳寫互易。上云「萬家之衆，可食之地，方五十里，可以爲足矣」，是方五十里之地，可食萬家之衆。然萬家或有盈絀，故此又分別言之：「若在萬家以上，則宜兼就山澤之地；若在萬家以下，則山澤之地可去也。」如今本義不可通，所宜訂正。

《老子》第十章：「愛民治國，能無知乎？」又曰：「明白四達，能無爲乎？」按：上句當作「無爲」，下句當作「無知」。「愛民治國，能無爲乎」，即所謂「取天下當以無事」也。「明白四達，能無知乎」，即所謂「知其白，守其黑」也。易州唐景龍二年刻石本正如此，而王弼本誤倒之。至河上公本，兩句皆作「無知」，則詞複矣。

《淮南子·天文篇》：「日冬至則水從之，日夏至則火從之。故五月火正而水漏，十一月水正而陰勝。」按：「日冬至則水從之，日夏至則火從之」，水、火二字當互易。冬至一陽生，故曰冬至而火從之也；夏至一陰生，故曰夏至而水從之也。「五月火正而水漏」，正說「夏至水從之」之義，言五月火方用事，而水氣已滲漏也。「十一月水正而陰勝」，「陰」乃「火」字之誤，「勝」字當讀爲「升」。「勝」「升」古通用，謂十一月水方用事，火氣已上升也，正說「冬至火從之」之義，如此則與下文貫矣。此亦上下兩句互誤者也。

上下兩句易置例

古書凡三四句平列者，其先後本無深義，傳寫或從而易置之。《文選》干令升《晉紀總論》

曰：「太康之中，天下書同文，車同軌。」李善注引《禮記》：「子曰：『今天下書同文，車同軌。』」視今本兩句倒置，此或因正文而誤。然《奏彈曹景宗文》曰：「將一車書。」《曲水詩序》曰：「合車書於南北。」注並引《禮記》曰：「書同文，車同軌。」此則非因正文而然。疑李氏所據《禮記》與今不同也。

《論語・公冶長篇》：「朋友信之，少者懷之。」《韓詩外傳》引作「少者懷之，朋友信之」。《雍也篇》：「知者樂水，仁者樂山。」李鼎祚《周易集解》引作「仁者樂山，知者樂水」。《泰伯篇》：「啓予足，啓予手。」《魏書・崔光傳》引作「啓予手，啓予足」。「巍巍乎其有成功也，煥乎其有文章。」《後漢書・馬融傳》注引作「煥乎其有文章，巍巍乎其有成功」。「菲飲食而致孝乎鬼神，惡衣服而致美乎黻冕。」《文選・東京賦》注引作「惡衣服而致美乎黻冕，菲飲食而致孝乎鬼神」。《鄉黨篇》：「與下大夫言，侃侃如也；與上大夫言，誾誾如也。」《史記・孔子世家》作「與上大夫言，誾誾如也；與下大夫言，侃侃如也」。《先進篇》：「言語：宰我、子貢；政事：冉有、季路。」《鹽鐵論》作「政事：冉有、季路；言語：宰我、子貢」。「有民人焉，有社稷焉。」《論衡・問孔篇》作「有社稷焉，有民人焉」。《顔淵篇》：「非禮勿視，非禮勿聽，非禮勿言，非禮勿動。」《禮記・曲禮》正義引作「非禮勿動，非禮勿言，非禮勿視，非禮勿聽」。《子路篇》：「父爲子隱，子爲父隱。」《韓詩外傳》引作「子爲父隱，父爲子隱」。《憲問篇》：「晉文公譎而不正，齊桓公正而不譎。」《風俗通·皇霸篇》引作「齊桓公正而不譎，晉文公譎而不正」。《季氏篇》：「危而不持，顛而不扶。」《後漢書·安帝紀》引作「顛而不扶，危而不持」。《子張篇》：「仕而優則學，學而優則仕。」《玉篇·人部》「仕」下引作「學而優則仕，仕而優則學」。以上竝見翟氏灝《論語考異》。按：即《論語》一書，而它書所引上下倒置者已不可勝計，則群經可知矣。雖於義理無甚得失，亦讀古書者所宜知也。

《大戴記·禮三本篇》：「天地以合，四時以洽，日月以明，星辰以行。」按：「日月以明」當在「四時以洽」之上，自此至終篇，皆兩句一韵也。《荀子·禮論》〔一〕、《史記·禮書》皆不誤〔二〕，可據以訂正。又《少閒篇》：「糟者猶糟，實者猶實，玉者猶玉，血者猶血，酒者猶酒。」按：「酒者猶酒」句當在「糟者猶糟」下，二語相對成文，糟濁而酒清也。「玉者猶玉」「血者猶血」二語亦相對，玉白而血赤也。至「實者猶實」句，或別有對文而今闕之，當爲衍句。

〔一〕 禮，原誤作「樂」，據《荀子》改。
〔二〕 禮，原誤作「樂」，據《史記》改。

《老子》第二十一章：「道之爲物，惟恍惟惚。惚兮恍兮，其中有象；恍兮忽兮，其中有物。」按：「惚兮恍兮」兩句，當在「恍兮忽兮」兩句之下。蓋承上「惟恍惟惚」之文，故先言「恍兮惚兮，其中有物」，與上文「道之爲物，惟恍惟惚」四句爲韵。下云「惚兮恍兮，其中有象」，乃始轉韵也。王弼注曰：「萬物以始以成，而不知其所以然，故曰『恍兮惚兮，惚兮恍兮，其中有象』也。」注文當是全舉經文，而奪「其中有物」四字，可知王氏所據本猶未倒也。

《淮南子・俶真篇》：「勢利不能誘也，辯者不能説也，聲色不能淫也，美者不能濫也，智者不能動也，勇者不能恐也。」按：「聲色」句當在「辯者」句前，則聲色貨利以類相從，辯者、美者、智者、勇者，亦以類相從矣。《文子・九守篇》正如此，可據以訂正。

字以兩句相連而誤疊例

《周書・度訓篇》：「是故民主明醜以長子孫，子孫習服鳥獸。」按：「子孫」字不當疊，疊者誤也。此以「是故民主明醜以長子孫」爲句，「習服鳥獸」爲句，疊「子孫」字則不可通矣。又，《程典篇》：「土勸不極美，美不害用，用乃思慎。」按：「美」字「用」字均不當疊，疊者誤也。「土勸不極美不害」當作「土物不極美不割」，即《文傳篇》所謂「毋伐不成材」也。「勸」與「物」形似而訛，「害」與「割」聲近而借，今疊「美」字「用」字，則不可通矣。又，《大開武篇》：「天降寤於程，程降因於商，商今生葛，葛右有周，維王其明用開和之言，言孰敢不格。」按：「程」字不當疊，「降寤於程」，「降因於商」，皆天所降也，若作「程降因於商」，則不可通矣。「葛」字亦不當疊。孔注曰：「商朝生葛，是祐助周也。」可知孔所據本不疊「葛」字也。「言」字亦不當疊。孔注曰：「可否相濟曰和，欲其開臣以和，則忠告之言無不至也。」是孔讀「維王其明用開和之」爲句，「言孰敢不格」爲句，其不疊「言」字可知也。今疊「葛」字「言」字，義皆不可通矣。一行之中，誤疊之字，纍纍如貫珠，古書豈易讀哉！

《大戴禮·四代篇》：「於時雞三號以興庶虞，庶虞動，蜚征作。」按：「庶虞」字不當疊，「於時雞三號以興」七字爲句。興，即謂雞興也。雞夜伏而晨興，故曰「三號以興」。學者誤讀「以興庶虞」爲句，遂重出「庶虞」字耳。楊氏大訓本「庶虞」字不疊，可據以訂正。《孟子·盡心篇》〔一〕：「施於四體，四體不言而喻。」按：「四體」字不當疊，「四體不言而喻」義不可通。若謂四體不言而人自喻，則四體豈能言者？若謂我之四體，不待我言而自喻我意，則凡人皆然，豈

〔一〕 盡心，原誤作「告子」，據《孟子》改。

必君子?《文選·魏都賦》劉淵林注、應吉甫《華林園集詩》李善注引此文,並作「不言而喻」,不連「四體」字,可據以訂正。

文九年《公羊傳》:「非王者則曷爲謂之王者?王者無求。」按:「王者」字不當疊。上文言「王者無求」,故此發問,言非王者曷爲謂之王者無求。今疊「王者」字,則無義矣。《國語·晉語》:「夫利君之富,富以聚黨,利黨以危君。」按:「富」字不當疊,「利」與「賴」古字通,此言賴君之富以聚徒黨,又賴徒黨以危君也。今疊「富」字,義反隔矣。《管子·乘馬篇》「陰陽」章:「正地者其實必正,長亦正,短亦正,小亦正,大亦正。長短小大盡正,正不正則官不理。」末句本作「不正則官不理」,涉上句而誤疊「正」字。又「爵位」章:「是故爵位正而民不怨,民不怨則不亂,然後義可理,理不正則不可以治。」末句本作「不正則不可以治」,涉上句而誤疊「理」字。凡此皆兩句相連而誤疊者也。

字以兩句相連而誤脱例

《周書·程典篇》:「思地慎制,思制慎人,思人慎德,德開開乃無患。」按:「德開開」三字文不成義。本作「慎德德開,開乃無患」,與上文皆四字爲句。兩「慎德」字相連,誤脱其一而義不可通矣。《尚書序》：「殷既錯天命，微子作誥父師、少師。」按：「微子作誥父師、少師」，文義未足。本作「誥父師、少師」，兩誥字相連，誤脱其一而義不可通矣。

《周易·涣》：「上九，涣其血，去逖出，无咎。」《傳》曰：「涣其血，遠害也。」則當於「血」字絶句；然「去逖出」三字殊不成義。疑本作「血去逖出无咎」，因兩「血」字相連而誤脱其一也。《小畜》六四曰：「血去惕出无咎。」正與此爻文義相近。

《老子》六十一章：「故大國以下小國，則取小國；小國以下大國，則取大國。故或下以取，或下而取。」按：「或下以取，或下而取」兩句，文義無别，殊爲可疑。當作「故或下以取小國，或下而取大國」，即承上文而申言之。因下文云「大國不過欲兼畜人，小國不過欲入事人」，兩「大國」字適相連而誤脱其一，遂并删上句「小國」字，使相對成文耳。

《列子·仲尼篇》：「孤犢未嘗有母，非孤犢也。」此本作「孤犢未嘗有母，有母非孤犢也」。《莊子·天下篇》釋文引李云：「言孤則無母，孤稱立則母名去。」是其義也。因兩「有母」字相連，誤脱其一。《商子·算地篇》：「故民生則計利，死則慮名，利之所出，不可不審也。」此本作「名利之所出，不可不審也」。下文云「利出於地，則民盡力；名出於戰，則民致死」，即承此而言，因兩「名」字相連，誤脱其一。《春秋繁露·執贄篇》：「暘有似於聖人者。」「聖人」下當疊

「聖人」字。下所説皆聖人之德，至「暘亦取百草之心」，始説暘之似聖人，則此當作「聖人者」明矣。因兩「聖人」字相連，誤脱其一。《淮南子·主術篇》：「雍門子以哭見孟嘗君，涕流沾纓。」「孟嘗君」下當疊「孟嘗君」字。「涕流沾纓」，以孟嘗君言，非以雍門子言也。因兩「孟嘗君」字相連，誤脱其一。又，《泰族篇》：「小蓺破道，小見不達，必簡。」此文「道」下當疊「道」字，「達」下當疊「達」字，「見」字乃「則」字之誤。本云「小蓺破道，道小則不達，達必簡」。《文子·上仁篇》作「道小必不通，通則必簡」，是其明證也。因兩「道」字兩「達」字相連，誤脱其一。

字句錯亂例

古書傳寫或至錯亂，學者宜尋繹其前後文理，悉心考正。《周易·説卦傳》：「爲曳，其於輿也爲多眚。」按：「爲曳」二字，當在「其於輿也」之下。「其於輿也爲曳」，如《睽》「六三，見輿曳」是也。《睽》自三至五正互坎，以經注經，莫切於此矣。《序卦傳》：「豫必有隨，故受之以隨；以喜隨人者必有事，故受之以蠱。」按：「以喜」二字，當在「必有隨」之上。其文曰：「豫以喜必有隨，故受之以隨；隨人者必有事，故受之以蠱。」正義引鄭注曰「喜樂而出，人則隨從」，正解「豫以喜必有隨」之義也，可以據訂正。

《歸妹》：「初九，歸妹以娣，跛能履，征吉。象曰：『歸妹以娣，以恒也。跛能履，吉相承也。』九二，眇能視，利幽人之貞。象曰：『利幽人之貞，未變常也。』」按：「眇能視」三字，當在「跛能履」之上。「眇能視，跛能履」兩句連文，與《履》六三爻同。九二則但曰「利幽人之貞」，與《履》「九二，履道坦坦，幽人貞吉」辭意相近。《履》九二言「幽人」，《歸妹》九二亦言「幽人」；《履》六三言「眇能視，跛能履」，則知《歸妹》初九亦言「眇能視，跛能履」兩句一意，不得分屬二爻也。《象傳》止曰「跛能履」，不及「眇能視」，乃文具於前而略于後之例，說已見前。後人不達此例，以《象傳》無此三字，乃誤移之下爻耳。余著《群經平議》未見及此，因附著于此。

《尚書・盤庚篇》：「乃祖乃父，丕乃告我高后曰：『作丕刑于朕孫。』」《釋文》曰：「『我高后』本又作『乃祖乃父』。」按：「我高后」既作「乃祖乃父」，則「乃祖乃父」必作「我高后」，《釋文》傳寫奪去耳。尋繹文義，以別本爲長。上言「乃祖乃父，乃斷棄女，不救乃死」，就臣而言也。此言「我高后丕乃告乃祖乃父曰：『作丕刑于朕孫』」，就君而言也。上文：「高后丕乃崇降罪疾曰：『曷虐朕民。』」又曰：「先后丕降與女罪疾曰：『曷不暨朕幼孫有比。』」亦是一就君言，一就臣言，可證。

《周書·克殷篇》：「泰巓、閎夭皆執輕吕以奏王，王入即位于社太卒之左。」孔注曰：「執王輕吕當門，奏太卒，屯兵以衛也。」按：《經》文本作「泰顛、閎夭皆執輕吕以奏王太卒，王入即位于社之左」，故孔注如此。《堯典》枚傳曰：「奏，進也。」奏王太卒者，言進王之大卒以衛王也。後人誤讀「皆執輕吕以奏王」爲句，謂與「周公把大鉞，召公把小鉞以夾王」相對成文，因移「太卒」字於「社」字之下耳。孔晁作注時尚未誤。又《世俘篇》：「時甲子夕，商王紂取天智玉琰五環身厚以自焚。凡厥有庶告焚玉四千。五日，武王乃俾千人求之，四千庶玉則銷，天智玉五在火中不銷。」按：「凡厥有庶告焚玉四千」，「告焚」二字當在「四千」之下，「庶玉」二字連文。此云「凡厥有庶玉四千」，故下云「四千庶玉則銷」，兩文正相應也。「告焚」二字自爲句，既告焚之五日，武王乃使人求之。告焚者，以商王紂自焚告，非以焚玉告也。注曰：「衆人告武王焚玉四千。」則孔氏作注時已誤矣。

《詩·皇矣篇》：「維此王季，帝度其心。貊其德音，其德克明。克明克類，克長克君。王此大邦，克順克比。比于文王，其德靡悔。既受帝祉，施于孫子。」箋云：「王季之德，比于文王，無有所悔也。必比于文王者，德以聖人爲匹。」按：父比于子，義殊未安。「維此王季」句，昭二十八年《左傳》及《禮記·樂記》所引，並作「維此文王」。正義謂《韓詩》亦作「文王」。「維此王季」既作「維此文王」，則「比于文王」必作「比于王季」，《毛詩》蓋傳寫誤耳。

《大戴記・王言篇》：「明王之所征，必道之所廢者也。彼廢道而不行，然後誅其君，致其征，弔其民，而不奪其財也。」按：「致其征」三字當在「誅其君」之上。其文曰：「彼廢道而不行，然後致其征。」此乃申説上文。又曰：「誅其君，弔其民，而不奪其財也。」則起下文時雨之意，文義甚明。傳寫誤倒，王肅作《家語》，遂易「致其征」爲「改其政」矣。又《夏小正篇》：「初俊羔助厥母粥。」按：經文言「初」者，如「初歲祭耒」「初服于公田」，皆以人事言。至禽獸之事，無一言初者。且不曰「俊羔初助厥母粥」，而曰「初俊羔助厥母粥」，義亦未安。此文「初」字當在上經「禪」字之上。其文曰：「往耰黍初禪。」言往耰黍者，初著單衣也。傳寫誤倒耳。又《武王踐阼篇》：「觴豆之銘曰：『飲自杖，食自杖，戒之憍，憍則逃。』」按：「戒之憍，憍則逃」乃上「履屨之銘」。其文云：「慎之勞，勞則富；戒之憍，憍則逃。」兩文相對，而義亦反復相成，傳寫誤移于此耳。

《大戴記・小辨篇》：「禮樂而力忠信其君，其習可乎？」按：此當作「君其習禮樂而力忠信，其可乎？」「君其習」三字誤移在「可乎」之上，則不可通。《禮記・禮運篇》：「故聖王所以順山者不使居川，不使渚者居中原而弗敝也。」按：此當作：「故山者不使居川，不使渚者居中原，聖王所以順而弗敝也。」「敝」讀作「彆」。《詩・采薇篇》釋文引《埤蒼》曰：「彆，弓末反，戾也。」順而弗彆者，順而弗戾也。「聖王所以順」五字，誤移在「山者」之上，則不可通。

昭元年《左傳》：「十二月，晉既烝，趙孟適南陽，將會孟子餘，甲辰朔，烝于温。」按：此本作「十二月甲辰朔，晉既烝，趙孟適南陽，將會孟餘子烝于温」，蓋言甲辰朔晉烝祭之後，趙孟將適南陽，會合餘子之在孟邑者，與之烝祭于温也。温、孟皆趙氏之邑，餘子即宣二年《傳》所謂「又宦其餘子，亦爲餘子」者也。因「甲辰朔」三字，傳寫誤移在「烝于温」之上，而「餘子」又倒作「子餘」，雖服子慎不得其解矣。又，二十一年《傳》〔一〕：「翟僂新居于新里，既戰，說甲于公而歸。」按：翟僂新既居新里，安得脱甲于公？疑左氏原文本作「翟僂新居于新里，既戰，説甲而歸于公」，亦傳寫誤倒其文也。

《管子・霸形篇》：「於是令之縣鍾磬之榬。」按：下文兩言「鍾磬之縣」，疑此「縣」「榬」二字傳寫誤倒，本作「榬鍾磬之縣」。「榬」通作「繯」。《廣雅》曰：「繯，絡也。」

《墨子・非儒下篇》：「夫仁人事上竭忠，事親得孝，務善則美，有過則諫。」按：「得」字

〔一〕 一，原脱，據《左傳》補。

「務」字傳寫誤倒，本作「事親務孝，得善則美」。「務孝」與「竭忠」，「得善」與「有過」，皆相對成文。

《莊子·大宗師篇》：「俄而子輿有病，子祀往問之曰：『偉哉！夫造物者將以予爲此拘拘也。』」按：子輿有病，當作「子來有病」。《淮南子·精神篇》作「子求」，《抱朴子·博喻篇》作「子永」。「求」與「永」，竝「來」字之誤也。下文「俄而子來有病」，當作「子輿有病」，傳寫誤倒之。

《吕氏春秋·精通篇》〔一〕：「今夫攻者砥厲五兵，侈衣美食，發且有日矣。所被伐者不樂，非或聞之也，神者先告也。」按：「侈衣美食」四字，當在「所被伐者」下。又《審應篇》：「待其功而後知其舜也，是市人之知聖也。」按：上「舜」字當作「聖」，下「聖」字當作「舜」。

《春秋繁露·盟會要篇》：「《傳》曰：諸侯相聚而盟，君子修國曰：『此將率爲也哉。』」按：「修國」二字當在「此將率爲」之下。又《循天之道篇》：「是故當百物大生之時，群物皆生而此物獨死。可食者，告其味之便於人也；其不可食者，告殺穢除害之不待秋也。當物之大枯之時，群

〔一〕精通，原誤作「審己」，據《吕氏春秋》改。

物皆死，如此物獨生。」按：「可食者告其味之便於人也」十一字，當在「如此物獨生」之下。

《賈子·時變篇》：「今俗侈靡，以出相驕，出倫踰等，以富過其事相競。」按：「出倫踰等」四字，「出」衍文。「倫踰等」三字，當在上「出」字之下。本作「以出倫踰等相驕，以富過其事相競」。又《瑰瑋篇》：「作之費日挾巧，用之易弊，不耕而多食農人之食。」按：「挾巧」二字當在「不耕」之上，本作「挾巧不耕多食農人之食」。

《淮南子·主術篇》：「夫寸生於稞，稞生於日，日生於形，形生於景。」按：王氏引之以「稞」爲「標」字之誤，是也。惟「標生於日」，義不可通。疑本作「寸生於標，標生於形，形生於景，景生於日」，與下文「樂生於音，音生於律，律生於風」，文義一律。此皆字句之錯亂者，不可不正也。

簡策錯亂例

凡字句錯亂者，尋其文義，移易其一二字，即怡然理順矣。若乃簡策錯亂，文義隔絕，有誤至數十字者，則非合其前後，悉心參校，不易見也。鄭君注《禮》，屢云爛脱。今舉數事，以見例焉。

《周易·繫辭下傳》：「神農氏没，黄帝、堯、舜氏作，通其變，使民不倦，神而化之，使民宜之。易窮則變，變則通，通則久。是以自天祐之，吉无不利。黄帝、堯、舜，垂衣裳而天下治，蓋取之乾坤。」按：「易窮則變」二十字，以上下文法言之，殊爲不倫。疑「易窮則變，變則通，通則久」，乃上篇「動則觀其變而玩其占」以下之脱簡。「是以自天祐之，吉无不利」，乃文之重出者也。幸此文重出，而爛脱之迹猶未盡泯，可以校正。當移至上篇曰：「是故君子居則觀其象而玩其辭，動則觀其變而玩其占，易窮則變，變則通，通則久，是以自天祐之，吉無不利。」

《禮記·儒行篇》：「儒有不隕穫於貧賤，不充詘於富貴，不慁君王，不累長上，不閔有司，故曰儒。」按：上文所陳十五儒，皆以「儒有」起，「有如此者」結；此文亦以「儒有」起，而以「故曰儒」結之，既不一律，且義亦未足。豈所謂儒者，止以「不慁君王，不累長上，不閔有司」乎？疑「儒有不隕穫」至「不閔有司」二十六字，當在上文「其尊者讓有如此者」之前，與前所列十五儒一律。孔子説儒者之行，蓋十有六也。上文「温良者仁之本也」至「猶且不敢言仁也」，當在此文「故曰儒」之上，乃孔子總論儒行也。自簡策錯亂，而十六儒止存十五儒。鄭君説「温良者」一節爲聖人之儒行，説「儒有不隕穫於貧賤」一節爲孔子自謂，其失甚矣。

宣十八年《左傳》：「楚莊王卒，楚師不出，既而用晉師，楚於是乎有蜀之役。」按：此二十一字，本在上文「夏，公使如楚乞師，欲以伐齊」之下，編次者因《經》書「甲戌楚子旅卒」，在「邾人戕鄫子于鄫」之後，遂割《傳》文而綴諸此，使經事相次耳，非左氏之舊。

《國語·周語》：「是日也，瞽帥音官以省風土，廩於藉東南，鍾而藏之，而時布之於農。」按：是日者，耕藉之日也，甫耕未及斂也，何遽及此。且王所藉田以奉齍盛，何以布之於農乎？疑「廩於藉東南鍾而藏之而時布之」十三字，當在下文「耨穫亦如之」之下，「民用莫不震動恪恭於農」之上；「於農」二字，即涉下文而衍。幸衍此二字，爛脱之迹，尚未盡泯，可以校正。今移至下文曰：「耨穫亦如之，廩於藉東南，鍾而藏之，而時布之，民用莫不震動，恪恭於農。」如此則文義自順矣。

《孟子·盡心篇》下：「貉稽曰：『稽大不理於口。』孟子曰：『無傷也，士憎茲多口。』」按：此章之文止於此。下文「《詩》云『憂心悄悄』」一節，當在「貉稽曰」之前，與上章合爲一章，其文曰：「孟子曰：『君子之戹於陳、蔡之閒也，無上下之交也。《詩》云『憂心悄悄，愠於群小』，孔子也；『肆不殄厥愠，亦不殞厥問』，文王也。』」蓋因孔子而及文王，正以文王比孔子也。若果孟子爲貉稽引《詩》，則當有次弟，安得先孔子而後文王乎？又「鄉原」章：「曰：『何以是嘐嘐也?』言不顧行,行不顧言,則曰:『古之人古之人,行何爲踽踽涼涼?』」按:此三十字,當在「其志嘐嘐然」之下,「夷考其行」之上。「曰『何以是嘐嘐也』」,萬章問也;「言不顧行」以下,孟子答也。狂者言行不相顧,每以古人之行爲隘小而非笑之,則曰「古之人古之人,行何爲踽踽涼涼」,此狂者譏古人之詞。及考其所爲,實未能大過古人,故曰「夷考其行而不掩焉者也」。此三十字誤移在後,而前文止存「曰古之人古之人」七字,乃爛脱之未盡者,可藉以考見其舊也。

《管子·幼官篇》:「二千里之外,三千里之内,諸侯五年而會至習命。三年名卿請事,二年大夫通吉凶,十年重適入正禮義,五年大夫請受變。」按:三年二年之後,又云十年五年,於義難曉,此二句當在下文「三千里之外諸侯世一至」之下,蓋世一至則太疏闊,故五年必使大夫請受變,十年必使重適入正禮義也。又《揆度篇》:「二五者童山竭澤,人君以數制之人。味者所以守民口也,聲者所以守民耳也,色者所以守民目也。人君失二五者亡其國,大夫失二五者亡其勢,民失二五者亡其家。」按:「童山竭澤」四字當在上文「至於黄帝之王」句下。《輕重戊篇》「黄帝之王,童山竭澤」,是其明證。「人君以數制之人」句下「人」字衍文。此本云:「二五者,人君以數制之。人君失二五者亡其國,大夫失二五者亡其勢,民失二五者亡其家。」至「味者所以守民口也」三句〔一〕，當在「二五者人君以數制之」之上。試連上文讀之曰：「其在色者，青黄白黑赤也；其在聲者，宫商羽徵角也；其在味者，酸辛鹹苦甘也。味者所以守民口也，聲者所以守民耳也，色者所以守民目也。」如此，則文義俱順矣。「二五者人君以數制之」，本與「人君失二五者」相連。雖羼入此三句而尚留一「人」字，亦其迹之未泯者也。

《揚子法言·學行篇》：「吾不覩參辰之相比也，是以君子貴遷善。遷善者聖人之徒也。百川學海而至於海，丘陵學山而不至於山，是故惡夫畫也。頻頻之黨，甚於鷦斯，亦賊夫糧食而已矣。」按：「遷善」與「參辰」不相比，意不相承；「頻頻之黨」與「惡畫」之義，亦不相承，此兩節疑傳寫互易。當曰：「吾不覩參辰之相比也，頻頻之黨，甚於鷦斯，亦賊夫糧食而已矣。百川學海而至於海，丘陵學山而不至於山，是故惡夫畫也。是以君子貴遷善，遷善者聖人之徒也。」兩節傳寫互易，而其義皆不可通。此皆簡策之錯亂者，不可不正也。

〔一〕民，原無，據文意補。

古書疑義舉例七　第一樓叢書之五

不識古字而誤改例

學者少見多怪，遇有古字而不能識，以形似之字改之。往往失其本真矣。今略舉數事示例。

「其」，古文作「亓」。《周易・雜卦傳》：「噬嗑，食也。賁，其色也。」蓋以食、色相對成文，加「其」字以足句也。「其」從古文作「亓」，學者不識，遂改作「无」字，雖曲爲之説而不可通矣。《周書・文政篇》：「基有危傾。」「基」字叚「其」爲之，蓋古字通用。《詩・昊天有成命篇》：「夙夜基命宥密。」《禮記・孔子閒居篇》作「夙夜其命宥密」，是其證也。因「其」字從古文作「亓」，學者不識，改作「示」字，「示有危傾」，義不可通矣。《國語・吴語》：「伯父多歷年以没其身。」語意甚明。因「其」字從古文作「亓」，學者不識，改作「元」字，「以没元身」，義不可通矣。

「旅」，古文作「𠂭」。《尚書・康誥篇》：「紹聞旅德言。」旅者，陳也。言布陳其德言也。因「旅」字從古文作「𠂭」，學者不識，改作「衣」字矣。《周書・武稱篇》：「冬寒其衣服。」「衣」亦「旅」字之誤。《史記・天官書》：「主葆旅事。」是「旅」與「葆」同義。此篇曰「冬寒其旅」，《大武篇》「冬凍其葆」，文義同也。因「旅」字從古文作「𠂭」，學者不識，改作「衣」字而又加「服」字矣。《官人篇》：「愚依人也。」「衣」亦「旅」字之誤，「旅」讀爲「魯」，《說文》曰「𠂭，古文旅。古文以爲魯衛之魯」是也。「愚魯」連文，義正相近，因叚「旅」爲「魯」，而又從古文作「𠂭」。學者不識，改作「衣」字，以「愚衣」無義，又從人作「依」矣。

「服」，古文作「𠬝」。《尚書・呂刑篇》：「何敬非刑，何度非服。」刑、服對言，古語如此。《堯典》曰：「五刑有服，五服三就。」此篇曰：「上刑適輕下服，下刑適重上服。」並其證也。《史記》作「何居非其宜」。《爾雅》曰：「服、宜，事也。」是服、宜同義，故《經》文作「服」，《史記》作「宜」也。「服」字從古文作「𠬝」，學者不識，改作「及」字，則《史記》作「宜」之故不可曉矣。《大戴記・王言篇》：「服其明德也。」其義明白無疑。因「服」字從古文作「𠬝」，學者不識，改作「及」字。孔氏廣森作《補注》曰：「明德之所及也。」夫明德所及，不得言及其明德，可知其非矣。《淮南子・主術篇》：「蓋力優而德不能服也。」其義亦明白無疑。因「德」字從古文作

「悳」，「服」字從古文作「𠬝」，學者不識，改「悳」爲「克」，改「𠬝」爲「及」。高注曰：「克，猶能也。」則「克不能及」爲「能不能及」，文義不可通矣。按：僖二十四年《左傳》：「子臧之服，不稱也夫！」《釋文》「服」作「及」。蓋亦由古本是「𠬝」字，故誤爲「及」也。

「近」，古文作「𣥔」。《禮記・大學篇》「見賢而不能舉，舉而不能近」，與「見不善而不能退，退而不能遠」相對成文。因「近」字從古文作「𣥔」，學者不識，疑篆文「先」字之誤，遂改爲「先」字，與下句不一律矣。

「自」，古文作「白」。《大戴記・文王官人篇》「自分其名以私其身」，與《周書・官人篇》「自以名私其身」雖字句小異，意義則同。因「自」字從古文作「白」，學者以爲黑白之「白」，遂移至「分」字之下，作「分白其名」，非《戴記》之舊矣。

「終」，古文作「𠔀」。《大戴記・本命篇》：「女終日乎閨門之内。」義本甚明。因「終」字從古文作「𠔀」，隸變作「夂」，學者不識，改作「及」字。孔氏《補注》曰：「及日猶終日。」則義不可通矣。

「君」古文作「𠶶」。《國語・晉語》：「楚成王以君禮享之。」謂以國君之禮享之。下文「秦穆公饗公子如饗國君之禮」，正與此同。因「君」字從古文作「𠶶」，學者不識，改爲「周」字。《管子・白心篇》「知苟適可爲天下君」，猶下文言「可以爲天下王」也。因「君」字作「[illegible]」，學者不識，亦改爲「周」字。

「讙」，古文作「吅」。《周書・時訓篇》：「鶡旦不鳴，國有訛言；虎不始交，將帥不讙；荔挺不生，卿士專權。」「讙」與「歡」古字通用。因「讙」字從古文作「吅」，學者不識，改爲「和」字。則與上下文「言」字、「權」字不協韵矣。

「師」，古文作「[illegible]」。《墨子・備蛾傅篇》：「敵引師而去。」其文甚明。因「師」字從古文作「[illegible]」，學者不識，改爲「哭」字。「引哭而去」，義不可通矣。

「[illegible]」，古儡字也。《說文・人部》：「儡，相敗也。從人，畾省聲。」「[illegible]」字亦從人、從畾省，而止省去中間一回。猶「鸓」字從鳥，畾省聲，而籀文作「[illegible]」，止省去中間一回也。《管子・侈靡篇》：「若是者必從是[illegible]亡乎？」[illegible]亡，猶言敗亡也。學者不識「[illegible]」字，傳寫誤作「[illegible]」。尹注以爲即「臭」字，洪氏筠軒又疑是「[illegible]」字之譌，胥失之矣。

「垂」，古文作「手」，見《說文・我部》。《管子・地員篇》「山之手」，即山之垂也。《說文・土部》：「垂，遠邊也。」謂山之邊側也。學者不識「手」字，誤作「才」字，又加木旁作「材」，失之矣。

「起」，古文作「迟」。《漢書·孝哀帝紀》建平元年詔曰：「其與大司馬、列侯、將軍，中二千石、州牧、守相，舉孝弟惇厚、能直言、通政事，迟於側陋可親民者，各一人。」「起於側陋」，謂從微賤起家，故能固知民間疾苦，可使親民也。學者不識「迟」字，誤作「延」字。師古訓爲「可延致而仕者」，文義迂回。王氏念孫遂議移此四字於「州牧守相」之下矣。

不達古語而誤解例

古人之語，傳之至今，往往不能通曉，於是失其解者，十而八九。今略舉數事示例。

丯蔡，古語也。《説文·丯部》：「丯，丯蔡也。象丯生之散亂也。」亦或作「草竊」，「竊」與「蔡」一聲之轉。「丯蔡」之爲「草竊」，亦猶《莊子》「竊竊」之或爲「察察」也。《尚書·微子篇》：「好草竊姦宄。」「草竊」即「丯蔡」，其本義爲丯亂，引申之則凡散亂者皆得言之，故與奸宄連文。「好草竊」，即「好亂」也。枚傳訓爲草野竊盜，不達古語矣。

旅距，古語也。《後漢書·馬援傳》：「黠羌欲旅距。」李賢注曰：「旅距，不從之貌。」亦或作「據旅」，「據」與「距」聲近。《説文·酉部》：「醵，或作酟。」是其證也。「旅距」「據旅」，語有倒順耳。凡雙聲疊韵之字，往往如此。《大戴記·曾子制言篇》：「行無據旅。」言其行之無所違也。盧注訓爲「守直道無所私」，未達古語。

士芥，古語也。哀元年《左傳》「以民爲土芥」是也。芥，即丯字。《説文·丯部》：「丯，艸蔡也〔一〕，讀若介。」因「丯」讀若「介」，故即以「介」爲之，而又叚用從艸之「芥」也。亦或作「土察」。察者，蔡之叚字，猶芥者介之叚字也。《大戴記·少閒篇》「作宫室高臺汙池，以民爲土察」〔二〕，猶《左傳》所云「以民爲土芥」也。學者不識「土察」之語，乃移至「汙池」之下，使「汙池土察」四字連文，而「以民爲」下增「虐」字以成句。「以民爲虐」，文不成義，可知其非矣。

弱植，古語也。「植」，讀爲脂膏膱敗之「膱」，字本作「殖」。《説文·歺部》：「殖，脂膏久殖也。」亦通作「埴」。《釋名·釋土地》：「土黄而細密曰埴。埴，膱也。黏泥如脂之膱也。」然則人之弱者謂之膱，猶土之黏者謂之埴矣。襄三十年《左傳》：「其君弱植。」「植」即「膱」之叚字。正義訓「植」爲「樹立」，則弱植二義不屬矣。

究度，古語也。《詩·皇矣篇》「爰究爰度」是也。亦或作「鳩度」，襄二十五年《左傳》「度山

〔一〕蔡，原作「察」，據《説文》與蔡啓盛《校勘記》改。
〔二〕少閒，原誤作「用兵」，據《大戴禮記》改。

林，鳩藪澤」是也。說本王氏《經義述聞》。亦或作「軌度」，二十一年《傳》「軌度其信」是也。究、鳩、軌，並從「九」聲，故得通假。劉炫曰：「軌，法也。行依法度而言有信也。」未達古語。

婁空，古語也。《說文·女部》：「婁，空也。從母、中、女，婁空之意也。」凡物空者無不明，故以人言則曰離婁，以屋言則曰麗廔。「離」與「麗」皆婁字之雙聲也。《論語·先進篇》：「回也其庶乎，婁空。」此言顔子之心，通達無滯，若窗牖之麗廔闓明也。《史記·伯夷傳》：「回也屢空，糟糠不厭。」則西漢經師已失其解。而「婁空」之語獨見於《說文》，乃嘆許君之書，有裨經學不淺也。

遷延，古語也。襄十四年《左傳》「晉人謂之遷延之役」是也。亦或作「遷衍」，「衍」與「延」古通用。《周官·大祝》注：「衍字當爲延。」又，《男巫》注：「衍讀爲延。」竝其證也。《管子·白心篇》「無遷無衍」，猶曰無遷延耳。尹注曰：「無遷移，無寬衍。」未達古語。

斟愖，古語也。《後漢書·馮衍傳》：「意斟愖而不澹兮。」李賢注曰：「斟愖，猶遲疑也。」亦或作諶斟。「諶」與「愖」同，「斟愖」「諶斟」，語有倒順耳。《管子·任法篇》：「然故諶斟習士，聞識博學之人，不可亂也。」習士即俗士。《說文·人部》：「俗，習也。」習、俗雙聲，故義得相通。「諶斟習士」，謂流俗之士意識遲疑者也，此指愚不肖者而言。下云「聞識博學之人」，則指賢知者而言。今「斟」字誤作「杵」，蓋由古書「斟」字或作「抖」，見《漢書・地理志》應劭注。抖、杵形近而誤。尹注曰：「杵所以毁碎於物者也，謂姦詐之人，僞託於諶以毁君法。」此不達古語而强爲之説，迂曲甚矣。

比要，古語也。《周官・小司徒職》：「大比則受邦國之比要。」鄭司農云：「要，謂其簿。」然則比要者，大比之簿籍也。《管子・七臣七主篇》：「比要審則法令固。」可知管子治齊，猶本周制。後人不識比要之語，改「比」爲「皆」，尹注訓爲「事皆得要」，失之。

寠數，古語也。《釋名・釋姿容》曰：「寠數，猶局縮，皆小意也。」字亦作「屨縷」。「屨縷」與「寠數」，並從婁聲，古雙聲疊韵字無一定也。《管子・輕重甲篇》：「北郭者盡屨縷之甿也。」「屨縷」即「寠數」，猶小民耳。自來不達古語，莫得其解。

稽𥠖，古語也。《説文・禾部》：「𥠖，稽𥠖也。」徐鍇曰：「稽𥠖，不伸之意。」亦或作「支苟」。古文以聲爲主，無定字耳。《墨子・親士篇》：「分議者延延，而支苟者詻詻。」「支苟」即「稽𥠖」，蓋謂在下位者，雖見淩壓而不得伸，必詻詻然自伸其意也。自來莫得其解，畢氏沅遂疑其字誤矣。

謑詬，古語也。《説文・言部》：「詬，謑詬，恥也。」《荀子・非十二子篇》作「謑訽」，「訽」即

「詬」之或體。《漢書・賈誼傳》作「奊詬」，「奊」即「謑」之或體，作「謨」者之省也。又或作「奚后」。「奚」即「謑」之省，「后」即「詬」之省，古文省偏旁耳。《墨子・節葬下篇》：「内積奚后，並爲淫暴，而不可勝禁也。」「奚后」即「謑詬」，言其内積恥辱也。今本「積」誤爲「績」，「后」誤爲「吾」，於是古語愈不可解矣。

解果，古語也。《荀子・儒效篇》：「解果其冠。」楊注引《説苑》「蟹螺者宜禾」爲證。《富國篇》：「和調累解。」又《韓非子・揚搉篇》：「若天若地，是謂累解。」「累解」亦即「蟹螺」也。彼從虫而此否者，書有緐簡。「蟹螺」「累解」，語有倒順耳。《説苑》以「蟹螺」「汙邪」對文，則「蟹螺」猶平正也。注者不知古語，均失其解。

逡巡，古語也。亦或作「逡遁」。漢鄭固碑「逡遁退讓」是也。亦或作「蹲循」。《莊子・至樂篇》：「忠諫不聽，蹲循勿争。」按：《外物篇》釋文引《字林》曰：「踆，古蹲字。」然則漢碑作「逡遁」，《莊子》作「蹲循」，字異而義同。謂人主不聽忠諫，則人臣當逡巡而退，勿與争也。郭注曰：「惟中庸之德爲然。」此不達古語而曲爲之詞。

敬文，古語也。《荀子・勸學篇》曰：「禮之敬文也。」《禮論篇》曰：「事生不忠厚，不敬文，謂之野；送死不忠厚，不敬文，謂之瘠。」是《荀子》書屢有此言。《性惡篇》：「不如齊魯之孝具敬父者，何也？」則誤「文」爲「父」。《大略篇》：「不時宜，不敬交，不驩欣。」則誤「文」爲「交」。皆由淺人不達古語而臆改。

鮮⿰黹虘，古語也。《説文・黹部》：「⿰黹虘，合五采鮮色。」是鮮色謂之「⿰黹虘」，故合而言之曰「鮮⿰黹虘」。《墨子・節用上篇》「芉䱜」字四見，皆當作「鮮且」，蓋鮮字左旁之魚，誤移在且旁耳。「鮮且」即「鮮⿰黹虘」，⿰黹虘從虘聲，虘從且聲，故「且」字可通作⿰黹虘也。古書多古語，又多叚借字，殆難爲拘文牽義者道矣。

兩字一義而誤解例

《詩・天保篇》：「俾爾單厚。」傳曰：「單，信也。或曰單，厚也。」箋云：「單，盡也。」按：傳、箋三説，當以訓「厚」爲正。「俾爾單厚」，「單」「厚」一義，猶下文「俾爾多益」，「多」「益」亦一義也。古書中兩字一義者，往往有之。

《尚書・無逸篇》：「用咸和萬民。」按：咸、和一義也。「咸」讀爲「諴」。《説文・言部》：「諴，和也。」「咸和」即「諴和」，枚傳以爲「皆和萬民」，則不辭矣。《多方篇》：「爾曷不夾介乂我周王。」按：夾、介一義也。《一切經音義》引《倉頡》曰：「夾，輔也。」《爾雅・釋詁》曰：「介，助也。」夾介，猶言輔助。枚傳以爲「近大見治於我周王」，則不辭矣。

《周書·商誓篇》：「昏憂天下。」按：「憂」當爲「擾」，隸變作「擾」，闕其左旁，則爲「憂」矣。昭十四年《左傳》注曰：「昏，亂也。」襄四年《傳》注曰：「擾，亂也。」昏、擾二字同義。

《詩·板篇》：「爾用憂謔。」按：憂、謔同義。「憂」讀爲「優」。襄六年《左傳》注曰：「優，調戲也。」是優即謔也。《蕩篇》：「而秉義類。」按：義、類同義。「義」與「俄」通，衺也，說本王氏念孫。「類」與「戾」通，《說文·犬部》：「戾，曲也。」「義類」猶言「衺曲」也。昭十六年《左傳》：「刑之頗類。」「頗類」亦與「義類」同，頗、義古同部字也。鄭箋訓「憂謔」爲「可憂之事，反如戲謔」，訓「義類」爲「宜用善人」，不知二字同義，而曲爲之說，宜其迂遠矣。

《周官·庾人》〔一〕：「正校人員選。」按：員、選同義，皆數也。《說文·員部》：「員，物數也。」「選」通作「算」，《說文·竹部》：「算，數也。」「正校人員選」者，正校人之數也。鄭注云：「選擇可備員者。」失之。

《大戴記·文王官人篇》：「其老觀，其意憲慎。」按：意、憲同義，原憲字子思，是憲有思義，

〔一〕 庾，原誤作「庾」，據《周禮》改。

意憲猶意思也。《禮記·樂記篇》：「發慮憲，求善良。」「良」與「善」同義，「憲」與「慮」亦同義，自來但知憲之訓法，而不知憲之訓思，則意憲也，慮憲也，皆兩字不倫矣。又曰：「微忽之言。」按：微、忽同義，《廣雅·釋詁》：「總，微也。」曹憲音忽，是總即忽也。《漢書·律曆志》曰：「無有忽微。」此云「微忽」，猶彼云「忽微」。盧注曰：「謂微細及忽然之語。」則微忽二字不倫矣。

文十八年《左傳》：「其人則盜賊也，其器則姦兆也。」按：盜、賊二字同義，姦、兆二字亦同義，兆讀爲佻。《周語》曰：「姦仁爲佻。」此姦佻之義也。杜注訓兆爲域，失之。襄三十一年《傳》：「寇盜充斥。」按：充、斥二字同義。充，大也，見《淮南·説山篇》、《呂氏春秋·必己篇》高誘注。斥，亦大也，見《文選·魏都賦》李善注。凡有大義者皆有多義，如「殷」訓「大」，亦訓「盛」；「豐」訓「大」，亦訓「滿」，皆是也。充、斥，並爲大，故竝爲多。充斥，言多也。杜注曰：「充滿斥見。」失之。昭十二年《傳》：「唯是桃弧棘矢以共禦王事。」按：共、禦二字同義。「禦」與「御」通。《廣雅·釋詁》：「供奉獻御，進也。」「共御」猶曰「共奉獻御」。質言之，則止是以共王事耳。御亦共也，杜注曰：「以禦不祥。」失之。

《國語·周語》：「叔父若能光裕大德，更姓改物，以創制天下，自顯庸也。」按：創、制二字同義。《論語·憲問篇》釋文曰：「創，制也。」顯、庸二字亦同義，庸讀爲融。下文「穀洛鬬」

章：「顯融昭明。」彼作「顯融」，此作「顯庸」，一也。《鄭語》：「命之曰祝融。」韋注：「融，明也。」然則「顯融」二字，止是一義；「顯融昭明」四字，亦止是一義。又曰：「制戎以果毅，制朝以序成。」按：果、毅二字一義，序、成二字亦一義。序，次也。成，亦次也。言制朝廷之位，則以次序也。《儀禮·覲禮篇》鄭注曰：「成，猶重也。」凡相重者即有相次之義，故成爲重，亦爲次；猶序爲次，亦爲重。《史記·趙世家》正義曰：「序，重也。」足證其義之通矣。又曰：「棄袞冕而南冠以出，不亦簡彝乎？」按：簡、彝二字同義。《爾雅·釋詁》：「夷，易也。」「彝」與「夷」古字通。簡彝，即簡易也。又曰：「若能類善物以混厚民人者。」按：混、厚二字同義，混亦厚也。《説文·心部》：「惲，重厚也。」今惲厚字皆以「渾」爲之，而「混」與「渾」又通用，故混厚即渾厚矣。又曰：「四閒林鍾，和展百事，俾莫不任肅純恪也。」按：和、展二字同義。展，布也；和展，猶和布也。《周官·太宰之職》：「正月之吉，始和布治于邦國都鄙。」「和」讀爲「宣」。和布者，宣布也。説本王氏引之。然則和展亦猶宣布也。以上諸條，並二字同義，而韋注皆失其解。

《孟子·公孫丑篇》：「弟子齊宿而後敢言。」按：齊、宿二字同義。《儀禮·特牲饋食禮》、《禮記·祭統篇》注，並曰：「宿讀爲肅。」然則「齊宿」即「齊肅」也。《賈子·保傅篇》「有司齊肅端冕」，《國語·楚語》「故齊肅以承之」，並「齊肅」連文之證。《離婁篇》：「又從而禮貌之。」

按：禮、貌二字同義。《周易·繫辭傳》：「知崇禮卑。」蜀才本「禮」作「體」。《詩·谷風篇》：「無以下體。」《韓詩外傳》「體」作「禮」。然則「禮貌」即「體貌」也。《戰國策·齊策》〔一〕：「令人體貌而親郊迎之。」《漢書·賈誼傳》：「所以體貌大臣而厲其節也。」並體貌連文之證。

兩字對文而誤解例

凡大小、長短、是非、美惡之類，兩字對文，人所易曉也，然亦有其義稍晦，致失其解者。如《尚書·洪範篇》：「木曰曲直，金曰從革。」曲、直對文，從、革亦對文。《漢書·外戚傳》注曰：「從，因也，由也。」蓋從之義爲由，故亦爲因。從革，即因革也。金之性可因可革，謂之「從革」；猶木之性可曲可直，謂之「曲直」也。人知因革，莫知從革，斯失其解矣。

《酒誥篇》：「作稽中德。」按：作、稽二字對文。稽字從「禾」，《說文》曰：「禾，木之曲頭，止不能上也。」故「稽」亦有「止」義。《說文·稽部》：「稽，留止也。」作稽者，作止也，言所作所止，無不中德也。人知「作止」，莫知「作稽」，斯失其解矣。

〔一〕「戰國」下原無「策」字，據全書體例及文意補。

《周書・文政篇》：「充虚爲害。」按：充、虚二字對文。《荀子・儒效篇》：「若夫充虚之相施易也。」楊倞注曰：「充，實也。」是「充虚」即「實虚」也。《大聚篇》：「殷政總總若風草，有所積，有所虚。」此即充虚爲害之義。人知「虚實」，莫知「充虚」，斯失其解矣。

《詩・野有蔓草篇》：「邂逅相遇。」《綢繆篇》：「見此邂逅。」按：邂、逅二字對文。《莊子・胠篋篇》：「解垢同異之變多。」「解垢」即「邂逅」也，與「同異」竝言，是邂、逅二字各自爲義，解之言解散也，逅之言構合也。《野有蔓草篇》傳曰：「不期而會。」是專説「逅」字之義，謂因逅而連言邂也。《綢繆篇》傳曰：「解説之貌。」是專説「邂」字之義，謂因邂而連言逅也。毛公六國時人，猶達古義。

《國語・楚語》：「吾聞君子唯獨居思念前世之崇替。」按：崇、替二字對文。韋注曰：「崇，終也；替，廢也。」是未達「崇」字之義。《文選・東京賦》薛綜注曰：「崇，猶興也。」然則「崇替」猶言「興廢」。

《管子・五輔篇》：「修道途，便關市，慎將宿。」按：將、宿二字對文。《廣雅・釋詁》：「將，行也；宿，止也。」然則「將宿」猶言「行止」。又《水地篇》：「違非得失之實也。」按：違、非二字對文。「違」讀爲「韙」。隱十一年《左傳》：「犯五不韙。」杜注曰：「韙，是也。」然則「違非」

猶言「是非」。

文隨義變而加偏旁例

《周易・訟》九三《象傳》：「患至掇也。」《集解》引荀爽曰：「如拾掇小物而不失也。」《釋文》曰：「鄭本作惙，憂也。」按：此字鄭、荀各異，疑本字止作「叕」。《説文・叕部》：「叕，綴聯也。」「患至叕也」，言患害之來，綴聯不絶也。荀訓「掇拾」，因變其字爲「掇」；鄭訓「憂」，因變其字爲「惙」，皆文之隨義而變者也。

《尚書・堯典篇》：「黎民阻飢。」《詩・思文篇》正義引鄭注曰：「阻，阨也。」《釋文》曰：「馬融注《尚書》作祖，始也。」按：此字馬、鄭各異，疑本字止作「且」。《説文・且部》：「且，薦也。」「黎民且飢」，言黎民薦飢也。馬訓「始」，因變其文作「祖」；鄭訓「阨」，因變其文作「阻」，亦文之隨義而變者也。

《詩・載芟篇》：「有飶其香。」傳曰：「飶，芬香也。」《釋文》曰：「字又作苾。」按：苾，本字；飶，俗字也。後人因其言酒醴，變而從食。《説文》遂於食部出「飶」篆曰：「食之香也。」然則下文「有椒其馨」，椒字何又不從食乎？經典之字，若斯者衆，山名從山，水名從水，鳥獸草木，無不如是，而字亦孳乳浸多矣。

《周官・内饔》：「鳥皫色而沙鳴貍。」按：《説文》無「皫」字。《釋文》出「犥」字曰：「本又作皫。」是陸氏所據本作「犥」也。《説文・牛部》：「犥，牛黄白色。」又《馬部》：「驃，黄馬發白色。」二字義同，以牛言故從牛，以馬言故從馬耳。此經言鳥，而古無從鳥從票之字，故借用「犥」字。傳寫者以其言鳥不得從牛，又改而從「白」，《玉篇・白部》遂收「皫」字矣。

字因上下相涉而加偏旁例

字有本無偏旁，因與上下字相涉而誤加者。如《詩・關雎篇》「展轉反側」，「展」字涉下「轉」字而加車旁；《采薇篇》「玁允之故」，「允」字涉上「玁」字而加犬旁，皆是也。

《周官・大宗伯職》：「以禬禮哀圍敗。」鄭注曰：「同盟者會和財貨以更其所喪。」按：《周禮》原文本作「會禮」，故鄭君直以「會合財貨」説之。若經文是「禬」字，則爲禬禳之「禬」，非會合之「會」，鄭君必云「禬讀爲會」矣。鄭無「讀爲」之文，知其字本作「會」，涉下「禮」字而誤加示旁也。

《大戴記・夏小正篇》：「緹縞。」按：「緹」字，古《夏小正》當作「是」，「是」與「寔」通，「寔」

與「實」通，故傳曰：「是也者，其實也。」今作「緹」，涉下「縞」字而誤加糸旁。

兩字平列而誤倒例

平列之字，本無順倒，雖有錯誤，文義無傷，然亦有不可不正者。《禮記・月令篇》：「制有小大，度有長短。」按：「長短」，當依《吕氏春秋・仲秋紀》作「短長」，今作「長短」，則與韵不協矣。又云：「量小大，視長短。」按：「小大」，當依衛湜《集説》本作「大小」。上文云：「制有小大，度有短長。」則小字當在大字之前，以下句短字在長字之前，「小大」「短長」各相當也。此云：「量大小，視長短。」則大字當在小字之前，以下句長字在短字之前，「大小」「長短」亦各相當也。正義曰：「大，謂牛羊豕成牲者；小，謂羔豚之屬也。」先釋大字，後釋小字，是其所據本不誤。此類宜悉心訂正，庶不負古人文理之密察也。

兩文疑複而誤删例

《周書・酆保篇》：「不深乃權不重。」按：此當作「不深不重，乃權不重」，蓋承上文「深念之哉，重維之哉」而言，謂不深念之，不重維之，則其權不重也。後人因兩句皆有「不重」字而誤删其一，不知上句「不重」乃重複之「重」，下句「不重」乃輕重之「重」，字雖同而義則異也。

《商子·農戰篇》：「國作一歲者十歲强，作一十歲者百歲强，修一百歲者千歲强。」按：此承上句「是以聖人作壹摶之也」而言。本云「國作壹一歲者十歲强，作壹十歲者百歲强，作壹百歲者千歲强」，乃極言「作壹」之效。本篇「作壹」字屢見，此四言「作壹」，乃一篇之宗旨也。讀者誤謂「壹」「一」同字，而於「作壹一歲」句删去「壹」字，於下兩句又改「壹」爲「一」，末句「作」字又誤爲「修」，於是其義全失矣。

據他書而誤改例

《禮記·坊記篇》引《詩》：「横從其畝。」按：《毛詩》作「衡從其畝」。傳曰：「衡獵之，從獵之。」《釋文》引《韓詩》作「横由其畝」，「東西耕曰横，南北耕曰由」。此《經》引《詩》，上字既同《韓詩》作「横」，下字亦必同《韓詩》作「由」。鄭君疑南北耕不可謂之由，故不從韓義而别爲之説曰：「横行治其田也。」《廣雅·釋詁》：「由，行也。」鄭訓「横由」爲「横行」，其意如此。後人據《毛詩》以改《禮記》，而注義晦矣。

《墨子・七患篇》：「爲者疾，食者衆，則歲無豐。」按：「疾」當作「寡」。爲者寡而食者衆，雖豐年不足供之，故歲無豐也。今作「爲者疾」，後人據《大學》改之。

《荀子・勸學篇》：「君子博學而日參省乎己。」按：「省乎」二字衍文。《大戴記・勸學篇》作「君子博學如日參己焉」。如、而古通用，無「省乎」二字。此作「君子博學而日參省乎己」，後人據《論語》增之。

《吕氏春秋・孟春紀》：「乘鸞輅。」按：「鸞」，本作「鑾」。高注曰：「鸞鳥在衡，和在軾，鳴相應和，後世不能復致，鑄銅爲之，飾以金，謂之鑾輅也。」高意鑄銅象鸞鳥，故其字從金，從鸞省；若本是鸞字，不必有鑄銅飾金之説矣。今作「鸞輅」者，後人據《禮記》改之，遂并高注而竄易之。

《淮南子・詮言篇》：「此四者，耳目鼻口，不知所取去，心爲之制，各得其所。」按：上文云「目好色，耳好聲，口好味」，此承上文而言，不當有「鼻」字，蓋後人據《文子・符言篇》增入之。不知彼上文「目好色，耳好聲，鼻好香，口好味」，與此不同，未可據彼增此也。

據他書而誤解例

《詩・鄭風・羔裘篇》〔一〕：「三英粲兮。」傳曰：「三英，三德也。」箋云：「三德，剛克、柔克、正直也。」按：三德，即具本詩。首章「洵直且侯」一句有二德，次章「孔武有力」一句爲一德。直也，侯也，武也，所謂三德也。鄭以《洪範》説此詩，恐未必然。蓋一經自有一經之旨，牽合他書爲説，往往失之。

《董子・三代改制質文篇》：「故四法如四時然。」按：四法，即上文所謂「主天法商而王」「主地法夏而王」「主天法質而王」「主地法文而王」也。盧氏文弨注引錢説云：「四法，即夫子所以告顔淵者。」亦猶鄭君之以《洪範》三德説三英矣。

《書序》以武庚、管叔、蔡叔爲三監，《逸周書・作雒篇》以武庚、管叔、霍叔爲三監。《左傳》以「皇皇者華」一詩爲有五善，《魯語》則謂有六德。《周禮・天官》有九嬪，無三夫人，《昏義》則有三夫人。《周禮・六官》爲六卿，《考工記・匠人》則有九卿。《匠人》「營國方九里，旁三門」，

〔一〕 裘，原誤作「羊」，據《詩經》改。

凡十二門，《月令》則但有九門。《王制》：「士一廟。」《祭法》則云：「適士二廟，官師一廟，庶士無廟。」《曲禮》、《王制》竝云：「大夫祭五祀。」《祭法》則云：「大夫立三祀。」凡此之類，當各依本文爲説，援據他書，牽合異義，則反失之矣。説詳王氏《經義述聞》。

分章錯誤例

《詩·關雎篇》[一]：《關雎》五章，章四句。故言三章：一章，章四句；二章，章八句。《釋文》曰：「五章，是鄭所分，『故言』以下是毛公本意，後放此。」按：《關雎》分章，毛、鄭不同，今從毛，不從鄭。竊謂此詩當分四章，每章皆有「窈窕淑女」句，凡四言「窈窕淑女」，則四章也。首章以「關關雎鳩」興「窈窕淑女」，下三章皆以「參差荇菜」興「窈窕淑女」。惟弟二章增「求之不得，寤寐思服，悠哉悠哉，展轉反側」四句，此古人章法之變。「求之不得」正承「寤寐求之」而言，鄭分而二之，非是。毛以此章八句，遂合三四兩章爲一，使亦成八句，則亦失之矣。

《論語》分章亦有可議者。如「子曰雍也可使南面」爲一章，「仲弓問子桑伯子」以下又爲一

[一] 所引之句非《詩》，是《毛詩》中分章之句。

章。必謂仲弓聞夫子許己，因問子桑伯子以自質，則失之泥矣。此古注是而今非也。「子謂顏淵曰，用之則行，舍之則藏，惟我與爾有是夫」爲一章，「子路曰」以下又爲一章。子路之問，乃是自負其勇；必謂因夫子獨美顏淵而有此問，則視子路太淺矣。此古注與今本俱失者也。

《老子》五十七章：「以正治國，以奇用兵，以無事取天下，吾何以知其然哉？以此。」按：此數句當屬上章。如二十一章曰〔一〕：「吾何以知衆甫之然哉？以此。」五十四章曰：「吾何以知天下之然哉？以此。」並用「以此」二字爲章末結句是也。下文「天下多忌諱而民常貧」，乃别爲一章。今本誤。

分篇錯誤例

《吕氏春秋·貴信篇》：「管子可謂能因物矣。以辱爲榮，以窮爲通，雖失乎前，可謂後得之矣，物固不可全也。」按：《貴信篇》文止於「可謂後得之矣」，言管仲失乎前而得乎後，其意已足。「物固不可全也」，乃下《舉難篇》之起句，故其下云：「由此觀之，物豈可全哉？」正與起句

〔一〕 一，原誤作「二」，據《老子》改。

相應也。今本誤。

《董子·深察名號篇》:「詰其名實,觀其離合,則是非之情,不可以相讕也。」按:此下當接「春秋辨物之理」至「五石六鷁之辭是也」六十三字;《深察名號篇》至此已畢。「今世闇於性,言之者不同」至「離質如毛則非性矣,不可不察也」八十三字,與「柾衆惡於内」云云相接,即爲《實性》上篇。今此八十三字誤羼入《深察名號篇》「春秋辨物之理」一節之上,而兩篇遂不可分矣,非《董子》之舊。

誤讀夫字例

「夫」字古或用作詠歎之辭,人所盡曉,乃亦有誤屬下讀者。《論語·子罕篇》:「未之思也夫,何遠之有。」此當於「夫」字絶句,今誤連「何遠之有」讀之。《孟子·離婁篇》:「仁不可爲衆也夫,國君好仁,天下無敵。」此亦當於「夫」字絶句,今誤連「國君好仁」讀之。

《莊子·徐無鬼篇》:「其求唐子也而未始出域,有遺類也夫。」按:「有遺類也夫」,乃反言以明之,言必無遺類也。郭注以「夫」字連下「楚人寄而蹢閽者」讀,故失其義。

《吕氏春秋·開春篇》:「先君必欲一見群臣百姓也,天故使欒水見之。」按:「天」乃「夫」

字之誤。《戰國策·魏策》、《論衡·死僞篇》並作「夫」。「夫」字屬上讀，此誤作「天」者，失其讀因誤其字也。

誤增不字例

古書簡奥，文義難明，後人不曉，率臆增益，致失其真，比比皆是。乃有妄增「不」字，致與古人意旨大相剌謬者。《管子·法法篇》：「盡而不意，故能疑神。」「疑神」猶言「如神」。《形勢篇》曰「無廣者疑神」，是其證也。後人不曉疑神之語，改作「故不能疑神」，失其旨矣。又《君臣篇》「法制有常，則民散而上合」〔一〕，與上文「治國無法，則民朋黨而下比」相對爲文。散者，散其朋黨也。後人不曉「民散」之語，改作「則民不散而上合」，失其旨矣。又《商子·修權篇》：「故多惠言而剋其賞。」此謂口惠而實不至也，故與「數加嚴令而不致其刑」相對爲文。後人不曉，改作「不多惠言」，失其旨矣。《吕氏春秋·淫辭篇》：「罪不善，善者故爲畏。」此「故」字當讀爲「胡」，「胡」與「故」，古字通用，言所罪者止是不善者，則善者胡爲畏也。楊倞注《荀子·解蔽

〔一〕 君臣，原誤作「參患」，據《管子》改。

篇》引《論衡》，正作「善者胡爲畏」，是其明證。後人不曉，改作「善者故爲不畏」，失其旨矣。凡此之類，皆後人妄加，致與古人立言之旨南轅而北轍。善讀者宜體會全文，訂正其誤，不可爲其所惑也。

《莊子》一書，文章超妙，讀者不得其用筆之意，拘牽文義，妄加「不」字甚多。如《胠篋篇》：「然則鄉之所謂知者，乃爲大盜積者也。」此即上文而斷之。下曰：「故嘗試論之，世俗所謂知者，有不爲大盜積者乎？所謂聖者，有不爲大盜守者乎？」又承此而推言之，與此文不同。讀者誤據下文，於此文亦增「不」字，作「不乃爲大盜積者也」，則文不成義矣。又《天道篇》：「世人以形色名聲爲足以得之，夫形色名聲，果足以得彼之情，則知者不言，言者不知，而世豈識之哉？」四十二字一氣相屬〔一〕，今妄增「不」字，作「果不足以得彼之情」，則不相屬矣。《達生篇》：「世之人以爲養形足以存生。而養形果足以存生，則世奚足爲哉？」二十五字亦一氣相屬，「而」字當讀爲「如」，今妄增「不」字，作「而養形果不足以存生」，則不相屬矣。凡此皆拘牽文義者所爲也。

〔一〕按：「四十二字」乃指今本《莊子》而言，俞氏校正後之句，只存三十九字。

《賈子·屬遠篇》：「故陳勝一動而天下振。」言天下爲之振動也。今作「天下不振」，失之。《淮南子·原道篇》：「夫内不開於中而强學問者，入於耳而不著於心。」此言道聽而塗説也。今作「不入於耳」，失之。於是知不善讀書而率臆妄改，皆與古人反脣相譏也。

《揚子法言·學行篇》：「川有瀆，山有嶽，高而且大者，衆人所能踰也。」又曰：「使我紆朱懷金，其樂可量也。」從《文選注》訂正。此兩「也」字均當讀爲「邪」，古「也」「邪」字通用。「衆人所能踰也」，言不能踰也，「其樂可量也」，言不可量也。學者不達古語，妄加「不」字，作「衆人所不能踰也」，「其樂不可量也」。淺人讀之，似乎文從字順，而實則翩其反矣。

《列子·仲尼篇》：「不治而自亂。」亂，治也，謂不治而自治也，與下文「不言而自信，不化而自行」一律。今作「不治而不亂」，此則臆改而非妄加，然其失當，則亦同科。

兒笘録弟一

王　　　　士

告　牿　嚳　　　　韙重文愇

遂　　　　謯

詬　呞　　　　與　予

妄　　　　殿

㱿　　　　寺

自　白　　　　雁　鴈

彝　　　　櫜

敫　　　　膫　膋

利　　　　篚

兒笘録弟二

甘　苷　　　　甚

⿰鬲殳重文⿵冂甫　　　　餐重文湌

朱 株

榣 櫾

⿻大⿰某某

出

困

昌 倡

有

克

兒笘録弟三

曉

候

殷

競

杏

棘

叒重文叒

孛

貼

族

外 夗

寵

伊

佖

衣

咨

兒笘録一　第一樓叢書之六

王

《説文・王部》：「王，天下所歸往也。董仲舒曰：『古之造文者，三畫而連其中謂之王。三者，天地人也，而參通之者，王也。』孔子曰：『一貫三爲王。』」

樾謂：許君所徵引未足據也。古金玉字亦作「王」，《玉部》曰：「象三玉之連，丨其貫也。」然則玉字亦三畫而連其中，古之造文者，不太無别乎？今按：王字从二从十，二者天地也。《二部》「亟」篆下説解曰「二，天地也」，是其義也。十者，四方也。《十部》曰「十，數之具也。一爲東西，丨爲南北」，是其義也。王者中天下而立其德，上際於天，下極於地，東西南北，無思不服。故其字从二从十，而天地四方無不具矣。是謂「天下所歸往」，非止通天地人之謂也。至玉字从三玉相連，自是製字者本意。而王字从二从十，適與相似。古人慮其無别，故王字或作

「𤣪」，玉字或作「玊」，許書所收爲古文者是也，然於字義實皆不合。故後人又有王字中畫近上，玉字三畫適均之説。李陽冰因謂中畫近上。王者則天之義，實則作書者借以分别字體，非有義也。而以中畫爲别，仍易相掍，故經典遇金玉字皆加點以别之。竊謂王字从二从十，其中不必連；玉字象三玉之連，則其中必連。以此爲二字之别，或有合乎。

士

《説文・士部》：「士，事也。數始於一，終於十。从一从十。孔子曰：『推十合一爲士。』」

樾謂：士、事聲近古，或通用。《論語》「雖執鞭之士」，《鹽鐵論・貧富篇》引作「雖執鞭之事」。《詩・東山篇》「勿士行枚」，毛傳曰：「士，事也。」訓士爲事，猶讀士爲事，非士之本義爲事也。士字始見於《堯典》曰「女作士」，至周室之班爵禄，則有上士、中士、下士之名，未知其爲古制與否。其後因爵黜之次，士最居下。故凡未仕者，亦得通稱爲士。《論語》子貢、子張所問，《孟子》王子墊所問，皆是也。許君引孔子「推十合一」之説，似即由博反約之義；而《玉篇》作「推一合十」，又似一以貫之之義。以此説士，於士之最後一義較近，而豈製字之本意乎？且與訓事之指亦不相蒙。凡許書引孔子説如「一貫三爲王」「推十合一爲士」之類，大氏本於緯書，不足據也。今按：士字从一从丨，一者，古文下字也，丨者上下通也。《丨部》曰：「丨，上下通也。引而上行讀若囟，引而下行讀若退。」士字當从引而上行之丨，蓋通下情以達於上者，士也。故唐虞名治獄之官曰士，《書》正義引鄭注曰：「士，察也。」惟能通下情，故能察也。周之大司寇，即唐虞之士，而尚有以肺石達窮民之事，此士官之職也。即士字之義也。今人書士字，短其下畫，以別於土字。段氏玉裁以爲無理，不知士字从古文下，正當如此。凡俗書相沿，亦必有自。學者固當據《説文》以正俗書之謬，亦有時反因俗書而可見《説文》之誤，未可泥於成見也。

告 牿 嚳

《説文·告部》：「告，牛觸人，角箸横木，所以告人也，《易》曰：『童牛之告。』」

樾謂：《周易》「告」字屢見。《蒙·彖辭》曰：「初筮告。」《夬·彖辭》曰：「告自邑。」《泰》上六曰：「自邑告命。」《益》六三曰：「中行告公用圭。」六四曰：「中行告公徒。」此皆「告」之本字也。《大畜》六四曰：「童牛之告」，此「牿」之叚字也。《釋文》出「牿」字，曰「《九家易》作告」，則其餘皆作牿矣。許君以此爲告之本義，殆非也。今按：告者，誥之古文也。《禮記·緇衣篇》鄭注曰：「告，古文誥。」此其明證矣。告，諭也，與諭互相訓。其从牛者，《牛部》曰「牛，件也。件，事理也」，《人部》「件，分也」，謂從口出而分別事理也。許君失其指，乃訓爲牛角横木，而又以經典「告」字皆告語之告，故又加「所以告人」四字以附會之，甚爲迂曲。其字不隸《牛部》，不隸《口部》，而別爲部，或亦有所疑乎？《告部》所隸止一「嚳」字，其字實从告得聲，故字亦作「俈」。告，其聲也，非其形也。許君既建「告」字爲部首，乃以「嚳」字隸之，謂「从告，學省聲」，誤矣。今宜以「告」字改隸《口部》，而附録《言部》之「誥」爲或體，其「嚳」字則从學省、告聲，應迻歸《教部》。至《牛部》「牿」篆説解曰「牛馬牢也」，義既兼馬，而形獨从牛，疑非本義。當以「告」下説解屬之曰「牿，牛觸人，角箸横木，所以告人也。从牛从告，告亦聲。一曰：牛馬牢也」。如此，則「告」字之形之義皆正，而「牿」字之義、「嚳」字之聲，因之亦正矣。

韙重文愇

《説文·是部》：「韙，是也。从是韋聲。」重文「愇」，曰：「籀文从心。」

樾謂：韙从是，故其義爲是。若从心，則非其義矣。今按：愇者，媁之或體也。《女部》：

「媁，不説兒。从女韋聲。」《廣雅·釋詁》曰：「愇，恨也。」《文選·幽通賦》「違世業之可懷」，曹大家注曰：「違，或作愇，亦恨也。」恨即不説之意，然則媁、愇同字可知矣。媁从女，而愇从心者，猶《女部》媿，或體作愧，《心部》㥞，古文作婧耳。《詩·鼓鐘篇》「憂心且妯」，許君於「怞」篆下引作「憂心且怞」。怞之爲妯，與媁之爲愇，正可互證。《女部》「嬬，弱也」，《心部》「懦，駑弱者也」；《女部》「嫌，一曰疑也」，《心部》「慊，疑也」。是从心从女，義得相通。又如「婞」字俗作「悻」，「嬾」字俗作「懶」，「㛴」字俗作「惱」。雖不見于許書，亦其例也。今定「愇」爲「媁」之或體，而《是部》「韙」篆重文當删。

遂

《説文·辵部》：「遂，亡也。从辵㒸聲。」

此字經傳皆借作「㒸」。「㒸」从詞也，凡經傳「遂」字訓因訓成者，皆「㒸」字之叚也。又借作「術」。術，邑中道也。因又變其字爲「隧」。至「遂」之訓亡，惟見于許書。後人不得其恉，有疑其字誤者。

樾謂：古「遺」「遂」同字。《㫃部》「旞」篆下，出重文「旜」，曰：「或从遺。」是其證也。

《詩·角弓篇》「莫肯下遺」，《荀子·非相篇》引作「莫肯下隧」，隧即遂之變體，此亦「遺」「遂」同字之證。許書「遂」篆與「遺」篆相次，「遺，亡也」，「遂，亡也」，疑古本《説文》「遂」即爲「遺」下重文。「遺」或作「遂」，猶「旞」或作「旝」也。「遂」下有重文「䢕」，曰：「古文遂。」學者莫知其右旁之「𦣞」爲何字。今按：「𦣞」即「蕢」字也。其上从屮，與从艸同，《屮部》「岎」，或从艸作「芬」，即其例也。其下从肖〔一〕，乃古文「貴」字，見《女部》「妻」篆説解。其字作肖〔二〕，而《玉篇》作肖，郭忠恕《汗簡》亦作肖，或今本《説文》闕壞也。「𦣞」字从屮从肖，與「蕢」字从艸从貴不異，而作者以屮頭連合肖上，其中筆又引而長之，乃成「𦣞」矣。「蕢」古文作臾〔三〕，作「𦣞」者，疑籀文也。䢕字从辵从籀文蕢，當爲「遺」下之重文，「蕢」聲即「貴」聲也，而今系之「遂」下，然則「遺」「遂」同字，從可知矣。

〔一〕肖，據上下文意當作「𦣞」。
〔二〕肖，據上下文意當作「𦣞」。
〔三〕蕢，原誤作「簣」，據文意改。

謯

《説文・言部》：「謯，謯娽也。从言虘聲。」

楲謂：此篆之義未詳。《廣雅・釋言》曰：「謯，誴也。」謯从言，誴亦从言，于義似近。然《説文》無誴字，則亦莫詳其義也。今按：謯者，詛之籀文。凡籀文从虘者，小篆或省作且。《辵部》：「退，往也。从辵且聲。」重文「遣」，曰：「籀文从虘。」《网部》：「罝，兔网也。从网且聲。」重文「罿」，曰：「籀文从虘。」並其例也。然則謯爲詛之籀文無疑矣。《一切經音義》曰：「詛，古文作禮。」禮者，謯之變體。祝、詛對文，祝字从礻，故籀文謯字亦變从礻耳。《漢書・外戚傳》曰：「爲媚道祝謯後宮有身者。」注曰：「謯，古詛字。」是師古猶識古字也。

詬　呴

《説文・言部》：「詬，謑詬，恥也。从言后聲。」《后部》：「呴，厚怒聲也。从口从后，后亦聲。」

樾謂：此兩字實一字也，从口从言，其義不異。《口部》之字如吟、如嘖，其重文皆从言。《言部》之字如謀、如謨、如詠、如譖，其重文皆从口。詬之與㖃猶是也。自人出之則爲㖃怒，自己受之則爲詬恥，實一義之引申。哀八年《左傳》曰「曹人詬之」，注曰：「詬，詈辱也。」詬亦訓詈，然則詬即㖃也。《大戴禮・武王踐阼篇》曰「口生㖃」，注曰：「㖃，恥也。」㖃亦訓恥。然則㖃即詬也。㖃字亦或作呴，《文選・運命論》注引《春秋潛潭巴》曰：「里社明，此里有聖人出，其呴，百姓歸，天辟亡。」宋均曰：「呴，鳴之怒者。」正合許書「厚怒聲」之義。許君於詬下收或體詢，而於㖃下不收或體呴，亦其疏也。㖃或作呴，正與詬或作詢一律，可證其同字矣。要而論之，詬、呴並後出字也，后既从口，而㖃又从口，詬又从言，緟複無理，古字實止作垢。宣十五年《左傳》「國君含垢」，服注曰：「垢，恥也。」《莊子・讓王篇》「强力忍垢」，司馬注曰：「垢，辱也。」《説文・土部》「垢，濁也」。凡恥辱義即從濁義引申之，而怒詈義又从恥辱義引申之。引申之義盛行，而與从土之義相去益遠，乃更製从言从口之字耳。宣十五年《左傳》釋文曰：「垢，本作詬。」《漢書・路温舒傳》引《左傳》文亦作「詬」，此即變古字爲今字之證。許君因而録之，又分詬、㖃爲二字，㖃字實从口后聲，乃不隸《口部》，而隸《后部》，胥失之矣。

與　予

《説文・舁部》：「與，黨與也。从舁从与。」重文「舁」，曰：「古文與。」《予部》：「予，推予也，象相予之形。」

樾謂：二篆説解當互易，推予當作與，黨與當作予。與者，推與也。故从舁从与，舁而与之，所謂推與也。古文从収，正與糞棄字同意。《𠦒部》「糞」曰：「從収推𠦒糞采也。」「棄」曰：「從収推𠦒棄之。」然則舁亦从収，正合推與之義矣。予者，黨予也。篆體作，其上之乃古文環字，見《曶鼎銘》。韓子曰：「自環者謂之私。」故黨予字从環，乃相親比之意。古人製字，反予爲幻，許君隷幻字於《予部》，曰：「相詐惑也，从反予。」蓋、二字並從古文環會意，引而下之則順，順則相信，故爲黨予；引而上之則逆，逆則相疑，故爲詐惑。《荀子・成相篇》曰：「外不避仇，内不阿親，賢者予此。」予字之本義也。許君誤以與之説解爲予之説解，則反予爲幻，何意乎？蓋因予、與同聲，古每通用。許書掍之，遂各失其本義耳。

叜

《説文·又部》：「叜，老也。从又从灾，闕。」

許君於此字不得其从灾之意，故从蓋闕。錢氏大昕曰：「从宵省聲。」則變其字爲叏矣，不可從也。近有朱氏駿聲箸《説文通訓定聲》，定爲接之古文，謂从又持火于宀下索物，其説甚墒。因叜字借爲尊老之偁，故又製从手之接。夫叜既从又，而接更从手，緟複無理，故知古字止作叜也。然則尊老之偁，當作何字？曰：叜下有重文「傻」，即其字也。宣十三年《左傳》曰：「趙傻在後。」字正作「傻」。《方言》曰：「傻，尊老也，東齊魯衛之間凡尊老謂之傻。」揚子雲多識古文，故作傻，不作叜，許君掍爲一字，失之。

殿

《説文·殳部》：「殿，擊聲也。从殳屍聲。」而秦漢以來，乃相承以爲宮殿字。《御覽》引《説文》曰：「殿，堂之高大者也。」

今《説文》既無此文，且堂之高大何取而从殳哉？其非許君原文宷矣。然則宮殿字當作何字？曰：《尸部》有屍字，即其本字也，其字从尻从丌。《几部》曰：「尻，處也。」《丌部》曰：「丌，下基也。」《漢書・黄霸傳》注曰：「屋之高嚴通呼爲殿。」是殿本古人上下所通偁，以高得名，故从尻从丌。尻者，人所居處也；丌者，象其下基址之高也。篆體本當作屍，而今作𡱂者，猶鹽字从鹵从監而不作鑑，橐字从束从圂而不作櫜。古人作篆，自有此體也。然今相承作屍，《玉篇・尸部》屍下更出重文屏，曰同上。疑古人固有書作屏者，故變而爲屏也。則其字从尻从丌，較然明矣。凡宫殿字當作此，殿乃叚字也。《尸部》之字有屬形體者，有屬居處者，許君掍而一之，因誤以屍爲脾之正篆，而宫殿字冢失其本字矣。或謂殿之名始於秦，古無殿名，何以造此屍字？曰：古無殿名，非無殿名也。凡屋之高嚴者，通偁爲屍，而非有專屬，故經傳無聞耳。使秦人無前殿之作，則至今與龐爲高屋、寷爲大屋，同存之爲古義而已矣。葉大慶《考古質疑》博引《説苑》諸書，以證古有殿名，此固不足據，然古無殿名，而屍實古字，則又不可不知也。

毄

《説文・殳部》：「毄，相擊中也，如車相擊，故从殳从軎。」

樾謂：凡物能相轚者多矣，何獨取譬於車而从軎乎？許君所説殆非本義也。今按：毄者，轚之古文也。《車部》：「轚，車轄相轚也。从車从毄，毄亦聲。」毄既从軎，轚又从車，緟複無理。蓋古字止作毄，从殳从軎。軎者，車軸耑也，故爲車轄相轚。又引申之，則凡相轚者皆曰毄，故轚字即从毄也。引申義行而本義轉廢，於是又製从車之轚，以爲車轄相轚之字，孳乳寖多，非古字矣。

寺

《説文・寸部》：「寺，廷也，有法度者也。从寸之聲。」

樾謂：此非古義也。顧氏炎武曰：「三代以上，凡言寺者，皆奄豎之名。自秦以宦者任外廷之職，而官舍通謂之寺。」然則許君所説非其本義矣。今按：寺，即侍之古文。《人部》「侍，承也」，凡言侍者皆承奉之意，故古文作寺，从寸，猶从又也。《又部》曰：「又，手也。」从又之字，如叜、如叔，其重文竝从寸，然則寸亦手也。寺之从寸，猶承之从手也。《周禮・天官・寺人》鄭注曰：「寺之言侍也。」此蓋以今字説古字，實一字耳。《詩》之「婦寺」、《易》之「閽寺」、《春秋傳》之「寺人貂」「寺人披」，其字竝作寺。蓋古字止如此，至後世以寺爲官舍之名，故凡言奄寺者，又加人作侍。許君分寺、侍爲二，而以漢九寺之制説寺字，殊非古人製字之意。

自白

《説文·自部》：「自，鼻也，象鼻形。」《白部》：「白，此亦自字也，省。自者，詞言之气，从鼻出，與口相助。」

樾謂：自、白並即古文鼻字也。《鼻部》「鼻，引气自畀也。从自从畀」，是許君以鼻爲會意字。然「引气自畀」義甚迂曲，其實則从自畀聲，形聲字也。姚氏文田《説文聲系》隸鼻字于畀聲下，得之矣。口、耳、目皆象形字，何以鼻獨爲形聲字？蓋古文止作自，或作白，字皆象形，與口、耳、目字一例。小篆从畀聲作鼻，猶齒字古文作𠀀，亦象形字，而小篆作齒，又从止聲也，其下之𠀀，乃古文𠀀之變體，亦猶自之爲白也。𠀀字載籍罕見，未爲它義所奪，故至今聲義未變，猶共知爲齒之古文。若自字則别義行，而本義廢矣。許君以有从自之字、有从白之字、有从鼻之字，故分爲三部。猶有《人部》又有《儿部》，有《大部》又有《亣部》，實非二字也。乃因經傳自字或訓由也，或訓始也，而無作鼻字用者，豕不敢質言爲鼻之古文，於是相沿至今，聲義俱别，不可復合矣。

雁　鴈

《説文·隹部》：「雁，鳥也。从隹、人，厂聲。」《鳥部》：「鴈，鵝也。从鳥、人，厂聲。」

樾謂：古人謂鵝曰鴈，王氏引之《經義述聞》於《周禮》「膳用六牲」及《儀禮·士昏禮》「用鴈」下言之詳矣。然鵝可謂之鴈，而鴈非專謂鵝也。鴈與雁實爲一字，經傳皆通用。今分而二之，鴻雁字作雁，鳧鴈字作鴈，則泥而不可通矣。《詩·鴻鴈于飛》毛傳曰「大曰鴻，小曰鴈」，鴈爲鴻鴈字，亦爲鳧鴈字，一字而二義。猶《隹部》「雡，天鶂也。一曰雉之莫子爲雡」，「雞，雞黄也。一曰楚雀也」，並一字而二義也。《鳥部》又有「鷚」字，曰「天鶂也」，此亦許君誤分一字爲二字。大徐本因改《隹部》「雡」篆下「天鶂」二字爲「鳥大雛」，以别於「鷚」字，而「鷚」「雡」二字遂不可復合矣。夫「鷚」「雡」並从翏聲，然《隹部》有「旊」，《鳥部》有「鴋」，並从方聲，《隹部》有鳽，《鳥部》有鳽，並从幵聲。以是例之，猶未敢遽定爲一字也。若雁、鴈二字，並从厂聲，又並从人，則其爲一字無疑。據《隹部》：雞，籀作鷄；雛，籀作鶵；雕，籀作鵰；雄，籀作鳿；雇，籀作鳴；雒，籀作鵅。是小篆从隹，籀文多从鳥，疑鴈亦雁之籀文也。《火部》：「㷳，从火雁聲，讀若鴈。」蓋許君誤分鴈、雁爲二字，故云然，實則雁聲即鴈聲耳。

羴

《羴部》：「羴，羊臭也。从三羊。」重文「羶」，曰：「羴，或从亶。」

樾謂：許書建首之字，如《品部》之品、《雥部》之雥、《晶部》之晶、《从部》之从、《毳部》之毳、《麤部》之麤、《焱部》之焱、《灥部》之灥、《蟲部》之蟲、《劦部》之劦、《孨部》之孨，凡絫三字爲一字者，皆無重文。又如《茻部》之茻、《言部》之譶、《林部》之森、《石部》之磊、《馬部》之驫、《兔部》之⿱兔⿰兔兔、《犬部》之猋、《魚部》之鱻、《耳部》之聶、《車部》之轟，亦皆無重文。惟《女部》「姦」，篆有重文「悬」，蓋《心部》「忓」篆之重文誤列於此，其説詳後。然則「羴」下不當有重文「羶」。《周禮・庖人》「膳膏羶」、《内饔》「羊冷毛而毳羶」、《禮記・月令》「其臭羶」，字竝作羶，無作羴者，羴與羶非一字明矣。今按：羶者，羊臭也。羴者，群羊也，猶雥爲群鳥，驫爲衆馬也。羼字從羴，義亦相近，故曰「羊相厠也」。羼从羴在尸下，猶雧从雥在木上也。許君合羴、羶爲一字，則羼字從羴，亦失其意矣。

棄

《説文·華部》：「棄，捐也。从廾推華棄之，从𠫓。𠫓，逆子也。」重文弃，曰：「古文」。又重文棄，曰：「籀文。」

樾謂：許意以逆子爲人所棄，故从𠫓，説甚迂曲。𠫓爲逆子，其義見于《𠫓部》，曰：「𠫓，不順忽出也，从到子，或作㐬，从到古文子。」朱氏駿聲糾其繆曰：「子生，首先出。惟到，乃順。故育字、流字皆从之會意。」然則棄字从𠫓，不當如許君所説矣。今按：棄乃后稷名，蓋高辛氏爲后稷特製此字以名之也，故其字古文从𠫓从収，而籀文又从華。華者，箕屬，所以推棄之具也。置𠫓華上，而推棄之，則其爲初生之子可知矣。𠫓，象子初生之形，非逆子也。古人因事製字，往往有之。《旻部》：「夐，營求也。从旻从人在穴上。《商書》曰：『高宗夢得説，使百工夐求，得之傅巖。』巖，穴也。」是許意謂因傅説事而製夐字。雖未足據，然可知古小學家所説六書之外，自有此例，於指事爲近。今以説棄字㐬在華上，視許説夐字人在穴上，義似較長矣。且棄字首見於《堯典》，即爲后稷名，亦無更在其前者，則以爲高辛氏所製，復何疑乎？後世如孫休尚有製字命子之事，况上古聖人神靈首出者乎？

敫

《説文·放部》：「敫，光景流也。从白从放。」

樾謂：光景之流，何取而从放？放，逐也，於流何涉乎？若謂《堯典》「流共工于幽州，放驩兜于崇山」，「流」「放」對文，義亦相近。从放，即从流也，豈製字時即有此義乎？今按：敫字當隸《白部》，从白从敫省聲，故从敫之字，亦或从敫。《手部》「擊，旁擊也。从手敫聲」，而宣六年《公羊傳》「以斗擊而殺之」，則字變爲擊。蓋敫本从敫得聲，故从敫聲者，亦可从敫聲也。許君隸敫字于《放部》，謂从白从放會意，而有「光景流」之説，殊近附會。實則敫者，皦之古文也。《白部》：「皦，玉石之白也。从白敫聲。」敫既从白，皦又从白，緟複無理。蓋後出字，古字止作敫，其本義爲玉石之白，引申之則凡白者皆謂之敫。《詩·大車篇》毛傳曰「皦，白也」是也。今宜删《放部》之敫，而於《白部》出敫字爲正篆、重文皦爲或體。

膫 膋

《説文·肉部》：「膫，牛腸脂也。从肉尞聲。《詩》曰：『取其血膫。』」重文「膋」，曰：「膫，或从勞省聲。」

樾謂：膫、膋實二字，而許君誤合之也。膋者，牛腸脂也。《禮記·内則篇》「肝膋」、《郊特牲篇》「取膟膋燔燎升首」、《祭義篇》「取膟膋乃退」、《詩·信南山篇》「取其血膋」，其字竝作「膋」，不作「膫」。許君引《詩》作「膫」，疑三家《詩》有叚膫爲膋者，而許君誤仞爲一字耳。然則膫爲何字？曰：膫者，䝤之古文也。《炙部》「䝤，炙也。从炙寮聲」，寮既从火，而䝤从炙，其下又从火，緟複無理，蓋後出字也。古字止作膫，从肉从尞，以形聲而兼會意。膫字从肉从尞，猶炙字从肉从火也。尞字俗作燎，其説詳後「尞」篆下。於是，膫字之从肉从尞者，變爲从肉从燎，而其形乃爲膫，許君冢誤以爲从炙，而隸之《炙部》矣。

利

《説文·刀部》：「利，銛也。从刀，和然後利，从和省。」重文「𥝢」，曰：「古文利。」

樾謂：利字从刀从禾會意，非从和省也。成二年《左傳》曰：「先王疆理天下物土之宜而布其利。」蓋利之本義謂土地所出者。土地所出，莫重於禾，以刀刈禾，利無大於此者矣。《詩》曰：「彼有遺秉，此有不斂穧，伊寡婦之利。」此利字从刀从禾之意也。利之爲字，與制同意。

「制」篆説解曰：「裁也，从刀从未。未，物成有滋味，可裁斷。」其説亦近迂曲。未字象木重枝葉形，从未即从木也。猶昏字古文作昏，从甘即从口；叜字籀文作寍，从寸即从又也。以刀刈禾爲利，以刀斷木爲制，是故制爲裁，而利亦爲裁。《周易·文言傳》曰：「利物足以和義。」何注曰：「利者，裁成也。」許君不識从刀从禾之意，而曲附和義之説，謂「从和省」，失之甚矣。至銛利之義，即从以刀刈禾而得，非其本義也。古文作「𥝢」，从勿無理。蓋从二刀，古籀體多緐複，如䈥、㔸、𪇰、䤐之類皆是。其同在《刀部》者，「副」籀文作「𠟠」，「則」古文作「𠟭」，即其例也。「利」从二刀，當作「刅」，誤合之則爲「勿」矣。

篚

《説文·竹部》：「篚，車笭也。从竹匪聲。」

樾謂：許君於此字，誤或體爲正篆，而以「車笭」説之，甚失其義。今按：篚者，匪之或體也。《匚部》「匪，如匧。从匚非聲」，其或體當从竹作「篚」，與「匧」之或體从竹作「篋」、「匡」之或體从竹作「筐」者一律，經傳「匡」「匪」字皆作「筐」「篚」可證也。《箕部》「箕」籀文作「匪」《竹部》「籩」籀文作「𠥱」，蓋古本从匚，而後人以其爲竹器，變而从竹，「匪」之爲「篚」，亦猶是也。

「筐」「篚」同類，許君知「匡」「筐」之爲一字，而不知「匪」「篚」之亦爲一字，何邪？鄭注《儀禮・士冠禮》曰「篚，竹器如笭者」，是鄭以「篚」與「笭」爲二物，且笭之名亦不專屬車。《說文》「笭」篆說解「一曰籯也」，《廣雅・釋器》曰「笭，籠也」，鄭君謂「篚如笭」，非必車笭，經傳「篚」字無訓「車笭」者，足知許說之非。

兒笘録二　第一樓叢書之六

甘　苷

《説文·甘部》：「甘，美也。从口含一。一，道也。」

樾謂：許君説此字其義甚迂，小徐又以味道之腴證成之，益失制字之本意矣。今按：甘字象形而非會意，於口之中作一，其本義當爲含一，即所含之物也。至甘苦字，當作「苷」。苷从艸，猶苦亦从艸。蓋本義專言艸之苷苦，後乃以爲凡苷苦之通稱耳。因經傳皆叚甘爲苷，於是甘行而苷廢。苷字止見於《説文·艸部》，曰「甘艸也」，則字雖存，而本義亦廢矣。夫使甘爲甘美本字，則此艸以甘美得名，即謂之甘艸可矣，何必制此从艸从甘之苷字乎？今定甘之本義爲含，而甘美字作「苷」，从艸甘聲，庶各得其本字矣。

甚

《説文・甘部》：「甚，尤安樂也。」

樾謂：甚即「媅」之本字也，故其爲字从甘从匹。甘美其匹耦，是安樂之義也。《女部》：「媅，樂也。从女甚聲。」夫甚从匹，即从女之意也，而「媅」又从女，於義複矣。此乃後出字也。經典「甚」字如《論語》「甚於水火」、《孟子》「王之好樂甚」，皆爲過甚之義，蓋从「尤安樂」而引申之，故凡太過者皆曰甚，相沿既久，而「甚」之本義轉晦，因又製从女之「媅」字耳。《詩・鹿鳴篇》、《常棣篇》「和樂且湛」，《賓之初筵篇》「子孫其湛」，並以「湛」爲之。《氓篇》「士之耽兮」，又以「耽」爲之。「湛」與「耽」皆叚字。依《説文》則當爲「媅」，而「媅」字不見於經，可知古無「媅」字，其本字止爲「甚」。因「甚」字爲太甚之義所專，故凡甚樂字皆叚「湛」「耽」字爲之耳。

㽛重文爾

《説文・㽛部》：「㽛，禮器也。象㽛之形，中有鬯酒。又，持之也。所以飲器象㽛者，取其鳴節節足足也。」重文侖，曰：「古文，象形。」

樾謂：經傳「爵」字有二義：酒器，一義也；爵禄，又一義也。今許書訓爵爲禮器，而爵禄義不見，然則爵禄字當爲何字邪？或曰：古人行爵有尊卑貴賤，故引申爲爵禄字。然則觚、觶、角、散無不可稱，何獨取於爵邪？今按：爵下重文「侖」，即爵禄之爵也。其字从冊，《説文・冊部》：「冊，符命也。諸侯進受於王也，象其札一長一短，中有二編之形。」古人受爵必有冊，以書所受之王命，故其字从冊。其上作門者，从爵省聲，門即爵上之木也。古書皆叚爵爲侖。故掍爲一字，許君不能是正，誤以侖爲爵之古文，而爵禄之爵，豕無本字矣。今宜删爵下重文，而隸侖字於《冊部》。

餐重文湌

《説文・食部》：「餐，吞也。从食奴聲。」重文「湌」，曰：「餐或从水。」

樾謂：《釋名・釋飲食》曰：「餐，乾也。乾入口也，从水作湌。」似爲無理。今按：湌者，「飧」篆之重文也。《説文》曰：「飧，餔也。从夕食。」而《詩・伐檀篇》正義引《説文》曰：「飧，水澆飯也，从夕食。」《説文》無此文，然水澆飯爲飧，則古有此義。故《伐檀篇》釋文引《字林》曰

「飧，水澆飯也」，《玉篇・食部》曰「飧，水和飯也」，《釋名・釋飲食》曰：「飧，散也，投水於中解散也。」皆其證也。疑古本《説文》當曰：「飧，餔也。从夕食。」又出重文「湌」，曰：「飧或从水。」正合水澆飯之義，因飧、餐二篆相近，傳寫者誤移「飧」下之重文爲「餐」下之重文，大小二徐不能是正，冢沿訛至今耳。張湛注《列子》曰「餐，水澆飯也」，是唐時所説亦自歧異，但以《釋名》所説飧、餐二字義證之，則湌字要當爲飧之重文耳。《説文》又有「饡」字，其説解曰「以羹澆飯也」，而《玉篇》「饡」下又有「古文㞋」，其字从尸，殊不可解。疑即飧之誤也，蓋因饡、飧二字並有澆飯之義，故或叚飧爲饡，飧字篆文作飡，其上夕字引而長之，則與尸相似，因誤爲㞋矣。《周禮・玉人》注「䬸餍」，《禮記・内則》注「膏餍」，其字又作餍，从尸从氺，尸者夕之變也，氺者水之變也，蓋其字从夕从水，合飧、湌二字爲一字也，展轉致訛，尚可意會。而湌字爲飧之重文，而非餐之重文，則因之愈明。

朱株

《説文・木部》：「朱，赤心木，松柏屬。从木，一在其中。」

樾謂：「一在其中」竝無赤義，何以爲赤心木乎？此篆説解疑爲淺人竄改。許君原文當云

「朱，木心也」。蓋朱字與本、末字同意：木下曰本，从木，一在其下；木上曰末，从木，一在其上。然則朱字从木，一在其中，其爲木心可知矣。三字一例，於六書爲指事。至赤色之朱，許書作絑。《糸部》曰：「絑，純赤也。从糸朱聲。」而經傳皆叚朱爲之，後人但知朱之爲赤，而不知其本義之爲木心。故於許君所説不得其恉，妄改爲赤心木，其義仍爲赤，而又依心字爲説，以合於許書之舊。其曰「松柏屬」者，疑許書原文引《小戴記》「松柏有心」之文，以説木心之義，而淺人改易之如此也。《木部》又有「株」字，曰「木根也，从木朱聲」。夫朱既从木，而株又从木，緟複無理。今按：株即朱之或體也，朱爲木心，亦爲木根，蓋木之初生在土中者，根而已矣，根出土而有枝，有枝而有葉，然其貫乎木之中者，則仍其根也，故《孟子》有「根於心」之語。木之心爲朱，木之根亦爲朱，心與根不嫌同名者，其義固得通也。自叚朱爲絑而絑廢，凡赤色之絑無不作朱者，莫知其本義之屬木矣，乃於木根之朱加木作株耳。

杏

《説文·木部》：「杏，果也。从木，可省聲。」然「可」實非聲。《六書故》引唐本从口，林罕从哽省聲。

樾謂：从口者是也。蓋此字實非形聲字，與「某」字同意。「某」篆曰：「酸果也，从木甘，闕。」重文「槑」，曰：「古文某从口。」今按：「某」篆下蓋奪「呆」篆，許書原文當先出重文「呆」，曰「古文某从口」，再出重文「槑」，曰「籀文」。凡籀文多緟複之體，如敗之作贁、牆之作牆、漁之作瀏，車之作𨏥是也。古文實止作呆，許君曰「古文某从口」，不曰「从二口、二木」，是其明證也。某爲木果之名，人所常食者，故从木从口會意。小篆作「某，酸果」，不得从甘，从甘即从口也。猶《甘部》「甚」，古文作「𠯋」，《口部》「昏」，古文作「昬」。从甘从口，一也。杏與某正同類之物，故古之造文者，並从木从口會意，呆字木在口下，杏字木在口上，其義實不異也。籀變呆作槑，小篆又變呆作某，而今俗書則又借梅枏字爲之。於是杏之从木从口，無可比例，而知或謂「可省聲」，或謂「哽省聲」，胥失之矣。

榣　櫾

《説文·木部》：「榣，樹動也。从木䍃聲。」

樾謂：此非本義也。《手部》「摇，動也」，則凡摇動者，皆謂之摇矣。乃因樹動而特製榣字，然則艸動當从艸作䔄，水動當从水作滛乎？無是理矣。今按：榣者，櫾之本字也。《説文》

曰：「櫾，昆侖河隅之長木也。从木䌛聲。」然《國語・晉語》曰「榣木不生危」，韋昭注曰「搖木，大木也」，《山海經・西山經》曰「槐江之山，西望大澤，其陰多榣木之有若」，郭璞注亦曰「榣木，大木也」，其字皆作「榣」，然則古字作「榣」，不作「櫾」也。櫾者，柚之古文也。櫾从䌛，柚从由，䌛、由二字均不見于許書，然古實同字。故顏無䌛字路，仲由亦字路，《漢書・古今人表》「䌛余」，《韓子・十過篇》作「由余」，《爾雅・釋水》曰「䌛膝以下爲揭」，《釋文》曰「䌛，古由字」，《漢書》「由」字皆作「䌛」，師古注每曰「䌛，讀曰由」，皆其證也。櫾从䌛聲，故或从由聲。《中山經》曰「荆山有橘櫾」，《列子・湯問篇》曰「吳楚之國有大木焉，其名爲櫾」，《文選・謝元暉〈酬王晉安詩〉》「南中榮橘柚」注引《列子》文而曰「櫾」，則柚字也，然則櫾爲柚之古文明矣。今許書分柚、櫾爲二，而以「榣」字之義爲「櫾」字之義，乃爲木動之説以解榣字，胥失之矣。

棘

《説文・東部》：「棘，从二東。曹从此，闕。」

樾謂：此字音義俱闕，許君以曹字从此而録之，因特立《東部》。然《曰部》「曹，獄之兩曹也，在廷東。从棘，治事者；从曰」，是曹字从東从曰會意，棘即東也，籀文多緟複之體，如敗之爲散、牆之爲𤖺，皆是也。𣍘从東而作𣕬，乃籀體緐重之故。小篆因籀文之舊，未經消改耳。《自部》「䧧，从自𢀩聲，篆文作𡐦」，𡐦爲小篆，則䧧亦籀文，𢀩聲即左聲。籀體緐重，故重二左作𢀩耳。䧧之重二左，正與𣍘之並二東不異，許書不收𢀩字，何必收𣕬字乎？然則𣕬字可删，而《東部》更無它字，則亦可不立，宜改歸《木部》，與杲、杳相次。杲，日在木上；杳，日在木下；東，日在木中，三字正同意也。它如《灥部》「灥，三泉也，闕」，《𩺰部》「𩺰，二魚也，闕」，許君蓋以原字籀文作𩇯，漁字籀文作瀺，因而録之，并建爲部首。實則灥即泉也，𩺰即魚也，籀體緐重故耳，亦可從删。

𣞤

《説文・林部》：「𣞤，豐也。从林𡘽。或説規模字，从大卌，數之積也。林者，木之多也。卌與庻同意。」

樾謂：許君説此篆，既以𡘽爲規模字，而又云「卌與庻同意」，語涉兩歧。《广部》「庻，屋下衆也，从广炗，炗古光字」，然則庻从炗，非从廿，與𣞤之从卌者何涉乎？竊疑古本《説文》「𣞤」篆下當有重文作「𣞤」者，其字蓋从二炗，故云與庻同意，今本或有奪誤耳。隸書𣞤字作無，正與庚字作庶相似,蓋變火爲四點而又省其一耳。古鐘鼎文爽字有作爽者,蓋爽乃爽之變體,爽又爽之變體,而隸書作無,又爽之變體也。古今字體之變,可以意度。許君「與庚同意」之説,疑亦未必有合,然即其説可知當有爽字,不然隸書何以从火乎?

叒重文𠭥

《説文・叒部》:「叒,日初出東方暘谷,所登榑桑,叒木也。象形。」重文「𠭥」,曰:「籀文。」

樾謂:叒字从口从㔾,殊爲無理,疑此乃若字之籀文,其字本作𦱽。蓋小篆从艸,而籀文从茻。《艸部》曰:「茻,艸之總名也。」故从茻猶从艸也。其下作叹,从口从又,即右字也。《易・離卦》釋文曰:「𦱽,古文若皆如此。」則其爲若之籀文固無疑矣。漢人作隸,又變其字爲𦱿,《斥彰長田君斷碑》「養善𦱿春陽」,即𦱽之變體也。茻與叒篆體相似,許君誤仞其上之茻爲叒,乃收爲叒之籀文,失之。

本字，庶無棍焉。

困

《説文·口部》：「困，故廬也，从木在口中。」重文「朱」，曰：「古文。」从止木。

樾謂：困之爲故廬，經傳無徵。且木在口中，於故廬意亦無取，許君所説殆非也。今按：困者，梱之古文也。《木部》：「梱，門橜也。从木困聲。」困既从木，梱又从木，緟複無理。此蓋後出字，古字止作困，从口者，象門之四旁，上爲楣，下爲閾，左右爲棖也，其中之木，即所謂橜也。《曲禮》曰：「外言不入於梱，内言不出於梱。」鄭注曰：「梱，門限也。」梱有限止義，故古文从木从止會意。《廣雅·釋室》曰：「橜，機閫朱也。」是即以朱爲門梱字。然則困、梱之爲一字可知矣。凡困極、困窮之義，皆从限止一義而引申之。其後引申義盛行，而本義反爲所奪，乃更製从木之梱。又或从門作閫，而困之即爲門橜，雖許君不知矣。幸有《廣雅》「朱也」一訓，足證古文朱之即爲梱，而人猶莫知困、梱之同字，何哉？

貟云

《説文・員部》：「貟云，物數紛貟云亂也。从員云聲。」

楲謂：此俗字也。紛貟云，乃叠韵字，形况之詞，本無一定。「紛」字有作「芬」者，《文選・甘泉賦》「懿懿芬芬」是也；有作「雰」者，《詩・信南山篇》「雨雪雰雰」是也，《白帖》引《詩》正作「紛紛」。「貟云」字有作「芸」者，《老子》「夫物芸芸」是也；有作「云」者，《吕氏春秋・圜道篇》「雲气西行云云然」是也，「云」即「雲」之古文。然則「紛貟云」字作「芬芸」可也，作「雰雲」亦可也。今必从「員」作「貟云」，豈「紛」字亦當从「員」作「貟分」乎？且古員、云同聲。《詩・烈祖篇》「景員維何」，箋曰「員，古文作云」，《出其東門篇》「聊樂我員」，正義曰：「云、員古今字。」故《女部》「妘，从女云聲。籀文作嫄」，从籀文員聲，員聲即云聲也。今貟云字既从員，而又以云爲聲，不合六書之恉。疑古書言物數緐亂者，或作紛云、或作紛員，傳寫者兩存之，豙誤合爲一字耳。許君因而録之，可删也。

昌 倡

《説文・日部》：「昌，美言也。从日从曰。一曰日光也。《詩》曰：『東方昌兮。』」重文「昌」，曰：「籀文。」

樾謂：許君説此字非本義也。「美言」之訓，蓋本於《臯陶謨》，然昌爲美言，何取而从日乎？至一説以爲日光，則因《詩・鷄鳴篇》「東方明兮，朝既昌兮」，許君誤記，而有此説，不可爲訓。今按：昌者，唱之古文也。《口部》：「唱，導也。从口昌聲。」夫昌之籀文本从口，小篆變而从曰，即从口之意也。而唱又从口，此必後出字，而非古字矣。其古字蓋止作昌，从日从口會意。蓋夜則群動俱息，寂然無聲，至日出而人聲作矣。故其義从日从口，而其義則爲導也。《夕部》「募，寂也。从夕莫聲」，昌之从日，猶募之从夕也。《廣雅・釋詁》曰「昌，始也」，又曰「盛也」，《詩・還篇》、《猗嗟篇》毛傳竝曰「昌，盛也」，蓋一聲既作，衆聲从之，故訓始，又訓盛也。今經傳昌盛字作昌，昌始字作倡。《説文・人部》「倡，樂也」，則以爲俳倡字，其實即昌之或體也。《吕氏春秋・古樂篇》曰：「乃令鱓先爲樂倡。」高誘注曰：「倡，始也。」是倡即昌也。《禮記・樂記篇》曰：「壹倡而三歎，有遺音者矣。」鄭注曰：「倡，發歌句也。」蓋倡有始義，故以發歌句者爲倡，《詩》曰「倡予和女」是也。其後相承因以爲樂人之名耳。《周禮・樂師職》曰：「教凱歌遂倡之。」鄭注曰：「故書倡爲昌，司農云昌當爲倡。」蓋故書作「昌」者，其本字也；先鄭云當爲「倡」者，以今字讀之也。至唱字則經典罕見，从曰又从口，尤爲後出字矣。《呂氏春秋・任地篇》曰：「菖者，百艸之先生也。」注曰：「菖，菖蒲，水艸也，冬至後五十七日而挺生。」今《説文》無菖字，亦即昌字也。百艸之始生者爲菖，猶衆聲之始作者爲昌也。从艸从人，皆後人所加耳。《臯陶謨》「昌言」，即其引申義。《説文・人部》「俶，善也。一曰始也」，蓋始則有善義，故曰「元者善之長也」。俶訓善，又訓始；昌訓始，又訓美，其義一也。許君誤以爲昌之本義，因別出唱字，又別出倡字，失之矣。

族

《説文・㫃部》：「族，矢鏠也。从㫃从矢。」

樾謂：矢鏠當从金，何取而从㫃乎？《金部》「鏃，利也」，此乃矢鏠之本字，其訓利者引申義也。鄭君注《考工記・矢人》曰「殺其前一尺以趣鏃也」，趙岐注《孟子》曰「扣輪去鏃」，《漢書・晁錯傳》曰「中不能入與亡鏃同」，《陳勝項籍傳》贊曰「秦無亡矢遺鏃之費」，其字竝作鏃，無作族者。《釋名・釋兵》曰：「鏃，族也，言其所中皆族滅也。」此雖曲説，然亦可見自古相承。从矢鏠字是鏃，非族也。然則族之本義謂何？曰：族者，軍中部族也。从㫃者，所以指麾也；从矢者，所以自衛也。《國語・楚語》曰：「在中軍王族而已。」韋昭注曰：「唐云：族，親族，同姓也。昭謂：族，部屬也。傳曰『欒、范以其族夾公行〔一〕』，時二子將中軍，中軍非二子之親也。」族字之義，韋昭所説最爲得之，經傳族字惟此爲本字本義，其它每以屬字爲之。文二年《左傳》「以其屬馳秦師」，宣十七年《傳》「請以其私屬」，皆是也。宣十二年《傳》「知莊子以其族反之」，則字正作族矣。族、屬聲近，古每通用，而豖致相棍。《後漢書・靈帝紀》注曰：「五屬，五服内親也。」凡親屬字皆當作屬，而今相承作族，部族字皆當作族，而今相承作屬。故自族字之義明，而从㫃从矢之意，亦可無疑矣。

有

《説文・有部》：「有，不宜有也。《春秋傳》曰：『日月有食之。』从月又聲。」

〔一〕行，原誤作「車」，據《國語》韋昭注改。

樾謂：許君說有字義甚皲戾。凡經傳言有者，豈皆不宜有乎？其引《春秋傳》說「从月」之意，更爲曲說。然則有字从月果何意乎？曰：古之有字，今之又字也。又者，右之本字，古人言又則爲有。《堯典》曰「期三百有六旬有六日」，《春秋》書「十有一年」「十有二年」，皆是也。《詩·終風篇》「不日有曀」、《既醉篇》「昭明有融」、《儀禮·士相見篇》「吾子有辱」、《鄉射篇》「惟君有射于國中」、《禮記·内則篇》「三王有乞言」，箋注竝訓「有」爲「又」，實則有其本字也。月行二十九日有奇而與日會，再行二十九日有奇，而復與日會，仰觀天象，其循環不已者，莫箸于月，故有字从月。或疑日行亦循環不已，何以獨取之月？不知日行三百六十五日四分日之一，而始一周天，其爲期久遠，且人不易見。古聖人敬授民時，以月行二十九日有奇，歷朔弦望晦，復追及日而合朔爲一月，以三合朔爲一時，以十二合朔爲四時而成歲，皆取之月而不取之日，正以死魄生魄〔一〕，人所共見故也。然則有字从月之故可知矣。《詩·小宛篇》毛傳、《南有嘉魚篇》鄭箋竝曰「又，復也」，今即以其義說有字曰「有，復也」，月復與日會也。从月又聲，則有字之義明矣。然則有無字當作何字？曰：有無字古本作有亡，無乃叚字，𣞤乃訛體，其說詳

〔一〕死魄，原誤作「生明」，據蔡啓盛《校勘記》改。

後。《説文・亡部》曰：「亡，逃也。」逃謂之亡，則復謂之有，其義正可互明矣。

外　夗

《説文・夕部》：「外，遠也。从夕从卜，卜尚平旦，今夕卜，於事外矣。」

樾謂：今所用内外字，在許書皆非本義。《入部》曰：「内，入也。」是内之本義爲容内字。此云「外，遠也」，是外之本義爲疏外字。《管子・明法篇》曰：「所以禁過而外私也。」尹注曰：「外，遺也。」《吕氏春秋・有度篇》曰：「有所通則貪污之利外矣。」高注曰：「外，棄也。」訓遺訓棄，似乎爲引申之義，而不知實與本義最近。故其字从卜从夕，與用字同意。用者，所用也，故从卜从中。中，正也。外者，所遺棄不用也，故从卜从夕。夕，不正也。《晏子春秋・雜篇》曰：「景公新成柏寢之臺，使師開鼓琴。師開左撫宫，右彈商，曰：『室夕。』公曰：『何以知之？』對曰：『東方之聲薄，西方之聲揚。』」此蓋言其室之偏于西向，其實古人之詞，凡不正者皆謂之夕。夕與正相對爲文。《吕氏春秋・明理篇》曰：「是正坐於夕室也。其所謂正，乃不正矣。」注曰：「言其室邪夕不正，徒正其坐也。」《廣雅・釋詁》曰：「夕，衺也。」王氏念孫謂邪、夕一聲之轉，是矣。《周禮・太卜》曰：「凡國大貞。」注曰：「貞之爲問，問於正者，必先正之，乃從問焉。今卜不以正，於事外矣。」此外字从卜从夕之義也。許君「卜尚平旦」之說，失之迂曲，蓋未得从夕之意耳。《夕部》又有「夗」字，曰「轉卧也。从夕从卪，卧有卪也」。此篆說解，當連篆文讀之。「夗轉」叠韵，亦作「婉轉」，《文選・射雉賦》「婉轉輕利」是也。亦作「蜿轉」，《洞簫賦》「垂喙蜿轉」是也。其義不必專屬卧，許君以其从夕，故曰「卧有卪」，不知夕者邪也，與外字從夕同意。邪夕不正，故有夗轉之義。《夕部》文皆从夕莫爲意，外、夗二篆則从夕邪爲意。掍而同之，故難通矣。

克

《說文・克部》：「克，肩也。象屋下刻木之形。」重文「[illegible]」，曰：「古文克。」又重文「𠅏」，曰：「亦古文克。」

樾謂：此篆說解可疑。既云「克，肩也」，何又云「象屋下刻木」？徐鍇曰「肩者，任也，能勝此物謂之克，故亦象刻木」，斯曲說矣。今按：又重文「𠅏」者，乃《尚書・洪範篇》曰「克」之本字，壁中古文也。其上從占，以其爲占之用也。其下作氺，象其形也，雨霽圛雺皆有可取象，而𠅏則無可取象，故特製此字也。其屋下刻木之說，亦必古文家師說如此，因𠅏讀如克，後人遂即以克爲之，許君因誤以㫗爲克之古文，而屋下刻木之説，亦移之克下矣，説詳《群經平議》。然則克字之義謂何？曰：克，肩也。此義不誤，惟篆體作𠅏微誤。當从亯、从尸，亯者高之省也，尸即人也。尸之篆文作𠃎，即篆文𠃌字而横作之，故許君曰「尸，陳也，象卧之形」。凡从人从尸，義得相通。《人部》「仁」篆下重文「𡰥」，曰古文「从尸」，即其例也。克字从高省从尸，尸與人同意，象舉物高出人上，故其義爲肩。小徐曰「肩者，任也」，正得其恉。因而引申之爲能、爲成、爲勝，又从勝之義引申之則爲殺，而經典字皆作克。蓋篆體从尸，而隸體从人，猶仁字古文从尸，而篆文从人也。《玉篇》克下有古文𠅞字正从尸。《繁陽令楊君碑》「𠅞壓帝心」，字亦从尸，惟其上作古微誤，正與今字作克者同矣。至古文作𠅏者，乃籀體緐重之故，非有異義。許君不知𠅞、㫗之非一字，誤合爲一，豖以「屋下刻木」爲克字之形，而莫知其當从尸。則今字所以从人者，亦莫知其故矣。《詩·雲漢篇》「后稷不克」，箋曰：「克，當作刻。」是鄭君讀克爲刻，非訓克爲刻也。《釋名·釋言語》曰：「克，刻也。」此則取同聲相訓，全書之例皆然，不得因此而謂克字真象刻木，曲徇許書之誤也。

寵

《説文・宀部》：「寵，尊居也。从宀龍聲。」《广部》：「龐，高屋也。从广龍聲。」

檝謂：此二篆實一字也，寵乃龐之或體，其字本从广。广者，因厂爲屋，象對刺高屋之形。龐爲高屋，故字从广，其後因義屬居處，故又變从广者爲从宀，而字始作寵。龐者，本字；寵者，後出字也。《宀部》「宅」篆下有古文「厇」，「寓」篆下有或體「庽」。然則「龐」之爲「寵」，亦猶「宅」之爲「厇」、「寓」之爲「庽」矣。許君以「尊居」説寵字，尊者崇也，尊與崇一聲之轉。《左傳》「伯宗」、《穀梁傳》作「伯尊」，是其例也。是故尊居者，崇居也，猶言高屋也。寵與龐義本不異，分爲二字，失之矣。至經傳寵字皆爲光寵之義，蓋由屋之崇高而引申之，相沿既久，幾莫知寵之爲屋矣，又安知其本字之爲龐乎？龐字惟見于《小雅・車攻篇》，蓋寵行而龐廢，寵之引申義行，而其本義亦廢。今宜删《宀部》之寵，而於《广部》龐下出重文寵，曰龐或从宀，庶學者猶見古文古義焉。

兒笘録三　弟一樓叢書之六

皢

《説文・日部》：「曉，明也。从日堯聲。」《白部》：「皢，日之白也。从白堯聲。」

樾謂：曉、皢一字，皢即曉之俗體也。凡从日之字，俗或从白，如晧字从日，而俗从白作皓，皡字从日，而俗从白作皞，的字从日，而俗从白作的，皆其例也。許君於諸字俱不收，而獨收皢字，何哉？且許君以皢、皎二篆相次，訓皢爲「日之白」，訓皎爲「月之白」，其義實近附會。皎爲「月之白」，雖有《詩》「月出皎兮」之文可據，然次章云「月出晧兮」，晧實从日，《説文・日部》「晧，日出皃」。晧之義不屬月，皎之義豈必專屬月乎？《廣雅・釋詁》曰：「皎，明也。」是皎字古有从日作晈者，其非「月之白」可知矣。許説皎字之義既不足據，則其説皢字之義亦未足據。曉从日而或从白，猶皎从白而或从日也，愚因皎之或爲晈，而益知皢之即爲曉矣。

伊

《説文·人部》「伊」篆説解曰：「殷聖人阿衡尹治天下者，从人从尹。」

檝謂：如許君之説，則是殷爲伊尹特製此字，而《禹貢》已有「伊洛瀍澗」之文，此字不始于商初明矣。《水經·伊水注》曰：「昔有莘氏女采桑于伊川，得嬰兒于空桑中，取而獻之，命養于庖，長而有賢德。殷以爲尹，曰伊尹也。」是伊尹正因伊水得名，而許君顧謂因伊尹特製此字，何哉？曰：此篆説解爲妄人竄改，非許書之舊也。許君原文當曰：伊，古聖人尹治天下者也。與《女部》「媧」篆説解曰「媧，古神聖女化萬物者也」文法一律。「古神聖女化萬物者」，謂女媧氏也；「古聖人尹治天下者」，謂伊耆氏也。《禮記·郊特牲篇》曰「伊耆氏始爲蜡」，《周禮·秋官》「伊耆氏」，注曰：「古王者號，今姓有伊耆氏。」許君所謂聖人正指此，而後人不得其恉，妄以殷之伊尹當之，乃改古聖人爲殷聖人，又增阿衡字，失許君本意矣。段氏玉裁又欲於殷上增伊尹二字，失之彌遠。

候

《説文・人部》：「候，伺望也。从人矦聲。」

樾謂：矦既从人，候又从人，緟複無理，乃後出字也。古候字止作矦，《周官・小子》「凡沈辜矦禳」，司農注曰「矦禳者，矦四時惡氣禳去之也」。《小祝》「掌小祭祀，將事矦禳禱祠之祝號」，鄭注曰「矦之言候也。候嘉慶祈福祥之屬」，《職方氏》「其外方五百里爲矦服」，注曰「矦爲王者斥候也」，是矦禳、矦服，其義並爲候，而經字止作矦，然則古候字作矦可知矣。「夏官」所屬有「候人」，疑後人以今字改之也。《春秋繁露・深察名號篇》曰：「號爲諸矦者，宜謹視所候奉之天子也。」《王制》正義引《春秋元命包》曰：「矦者，候也，候王順逆也。」然則公矦之矦，其義亦爲候。若以今字書之，則當爲公候矣，此亦矦、候同字之證。蓋矦者，射矦也，人所望而射也，故矦字即有伺望義。許君以伺望爲候字説解，不知其即爲矦字引申義也。「矦」篆下古文有「厌」。蓋古文止爲「厌」，後从人作「矦」，又从人作「候」，孳乳益多，非古字矣。

佖

《説文·人部》：「佖，威儀也。从人必聲。《詩》曰：『威儀佖佖。』」今《詩》作「威儀怭怭」，傳曰「怭怭，媟嫚也」。然則「威儀怭怭」，乃媟嫚之皃。許所見本作「佖佖」，字雖異而義則當同，乃云「佖，威儀也」，非字義，且非經義。《韵會》、《廣韵》諸書承《説文》之謬，竟曰「有威儀」，大失毛公之恉矣。

樾謂：佖者，今世所用密字也。《山部》「密，山如堂者，从山宓聲」，與經傳所用「密邇」字全不相涉，必非本字，其本字當作「佖」。《漢書·揚雄傳》「駢衍佖路」，師古注曰「佖，次比也」，「次比」即「密邇」之義。文十七年《左傳》「以陳、蔡之密邇於楚」，杜注曰：「密邇，比近也。」《國語·魯語》「以魯之密邇於齊」、《吴語》「孤以下密邇於天子」，韋注並曰：「密，比也；邇，近也。」訓密爲比，即佖之訓矣。《廣雅·釋詁》曰：「頻，比也。」《釋訓》曰：「頻頻，比也。」然則「佖佖」猶「頻頻」也。「頻頻」故爲媟嫚，《法言·學行篇》「頻頻之黨」，李軌注謂「黨比游晏」，詩人所刺「威儀佖佖」即此意也。故字義明而經義亦見矣。密、佖並从必得聲，今讀雖異，古音則同。密从山爲堂密字，佖从人爲佖邇字。自經傳皆叚密爲佖，而佖遂廢。許君又誤以「威儀」

説之，其義益晦。今訂正曰：佖，比也。而凡言密邇者，皆得其本字矣。

殷

《説文·㐆部》：「殷，作樂之盛稱殷。从㐆从殳。《易》曰：『殷薦之上帝。』」樾謂：許君此説，即因《易》文而附會，非殷本義也。「作樂之盛」何取而从㐆从殳哉？段氏玉裁曰：「樂者，樂其所自成，故从㐆。殳者，干戚之類，所以舞也。」斯乃曲成許意，其義甚迂。今按：殷字从殳㐆聲，㐆、殷一聲之轉耳，當改隸《殳部》。殷者，擊聲也。《殳部》之字訓擊聲者三：殿，擊聲也；毆，擊中聲也；㱿，擊空聲也。「殷」篆當與相次，其本義爲擊聲，故从殳。引申之則凡爲聲者，皆得謂之殷。《詩·殷其雷篇》毛傳曰：「殷，雷聲也。」經傳殷字惟此與本義最近。《易·豫》象曰：「先王以作樂崇德，殷薦之上帝。」鄭注曰：「殷，盛也。」蓋亦言其聲之盛。《漢書·禮樂志》曰：「殷殷鐘石。」師古曰：「殷殷，聲盛也。」是其義也。厥後展轉引申，因殷有盛義而訓爲衆。《周禮·大宗伯職》「殷見曰同」，注曰：「殷，猶衆也。」又因殷有衆義而訓爲大，《禮記·喪大記》「主人具殷奠之禮」，注曰：「殷，猶大也。」又因殷有大義而訓爲中，又訓爲正，《書·堯典篇》「以殷仲春」，馬、鄭注曰：「殷，中也。」枚傳曰：「殷，正也。」相沿既久，而莫知殷之爲聲矣，又安能尋其从殳之故而知爲擊聲乎？《文選·何晏〈景福殿賦〉》「聲訇磤其若震」，注引毛萇傳曰：「磤，雷聲也。」《一切經音義》亦引《通俗文》曰：「雷聲曰磤。」蓋因殷字本義爲引申義所奪，故又製从石之磤字也。《廣雅·釋詁》磤與殸並曰聲也，磤即殷之俗體。而《説文·殳部》有殸無殷，反隸殷字於《㐆部》，失之矣。

衣

《説文·衣部》：「衣，依也。上曰衣，下曰裳，象覆二人之形。」孫氏星衍曰：「當作二乚。乚，古文肱也。」段氏玉裁謂：自《人部》至此，及下《老部》、《尸部》，字皆从人，「衣」篆非从人，則無由次此。

樾謂：段説是矣。然一衣止覆一人，何以取象二人，殊不可曉。段云「貴賤皆覆」，則曲説矣。今按：衣之本義，蓋謂被也。《論語》「必有寢衣」，孔、鄭注並云「寢衣，今被也」。許君於「被」篆下亦引《論語》文。蓋被者衣之本義，而衣裳者，其引申義，引申義行而本義轉爲所奪。乃謂被爲寢衣，以别於晝所箸之衣，不然被何以得有衣名乎？《釋名·釋衣服》曰：「被，被也，所以被覆人也。」衣字之形象覆二人，正與被義合。其从二人者，或象夫婦歟？「亥」篆説解曰

「一人男，一人女」，是其例也。許君「覆二人」之説，必有所受，乃但知其爲衣裳字，而不知其本爲衣被字，則字形是，而字義非矣。

兢

《説文・兄部》：「兢，競也。从二兄，二兄競意，從丯聲，讀若矜。」

樾謂：丯與矜雖雙聲，然从丯得聲，則一丯足矣，何必並二丯作丰乎？若謂古籀每多複體，二丯猶一丯也。然則二兄猶一兄也，於一丯取聲，不得於二兄取意矣。今按：此字實从二丯二兄會意。《丯部》曰：「丯，艸蔡也。象艸生之散亂也。」《兄部》曰：「兄，長也。」兄之本義爲滋長，而長幼乃其引申義，故毛公訓詁傳每曰「兄，滋也」。兢字从二丯二兄相並，二艸並長，故有競意。許君仞丯爲聲，則从二兄亦無意矣。豈用「兄弟鬩牆」，或《左傳》「二惠競爽」之義乎？非製字時所有之意也。姚文僖《説文聲系》因《六書故》引《説文》有丰字，又據《韵會》定爲𡴀之古文，而以兢爲从丰得聲，隸于𡴀聲下。無論改丰爲丰於許書不合，且丰爲古文𡴀字，則𠬼爲古文何字乎？殆不可从矣。

咨

《説文・口部》:「咨,謀事曰咨。从口次聲。」

樾謂:此非其本義也。咨之爲謀,猶俞之爲然,其義本於《堯典》。堯謀於群臣,輒曰咨,故咨即爲謀;堯聞群臣之言而然之,輒曰俞,故俞即爲然。《爾雅・釋詁》曰:「咨,謀也。」《釋言》曰:「俞,然也。」然非俞之本義,則謀亦非咨之本義也。然則咨字本義謂何?曰:《書・堯典》「帝曰:咨」,枚傳曰:「咨,嗟也」,此其本義也。許君不知咨嗟爲本義,而以咨謀説之。俗又从言作諮,孳乳寖多,失之彌甚。

順

《説文・頁部》:「順,理也。从頁川。」

樾謂:从頁从川,取意不倫,當从小徐本作从頁川聲。順、訓古通用,訓从川聲,則順亦从川聲可知矣。小徐本乃許書之舊也。楚金不解「順」篆訓理之恉,而疑从頁之無意,乃并以从川爲意，而删聲字。段氏玉裁曰：「人自頂至踵，順之至也；川之流，順之至也。」斯乃曲徇大徐之失，非許意也。今按：《言部》「諟，理也」，《攴部》「敒，理也」，彼所謂理，猶云治也，故从言、从攴，皆有治之之意焉。此云「順，理也」，則當爲「膚理」。《荀子・性惡篇》曰：「骨體膚理好愉佚。」楊倞注曰：「膚理，皮膚文理也。」又《解蔽篇》曰：「則足以見須眉而察理矣。」注曰：「肌膚之文理。」《正名篇》曰：「形體色理以目異。」注曰：「理，文理也。」其義並同。《血部》「衇」篆説解曰：「血理之分衺行體中者。」衇爲血理，故字从血，順爲膚理，故字从頁。疑許書原文本曰「順，膚理也。从頁川聲」，猶《木部》曰「朸，木之理也」，《水部》曰「泐，水石之理」，《自部》曰「阞，地理也」。至順逆之順，則又从肌膚之文理而引申之。其後引申義盛行，而本義轉廢。《釋名・釋言語》曰：「順，循也，循其理也。」於是後人但知循理之爲順，而不知順之本義爲膚理。轉疑順字之義所包者廣，膚理不足以盡之，乃去膚字而止存理字。夫使許君果以循理爲順，則當云「順，循也」，與《彳部》云「循，行順也」互相訓，其義方明，不得云「順，理也」，且又何取而从頁乎？《頁部》九十三文，其義皆屬頭面，如經典「願」字皆作願欲義，而許君則云「大頭也」，「頑」字皆作凶頑義，而許君則云「梱頭也」，以至「頗」之爲「頭偏」，「煩」之爲「熱頭痛」，「顯」之爲「頭明飾」。蓋字隸《頁部》，其本義固如此，然則「順」字可知矣。

長

《説文・長部》：「長，久遠也。从兀从匕。兀者高遠意也，久則變匕〔一〕。亾聲，𠂆者到亾也。」

樾謂：許君説此字殊爲迂曲，兀訓高，不訓遠，何取而从兀乎？匕者變也，非久也，乃以「久則變匕」附會之。然則何不即从久乎？从亾得聲之字多矣，無一到者，何獨於長字而到之乎？形聲俱乖，殆失之矣。今按：長者草木滋長也，古或以萇爲之，故《釋名・釋長幼》曰：「長，萇也。」言體萇也，其實萇者，萇楚也。本字正當作長，其字从一从厂从匕从止。一者，地也；厂者，象抴引之形，《厂部》曰「厂，抴也。象抴引之形」是也；匕者，象艸木萌蘖上出也，古文「民」字，其中亦作匕。民、萌古同義也；止者，象芒達也，許君於「㞷」篆下曰：「止，象芒達。」此説於「㞷」篆雖未必合，然可知古小學家自有此説。許君用其説於㞷篆下，而長字从止，則仞爲變匕字，亦其疏矣。故曰「長者，艸木滋長也」，因而引申爲長幼義，又引申爲短長義。

〔一〕 匕，據清陳昌治校刊本《説文》，當作「化」。

至長遠之義，則又从長短而引申之也。許君乃以爲最初之本義，宜其説之支離不合矣。

㸑

《説文·火部》：「㸑，柴祭天也〔一〕。从火从昚。昚，古文慎字，祭天所以慎也。」

樾謂：許説从昚之義甚爲迂曲，凡祭無不當慎，何獨㸑字从昚乎？經傳皆以燎爲之。《火部》：「燎，放火也。从火㸑聲。」㸑既从火，而燎又从火，重複無理。今按：㸑、燎一字，燎乃㸑之俗體也，師古注《漢書·禮樂志》、《郊祀志》竝曰「㸑，古燎字」，是其明證。㸑者，庭燎也。《儀禮·士喪禮》注曰：「火在地曰燎，執之曰燭。」《周官·司烜氏》注曰：「樹于門外曰大燭，于門内曰庭燎。」疏曰：「以葦爲中心，以布纏之，飴蜜灌之，若今之蠟燭。」此㸑之本誼也。《國語·周語》曰「火師監燎」，《晉語》曰「與鮮卑守燎」，韋昭注竝曰：「燎，庭燎也。」蓋古人置庭燎必使人監守之，懼其不戒於火也，故㸑字从火从昚會意。古者祭天神積柴置牲而燔之，因即以火在地之名，名之曰㸑。㸑與燎非二字。柴㸑與庭燎亦即一義之引申也，㸑字隸變作尞，故俗

〔一〕柴，清陳昌治校刊本《説文》作「柴」。

又从火作燎，而許君因分而録之矣。

吴

《説文・夨部》：「吴，姓也，亦郡也。一曰大言也。」吴之爲姓、爲郡非其本義，此後人妄加者，段注刪之是也。惟以大言爲吴字本義，疑亦未合。《周頌・絲衣篇》、《魯頌・泮宫篇》俱有「不吴」之文，傳、箋竝曰「吴，譁也」，段氏據以爲大言之證，然吴爲大言，何取而从夨乎？夨，頭傾也。从大，象形。《夨部》所隸字，吴之外尚有奊、奊二文。奊，頭傾也；奊，頭衺骫。奊態也。皆與夨同意，若吴爲大言，則不倫矣。

棫謂：吴者，口相就也。《欠部》「歕」篆下一曰「口相就」，是許書固有「口相就」之義，今即用以説吴字，口相就則頭必傾衺，此所以與奊、奊一律而隸《夨部》也。《口部》有「噳」字，其説解曰「麌鹿群口相聚皃，从口虞聲」，引《詩》曰「麀鹿噳噳」。今按：此字亦作「麌」，陸德明《經典釋文》於《吉日篇》出「麌」字，《韓奕篇》出「噳」字，《唐石經》從之。《吉日》作「麌」，《韓奕》作「噳」，而許書有「噳」無「麌」，世冢以麌爲俗字，其實非也，蓋噳、麌並即吴之後出字也。吴之本義爲「口相就」，故麌鹿群口相聚即謂之吴，古《詩》當止作「麀鹿吴吴」，後人因《詩》文而加鹿作麌，亦或作麌。《爾雅·釋獸篇》釋文曰「麌，一作麌」是也。吴、虞同聲，故从吴者或變而从虞，既有从鹿从虞之麌，因而變爲从口从虞之噳。夫虞字从吴，已从口矣，而噳又从口，其爲後出字可知。許君不收麌字，故亦不收麌字，而反收噳字，是其失也。《爾雅釋文》引《字林》曰「虞音吴」，此可爲吴、麌同字之證。群口相聚，故毛、鄭俱訓吴爲譁，而大言之義，即其引申義也，以爲吴之本訓失之矣。疑吴篆説解許君本闕，今所例三説，竝非許意耳。

皋

《説文·夲部》：「皋，气皋白之進也。从夲从白。《禮》：祝曰皋，登謌曰奏。故皋、奏皆从夲。《周禮》曰：『詔來鼓皋舞。』皋，告之也。」

樾謂：許君説此字䌛而無當，其實皋即臭之或體也。《大部》「臭，大白澤也。从大从白」，古文以爲澤字。段氏玉裁訂正曰「臭，大白也」，其説甚塙。从大从白，故曰大白。其義即存乎形，全書如此者多矣。皋从夲，即从大也。造字之初已有叚借之例，如昏从口，而古文昏从甘，即从口也。叜从又，而籀文𡨦，从寸，即从又也。然則皋字从夲，與臭字从大，一而已矣。許君謂古文以臭爲澤字，今經典臭字罕見，亦無用爲澤字者，而《詩·鶴鳴篇》「鶴鳴于九皋」，毛傳曰「皋，澤也」，《釋文》引《韓詩》曰「九皋，九折之澤也」，是訓皋爲澤。經有明文，即許君所謂古文以爲澤字也。臭、皋同字，从可知矣。

扶

《説文·夫部》：「扶，竝行也，从二夫〔一〕。輦字从此，讀若伴侶之伴。」

樾謂：《人部》「伴，大皃」，並無伴侶之義。許書原文當止云「讀若伴」，蓋謂扶、伴同聲，非謂扶、伴同義也。伴侶字，實當作扶，故其字从二夫會意。因許云「讀若伴」，而後人即以伴爲之。猶勹，聚也，讀若鳩，而今即作鳩，不作勹；篤，厚也，讀若篤，而今即作篤，不作篤；亼，合也，讀若集，而今即作集，不作亼；𡩜，賦事也，讀若頒，而今即作頒，不作𡩜；𨶒，妄入宫掖也，讀若闌，而今即作闌，不作𨶒；䖵，蟲之總名也，讀若昆，而今即作昆，不作䖵，竝其例也。自伴侶之誼盛行，淺人遂增益其文曰「讀若伴侶之伴」。乃若伴侶字，正當作伴者，而扶字遂廢矣，所宜訂正也。

〔一〕 夫，原誤作「扶」，據《説文》改。

䨥

《説文·雨部》：「䨥，水音也。从雨羽聲。」按《春秋繁露·五行五事篇》曰：「雨者，水气也，其音羽也。」則羽字从雨義，固有取，然宫商角徵皆無正字，何獨造此䨥字以爲水音乎？疑非許書之舊也。

樾謂：䨥者，雩之或體也。「雩」篆説解曰：「夏祭樂于赤帝，以祈甘雨也。从雨于聲。」重文「𦐇」，曰：「雩，或从羽。雩，舞羽也。」然則雩从雨，𦐇从羽，皆以于爲聲。後之作書者，或合从雨、从羽而一之，以爲會意字，而省其聲，則爲「䨥」矣。鍇本《雨部》「雩」「𦐇」二篆後即繼以「䨥」，此可爲證。蓋許君原文於「雩」篆下附「𦐇」「䨥」二文〔一〕，皆爲雩之或體。其「䨥」下説解當云「雩，或从雨、羽」〔二〕，而傳寫奪之，淺人乃妄增「水音也。从雨羽聲」七字，豖别出爲正篆，又或迻之部末，而其爲雩之重文，益無知者。段氏不能訂正，亦疑造字者不應於五音獨製「䨥」

〔一〕䨥，原誤作「雩」，據文意改。
〔二〕䨥，原誤作「雩」，據蔡啓盛《校勘記》改。

字，因訓爲「流水之音」，斯亦曲説矣。

聶 讘

《説文·耳部》：「聶，附耳私小語也。从三耳。」

樾謂：聶字从三耳，無附耳私語之意。《史記·魏其武安侯傳》「呫囁耳語」，其字作囁。囁者，讘之或體也。从言之字亦得从口，猶詠之爲咏，諎之爲唶矣。《言部》「讘，多言也」，殆非本義，其本義當爲「附耳私語」，許君誤以讘字之義爲聶字之義耳。其字亦作咠，《口部》「咠，聶語也」，聶語當爲讘語。咠字从口从耳，讘字从言从聶，故皆有附耳而語之義。今聶字既不从言，又不从口，安見其爲「附耳私語」乎？然則聶字本義謂何？曰：聶者，合也，故其字从三耳相連。《爾雅·釋木》曰：「守宫槐，晝聶宵炕。」郭注曰：「晝日聶合，而夜炕布。」《初學記》引孫炎曰：「聶，合；炕，布也。」聶之訓合，是其本義也。《儀禮·聘禮》曰「皮則攝之」，鄭注曰：「左手并執前足，右手并執後足也。」蓋合并謂之聶，故并而執之謂之攝。《論語·八佾篇》「官事不攝」，包注曰：「攝，猶兼也。」昭十三年《左傳》「羊舌鮒攝司馬」，杜注曰「攝，兼官也」。攝之爲兼，即聶之爲合也。《爾雅·釋木》曰：「欇虎櫐。」注曰：「今虎豆纏蔓林樹而生。」《釋文》

曰：「櫐，本亦作聶。」夫以其纏蔓林樹而謂之聶，可知聶之本義矣。

捊重文抱

《説文・手部》：「捊，引取也。从手孚聲。」重文「抱」，曰：「或从包。」

樾謂：捊、抱非一字也。《艸部》有从孚之莩，又有从包之苞；《木部》有从孚之桴，又有从包之枹；《火部》有从孚之烰，又有从包之炮；《肉部》有从孚之脬，又有从包之胞；《邑部》有从孚之郛，又有从包之郇；《水部》有从孚之浮，又有从包之泡，竝是二字二義。獨《手部》以抱爲捊之重文，何邪？且如許君説桴爲棟名，枹爲擊鼓杖，而《禮記・禮運篇》「蕢桴而土鼓」、成二年《左傳》「援桴而鼓」，竝叚桴爲枹，豈得即以桴、枹爲一字乎？「捊」「抱」音近，古或叚用，如桴、枹之例，然合爲一字，非也。今按：抱者，褭之或體也。《衣部》「褭，褱也，从衣包聲」，然古書止作抱。《周書・召誥》曰「夫知保抱攜持厥婦子」，《吕氏春秋・下賢篇》曰「周公旦抱少主而成之」，其字竝作「抱」，《釋名・釋姿容》曰：「抱，保也，相親保也。」則亦許書「褭」字之義，而非「捊」字之義。徧考古書，無以捊爲保、抱字者，然則抱非捊之重文可知矣。合褭、抱爲一，而分捊、抱爲二，庶得之乎？

始

《説文・女部》:「始，女之初也。从女台聲。」

檝謂：始之爲初，固恒訓也。然以其字从女而云「女之始」，則殊近於附會。女之初爲始，男之初爲何字乎？今按：始者，生也。《易・彖傳》曰「大哉乾元，萬物資始」，又曰「至哉坤元！萬物資生」〔一〕，《禮記・樂記》曰「樂樂其所自生，禮反其所自始」，皆以生、始竝言，蓋字異而義同。《檀弓》曰「君子念始之者也」，鄭注曰「始，猶生也」，此其本義也。人之生謂始，故引申之爲凡最初者之偁。《釋名・釋言語》「始，息也，言滋息也」，得其義矣。且始與終相對成文。《國語・周語》曰「司民協孤終」，韋注曰「終，死也」。終爲死，則始爲生矣。是故終始猶死生也，始之本義爲生，故字从女。老子曰：「無名，天地之始；有名，萬物之母。」萬物之母，即萬物之始也，此始字从女之義也。

〔一〕「大哉乾元，萬物資始」八字，出乾卦彖辭；「至哉坤元，萬物資生」八字，出坤卦彖辭。

威

《説文·女部》：「威，姑也。从女从戌。《漢律》曰：『婦告威姑。』」段氏玉裁據小徐本作从女戌聲，而又引惠氏定宇之説，謂《爾雅》「君姑」即「威姑」。

樾謂：君、威古音相近，許書「䇹」篆下亦云「讀若威」，「威姑」之即「君姑」，信矣。然《爾雅》曰「姑舅在，則曰君舅、君姑」，是君之名通乎姑、舅。《易》曰「家人有嚴君焉」，此其義也。君姑可曰威姑，則君舅亦可曰威舅，乃因威字从女而訓爲姑，豈非曲説乎？今按：威字本訓當爲怒，女子性易忿怒，故字从女。《女部》字訓怒者多矣，「嫛」曰「易使怒也，从女敝聲」，「嬒」曰「含怒也，从女㑹聲」，「嫼」曰「怒皃，从女黑聲」，以至「娡」之爲「不説」，「婔」之爲「不説皃」，「嫋」之爲「有所恨痛」，皆與怒意相近，然則威亦怒也。《詩》曰「昊天已威」，猶云「昊天甚怒」也；又曰「畏天之威」，猶云「畏天之怒」也。因而有威可畏，即謂之威，《樂記》所謂「怒則暴亂者畏之」也。於是引申之爲威儀、爲威福，而莫知其本義之爲怒矣。許君據《漢律》「威姑」之文，次「威」篆於「姑」篆之下，殊爲失之。

嬰

《説文·女部》：「嬰，頸飾也。从女賏。賏，其連也。」段氏玉裁訂正曰：「嬰，繞也。从女賏。賏，貝連也，頸飾。」

樾謂：《貝部》「賏，頸飾也」，賏、嬰非一字，不得同義。李善注《文選》引《説文》「嬰，繞也」，凡七見。段氏據以訂正，疑得許君之舊矣。然嬰既訓繞，何以不从糸而从女？蓋訓繞者，纓之引申義，非嬰之本義也。纓爲冠系，故引申之得訓繞。《文選·謝靈運〈述祖德詩〉》「而不纓垢氛」，注曰「纓，繞也」，字正作「纓」，可證矣。然則嬰之本義謂何？曰：「嬰」與「嫈」聲近而義同。《説文·女部》曰：「嫈，小心態也。从女熒省聲。〔一〕」嬰字或即「嫈」之或體，嫈之爲嬰，猶鶯之爲鸎也。「嫇」篆説解曰「嬰嫇也」，《廣韵》「嫈」下作「嫈嫇」，《一切經音義》引《字林》亦作「嫈嫇」，此嬰、嫈同字之證。《言部》「譻，聲也，从言賏聲」，「謍，小聲也，从言熒省聲」；《缶部》「罌，缶也，从缶賏聲」，「罃，備火長頸缾也，从缶熒省聲」。然則

〔一〕熒，原誤作「嫈」，據《説文》與蔡啓盛《校勘記》改。

嬰从女賏聲，嫈从女熒省聲，正與罌甇、罌䍃一例，即非一字，亦必聲近而義同。今本《説文》作「嬰，頸飾也」，則爲賏之本義，唐人所據《説文》作「嬰，繞也」，則爲纓之引申義，均非嬰字之本義也。

兒笘録四　第一樓叢書之六

婁

《説文・女部》：「婁，空也。从毋中女。古文作㜻。」

樾謂：「从毋中女」，不知何意。段氏玉裁曰「从毋，猶从無也。無者，空也。从中女，謂《離》卦，離中虚也」，其説甚爲迂曲。毋、無竝非一字。毋者，止之也，不得爲無，而無亦不得爲空，至以从中女爲《離》卦，附會《易》義，更非製字之本意。今按：婁即縷之古文，其字蓋从毌从中从女。毌者，穿物持之也。毌、毋形似，因而致訛耳。《糸部》「縷，綫也」，綫之爲物，所以毌穿，故从毌从中，謂以綫毌穿其中也。从女者，女工所用也。古文作㜻，其上之囟，象用綫毌穿布帛之形。蓋古文象形，而小篆會意也。鍇本更有籀文𡝊，曰从人中女臼聲，其實非也。乃从申从仲从女，申即毌字，横書之爲毌，縱書之爲申，又析而書之則爲甴，與籀文患字作患者同。蓋患从毌聲，籀體多緐重，故从二毌耳。小篆患字即從籀文而省，許君不識，乃有「从心上貫吅」之説，而不知其从毌聲，則婁之从毌亦莫得而知矣。其从仲者，即从中也。造字時已有叚借之例，如昏从口，古文从甘，叜从又，籀文从寸，皆是也。婁从中，而籀文从仲，亦其例矣。作𡜊者，體之小變耳。《史記・律書》「婁者呼萬物且内之也」，正以从毌从中爲義。《詩・山有樞篇》「弗曳弗婁」，毛傳曰「婁，亦曳也」，《釋文》引馬注曰：「婁，牽也。」牽曳之義，乃从綫義引申之。《爾雅・釋詁》「屢，疾也」，《釋言》「屢，亟也」；《論語》「屢憎於人」，孔注曰「屢，數也」。許書無屢字，即婁之俗體，因綫之爲用，往復頻數，故引申爲亟、疾、爲數也。後人从糸作縷，乃分婁、縷爲二字，猶牽曳義从手作摟，疾數義从尸作屢，孳乳寖多，非古字也。

娋

《説文・水部》：「消，少減也。」《女部》：「娋，減也。」似二字同義。

樾謂：訓減者，自應从水作消。消从水，猶減亦从水也。《女部》之娋，从女而亦訓減，殊爲無理。今按：娋者，瘦也。畢氏沅校正《釋名・釋言語》曰：「省，瘦也，臞瘦約少之言也。」

它本皆作「省，嗇也，矐嗇約少之言也」，蓋以省與瘦義不相近，而臆改之。不知訓省爲瘦者，以媘釋省也。古有省瘦之語，實爲媘之本義。章懷注《後漢書·袁閎傳》引謝承《書》曰：「面皃省瘦。」字亦以「眚」爲之，《周禮·大司馬職》曰：「馮弱犯寡則眚之。」鄭注曰：「眚，猶眚瘦也。」省、眚竝叚字，其本字當作媘。媘之義爲瘦，故其字从女，猶娟爲弱長，孅爲鋭細，姑爲小弱也。許君訓渻爲少減，訓媘爲減意者〔一〕，固以渻爲減省字，以媘爲省瘦字乎？《疒部》「瘦」亦曰「減也」，然則訓媘爲減，未必與渻同矣。

姦重文悬

《説文·女部》：「姦，私也。从三女。」重文「悬」，曰：「古文姦，从心旱聲。」小徐本作「从旱心」，段氏玉裁从之。

樾謂：从旱从心，于義無取。大徐謂从心旱聲，然則此字殆非姦之古文也。今按：悬字當爲《心部》「忓」字之古文，「忓，極也，从心干聲」。凡从干之字，亦或从旱，旱聲即干聲也。

〔一〕 媘，原誤作「渻」，參上下文意及《説文》「媘，減也」改。

《玉部》：「玗，琅玕也。从玉干聲。」重文「玕」，曰：「古文玕。」《禾部》：「稈，禾莖也。从禾旱聲。」重文「秆」，曰：「或从干。」然則忓之爲㥏，正與一律矣。《目部》「睅，大目也」，「盱，一曰張目也」，睅从旱，而盱从干，聲近義通。《禮記·祭義》曰「能捍大患則祀之」，《説文》無「捍」字，即《手部》「扞」之變體也；《周書·謚法篇》曰「思慮果敢曰趕」，《説文》無「趕」字，即《走部》「赶」之變體也；《漢書·儒林傳》「馯臂子弓」，《説文》無「馯」字，即《馬部》「駻」之變體也，竝可爲證。「忓」字左形右聲，而「㥏」字下形上聲，蓋以别於左形右聲之「悍」，猶「恩」之與「愊」、「忠」之與「忡」也。姚氏文田《説文聲系》承《説文》之誤，系「㚥」字於干聲，失之甚矣。

武

《説文·戈部》「武」篆下引楚莊王曰「夫武，定功戢兵，故止戈爲武」，於是相承至今，以爲武字之義固如此矣。

樾謂：非造字之本意也。《止部》曰：「止，下基也。象艸木出有址，故以止爲足。」是許君以止爲基阯字，又以爲足趾字，其實足止乃其本義。故反止爲𣥂，則曰「蹈也」；从止从𣥂爲步，則曰「足剌𣥂也」；从止𣥂相背爲步，則曰「行也」。从止之字亦或从足，如正之爲足，企之爲㞢皆是，然則止爲趾之古文明矣。《詩・烈祖篇》「維民所止」，箋曰：「止，猶居也。」《禮記・大學篇》「在止於至善」，注曰：「止，猶自處也。」是止又訓居處，亦从足趾之義而引申之。有止居之義，因有休止之義，在倉頡造字時，則但以爲足止字，而無此展轉相生之義也。乃謂武字从止，爲取止戈之意，豈得其本義哉？然則武字本義謂何？曰：武、舞古同字，武即舞字也。《周禮・鄉大夫職》「以鄉射之禮五物詢衆庶，五曰興舞」，《論語・八佾篇》引作「興武」；《詩序》「維清，奏象舞也」，《獨斷》作「象武」；《左傳・莊十年》經文「以蔡侯獻舞歸」，《穀梁》作「獻武」；《燕策》「秦武陽」，《史記》作「舞陽」，皆武、舞同字之證。《舛部》：「舞，樂也。用足相背，从舛無聲。」重文「翌」，曰：「古文从羽亡聲。」然則武字从止者足止也，猶舞字从舛也，从戈者象執干戚也，猶古文翌字从羽也。从羽之翌，其文舞乎？从戈之武，其武舞乎？因而引申之以爲武勇字。《釋名・釋言語》曰：「武，舞也。征伐行動，如物鼓舞也。」雖取同聲字相訓，全書體例皆然，而不知適得其本義矣。武从止，本足止字，故亦訓迹。《爾雅・釋訓》「武，迹也」，《大雅・下武篇》、《生民篇》、《周頌・武篇》，毛《傳》竝曰：「武，迹也。」若謂止戈爲武，則訓迹之武不可通矣。《國語・周語》曰：「不過步武尺寸之間。」韋昭注曰：「賈君以半步爲武。」步、武二字竝从止，皆足止之止也。然則楚莊所説雖爲美談，而非古訓矣。

戲

《説文・戈部》：「戲，三軍之偏也。一曰兵也。从戈䖒聲。」

棫謂：許君二説，皆于古訓無徵，《史》、《漢》有云「戲下」者，似于前説爲近。然「戲下」者，麾下也，實爲麾之叚字，而非戲之本義，以旌旗字不當从戈也。今按：戲者，角力也。《國語・晉語》曰：「少室周爲趙簡子右，聞牛談有力，請與之戲。」韋昭注曰：「戲，角力也。」此乃其本義也。《晉語》又曰：「夷吾之少也，不好弄，戲不過所復。」僖九年《左傳》曰：「夷吾弱不好弄，能鬭不過。」《外傳》之「戲」，即《内傳》之「鬭」，字異義同，是故戲猶鬭也。鬭之本字，許書作鬥，兩士相對，兵仗在後，象鬥之形。然則戲字从戈之義，可知矣。《太平御覽》引《説文》「一曰相弄也」，戲弄義實从角力而引申之，蓋角力非真相賊害也。又因戲弄而爲戲謔，去从戈之義益遠，非韋昭之注，則戲字之義終晦矣。

我

《説文・我部》：「我，施身自謂也。或説我，頃頓也。从戈从𠂿。𠂿，或説古垂字，「一曰古殺字」。

檝謂：許君説此字，以「施身自謂」爲本義，失之矣。印、台、朕、陽之類，皆發聲之詞，古人以之自謂，取其聲，非取其義也。我字當以「頃頓」爲本義，其字从戈从古文乑。今「乑」篆下有古文「⿰扌勿」，無古文「手」。然我字古文作𢦐，即从古文⿰扌勿而省，則手亦乑之古文明矣。許書收⿰扌勿，而不收手，是其小失也。《書》曰：「稱爾戈，立爾矛。」矛長故言立，戈稍短故言稱。稱者，舉也。舉戈於手，其勢不能不頃頓。故我字从戈从乑會意，象舉戈者之乑下，故爲頃頓義。因而人之頃頓者，从人作俄，《人部》「俄，行頃也」；馬之頃頓者，从馬作騀，《馬部》「騀，馬摇頭也」，摇頭亦頃頓意也。凡此皆其孳乳之字也。許君於「義」篆下出「羛」字，曰「墨翟書从羊弗」，王氏引之曰「弗，當作⿰戈戈」，即古文我字，周《晉姜鼎》我字作「⿰戈戈」，是其證。然則我字古文有作⿰戈戈者，蓋象兩戈并舉之形，其中作||者，象兩戈柲也，其兩旁屈曲者，戈爲句兵，故象其形也。兩戈并舉，則頃頓之勢更甚矣，故觀古文作⿰戈戈，而我字之義益明矣。

⿺亾𣛧

《説文・亾部》：「⿺亾𣛧，亾也。从亾，𣛧聲。」

樾謂：亾與爽一聲之轉。故㚅，从爽聲，而古文作𠬢，則亾聲也；𢮦，从爽聲，而古文作亾，則亾聲也。𩐔字从亾，而又以爽爲聲，似不合六書之恉。竊謂古有無字，止作亾。亾者，逃也；有者，復也。逃謂之亾，復謂之有，義正相承，其説已詳「有」字下矣。經典多以「爽」爲「亾」，蓋以聲近而相叚借。古之經師遇「爽」字或注「亾」字於下，以明「爽」之當爲「亾」。而漢世傳經者誤合之，豕成「𩐔」字。鄭康成注《禮記・祭義篇》，合「見」「間」爲「覵」字，即其例也。「覵」字亦古文所無，故不見於許書。蓋《祭義》本作「見以俠甒」，叚見爲間，古或注「間」字於下以明叚借，而後人豕兩存之，而鄭君又誤合之耳。「𩐔」亦「覵」字之類也。許書从爽得聲之字，《玉部》有「璷」、《艸部》有「𦶁」、《目部》有「矎」、《肉部》有「腝」、《舛部》有「㚅」、《邑部》有「鄊」、《巾部》有「幞」、《广部》有「㢝」、《心部》有「㦡」、《水部》有「㵸」、《手部》有「𢮦」、《女部》有「𡢃」、《𨸏部》有「隭」，其字皆从「爽」而無一从「𩐔」之字，然則「𩐔」非古字益明矣。

縒　篸

《説文・糸部》：「縒，參縒也。从糸差聲。」

樾謂：此篆説解蓋有奪誤，當云「縒，絲參差也」，與《齒部》「齹，齒參差。从齒差聲」義正一律。因奪絲字，又涉正篆縒字，誤參差爲參縒，豕若凡參差字皆當作參縒者，失許君恉矣。《集韵》、《類篇》竝引《說文》「參縒也，謂絲亂皃」，其所據本已誤，而「謂絲亂皃」四字則今本所無，疑後人增益。《韵會》于「差」下引《說文》竟云「參差，絲亂皃」，則失之矣。參差本雙聲字，許書用參差者，如「虀」篆下及《竹部》「籥」篆下「參差管樂」，竝作「參差」，惟《木部》「槮，木長皃」，許曰「槮差荇菜」。蓋古或叚「槮」爲「參」，許君引《詩》以明叚借耳。如謂參當爲槮，差當爲縒，豈許意哉？《竹部》「篸，差也，从竹參聲」，此篆說解亦有奪誤，當云「篸，竹參差也」，與虀爲「齒參差」，縒爲「絲參差」一律。如今本則訓篸爲差，於義既未足，若連篆文讀之，以「篸差也」三字爲句，又疑於凡參差字皆當作篸差者，更失之矣。

圭

《說文·土部》：「圭，瑞玉也。上圜下方，公執桓圭九寸，侯執信圭，伯執躬圭，皆七寸，子執穀璧，男執蒲璧，皆五寸，以封諸侯。从重土會意。」重文「珪」，曰：「古文从玉。」

樾謂：圭从重土，於義無取。段《注》曰：「土其土也。」則迂曲甚矣。且蒼璧、黄琮、青圭、赤璋、白琥、玄璜，《周禮》所謂「以玉作六器」也。璧、琮、璋、琥、璜皆隸《玉部》，則圭字亦宜从古文作珪，爲形聲字，乃别製从重土之圭爲會意字，何也？許君於此字殆失之矣。今按：圭者，卦之古文也。圭之爲卦，猶兆之爲𠧞也。《卜部》：「𠧞，灼龜坼也。古文作兆。」蓋卦、𠧞字古止作圭、兆，其从卜者後人所加耳。兆乃象形字，則圭亦象形字，古人之筮必畫地以識爻。《儀禮·士冠禮》「卦者在左」，注曰：「卦者，有司主畫地識爻者也。」《少牢饋食禮》「卦以木」，注曰：「每一爻畫地以識之，六爻備，書于板。」然則古字作圭者，其下之一象地也，其上之十一縱一横，象畫之形也。土上又作土者，象畫内卦，又畫外卦也。蓋與兆竝爲象形字，而非會意字。因經傳多叚圭爲珪，圭之本義爲叚義所奪，乃从卜作卦以别之。許君不能是正，沿訛至今。宜删《土部》之圭，而於《卜部》「卦」下出古文圭，與「𠧞」下古文兆一律。至珪字則从玉圭聲，改隸《玉部》，斯兩得之矣。《漢書·律曆志》注曰「六十四黍爲圭」，意者六十四黍適與六十四卦之數合，故即借其名以名之而曰圭歟？然則圭璧之圭，非其本字，而圭撮之圭，或轉其本字矣。

畜

《説文·田部》：「畜，田畜也。淮南王曰：『玄田爲畜。』」重文「𤰜」，曰：「《魯郊禮》畜从茲。茲，益也。」段氏玉裁改「𤲃」爲「蓄」，曰：《艸部》「茲，艸木多益也」，古文本从茲，小篆省其半，而淮南王乃仞爲玄字矣。

樾謂：段正𤲃爲蓄，是也。然《艸部》更有蓄字从艸畜聲，畜字古文既作𤲃，而蓄又从草，則古文當作「蓄」，其籀文从茻，則又當作「蓄」，不成字矣。今按：畜、蓄一字也，古文止作𤲃，从田从茲會意。小篆省作畜，而後人誤仞爲从玄，乃有「玄田爲畜」之說，因有从艸畜聲之蓄。許君不能是正，隸蓄字《艸部》，訓爲積也，隸畜字《田部》，訓爲田畜也，其實一義耳。田畜者，田中所積也。《一切經音義》曰「蓄，古文稸」，同是蓄字，有从禾者，則蓄亦田畜可知矣。《周易·小畜》、《大畜》釋文竝曰：「畜，本作蓄。」此畜、蓄同字之證。

暘

《説文·田部》：「暘，不生也，从田昜聲。」

樾謂：暘字，从艸作蕩，則爲艸茂，《艸部》「蕩，艸茂也」是也，然則「暘」訓「不生」，殆未得矣。今按：暘者，場之或體也，从土从田，其義不異。《列子·天瑞篇》「易无形埒」，《釋文》曰「《淮南子》作形埒」，《説文》有「埒」無「畤」。畤，即埒之或體也。《詩·東山篇》「町畽鹿場」，

《釋文》曰「町，本作圢」，《説文》有「町」無「圢」，圢即町之或體也。《玉篇·土部》有「圢」「壇」字，《田部》有「町」「疃」字；《土部》有「壃」「域」字，《田部》有「畺」「畖」字，竝其證也。《説文·土部》：「場，祭神道也。一曰田不耕，一曰治穀田也。」疑古書場字或从田作暘，因有「田不耕」及「治穀田」之説，田不耕則當治，其義似相反而實相生。今分場、暘爲二義，而曰「暘，不生也」，則暘不耕」取義。蓋田不耕，故艸茂，形聲而兼會意也。《艸部》之蕩，从艸从暘，即从「田不从暘無意矣，或非許書之舊。

録

《説文·金部》：「録，金色也。从金录聲。」

樾謂：録爲金色，於古無徵，許君蓋依緑字説之。緑从糸，爲帛青黄色，故録从金爲金色。金之色亦在青黄之間也，然恐非字之本義。今按：録者，录之或體也。《录部》「录，刻木录录也」，刻木必用刀〔二〕，故或从金。《周官·職幣》曰：「皆辨其物而奠其録。」杜子春曰：「定其録

〔二〕 木，原誤作「本」，據《説文》與蔡啓盛《校勘記》改。

籍也。」隱十年《公羊傳》曰：「春秋録内而略外。」蓋古人文字箸在方策，故謂之録，即从刻木之義而引申之也。其字或作箓、作籙，《廣雅・釋器》曰「箓，籙䈂也」，箓、籙竝䈂之或體，古以聲同而叚借耳。許書䈂、箓下重文有箓無籙，其實一字也。箓从竹从录，籙从竹从録。箓、籙同字，則录、録亦同字矣。《文選・永明十一年策秀才文》曰「朕秉籙御天」，注曰：「籙，與録同。」今圖録字皆作籙，不作箓，蓋由録行而录廢，故籙行而箓廢也。録與慮古音相近，故録囚亦謂之慮囚。《金部》「鑢，错銅鐵也。从金慮聲」，错銅鐵謂之鑢，刻木謂之録，蓋聲近而義可通矣。

幵

《説文・幵部》：「幵，平也。象二干對構，上平也。」

樾謂：此非許君原文也。『二干對構』，未知干爲何物。段《注》謂「干爲竿之省」，然干字从反入，从一，篆體作𢆉，今幵字上平，其非𢆉字明矣。謂「从竿省」，非也。竊嘗以許書分部次弟求之，許書十四卷《土部》之後，繼以《垚》、《堇》、《里》三部，皆冡土部而次之。又繼以《田》、《畕》、《黄》、《男》四部，則冡里字从田而次之。又繼以《力》、《劦》二部，則冡男字从力而次之。

至十五卷首列《金部》，則與《田部》、《力部》均不相冡，仍遠冡《土部》而次之，故曰「金，五色金也。生於土，从土。左右注，象金在土中形」，此《金部》冡《土部》之明證也。《金部》後即繼以《幵部》，則亦冡《土部》而次之可知矣。《土部》曰：「土，地之吐生萬物者也。二，象地之上、地之中；丨，物出形也。」土字之丨象物出之形，今作「干」，則丨在「二」下，尚未上出，故其義爲平。从二干作幵者，平之意也。从二干，乃得平意，猶垚爲高皃，必从三土乃得高意也。《木部》「栞」下重文「栞」，曰「篆文，从幵」，是幵字籒作幵，下有二歧，象艸木根在土下，其形顯然矣。

輔

《説文》「輔」篆説解，大小徐本不同。鉉本「輔」篆在部末「轟」篆上，曰「輔，人頰車也，从車甫聲」，此乃《面部》「䩉」篆之義，非車部「輔」篆之義也；鍇本「輔」篆在輚、軜二字之間，曰「輔，《春秋傳》曰『輔車相依』，从車甫聲。人頰車也」。段氏玉裁从小徐本，謂許書有不言其義、徑舉經傳者，如「𣄪」下云「詞之𣄪矣」，「鶴」下云「鶴鳴九皋，聲聞于天」，「艴」下云「色艴如也」，「絢」下云「《詩》云『素以爲絢兮』」是也。此引《春秋傳》不言輔義，義已具于傳文矣。「人頰車也」四字，淺人妄增，當删。

樾謂：段説是矣。然輔者何物，古言車制甚詳，輔之制何以未聞乎？《小雅・正月篇》「其車既載，乃棄爾輔」，正義曰：「爲車不言作輔，此云『乃棄爾輔』，則輔是可解脱之物。蓋如今人縛杖於輻，以防輔車也。」此亦臆説，未足爲據。今按：《革部》「轉，車下索也。从革專聲」，竊疑輔、轉古同字，專从甫得聲，故甫聲、專聲，義每相通。《儀禮・既夕篇》曰：「賻之言補也。」《廣雅・釋言》曰：「捕，搏也。」《釋名・釋飲食》曰：「脯，搏也。」竝其例矣。輔从甫而轉从專，專聲即甫聲也。猶逋之籀文作逋，捕聲即甫聲也；鬴之或體作釜，父聲即甫聲也。輔爲車下索，故爲可解脱之物。《詩》又曰「無棄爾輔，員于爾輻」，傳曰「員，益也」，其實「員者，旋也」。古員、云同字，下章「昏姻孔云」，傳曰「云，旋也」。蓋云即雲之古文，象雲回轉形，故得訓旋。「員于爾輻」者，旋繞于其輻也。然則輔爲車下索無疑矣。今定輔、轉爲一字，輔爲車下索，故从車；而其質則革也，因又變爲从革之轉。猶鬴爲鍑屬，故从鬲，而其質則金也，因又變爲从金之釜也。《釋名・釋車》曰：「轉，縛也。在車下與輿相連縛也。」此即「輔車相依」之義矣。

官

《説文・自部》：「官，吏事君也。从宀从𠂤。𠂤，猶衆也。此與師同意。」

樾謂：宀者，交覆深屋也。吏事君者，何取而从宀？許君説此字，殆未得其本義矣。今按：官者，館之古文也。以宀覆𠂤，正合館舍字之義。《食部》「館，舍也。从食官聲」，此乃後出字，古字止作官。《禮記・曲禮篇》「在官言官」，注曰「官，謂版圖文書之處」，《玉藻篇》「在官不俟屨」，注曰：「官，謂朝廷治事處也。」官字皆即館字。《周易・隨》初九「官有渝」，《釋文》曰：「官，蜀才本作館。」蓋官古字，館今字也。《儀禮・士喪禮》「管人汲」，注曰：「管人，有司主館舍者」，《釋文》曰「管如字，劉又音官」，所以「音官」者，正以其主館舍，故讀管爲官，官、館一也。《孟子》「庶人在官者」，即是庶人在館者。原館之始，正爲「庶人在官者」而設，彼皆從田間來，若無以舍之，何以從事於公乎？因而「吏事君」者，即謂之官。猶在國曰市井之臣，在野曰草莽之臣，以其所在而名之也。引申義行，而本義轉爲所奪，乃更製館字以爲館舍字。館所以从食者，以庶人在官者皆得食禄也。相沿至今，凡仕者猶謂之官，而莫知其本爲館舍字矣。《漢書・賈誼傳》「學者所學之官也」、《文翁傳》「修起學官於成都市中」，竝以官爲館，《漢書》多古字故也。許書每字必箸其本義，而分官、館爲二字，似爲失之。且既云「與師同意」，師字不隸《自部》而隸《帀部》，則官字何以不隸《宀部》而隸《自部》乎？

阭

《說文・自部》：「阭，高也。从自允聲。一曰石也。」

樾謂：此即「陖」之古文也。「陖」篆說解曰：「陗高也。从自夋聲。」夋字本从允聲，則夋聲即允聲矣。字又作峻、作𡾞，《山部》曰「𡾞，高也。从山陖聲」，重文「峻」，曰「𡾞或省」，實則皆阭之變體也。蓋阭變爲陖，而陖之从自者，又變而从山，則爲峻，《玉篇》曰「陖，亦作峻」是也。陖之爲峻，猶陑之爲𡾊耳，於是又合从自、从山者而爲一字，則爲𡾞矣。蓋有阭而後有陖，有陖而後有峻，有陖、峻而後有𡾞，孳乳寖多，非古字也。許君分阭、陖各爲正篆，而《山部》峻、𡾞二字，反以峻爲𡾞之或體，胥失之矣。「阭」下「一曰石也」四字，疑當作「一曰磊也」，「阭」篆後次以「𨺅」篆，其說解即曰「磊也」，蓋冢「阭」之又一義而次之，石乃磊之壞字耳。《石部》「磊，衆石皃」，則亦有高意矣。

甲

《説文・甲部》：「甲，東方之孟，陽氣萌動，从木戴孚甲之象。」元和朱氏駿聲箸《説文通訓定聲》曰：十榦皆托名幖識字〔一〕，非其本義。甲，鎧也，象戴甲于首之形。《周禮・夏官》「司甲」次於「弁師」之後〔二〕，知古先有護首之甲，後製護身之甲，因復名甲爲冑。

樾謂：朱氏謂十榦皆托名標識，其説是也。至以甲爲鎧，則猶非本義。古書多以甲冑連文，護身者爲甲，而護首者爲冑。《説文・肉部》「冑，兜鍪也」，如朱氏説則甲亦兜鍪也，兩字不且無別乎？然則甲之本義謂何？曰：鱗甲字，其本義也。《大戴禮・易本命篇》「有甲之蟲三百六十，而神龜爲之長」，是甲蟲以龜爲主，故甲字即象龜形。其上作，與龜字頭同；其中作一者，象其肩也，許君於「龜」篆下所謂「廣肩」是也；其下作丨者，象其尾也。古文作者，其上之人，正象甲形，小篆从古文而省耳。因而引申之，草木之皮亦謂之甲。《文選・蜀都賦》「百

〔一〕榦，原誤作「榦」，據《説文通訓定聲》與蔡啓盛《校勘記》改。下同。
〔二〕弁師，原本作「弁帥」，據《周禮・夏官》改。

里甲宅」，李善引《周易》鄭注云「皮曰甲，根曰宅」是也。於是人之被以自衛者亦名爲甲，相沿既久，而被甲之士亦偁甲矣，其始皆起於鱗甲之甲。古人制器，各有所象，戰士被甲自衛，正取象於有甲之蟲，故古人以甲蟲爲兵兆也。夫麟、鳳、龜、龍謂之四靈，羽、毛、鱗、甲各自爲族，羽、毛、鱗皆有本字，何以甲獨無本字乎？蓋由榦枝義盛行，許君泥於師説，失其本義。朱氏出而訂正之，不可謂非卓見也，而説甲字猶未得其義，故具論之。

丙

《説文·丙部》：「丙，位南方。萬物成，炳然。陰气初起，陽气將虧。从一入冂。一者，陽也。」

樾謂：許君以榦枝字皆其本義，故多附會，然其云「从一入冂。一者，陽也」，此八字塙乎不易。蓋丙者，炳之古文也。《火部》「炳，明也」，其字俗又作「昞」。《廣雅·釋詁》「昞，明也」，炳、昞皆後出字，因其訓明，故或从火、或从日耳，古字當止作「丙」。《説文》不收「昞」字而收「炳」字，由許君以丙爲十榦字，而不知即炳字也。古人居寝穴，皆開其上以取明，因有中霤之名。丙之爲字，其上作一，其下作冂，其中作入，陽气入乎所冒之中正寝穴上，受天光之象，故其義爲明。《禮記·月令篇》「其日丙丁」，鄭注曰：「丙之言炳也。」《釋名·釋天》、《廣雅·釋言》竝曰「丙，炳也」，蓋以今字釋古字，訓詁之例，亦往往有之，其實丙即炳字。許君以「炳然」釋丙，而不知丙、炳同字，是其所蔽也。朱氏駿聲因《汗簡》炳有作「炦」者，豕逺「烖」之或體作「灾」者於「丙」篆之下，而訓丙爲烖，此乃異説，未之敢信。

孑孓

《説文·了部》：「孑，無右臂也。从了乚，象形。」「孓，無左臂也。从了亅，象形。」

樾謂：人之無左右臂者，亦甚尟見，古人必特製此二字，何歟？許君即以字形爲説，未得製字之本意。今按：孑、孓皆兵器也，孑之爲兵器，雖無可考，而孓之爲兵器則甚箸，莊四年《左傳》「授師孓焉以伐隨」，《考工記》戈人爲戈，鄭注曰「戈，今句孓戟也」，字亦作「釨」。《廣雅·釋器》孓與釨竝訓爲戟，實一字也。其字从了，篆體作ꝺ，乃到𠄌也。《𠄌部》曰「鉤逆者謂之𠄌」，然則鉤順者謂之ꝺ矣。孓爲句兵，故从之。孑字从到𠄌，猶戉字从反𠄌也。《了部》當與《𠄌部》相次，而許君誤次之《子部》之後，曰「了，尥也。从子無臂，象形」。按《尢部》「尥，行脛相交也」，不言無臂，可證其非矣。今訂正了爲到𠄌，即次《𠄌部》之後，而孑、孓二篆之義，因之亦明矣。

辰

《説文・辰部》：「辰，震也。三月陽气動，雷電振，民農時也，物皆生。从乙匕，象芒達，厂聲也。辰，房星，天時也。从二，二古文上也。」

樾謂：許説此篆，繁而無當，由誤以榦枝字皆其本義，故曲爲之説如此。今按：辰與㞳同字，《尸部》「㞳，伏皃，一曰屋宇也」，此即辰之後出字。辰从𠂆象人之形，𠂆即横書𠃊字，與后字、卮字从𠂆者正同；其下蓋从丙，《丙部》曰「丙，不見也，象䁈蔽之形」，人伏則䁈蔽而不見。辰字篆體作𠨗，从𠂆从丙，故其義爲伏也。僖五年《左傳》曰「丙之晨龍尾伏辰」，杜注曰「日月之會曰辰。日在尾，故尾星伏不見」，然則日月所會爲辰，正取義於伏。《説文・會部》「𣝣」篆曰「日月合，宿爲𣝣」，蓋日月所會，其星伏不見，故从會从辰會意。不然，則𣝣字从辰何意乎？辱字亦从辰，許君謂失耕時，尤爲曲説。今按：辱字从辰从寸，寸即又也，如叜字籀文从寸是矣，又者右手也，人以手自䁈蔽，辱之象也。古文辰作𠨗，其上之厂，即𠂆之省，猶古文反字，小篆省作反也。㞳乃俗字，既从𠂆，又从尸，竝即𠃊字之變體也，複矣。又以其从尸，與屋字同，而訓爲屋宇，則與宸同義。然以許書列字次弟求之，殆非也。據《天官書》兔星有七名，一曰辰星，古兔、俛同字，《漢書·陳勝項籍傳》注曰「兔，字或作俛」是也。冕字从免，《釋名·釋首飾》曰：「冕，猶俛也。」然則免謂之辰，猶俛謂之辰，辰之爲伏，又一證矣。

讀書餘録

讀書餘録一　弟一樓叢書之七

内經素問四十八條

《上古天真論》：「昔在黄帝，生而神靈，弱而能言，幼而徇齊，長而敦敏，成而登天。」樾謹按：「成而登天」，謂登天位也。《易·明夷傳》曰：「初登于天，照四國也。」可説此經「登天」之義。故下文即云：「迺問於天師。」迺者，承上之詞。見黄帝既登爲帝，乃發此問也。王冰注「白日升天」之説，初非經意。

「食飲有節，起居有常。」宋高保衡、林億等新校正本引全元起注云：「飲食有常節，起居有常度。」樾謹按：經文本作「食飲有節，起居有度」，故釋之曰「有常節」「有常度」。若如今本，則與全氏注不合矣。且上文云：「法於陰陽，和於術數。」此文「度」字本與「數」字爲韵。今作「有常」，則失其韵矣。蓋即因全氏注文有「常」字而誤入正文，遂奪去「度」字。

「以欲竭其精，以耗散其真。」新校正云：「《甲乙經》耗作好。」樾謹按：作「好」者是也。「好」與「欲」義相近。《孟子·離婁篇》「所欲有甚於生者」，《中論·夭壽篇》作「所好」。《荀子·不苟篇》「欲利而不爲所非」，《韓詩外傳》作「好利」。是「好」即「欲」也。「以欲竭其情，以好散其真」兩句文異而義同。今作「以耗散其真」，則語意不倫矣。王注曰：「樂色曰欲，輕用曰耗。」是其所據本已誤也。

「太衝脈盛。」新校正云：「全元起注及《太素》《甲乙經》俱作『伏衝』，下『太衝』同。」樾謹按：漢人書「太」字或作「伏」。漢太尉公墓中畫象有「伏尉公」字。《隸續》云：「字書有伏字，與大同音。」此碑所云「伏尉公」，蓋是用「伏」爲「大」，即「大尉公」也。然則全本及《太素》《甲乙經》當作「伏衝」，即「太衝」也。後人不識「伏」字，加點作「伏」，遂成異字。恐學者疑惑，故具論之。

《四氣調神大論》：「使氣亟奪。」樾謹按：「奪」即今「脱」字。王注以「迫奪」説之，非是。

「不施則名木多死。」樾謹按：名木猶大木也。《禮記·禮器篇》「因名山升中于天」，鄭注曰：「名，猶大也。」王注以「名果珍木」説之，未得「名」字之義。

「逆秋氣則太陰不收，肺氣焦滿。」王注曰：「焦，謂上焦也。太陰行氣，主化上焦，故肺氣不收，上焦滿也。」樾謹按：此注非也。經言「焦」，不言「上」，安得臆決爲「上焦」乎？「焦」即「焦灼」之「焦」。《禮記·問喪篇》「乾肝焦肺」是其義也。

「逆冬氣則少陰不藏，腎氣獨沈。」樾謹按：「獨」當爲「濁」字之誤也。腎氣言濁，猶上文肺氣言焦矣。新校正云：「『獨沈』，《太素》作『沈濁』。」其文雖到而字正作「濁」，可據以訂正今本「獨」字之誤。

「道者，聖人行之，愚者佩之。」王注曰：「愚者性守於迷，故佩服而已。」樾謹按：王注非也。「佩」當爲「倍」。《釋名·釋衣服》曰：「佩，倍也。」《荀子·大略篇》「一佩易之」，楊倞注曰：「佩，或爲倍。」是「佩」與「倍」聲近義通，「倍」猶「背」也。昭二十六年《左傳》「倍奸齊盟」，《孟子·滕文公篇》「師死而遂倍之」，「倍」並與「背」同。聖人行之，愚者倍之，謂聖人行道，而愚民倍道也。下文云：「從陰陽則生，逆之則死，從之則治，逆之則亂。」曰「從」曰「逆」，正分承聖人、愚者而言。行之故從，倍之故逆也。王注泥本字爲説，未達叚借之旨。

《生氣通天論》：「其氣九州九竅，五藏十二節，皆通乎天氣。」王注曰：「外布九州，而内應九竅，故云九州九竅也。」樾謹按：九竅與九州，初不相應。如王氏説，將耳目口鼻各應一州，能晰言之乎？今按，「九竅」二字實爲衍文。「九州」即「九竅」也。《爾雅·釋畜篇》「白州，驠」〔一〕，郭注曰：「州，竅。」《北山經》「倫山有獸，如麋，其川在尾上」，郭注曰：「川，竅也。」「川」即「州」字之誤，是古謂「竅」爲「州」。此云「九州」，不必更言「九竅」。「九竅」二字疑即古注之誤入正文者。味王注云云，似舊有「九州，九竅也」之說，而王氏申說之如此。此即可推其致誤之由矣。《六節藏象論》與此同誤。

「故聖人傳精神。」王注曰：「夫精神可傳，惟聖人得道者乃能爾。」樾謹按：王注非也。「傳」讀爲「摶」，聚也。摶聚其精神，即《上古天真論》所謂「精神不散」也。《管子·內業篇》「摶氣如神，萬物備存」，尹知章注：「摶，謂結聚也。」與此文語意相近。作「傳」者，古字通用。

「陽氣者，煩勞則張精絶。」樾謹按：「張」字之上奪「筋」字。「筋張」「精絶」兩文相對。今奪「筋」字，則義不明。王注曰：「筋脈䐜張，精氣竭絶。」是其所據本未奪也。

「高粱之變，足生大丁。」王注曰：「所以丁生於足者，四支爲諸陽之本也。」樾謹按：王注非也。如其說，則手亦可生，何必足乎。新校正云：「丁生之處，不常於足。蓋謂膏粱之變，饒

〔一〕 畜，原誤作「獸」，據《爾雅·釋畜》改。

生大丁，非偏著足也。」是以足爲饒足之足，義亦迂曲。「足」疑「是」字之誤。上云「乃生痤疿」，此云「是生大丁」，語意一律。「是」誤爲「足」，於是語詞而釋以實義，遂滋曲説矣。

「故陽氣者，一日而主外。」樾謹按：上文云「是故陽因而上衛外者也」，下文云「陽者，衛外而爲固也」。是陽氣固主外。然云「一日而主外」，則義不可通。「主外」疑「生死」二字之誤。下文云「平旦人氣生，日中而陽氣隆，日西而陽氣已虚，氣門乃閉」。雖言生，不言死，然既有生，即有死。陽氣生於平旦，則是日西氣虚之後已爲死氣也，故云「陽氣者，一日而生死」。「生」與「主」、「死」與「外」竝形似而誤。

「味過於辛，筋脈沮弛，精神乃央。」王注曰：「央，久也。辛性潤澤，散養於筋，故令筋緩脈潤，精神長久。何者？辛補肝也。」新校正云：「按此論味過所傷，難作精神長久之解。央乃殃也，古文通用。」樾謹按：王注固非，校正謂是「殃」字，義亦未安。「央」者，盡也。《楚辭·離騷》「時亦猶其未央兮」，王逸注曰：「央，盡也。」《九歌》「爛昭昭兮未央」，注曰：「央，已也。」「已」與「盡」同義。「精神乃央」，言精神乃盡也。

《陰陽應象大論》：「天有八紀，地有五里。」樾謹按：「里」當爲「理」。《詩·棫樸篇》鄭箋云「理之爲紀」，《白虎通·三綱六紀篇》「紀者，理也」。是「紀」與「理」同義。天言紀，地言理，其實一也。《禮記·月令篇》：「無絶地之理，無亂人之紀。」亦以「理」與「紀」對言。下文云：「故治不法天之紀，不用地之理，則災害至矣。」以後證前，知此文本作「地有五理」也。王注曰：「五行爲生育之井里。」以「井里」説「里」字，迂曲甚矣。

《陰陽離合論》：「則出地者，命曰陰中之陽。」樾謹按：「則」當爲「財」。《荀子·勸學篇》「口耳之間，則四寸耳」，楊倞注曰：「則，當爲財，與纔同。」是其例也。「財出地者」，猶「纔出地者」，言始出地也，與上文「未出地者」相對。蓋既出地則純乎陽矣，惟「財出地者」，乃命之曰「陰中之陽」也。

「厥陰根起於大敦陰之絶陽，名曰陰之絶陰。」樾謹按：既曰「陰之絶陽」，又曰「陰之絶陰」，義不可通。據上文「太陽陽明，竝曰陽中之陽」〔一〕，則太陰、厥陰應並言「陰中之陰」。疑此文本作「厥陰根起於大敦陰之絶陽，名曰陰中之陰」。蓋以其兩陰相合，有陰無陽，故爲「陰之絶陽」，而名之曰「陰中之陰」也。兩文相涉，因而致誤。

《陰陽別論》：「別於陽者，知病忌時；別於陰者，知死生之期。」樾謹按：「忌」當作「起」字

〔一〕陽中之陽，前一「陽」字原作「陰」，據《内經素問》與蔡啓盛《校勘記》改。

之誤也。上文云「别於陽者，知病處也；别於陰者，知死生之期」，《玉樞真藏論》作「别於陽者，知病從來；别於陰者，知死生之期」。「來」字與「期」字爲韵，則「處也」二字似誤。此云「知病起時」，猶彼云「知病從來」也。蓋别於陽則能知所原起，别於陰則能知所終極，故云爾。「忌」與「起」隸體相似，因而致誤。

「曰二陽之病發心脾，有不得隱曲，女子不月。」王注曰：「隱曲，謂隱蔽委曲之事也。夫腸胃發病，心脾受之。心受之則血不流，脾受之則味不化。血不流，故女子不月；味不化，則男子少精。是以隱蔽委曲之事不能爲也。」樾謹按：王氏此注有四失焉：本文但言女子不月，不言男子少精，增益其文，其失一也。本文先言不得隱曲，後言女子不月，乃增出男子少精，而以不得隱曲總承男女而言，使經文倒置，其失二也。女子不月既著其文，又申以不得隱曲之言，而男子少精，必待注家補出，使經文詳略失宜，其失三也。《上古天真論》曰：「丈夫八歲，腎氣實，髮長齒更；二八，腎氣盛，天癸至，精氣溢寫。」是男子之精與女子月事，並由腎氣。少精與不月，應是同病，乃以女子不月屬之心，而以男子少精屬之脾，其失四也。今按，下文云：「三陰三陽俱搏，心腹滿，發盡，不得隱曲，五日死。」注云：「隱曲，謂便寫也。」然則不得隱曲，謂不得便寫。王注前後不照，當以後注爲長。便寫謂之隱曲，蓋古語如此。襄十五年《左傳》「師慧過宋朝，私焉」，杜注曰：「私，小便。」便寫謂之隱曲，猶小便謂之私矣。不得隱曲爲一病，女子不月爲一病，二者不得并爲一談。「不得隱曲」從下注訓爲不得便寫，正與脾病相應矣。

「死陰之屬，不過三日而死；生陽之屬，不過四日而死。」樾謹按：下文云：「肝之心，謂之生陽；心之肺，謂之死陰。」故王注於「死陰之屬」，曰「火乘金也」；於「生陽之屬」，曰「木乘火也」。是「死陰」「生陽」名雖有生死之分，而實則皆死徵也。故一曰「不過三日而死」，一曰「不過四日而死」。新校正云：「別本作『四日而生』，全元起注本作『四日而已』，俱通。詳上下文義，作死者非。」此新校之謬說。蓋全本作「四日而已」者，「已」乃「亡」字之誤。別本作「生」者，淺人不察文義，以爲「死陰」言死，「生陽」宜言生，故臆改之也。新校以「死」字爲非，必以「生」字爲是，大失厥旨矣。

《靈蘭祕典論》：「消者瞿瞿，孰知其要。」新校正云：「《太素》作『肖者濯濯』。」樾謹按：《大素》是也。「濯」與「要」爲韵，今作「瞿」，失其韵矣。《氣交變大論》亦有此文，「濯」亦誤作「瞿」，而「消」字正作「肖」，足證古本與《大素》同也。

《六節藏象論》：「心者，生之本，神之變也。」新校正云：「全元起本并《太素》作『神之處』。」樾謹按：「處」字是也。下文云「魄之處」「精之處」，又云「魂之居」「營之居」，並以「居」

「處」言，故知「變」字誤矣。

「此爲陽中之少陽，通於春氣。」新校正云：「全元起本并《甲乙經》、《大素》作『陰中之少陽』。」樾謹按：此言肝藏也。據《金匱真言論》曰「陰中之陽，肝也」，則此文自宜作「陰中之少陽」，於義方合。王氏據誤本作注，而以少陽居陽位説之，非是。

《五藏生成論》：「凝於脈者爲泣。」王注曰：「泣爲血行不利。」樾謹按：字書「泣」字並無此義，「泣」疑「沍」字之誤。《玉篇·水部》：「沍，胡故切，閉塞也。」「沍」字右旁之「互」誤而爲「互」，因改爲「立」，而成「泣」字矣。上文云「是故多食鹽，則脈凝泣而變色」，「泣」亦「沍」字之誤。王氏不注於前，而注於後，或其作注時此文「沍」字猶未誤，故以「血行不利」説之，正「沍」字之義也。《湯液醪醴論》「榮泣衛除」，《八正神明論》「人血凝泣」，「泣」字並當作「沍」。

「徇蒙招尤。」王注曰：「徇，疾也。蒙，不明也。言目暴疾而不明。招，謂掉也，摇掉不定。尤，甚也。目疾不明，首掉尤甚，謂暴疾也。」樾謹按：王氏説「招尤」之義甚爲迂曲，殆失其旨，今亦未詳其説。「徇蒙」之義，則固不然。新校正云：「蓋謂目瞼瞤動疾數而蒙暗也。」此仍無以易乎王注之説。今按，「徇」者，「眴」之叚字；「蒙」者，「矇」之叚字。《説文·目部》：「旬，目摇也。」或作眴。「矇，童蒙也，一曰不明也。」是「眴」「矇」竝爲目疾，于義甚顯。注家泥「徇」之本義，而訓爲疾，斯多曲説矣。

《異法方宜論》：「南方者，天地所長養，陽之所盛處也。」樾謹按：「陽之所盛處也」當作「盛陽之所處也」，傳寫錯之。

「其民嗜酸而食胕。」樾謹按：「胕」即「腐」字，故王注曰：「言其所食不芳香。」新校正曰：「全元起云：『食魚也。』」食魚，不得謂之食胕，全説非。

《移情變氣論》：「故可移精祝由而已。」樾謹按：《説文・示部》：「䄝，祝䄝也。」是字本作「䄝」。《玉篇》曰：「䄂，恥霤切，古文䄝。」是字又作「䄂」。此作「由」者，即「䄂」之省也。王注曰：「无假毒藥，祝説病由。」此固望文生訓。新校正引全注云：「祝由，南方神。」則以「由」爲「融」之叚字。「由」「融」雙聲，證以昭五年《左傳》「蹶由」，《韓子・説林》作「蹶融」，則古字本通。然「祝融而已」，文不成義。若然，則以本草治病，即謂之神農乎？全説亦非。

《湯液醪醴論》：「岐伯曰〔一〕：『當今之世，必齊毒藥攻其中，鑱石鍼艾治其外也。』」樾謹按：「齊」當讀爲「資」，「資」，用也。言必用「毒藥」及「鑱石鍼艾」以攻治其內外也。《考工記》

〔一〕 岐，原誤作「歧」，據蔡啓盛《校勘記》與《内經素問》改。下同。

「或通四方之珍異，以資之」，注曰：「故書資作齊。」是「資」「齊」古字通。

「精神不進，志意不治，故病不可愈。」新校正云：「全元起本云：『精神進，志意定，故病可愈。』《太素》云：『精神越，志氣散，故病不可愈。』」樾謹按：此當以全本爲長，試連上文讀之，「帝曰：『何謂神不使？』岐伯曰：『鍼石道也。』」「精神進，志氣定，故病可愈。」蓋「精神進，志意定」，即「鍼石之道」，所謂神也。若如今本，則「鍼石之道」尚未申説，而即言「病不可愈」之故，失之不倫矣。又試連下文讀之，「精神進，志意定，故病可愈。今精壞神去，營衛不可復收，何者？嗜欲無窮，而憂患不止，精氣弛壞，營泣衛除，故神去之，而病不愈也」。「病不愈」句正與「病可愈」句反復相明。若如今本，則上已言「不可愈」，下又言「不愈」，文義複矣。且中間何必以「今」字作轉乎？此可知王氏所據本之誤，《太素》本失與王同。

「去宛陳莝。」新校正云：「《太素》『莝』作『莖』。」樾謹按：王注云：「去宛陳莝，謂去積久之水物，猶如草莝之不可久留於身中也。」全本作「草莖」，然則王所據本亦是「莖」字，故以「草莖」釋之，而又引全本之作「莝」者，以見異字也。今作「莝」則與注不合矣。高保衡等失於校正。

《玉版論要》：「著之玉版，命曰合玉機。」樾謹按：「合」字即「命」字之誤而衍者。《玉機真藏論》曰：「著之玉版，藏之藏府，每旦讀之，名曰玉機。」正無「合」字。王氏不據以訂正，而曲爲之説，失之。

「容色見上下左右，各在其要。」新校正云：「全元起本『容』作『客。』」樾謹按：王注曰：「容色者，他氣也。如肝木部内見赤黄、白黑色，皆爲他氣也。」然則王所據本亦是「客」字，故以「他氣」釋之。「他氣」謂非本部之氣，所謂「客」也。今作「容」，誤。高保衡等失於校正。

《脈要精微論》：「渾渾革如涌泉，病進而色，弊緜緜，其去如弦絶死。」新校正云：「《甲乙經》及《脈經》作『渾渾革革，至如涌泉，病進而色。弊弊綽綽，其去如弦絶者死』。」樾謹按：王本有奪誤，當依《甲乙經》及《脈經》訂正。惟「病進而色」義不可通，「色」乃「絶」之壞字，言待其病進而後絶也。「至如涌泉」者，一時未即死，病進而後絶；「去如絶弦」則即死矣。兩者不同，故分別言之。

「夫精明五色者，氣之華也。」王注曰：「五氣之精華，上見爲五色，變化於精明之間也。」樾謹按：王注殊誤。「精明」「五色」本是二事，「精明」以目言，「五色」以顔色言。蓋人之目與顔色，皆足以決人之生死。下文曰：「赤欲如白裹朱，不欲如赭；白欲如鵞羽，不欲如鹽；青欲如蒼璧之澤，不欲如藍；黄欲如羅裹雄黄，不欲如黄土；黑欲如重漆色，不欲如地蒼。五色精微，象見矣，其壽不久也。」此承五色言之，以人之顏色决生死也。又曰：「夫精明者，所以視萬物，别白黑，審短長。以長爲短，以白爲黑，如是則精衰矣。」此承精明言之，以人之目决生死也。王氏不解此節之義，故注下文「精明」一節云：「誡其誤也。」不知此文是示人决生死之法，非誡庸工之誤也，失經旨甚矣。

「反四時者，有餘爲精，不足爲消。」王注曰：「諸有餘皆爲邪氣勝精也。」樾謹按：「邪氣勝精」，豈得但謂之「精」，王注非也。「精」之言「甚」也。《吕氏春秋·勿躬篇》「自蔽之精者也」，《至忠篇》「乃自伐之精者」，高誘注竝訓「精」爲「甚」。「有餘爲精」，言諸有餘者皆爲過甚耳。王注未達古語。

「生之有度，四時爲宜。」新校正云：「《太素》『宜』作『數』。」樾謹按：作「數」者是也。「度」與「數」爲韵。

「溢飲者，渴暴多飲，而易入肌皮腸胃之外也。」新校正云：「《甲乙經》『易』作『溢』。」樾謹按：王本亦當作「溢」，其注云：「以水飲滿溢，故滲溢易而入肌皮腸胃之外也。」此「易」字無義。蓋正文誤「溢」爲「易」，故後人於注中妄增「易」字耳，非王本之舊。

「推而上之，上而不下，腰足清也；推而下之，下而不上，頭項痛也。」新校正云：「《甲乙經》『上而不下』作『下而不上』，『下而不上』作『上而不下』。」樾謹按：《甲乙經》是也。上文云「推而外之，内而不外，有心腹積也；推而内之，外而不内，身有熱也」。是外之而不外，内之而不内，皆爲有病。然則此文亦當言「上之而不上，下之而不下」，方與上文一例。若如今本「推而上之，上而不下；推而下之，下而不上」，則固其所耳，又何病焉？且陽升陰降，推而上之而不上，則陰氣太過，故腰足爲之清。推而下之而不下，則陽氣大過，故頭項爲之痛。王氏據誤本作注，曲爲之説，殆失之矣。又按：「清」當爲「凊」。《説文・仌部》：「凊，寒也。」故王注云「腰足冷」。

《平人氣象論》：「死心脈來，前曲後居。」樾謹按：「居」者，直也。言前曲而後直也。《釋名・釋衣服》曰：「裾，倨也。倨倨然直。」「居」與「倨」通。王注曰：「居，不動也。」失之。

《玉機真象論》：「冬脈如營。」王注曰：「脈沈而深，如營動也。」樾謹按：「深沈」與「營動」義不相應。據下文「其氣來沈以搏」，王注以「沈而搏擊於手」釋之。「營動」之義或取於此。然新校正云：「《甲乙經》『搏』字爲『濡』。『濡』，古軟字，乃冬脈之平調。若『沈而搏擊於手』，則冬脈之太過脈也。當從《甲乙經》『濡』字。」然則經文「搏」字本是誤文，不得據以爲説。今按：「營」之言回繞也。《詩・齊譜》正義曰：「水所營繞，故曰營丘。」《漢書・吴王濞傳》、《劉向傳》

注並曰「營，謂回繞之也」，字亦通作「縈」。《詩・樛木篇》傳曰：「縈，旋也。」「旋」亦回繞之義。冬脈深沈，狀若回繞，故如營。

「五藏受氣於其所生，傳之於其所勝。氣舍於其所生，死於其所不勝。」樾謹按：兩言「其所生」，則無別矣。疑下句衍「其」字。「其所生」者，其子也；「所生」者，其母也。《藏氣法時論》：「失邪氣之客於身也。以勝相加，至其所生而愈，至其所不勝而甚，至於所生而持。」王注解「其所生」曰：「謂至己所生也。」解「所生」曰：「謂至生己之氣也。」一曰「其所生」，一曰「所生」，分別言之，此亦當同矣。

《寶命全形論》：「岐伯對曰：『夫鹽之味鹹者，其氣令器津泄。絃絶者，其音嘶敗。木敷者，其葉發。病深者，其聲噦。人有此三者，是謂壞府。毒藥無治，短鍼無取，此皆絶皮傷肉血氣争黑。』」新校正云：「按，《太素》云：『夫鹽之味鹹者，其氣令器津泄。絃絶者，其音嘶敗。木陳者，其葉落。病深者，其聲噦。人有此三者，是謂壞府。毒藥無治，短鍼無取，此皆絶皮傷肉血氣争黑。』三字與此經不同，而注意大異。楊上善云：『言欲知病微者，須知其候。鹽之在於器中，津液泄於外，見津而知鹽之有鹹也。聲嘶，知琴瑟之弦將絶。葉落，知陳木之已盡。舉此三物衰壞之微，以比聲噦識病深之候。人有聲噦同三譬者，是爲府壞之候。中府壞者，病之深也。其病既深，故鍼藥不能取，以其皮肉血氣各不相得故也。』再詳上善作此等注義，方與黃帝上下問答義相貫穿。王氏解『鹽鹹器津』義，雖淵微，至於注『弦絶』『音嘶』『木敷』『葉發』，殊不與帝問相協。考之，不若楊義之得多也。」樾謹按：楊上善注以上三句譬下一句，義殊切當。「木敷」「葉發」亦當從彼作「木陳」「葉落」。本是喻其衰壞，自以「陳」「落」爲宜也。惟「人有此三者」句，尚未得解。《經》云「有此三者」，不云「同此三者」，何得以「同三譬」説之？疑「此皆絶皮傷肉血氣争黑」十字當在「人有此三者」之上。絶皮，一也；傷骨，二也；血氣争黑，三也。所謂「三者」也。病深而至於聲噦，「此皆絶皮傷肉血氣争黑，人有此三者，是謂壞府，毒藥無治，短鍼無取」，文義甚明。傳寫顛倒，遂失其義。又按：《太素》與此經止「陳」「落」二字不同，而新校正云「三字」者，蓋「其音嘶敗」，王本作「其音嘶嗄」，故注云：「陰囊津泄而脈絃絶者，診當言音嘶嗄敗。易舊聲爾。」又曰：「肺主音聲，故言音嘶嗄。」皆以「嘶嗄」連文，是其所據經文必作「嘶嗄」，不作「嘶敗」，與《太素》不同。故得有三字之異也。

《八正神明論》：「故日月生而寫，是謂藏虚。」樾謹按：上云「月始生，則血氣始精，衛氣始行」，又云「月生無寫」，並言月不言日，且日亦不當言生也。「日」疑「曰」字之誤。

「四時者，所以分春秋冬夏之氣所在，以時調之也。八正之虚邪而避之勿犯也。」樾謹按：

「調」下衍「之也」二字。本作「四時者，所以分春秋冬夏之氣所在，以時調八正之虚邪而避之勿犯也」。今衍「之也」二字，文義隔絶。

「慧然在前，按之不得，不知其情，故曰形。」樾謹按：「慧然在前」，本作「卒然在前」。據注云：「慧然在前，按之不得，言三部九候之中，卒然逢之，不可爲之期準也。」《離合真邪論》曰：「在陰與陽，不可爲度，從而察之。三部九候，卒然逢之，早遏其路。」此其義也。注中兩「卒然」字正釋經文「卒然在前」之義。因經文誤作「慧然」，遂改注文亦作「慧然在前」，非王氏之舊也。尋經文所以致誤者，蓋涉下文「慧然獨悟，口弗能言」而誤。王於下文注曰「慧然，謂清爽也」，則知此文之不作「慧然」矣。不然何不注於前而注於後乎？

《離合真邪論》：「不可挂以髮者，待邪之至時而發鍼寫矣。」樾謹按：「不可挂以髮者」六字衍文，「寫」字乃「焉」字之誤，本作「待邪之至時而發鍼焉矣」。蓋總承上文而結之。上文一則曰「其來不可逢，此之謂也」，一則曰「其往不可追，此之謂也」。此則總結之曰「待邪之至時而發鍼焉矣」。正對黄帝「候氣奈何」之問。今衍此六字，蓋涉下文而誤。下文云「故曰知機道者，不可挂以髮；不知機者，扣之不發」。今誤入此，文義不可通。又據上文雖是言「寫然」，「發鍼寫矣」殊苦不詞，蓋「寫」與「焉」形似而誤耳。

鬼谷子 五十五條

《捭闔篇》：「夫賢不肖、智愚、勇怯、仁義有差。」樾謹按：「仁義」二字與「賢不肖、智愚、勇怯」不一律，蓋衍文也。陶弘景注曰：「言賢不肖、智愚、勇怯，材性不同，各有差品。賢者可捭而同之，不肖者可闔而異之，智之與勇可進而貴之，愚之與怯可退而賤之。賢愚各當其分，股肱各盡其力。」是其所據本無「仁義」二字也。

「審定有無，以其實虛。」樾謹按：「以」「與」古通用。《儀禮・鄉射禮》：「各以其耦進。」鄭注曰「今文『以』爲『與』」，是也。「以其實虛」即「與其實虛」。秦氏恩復校曰：「一本『以』作『與』。」則非古字矣。

「貴得其指。」樾謹按：「貴」字乃「實」字之誤。上云「以求其實」，此云「實得其指」，兩文相承。陶注但曰「實情既得」，而不解「貴」字，其所據本未誤也。

「審明其計謀。」樾謹按：此本作「明審其計謀」，故注云「必明審其計謀，以原其同異」，即依正文爲說也。上文「審察其所先後」，注云「故審察其所宜先者先行，所宜後者後行之也」。又曰「審定有無」，注云「必審定材術之有無」。是注文皆依正文爲說。正文言「審察」，注亦言

「審察」；正文言「審定」，注亦言「審定」。若此文是「審明」，注何以倒其文而爲「明審」乎？

「四時開閉，以化萬物，縱橫反出，反覆反忤，必由此矣。」樾謹按：「反出」「反忤」四字，衍文也。此文當讀至「萬物」絶句。「四時開閉，以化萬物，縱橫反覆，必由此矣。」其文甚明。寫者衍「反出」「反忤」四字，陶氏遂於「横」字絶句。「反出反覆反忤」竝列爲三義，雖曲爲之説，不可通矣。

「捭闔者，道之大化，説之變也，必豫審其變化。」樾謹按：「大」字衍文也。「道之化，説之變」，相對成文。注云：「言事無開闔，則大道不化，言説無變。故開閉者，所以化大道，變言説。」注中「大」字，乃陶氏加以足句，正文本無「大」字。猶「言説」之「言」，亦陶氏加以足句，正文本無「言」字也。正文「大」字即涉注文而衍。

《反應篇》：「其有象比，以觀其次。」樾謹按：「其」當作「既」。注云「前事既有象比，更當觀其次」，是其所據本作「既有象比」。

「其釣語合事，得人實也，其張罝網而取獸也。」樾謹按：「釣語」謂人所隱藏不出之言，以術釣而出之。若《孟子》所稱「以言餂」「以不言餂」，皆是矣。此本云「其釣語合事，得人實也。若張罝網而取獸也」。蓋謂釣取人之言語，合之其人之行事，而得其實。猶之乎張罝網而取獸也。「若」字誤作「其」字，陶氏遂分釋之，而其義失矣。

「見其情隨而牧之。」樾謹按：《方言》：「牧，察也。」此「牧」字當訓「察」。故下文曰「其變當也，而牧之審也；牧之不審，得情不明」。陶注訓爲「牧養」，則與下義不合矣。下文又曰「象而比之，以牧其辭」，「牧其辭」即察其辭也。注曰「徐徐牧養，令其自言」，斯曲説矣。

「其相知也，若比目之魚。見形也，若光之與景也。」樾謹按：「魚」字絶句。《太平御覽》引此文云：「其和也，若比目之魚。」「和」即「知」之異文。是古讀於「魚」字絶句也。「見形」上當補「其」字。《御覽》所引又有曰「其伺言也，若聲與響」。疑古本作「其相和也，若比目之魚。其伺言也，若聲之與響也。其見形也，若光之與景也」。《御覽》所引正合古本，但節去數虚字耳。此本有闕文，而「和」字又誤作「知」，陶注遂以「我能知己，彼須知我」解之矣。

「己不先定，牧人不正。」樾謹按：《廣韵》曰：「正，正當也。」「牧人不正」，謂伺察人不當也。注謂「牧人之理不道其正」，非是。蓋由學者止知有牧養之義，不知有牧察之義，故皆失其解。

「己審先定，以牧人。」樾謹按：此本作「己先審定，以牧人」，故注曰「己能審定，以之牧人也」。今作「己審先定」者，涉上文「己不先定」而誤。

《内揵篇》〔一〕：「内者，進説辭。」樾謹按：「内」讀爲「納」，故曰「内者，進説辭」。以「進」字釋「内」字也。注謂「説辭既進，内結於君」，未得「内」字之義。此篇名《内揵》，「揵」即「鍵」也。《周官・司門》「掌授管鍵」司農注曰：「管謂籥也，鍵謂牡。」然則「内揵」者，謂納鍵於管中。陶氏解篇名曰：「言上下之交，必内情相得，然後結固而不離。」殆非其旨。

「若欲去之，因危與之。」樾謹按：「危」讀爲「詭」，古字「詭」與「危」通。《漢書・天文志》「司詭星出正西」，《史記・天官書》「詭」作「危」；《淮南・説林篇》「尺寸雖齊，必有詭」，《文子・上德篇》「詭」作「危」，竝其證也。《文選・幽通賦》「變化故而相詭兮」，曹大家注曰「詭，反也」；《淮南・齊俗篇》「禮樂相詭，服制相反」，是「詭」與「反」同。「若欲去之，因詭與之」，猶《反應篇》所謂「欲高反下，欲取反與」也。

《抵巇篇》：「巇者，罅也。罅者，㵎也。」樾謹按：古本「巇」「㵎」二字當皆不從山。《文選・蜀都賦》「劇談戲論」劉逵注曰：「鬼谷先生書有《抵戲篇》。」是「巇」字古止作「戲」也。「戲」且不從山，「㵎」字從可知矣。

〔一〕 揵，原誤作「楗」，據蔡啓盛《校勘記》與《鬼谷子》改。

「能因能循，爲天地守神。」樾謹按：《國語・魯語》曰：「山川之靈，足以紀綱天下者，其守爲神。社稷之守爲公侯。」故此云「爲天地守神」。注謂「爲天地守其神祀」，失之。

《忤合篇》：「因之所多所少。」樾謹按：「因」字無義。據注云「所多所少，謂政教所宜多所宜少也」，是多少以政教言，則「因」字或「國」字之誤。

「材質不惠，不能用兵。」樾謹按：「惠」讀爲「慧」，古字通。

《揣篇》：「是謂權量。」樾謹按：「權量」當作「量權」。上文云：「古之善用天下者，必量天下之權，而揣諸侯之情。」是「量權」二字不平列，不當倒其文爲「權量」也。下文云：「故計國事，則當審權量。説人主，則當審揣情。」「權量」亦當作「量權」，方與篇首相應。

「情欲必失其變。」樾謹按：「失」字無義，疑當作「知」。「知」字闕壞，僅存右旁「矢」字，因誤爲「失」矣。下文曰「感動而不知其變者」，即承此文而言。陶氏作注時已誤作「失」，乃曲爲之説曰「情欲因喜懼而失」，於文義殊未安也。

「此謀之大本也，而説之法也。」樾謹按：「大」字衍文也。「謀之本」「説之法」相對爲文，不當有「大」字。「本」與「大」上半相似，每易致誤。《漢書・董仲舒傳》「元者，辭之所謂大也」，《漢紀・武帝紀》「大」作「本」，是其證也。此文「本」字誤作「大」，校者旁注「本」字，傳寫因作

「大本」矣。注但曰「揣情者，乃成謀之本」，而無「大」字，是其所據本未衍。

「常有事於人，人莫先事而至，此最爲難。」樾謹按：「人莫」下奪「能先」二字。據注云「故有事於人，人莫能先也。又能窮幾盡變，故先事而至」，是其所據本未奪。

「可以生事美，生事者，幾之勢也。」樾謹按：「美」當作「變」，言蛸飛蠕動之蟲，無不有利害可以生事變也。「變」「美」形近而誤。《决篇》「危而美名者」，秦氏校本曰「美，一本作變」，即其例矣。注曰「可以成生事之美」，是其所據本已誤。

《摩篇》：「摩之符也。」樾謹按：此本作「摩者，揣之術也」。傳寫奪「者揣」二字，又涉下句「内符」而誤「術」爲「符」耳。注曰：「謂揣知其情，然後以其所欲摩之，故摩爲揣之術。」是其所據本正作「摩者，揣之術也」，當據以訂正。《太平御覽》引此文云「摩者，揣之也」，則又奪「術」字。

「説者聽必合乎情。」樾謹按：「者」衍字。上云「夫事成必合於數」，與此句正相對成文。

「成而不抱。」樾謹按：「抱」當爲「保」。《釋名·釋姿容》曰：「抱，保也，相親保也。」是

「抱」與「保」義通。《詩・楚茨篇》「神保是饗」，箋云：「保，居也。」《思齊篇》「無射亦保」〔一〕，箋云：「保，猶居也。」然則「成而不保」猶云「成而不居」。注云「功成不拘，何抱之有」，「不拘」即「不居」之誤。

《權篇》：「佞言者，諂而于忠。」樾謹按：「于」當讀作「爲」，古字通用。《儀禮・士冠禮》「宜之于假」，鄭注曰：「于，猶爲也。」又《聘禮記》「賄在聘于賄」，注曰：「于讀曰爲。」竝其證也。「諂而于忠」即「諂而爲忠」。下文竝同。秦氏恩復疑是「干」字之誤，未得古義。

「所以窺見閒姦邪。」樾謹按：此本作「窺閒姦邪」。「閒」當讀爲「見」，「窺閒」即「窺見」也。後人因「閒」爲「見」之叚借，旁識「見」字，傳寫不知，而竝存之，遂作「閒見」矣。《禮記・祭義篇》「見閒以俠甒」，王氏引之曰：「古『見』『閒』同聲，故借『見』爲『閒』。後人因『閒』爲『見』之叚借，旁識『見』字，傳寫不知，而竝存之，遂成『見閒以俠甒』。」説詳《經義述聞・通説》，與此正可互證。

「變易而不危者。」樾謹按：「危」讀爲「詭」，與《内揵篇》「危與」之「危」同，言變易而不詭

〔一〕射，原誤作「財」，據《詩經・大雅・思齊》與蔡啓盛《校勘記》改。

譎也。

「古人有言曰：『口可以食，不可以言，言者有諱忌也。衆口爍金，言有曲故也。』」樾謹按：「者」字衍文。「口可以食，不可以言，言有諱忌也。」乃引古人之言而釋之。「衆口爍金，言有曲故也」，亦引古人之言而釋之。兩云「言有」，文義一律。陶注曰「言者觸忌諱，故曰有忌諱也」，是其所據本已衍「者」字矣。

「終日不變而不失其主。」樾謹按：此本作「終日變，而不失其主」，與上文「終日言，不失其類」相對。注云「不亂，故不變」，是其所據本已衍「不」字。

《謀篇》：「故同情而俱相親者，其俱成者也；同欲而相疏者，其偏害者也。」樾謹按：「偏害」當作「偏成」。下文云：「同惡而相親者，其俱害者也；同惡而相疏者，偏害者也。」彼上言「俱害」，故下言「偏害」。然則此上言「俱成」，下宜言「偏成」矣。今作「偏害」，即涉下文而誤。

「故爲强者，積於弱也；有餘者，積於不足也。」樾謹按：「積於弱也」下本有「爲直者，積於曲也」一句。注曰：「柔弱勝於剛强，故積弱可以爲强；大直若曲，故積曲可以爲直；少則得衆，故積不足可以爲有餘。」是陶氏作注時，此句未奪，可據補。

「微而正之。」樾謹按：「正」本作「證」。故注曰：「雖恐動之，尚不知變者，則微有所引，據以證之。」是陶氏所據本作「證」不作「正」也。俗書每以「証」字代「證」字，故「證」誤爲「正」。

「其身内、其言外者疏。」樾謹按：《説文・夕部》：「外，遠也。」「其身内、其言外」，謂其身雖居密邇，而其言反涉疏遠也。下云「其身外、其言深者危」，謂其身雖在疏遠，而其言反甚深切也。一見疏，一見危。職此之故，注云「身在内而言外泄」，未達「外」字之義。

「無以人之近所不欲而强之於人。」樾謹按：「近」字衍文，蓋即「所」字之誤而衍者。兩字竝從「斤」，故致誤也。注云「謂其事雖近，彼所不欲」，則其所據本已衍矣。

「智用於衆人之所不能知，而能用於衆人之所不能見。」樾謹按：「而能」二字衍文也。「用於衆人之所不能知」，「用於衆人之所不能見」，皆蒙「智」字爲文，非以「智」「能」竝列也。注曰：「衆人所不能知，衆人所不能見，智獨能用之，所以貴於智矣。」其義甚明，不當有「而能」二字。

「既用，見可否，擇事而爲之，所以自爲也；見不可，擇事而爲之，所以爲人也。」樾謹按：此以「見可」「見不可」相對爲文，不當云「見可否」也。「否」衍字。注云：「所見可否擇事爲之，將此自爲；所見不可擇事而爲之，將此爲人。亦猶伯樂教所親相駑駘，教所憎相千里馬也。」「否」亦衍字。

「則可與穀遠近之義。」樾謹按：「穀」當讀爲「轂」。《爾雅·釋詁》：「轂，盡也。」《史記·秦始皇紀》「雖監門之養，不轂於此」，《索隱》曰：「轂音學，謂盡也。」「轂遠近之義」即「盡遠近之義」。作「穀」者，古字通耳。陶注曰：「穀，養也。養遠近之人，誘於仁義之域也。」此未達叚借之旨，正文言「遠近之義」，不言「遠近之人」，訓「穀」爲「養」，豈可通乎？

《決篇》：「害至於誘也，終無惑。」樾謹按：此言天下禍害之來，皆先有以誘之。能終不爲其惑，乃可以言決矣。陶注斷「終無惑」三字屬下節，則「害至於誘也」句文義未足。雖曲爲之説，而不可通。

「公王大人之事也。」樾謹按：此七字衍文。陶注亦不及，是其本無此七字。

《符言篇》：「有主位。」樾謹按：「有」當爲「右」。「右主位」，題目上事也。此篇分爲九節：自「安徐正静」至「以待傾損」爲一節，題曰「右主位」。自「目貴明」至「則明不可塞」爲一節，題曰「右主明」。自「德之術」至「其莫之極歟」爲一節，題曰「右主德」。自「用賞貴信」至「而况姦者干君」爲一節，題曰「右主賞」。自「一曰天之」至「熒惑之處安在」爲一節，題曰「右主問」。自「心爲九竅之治」至「固能久長」爲一節，題曰「右主因」。自「人主不可不周」至「不見原也」爲一節，題曰「右主周」。自「一曰長目」至「莫不闇變更」爲一節，題曰「右主恭」。自「循名而爲」至「和生於當」爲一節，題曰「右主名」。因皆叚「有」爲「右」，注家遂不得其解矣。此篇亦見《管子·九守篇》，「有」字竝作「右」，可證。

「聽之術曰，勿堅而距之。」樾謹按：「堅」乃「望」字之誤。疑叚「朢」爲「望」，形與「堅」似，因誤爲「堅」也。《管子·九守篇》作「勿望而距，勿望而許」，可據以訂正。句上亦應有「勿望而許之」五字，宜據《管子》補。

「用賞貴信，用刑貴正。賞賜貴信，必驗耳目之所見聞，其所不見聞者，莫不闇化矣。」樾謹按：此本作「用賞貴信，用刑貴必。刑賞信必，驗於耳目之所見聞，其所不見聞者，莫不闇化矣」。《管子·九守篇》作「用賞者貴誠，用刑者貴必，刑賞信必，於耳目之所見，則其所不見，莫不闇化矣」，是其證也。

「四方上下，左右前後，熒惑之處安在。」樾謹按：此以人事言，非言天象也。注云「熒惑，天之法星，所居災眚吉凶尤箸」，失其旨矣。

「君因其政之所以求，因與之，則不勞。聖人用之，故能賞之。」樾謹按：此本作「君因其所以來，因而與之，則不勞。聖人因之，故能掌之」。傳寫有奪誤，今據《管子》訂正。

「家于其無常也。」樾謹按：隸書「寂」字每作「㝅」。《孔霔碑》「㝅兮冥冥」，《老子銘》「顯虛無之清旁」，張納《功德叙》「四竟旁謐」，《孫根碑》「闔門守旁」，《任伯嗣碑》「官朝旁静」，皆是也。此文「家于」二字乃「旁乎」二字之誤。《管子·七守篇》正作「寂乎其無端也」，可爲確證。陶注曰：「家，猶業也。群臣既亂，故所業者無常。」據誤文而臆爲之説，漫無訂正，抑何鄙陋之至。謂出隱居之手，或未必然。

「有主恭。」樾謹按：此題目上事也。「恭」字之義與上所言「一曰長目，二曰飛耳，三曰樹明」，全不相涉。「恭」乃「參」字之誤。三者皆主乎參稽也。《管子·七守篇》正作「右主參」，可證。陶注曰：「主於恭者，在於聰明文思。」斯曲説矣。

「循名而爲，實安而定。」樾謹按：「實安」當作「按實」。「循名而爲」「按實而定」，相對爲文。《管子·九守篇》作「按實而定名」，是其證。

《本經陰符篇》：「是以德養五氣。」樾謹按：「德」「得」古通用。「德養五氣」即「得養五氣」也。其下云「五氣得養，務在舍神」可證。注曰：「循理有成謂之德，五氣各能循理，則成功可致，故曰『德養五氣』也。」斯曲説矣。

「欲多志則心散。」樾謹按：秦校云：「一本無志字，當從之。」注曰：「此明縱欲者，不能養氣志。」是其所據本未衍。「不能養氣志」，乃説「心散」之義，非正文有「志」字也。正文「志」字即涉注文而衍。

「以變論萬義類，説義無窮。」樾謹按：「萬義」之「義」衍文也。注曰：「故雖神道混沌，妙物杳冥，而能類其萬類之變，説無窮之義也。」以「萬類」連文，則陶氏所據本未衍「義」字。惟解「變」字未得其旨。《禮記·禮運篇》「大夫死宗廟，謂之變」，鄭注曰：「變，當爲辯。」《儀禮·鄉飲酒禮》「衆賓辯有脯醢」，《燕禮》「大夫辯受酬」，鄭注竝曰：「今文辯皆作徧。」是「變」「辯」「徧」古字通用。此云「變論萬類」，即「徧論萬類」也，以爲「萬類之變」，失其旨矣。

「損兑法靈蓍。」樾謹按：《老子》曰：「塞其兑。」河上公注：「兑，目也。」陶氏即用以説此「兑」字，而又引《莊子》「心有眼」之説，謂「兑者，以心眼察理；損者，減損他慮，專以心察」。其説迂曲，殆不可從。據下文曰：「益之損之，皆爲之辭。」疑此文亦當作「損益揲蓍，求數有多有少，故曰『損益法靈蓍』也」。下文曰：「兑者，知之也；損者，行之也。」「兑」亦當作「益」。知貴乎博，爲學日益之事，故曰「益者，知之也」；行貴乎約，爲道日損之事，故曰「損者，行之也」。若作「兑」字，義皆不可通矣。

《中經篇》：「謂爻爲之主也。」樾謹按：「爻」乃「交」字之誤。「交」讀曰「狡」，「爲」讀曰「僞」，竝古通用字也。此言狡僞之主，其中無守，故可以象貌得之。若有守之人，不可象貌而得矣。陶注未達叚借之旨，乃謂用卦爻占而知之，殊誤。

「以道爲形，以聽爲容。」樾謹按：「聽」乃「德」字之誤。「道」「德」、「形」「容」皆對文。

「故勝者鬬其功勢。」樾謹按：「鬬」乃「聞」字之誤。上云「稱勝者高其功，盛其勢」，此云「聞其功勢」，即謂彼聞我之功高勢盛也。下云「弱者聞哀其負」，亦承上文「弱者哀其負」而言，與此正同，可以爲證。俗書「鬬」字作「閗」，與「聞」相似，因而致誤耳。

「攝心者，謂逢好學伎術者，則爲之稱遠方驗之。」樾謹按：伎術之人，聲譽遠聞，故爲稱遠方以驗之。陶注讀「遠」字絶句，則「方驗之」三字不成句矣。

「喜以自所不見之事，終可以觀。」樾謹按：「終可以觀」本作「終以可觀」，陶注可證。

讀書餘録二　弟一樓叢書之七

新語二十二條

《道基篇》：「莫之効力爲用，盡情爲器。」樾謹按：「莫之」當作「莫不」。蓋言驢、騾、駱馳、犀、象、瑇瑁、琥珀、珊瑚、翠羽、珠玉之類，莫不爲我用也。下文故曰：「聖人成之，所以能統物通變。治情性，顯仁義也。」即承此而言。今作「莫之」，則與下意不貫也。

「將氣養物。」樾謹按：「將」亦「養」也。《詩・桑柔篇》「天不我將」，《箋》云：「將，猶養也。」氣言「將」，物言「養」，文異而義同。

「直立邪亡，道行姦正。」樾謹按：「正」乃「止」字之誤。「道行」「姦止」，相對成文。

「夫謀事不竝仁義者，後必敗。」樾謹按：「竝」當讀爲「傍」。《列子・黄帝篇》「並流而承之」，《釋文》曰：「《史記》、《漢書》傍河、傍海皆作『並』。」是古「竝」「傍」字通用。「不竝仁義」

者，不傍仁義也。謀事不依傍仁義，故後必敗。

「乾坤以仁和合，八卦以義相承。」樾謹按：「乾坤」「八卦」互言之，古人屬文自有此體。劉琨《答盧諶》詩：「宣尼悲獲麟，西狩涕孔丘。」謝惠連《秋懷》詩：「雖好相如達，不同長卿慢。」六朝時人猶識斯意也。

「《書》以仁叙九族，君臣以義制忠。」樾謹按：《書》之所陳，非止叙九族而已。乃云「《書》以仁叙九族」，義不可通。忠者，臣之所以事君也。故《論語》稱「君使臣以禮，臣事君以忠」。乃云「君臣以義制忠」，義亦不可通。疑此文本作「九族以仁叙，君臣以義制」。淺人見上文言《春秋》、言《詩》，而乾坤、八卦又《易》之事也，乃竄入「書」字以配上文，遂作「《書》以仁叙九族」。而下句又妄增「忠」字，使句法相稱耳。非陸氏之舊。

「禮以仁盡節，樂以禮升降。」樾謹按：上下文皆以「仁」「義」對言，此亦當同，乃云「以禮升降」，何歟？疑此文本作「樂以仁盡節，禮以義升降」。《禮記・樂記》云：「仁近於樂，義近於禮。」故樂應言仁，禮應言義。淺人不達此理，以禮樂恒言，皆先禮後樂，乃改上句作「禮以仁盡節」，則下句宜作「樂以義升降」。今乃作「樂以禮升降」者，蓋既以「樂」字易「禮」字，又誤以「禮」字易「義」字，此竄改之迹之未泯者也。

「德仁爲固，仗義而彊。」樾謹按：「德」當讀爲「得」，古字通用。「爲固」當作「而固」，字之誤也。「得仁而固，仗義而彊」，二句一律。襄十四年《左傳》「射爲禮乎」，《太平御覽・工藝部》引作「射而禮乎」。《孟子・滕文公篇》「方里而井」，《論語・顔淵篇》正義引作「方里爲井」。古書「爲」「而」二字往往混淆，蓋由艸書相似而誤。

《術事篇》：「聖人貴寬而世人賤衆。」樾謹按：「寬」字無義，疑「實」字之誤。隸書「實」字或作「寊」，見《孫叔敖碑》，形與「寬」似，因誤爲「寬」矣。下文「舜棄黄金於嶄巖之山，禹捐珠玉於五湖之淵」，皆聖人貴實之事。

「《春秋》上不及五帝，下不至三王，述齊桓、晉文之小善。魯之十二公至今之爲政，足以知成敗之效。」樾謹按：「魯」下衍「之」字，「至今」二字當在「政」字下，本作「述齊桓、晉文之小善，魯十二公之爲政，至今足以知成敗之效」。

「合之者善可以爲法，因世而權行。」樾謹按：「之者」字、「可」字竝衍文。本作「合善以爲法，因世而權行」，兩句相對成文，而義則相因。蓋言合古人之善以爲法式，又因當世所宜而權度其行也。

《輔政篇》：「躁疾者爲厥速，遲重者爲常存。」樾謹按：「厥速」當作「速厥」。「厥」與「蹶」

通。言躁疾者，必速顛蹶也。

「尚勇者爲悔近，温厚者行寬舒，懷急促者必有所虧，柔懦者制剛强。」樾謹按：「柔懦者」一句當在「尚勇者」一句之下。「尚勇」與「柔懦」相對，「温厚」與「急促」相對。傳寫亂之，則語意不倫矣。惟此四句尚有衍字，無可訂正。

「商賈巧爲販賣之利，而屈爲貞良。」樾謹按：「屈」當讀爲「拙」。「拙」與「巧」正相對成文。《釋名·釋言語》曰：「拙，屈也。使物否屈不爲用也。」是「拙」「屈」聲近義通。宋氏翔鳳疑「屈」字是「不可」二字之誤，非也。

「天道以大制小，以重顛輕。」樾謹按：「顛」當讀爲「誅不填服」之「填」。隱五年《穀梁傳》「誅不填服」，注曰：「來服者不復填厭之。」此云「以重顛輕」，謂以重者填厭輕者也。《穀梁釋文》曰：「填音田。」故與「顛」聲近而得叚用。

《辨惑篇》：「使司馬行法斬焉，首足異河而出。」宋氏翔鳳依《子彙》本改「河」爲「門」，云「《穀梁傳》亦作『門』」。樾謹按：《穀梁》作「門」，《新語》作「河」，未可據彼以改此。「河」字實非誤文也。漢時隸書每以「河」字作「何」字。《童子逢盛碑》「無可奈河」，《吴仲山碑》「感痛奈河」，皆其證也。「異河而出」即「異何而出」。《説文·人部》：「何，儋也。」蓋今人所用「負荷」

字，古人止作「河」。「異何而出」，謂使一人何其首，又使一人何其身，則「首足異何」矣。如作「首足異荷而出」，其文即明顯無疑。乃古人「荷」字止作「何」，而漢人書「何」字又往往作「河」，「異河」之文讀者不曉。萬曆間刻《子彙》，遂據《穀梁》改作「異門」。明人率臆妄改，大率類此。宋氏從之，誤矣。

「故曰無如之何者，吾末如之何也，已矣夫。」樾謹按：此引《論語》，與今本不同。句末有「夫」字，則「已矣夫」三字爲句。翟氏灝作《論語考異》引此文不連「夫」字，疏矣。按，下文云「言道因權而立，德因勢而行。不在其位者，則無以齊其政。不操其柄者，則無以制其剛」，此自說《論語》「吾末如之何」之義，句首不當用「夫」字。此「夫」字自屬上讀，爲《論語》之文。蓋漢初《論語》與今本不同，猶上文引《周易》「二人同心，其義斷金」，今本《周易》皆作「其利斷金」。此亦可見漢初古本之異也。

《慎微篇》：「分財取寬，服事取勞。」樾謹按：「寬」字無義，疑「寡」字之誤。

「故隱之則爲道，布之則爲文，詩在心爲志，出口爲辭。」樾謹按：「文」衍字。「隱之則爲道，布之則爲詩」，兩句相對。「在心爲志，出口爲辭」，即承詩而言。

《資質篇》：「上爲帝王之御物，下則賜公卿。庶賤不得以備器械。」宋氏翔鳳據《群書治要》改「不」字爲「而」字。樾謹按：「不」字是，「而」字非也。此當於「卿」字絶句。上者爲帝王御物，下者猶以賜公卿，則庶賤固不得而用之矣。此正見梗、枏、豫章之爲天下名木也。《治要》不達此意，改「不」字爲「而」字，殊非其旨。宋氏從之，誤矣。

《懷慮篇》：「各受一性，不得兩兼；兼則心惑，二路者行窮。」樾謹按：「兼則心惑」，本作「兩兼則心惑」，與「二路者行窮」相對成文。

《本行篇》：「夫子陳蔡之厄，豆飯菜羹，不足以接餒，二三子布弊褞袍，不足以禦寒。」樾謹按：「弊」者，「袮」之叚字。《廣雅》：「袮，袂也。」布袮，謂布袂也。古無「袮」字，或以「敝」爲之。《禮記·緇衣篇》：「苟有衣，必見其敝。」謂有衣必見其袂也。説本王氏念孫。此又作「弊」，蓋以聲近而通用，本無定字耳。

《明誡篇》：「故安危之要，吉凶之符，一出於身；存亡之道，成敗之事，一起於善行。」樾謹按：此文宋氏翔鳳據《治要》改補，末句「善」字亦據《治要》而增。然與上文「一出於身」句法不倫矣。竊疑此句本作「一起於言」。上文説湯、周公之事曰：「斯乃口出善言，身行善道之所致也。」此云「安危之要，吉凶之符，一出於身」，與上「身行善道」相應。此云「存亡之道，成敗之事，一起於言」，與上「口出善言」相應。因「言」字誤作「善」，淺人乃更加「行」字以成其義。《治要》所據本是也。至今本則又删去「善」字，止作「一出於行」，并其錯誤之迹而泯之矣。

説苑四十二條

《君道篇》：「君曰：『命在牧民，死之短長，時也。』」樾謹按：「牧」當作「敊」，即「養」之古文也。《左傳》正作「命在養民」。

「必自他聽之，必自他聞之，必自他擇之，必自他取之，必自他聚之，必自他藏之，必自他行之。」樾謹按：七「他」字皆不可解。上文云「故使人食味，然後食者其得味也多；使人味言，然後聞言者其得言也少」，然則明上之於言，豈必由他乎？「他」乃「也」字之誤。「也」乃語詞，言自聽之，自聞之也。又按：「聽」與「聞」無異義，「取」與「聚」古字通用。既云「聽之」，又云「聞之」；既云「取之」，又云「聚之」，語意重複。賈子《新書》述此文作「必自也聽之，必自也擇之，必自也聚之，必自也藏之，必自也行之」。「他」字正作「也」，而無「聞之」「取之」兩句，可據以訂正。

「齊景公遊於蔓，聞晏子卒，公乘輿，素服駬而驅之。」樾謹按：「素」「駬」二字乃「繁」「駔」二字之誤。「服」字當在「輿」字之下。本作「公乘輿，服繁駔而驅之」。《晏子・外篇》作「公乘侈輿服繁駔驅之」，是其證也。《韓非子·外儲説左篇》：「景公曰：『趨駕煩且之乘。』」「繁駔」與「煩且」同，「煩且之乘」乃是馬名。此作「素服駔而驅之」，蓋後人不達而臆改。

《臣術篇》：「公曰：『請進服裘。』對曰：『嬰非田澤之臣也，敢辭。』」樾謹按：「服裘」自有典衣者主之，非田澤之臣所當進。「田澤」二字誤也。《晏子·雜篇》作：「嬰非君茵席之臣也，敢辭。」疑此文亦當作「茵席」。「茵」與「田」形似，「席」與「澤」音近，故「茵席」誤爲「田澤」矣。

「公曰：『諾。』酌者奉觴而進之。」樾謹按：「公曰諾」下當有「晏子至」三字。上云「望見晏子」，則是晏子未至也。故必有此三字，於文方備。傳寫奪之耳。《晏子·雜篇》「公曰諾」下有「晏子坐」三字，「坐」乃「至」字之誤。

「若夫弊車駑馬以朝，主者非臣之罪也。」樾謹按，「朝」字絶句。「主者」當作「意者」。《晏子·雜篇》作「若夫弊車駑馬以朝，意者非臣之罪乎」，是其明證。古書「邪」「也」不分，「非臣之罪也」即「非臣之罪邪」。後人不達古語，疑下用「也」字，上不當用「意者」字，故妄改之。

「簡子有臣尹綽、赦厥。」樾謹按：《吕氏春秋·達鬱篇》止載簡子之言云厥也、鐸也，而不著其姓。高誘注曰：「厥，趙厥，趙簡子家臣也。鐸，尹鐸，亦家臣也。」是「尹綽」當爲「尹鐸」，聲之誤也。至「趙厥」，當從此作「赦厥」，彼注蓋涉下「趙簡子」之文而誤。

「故《傳》曰：『傷善者，國之殘也；蔽善者，國之讒也；愬無罪者，國之賤也。』」樾謹按：「賤」字無義，乃「賊」字之誤。

《建本篇》：「治政有理矣，而能爲本。」樾謹按：《家語》作「治政有理矣，而農爲本」。

「康叔封與伯禽見商子，曰：『某某也，日吾二子者朝乎成王，見周公，三見而三笞。』」樾謹按：「吾二子」三字衍文也。「某某也」猶云「封也」「伯禽也」。自舉其名也，不當又自稱「吾二子」。

「今夫辟地殖穀以養生送死，鋭金石，雜草藥，以攻疾，各知構屋室以避暑雨，累臺榭以避潤濕。」樾謹按：「今夫」當作「今人」。「各知」二字當在「辟地殖穀」之上。

「河間獻王曰：『湯稱學聖王之道者，譬如日焉；静居獨思，譬如火焉。夫捨學聖王之道，若捨日之光，何乃獨思，若火之明也。可以見小耳，未可用大知。惟學問可以廣明德慧也。』」樾謹按：「夫捨學聖王之道」至「若火之明也」文有奪誤。當作「夫捨學聖王之道，而静居獨思，譬若捨日之明而就火之光也」，文義方明。賈子《新書》載此文曰：「學聖王之道者，譬其如日；静思而獨居，譬其若火。夫捨學聖人之道而静思獨居，譬其若去日之明於庭，而就火之光於室也。然可以小見，而不可以大知。」其文較此爲詳，可據訂。

「夫走者之遠也，而過二里止；步者之遲也，而百里不止。」樾謹按：「走者之遠也」當作「走者之速也」，方與下句「遲」字相對。《吕氏春秋》亦載此事，其文云：「矢之速也，而不過二里止也；步之遲也，而百舍不止也。」雖取喻不同，然正以「速」對「遲」可證。

「豐牆墝下，未必崩也；流行潦至，壞必先矣。」樾謹按：「豐牆墝下」本作「高牆豐上墝下」，《韓詩外傳》作「高牆豐上激下」，是其證。「流行潦至」衍「行」字，《外傳》正作「流潦至」。

《立節篇》：「其父曰：『使有禄於國，立義於庭，汝樂，吾無憂矣。』」樾謹按：「立義於庭」當作「有立於庭」。「立」，古「位」字。「有立於庭」即「有位於庭」也。後人不知「立」爲「位」之叚字，改作「立義於庭」，失之矣。《韓詩外傳》作「使汝有禄於國，有位於廷，汝樂而我不憂矣」，是其明證。

「荷節之使不用。」樾謹按：「荷」，疑「符」字之誤。

「邢蒯聵曰：『善能言也，然亦晚矣。』」樾謹按：「能」當作「而」，古字通用。「而」猶「爾」也。《韓詩外傳》作：「荆蒯芮曰：『善哉，而言也。』」是其證。

「故臣能明君之過以死，杜伯之無罪。」樾謹按：此當作「故臣以死能明君之過，杜伯之無罪」，「能」即「而」字。

《貴德篇》：「武王曰：『廣大乎？平天下矣。』」樾謹按：此當作「武王廣乎？若平天下矣」。《尚書大傳》曰：「武王曠乎？若天下之已定。」是其證。「曠」「廣」古字通。

「今隱公貪利而身自漁，濟上而行八佾。」樾謹按：「貪利而身自漁」，即《春秋》所書「公矢魚于棠」也。「濟上而行八佾」，當作「僭上而行六佾」。隱五年，「初獻六羽」。穀梁子曰：「舞《夏》，天子八佾，諸公六佾，諸侯四佾。初獻六羽，始僭樂矣。」此云「僭上而行六佾」，即穀梁子之説。「僭」誤作「濟」，「六」誤作「八」，失其旨矣。隱公無用八佾之事，故知其誤。

「故其元年始書螟，言災將起，國家將亂。」樾謹按：據上文，是言隱公事。隱元年不書螟，書螟在隱五年，則此「元年」是「五年」之誤。

「不出環堵之內，而聞千里之外。」樾謹按：《家語》作「不出環堵之室，而知千里之外」。兩文均有奪誤，當云「不出環堵之室，而知衝千里之外」。「知衝」即「折衝」也。《晏子·雜篇》：「夫不出於尊俎之間，而知衝千里之外，其晏子之謂也。」今本誤删「衝」字，而於下文增出「可謂折衝矣」五字，大謬。辨見王氏《讀書雜志》。《家語》作「知千里之外」，亦後人誤删「衝」字。此作「聞千里之外」，則誤而又誤。古書所以難讀也。

「今主一謀，而媿人君相。」樾謹按：「謀」，誤字。《國語》作「今主一宴，而恥人之君相」。

《復恩篇》：「初，趙盾在時，夢見叔帶持龜要而哭。」樾謹按：「龜」，衍文也。「要」，隸書作「𡕒」，見《斥彰長田君碑》，與「龜」字相似，故「要」誤爲「龜」。校者旁注「要」字，而寫者兩存之，遂作「持龜要而哭」矣。《史記・趙世家》正作「持要而哭」，無「龜」字。

「景公疾，問韓厥。」樾謹按：「疾」，衍字，涉上文「晉景公疾」而衍。《史記》無此「疾」字。

「養及親者，身更其難。」樾謹按：「更」讀爲「伉」，「更」與「伉」聲近，故得通用。《說文・土部》：「秦謂阬爲埂。」此「亢」「更」聲近之證。又《糸部》：「綆，汲井索也。」《漢書・枚乘傳》「單極之紌斷幹」，「紌」即「綆」之異文。然則「抗」之與「更」，亦猶「埂阬」「綆紌」之比耳。《晏子・雜篇》正作「身伉其難」。

「方必見國之侵也，不若先死。」樾謹按：當作「與見國之必侵也，不若先死」。上文云「今去齊國，齊國必侵矣」，則此亦當以「必侵」連文。傳寫誤跳在上耳。「與」本作「与」，故形似「方」字而致誤。

《政理篇》：「順針鏤者，成帷幕；合升斗者，實倉廩。」樾謹按：「順」字無義，疑「積」字之誤。

「去民之所事，奚獄之所聽。」樾謹按：「去民之所事」，當作「去民之所争」。「争」，隸書作

「𠭥」，《韓勑碑》「工不𠭥賈」是也。故形似「事」字而致誤。「奚獄之所聽」，衍「所」字，蓋即涉上句而衍。

「孔子對曰：『政有使民，富且壽。』」樾謹按：「有」當作「在」。

「不幸宮室以費財。」樾謹按：「幸」字無義，乃「辛」字之誤。「辛」者，「新」之叚字。言不新宮室也。《文選·甘泉賦》「列新雉於林薄」，注曰：「新雉，辛夷也。」是「新」與「辛」，猶「雉」與「夷」，古字並通。

「仲尼見梁君。」樾謹按：仲尼時無梁君，當從《家語》作「宋君」爲是。

「千乘之君，萬乘之主，問於丘者多矣，未嘗有如主君問丘之術也。」樾謹按：「術」字無義，當依《家語》作「悉」。

「魯哀公問政於夫子，夫子曰：『政在於諭臣。』」樾謹按：「諭」字無義，乃「論」字之誤。《呂氏春秋·當染篇》「古之善爲政者，勞於論人」，注曰：「論，謂討論選擇之也。」《荀子·王霸篇》「若夫論一相以兼率之」，注曰：「論，謂討論選擇之也。」此云「政在論臣」，亦討論選擇之謂。《史記·孔子世家》作「政在選臣」，是其證。

「子貢爲信陽令，辭孔子而行。子曰：『力之順之。』」樾謹按：《家語》作「勤之愼之」。

「廉平之守，不可攻也。」樾謹按：「攻」，《家語》作「改」。

《尊賢篇》：「燕昭王得郭隗，而鄒衍、樂毅以齊、趙至。」樾謹按：賈子《新書》作「自齊、魏至」。以《燕世家》考之，「鄒衍自齊往，樂毅自魏往」，則《新書》是也。此作「趙」，誤。

「簡主聞之，絶食而歎。」樾謹按：「絶」字無義，當讀爲「綴」。《禮記·樂記篇》「禮者，所以綴淫也」，注曰：「綴，猶止也。」「綴食而歎」者，「止食而歎」也。「綴」與「絶」聲近，是故舞者之位謂之「綴」，見《樂記》注。而《史記·叔孫通傳》注云：「束茅以表位爲蕝。」「蕝」即「綴」之異文。此「綴」「絶」聲近之證。

「於是齊王忿然，乃更使盼子將。」樾謹按：此上有奪文，當據上文補云：「齊使田居將，楚發二十萬人，使上將軍將之，分別而相去。」如此方與上下文相應。

《正諫篇》：「便游赭盡而峻城闕。」樾謹按：「盡」字無義，疑「蠹」字之誤。「蠹」讀爲「奭」，兩字竝從「皕」聲，故得通用也。《詩·采芑篇》「路車有奭」，《傳》曰：「奭，赤貌。」然則「赭」「奭」二字皆是赤色。「便游赭奭」，謂便游之地，圖畫赫然也。「而峻城闕」當作「不峻城闕」，方與上文「不治城郭」相應。

「以人事諫我，我盡知之；若以鬼道諫我，我則殺之。」樾謹按：「殺」，誤字。《戰國策》載此事云：「孟嘗君曰：『人事我已盡知之矣，吾所未聞者，獨鬼事耳。』」可知以鬼道諫者不殺也。若云「我則殺之」，下又何以云「有客以鬼道聞」乎？「殺」字之誤無疑，但不知爲何字之誤。或本作「我則察之」。「殺」「察」聲近而誤。《禮記·鄉飲酒義》「愁以時察守義者也」，注曰：「察，或爲殺。」是其例矣。

「子先土也，持子以爲人。」樾謹按：「持」字無義，乃「埏」字之誤。「埏」誤爲「挻」，又誤爲「持」矣。《老子》「埏埴以爲器」，河上公注曰：「埏，和也。」以土爲人，必埏之而後成，亦猶埏埴爲器也。《戰國策》正作「埏土以爲人」，是其證。

漢碑四十一條

《開母廟石闕銘》：「相□我君。」王氏念孫《漢隸拾遺》曰：「『相』下一字，葉、王以爲『肩』字，翁以爲『宥』字。案『相肩我君』，文不成義。碑文作『[illegible]』，明是『宥』字，但右邊稍泐耳。『宥』即『祐』字。《漢書·禮樂志》『神若宥之』，師古曰：『宥，祐也。』相宥我君，『相』『宥』皆助也。」樾謹按：王説甚當。但云「右邊稍泐」，則不然。凡从「宀」之字，古或從「广」。《説文》「宅」篆下，古文作「庑」；「寓」篆下，或體作「庽」，竝其例也。《敦煌太守裴岑紀功碑》：「除西域之庂。」翁氏方綱《兩漢金石記》曰〔一〕：「『庂』即『灾』字，變『灾』作『庂』，猶『寓』作『庽』。」然則此碑「宥」字作「庯」，亦如彼碑「灾」字作「庂」矣。正可見古人字體之變，不必疑爲石泐也。

「木連理於芊條。」畢氏沅《中州金石記》曰：「『芊』乃『竿』之俗字。顧炎武以爲『芉』，非也。」樾謹按：作「芉」固非，作「竿」亦未得。「竿」者，《說文》曰：「竹挺也。」上言木，下言竹挺，於文義不屬矣。愚謂「芊」即「榦」之本字也。《華嚴經音義》引《字書》曰：「榦，枝也，謂𣡌枝也。」然則「木連理於芊條」者，言木連理於枝條也。《後漢書・公孫述傳》李賢注曰：「竹幹，竹箭也。」是竹竿字亦可作「幹」。然《說文》無「幹」字，其字从「倝」又从「干」，有聲無形，其爲俗字無疑。《六書故》引唐本《說文》有之，恐亦不足據。古蓋止有「竿」「芊」二字，凡言竹者作「竿」，凡通言艸木者作「芊」，二字竝从「干」聲，而亦或兼从「倝」聲。於是「竿」字變爲「簳」，「芊」字變爲「𦶇」，《玉篇・艸部》曰「𦶇，艸莖也」是也。「簳」「𦶇」即「竿」「芊」之異文。一字而从二字得聲者，固亦有之。許君說「竊」字以爲从「穴」从「米」，「卨」「廿」皆聲，即其例也。是故「簳」「𦶇」二字，雖《說文》所無，未可以爲譌體也。後之

〔一〕記，原作「紀」，據翁氏書改。

作書者，苟趨簡易，或省不从「竹」从「艸」，則其字遂爲「幹」矣。「幹」即「簳」「𦽰」之省，其本字當爲「竿」爲「芉」。《説文》有「竿」字，無「芉」字，賴有此碑以存古文，可據以補許書之闕。

「九域尐其脩治。」翁氏方綱《兩漢金石記》曰：「《説文》：『尐，少也。讀若輟。』」畢氏沅曰：「《廣韻》：『屑，清也。尐，蓋屑之叚音。』」王氏念孫曰：「『尐』讀爲『九有有截』之『截』，謂九域之内，截然脩治也。」樾謹按：翁説義不可通，畢氏、王氏説似稍近，然亦無可證，近於臆説矣。此「尐」字即當從《説文》讀爲「輟」。錢氏大昕《潛研堂集》有古同音叚借説，曰：「漢人言『讀若』者，皆文字叚借之例。不特寓其音，并可通其字。即以《説文》言之，『嘼』讀若『許』。《詩》『不與我戍許』〔一〕，《春秋》之「許田」「許男」，不必从邑从無也。『郪』讀若『薊』，《禮記》『封黄帝之後於薊』，不必从邑从契也。」所徵引凡三十餘事，其説甚確。「尐」讀若「輟」，則亦可通作「輟」矣。輟者，止也。《禮記・曲禮篇》「輟朝而顧」，鄭注曰：「輟，猶止也。」《論語・微子篇》「耰而不輟」，鄭注曰：「輟，止也。」經傳「輟」字訓止者，不可枚舉。「脩治」者，猶言修理，非謂九域之内皆平治也。《論語》曰：「故遠人不服，則修文德以來之。」《周語》曰：「有不祭，則

〔一〕戍，原誤作「戌」，據蔡啓盛《校勘記》改。

修意；有不祀，則修言；有不享，則修文；有不貢，則修名；有不王，則修德；序成而有不至，則修刑。」此碑言「倐治」即其意也。上文已云「咸來王而會朝」，則無所用其「倐治」矣，故云「九域輟其倐治」也。作「尐」者，音同叚借耳。上句「□□□□□静」，王氏曰：「静上是『其清』二字，『其』字雖模糊而可辨，『清』字下半分明。」然則上言「清静」，下言「輟其倐治」，蓋即清静無爲之意，兩句之意亦正相承也。

「神□享而飴格。」王氏念孫曰：「『享』上是『禋』字。」其説是也。惟未説「飴」字。「飴格」連文，義不可通。今按：「飴」讀爲「來」。「飴格」者，「來格」也。古「來」聲如「釐」，與「台」聲相近，故得通用。《漢書·郊祀志》「后稷封于斄」，「斄」即「邰」也。此碑叚「飴」爲「來」，亦猶「邰」之爲「斄」矣。

《封龍山碑》首行「元氏封龍山之□」。樾謹按：「之」下一字已漫漶。方氏《小東杭經堂題跋》釋作「碑」。今諦觀，實是「頌」字，非「碑」字也。漢碑如《西狹》、《鄘閣》皆題爲「頌」，是其例矣。

「惟封龍山，北岳之□援。」樾謹按：「援」上一字，方氏未及，今諦觀，是「英」字。《文選·射雉賦》注曰：「英者，雄果之目。」蓋英雄本雙聲字，義得相通。「英援」謂其山形雄壯，足爲北岳之輔助也。

「□亡新之際，失其典祀。」樾謹按：「亡」上一字，方氏釋作「漢」。然「漢亡新之際」，殊近不詞，其字亦漫漶難辨。諦觀之，似是「遭」字也。此碑於乾隆甲午元氏令王君治岐始得之，然《隸釋》末附無名氏《天下碑録》有「漢《封龍山碑》二」，注稱在獲鹿縣南四十五里山上，延熹七年立，其即此碑乎？明葉文莊盛《菉竹堂碑目》有「《封龍山碑》」，注云：「元氏光和四年立。」是明人尚有傳本。但云「光和四年」則小疏矣，殆因三公無極，兩碑皆是年所立而致誤也。

《祀三公山碑》：「□惟三公御語山，三條別神。」樾謹按：「惟」上一字諸家皆闕。今諦觀之，則是「深」字也。

「醮祠希罕，□奠不行。」樾謹按：「奠」上一字，諦觀是「徹」字。「徹奠」連文，本《周官·小祝》職曰：「贊徹贊奠。」

「卜擇吉□。」樾謹按：「吉」下一字是「土」字。《禮記》云：「因吉土以享帝於郊。」此「吉土」連文之證。

《司隸校尉楊孟文頌》：「未秋截霜，稼苗夭殘。」王氏念孫曰：「『截』與『夭札』之『札』聲近而義同，故《釋名》曰：『札，截也，氣傷人如有斷截也。』《管子·五行篇》『旱札，苗死民厲』，尹注曰：『札，夭死也。』是苗夭死亦謂之『札』，『札』猶『截』也。故曰『未秋截霜，稼苗夭殘』矣。」樾謹按：王説非也。《周禮・大司徒》職曰：「大荒大札。」鄭注曰：「大札，大疫病也。」然則《管子》「旱札」之「札」，蓋謂疫病，故曰「苗死民厲」。「苗死」承「旱」言，「民厲」承「札」言也。豈謂「苗夭死爲札」乎？即如王説，「截」字當在「稼苗」之下，於義方合。乃云「未秋截霜」，文不成義矣。今按，「截」當讀爲「即」，「截」與「即」亦聲近而義同。《釋名・釋天》曰：「札，截也。」《釋書契》曰：「札，櫛也。」《釋名》一書，皆取同聲字相訓。「截」「櫛」聲近，故「札」訓「截」，亦訓「節」，然則「截」之可讀爲「即」明矣。「未秋截霜」者，「未秋即霜」也。未秋即霜，故稼苗爲之夭殘也。王氏但引《釋名》「札，截」之訓，而不能旁通於「札，櫛」之訓，故説此字未得耳。《廣雅・釋蟲》：「馬蚿，蠽蛆也。」按，「蠽蛆」即《爾雅》之「蝍蛆」。「蝍」從「即」聲，「蠽」從「截」聲，此亦「截」「即」聲近之證。

《孔廟置百石卒史碑》：「春秋饗禮，財出王家錢，給犬酒直。」翁氏方綱曰：「洪氏所釋『給犬酒直』，以愚見度之，似是『犮』字，蓋即『發』字也。既省『發』爲『犮』，又省『犮』爲『犬』耳。」樾謹按：「犮」非「發」之省，而「犮」字亦不得省作「犬」。翁説非也。上云「春秋饗禮」，《説文》曰：「饗，鄉人飲酒也。」古鄉飲酒之禮，烹狗於東方，其牲正用犬。然則此云「給犬酒直」者，言春秋行鄉飲酒之禮，則出王家錢給犬酒之直也。漢時魯人即畔宫行鄉飲酒禮，魯相史晨《祀孔子奏銘》曰：「行秋饗，飲酒畔宫。畢，復禮孔子宅，拜謁神坐。」即其事也。行鄉飲酒禮需用犬酒，故乙瑛請以王家錢給其直耳。《漢書》每以牛酒連文，「犬酒」猶「牛酒」也，本無可疑，故前人未經論及，而翁氏輒生異義，反失之矣。

《孔君墓碣》：「孔子十九世孫。」樾謹按：「孫」下有「也」字。其字雖泐，痕迹猶存。

「君□□好學。」樾謹按：「君」下是「敏」字，其左旁之「每」，隱約可見。「敏」下一字必是「而」字，用《論語》文也。

「□□履方。」樾謹按：「履」上似是「執矩」二字。「執」字雖泐，而痕迹猶存。「矩」字左旁之「矢」，約略可見。

「所在□行。」樾謹按：「行」上一字泐。王氏《萃編》作「彳」旁而闕其右。今諦視，似是「祇」字。「所在祇行」，於文義亦合也。

「□吉安□。」樾謹按：「安」下一字不可辨。王氏《萃編》作「者」旁而闕其左。今諦視，乃是「錯」字。「錯」者，「措」之叚借也。《孝經》曰：「卜其宅兆而安措之。」此「安措」連文之證。然則「吉」上一字當是「卜」字。乃窮目力視之而不可得，未敢臆斷矣。

《韓勑造孔廟禮器碑》：「復顔氏并官氏邑中繇發，以尊孔心。」樾謹按：「尊」當讀爲「遵」。《後漢書·光武紀》「擊更始王尹遵」，李賢注曰：「遵，或作尊。」是「尊」「遵」古通用也。《説文·辵部》：「遵，循也。」《彳部》：「循，順行也。」古「遵」「循」二字亦通用。《孟子·梁惠王篇》「遵海而南」，《續漢書·郡國志》注引作「循海而南」。《荀子·性惡篇》「上不循於亂世之君」，楊倞注曰：「循，順從也。」然則「以尊孔心」者，以順從孔子之心也。或謂「尊」即「奠」字，非是。

《蒼頡廟碑》：「順環無端。」樾謹按：「順」當讀爲「巡」。「順」「巡」竝从川聲，故得通用。《荀子·禮論篇》「本末相順」，即本末相巡，猶《禮記·祭義篇》言「終始相巡」也。此碑言「順環無端」，即「巡環無端」矣。

翁氏方綱曰：「碑以『未』爲『末』，凡二處：碑正面『未造』是『末造』，碑左側『未生』是『末生』。」樾謹按：世以上畫短者爲午未字，上畫長者爲本末字，此俗説也。漢人尚無此分別。若以六書之義而言，午未字象木重枝葉形，篆文作𣎴，則隸書上兩畫當長短如一，方肖重木之象。至本末字，从木，一在其上，則上畫長短可從人便。觀此碑「末」字上畫反短，可知俗説之無據矣。

《衛尉卿衡方碑》：「安貧樂道，履該顔原，兼脩季由『聞斯行諸』？」都氏穆《金薤琳瑯》

曰：「洪丞相謂『履該顔原』即顔淵、原憲。予觀其下繼之曰『兼修季由』，蓋仲由字季路，季由即季路也。」顧氏炎武《金石文字記》曰：「都太僕以季由爲仲由字季路，即是一人，與『兼脩』之義不協。按，《史記·仲尼弟子傳》：『公皙哀字季次。』孔子曰：『天下無道，多爲家臣，仕於都，惟季次未嘗仕。』《游俠傳》：『季次、原憲終身空室蓬户，褐衣疏食，不厭。』然則季乃季次。四人皆安貧守道之士，故竝舉言之。其一字一名，亦古文之所有也。」樾謹按：顧氏之説非是。「聞斯行諸」用《論語》子路事，與季次無涉。此碑蓋言安貧樂道似顔子、原憲，而又兼脩子路「聞斯行諸」之義也。「兼脩」也者，承上文而言，非以季由爲二人而言兼也。名、字互稱，古人固有此例。然如仲由、季次，當云「由次」方明。若但稱「季」，安知其爲季次乎？恐古人亦無此文法矣。

「詔選賢良，招先逸民。君務在□，失順其文，舉已從政者，退就□巾。」盧氏文弨《抱經堂集》曰：「洪氏本『在』下缺一字，余諦視，則缺者頗似『寮』字，其『失』字實乃『英』字也。時詔書令選賢良，務先逸民，而衡君欲舉其寮之賢者，又欲順詔書之文，故下云『已從政者，退就勑巾』。蓋令其棄官而就舉也。」樾謹按：盧説非也。如盧説，則當以「君務在寮英」爲句，「順其文舉」爲句。無論文義不安，且兩句亦不貫矣。其解「已從政者」兩句，尤非人情。彼就舉者，不過欲得官，安有棄官而就舉者。若謂前時官位本卑，棄而就舉，轉得尊顯，是則扶同爲奸，欺网君父，有失臣子之道。豈有門生故吏，刊石傳後，而反訐發其陰私以爲美談乎？今按，「在」下實是「寛」字，乃「寬」字也。下文「寬猛不主」，「寬」字亦作「寛」，可證矣。其「失」字實不誤。蓋此當以「君務在寬」爲句，「失順其文」爲句。《書》曰：「敬敷五教在寬。」此「在寬」之義也。蓋是時詔選賢良，意在舉逸民，而衡君所舉爲已從政者，不稱詔旨，故曰「君務在寬，失順其文，舉已從政者」。言衡君用意務在寬大，失於從順詔書之文，而誤舉已仕之人也。衡君蓋即坐是免官，故曰「退就□巾」，即返初服之義。「巾」上一字，左旁稍泐，盧氏以爲「勑」字，恐未必然也。衡君先時已官衛尉，而其後乃拜步兵校尉，官秩反卑。洪氏以爲左遷，不知中間蓋嘗免官，故其下曰：「建寧初政，朝用舊臣，留拜步兵校尉。」其因新政而起廢明矣。

《博陵太守孔彪碑》：「皭焉汜而不俗。」王氏念孫曰：「『汜』音『汜濫』之『汜』。《方言》曰：『汜，洿也。』『洿』與『污』同。《廣雅》曰：『汜，污也。』」樾謹按：王説「汜」字是矣，而未説「俗」字之義。今按，「俗」當讀爲「濁」。古「清濁」之「濁」或叚「俗」字爲之。《衡方碑》「脩清滌俗」，即其證也。此云「皭然汜而不濁」，與《史記・屈原傳》「皭然泥而不滓」文義正同。

「固執《謙》、《需》。」樾謹按：《謙》、《需》皆卦名。《雜卦傳》：「需，不進也。」是與謙退同義，故連言之。

「□□哀□，念不欲生。」樾謹按：「哀」下一字舊釋作「遠」。今不甚分明，僅存「辵」旁。以文義言之，「哀遠」無義，疑「逝」字也。故下云「夫逝往不可追兮」，即承此而言。

「永永無沂。」樾謹按：「沂」乃「圻」之叚字。「圻」即「垠」也，言「永永無垠」也。《隸釋》云「以沂爲涯」，非是。

李翕《析里橋郙閣頌》：「路當二州，經用衧沮。」樾謹按：「用」者，由也。《詩・君子陽陽篇》「右招我由房」，《小弁篇》「無易由言」，傳、箋竝曰：「由，用也。」經傳訓「由」爲「用」者不可枚舉。「用」可謂之「由」，則「由」亦可謂之「用」。《禮記・禮運篇》曰：「故謀用是作，而兵由是起。」上句言「用」，下句言「由」，文異而義同。此碑「經用」即「經由」也，言經由衧沮之地也。

「郙閣尤甚。」王氏念孫曰：「案，《廣雅》：『陠，衺也。』碑文作『郙』者，移自於右耳，非从邑也。」樾謹按：王説是也。《敦煌長史武班碑》「領校秘鄭」，「鄭」即「隩」字，《譙敏碑》「深明篗隩」是也。蓋叚「隩」爲「奥」，作「鄭」者，移自於右耳，正與此「郙」字一例。漢隸變體往往有此。

「處隱定柱。」王氏曰：「隱，安也。於安處立柱也。」樾謹按：「安處」謂之「處隱」，不詞甚矣。「處」當爲「據」。隸書「據」字作「㨿」，此作「豦」者，又省手旁耳。「隱」者，依也。《大戴禮·文王官人篇》：「征利而依隱於物。」「依隱」連文，「隱」亦「依」也。《釋名·釋衣服》曰：「衣，依也。」《白虎通·衣裳篇》曰：「衣，隱也。」「衣」訓「依」，亦訓「隱」，則「依」與「隱」聲近義通。可知「據隱立柱」者，據依以立柱也。上句曰「緣厓鑿石」，蓋言鏨鑿厓石，使有齟齬，乃據依之以立柱耳。

《司隸校尉楊淮表記》：「兄弟功德牟盛。」王氏念孫曰：「『兄』即『兄』字。此碑自『故司隸校尉楊君厥，諱淮』至『河南尹』，皆叙楊淮歷官之事。自『伯邳從弟諱弼，字穎伯』至『下邳相』，皆叙楊弼歷官之事。此云『兄弟功德牟盛，當究三事，不幸早隕』，乃總承上文而言。故下文云：『二君清□，約身自守，俱大司隸孟文之玄孫也。』今本《隸續》『兄弟』作『元弟』，乃傳刻之譌，而葉氏九苞《金石録補》乃云『獨悼穎伯未登三公之位而卒，故稱元弟以美之』，謬矣。」樾謹按：王說是也。惜其未及「牟」字之義。「牟」者，「侔」之叚字。《説文》：「侔，齊等也。」《考工記·輪人》「權之以眂其輕重之侔也」，注曰：「侔，等也。」《弓人》疏「數必侔」，注曰：「侔，猶均也。」「均」與「等」誼同，漢人或以「牟」字爲之。《曹全碑》「威牟諸賁」，《唐公房碑》「道牟群仙」，

「牟」即「侔」也。此云「兄弟功德牟盛」者，言其兄弟功德等盛也。若以「兄弟」爲「元弟」，則専屬楊㢸一人，不得言「牟」矣。

《繁陽令楊君碑》：「精横侍者，常百餘人，咸訓典誨。」樾謹按：「精」者，精舍也。「横」者，横舍也。此言精舍、横舍之士，咸來受教也。「精舍」見《後漢書》劉淑、包咸、檀敷等《傳》。又謂之「精廬」，見《姜肱傳》。「横舍」即「黌舍」。古無「黌」字，每以「横」爲之。《鮑昱傳》「迺修起横舍」，注曰：「『横』字又作『黌』。」

「常登茂御，復紹祖烈，旻穹不惠，年五十一，熹平二年三月己丑卒。」樾謹按：「常」字應讀爲「當」。此言楊君當登三公之位，復紹其祖太尉震之遺烈。乃天不假年，而遽卒也。《武榮碑》「當遂股肱，□之元輔。天何不弔，降此□咎」，《魯峻碑》「當□緄職，爲國之榷，匪究南山，遐邇忉悼」，《尹宙碑》「當漸鴻羽，爲漢輔臣，位不輔德，壽不隨仁」，其意竝與此同。「常」「當」聲近，故得通用。《老子》曰「取天下常以無事」，言取天下當以無事也。《孟子・萬章篇》「是時孔子當阨」，《説苑・至公篇》作「是孔子嘗阨」。「嘗」「常」同聲，「當」可爲「嘗」，故亦可爲「常」。下文銘辭有曰：「三公竝招，當爲國暉，壽不□□，早葉隕林。」益可證碑文「常」字之即爲「當」字矣。

《豫州從事尹宙碑》：「分趙地爲鉅鏕。」錢氏大昕《潛研堂金石文跋尾》曰：「《金石文字記》謂『鉅鹿』之『鹿』不當從金作『鏕』，然《廣韵》明言『鉅鏕，郡名』，後魏《弔比干碑》陰有『鉅鏕伯魏祐』，《北史》有『鉅鏕郡守元道龍』，顧氏特未詳考耳。」樾謹按：錢説亦有未盡。《漢書・地理志》「鉅鹿」集注引應劭曰：「鹿，林之大者也。」臣瓚曰：「山足曰鹿。」是「鉅鹿」之「鹿」本當作「麓」。諸書作「鹿」者，叚字也。此碑作「鏕」者，亦叚字也。「鏕」乃「録」之或體。「鹿」「录」同聲。《説文・目部》：「睩，从目录聲，讀若鹿。」故从「录」之字，亦得从「鹿」。以《説文》徵之，「麓」之古文作「禁」，「簏」之或體作「箓」，「漉」之或體作「渌」，皆是也。然則「録」从金录聲，而或作「鏕」，从金鹿聲，正合六書之旨，許君偶未收耳。《尚書大傳》「致天下于大麓之野」，注曰：「麓者，録也。」「鉅鹿」字本當作「麓」，而此以「録」之或體作「鏕」者爲之，亦古人同聲叚借之常例。顧氏不知古有「鏕」字，固爲失之。如錢氏之説，一若「鉅鹿」字必當作「鏕」者，殆亦未識「鏕」字也。

《尉氏令鄭季宣碑》有「放鵃」二字。洪氏《隸釋》謂：「鶻鵃是鳩名，恐是用趙簡子放鳩事。」顧氏藹吉《隸辨》謂：「《書》古文訓『放驩兜于崇山』作『鵃吺』。今碑文『放鵃』上有『虞』字，其爲『驩』字無疑。」翁氏方綱糾其誤曰：「《廣韵》：『鵃，鳥名。鵃，四凶名。』此二字無論是二是一，要之从『丹』非从『舟』也。」樾謹按：顧説固非，惟碑文明有「虞」字，而洪氏以爲用趙簡子事，則亦未合。今按，「放」讀爲「方」。《荀子・子道篇》「不放舟」，楊倞注曰：「放，讀爲方。」是其例也。「鴋」即「鳩」之叚字。《爾雅・釋鳥》曰：「鶌鳩，鶻鵃。」舍人注曰：「鶌鳩，一名鶻鵃。」蓋「鶌」之與「鶻」，「鳩」之與「鵃」，均文異而聲同。故昭十七年《左傳》作「鶻鳩」，是「鵃」與「鳩」通。此碑叚「鵃」爲「鳩」，亦古文叚借之常例也。然則「放鴋」即「方鳩」，蓋用《虞書》「方鳩僝功」之文，故上文有「虞」字耳。

《郃陽令曹全碑》：「芟夷殘迸，絶其本根。」樾謹按：「殘」當讀爲「翦」。《書序》「遂踐奄」，鄭注曰：「『踐』讀爲『翦』，翦，滅也。」《史記・周本紀》作「殘」。叚「殘」爲「翦」，正與此碑同。亦或以「戔」爲之。《校官碑》「禽姦戔猾」，「戔」亦「翦」也。「迸」者，除也。《説文・女部》：「姘，除也。」經典每以「屏」爲之。《論語・堯曰篇》「屏四惡」，孔注曰：「屏，除也。」《穀梁》宣元年《傳》「放，猶屏也」，范注曰：「屏，除也。」又或以「并」爲之。《莊子・天運篇》「至貴國爵并焉」，郭注曰：「并者，除棄之謂也。」又或以「偋」爲之。《廣雅・釋詁》：「偋，除也。」竝即《説文》「姘」字之義。此碑作「迸」，與《禮記・大學篇》「迸諸四夷」同。蓋即「屏」之變體，其義亦當爲「除」。「殘迸」猶言翦除也。芟夷而翦除之，斯能絶其本根矣。

《蕩陰令張遷碑》：「三代以來，雖遠猶近。《詩》云舊國，其命維新。」樾謹按：上文既云「於是刊石竪表，銘勒萬載」，便可徑接銘詞。乃又綴此四句，殊爲不倫。竊疑此四句當在「前哲遺芳」之下。其文本云：「奚斯讚魯，考父頌殷。前哲遺芳，三代以來，雖遠猶近。《詩》云舊國，其命維新。有功不書，後無述焉。於是刊石竪表，銘勒萬載。」蓋引奚斯、考父二事而繼以此四語，以見魯、殷二國有二子爲之讚頌，故功烈常存，雖遠如近，國雖舊而命則新也。若有功不書，則後無述矣。此碑錯譌不一，顧氏《金石文字記》因「爰暨於君」誤作「爰既且於君」，疑好事者得古本而重刻之。翁氏《兩漢金石記》則云：「下文『藝於從政』，『政』誤作『畋』。想東漢時能書胥史固不乏人，竟似艸藁，審視未明，而茫然下筆者。」今按，此四句之前後錯置，其謬更甚。前人未經論及，故表出之。疑作書者遺奪于前，而補綴于後。吴氏穎芳作《散氏銅盤銘釋文》曰：「古人質樸，文中有遺佚，或補于尾。孫晧《天璽碑》猶踵爲之。」此言也，即可以說此碑矣。

《武梁祠堂畫象題字》：「伏戲蒼精，初造王業。」樾謹按：「王」字，洪氏《隸釋》、史氏《學齋佔畢》皆作「工」。然諦觀拓本，實是三畫連中之「王」。翁氏方綱謂是「王」字，未敢信也。孔子贊《易》，首云「古者包犧氏之王天下也」。然則此云「伏戲初造王業」，正本《周易》之文。如謂王業之語非可施之太古，則孔子所言先不古矣。仍以作「王業」爲是。

「後世凱式，□□□綱。」《隸釋》曰：「碑以『凱式』爲『楷式』。」樾謹按：「楷」之與「凱」，古不通用，洪説非也。「凱」當讀爲「塏」。《方言》：「塏，美也。」郭注曰：「塏塏，美德也。」然則「後世塏式」者，言可爲後世美式也。「凱」「塏」並從「豈」聲，故得通用矣。「綱」上一字，洪氏作「無」字。黄小松言：「『無』字稍偏，當是『橅』字。」今按，拓本實是「幠」字，左旁是「巾」，非「木」也。《爾雅》：「幠，大也。」「幠綱」，猶言大綱。

「顔淑獨處，飄風暴雨，婦人乞宿。升堂入户，燃蒸自燭。懼見意疑，未明蒸盡，搯笮續之。」樾謹按：顔叔子事見《毛詩・巷伯》傳。彼云「縮屋而繼之」，此云「搯笮」。「笮」者，屋下簿也。《説文》云：「在瓦之下棼上。」《釋名》曰：「編竹相連迫迮也。」《毛傳》「縮屋」之義，得此而明。《詩》正義云：「抽取屋草以繼之。」夫草以覆屋，自在屋上，豈室中之人所能搯取乎？金石文字足以證明經義如此，故可寶矣。

《巴郡太守樊府君碑》：「飲□茹汸。」樾謹按：「飲」下一字，洪氏《隸釋》作「汝」。然汝水不在梁州之域，殆非也。今諦審，是「汶」字。「汶」非魯之汶水。《列子釋文》云：「案，《史記》『汶』與『崏』同，謂汶江也。」王氏伯厚以説《考工記》之「貉踰汶則死」，見《困學紀聞》卷四。此云「飲汶」即謂飲岷江之水矣。

「□元垂□，岳瀆□□兮。」樾謹按：「元」上一字，《隸釋》作「演」字，然於文義未合。諦觀亦不甚似，疑是「渾」字。《漢書·叙傳》「渾元運物」，注曰：「渾元，天地之氣也。」此「渾元」二字之證。「垂」下一字，洪缺。今按，是「像」字。「像」與「象」通，「垂像」即「垂象」也。「岳瀆」下《隸釋》云缺一字。今按，拓本實缺二字。然上下文皆四字句，此句不應獨五字，疑未能明矣。

詁經精舍自課文

詁經精舍自課文一　弟一樓叢書之八

周易履霜鄭讀履爲禮解

「坤。初六。履霜堅冰至。」《釋文》曰：「履，鄭讀履爲禮。」夫履霜之文，明白易解，讀「履」爲「禮」，于義何居？學者疑焉，不知此正古經師之遺言。聖人作《易》之法在是，後人讀《易》之法亦在是，不可不察也。《禮記·郊特牲篇》曰：「禮由陰作者也。」《白虎通·禮樂篇》曰：「禮者，陰也。」又曰：「禮法陰也。」是「禮」之屬陰，古義如此。《大戴記·曾子天圓篇》曰：「陰氣勝則凝爲霜雪。」《詩·蒹葭篇》：「白露爲霜。」毛傳曰：「白露凝戾爲霜，然後歲事成。」是「霜」與「露」本爲一物，陽氣盛則流而爲露，陰氣盛則凝而爲霜。《象傳》曰：「履霜堅冰，陰始凝也。」明以「陰」字釋「履」字，「凝」字釋「霜」字。然「履」無陰義，必破爲禮，然後有陰義。經不曰「禮霜」而曰「履霜」者，「禮霜」不辭，必借履字而後成辭也。故以辭言之，則履是本字；以義言之，則禮是本字。鄭君讀「履」爲「禮」，所以釋其義也。愚嘗謂「喪羊于易」「喪牛于易」兩「易」字，於文爲「彊易」之「易」，於義爲「變易」之「易」。「其君之袂不如其娣之袂良」兩「袂」字，於文爲衣袂之袂，於義爲《說卦傳》「震爲決躁」「兑爲附決」之「決」。詳見《群經平議》。而於鄭君讀「履」爲「禮」，猶未得其故。今深思而得之，故特箸其說。得此說而推之，學《易》之法，思過半矣。

尚書又曰解

古之箸書者，博採異文，附之簡策。如《管子·法法篇》之「一曰」、《大匡篇》之「或曰」，皆是爲管氏之學者，傳聞不同而並記之也。《韓非子》一書如此者尤多。《內儲說上篇》引魯哀公問孔子「莫衆而迷」事，又載：「一曰：晏嬰子聘魯，哀公問曰：『語曰：莫三人而迷。』」《外儲說左篇》引孟獻伯相魯事〔一〕，又載：「一曰：孟獻伯拜上卿，叔向往賀。」如此之類，不一而足，斯亦古人網羅放失之盛心乎？《尚書》每有「又曰」之文，竊謂亦當以是解之。今備列於左。

〔一〕　魯，據顧廣圻《韓非子識誤》及王先謙《韓非子集解》，當作「晉」。

《康誥篇》：「非汝封刑人殺人，無或刑人殺人；非汝封。」此古本也。蓋謂非汝封，手自刑人，手自殺人。然刑人殺人，無非汝封，爲政不可以不慎也。「又曰：劓刵人，無或劓刵人。」此存異文也。蓋一本作「非汝封劓刵人，無或劓刵人，非汝封」，故附載之，以存異文。其文略而不具，蓋使讀者以意會之而自得也。

「王曰：『外事，汝陳時臬司師，茲殷罰有倫。』」此古本也。「又曰：『要囚，服念五六日，至于旬時，丕蔽要囚。』王曰：『汝陳時臬事罰，蔽殷彝。』」此存異文也。古本止「王曰外事」至「殷罰有倫」十五字，别本於「王曰」上多「要囚」至「要囚」十五字，而「汝陳時臬事罰，蔽殷彝」，亦與「汝陳時臬司師，茲殷罰有倫」字句不同，故並録之，以存其異。

《多士篇》：「王曰，又曰：『時予乃或言，爾攸居！』」此亦存異文也。上文「王曰：『告爾殷多士！今予惟不爾殺，予惟時命有申。今朕作大邑于茲洛，予惟四方罔攸賓，亦惟爾多士攸服，奔走臣我多遜。』」此蓋古本如是，而别本於「王曰」下止作「時予乃或言，爾攸居」八字，詳略不同，故附録之。其文雖有詳略，而意則無殊。「時予乃或言」即「予惟時命有申」也。「或」，有也。見趙岐《孟子注》。「時予乃或言」者，時予乃有言也。「予惟時命有申」者，予惟是有申命也。兩句之義一也。「爾攸居」即「亦惟爾多士，攸服」，兩句之義亦一也。

《君奭篇》：「天難諶，乃其墜命。弗克經歷，嗣前人，恭明德，在今予小子旦，非克有正，迪惟前人光，施于我冲子。」此古本也。「又曰：『天不可信。我道惟甯王德延，天不庸釋于文王受命。』」此存異文也。文有詳略，故並存之。「天不可信」即「天難諶」也，「我道惟甯王德延」即「迪惟前人光，施于我冲子」也，「迪」與「道」，古字通用。《益稷篇》「各迪有功」「迪朕德」，《史記・夏本紀》「迪」並作「道」。「延」與「施」，義亦相通。《淮南子・脩務篇》「名施後世」，高注曰：「施，延也。」

《多方篇》：「王曰：『我不惟多誥，我惟祇告爾命。』」此古本也。「又曰：『時惟爾初，不克敬于和，則無我怨。』」此存異文也。兩文不同而意則無殊，一勸之，一警之也。

惟《君奭篇》「又曰『無能往來』」，不得其解。嘗疑「又曰」二字乃「及旦」二字之誤，當連上文讀之：「惟文王尚克修和我有夏。亦惟有若虢叔，有若閎夭，有若散宜生，有若泰顛，有若南宮适，及旦。」歷舉文王之臣，而已亦與焉，言其實也，「無能往來」，詞之謙也。《漢書・朱雲傳》：「言丞相韋玄成容身保位，亡能往來。」李奇曰：「不能有所前卻。」然則「無能往來」自是周公自謙之詞。今「及旦」二字誤作「又曰」，則此四字遂不可解。上文歷舉文王之賢臣，豈宜以此貶之乎？下文「茲迪彝教，文王蔑德降于國人」，亦承此而言。鄭注曰：「蔑，小也。」周公自謙，故言以文王小德降于國人而已。不然，文王之德何以言小，豈代文王爲謙詞乎？上文「在今予小子旦非克有正，迪惟前人光，施于我冲子」，此云「及旦」，猶云「在今予小子旦」也。「無能往來」，猶云「非克有正」也。「兹迪彝教，文王蔑德降于國人」，猶云「迪惟前人光，施于我冲子」也。以上文相證，益知「又曰」二字是「及旦」二字之誤矣。

納于大麓解

大麓以地言，古今文無異説。司馬遷從安國問故，《史記》所載，古文説也。《五帝紀》曰：「堯使舜入山林川澤，暴風雷雨，舜行不迷。」又曰：「舜入于大麓，烈風雷雨不迷。」是古文家大麓以地言也。《尚書大傳》，今文説也。唐《傳》曰：「堯推舜而尚之，屬諸侯焉。納之大麓之野，烈風雷雨不迷，致之以昭華之玉。」夫曰「大麓之野」，是今文家大麓亦以地言也。惟古今文之説不同。古文家以納于大麓爲實事，今文家則不然。其字爲「林麓」之「麓」，其義爲「領録」之「録」。堯屬諸侯于舜，必于大麓之野者，取義于領録也。鄭康成兼通古今之學，故以古文説古文，以今文説今文，皆能不背其説。注《書序》曰：「入麓伐木。」此以古文説古文也。注《大傳》曰：「山足曰麓。麓者，録也。古者天子命大事、命諸侯，則爲壇國之外。堯聚諸侯，命舜陟位居攝，致天下之事，使大録之。」此以今文説今文也。其字則麓，其義則録，故既曰「山足曰麓」，又曰「麓者，録也」，明所以稱大麓者，取義於大録也。此在説《書》者，自有此例。文十八年《左傳》杜注曰：「闢四門，達四窻，以賓禮衆賢。」「四窻」即四聰也。《釋名》曰：「窻，聰也。」四門、四目，聲義俱隔，故兩言之。四窻、四聰，聲義俱通，故一言之。然則大麓之爲大録，猶四窻之爲四聰矣。他經亦有此例。《詩·南陔》序曰：「孝子相戒以養也。」《南陔》之陔，本以地言，而其義則爲戒。《儀禮·鄉飲酒禮》鄭注曰：「陔之言戒也。」陔、戒亦聲近義通，然曰「南戒」則不詞矣。故其義爲戒，而其字爲陔也。《左傳》「葬鮮者自西門」，蓋以西有鮮音，取鮮落之義。「毁中軍於施氏」，蓋以施有弛音，取弛毁之義。古人依聲託義，往往如此。大麓之解，雖以古文爲正，而今文家説亦必有所受之。《管子·大匡篇》曰：「臣禄齊國之政。」禄乃録之假字，即領録之義。疑大録之説，春秋時已有之矣。古文義顯，今文義晦，故爲證成之。

辰在子卯謂之疾日解

子卯之忌，在漢世已有異説。《檀弓》正義引鄭司農注，以爲五行子卯相刑，此是古義。後之學者，以此爲術家之言，屏而不用。《檀弓》釋文引賈逵云：「桀以乙卯日死，紂以甲子日亡。」鄭康成、何休、杜預皆循用其説。今按：《漢書·律曆志》引《武成》曰：「粤若來二月，既死霸，粤五日甲子，咸劉商王受。」則紂以甲子亡，《書》有明證；而桀以乙卯亡，則於古無徵。賈、孔之疏，皆據《商頌》「昆吾夏桀」一語，謂桀與昆吾同日亡。而《左傳·昭十八年》「二月乙卯，萇宏曰：『是昆吾稔之日也』」，遂謂桀亦以乙卯亡。然則萇弘何不言桀稔，而言昆吾稔乎？《吕氏春秋·簡選篇》：「殷湯良車七十乘，必死六千人，以戊子戰於郕，遂禽移、大犧。」高誘注曰：「桀多力，能推大犧，因以爲號。」近孔氏廣森據此謂桀以戊子亡，其説良是。乙卯至戊子三十三日，昆吾以乙卯亡，桀以戊子亡，相距不久，故《商頌》連言之曰「昆吾夏桀」。《史記·殷本紀》曰：「湯自把鉞以伐昆吾，遂伐桀。」是伐昆吾、伐桀兩事，正相連而要，不得并爲一日也。今定乙卯爲昆吾亡日，以《左傳》爲證；戊子爲桀亡日，以《吕覽》爲證。則當日用兵次弟可見，與《商頌》、《殷本紀》無一不合，且皆先秦古書，足可依據。《帝王世紀》及《列女傳》諸書，言以乙卯日戰于鳴條，皆非其實矣。桀亡日既非乙卯，則子卯之忌自不因桀紂，司農舊注殆不可易。

庶姓别於上解

《禮記·大傳篇》：「其庶姓别於上，而戚單於下。」按：庶姓有對同異姓言者。《周官·司儀》：「土揖庶姓，時揖異姓，天揖同姓。」鄭注曰：「庶姓，無親者也。異姓，昏姻也。」隱十一年《左傳》：「薛，庶姓也。」杜注曰：「庶姓，非周之同姓。」蓋對同姓言，則庶姓即異姓。就異姓中别而言之，則又以異姓之無親者爲庶姓也。庶姓有對姓言者。此文「庶姓别於上」，其下云「繫之以姓而弗别」，所謂庶姓者，氏族也，與《周官》、《左傳》所稱庶姓迥殊。鄭注云：「玄孫之子姓别於高祖。」又云：「姓，正姓也。始祖爲正姓，高祖爲庶姓。」孔疏云：「周家五世以後，庶姓别異於上，與高祖不同，各爲氏族。」其於庶姓之説得之矣，惟推尋文義，尚有未安者。鄭云「玄孫之子姓别於高祖」，若然，則是别於下，而非别於上矣。今按：庶姓别於下，從六世言之也。如公子以别子而爲祖，其弟二世，父子也；弟三世，乃得以王父字爲氏；至弟六世，則庶姓，自其曾祖而已别矣，故曰「庶姓别於上」。

大學命也過也解

《禮記・大學篇》：「見賢而不能舉，舉而不能先，命也；見不賢而不能退，退而不能遠，過也。」此節「先」字愚嘗疑是「近」字之誤。先，篆文作𠂒；近，古文作𡰼。兩形相似而誤，説詳《群經平議》。「命」字，鄭讀爲慢，然命、慢非同部字，未合假借之例。今按：仍當讀如本字。凡人臣得賢君而事之，與不得賢君而事之，皆命也。人君得賢臣而用之，與不得賢臣而用之，亦命也。此章説平天下事，則「命」字應就人君言。魏李康《運命論》曰：「聖明之君必有忠賢之臣。其所以相遇也，不求而自合；其所以相親也，不介而自親。唱之而必和，謀之而必從。道德玄同，曲折合符。得失不能疑其志，讒構不能離其交，然後得成功也。其所以得然者，豈徒人事哉？授之者天也，告之者神也，成之者運也。」斯言發明「命」字，可謂深切。然則見賢而不能舉，舉之而又不能近，豈非命乎？若夫見不賢而不能退，退而不能遠，則有不得諉之命者。蓋不能舉、不能近，雖賢君亦時有之。若漢文帝之於賈生，宋仁宗之於蘇氏兄弟，不可盡謂之過，則姑歸之於命而已矣。若夫不能退、不能遠，此必昏庸之君也。如唐德宗之於盧杞，宋徽宗之於王黼，豈得諉之命哉？故直謂之過也。命之一言，尚有寬假之意；過之一言，全是責備之辭，何者？不能舉、不能近，譬猶有嘉肴而不知食，有旨酒而不知飲，未必即以殺身。不能退、不能遠，是猶甘餐毒藥也。二者均失，而輕重殊矣。末節專言小人爲國家之禍，是故此處雖好惡並言，而語意微有輕重焉。

春秋是月解

僖十有六年書：「是月，六鷁退飛，過宋都。」《公羊傳》曰：「是月者何？僅逮是月也。何以不日？晦日也。晦則何以不言晦？《春秋》不書晦也。朔有事則書，晦雖有事不書。」此《傳》之意蓋以《春秋》不書晦日，而「六鷁退飛」適當晦日，故書「是月」，明其與霣石異日而同月。其曰「僅逮是月」者，過此一日即非是月矣。此公羊子據《春秋》之例而知之，非是月爲晦日之名也。蓋晦日例所不書，止當書月。使上無霣石之事，則但書「十有六年春，王正月，六鷁退飛，過宋都」，如莊十八年「三月，日有食之」之例，足矣。乃上有霣石之文，不得繫于正月之下，而又無重書正月之理，於是變文言「是月」。雖聖經之變例，實行文之常例也。何休不達此旨，乃曰：「是月，邊也，魯人語也。」然則是月與晦日異名而同實，《春秋》不書晦日，乃從魯俗稱「是月」，是猶諱虎而言「於菟」也。下文發問，不曰「是月者何？晦日也」，而曰「何以不日？晦日也」，明晦日以不日，而見非「是月」爲晦日之名，乃學者徇何氏之誤，妄生異讀。《釋文》曰：「是月，如字，或一音徒兮反。」《鶡冠子》注及《初學記》引此《傳》，並作「提月」，不獨音異，而字亦異矣。孔氏廣森《公羊通義》曰：「凡言是月，有當讀如字者，其義爲此月。有當讀提月者，其義爲盡此月。」此沿何氏之誤，不得其解而强爲之辭。

齊人來歸衛俘解

莊六年《左傳》經文：「齊人來歸衛俘。」杜注曰：「《公羊》、《穀梁》經、傳皆言『衛寶』，此《傳》亦言『寶』。唯此經言『俘』，疑經誤。」愚按：《公羊傳》曰：「此衛寶也，則齊人曷爲來歸之？衛人歸之也。」《穀梁傳》曰：「齊人來歸衛寶。以齊首之，分惡於齊也。」其文雖是「寶」字，而其義初未嘗指言寶玉。「俘」「寶」二字，古音相同，得相假借。《公》、《穀》所受之經文是「俘」是「寶」，固不可知。何休作《解詁》，乃曰：「寶者，玉物之凡名。」於是始定爲寶玉字矣。夫《春秋》之義，《公羊》所得爲多。漢初傳公羊之學者以董仲舒爲大宗，而《春秋繁露·王道篇》有「恩衛葆」之文，「葆」之與「寶」固得通用，然「葆」從保聲，保從采省，采即古文「孚」也，則「葆」之與「俘」亦得通用。若是衛寶，不得言恩，其下又言「以正囹圄之平也」，則其爲俘囚明矣。竊謂此經當從《左氏》經文作「俘」爲定，《公》、《穀》經、傳及《左氏》傳文之作「寶」者，並叚字也。左氏雖不傳《春秋》，然《史記》稱魯君子左丘明「因孔子史記具論其語，成《左氏春秋》」，則其所載經文，固孔氏之書，容有可據者矣。

如其仁如其仁解

《論語·憲問篇》：「如其仁！如其仁！」孔注曰「誰如管仲之仁」，增字釋經，頗非經旨。今按：「如其仁！如其仁」者，蓋不許其仁也，此義嘗于揚子《法言》得之。《法言·吾子篇》：「或問：『屈原智乎？』曰：『如玉如瑩，爰變丹青。如其智！如其智！』」此與孔子之論管仲，正可互明。蓋若管仲者，論其事功，可也，不必論其仁也。若屈原者，論其志節，可也，不必論其智也。揚子以《法言》擬《論語》，正在此等處。吴祕注曰「如何其智！如何其智！非智也」，即可以説《論語》之「如其仁」矣。又按：揚子書襲用此句法者尚多。《學行篇》：「或謂子之治産，不如丹圭之富。曰：『吾聞先生相與言，則以仁與義；市井相與言，則以財與利。如其富！如其富！』」《淵騫篇》：「或曰：『淵、騫曷不寢？』曰：『攀龍鱗，附鳳翼，巽以揚之，勃勃乎其不可及乎。如其寢！如其寢！』」又《問道篇》：「或曰：『申、韓之法非法歟？』曰：『法者，謂唐、虞、成周之法也。如申、韓！如申、韓！』」雖無「其」字，意亦相同。凡言「如其」者，皆不然之詞，而非許與之詞。《論語》孔注，世多疑其僞託。今得《法言》以證《論語》，西京師説，居然可見。孔子不輕許人以仁，于令尹子文、陳文子皆然。孟武伯問子路、冉求、公西華，孔子皆稱其才以告之，而曰「不知其仁」。然則其於管仲，盛稱其功，而仁則不許也，亦此意也。

三年學不至於穀解

此即「學也，禄在其中」之意，「穀」當訓「禄」，與「邦有道，穀」之「穀」義同。古者三年大比，賓興其能者、賢者，而登用之，故以三年爲期。然不曰「三年學，必至於穀」，而曰「三年學，不至於穀，不易得也」。所謂正言若反，古人之語固有然者，而聖人之意曲而愈深矣。蓋學優則仕，固學者之常然。子使漆雕開仕，開曰「吾斯之未能信」。子路使子羔爲費宰，子曰「賊夫人之子」，推篤信好學者之心，豈求速成者哉？三年學而不至於穀，得以益求其所未至，正學人之大幸也，故曰「不易得也」。噫！天下學者每以不得禄爲憂，子則告之曰：「學也，禄在其中矣。」天下學者又以得禄爲喜，子則告之曰：「三年學，不至於穀，不易得也。」聖人之勸學也蓋備。

不有祝鮀之佞而有宋朝之美解

此聖人疾時君之好佞也。蓋好色，人之所欲，故《大學》言誠意必極之于「如好好色」，而孔子亦言「未見好德如好色」，然則美如宋朝，宜爲人所共喜矣。乃春秋之季，德之不講，而惟以口舌爭長。其始也，若王孫滿之折楚子、燭之武之卻秦師，未始不收折衝樽俎之功。而相沿既久，浸至王朝之命令不行，盟主之要束不守，而惟聽命于辯士之舌端，實開戰國游説之習。故孔子借衛臣以發此歎，若曰不有祝鮀之佞，則雖有宋朝之美不能自免也。是故驪姬之美，非優施之教，則不能得志於晉國。安陵君之美，非江乙之教，則不能固寵於楚王。鄭袖之美，而忌張儀。天下之蠱惑人者，至美色極矣，而辯佞之工又駕乎其上。夫色且如此，德更可知，所以讒人高張，賢士無名也。此夫子所以三歎也。

論語仍舊貫魯讀仍爲仁解

《論語·先進篇》「仍舊貫」，《釋文》引鄭注云：「魯讀仍爲仁，今從古。」按：「仍」「仁」非同部字，而仍得讀爲仁者，聲之轉也。《白虎通·四時篇》曰：「年者，仍也。」「年」與「仁」同部，然則仍之讀爲仁，猶年之以聲訓爲仍矣。惟魯讀不傳其義，今以意説之。仁，愛也。仁舊貫者，愛舊貫也。凡人於故舊之事，往往愛惜而保護之，不忍有所毀傷，是即所謂仁也。魯之有長府，非一日矣。先君爲之，子孫世守之。昔孔子告魯哀公曰：「君入廟門而右，登自胙階，仰視榱棟，俛見几筵，其器有，其人亡，君以此思哀，則哀將焉不至矣！」然則魯之君臣游於長府，仰而觀，俛而視，其流連感歎，宜將何如？乃一旦毅然舍其舊而謀其新，抑何忍乎？閔子曰「仁舊貫，如之何？何必改作？」欲其愛惜此舊貫也。夫臣之弑君，子之弑父，非一朝一夕之故，由于忍而已矣。故閔子不論其事之是非，而動其心之不忍，因事託諷，所見者大。孔子曰：「夫人不言，言必有中。」殆聖門之微言歟！孔子與子貢論告朔之餼羊，曰：「爾愛其羊，我愛其禮。」孔子之愛禮，閔子之仁舊貫，一而已矣。魯之學者，與聞緒論，傳其舊讀。揚雄《將作大匠箴》曰「或爲長府，而閔子不仁」，是西漢經師猶明其義。惜乎！鄭君之不之從也。

夷逸朱張解

夷逸，人名也。朱張，非人名也。《漢書·地理志》顔師古注曰：「夷逸，言竄于蠻夷而遁逸也。」以虞仲、夷逸連讀，則夷逸非人名。然下文謂虞仲、夷逸，與謂柳下惠、少連一例，安得謂非人名乎？《廣博物志》引《尸子》曰「夷逸者，夷詭諸之後」，或自有據。至朱張，當從鄭本作「侏張」。《釋文》云：「朱張，竝如字，衆家亦爲人姓名。王弼注：『朱張，字子弓，荀卿以比孔子。鄭作侏張，音涉留反。』」今按：《荀子》書兩言子弓，不言朱張。王弼注謂即仲弓，其說是也。蓋冠而字之曰子弓，五十而加伯仲曰仲弓，亦猶子路之即季路耳。王弼妄生異說，殊不足信。侏張者，陽狂玩世之謂，與《書·無逸篇》「譸張」、《爾雅·釋訓篇》「侜張」字異而義同，孫炎注《爾雅》曰「眩惑，誑欺人也」，陽狂玩世，亦是眩惑欺人，美惡不嫌同辭。下文孔子論斷，不及朱張，則非人名審矣。是故「逸民：伯夷、叔齊、虞仲、夷逸」，以「逸民」爲目，列此四人，猶云「德行：顏淵、閔子騫、冉伯牛、仲弓」也。「朱張：柳下惠、少連」，以「朱張」爲目，列此兩人，猶云「言語：宰我、子貢。政事：冉有、季路。文學：子游、子夏」也。朱張，即從逸民中別出之，見其同是逸民，而又加以陽狂玩世，故孔子以爲「降志辱身」，而孟子謂柳下惠「不恭」，亦即此意矣。何晏《集解》引包咸說云「此七人皆逸民之賢者」，則夷逸、朱張皆爲人名。郝氏敬《論語詳解》云：「逸民、夷逸、朱張，品其目也；夷、齊、虞仲、柳下惠、少連，舉其人也。」則夷逸、朱張皆非人名。二者似兩失之，今一以下文孔子之論爲準。所論及者，人名也；所不論及者，非人名也，較舊説爲有據矣。或謂皇侃《義疏》「作者七人」下引鄭康成曰「伯夷、叔齊、虞仲，辟世者；柳下惠、少連，辟色者」，不及夷逸、朱張，似鄭君并不以夷逸爲人名者。此不然也。夷逸行事無可考見，鄭君安得臆斷之曰此是「辟地」「辟言」者乎？故别舉荷蕢諸人，而不及夷逸，不得據此而謂夷逸非人名也。

姑之子爲甥舅之子爲甥妻之昆弟爲甥姊妹之夫爲甥解

《爾雅·釋親》云「謂我舅者，吾謂之甥」，而不云「謂我甥者，吾謂之舅」，非徒互文見義也。蓋舅者，舊也，尊長之稱，而甥則古人自敵以下得通稱之。故謂我舅者，吾得謂之甥，而謂我甥者，吾不得概謂之舅。於是，有更相爲甥之例。《釋親》云：「姑之子爲甥，舅之子爲甥，妻之昆弟爲甥，姊妹之夫爲甥。」郭注曰：「四人體敵，故更相爲甥。」此説是也。姑之子得爲甥者，《釋名》云「舅謂姊妹之子曰甥」，而古人于父之姊妹謂之姑姊、姑妹。襄二十一年《左傳》有「公姑姊」，《列女傳》有「梁節姑妹」，合而言之，則曰姑姊妹。夫姊妹之子爲甥，則姑姊妹之子亦爲甥。其母有姊妹之名，故其子亦有甥之名，尊卑固不嫌同名矣。雖然，姑之子從舅之子而得名也。姑之子爲甥，將舅之子爲舅乎？曰：不然也。舅者，尊稱，非可施于敵體也。是故姑之子爲甥，而舅之子亦爲甥，所謂「更相爲甥」也。夫舅之子者，吾母昆弟之子也。吾母昆弟之子爲甥，則吾妻昆弟之子降一等矣。於是妻黨之甥，移而屬之妻之昆弟。是説也，可以舅例之。吾妻之父，吾謂之舅，《釋親》云「妻之父爲外舅」是也。吾母之父，尊一等矣，於是母黨之舅，移而屬之母之昆弟。蓋母黨、妻黨皆外姓之親，雖尊卑異等，而體例從同。母黨有舅，妻黨亦有舅，但母黨之舅則母之昆弟，妻黨之舅則推而上之，不於其昆弟，而於其父矣。母黨有甥，妻黨亦有甥，但母黨之甥則母昆弟之子，妻黨之甥則推而上之，不於昆弟之子，而於昆弟矣。比例觀之，其義自見。雖然，妻之昆弟，從姊妹之夫而得名也。妻之昆弟爲甥，將姊妹之夫爲舅乎？曰：不然也。舅者，尊稱，非可施于敵體也。是故妻之昆弟爲甥，而姊妹之夫亦爲甥，所謂「更相爲甥」也。此經四句，語雖平列，而義實相生。因姑之子爲甥，故舅之子亦爲甥；因舅之子爲甥，故妻之昆弟亦爲甥；因妻之昆弟爲甥，故姊妹之夫亦爲甥。其文雖列于妻黨，而不以妻之昆弟冠首者，爲此也。郭注「更相爲甥」之説，必古義如是，有所受之。乃因此稱久廢，不得其義，又爲之説，曰：「甥猶生也。今人相呼蓋依此。」則疑甥爲生之借字，非《爾雅》正名百物之旨矣。

釋蕿

《洛誥》「蕿」字，《説文》所無，錢氏大昕謂即《爾雅》「孟，勉也」之「孟」，音義俱合，而字形則絕不相似。莊氏述祖謂即「㝲」字之訛，七荏切。按：「㝲」字，隸變作「蕿」，《隸釋·漢冀州從事張表碑》曰「蕿疾而終」是也。此經作「蕿」，又小變其體耳。字形固甚似矣，而音義則皆不合，學者疑焉。今以「㝲」字本義言之。《説文》：「㝲，病卧也。」凡人病卧，則有止息之義。故盧辯注《大戴禮記·曾子制言篇》曰：「寢，猶止也。」李善注《文選·永明九年策秀才文》曰：「寢，猶息也。」然人病卧既久，又無不彊勉求起，故鄭、王注此經並曰「勉也」，亦猶以亂爲治、以故爲今，訓詁反復相通，自有此例。其本音七荏切，而《釋文》引徐音武剛反，兩音不同者，音隨義轉也。古經師遇字同義異者，輒改讀其音，以示區别。故此「蕿」字既轉其止息之義而爲強勉，即轉其七荏之音而爲武剛矣，然亦一聲之轉也。《水經·河水篇》注曰：「參合陘，北俗謂之倉鶴陘。」然則「寢」之讀武剛反，亦猶「參」之聲轉爲「倉」矣。又，「風」字從凡得聲，《詩經》與「心」爲韵，而得讀如「放」音。《釋名·釋天》曰：「風，兖、豫、司、冀横口合脣言之。風，氾也，其氣博氾而動物也。青、徐言風，踧口開脣推氣言之。風，放也，氣放散也。」以是言之，寢音七荏反，合脣言之也；音武剛反，開脣言之也。經師欲人知是彊勉之義，而非猶是止息之義，故開脣大言之，蓋音隨義轉而義亦即存乎音矣。

釋難易

經典所用「難」「易」字，與《説文》「難」「易」二篆説解全不相涉，然則「難」「易」當作何字？曰：「難」當作「儺」，「易」當作「傷」，古文省人旁耳。《説文》：「儺，行有節也。」行而有節，自不可得而捷速矣。至「鄉人儺」之「儺」，本當作「魌」，《説文》曰：「魌，見鬼驚皃。從鬼，難省聲。讀若《詩》『求福不儺』。」蓋見鬼而驚，因而聚逐之，字本作「魌」，不作「儺」也。後人以儺、魌聲同而借用之，既以儺爲魌，因以難爲儺，兩失其本字矣。故曰「難」當爲「儺」。「傷」者，《説文》云「輕也」，輕則有捷速之意，故與「儺」對文。且輕則便於移徙，變更之義亦從此生也。昭十八年《左傳》杜注曰「易，輕也」，正《説文》「傷」字之訓。故曰「易」當爲「傷」。

釋新舊

《説文》：「新，取木也。」而凡五穀之屬刈而取之者，皆得謂之「新」。是以古有薦新、嘗新之禮，而《左氏傳》曰「不食新矣」，即從取木之義引申之也。人生之計，莫先於衣食，故古人言始事者，多從衣食取義。新者，食之始也；初者，衣之始也。二義相近，故《廣雅》曰：「新，初也。」惟「舊」字之義不可解。言久遠者，何取此怪鳥而言之乎？按：《説文·肉部》：「肍，孰肉醬也。從肉，九聲。讀若『舊』。」竊疑「肍」即新舊之本字也。錢氏大昕《潛研堂集》曰：「漢人言『讀若』者，不特寓其聲，并可通其字。即以《説文》言之，『鬻』讀若『許』，《詩》『不與我戍許』，《春秋》『許田』，不必從邑從無也。『鄦』讀若『薊』，《禮記》『封黄帝之後於薊』，不必從邑從契也。」所引凡數十事。然則「肍」讀若「舊」，經傳即可以「舊」爲之，不必從肉從九也。相沿既久，讀若字行，而本字轉廢，亦猶廢「鬻」而用「許」，廢「鄦」而用「薊」矣。「肍」之本義爲孰肉醬，《集韵》作「乾肉醬」，知肍是可以經久之物。古人新、肍並言，若曰穀則吾取其新，醬則吾取其肍也，蓋皆從食取義也。

詁經精舍自課文二　弟一樓叢書之八

鄭易合彖象於經辨

《魏志·高貴鄉公紀》：帝幸太學，問諸儒曰：「孔子作《彖》、《象》，鄭玄作注，雖聖賢不同，其所釋經義一也。今《彖》、《象》不與經連，而注連之，何也？」《易》博士淳于俊對曰：「鄭玄合之於經者，欲使學者尋省易了也。」帝曰：「若鄭玄合之，於學誠便，則孔子曷爲不合以了學者乎？」俊對曰：「孔子恐其與文王相亂，是以不合，此聖人以不合爲謙。」帝曰：「若聖人以不合爲謙，則鄭玄何獨不謙邪？」俊對曰：「古義弘深，聖問奥衍，非臣所能詳盡。」顧氏《日知録》據此謂連合經傳始於康成，而非自王輔嗣始。乃愚於《魏志》此條，竊有所疑。尋帝之旨，蓋以孔子作《彖》、《象》，自爲一篇，不與經文相連。而康成作注，即連屬經文之下。二者不同，故發此問，非謂康成作注時，將孔子《彖》、《象》合之於經也。其云「今《彖》、《象》不與經連」，則高貴鄉公所見之本，經自經，傳自傳，明矣。其下云「若聖人以不合爲謙，則鄭玄何獨不謙邪」，蓋孔子作傳，不與經連，是孔子之謙也。康成作注，即與經連，是鄭之不謙也。若康成將孔子所作之傳合之於經，傳非鄭作，何云不謙？豈鄭當代孔子謙乎？高貴鄉公不應有此謬問，而博士又何至不能對乎？竊疑俊所云「鄭玄合《彖》、《象》于經」句，本作「鄭玄合注于經」，方與帝問相應。今作「合《彖》、《象》于經」，乃後人據王輔嗣之本而追改，陳壽之文非其實也。孔氏正義云：「一家數《十翼》云：《上彖》一，《下彖》二，《上象》三，《下象》四，《上繫》五，《下繫》六，《文言》七，《説卦》八，《序卦》九，《雜卦》十。鄭學之徒，並同此説。」若康成合《彖》、《象》于經，則上、下《彖傳》，上、下《象傳》不應別出，爲鄭學者當有異説。以是言之，康成未嘗合《彖》、《象》于經，此其明證也。至《漢書・儒林傳》曰：「費直治《易》無章句，徒以《彖》、《象》、《繫辭》、《文言》解説上下經。」此蓋謂費氏不自爲章句，而但以孔子之傳説文王、周公之經。顧氏據此遂謂附傳于經并不始于康成，而始于費直。然則費氏豈并《上繫》、《下繫》而亦附入乎？顧氏此言，直忘《漢書》有「繫辭」二字，斯尤不足辨矣。

春秋天子之事論

《春秋》一經，聖人之微言大義，公羊氏所得獨多，嘗於孟子之言見之矣。孟子曰「《春秋》，天子之事也」，此即公羊家託王于魯之説也。趙氏注曰：「孔子懼王道遂滅，故作《春秋》。因魯史記，設素王之法。」蓋孔子當定、哀之間，王者不作，諸侯放恣，欲著一經爲後王法，而又以爲託之空言，不如見之行事之深切著明也，於是因魯史而作《春秋》。所謂「設素王之法」者，非自爲王也，亦非以王于魯也。「素」者，空也，謂空設一王者之法也。夫空設一王者之法，豈可如後世詞賦家所云「亡是公」「烏有先生」哉？其事其文，不得不有所託。而魯，父母之國也，有所見，有所聞，有所傳聞，較它國可據，故託之也。魯之隱公，非受命之君也，而《春秋》於是乎始，則以爲始受命也。魯哀公時，非太平也，而《春秋》於是乎終，則以爲人道浹、王道備，功至于獲麟也。是故《春秋》所書二百四十年之事，皆孔子所立素王之法則，皆天子之事也，非爲魯十二公作載筆之史也。内而魯十二公及季孟諸大夫，外而周天子及齊晉秦楚諸國之君若臣，無非《春秋》所託以行法。譬猶弈焉[一]，彼皆棋也；孔子作《春秋》，則舉棋者也。故曰：「其事則齊桓晉文，其文則史，『其義則丘竊取之矣』。」何謂義？即素王之法也。若但執其文其事以觀《春秋》，而曰「直書其事而義自見」，則後世良史優爲之，而何足以爲聖人之經哉？愚因孟子之言，而益信公羊家託王於魯之説，故具論之，以告世之治《春秋》者，彼范甯、杜預之徒，烏足以知之。

五岳考

古有四岳，無五岳。《白虎通·巡守篇》曰：「岳之爲言捔也，捔功德也。」《風俗通·山澤篇》曰：「岳者，捔功考德，黜陟幽明也。」然則岳本以王者巡守所至，捔考功德，是以名之。《虞書》載巡守之制，有東西南北而無中，是中央無捔功之所，何岳之有？《堯典》：「帝曰：『咨！四岳。』」「四岳」者，十二牧之長。蓋王者設方岳，本以捔功考德，故總領天下諸侯者，即以方岳之名名之。

[一] 弈，原誤作「奕」，據上下文意改。

岳止四，官亦止四，事相因也，古制也。《史記·封禪書》引《尚書》而説之，於北岳恒山下曰：「中岳，嵩高也。」此自史公依後世之制，連屬言之。何休《公羊解詁》引《尚書》有云：「還至嵩，如初禮。」蓋本緯書之説，未可據以增益經文。使其言然，則從古無不「五岳」矣。昭四年《左傳》司馬侯之言曰「四岳三塗」，何以稱也？《詩·崧高篇》毛傳曰「嶽，四嶽也。東嶽岱，南嶽衡，西嶽華，北嶽恒」，又何以不數中嶽也？近時邵氏晉涵又據《禹貢》「太岳」之文，謂唐虞以霍太山爲中岳，此説前未有聞。竊疑霍太山所以稱太岳者，或上古天子嘗於其地捔考諸侯，故有岳稱。其事在唐虞前，故曰「太岳」。「太」者，尊之之詞，所以別于當代之岳也。且山以岳名者多矣。《漢書·地理志》曰：「岳山，古文以爲敦物。」《山海經·大荒南經》曰：「帝堯、帝嚳、帝舜葬于岳山。」郭注曰：「岳山，狄山也。」必以霍太山爲岳，敦物、狄山皆岳乎？《禹貢》一篇于岱、于太華、于衡山、于恒山，皆著其本名，而不言「岳」，可知太岳稱「岳」，是沿前代之舊稱，直以爲山名而已。其在冀州曰「至于岳陽」，若以爲是中岳，故稱「岳」，則華陽、衡陽皆可曰「岳陽」矣，華陰亦可曰「岳陰」矣。不著其名，而直謂之「岳」，知是何岳乎？是故邵氏以《禹貢》稱岳明其爲岳，愚正以《禹貢》稱岳決其非岳。

五岳者，周制也。是時分天下，屬于左右二伯，無四岳之官，蓋與唐虞異。《周官·大司樂》職「四鎮五岳崩」，鄭注曰：「五岳，岱在兗州，衡在荊州，華在豫州，嶽在雍州，恒在并州。」此説本於《爾雅》。《爾雅》，周公書也。《釋山篇》首云：「河南華，河西嶽，河東岱，河北恒，江南衡。」五山即五岳也。《詩·崧高篇》正義引《鄭志》曰：「『周都豐鎬，故以吴岳爲西岳』，不數嵩高。」然則華山當爲中岳矣。周室東遷，以《釋山篇》次序言之，蓋首中岳，次西岳，次東岳，次北岳，次南岳，《鄭志》之言可信。周室東遷，以嵩高爲中岳，華山仍爲西岳，廢吴岳不數。而其時荊楚負固，不服於申國置戍焉，則南服之不通可見。於是以衡山太遠，移之霍山，《爾雅·釋山篇》末具載之，曰：「泰山爲東岳，華山爲西岳，霍山爲南岳，恒山爲北岳，嵩高爲中岳。」此非周公本文，蓋春秋時人羼入之。且吾嘗妄疑是晉人爲之，故其下即曰：「梁山，晉望也。」不然，何國無望，而獨紀晉望乎？春秋時晉最强，人文亦最盛，古書流傳，往往經晉人附益。《逸周書》末載「師曠見王子晉」事，《竹書紀年》以晉事終，《釋山篇》末數語，亦此類也。其次序與篇首正相反。篇首以中岳始，此以中岳終；篇首四岳以西、東、北、南爲次，此四岳以東、西、南、北爲次，所以明異制也。

漢世言「五岳」有二説：《尚書大傳》説「五岳」謂岱山、霍山、華山、恒山、嵩山也，此今文家説。《史記·封禪書》曰：「岱宗，泰山也。南岳，衡山也。西岳，華山也。北岳，恒山也。中岳，嵩高也。」此古文家説。今文家説，直東周之制耳。古文家説，則以唐虞「四岳」配嵩高而爲五，蓋唐虞無中岳，故不得不取足於東周之制也。而鄭君乃以今文家説注《周官·大宗伯》之「五岳」，則與《大司樂》注不合矣。孫炎注《爾雅》，以霍山爲衡山之誤，此知其一，不知其二。《史記·封禪書》言漢武「巡南郡，至江陵而東。登禮灊之天柱山，號曰『南岳』」。而後之學者，便謂霍山之爲「南岳」，從漢武始。郭璞非之，曰：「如此言，爲武帝在《爾雅》前乎？」明辨晳矣。漢武蓋以當時《尚書》家本有二説，故憚衡山之遠，而從霍山之近耳，亦漢世通行《今文尚書》之故也。《初學記》引徐靈期《南岳記》及盛弘之《荆州記》云：「衡山者，五岳之南岳也，其來尚矣，至于軒轅，乃以灊霍之山爲副焉。」此説經傳無文，必漢世方士因武帝好神仙、喜聞黄帝之事〔一〕，故造此説，明武帝此舉與黄帝同耳。

夫以霍山爲南岳，周東遷後之制，或謂遠從黄帝，或謂近起漢武，胥失之矣。而周初以華山爲中岳，吴岳爲西岳，此周公所定一代之制。因東遷後，不循其舊，學者罕言之，後世幾無知者。孔穎達疑之，曰：「豈當據己所在，改岳祀乎？」此不然也。夫五岳與四瀆異，四瀆以獨流

〔一〕因，原誤作「困」，據蔡啓盛《校勘記》改。

入海得名，此非可以人爲之者。若五岳，止取高大之山，可就其地掩考功德耳。東、西、南、北，王者各從所都而言之，何不可改之有？若王者不當改岳，則王者先不當改都矣。且如孔氏之意，將周初亦以嵩高爲中岳乎？請即以《周禮》破之。「職方氏掌天下之圖，東南曰揚州，其山鎮曰會稽。正南曰荆州，其山鎮曰衡山。河南曰豫州，其山鎮曰華山。正東曰青州，其山鎮曰沂山。河東曰兖州，其山鎮曰岱山。正西曰雍州，其山鎮曰岳山。東北曰幽州，其山鎮曰醫無閭。河内曰冀州，其山鎮曰霍山。正北曰并州，其山鎮曰恒山。」是九州以九山爲鎮。而《大司樂》職則曰「四鎮五岳」，蓋九山除岱、衡、華、嶽、恒爲「五岳」，則止存會稽、沂山、醫無閭、霍山爲「四鎮」矣。今不數嶽山，而別取嵩高爲中岳，則嶽山仍爲雍鎮。鎮宜云五，何云四乎？故觀五岳四鎮之文，則知周初嶽山固爲五岳之一。

言岳者，當知唐虞與周制異，四、五不同也。周初與東遷後異，中、西、南岳不同也。漢世説經，今文與古文異，南岳不同也。此五岳之宜考者也。

儀禮諸公考

《燕禮》「若有諸公，則先卿獻之」，鄭注曰：「諸公，謂大國之孤也。孤一人，言諸者，容牧有三監。」後儒以「三監」是殷法，多疑其説。於是有以「諸」爲不定之辭者，有謂統公卿大夫言者，有謂兼寄公言者，有謂兼致仕者言者。胡氏匡衷《儀禮釋官》悉辨其非〔一〕，謂惟鄭義爲允。愚按：《吕氏春秋·離俗篇》「遇高唐之孤叔無孫」，高誘注曰：「高唐，齊邑也。孤，孤特位尊。叔，姓，無孫，名，守高唐之大夫也。」是古者守外邑大夫得有「孤」稱。《儀禮》「諸公」，或兼外邑大夫而言。蓋大國之孤稱公，而外邑大夫亦有孤稱，則亦得有公稱矣。《吕覽》先秦古書，足可依據。秦御史監郡者稱「監公」，見《史記·曹相國世家》，此「三監」稱公之遺也。楚邑大夫稱「縣公」，見宣十一年《左傳》。楚漢之際，有滕公、戚公、柘公、薛公之屬，此守外邑大夫稱公之遺也。説者謂楚僭王，故邑大夫稱公，此亦不然。齊不稱王，而《左傳》所載有邢公、棠公，然則外邑大夫之稱公，非僭也。古天子於諸侯有不純臣之義，諸侯於外邑大夫稍優假之，隆其名號，亦禮所宜然乎。此足補鄭注之所未及。

〔一〕辨，原誤作「辦」，據蔡啓盛《校勘記》改。

論語分章異同考

《公治長篇》「子謂公冶長」「子謂南容」，古分兩章，朱注因一曰「以其子妻之」，一曰「以其兄之子妻之」，兩事相類，故合爲一章。然此所重者，在論二子之賢行，非因有妻之之事而記也。下文尚有「子謂子賤」章，與此一律，似不得以「謂公冶長」「謂南容」合爲一章，而以「謂子賤」獨爲一章也，仍從古本分章爲是。若謂兩章詞意相類，當合爲一，則《顔淵篇》「司馬牛問仁」「司馬牛問君子」兩章亦相類，何又區而二之乎？

《雍也篇》「子曰：『雍也可使南面』」，古爲一章，「仲弓問子桑伯子」以下又爲一章，當從之。必謂仲弓聞夫子許己，因以子桑伯子爲問，則失之泥矣。又《述而篇》「子謂顔淵曰：『用之則行，舍之則藏，唯我與爾有是夫』」，鄙意此是一章，「子路曰」以下當自爲一章。子路之問，自負其勇耳。必謂因孔子獨美顔淵，故發此問，無乃視子路太淺乎？孔注及朱注皆聯合爲一章，似皆失之。

「子華使於齊」「原思爲之宰」，古爲二章，朱注合爲一章。按：此乃類記之體，可分可合。然記者以此二事連屬書之，固自有意，分而爲二，失記人之意矣。朱注爲長。

「牢曰：『子云：吾不試，故藝。』」古自爲一章。邢疏云：「此章論孔子多技藝之由，但與前章異時而語，故分之。」朱注與上「大宰問於子貢」連屬爲一章。按：此亦類記之體，因夫子「少賤多能」之語，而及牢「不試故藝」之言，亦猶《憲問篇》因夫子「不在其位，不謀其政」之語，而及曾子「思不出其位」之言。分則俱應分，合則俱應合，乃古分「牢曰」與上文各爲一章，而朱注則合之；古合「曾子曰」與上文共爲一章，而朱注則分之。如此之類，似兩失也。

「『唐棣之華，偏其反而。豈不爾思？室是遠而。』子曰：『未之思也，夫何遠之有？』」古合上文「可與共學」爲一章，故何晏解「偏其反而」句曰：「權道反而後至於大順。」按：《春秋繁露·竹林篇》引此文，亦有「可以適道」之語，則漢儒舊説固爾矣。然愚謂上下文義不倫，牽合爲一，究涉曲説。《荀子·宥坐篇》「詩曰：『瞻彼日月，悠悠我思。道之云遠，曷云能來！』子曰：『伊稽首，不其有來乎？』」「首」乃「道」之叚字，古字通用。「稽」者，同也，見《堯典》正義；又合也，見《儒行篇》注。詩言「道之云遠，曷云能來」，夫子言合於道則自能來矣。蓋借《詩》言而反之，與此引《唐棣》之詩一律。以彼證此，則「唐棣」以下當從朱注，别爲一章，不必拘泥古説也。又按：《子罕篇》朱注分三十章，古本「唐棣」章合於上章，而「牢曰」自爲章，則亦三十章。陸氏《釋文》乃云三十一章，不知所分何章？孔氏廣森曰：「『不忮不求，何用不臧？』子路終身誦之。子曰〔一〕：『昌道也，何足以臧？』此當别爲一章。」今細核全篇，舍此亦無可分之章以合陸氏之數，則陸所見本，誠如孔説也。然此章與「乘桴」章相類，「其由也與」之歎，與「從我其由」不異，「終身誦之」之意，與「聞之而喜」不殊。一則曰「無所取材」，一則曰「何足以臧」，皆始與之，而終抑之。以彼證此，不當分爲兩章也。

《先進篇》「德行：顔淵、閔子騫」一節，正義曰：「此章因前章言弟子失所，不及仕進，遂舉弟子之中，才德尤高可仕進之人。鄭氏以合前章，皇氏别爲一章。」朱注從鄭氏，實則皇氏是也。此乃記人之詞，本不與孔子之言聯合爲一，自記弟子之材德耳。《史記·弟子傳》首列此文，竝不言是相從於陳、蔡者，知西漢經師無此説也。

「子張問善人之道。子曰：『不踐迹，亦不入於室。』」「子曰：『論篤是與？君子者乎？色莊者乎？』」按：此當從何本合爲一章。「論篤是與」「君子者乎」「色莊者乎」，三者皆善人之道，博舉之，故曰「是與」，曰「者乎」，爲不定之辭。其重言「子曰」者，所以發更端之語，古書往往有之。朱注别爲一章。然《論語》言君子，必與小人爲對文。今不曰「君子者乎？小人者

〔一〕子，原缺，據孔廣森《經學卮言》補。

乎?」而曰「色莊者乎」,則非對文可知。且「色莊」又不與「論篤」相應,「論篤」屬言,「色莊」屬貌,不得謂「論篤」是「色莊」也。揆之經義,竊有未安,不如從古注爲允矣。

《顏淵篇》「子路無宿諾」,正義曰:「或分此别爲一章,今合之。」愚謂此句當合上文「片言折獄」,下文「聽訟猶人」,共爲一章,與「乘桴」章、「衣敝緼袍」章一律。「片言」者,單辭也。子路不欺人,人亦不欺之,故兩造不具,可以折獄。乃子路聞夫子許己,益以自喜,於是急於踐言而無留諾。「宿」之訓留,義本《廣雅》,朱注自允。此子路好信而兼好勇之過,於是夫子又曰:「聽訟,吾猶人也,必也使無訟乎!」爲子路更進一解也。嘗謂夫子於子路,抑揚並用,勸戒兼施,視他弟子不同。故此章與「乘桴」章、「緼袍」章,皆始與之而終抑之,而《先進篇》「由之瑟」一章,則又始抑之而終與之。連類而觀,聖人因材之教自見。

《憲問篇》:「子曰:『賢者辟世,其次避地,其次避色,其次避言。』子曰:『作者七人矣。』」愚按:此當從古注爲一章。「辟世」「辟地」「辟色」「辟言」,定其品也;「作者七人矣」,舉其人也;重言「子曰」,發更端之語耳。

《陽貨篇》「子曰『性相近也,習相遠也』」,「子曰『唯上知與下愚不移』」。此亦當從古注合爲一章。重言「子曰」,别更端耳。朱注亦云「此承上章而言」,但以有「子曰」字,故分爲二。

「子曰：『小子何莫學夫《詩》？』」「子謂伯魚曰：『女爲《周南》、《召南》矣乎？』」推尋孔、馬之注，初無聯合之迹，邢疏乃合而一之，曰：「此章勸人學《詩》也。」若然，則《論語》中可合并者多矣，如顔淵問仁、仲弓問仁，及子路問管仲未仁乎、子貢問管仲非仁者與，詞意俱近，何以區而二之？然則此當從朱注分爲二章，於義爲允。

孔子生日考

《春秋公羊傳》襄公二十有一年：「十有一月，庚子，孔子生。」《穀梁傳》襄公二十有一年：「十月，庚子，孔子生。」是兩《傳》年日俱同，惟有一月之差。然陸德明《公羊音義》曰：「『庚子孔子生』，傳文上有『十月庚辰』，此亦十月也。一本作『十一月庚子』。」是陸氏所據本無「十有一月」四字，與《穀梁》同。楊士勛《穀梁疏》曰：「仲尼以此年生，故傳因而録之。《史記·世家》云襄公二十二年生者，馬遷之言與經典不同者非一，故與此傳異年耳。」楊氏但言《史記》與《穀梁》異年，而不言《公羊》與《穀梁》異月，則其所見《公羊傳》亦必無「十有一月」四字也。唐石經誤衍此四字，而各本從之，遂致兩《傳》有一月之差，此不可以不辨也。至生年爲襄二十一，則兩傳皆同。襄三十一年《左傳》正義引二十一年賈逵注經云：「此年仲尼生，哀十六年夏四月己丑卒，七十三年。」又引昭二十四年服虔載賈逵語云：「是歲孟僖子卒，屬其子使事仲尼。仲尼時年三十五。」計自襄二十一至昭二十五，正三十五歲，是孔子以襄二十一年生，賈、服舊説皆同。自襄二十一至哀十六，共七十四年。而賈逵云年七十三者，猶絳縣老人生於文十一年，至襄三十年亦是七十四年，而傳稱七十三年也。顧氏亭林謂古人於歲盡之日而後增年，據《倉公傳》「臣意年盡三年，年三十九歲」爲證。然古人紀年有二法，有於歲盡之日增年者，《倉公傳》是也；有從所生之日數至明年是日而增年者，「絳縣老人」是也。錢氏大昕謂「古人以周一歲爲一年。絳縣人生正月甲子朔，於周正爲三月，至是年周正二月癸未，尚未及夏正月朔」，故七十三年。此説較顧説爲長。孔子生年正與絳縣老人同，杜預不達此義，乃從《史記》作「襄二十二年生」，朱子《論語序》亦云襄二十二年十有一月庚子生，胥失之矣。今定孔子于襄二十一年十月庚子生。是月庚辰朔，則庚子二十一日也；周十月，夏八月，爲今八月二十一日。

笑字形聲考

經典「笑」字屢見，而《説文》無之，蓋許君疑而未定焉。徐鉉據《唐韵》引《説文》補入曰

「笑，喜也，从竹从大〔一〕，而不説其義」，此必後人附益，非許氏原文。又云「今俗皆從犬」，更爲無理。《九經字樣》作：「笑，从竹从夭。」楊承慶《字統》曰：「竹得風，其體夭屈，如人之笑也。」《一切經音義》卷二引《字林》云：「笑，喜也，字从竹从夭。夭聲。竹爲樂器，君子樂，然後笑也。」其説並迂曲，惟謂「夭聲」稍近之。今按：《漢書》多古字，《史丹傳》、《外戚傳》字竝作「咲」，師古曰「咲，古笑字」；《薛宣傳》、《谷永傳》字竝作「关」，師古曰「关，古笑字」。《隸釋》載《王政碑》「時言樂咲」，字亦作「咲」。竊疑古「笑」字本作「咲」，从口芺聲，其或即以芺爲之者。古文以聲爲主，如以哥爲歌，以臤爲賢之比也。《漢書》「咲」字即「咲」字之誤，「关」字即「芺」字之誤。隸書从艸之字多省作丷，从夭之字或省作大，以丷頭加之大上，於是「芺」變作「关」，「咲」變作「咲」矣。《詩・終風篇》釋文曰：「笑，本又作咲。」蓋本是「咲」字，後人據俗體「笑」字改之耳，然可證經典「笑」字尚有从口者，古文之未泯者也。

〔一〕从，原誤作「以」，據蔡啓盛《校勘記》和《説文》改。

象刑説

象刑之説尚矣。《荀子·正義篇》曰〔一〕：「古無肉刑而有象刑。」《漢書·武帝紀》元光元年詔曰：「昔在唐虞，畫象而民不犯。」鄭康成注《周官·司圜》云：「弗使冠飾者著墨幪，若古之象刑與？」是鄭君亦信象刑之説。賈公彦疏引《孝經緯》云：「畫象者，上罪墨幪、赭衣、雜屨，中罪赭衣、雜屨，下罪雜屨而已。」《太平御覽》六百四十五引《慎子》云有虞氏之誅「以幪巾當墨，以草纓當劓，以菲屨當刖，以艾韠當宫，布衣無領當大辟」，其文尤詳備。所可疑者，《堯典》曰：「象以典刑，流宥五刑。」夫刑止于象，輕之至矣，而其宥之也，乃使之流。去親戚，離鄉里，投之遠方，則視刑之而更重矣。此後人所以不信象刑之説，而異義滋起也。今按：「流宥五刑」者，帝舜哀矜庶戮之不幸，而設五流之法，以代五刑也。然但流之而已，則使人不知其所犯之爲何罪，於是又制爲象刑，畫衣冠，異章服，以别於齊民，使人一望而知之。而凡有罪者，既有放流之苦，又有畫象之辱，自畏法而不敢輕犯，是謂「象以典刑，流宥五刑」。二者相輔而行，

〔一〕正義，應作「正論」，參見光緒辛卯王先謙《荀子集解》本。

惟「象以典刑」，故流宥而不没其五刑之實。自來説象刑者，不兼「流宥五刑」爲説，則直以象刑宥五刑矣，何言「象以典刑，流宥五刑」乎？

谷風篇嵬萎怨爲韵説

《詩・谷風篇》三章：「習習谷風，惟山崔嵬。無草不死，無木不萎。忘我大德，思我小怨。」顧氏《詩本音》謂「末二句無韵」，績溪胡氏秉虔作《古韵論》謂「萎從委聲，委從禾聲，古音在歌類，怨在元類，二類對轉爲韵。」今按：《東門之枌篇》以「原」與「差」「麻」「娑」爲韵，亦歌、元二類對轉，胡氏説是也。惟胡氏謂首句「嵬」字與上章「穨」「懷」「遺」聯韵，則恐不然。毛傳：「崔嵬，山顛也。」《説文》「厜㕒，山顛也」，與毛傳同，然則「崔嵬」即「厜㕒」之聲轉。疑《詩》本作「厜㕒」，後轉作「崔嵬」耳。《爾雅》「山頂，冢。崒者，厜㕒」，即釋此詩也。《漢書・廣川惠王傳》「日崔隤，時不再」，師古注曰：「崔隤，猶言蹉跎也。」「厜㕒」之轉爲「崔嵬」，與「蹉跎」之轉爲「崔隤」一例。今讀「維山崔嵬」爲「維山厜㕒」，則於韵初無不合，不必舍本章而求合於上章也。

爾雅釋詁釋言釋訓三篇名義説

《爾雅》首三篇「詁」「言」「訓」之名，邢疏所説不了，其云「《釋言》則《釋詁》之别」，然則二篇猶一篇矣。竊謂不然，以愚論之，《釋詁》一篇所説，皆字之本義，故謂之「詁」。「詁」者，古也，言古義本如此也。即如「初、哉、首、基」四字，邢疏曰：「初者，《説文》云：從衣從刀，裁衣之始也。哉者，古文作才，《説文》云：『才，草木之初也。』以聲近借爲哉始之哉。首者，頭也，首之始也。基者，《説文》云：『牆始築也。』」然則「初、哉、首、基」之爲始，非皆字之本義乎？《釋言》一篇所説，則字之本義不如此，而古人之言有如此者。即以篇首「殷、齊，中也」言之，「殷」本不訓「中」，而《書》云「以殷仲春」，此「殷」字則訓爲「中」；「齊」本不訓「中」，而《釋地》云「距齊州以南」，此「齊」字則訓爲「中」，故曰「殷、齊，中也」。此《釋言》所以異於《釋詁》也。至《釋訓》一篇所説，則直是後世箋注之祖，所以解釋經文。如「斤」字並不訓「察」，而《周頌》云「斤斤其明」，合二字爲文，則有察義矣，故云「斤斤，察也」。「秩」字並不訓「智」，而《小雅》云「左右秩秩」，合二字爲文，則有智義矣，故曰「秩秩，智也」。本篇所釋多重言，皆本經文，并有舉全句而釋之者，此《釋訓》所以異於《釋言》也。三篇之分，初意如此。周公體例，本是秩然，叔孫、梁文繼事增益，遂多羼亂，或失本真。要其大旨，可覆按也。漢世經師去古未遠，其所訓釋，猶合《雅》義。今即以鄭君《儀禮注》言之。如云「饌，陳也」，「兼，併也」，「進，前也」，「自，由也」，「贊，佐也」，「命，告也」，「即，就也」，「卒，已也」，「反，還也」，「旅，衆也」，若此之類，直舉其字而説其義。例之《爾雅》，其《釋詁》乎？如云「積，猶辟也」，「屬，猶著也」，「側，猶特也」，「攝，猶整也」，「病，猶辱也」，「于，猶爲也」，「彌，猶益也」，「殺，猶衰也」，「請，猶問也」，「與，猶兼也」，若此之類，並加「猶」字以成其義，明字之本義初不如此。例之《爾雅》，其《釋言》乎？如曰「禮辭，一辭而許也」，「側酌，言無爲之薦者也」，「大古，唐虞以上也」，「扱地，手至地也」，「傳言，猶出言也」，「改居，謂自變動也」，「舉前曳踵，備蹪跲也」，「問夜，問其時數也」，「拜辱，出拜其屈辱至己門也」，如此之類，並舉經文而釋之。例之《爾雅》，其《釋訓》乎？惟詩人多重言疊語，形況之辭，而《禮經》罕見，故此條所舉與《釋訓篇》略殊，至其詮釋經文，固無異也。愚嘗欲刺取三《禮》鄭注，分別部居，依《爾雅》之例爲《鄭雅》一書，有志未逮，姑撮舉其略如此，且以發明《雅》義也。

編鐘編磬各十六枚説

《周官·小胥》職鄭注曰：「鐘磬者，編縣之二八十六枚，而在一虡。」賈疏曰：「鄭必知有十六枚在一虡者，按《左氏》隱五年，考仲子之宫，初獻六羽。衆仲云：『夫舞，所以節八音而行八風，故以八爲數。』樂縣之灋，取數於此，又倍之爲十六。」今按：賈説非也。八音者，金、石、絲、竹、匏、土、革、木也。鐘磬則金、石也，金、石二音耳，不可以當其餘之六音。然則此十六枚之設，無乃徒爲觀美而無義乎？又引服氏説「一縣十九鐘，十二鐘當一月，十二月十二辰，加七律之鐘則十九鐘」，與鄭義絶異。如服子慎説，一虡之數十有九，蓋十二辰而加七律也。所謂「七律」者，昭二十年《傳》服注所謂「黄鐘爲宫，林鐘爲徵，太簇爲商〔一〕，南吕爲羽，姑洗爲角，應鐘爲變宫，蕤賓爲變徵〔二〕」是也。夫十二月之鐘，已具在一虡矣，又加此黄鐘、林鐘、太簇、南吕、姑洗何爲？且應鐘爲變宫，蕤賓爲變徵，專以黄鐘爲宫言也。論旋相爲宫之法，則變宫、變

〔一〕太簇，古籍亦作「太蔟」，蔡啓盛《校勘記》出校改字。
〔二〕蕤賓，原誤作「蕤鐘」，據蔡啓盛《校勘記》改。下同。

徵，各視其宫而異，而可專以應鐘、蕤賓爲之乎？服氏此説，宜爲鄭君之所不取。近世鄭堂江氏作《樂縣考》，辨之詳矣。江氏謂：「十六者，十二辰之外加四清聲也，北宋以十二枚爲正鐘，四枚爲清鐘，最得古制。阮氏《山左金石志》有魏太和黄鐘，清編鐘，可見漢魏編縣之制，有四清聲也。」余謂江氏此説猶有未盡。余雖不知音，竊以理論之。

夫清聲者，半律也。樂有半律，有倍律。黄、大、太、夾、姑、仲，此六律皆長，長故有半律，無倍律。應、南、無、夷、林、蕤，此六律皆短，短故有倍律，無半律。明鄭世子《樂律全書》曰：「中聲之上有半律，是爲清聲；中聲之下有倍律，是爲濁聲。十二律由濁而清，黄、大、太、夾、姑、仲、蕤、林、夷、南、無、應，皆自然也。繼以半律，黄、大、太、夾雖清可歌，至於姑、仲，則聲益高，而揭不起，或强揭起，非自然矣。十二律由清而濁，應、無、南、夷、林、蕤、仲、姑、夾、太、大、黄，皆自然也。繼以倍律，應、無、南、夷雖濁可歌，至於林、蕤，則聲益低，而咽不出，或强歌出，亦非自然矣。」以是言之，十二律有清聲六、濁聲六，六清、六濁各有二者不能用，故可用者止於四。今十二辰之外，止用四清聲，則有清無濁矣。夫十二律旋相爲宫，用清聲以變濁，用濁聲以變清，清與濁不可偏廢也。《文獻通考》載「方響之制」，云：「方響，編縣之次。下格以左爲首：一黄鐘，二太蔟，三姑洗，四中吕，五蕤賓，六林鐘，七南吕，八無射；上格以右爲首：一應鐘，二黄鐘之清，三太蔟之清，四姑洗之清，五中吕之清，六大吕，七夷則，八夾鐘。」然則專用四清，乃方響之制。其器本出於西凉，非中國之古制，唐宋教坊燕樂用之，此後世樂律所以日高而失其中和。沈括《筆談》謂「燕樂高於雅樂二律」，於此可見。竊謂古制當不爾也。《朱子大全集》載《宋燕樂十六字譜》：「合黄鐘，四下大吕，四上太蔟，一下夾鐘，一上姑洗，上仲吕，勾蕤賓，尺林鐘，工下夷則，工上南吕，下凡無射，凡應鐘，六黄鐘清，下五大吕清，上五太蔟清，緊五夾鐘清。」此正於十二律外加四清聲，與「方響」同。而四清聲用黄、大、太、夾，則《通考》所稱姑洗之清、仲吕之清，或傳述之誤。姑、仲清聲太高，而不能用也。乃今世伶工所用，則止十三字，合、四、乙、上、尺、工、凡、六、五、亿、仩、伬、仜。其所云合者，黄鐘也；四者，大吕、太蔟也；乙者，夾鐘也；上者，仲吕也；尺者，蕤賓也；工者，夷則也；凡者，無射、應鐘也；六者，黄鐘清也；五者，大吕、太蔟、夾鐘清也；亿者，姑洗也；伬者，林鐘也；仜者，南吕也。此與《宋譜》但有并省，而無異同。《宋譜》以勾爲蕤賓，尺爲林鐘；今以尺爲蕤賓，伬爲林鐘。伬者，高尺也；然則古之勾，即今之低尺也。大吕、太蔟，同爲「四」字，無射、應鐘，同爲「凡」字；古分上下，今則并之。至四清聲，黄鐘爲「六」字，而大吕、太蔟、夾鐘同爲「五」字，不復有上、下、緊之分。蓋此三清聲，同爲極高之聲，故不復爲之區别。此雖俗樂，亦必有所師承。且如右以一上爲夾鐘、一下爲姑洗，而今亦仍分「乙」「亿」二字；古以工下爲夷則，工上爲南吕，而今亦仍分「工」「仜」二字；知其於可并者并之，不可并者亦不并，非苟從其簡也。以清聲例濁聲，則應鐘濁聲應自有别，而無射、南吕、夷則三濁聲同爲極濁之聲，亦可援大、太、夾之例，并而一之。疑古制鐘磬一虡十六枚者，除十二辰各一外，其餘四者，黄鐘半律爲一，應鐘倍律爲一，大吕、太蔟、夾鐘三半律合爲一，無射、南吕、夷則三倍律合爲一，故爲十有六。如此，則清濁咸備，而聲之高下皆得所矣。

孟子曰：「今之樂，由古之樂也。」聲音之道，今古無殊，今人用之而可，豈古人用之而不可？惟後世樂律日高，乃氣運日薄之故。如今譜有「亿」「仩」「伬」「仜」四字，即高乙、高上、高尺、高工也。夫高乙、高尺、高工，古固有之。古之勾，當今之尺，則古之尺，即今之高尺矣。至「上」字，古無上、下之分，而今則有上，又有仩，不知於十二律當何屬，得無有過高之弊歟？故愚意編縣之制，當備四清聲、四濁聲，庶清濁相劑，而有以建中和之極也。

六甲五龍説

《説文》「戊」篆説解曰：「象六甲五龍相拘絞也。」此語必本於古書，今無可考，因亦莫得其解。段氏玉裁曰：「六甲者，《漢書》『日有六甲』是也。五龍者，五行也。」引《遁甲開山圖》榮氏注及《鬼谷子》陶注爲證。今按：五方之龍，分治五行，自是古説。然施之此，則不可通，何也？六甲與五行，不得分爲二物也。甲乙木，丙丁火，戊己土，庚辛金，壬癸水，言六甲者，豈外五行乎？惠氏棟曰：「龍，辰也，辰有五子，故言五龍。」如其説，何不曰「六甲五子」，而必變文言「龍」乎？考之書傳，無以十二辰爲十二龍者，此説亦不可通。然則「六甲五龍」有説乎？曰：「六甲」即《漢書》之「日有六甲」，此無疑矣。因「六甲」即可明「五龍」之説。今夫甲子、甲寅、甲辰、甲午、甲申、甲戌，所謂「六甲」也。甲子旬中，即以子爲龍，甲子、丙子、戊子、庚子、壬子，此甲子旬中之五龍也。甲寅旬中，即以寅爲龍，甲寅、丙寅、戊寅、庚寅、壬寅，此甲寅旬中之五龍也。甲辰旬中，即以辰爲龍，甲辰、丙辰、戊辰、庚辰、壬辰，此甲辰旬中之五龍也。甲午旬中，即以午爲龍，甲午、丙午、戊午、庚午、壬午，此甲午旬中之五龍也。甲申旬中，即以申爲龍，甲申、丙申、戊申、庚申、壬申，此甲申旬中之五龍也。甲戌旬中，即以戌爲龍，甲戌、丙戌、戊戌、庚戌、壬戌，此甲戌旬中之五龍也。所謂「六甲五龍相拘絞也」。然則何以謂之龍？曰：此從「甲」生義也。許君説幹枝字，皆爲制字本義，此實不然，近時通人有言之者矣。愚嘗謂「甲」字當以甲蟲爲本義，説詳《兒笘録》。古人既以甲蟲字爲甲乙字，故借甲蟲生義。龍者，鱗蟲之長也，甲子旬中，子爲長；甲寅旬中，寅爲長；推之辰、午、申、戌皆然，不可徧舉，故因六甲之文，而立五龍之號。以五龍配六甲，此古書之説，而許君述之也。

湖樓筆談

湖樓筆談序

余頻年主講西湖詁經精舍。精舍有樓三楹，可以攬全湖之勝。春秋佳日，輒倘佯其上。然其地距城遠，賓客罕至。或終日雨，則終日不見一人。無與談，談以筆，積久遂多，稍稍編次之，定爲七卷。弟一、弟二卷談經，弟三卷談《史記》，弟四卷談《漢書》，弟五卷談小學，弟六卷談詩文，弟七卷談雜事。雖詹詹小言，或勝於群居終日、言不及義者乎。俞樾記。

湖樓筆談一　弟一樓叢書之九

《繫辭傳》云：「《易》之爲書也，不可遠。爲道也，屢遷。」然則《易》之名義，自取之「變易」。《釋名・釋典藝》曰：「《易》，易也。言變易也。」此得其本義矣。《乾鑿度》乃云：「《易》一名而含三義：所謂易也，變易也，不易也。」鄭康成依此義作《易贊》及《易論》云：「易簡，一也；變易，二也；不易，三也。」推尋其義，殊不可通。《繫辭》云：「夫《乾》，確然示人，易矣；夫《坤》，隤然示人，簡矣。」是「易簡」之德，分屬《乾》、《坤》。《易》首《乾》、《坤》，應題「易簡」。去「簡」著「易」，於義何居？若夫「天尊地卑，乾坤以定」，不易之義，亦有可言。然義取「不易」，而書則名《易》，翩其反而，抑何悠謬。若如斯言，則吉爲不吉、凶爲不凶矣。是故「易簡」之說，或者以《乾》包《坤》；「不易」之說，實乃以白爲黑。鄭君信《緯》，遵用其義。孔氏《正義》列之首篇，支離之談，所未敢徇。

卦有六爻，二、五正應，固也。至謂初與四應，三與上應，其不然乎？以愚求之，初、上相應也，二、五相應也，三、四相應也。是故上經三十卦。初、上兩爻，爲陽爻，各十有七；爲陰爻，各十有三。二、五兩爻，爲陽爻，各十有四；爲陰爻，各十有六。三、四兩爻，爲陽爻，各十有二；爲陰爻，各十有八。下經三十四卦。初、上兩爻，爲陽爻，各十有五；爲陰爻，各十有九。二、五兩爻，爲陽爻，各十有八；爲陰爻，各十有六。三、四兩爻，爲陽爻，各二十；爲陰爻，各十有四。以其數之相準，知其位之相應也。然此相準之數，自來未有言及者，愚反復推求而得之。《傳》曰「爻有等」，其斯之謂歟？

《周易》初九、初六之類，疑皆孔子所加。觀《左傳》引《周易》文，宣七年《傳》曰「其在《周易》，《豐》之《離》」，不曰「《豐》上六」。宣十年《傳》曰「《周易》有之，在《師》之《臨》」，不曰「《師》初六」。昭二十九年《傳》曰：「《周易》有之，在《乾》之《姤》，曰『潛龍勿用』。其《同人》曰：『見龍在田。』其《大有》曰：『飛龍在天。』其《夬》曰：『亢龍有悔。』其《坤》曰：『見群龍无首，吉。』《坤》之《剥》曰：『龍戰于野。』」若當時《周易》已如今本，則曰初九，曰九二，豈不簡而易曉，乃必以變卦言乎？故知初九、九二之類，孔子所加，古本無也。

《左傳》所載當時君大夫言語，皆左氏所撰，非其本文，故歷年二百，國非一國，人不一人，而辭氣之間如出一口。且如秦穆作《誓》，列于《尚書》，與殷《盤》、周《誥》同一聱牙。而《左傳》

所載秦穆之語，則皆近今矣。知由丘明潤色也。又昭元年《傳》載趙孟之言曰：「老夫罪戾是懼，焉能恤遠？」在禮，大夫年七十始稱「老夫」。即或趙孟挾長不依古禮，然其私於子産曰：「武請於冢宰矣。」及穆叔賦《鵲巢》，則又曰：「武不堪也。」安有對小國大夫自稱其名，當天子大臣輒稱「老夫」？其爲不然，蓋可知矣。當由左氏隨事立文，稱名者因其辭意謙抑，稱「老夫」者因其語氣衰頹，但取揣摩之維肖，不辭紀載之失真也。

「人」與「己」對文，乃古人之文，亦或通用。《公羊》宣六年《傳》：「使諸大夫皆内朝，然後處乎臺上，引彈而彈之，己趨而避丸，是樂而已矣。」何《注》曰：「己，己諸大夫也。」此「己」字若後人爲之，則當作「人」。又昭三十一年《傳》：「有珍怪之物，盱必先取足焉。夏父曰：『以來人未足而盱有餘。』」何《注》曰：「人，夏父自謂也。」此「人」字若後人爲之，則當作「己」。

子思作《中庸》，漢時已有此説，太史公亦信之。然吾謂《中庸》或孔氏之徒爲之，而非子思所自爲也。《中庸》蓋秦書也。何以言之？子思之生當魯哀公時，其殁也，當魯穆公時。是春秋之末，而戰國之初。當是時，天下大亂，國自爲政，家自爲俗，而《中庸》乃曰：「今天下車同軌，書同文，行同倫。」此豈子思之言乎？吾意秦并六國之後，或孔氏之徒傳述緒言而爲此書。

秦始皇二十八年琅邪刻石文曰：「普天之下，摶心壹志，器械一量，同書文字。」二十九年之罘刻石文曰：「黔首改化，遠邇同度。」皆與《中庸》所言合，故知《中庸》作於此時也。其曰：「上焉者，雖善無徵，無徵不信，不信民弗從。下焉者，雖善不尊，不尊不信，不信民弗從。」然則一稟時王之制矣。此亦秦人之語也。

《周禮》一書，乃周衰有志之士所爲，亦欲自成一代之制，以詒百王之法。非周公之書，亦非周制也。其以夏官名司馬，殊爲失之。夫司馬，兵官也。夏者，長養之時，而兵者陰類。故在《月令》「季夏之月，不可以起兵動衆」。《詩·六月篇》鄭《箋》曰：「記六月者，盛夏出兵，明其急也。」亦見盛夏非出兵之時。而謂先王以夏官名司馬乎？《管子·五行篇》說：「黄帝六相，曰蚩尤明乎天道，故使爲當時；大常察乎地利，故使爲廩者；奢龍辨乎東方，故使爲工師；祝融辨乎南方，故使爲司徒；大封辨乎西方，故使爲司馬；后土辨乎北方，故使爲李。是故春者工師也，夏者司徒也，秋者司馬也，冬者李也。」據此則天地春夏秋冬六官之名，自古有之，而夏官是司徒非司馬，即此可知《周禮》之非古制矣。

古書簡質，故唐、虞、三代，《典》、《謨》、《誓》、《誥》罕用語助之詞。《堯典》「嚚訟可乎」，句末「乎」字，止此一見。《西伯戡黎篇》「我生不有命在天」，據《史記》則句末有「乎」字。《吕刑篇》「何擇非人，何敬非刑，何度非及」，《史記》作「何擇非其人，何敬非其刑，何居非其宜乎」，則句末亦有「乎」字，而經文皆無有也。《論語》發端便云：「不亦説乎？」「不亦樂乎？」「不亦君子乎？」於是始變渾噩之體，而爲流麗之文。其次章述有子之言曰：「其爲人也，孝弟而好犯上者，鮮矣。不好犯上而好作亂者，未之有也。」抑揚頓挫，誦之如生。蓋文章之工，始乎闕里矣。厥後學者傳述，斯風益迺。左丘明本之以作《傳》，遂使二百四十年間君卿大夫如出一口，彬彬乎可誦矣。自是而戰國、而秦漢，循用至今。烏乎！天生尼父爲文教宗，《論語》一書，豈獨義理之淵深乎？乃其文章之工，亦沾溉萬世也。

《碩鼠》一篇，三言「逝將去女」。初讀之，疑失詩人忠厚之意。及反復其詞，而知其終不忍去也。首章曰：「逝將去女，適彼樂土，樂土樂土，爰得我所。」次章曰：「逝將去女，適彼樂國，樂國樂國，爰得我直。」是皆決意以去矣。三章則變其文曰：「逝將去女，適彼樂郊，樂郊樂郊，誰之永號？」是可知其終不去也。毛傳曰：「號，呼也。」今日不去，而徒號呼曰「樂郊樂郊」；明日不去，而徒號呼曰「樂郊樂郊」。久之，則亦厭倦矣。蓋彼都雖可樂，而故土終不可忘。若曰「已矣，不復言矣。誰其長此號呼乎」？「之」猶「其」也，説見王氏引之《經傳釋詞》。「誰之永號」，猶曰「誰其永號」。鄭箋訓「之」爲「往」，而曰「誰獨當往而歌號者，言皆喜説無憂也」，於是詩人之旨全失矣。

古人言婦女，不諱言容貌之美。《碩人》之詩，歌詠其君夫人，幾於《神女》、《洛神》之賦矣。使後人爲之，得無有劉楨平視之嫌，而古人固不忌也。《采蘋篇》「有齊季女」，《玉篇・女部》引作「有齌季女」，蓋本三家詩。《廣雅・釋詁》「齌，好也」，疑亦三家舊説，義勝於毛。毛公訓「齊」爲「敬」。然《車舝篇》「思孌季女逝兮」，《傳》曰：「孌，美貌。」謂有齊季女也。則亦同於三家之説矣。推之《思齊篇》云：「思齊大任，文王之母。思媚周姜，京室之婦。」兩「思」字皆語詞。曰「齊」曰「媚」，皆言其美也。「齊」即「齌」之叚字。《廣雅》「齌」與「媚」竝訓「好」，正可以釋此詩。先大任，後周姜者，由「大姒嗣徽音」而上溯之，故先近後遠也。毛《傳》、鄭《箋》均非詩旨。夫容貌醜惡，列於六極。男子且然，況婦人乎？後世於婦人諱言其美，正由風俗媮薄，心術不端。漢《郭輔碑》云：「有四男三女，咸高賢姣孋。」以「姣孋」稱其女，漢人之詞猶近古也。

《尚書・君奭篇》：「我聞在昔，成湯既受命，時則有若伊尹，格于皇天。在太甲，時則有若保衡。在大戊，時則有若伊陟、臣扈，格于上帝。」按：伊尹與保衡，一也；皇天與上帝，一也。上言「有若伊尹」，下言「有若保衡」；上言「格于皇天」，下言「格于上帝」。此古人屬辭之法。

鄭注曰：「伊尹，湯所以倚而取平，故曰伊尹，至太甲，改曰保衡。」望文生義，或轉失之矣。《堯典》：「流共工于幽洲，放驩兜于崇山，竄三苗于三危，殛鯀于羽山。」枚《傳》曰：「殛、竄、放、流，皆誅也。異其文，述作之體。」斯言得之。《史記・伯夷傳》：「伯夷、叔齊雖賢，得夫子而名益彰；顔淵雖篤學，附驥尾而行益顯。」顔淵本是附夫子，因上句言夫子，故下句變言驥尾。顧氏炎武謂是回避叚借之法。劉越石詩：「宣尼悲獲麟，西狩涕孔丘。」蓋六朝人猶及窺此秘也。

臯陶、伯益竝見《尚書》。《史記・夏本紀》云：「帝禹立而舉臯陶薦之，且授政焉，而臯陶卒。封臯陶之後於英、六，或在許。而后舉益，任之政。」是伯益代臯陶秉政，名位或稍後之。然史公先云封臯陶之後，後云舉益，別而言之，明伯益非臯陶後也。《列女傳》云：「陶子生五歲而佐禹。」五歲佐禹，事屬不經。曹大家《注》云：「陶子者，臯陶之子伯益也。」此未詳所出。《春秋》文十八年《左傳》云：「昔高陽氏有才子八人，蒼舒、隤敳、檮戭、大臨、尨降、庭堅、仲容、叔達。」杜注云：「此即垂、益、禹、臯陶之倫，庭堅即臯陶字。」庭堅之爲臯陶，漢人舊説固如此。《孫叔敖碑》云：「霆堅，禹，稷不能逾也。」亦以庭堅爲臯陶。而伯益者，隤敳也。《水經注》載《百蟲將軍碑》云：「將軍姓伊氏諱益，字隤敳。高陽氏第二子伯益者也。」《左傳》先隤敳，後庭堅。豈先子後父乎[一]？即謂益字隤敳，無經典明文可據。然庭堅之下止仲容、叔達二人，益曰伯益，其非仲叔明矣。即非隤敳，亦在倉舒、檮戭、尨降、大臨四人之中，皆列庭堅之前者也。是故皋陶、伯益爲父子之説，愚未敢信。鄭康成以君陳爲周公子，亦所未詳也。

韓昌黎論文曰：「氣盛則言之短長、聲之高下皆宜。」余謂此言惟《尚書》足以當之。如《皋陶謨篇》：「帝曰：『臣作朕股肱耳目，予欲左右有民，汝翼。予欲宣力四方，汝爲。予欲觀古人之象，日、月、星、辰，山、龍、華蟲，作會，宗彝、藻、火、粉米、黼、黻、絺繡。以五采彰施于五色作服，汝明。予欲聞六律、五聲、八音、在治忽，以出納五言，汝聽。予違，汝弼，汝無面從，退有後言。欽四鄰，庶頑讒説，若不在時。侯以明之，撻以記之。書用識哉！欲並生哉！工以納言，時而颺之，格則承之庸之，否則威之。』」又如《多方篇》：「爾曷不忱裕之于爾多方？爾曷不夾介乂我周王，享天之命？今爾尚宅爾宅，畋爾田。爾曷不惠王熙天之命？爾乃迪屢不靖，爾心未愛，爾乃不大宅天命，爾乃屑播天命，爾乃自作不典，圖忱于正。我惟時其教告之，我惟時其戰要囚之，至于再，至于三。乃有不用我降爾命，我乃其大罰殛之。」此兩段文勢雄厚。後人

[一] 先子後父，原誤作「先父後子」，據蔡啓盛《校勘記》乙正。

稱韓潮蘇海，方此其猶溝澮矣。且前一段「汝翼」「汝爲」「汝明」「汝聽」「汝弼」本作五疊，而句法長者至三十九字，短者止四字，參差錯落，真大珠小珠落玉槃也。其下疊用七「之」字，而又間以兩「哉」字，讀之音韵鏗鏘，雖謂之無意行文不可也。後一段三疊「而曷不」，四疊「爾乃」，兩疊「我惟時」，有陣馬風檣之勢。凡如此類，皆令人百讀不厭。聖經固不可言文，即以文論，亦文章之雄乎。東晉所出古文《尚書》，正如刻楮爲葉，翦綵爲華，索索無生氣，望而知爲贋筆。淺人以其文從字順而喜讀之，皆齊、梁小兒之見也。

《洪範》「五事」，各有休咎之徵，既足明得失之應矣。「五福」「六極」，本不相涉，漢儒必牽合言之，於是「五事」而「六極」，兩者參差，乃增出「皇之不極」以配「五事」而爲六，無理甚矣。夫數之不合者，不可强合。是故五行者，《書》所有，《易》所無也。言《易》者必附會五行，於是《兑》爲金而《乾》亦爲金，《震》爲木而《艮》、《巽》亦爲木。金有二，木有三矣。《易》之爲卦，八八六十四。《太玄》之爲首，九九八十一，不相襲也。説《太玄》者必以某首爲準某卦，於是重複者十有七矣。凡此之類，皆説經之蔽，通人無取也。

《繫辭傳》：「河出《圖》，洛出《書》，聖人則之。」乃古有此言，姑存其説耳。其實當文王時已無《洛書》矣，何以明之？成王之崩也，東序西序，天府之寶，備列無遺，乃《河圖》存而《洛書》

無聞焉。使文王時而有《洛書》，則傳武王以至成王，歷年未久，不應遺亡，必與《河圖》同陳兩序矣。故知文王時無《洛書》也。若孔子時，則并無《河圖》矣。孔子曰：「鳳鳥不至，河不出《圖》，吾已矣夫！」使其時《河圖》尚在，必無此言。故知孔子時無《河圖》也。夫《河圖》、《洛書》，自作《易》之聖人文王、孔子有不及見，乃儒者於千百年後，隨意造作，轉相傳授，曰此《河圖》，此《洛書》。吾誰欺，欺天乎？

《泰誓》之文，首云：「太子發上祭于畢。」又云：「太子發升于舟。」其下云：「中流，白魚入于舟中，王跪取出，涘以燎。」先稱「太子發」，後稱「王」，此乃古史之體。蓋周史所紀武王之事，實始于此篇。自此篇以前，皆文王事，故稱「太子發」以別之。《堯典》「二十有八載，帝乃殂落」下先書「舜曰『咨四岳』」，然後書「帝曰『俞！咨禹』」。枚《傳》云「言『舜曰』以別堯」，其説是也。《泰誓》先書「太子發」後書「王」，蓋古史體例如是矣。鄭康成注云：「得白魚之端，即變稱王，應天命定號也。」此悠謬之談，豈有俄頃之間稱王定號者乎？

戰國傳聞之事，多好事者爲之，往往失真。孟子辭而闢之，卓矣！乃其所載古事，如瞽瞍使舜完廩浚井之類，不知本何書。近人或據以補《舜典》之逸，恐未必然也。以愚論之，如所稱舜避堯之子於南河之南，禹避舜之子於陽城，益避禹之子於箕山之陰，皆好事者爲之，而非事實。禹、益事固不可考，若舜事，明載《虞書》，曷嘗有南河之避乎？《列子・仲尼篇》：「堯還宮，召舜，因禪以天下。舜不辭而受之。」此説轉得其實。《堯典》云：「舜讓于德，弗嗣。」疑古本《堯典》作：「舜攘于德，弗辭。」「辭」籀文作「嗣」，故與「嗣」通。《禮記・曲禮篇》注曰：「攘，古讓字。」然則今本作「讓」，古本必作「攘」也。攘者，取也。言以德攘取而弗辭也。夫堯舜以天下相授受，非命九宫十二牧之比。《詩》云：「上帝臨女，無貳爾心。」使天命不在舜歟，堯固不得而授。天命而在舜，舜又何辭焉？是故《列子》斯言轉視《孟子》爲得實矣。

古人文體，亦往往相襲。如《斯干》、《無羊》兩篇，皆以太人占夢，寓頌禱之詞。《魯頌・閟宫》卒章，《商頌・殷武》卒章，皆言斬伐松柏，營造宫室，詞旨竝相近。《采薇篇》云：「昔我往矣，楊柳依依。今我來思，雨雪霏霏。」《出車篇》云：「昔我往矣，黍稷方華。今我來思，雨雪載塗。」《小明篇》二章云：「昔我往矣，日月方除。」三章云：「昔我往矣，日月方奥。」而《出車篇》之「喓喓草蟲，趯趯阜螽。未見君子，憂心忡忡。既見君子，我心則降」，全用《召南・草蟲篇》首章之詞。是古人作詩，亦有藍本也。《論語》「司馬牛問君子」「司馬牛問仁」兩章相次，而意境相似。子曰：「道不行，乘桴浮於海，從我者其由與？」子曰：「衣敝緼袍與衣狐貉者立〔一〕，而不恥者，其由也歟？」兩章不相次，而意境亦相似。趙邠卿《孟子題辭》云：「七十子之疇，會集夫子所言，以爲《論語》。孟子之書，則而象之。衛靈公問陳於孔子，孔子答以『俎豆』。梁惠王問利國，孟子對以『仁義』。宋桓魋欲害孔子，孔子稱『天生德於予』，魯臧倉毁鬲孟子，孟子曰：『臧氏之子，焉能使予不遇哉？』旨意合同，若此者衆。」然則聖賢著述，亦多沿襲。後世文人，轉相摹仿。《七發》之後，有《七啓》、《七命》之作；《答客難》之後，有《解嘲》、《答賓戲》之篇。陳陳相因，固無怪矣。

《禮》云：「記問之學，不足爲人師。」然記問亦是一學。《周易》有《序卦》一篇，先儒以其無意義，疑非聖人作，其實即記問之學也。《周易》六十四卦，次序頗不易記，故作此一篇，以聯絡之，使自《屯》、《蒙》至《既濟》、《未濟》，皆有意義可尋，則滿屋散錢，貫穿成一綫矣。《尚書》之《序》云爲某事作某篇，不如《易》之貫穿成一。故揚子《法言·問神篇》曰：「《易》損其一，雖惷知闕焉。至《書》之不備過半矣，而習者不知。惜乎！《書序》之不如《易》也。」夫《書序》萬不能

〔一〕 貉，原誤作「貊」，據蔡啓盛《校勘記》與《論語》改。

如《易》之《序》，然即揚子此言，可見作《序卦傳》之意，亦可見《序卦傳》之功。趙邠卿注《孟子》，作《孟子篇叙》一篇，言《孟子》七篇所以相次叙之意。并謂篇所以七者，法天以七紀；章所以二百六十有九者，三時之日數也；三萬四千六百八十五字者，可以行五常之道，施七政之紀，故法五七之數。其説穿鑿無理，不知古人記問之學，固如此也。承學之士習聞其説，則傳寫奪失，易於校補，不特見好學深思之意，亦足見抱殘守缺之心。自宋以來，空談心性，不足以語此矣。

《周禮·太卜》：「掌三《易》：曰《連山》，曰《歸藏》，曰《周易》。」今《連山》、《歸藏》不傳，則《周易》之異于夏、殷者，不可得而見也。孔子自衛反魯，然後《樂》正，《雅》、《頌》各得其所。然則孔子未正以前，《雅》、《頌》次序與今應有異同。宣十二年《左傳》稱《武》之卒章曰：「耆定爾功。」其三曰：「鋪時繹思，我徂維求定。」其六曰：「綏萬邦，屢豐年。」杜注曰：「此三六之次，與今《詩·頌篇》次不同。蓋楚樂歌之次第。」愚謂此或孔子未正以前次第也，然其餘則無以言之。夫失所之《雅》、《頌》不可得而見，則得所之《雅》、《頌》亦不可得而見也。孔子因魯史作《春秋》，不脩《春秋》曰「雨星不及地尺而復」，君子脩之曰：「星霣如雨。」諸侯之策曰：「孫林父、甯殖出其君。」《春秋》書之曰：「衛侯衎出奔。」若此之類，筆則筆，削則削，游、夏不能贊一辭。故曰：「其事則齊桓、晉文，其文則史，其義則丘竊取之矣。」然不脩《春秋》今已無存，諸侯之策亦皆灰燼，則孔子之所筆削者，亦不可得而見也。士生千載之下，讀聖人之遺經，而欲盡通其意，斯固難矣。故曰「不知蓋闕」。

凡《傳》所以釋《經》也。孔子傳《易》，實創斯體。如《經》曰：「潛龍勿用。」《傳》則釋之曰：「陽在下也。」又曰：「龍德而隱者也。」又曰：「下也。」又曰：「陽氣潛藏。」皆舉《經》文而申明之，所謂《傳》也。子夏之傳《喪服》，公羊、穀梁之傳《春秋》，毛公之傳《詩》，皆用斯體。《夏小正》之有傳，亦其類也。獨左氏《傳》則不然，蓋左氏非傳《春秋》也。孔子欲作《春秋》，先聚寶書，及《春秋》成而寶書皆糟粕矣。所謂得魚忘筌，得兔忘蹄也。然諸書所載，皆本當時國史。二百四十年事實，具在於斯。其聚之也既難，其棄之也亦可惜。於是左丘明乃編纂之，潤色之，自成一書，與《春秋》本不相涉。間有舉經文而釋之者，不過竊聞緒論，一知半解，依附聖經，以自尊寵，微言大義，非所聞也。所采取不盡者，別爲外傳，即今《國語》是矣。《左傳序》正義述《家語·觀周篇》云：「孔子將脩《春秋》，與左丘明乘，如周，觀書於周史，歸而脩《春秋》之經。丘明爲之傳，其爲表裏。」可知左氏當日，亦自有蒐羅采輯之功。是故孔子之作《春秋》，探驪而得珠者也；左氏之《傳》，皆鱗爪也。公、穀之徒，發明經義，譬猶焦明翔乎寥廓也。若左氏者，所謂羅者猶視乎藪澤也。然其文章靡麗，叙述詳明，遂爲史家之鼻祖，雖不附《春秋》，而其書自不可廢。由是相承，傳注之外，别有紀傳之體。《史記·平原君傳》徐廣注引《魏公子傳》曰：「趙惠文王弟。」是戰國記載，已有「傳」之名，而太史公《史記》遂有列傳矣。故愚謂《左傳》者，當列之《史記》之前，使成一史，不當厠之《春秋》之後，强名一經也。

何劭公説《公羊》，有託王於魯之説，學者多不信之。然《孟子》曰：「《春秋》，天子之事也。」夫《春秋》爲天子之事，則何氏之説固有所受之矣。竊謂自宋以來，儒者舉不識《春秋》之義，惟蘇明允獨得之。其論《春秋》曰：「有善而賞之，非曰吾賞之，魯賞之也；有罪而罰之，非曰吾罰之，魯罰之也。魯之賞罰不出境，而以天子之權予之，何也？曰：天子之權在周，夫子不得已而以予魯也。」此即黜周王魯之説，蘇明允於《春秋》亦非專家，未必得《公羊》師法，而所言如此不謀而闇合，足徵其學識之超群絶倫矣。近時孔顨軒固篤信《公羊》者，而於何氏託王於魯之説，顧不謂然，未免買櫝而還珠也。

隱公不書即位，雖三《傳》異辭，要皆以爲攝耳。其實不然也。《公羊傳》曰：「『元年』者何？君之始年也。『王』者孰謂？謂文王也。」以是言之，《春秋》託王於魯，魯之隱公其猶周之文王乎？文王雖受命改元，然必待武王而後定鼎乎郟鄏。是故隱公之不書即位，示開創之始，王業未成也。春秋二百四十年皆託王於魯，以寓一王之大法，非爲十二公作載筆之史。其託始隱公，不書即位，自有大義，區區以爲「成公志」，小矣。是故《春秋》始于隱公元年春王正月，不書即位，見創業之難，終于哀十四年春西狩獲麟，見太平之應。自來言《春秋》者，未見及此。

孟子曰：「五百年必有王者興。」然由周而上溯堯、舜、禹、湯之興，其數皆不合。孟子此言，何所受之歟？竊意孟子深於《春秋》，如所云「《春秋》天子之事」，又云「其事則齊桓、晉文，其文則史，其義則丘竊取之矣」，皆深得《春秋》之意。五百年王者興，蓋亦《春秋》師説也。何者？《春秋》託王於魯，魯自伯禽受封，其薨年不載《史記》，徐廣《集解》引皇甫謐云：「伯禽以成王元年封，四十六年，康王十六年卒。」嗣後考公四年、煬公六年、幽公十四年、魏公五十年、厲公三十七年、獻公三十二年、真公三十年、武公九年、懿公九年、伯御十一年、孝公二十七年、惠公三十年，竝見《史記·魯世家》。上溯武王克殷六年而崩，下加《春秋》二百四十年，爲五百五十一年，而《春秋》以昭、定、哀爲所見之世，定、哀之間文致太平，見王者治定，適當周興五百年之後。是故五百年而王者興，乃《春秋》家説而孟子述之也。

孟子曰：「大而化之之謂聖，聖不可知之謂神。」然則聖人之上又有神人乎？及讀《周易》，而知其果有之也。《繫辭傳》曰：「顯諸仁，藏諸用，鼓萬物而不與聖人同憂，盛德大業至矣哉？」此即所謂神人也。夫聖人憂民者也，故曰「吉凶與民同患」。若夫神人者，人而天者也。使堯而爲天，必無九年之水矣；使湯而爲天，必無七年之旱矣。水亦憂，旱亦憂，堯之所以爲堯，湯之所以爲湯也。水亦不知也，旱亦不知也，天之所以爲天也。此神、聖之別也。

百里奚事，當孟子時已不得其詳，故曰：「相秦而顯其君於天下，可傳於後世，不賢而能之乎？自鬻以成其君，鄉黨自好者不爲，而謂賢者爲之乎？」止以空言反復辨論，實無以折服好事者之心也。夫秦穆之功不大乎齊桓，則百里奚之賢不過乎管仲。孟子不爲管仲，而何予百里奚之深也？蓋戰國時，惟秦爲强，而秦之强自穆公始，故百里奚在戰國時甚見尊重。商君相秦，視堯、舜、禹、湯無足法者，而曰：「吾孰與五羖大夫賢？」可知當時之重奚也。《萬章》一篇，首論舜，次禹，次伊尹、孔子，而以百里奚終焉。孟子其未免乎戰國之見也夫。

孟子去齊，有欲爲王留行者，不詳何人。趙注謂是齊人之知孟子者。然據下文「弟子齊宿而後敢言，夫子卧而不聽」，是稱孟子爲夫子，而自稱弟子，與公孫丑所云「夫子當路於齊」「若是則弟子之惑滋甚」稱謂相同。又下文「子爲長者慮，而不及子思。子絶長者乎？長者絶子乎」，是孟子與之言自稱長者，與孟子語樂正子「舍館定，然後求見長者乎」稱謂亦相同。然則此客必是孟氏之徒留仕於齊國者，非泛泛然齊國之人也。按：趙注：「盆成括嘗欲學於孟子，問道未達而去，後仕于齊。」竊謂趙氏此注必有所受之，留行之客，或者其即盆成括乎？受業不終，仕齊又見殺，故不著其名。意其所言，必欲孟子暫留，而自見齊王説之，使復用孟子。若然，則非如穆公之有人乎子思之側，而反如泄柳申詳之有人乎穆公之側矣，故曰「子爲長者慮，而不及子思」也。

曾子、子游皆聖門高弟也，《檀弓》記子游之知禮，則以曾子爲不知禮。子産、子大叔皆鄭國賢大夫也，《左傳》記子産之敏，則極言子太叔之不敏。文章高下相形，抑揚過甚，古人屬辭，亦往往不免。《孟子》稱曾子養曾皙必有酒肉，將徹，必請所與。問有餘，必曰「有」。曾皙死，曾元養曾子必有酒肉，將徹，不請所與。問有餘，曰「亡矣」，將以復進也。夫曾元雖不如曾子之大孝，亦不失爲賢者，何至吝惜酒肉，欺謾其親。且既曰「亡矣」，又以復進，其父見詰，何辭以對？雖兒童之見不出於此，而謂賢者爲之乎？蓋傳者以曾子養志，曾元養口體，兩兩相形，非可以爲典要。後之談士，奮其舌端，叙温郁則寒谷成暄，論嚴苦則春叢零葉，抑又無足怪矣。

「魯人爲長府。」鄭《注》曰：「長府，藏名也。藏財貨曰府。」夫藏財貨之府，非如苑囿之可爲游觀。如其未壞，必不改作。壞而改作，則無可議。竊謂魯人之爲長府，季氏意也。考之《左傳》，昭公之攻季氏，實居於長府。然則季氏之改作長府，猶趙簡子之欲毀晉陽之壘也。趙簡子不云乎，「吾見壘培，如見寅與吉射也」。季氏之見長府，不亦如見昭公乎？且非特此而已，魯一國之衆，過長府之下，皆指而目之曰：「此昔吾君昭公所居以攻季氏者也。」忠義之士必有太息流涕者，而季氏子孫不得安枕矣。此季氏之所以必欲改作也。閔子曰：「仍舊貫如之何？何必改作？」子曰：「夫人不言，言必有中。」《魯論》讀「仍」爲「仁」，夫「舊貫」何以言「仁」？蓋動其不忍之心也。舊貫可愛，舊君獨不可思乎？此孔門之微言，而魯人傳其舊讀。惜乎，鄭君之不知從也。其後季氏使閔子騫爲費宰，閔子騫曰：「如有復我者，則我必在汶上矣。」夫孔子之聖而躬爲季氏吏，由、賜之徒仕季氏者多矣。豈閔子而以仕季氏爲恥，且辭之則已耳，何必有汶上之言？疑此事亦在昭公遜齊之年。汶上，自魯適齊之道，示將從故君於齊耳。

《春秋》之義，微者書人。《論語》所書，有門弟子，有門人。門人亦微者也。子路使門人爲臣，而夫子曰：「與其死於臣之手也，無寧死於二三子之手。」「二三子」謂諸弟子也。「臣」與「二三子」別而言之，則「門人」之與「門弟子」固有異矣。蓋雖同列門牆，而行輩較晚，未敢抗行，故從微者之例稱人。如云「門人不敬子路」，又云「子出，門人問曰」，非微者而何？孟子學於子思之門人，至今迄不知孟子所師爲何人。師不必賢於弟子，信夫！

莊、列之書，多寓名玄冥參寥之倫，哀駘、它叔、山無趾之儔，觸目皆是，疑於以文爲戲矣。不知此在古立言者，自有此體也。雖《論語》亦有之，如長沮、桀溺是已。夫二子者，問津且不告，豈肯以姓名自通於吾黨？眗眗原隰，在水一方，夫子與仲氏又何從諮訪其姓名哉？特以二人各有問答之詞，不可并爲一談，於是爲假設之名以別之。曰「長」曰「桀」，美之也。「桀」猶「傑」也。曰「沮」曰「溺」，惜之也，言其沈淪而不返也。以爲二人之真姓名，則泥矣。嗣後文人沿襲斯體不廢，翰林、子墨鬪賦家之瑰辭，玄微、鏡機踵楚客之故調，夫固有所仿矣。

孟子曰：「盡信書，則不如無書。」是書不可盡信，凡書皆然。雖孔孟之書，亦有然者，何也？夫以一人之事，今日爲之，而明日筆之於書，已不能保其曲折之必合矣，况待之數十年之後而成之他人之手乎？是故孟子葬母，猶前日事而已，遄反於齊，遂使千載下疑孟子不行三年之喪。此記述之過也。孔子之於陽貨，其始也，禮可以不見，則拒而不見；其繼也，禮必往拜，則從而往拜，亦準之以禮而已。乃適值其亡，又適遇之塗，此皆事之適然者也。必謂聖人時其亡而往拜之，此婦人女子之所爲，豈聖人而出此乎？且使夫子登陽貨之堂，而與之見，其相與問答者，亦不過如下文云云，應之曰：「諾，吾將仕矣。」豈復有他語哉。見之家與遇之塗，在夫子無損益也。然則孔子何畏乎陽貨，必時其亡而往拜之哉？此亦記述之過也。傳聞至孟子時，并謂陽貨矙孔子亡而饋豚，孔子矙陽貨亡而往拜，遂使孔子與陽貨同出於矙，誣之甚矣。夫孔孟之書且不可盡信，然則二十四史中記載之失真者，可勝道乎？讀史者乃即其事實以論定其爲人，吾恐古人之負屈而不白者爲不少矣。

湖樓筆談二　弟一樓叢書之九

《儀禮·士昏禮》："媵御沃盥交。"鄭注曰："媵謂女從者也。御謂壻從者也。媵沃，壻盥於南洗。御沃，婦盥於北洗。夫婦始接情，有廉恥，媵御交道其志。"或疑壻之從者，不知以何人爲之。愚謂此亦婦人也，蓋以隸子弟之妻妾爲之。觀下文"主人説服于房，媵受。婦説服于室，御受"，使御非婦人，何得入室而受婦所説之服乎？又觀下文"婦徹于房中，媵、御餕，姑酳之。雖無娣，媵先"，使御非婦人，何得與媵同餕？豈男女雜坐，履舄交錯，如淳于髡所云乎？其下云："舅饗送者以一獻之禮，酬以束錦；姑饗婦人送者，酬以束錦。"注云："送者，女家有司也。""婦人送者，隸子弟之妻妾。"可見婦之從者，亦有丈夫，則壻之從者，何必無婦人乎？古人制禮，原本人情，必無不近人情之禮也。

《儀禮》諸篇皆題曰"禮"，獨《大射篇》題曰"大射之儀"。按《禮記》正義云："其儀禮之別，亦有七處而有五名。一則《孝經説》、《春秋》及《中庸》並云：『威儀三千。』二則《禮器》云：『曲禮三千。』三則《禮説》云：『動儀三千。』四則謂爲《儀禮》。五則《漢書·藝文志》謂：『儀禮爲古《禮經》。』」然則此經流傳，題目不同，其稱《曲禮》者，每篇應題某禮，其稱「威儀」及「動儀」者，每篇應題某儀。暨乎《禮經》崩壞，學者從煨燼之餘鈔撮成書，稱「儀」稱「禮」，各從其舊，故合而名之曰「儀禮」。今存者止十七篇，稱「儀」者止《大射》一篇，遂莫能言其故矣。

高堂生傳《士禮》十七篇。今《儀禮》雖有十七篇之數，而《既夕篇》即《士喪禮》之下篇，《有司徹篇》即《少牢饋食禮》之下篇，則止十五篇耳。且惟《士冠禮》、《士昏禮》、《士相見禮》、《士喪禮》、《士虞禮》、《特牲饋食禮》，此六篇實爲士禮。若《鄉飲酒禮》、《鄉射禮》、《燕禮》、《大射儀》、《聘禮》、《公食大夫禮》、《覲禮》、《少牢饋食禮》，此八篇非士禮也。《喪服》一篇，言天子以下死而相喪衣服年月、親疏隆殺之禮，亦不專屬士也。然則今之《儀禮》，未必即高堂生所傳之《士禮》矣。或者高堂所傳又有遺佚，後人就禮古經五十六篇内剌取以補之，而又不足，乃分《士喪禮》及《少牢饋食禮》爲上下篇，以合十七篇之數耳。

《經典釋文》曰：「古有六經，謂之六籍。滅亡既久，今亦闕焉。」竊謂六經之名，雖本於《禮記·經解篇》，託爲孔子之説，然而樂實無經也。《樂記》之文，即載《禮記》之中。大司樂之職，即爲宗伯禮官之屬。樂章即在《詩》三百篇内。然則樂何經哉？至於鳧氏爲鍾，韗人爲皋陶，磬氏爲磬，其制略見《考工記》，特工師之事耳。「樂云樂云，鍾鼓云乎？」《晉書·樂志》曰：「河南杜夔傳舊雅樂四曲：一曰《鹿鳴》，二曰《騶虞》，三曰《伐檀》，四曰《文王》。皆古聲詞。」《文選》注引《琴操》曰：「古琴有詩歌五曲，曰《鹿鳴》、《伐檀》、《騶虞》、《鵲巢》、《白駒》。」蓋三代遺聲，瞽矇傳習，猶有存者。班固言「漢興，制氏以雅樂聲律，世在樂官，頗能記其鏗鏘鼓舞」，此類是矣。譬之以禮，所謂籩豆之事，則有司存也。孔子正樂，不外於《雅》、《頌》之得所，初未嘗別爲一書。吾故曰樂無經也。

「三禮」之次，當以《儀禮》居首，《禮記》次之。《周禮》一書，未必周公所作，即果出周公，亦周之官制耳，非禮經也。漢世初出，本謂之《周官》。王莽時，劉歆爲國師，始建立《周官經》，以爲《周禮》。然東漢時馬融作《周官傳》，鄭康成作《周官注》，未嘗竟目爲《周禮》也。後之學者，以鄭氏所注《儀禮》、《禮記》、《周官》通稱「三禮」，於是相沿至今矣。附之《儀禮》、《禮記》之後，庶幾得宜。陸德明作《經典釋文》，乃以《周禮》冠首，曰：「《周》爲本，《儀》爲末。」抑何到置之甚！又《爾雅》所以釋經，宜次經後，《老》、《莊》子書，不得先之。陸氏先《老》、《莊》，後《爾雅》，亦所未詳也。

《爾雅》爲周公之書，而有「張仲孝友」之文，學者疑焉。余謂晉人羼入也。晉大夫張老即張仲十三代孫，見《困學記聞》所引張氏譜。其子孫在晉，故述其祖德，附之雅訓，以爲光榮。且如《釋山篇》曰：「梁山，晉望也。」此晉人增益之明證。不然，何國無望，而獨舉晉望乎？《釋獸篇》：「秦人謂之小驢。」夫方俗語言，不可勝載，周公何意獨載秦語乎？此亦晉人爲之。蓋秦晉壤地相接，而又昏姻之國，秦人之語，耳熟能詳，呫畢之士，附載異聞，相承至今，莫能刊削矣。春秋時晉最强，人文亦最盛。古書流傳，往往經其附益。《逸周書》末載師曠見王子晉事，《竹書紀年》以晉事終，皆此類也。

晉穆侯名其二子曰仇、曰成師，蓋皆美名。《左傳》載師服之言，乃有「嘉耦曰配，怨耦曰仇」之説，此好事者爲之。《爾雅》云：「仇，合也。」又云：「仇，匹也。」《周南》兩言「好仇」，《大雅》言「仇方」，毛公皆訓「匹」，與《雅》誼合。「怨耦」之説，非古訓也。鄭君用《左傳》以易毛義，殊爲失之。春秋時人好因字義横生議論。如論畢萬之後必大則曰「魏，大名也」，論鄭文公賤妾燕姞則曰「姞，吉人也」。魯人毁中軍於施氏，成之臧氏，蓋取施音近弛，有弛毁之義，臧則善也。衛侯爲虎幄，求令名者，與之始食，太子請使良夫，良亦善也。若此之類甚衆。襄二十七年《公羊傳》曰「爲魏石惡在是也」，曰「惡人之徒在是矣」，則并以之説經，雖《公羊》師説，未敢信也。

《周易·師》：「初六，師出以律，否臧，凶。」王輔嗣《注》曰：「爲師之始，齊衆者也。齊衆以律，失律則散，故師出以律。律不可失，失律而臧，何異於否，失令有功，法所不赦。故師出不以律，否臧皆凶。」然則王氏所據經文當作「師出不以律」，若無「不」字，則義不可通。《象傳》曰：「師出以律，失律凶也。」其「師出以律」四字，乃先明律之不可失。其云「失律凶也」，方是釋經文「師出不以律，否臧皆凶」之義。今經文奪「不」字，即涉《傳》文而誤耳。唐郭京作《周易舉正》，乃見不及此。然宣十二年《左傳》引《周易》正作「師出以律，否臧，凶」，且釋之曰：「執事順成爲臧，逆爲否。衆散爲弱，川壅爲澤，有律以如己也，故曰律否臧。」則又似以「否臧」連「律」字讀者。「律否臧」猶云律不臧也。夫孔子作傳，但言失律之凶，不言律有臧否。左氏晚出，先儒致疑，其所説經，多違經義，鄭君箋《詩》好以《左傳》易毛公舊説，愚竊非之，所説「律否臧」之義，未足據也。

《乾》之策二百一十有六，《坤》之策百四十有四，凡三百有六十，當期之日，聖人之言如此而已。至六十四卦，與期之日初不相當。後儒必以卦當日，乃以一卦當六日四分，則六十卦已盡期之日，而四卦無用。於是以《坎》、《震》、《離》、《兑》主二十四氣，不在六十卦之列。此京房之説，已牽合難通。而焦氏之法，又以一卦直一日，自《乾》、《坤》至《既》、《未濟》盡甲子至癸亥六十日，六周而得三百六十日。以《坎》、《離》直夏至、冬至，《震》、《兑》直春分、秋分，不在六十卦之列。魏伯陽之法又以一爻直一時，兩卦直一日，依《序卦》次第輪直，而以《乾》、《坤》、《坎》、《離》爲橐籥，不在六十卦之列。凡此之類，雖漢人舊説，皆曲學小數，無當經義。

桓公殺公子糾，管仲不能死而又相之，此匹夫匹婦之所羞，而孔子顧不之罪，何哉？曰：此三代以上之見聖人公天下之盛心也。夫古之君臣，非猶夫後世之君臣也。天子不能獨治其天下，於是乎有諸侯；諸侯不能獨治其國，於是有大夫。天子之有諸侯，非曰爲我屏藩也；諸侯之有大夫，非曰爲吾臣僕也。自天子、諸侯以至一命之士、抱關擊柝之吏，各量其力之所能任，以自事其事，以自食其食。故位曰天位，禄曰天禄，無非天也。天之生管仲，使之匡天下也。天何私於齊而爲齊生管仲哉？管仲亦何私於齊而以齊霸哉？使齊不用而魯用之，則以魯霸可也。魯不用而之秦、之晉、之楚、之宋，則以秦霸、以晉霸、以楚霸、以宋霸可也。夫且無擇於齊，而又何擇乎小白與糾哉？伊尹五就湯，五就桀，孔子歷説七十二君，皆是道也。至後世則不然，君之視其國，如農夫之有田；臣之於君，若傭焉而受其直。於是齊王蠋之言「忠臣不事二君，烈女不事二夫」，人人奉之爲天經地義，一犯此義，則匹夫匹婦皆得而笑之，雖一匡天下，九合諸侯，曾不足贖其豪末之罪，而孔子之言遂爲千古一大疑。嗟乎，此古今之異也。古人官天下，後人家天下也。是故孔子曰：「管仲相桓公，霸諸侯，一匡天下，民到于今受其賜。豈若匹夫匹婦之爲諒哉！」孔子之言，官天下者也。程子曰：「小白，兄也。子糾，弟也。故管仲可以不死。」程子之言，家天下者也。

《周官》：「閭胥掌其比觵撻罰之事。」注曰：「觵撻者，失禮之罰也。觵用酒，其爵兕角爲之。撻，扑也。」夫觵之與撻，其事異矣。《記》曰：「酒者，所以養老也，所以養病也。」酒豈所以爲罰者哉。然而閭胥之觵，則無異於撻，且先觵後撻，是觵之更甚於撻之也。嗟夫，聖人治天下，使民日遷善遠罪，而不自知者，其恃有此道乎？蓋撻之爲罰，齊之以刑也，民免而無恥也。觵之爲罰，齊之以禮也，有恥且格矣。古三代盛時，其里巷細民，皆有君子長者之行，而恥爲非，由上之人先待之以君子長者之道也。後世則不然，上以盜賊待其民，而民亦以盜賊自待。桁楊日敝，奸宄不息。烏呼！桁楊之爲用，不如一觵矣。

家富子壯則出分，説者以爲是秦人之惡俗。以愚論之，天地之生人，固日分之勢也。一父母而生子二，二子又各生子二，以至於無窮而不可究詰，乃必欲聚之一宫，常如一父母之時，其勢豈可得哉！昔周初分魯公以大路、大旂、夏后氏之璜、封父之繁弱；分康叔以大路、少帛、綪茷、旃旌、大吕；分唐叔以大路、密須之鼓、闕鞏、姑洗。雖在王室懿親，不能無分也，况庶族乎？《詩》曰：「既有肥羜，以速諸父。甯適不來，微我弗顧。」此分之見於《詩》者也。若使無分，則諸父何速焉，而又何來與不來也？《禮・内則篇》曰：「適子、庶子祗事宗子宗婦，雖貴富，不敢以貴富入宗子之家。雖衆車徒，舍於外，以寡約入。子弟猶歸器，衣服、裘衾、車馬則必獻其上，而後敢服用其次也。若非所獻，則不敢以入於宗子之門。」此分之見於《禮》者也。若使無分，則將何獻焉？而又何入與不入也？是故繫之以姓而弗别，綴之以食而弗殊，仁之至也；分則義之盡也。仁且義，人之道也。世有以累世同居爲美談者，殆高世之行而非所謂中庸不可能者乎？

《内則》曰：「夫婦之禮，唯及七十，同藏無間。」鄭注曰：「衰老無嫌。」夫夫婦之間，何嫌之有？必至七十，然後同藏無間，則伉儷之恩薄，室家之道苦矣。且唯之爲言，取必於是時者也。然則七十以前固不可，七十以後亦不可歟？唯及七十，於義難通。反復思之，鄭注殆誤。據《表記篇》「唯天子受命於天」，注曰：「唯當爲雖。」竊謂此「唯」字與彼不殊，亦當爲「雖」。夫婦之禮，雖及七十，同藏無間，明不以衰老而見疏外也。下文曰：「故妾雖老，年未滿五十，必與五日之御。」兩文相承，義亦一貫。見夫婦之禮，雖及七十，同藏無間，妾則不必然矣。然未至五十，亦必與五日之御，亦不以衰老而見疏外也。若如鄭注，則上言夫婦，主於有别，義之事也；下言妾御，主於有恩，仁之事也。兩節判然有如冰炭，不當以「故」字承接而下矣。須知「雖及七十」「妾雖老」，兩「雖」字本屬一律，下「雖」字作「雖」而上「雖」字作「唯」。古書假借，往往有此，注家不達，遂失經旨。且使人厚於妾而薄於妻，有關世道者甚鉅。豈有同牢合巹之夫婦，而各私所有、儼分畛域者乎？余著《群經平議》，未見及此，因筆之此，以告薄俗。

《内則》一篇，多言飲食之事。冢宰所屬，首列飲食之官。人子之於親，人臣之於君，所宜致謹者，其無先於此乎？《鄉黨》記聖人之事，亦於飲食加詳焉。是故「飯疏食，飲水，樂在其中」者，孔子也；「食不厭精，膾不厭細」者，亦孔子也。或疑二者之相悖，則固不然。夫飯疏飲水之中，亦自有精且細者存。薄乎云爾，必非鹵莽滅裂也。

商自成湯至於武丁，賢聖之君六七作，可謂盛矣。其國祚雖不如周之久，然至紂而後失之，自紂以前固未失天下也。周之天下，則不待王赧而早失矣。《孟子》曰：「三代之得天下以仁，其失天下以不仁。」三代謂夏、商、周也。以今言之，孟子之時，猶周代也，而孟子已與夏、商等視。蓋自平王東遷，政教不行，浸淫至於戰國，并虚名不復能保，其失天下固已久矣，特未亡國耳。古者天子、諸侯各君其國，各子其民，故天下之所歸往，則謂之王者，則謂之有天下。若其德衰，號令不足以及天下，則仍是一國而已矣。後世不達此義，殘山賸水，猶擁虚名，作史之人，務存忠厚，奉蜀漢爲正統，列昰、昺於編年。凡此之類，非古義也。

周自成、康以降，惟穆王、宣王稱盛焉。以《詩》、《書》考之，穆王有《書》而無《詩》，宣王有《詩》而無《書》。《詩》、《書》其相表裏歟？然二王實皆非賢君。太子晉曰：「自我先王厲、宣、幽、平而貪天禍，至於今未弭。」宣王且云爾，穆王無論矣。「穆」與「繆」古字通，非美謚也。《史記·蒙恬傳》曰：「昔者秦穆公殺三良而死，罪百里奚而非其罪也，故立號曰繆。」然則周穆王之謚，殆與秦穆公同以其盤游無度，故立此號歟？

春秋時，卿大夫多得美謚。文、武、成、康布滿史策。欒盈見殺，猶稱懷子；荀寅被逐，猶稱文子，他可知矣。靈子、厲子固無聞焉，乃其時諸侯往往有謚「靈」若「厲」者。寬於其臣，而嚴於其君，何歟？公叔文子之請謚也，曰「日月有時，將葬矣，請所以易其名者」。古者子既死，父不忍稱其名；臣既死，君不忍稱其名，是以必有以易之。其生也，既爲令名，其死也，宜爲美謚。若人君之名，既非所得稱，又何待乎易？則其謚也，非以易名，固以表行也。大行受大名，細行受細名。周公之制，莫之敢紊。君臣謚異，職此之由。後世若王福時爭許敬宗之謚，持論雖正，於古義其猶未達乎。

《春秋》書弑其君及其大夫者三：曰孔父，曰仇牧，曰荀息。乃據左氏《傳》，宋萬之弑閔公也，遇仇牧于門，批而殺之，遇太宰督於東宫之西，又殺之。然則太宰督與仇牧同死，《春秋》書仇牧而不書督，何歟？曰：督亦弑君之賊也。萬弑閔公，督弑殤公，督亦萬也，以萬殺督，猶以萬殺萬也，又何書焉？夫人臣莫難於以身死其君，以身死其君而不足以贖其弑君之罪，《春秋》於君臣之獄嚴矣。

《春秋》書「初獻六羽」，竊有疑焉。古有六佾、八佾之文，無六羽、八羽之説。變「佾」言「羽」，於古無徵。且舞有羽舞，有干舞，言羽遺干，於義未盡。杜預曰：「公問羽數，故書羽。」則因一時問答之詞，而變三代沿襲之號，其文則史，當不其然。何休曰：「所以仲子之廟，唯有羽舞，無干舞者，婦人無武事，獨奏文樂也。」乃《左傳》又云：「將萬焉，萬則武舞矣。」劉炫曲爲之説，終不可通。愚按：《大司徒》職之羽物，《考工記》之羽者，皆謂禽也。《春秋》六羽，即《周官・庖人》所共之六禽。鄭司農説六禽曰：「鴈、鶉、鷃、雉、鳩、鴿。」此必有所受之。「初獻六羽」，謂始共此六禽也。雖於經師舊説無所依據，倘遇東三傳而獨抱遺經者，或亦有取乎。

莊二十八年冬，築郿。《左氏傳》曰：「凡邑，有宗廟先君之主曰都，無曰邑。邑曰築，都曰城。」此説殆非也。古人於形勢險阸之處，輒因其地勢而築之，以資守禦。《易》稱「王公設險以守其國」是也。《孟子》言「爲高必因丘陵」，是知古人固有因丘陵而爲高之法。《春秋》書「築郿」，其謂此乎？《漢書・武帝紀》「發卒萬人，治鴈門阻險」，師古曰：「所以爲固，用止匈奴之寇。」又《匈奴傳》云：「因邊山險塹谿谷可繕者繕之。」是即古之遺法。余從前奉使行河陝間，見兩面土山若立壁然，蓋皆古人所築以爲險固者，至今猶存也。

魯無《風》而有《頌》，何也？曰：《孟子》稱「《詩》亡，然後《春秋》作」，則《詩》與《春秋》自相表裏。《春秋繁露・三代改制質文篇》云：「《春秋》應天作新王之事。」時正黑統王，魯尚黑，絀夏親周故宋。又曰：「王者之法必正號。」絀王謂之帝，封其後以小國，使奉祀之。下存二王之後以大國，使服其服，行其禮樂，稱客而朝。故同時稱帝者五，稱王者三，所以昭五端通三統也。然則魯無《風》而列於《頌》，正《春秋》託王於魯之義。其有《周頌》，有《商頌》，所謂同時稱王者三也。有《商頌》而無《夏頌》，《春秋》絀夏之義也。

孔子魯人，七十子亦大半魯人，乃微言大義傳至今者，則往往出於齊人。如公羊子，齊人也，《春秋》一經賴以粗明。穀梁不過掇拾補苴。左丘明固不傳經，所弗論也。漢初，《詩》有三家，而《齊詩》之學獨存異義，六情五際皆出《齊詩》。《漢書》翼奉、郎顗兩傳略見大指，惜後學失傳，毛義孤行，使聖人删《詩》之舉，僅同徐陵之編《玉臺新詠》，王安石之選《唐百家詩》，而制作之微意，不可復見矣。《齊論》多《問王》、《知道》二篇，不知其語云何，必有精語，惜其不傳。

孟子譏公孫丑曰：「子誠齊人。」齊實未可輕也。

《論語·微子》一篇，似乎凌雜不倫，細讀之，乃一篇如一章也。以「殷有三仁」始，以「周有八士」終，首尾自成章法。其論殷三仁，以微子爲主。微子觀然竟去，似視箕、比有愧，乃孔子並許爲仁，明居亂邦者，有可去之義也。下載柳下惠之言，主於不去。然其下兩書「孔子行」，則孔子固去矣。以後書接輿事，書沮、溺事，書丈人事，皆孔子去後之事，而以逸民一章繼之。逸民之中，柳下惠存焉，而孔子曰：「我則異於是。」明孔子異於柳下惠，正見柳下惠之不去，不如孔子之行也。前後相應，幾於天衣無縫矣。於是又載大師摯諸人之去國，亦明可去之義。而終以陽、襄之入於海，別有天地，非人間矣。使自此竟止，殊有江上峰青之歎。乃又載周公謂魯公語，而以「周有八士」終之，以見幸生開國之初，濟濟多士，爲邦家光。殷三仁何其可悲，周八士何其可樂也。此曲終奏雅也。

《大學》、《中庸》雖孔氏遺書，要是七十子後學者所爲。列之《論語》之前，似乎未安。《孟子》舊在諸子中，太史公以孟、荀合傳，最爲有見。《孟子》一書敵《荀子》則有餘，配《論語》則不足。乃自考亭以後，學者奉《四書》爲定本矣。宋錢時撰《四書管見》十三卷，《四書》者，一《論語》，二《孝經》，三《大學》，四《中庸》。先《論語》而後《學》、《庸》，有《孝經》而無《孟子》，似較考亭爲有見也。竊謂元明至今，祧高密而禰新安，漢唐相承之舊學爲之一變。説《易》則信《先天》，説《詩》則疑古《序》，有識之士未敢苟同。惟攷書之僞，實始獻疑，爲一大功，不可没耳。

《論語正義》云：「此書所載，皆仲尼應答弟子及時人之辭，故曰語，而在論下者，必經論撰，然後載之，以示非妄謬也。」竊謂答述曰語，雖本鄭君《周官》注，然《論語》得名，未必以此。《禮記·樂記》曰：「且女獨未聞《牧野之語》乎？」疑古史記載自有語名，《牧野之語》乃周初史臣記載之書也。左丘明著《國語》，亦因周史之舊名。孔門諸子論撰夫子緒言，而名之曰「語」，固有所仿矣。

自《四書章句集注》行而古注束高閣矣。其中亦互有得失，未可一概而論。如「射不主皮，爲力不同科」，古注以爲二事，而今一之；「吾猶及史之闕文也，有馬者借人乘之」，古注以爲一事，而今二之。如此之類，不妨竝存。乃如《子張篇》載子游之言曰：「喪致乎哀而止。」孔安國曰：「毁不滅性。」此説固自無弊，考亭不從，别爲之説曰：「致極其哀，不尚文飾也。」是考亭之意必以爲勝於舊説矣。乃又曰：「『而止』二字，亦微有過於高遠而簡略細微之弊。」夫易古人無弊之説爲有弊之説，而反以有弊爲古人罪，竊不知其何意也。

《孟子》曰：「柳下惠不以三公易其介。」趙注曰：「介，大也。」此説得之。人惟己小而物大，於是物之臨我者，不必其果大也，而視之皆厖然矣。顛倒眩惑，失其所守，復何怪焉？若柳下惠者，己大而物小，彼視千駟萬鍾，猶簞食豆羹也；視萬乘之卿相，猶褐之夫也。三公雖尊，曾不足當其劍首之一吷，我自有大於三公者存，而豈以三公易我之大也。是謂「不以三公易其介」。近解曰：「介，有分辨之意。」則硜硜然小矣。且柳下惠，聖之和者也。此乃言其有分辨，與孟子平日推重展禽殊不合也。

周襄王謂晉文公曰：「若猶是姬姓也，尚將列爲公侯，以復先王之職，大物其未可改也。」夫晉爲唐叔之後，亦是姬姓，即使改物，豈能更姓。襄王此語，似乎失詞。不知此乃古義也。《晉語》云：「黄帝之子二十五人，其同姓者二人而已。」又曰：「唯青陽與倉林氏同於黄帝，故皆爲姬姓。」又曰：「昔少典取於有蟜氏，生黄帝、炎帝。黄帝以姬水成，炎帝以姜水成，成而異德，故黄帝爲姬，炎帝爲姜。」若然，則父子兄弟不必一姓，使周德衰而晉有天下，不妨自爲姓，以别異於周，不必其爲姬姓矣。

「千乘之國」，馬、包異説，當以包説爲長。子路曰：「千乘之國。」冉求曰：「方六七十，如五六十。」蓋子路所説者，百里之國，故冉求從而遞減之爲六七十、五六十也。若從馬説，千乘之賦，其地千成，居地方三百一十六里，似過大矣。大約古人言百里之國，便爲大國。故曰：「可以託六尺之孤，可以寄百里之命。」六尺以極小言，百里以極大言。不極小，不足見託孤之難；不極大，不足見寄命之難。後人生大一統之世，提封萬里，遂覺百里之地小若彈丸，此古今之勢異也。

「實始翦商」，子孫之辭也。在太王當日，不特無其事，并無其意。然周人追王自太王始，則不得不以周之王業爲始於太王。周自此始，商自此止矣。故曰：「至於太王，實始翦商。」後人不達，或欲據《爾雅》訓「翦」爲「勤」，非也。

周、魯皆特立姜嫄廟，疑於有妣而無祖。余謂姜嫄者，帝嚳之妾也，而實生后稷。以其爲周人之所自出，故不可以無廟；以其妾也，故不敢以配嚳，而特立廟以祀之。嘗作《釋姜嫄》一篇，在《賓萌集》中。及讀《搜神記》：「齊惠公之妾蕭同叔子見御，有身，以其賤，不敢言也。取薪而生頃公於野，又不敢舉也，有貍乳而鸇覆之，人見而收之，因名曰無野，是爲頃公。」然則頃公之生與后稷同。蕭同叔子是惠公之妾，則姜嫄是帝嚳之妾明矣。頃公事雖不足信，要是依附古事而爲之，可取以爲證也。

《曲禮》曰：「勞毋袒。」知「袒」是不敬。《孟子》言「袒裼裸裎」，亦是極言其不敬耳。乃

《禮》又云：「非有敬事，不敢袒裼。」學者疑焉。余謂「袒裼」自是大不敬之事，而有時不得已用之至敬之地，如《祭禮》「君袒而割牲」。夫割牲非袒不可也，若非割牲，則不敢袒，是謂「非有敬事，不敢袒裼」，與「勞毋袒」之義本是一貫，無庸曲爲之説也。

古人宫室之制，自李如圭以後，考之略備矣。惟北堂之名，竊有疑焉。《士昏禮記》「婦洗在北堂，直室東隅」。鄭注曰：「北堂，房中半以北。」夫房中爲地幾何？如賈氏疏「楝北一架爲室南壁」，則室之深止五架之一耳。乃分前爲房、後爲堂乎？且堂之與室，有墉以間之，室之與房，亦有墉以間之。若房與北堂，則無墉也。無墉則以何者爲節乎？愚謂北堂、東房一地而異名，以其對西房而言，故謂之房。然西房有北墉，而東房無北墉，故西房無堂名，而東房有堂名。曰北堂者，對前堂而言，前堂南嚮，此則北嚮也。「婦洗在北堂」，而《士虞禮》云：「主婦洗足爵於房中。」則北堂即是房中。禮有明證，其爲一地而異名明矣。鄭君云「房中半以北」，失之。余從前著《群經平議》，未見及此，嘗作東房西室圖，猶泥鄭説也。

詩人之詞，何其微而婉歟？如《芄蘭》刺惠公也。惠公之惡，豈勝言哉？《詩》則曰：「垂帶悸兮。」《説文》曰：「悸，心動也。」引申之，凡物之動者皆可以悸言之。其垂帶悸然常動，則其舉動之無節可知矣。所謂驕而無禮也。而毛傳乃云「悸，悸然有節度」，未得《詩》意也。如《狼跋》美周公也。周公之德，豈勝言哉？《詩》則曰：「赤舄几几。」《説文》曰：「掔，固也。讀若《詩》『赤舄掔掔』。」是「几几」本作「掔掔」，其義爲固。足容嚴重，故掔掔然，而其處變如常，亦可見矣。所謂不失其聖也。毛傳但云「几几，絇貌」，亦未得《詩》意也。烏呼，説《詩》如毛公而尚未能盡得詩人之意，千載而下，推求字義，反有得焉，小學之有功經學，豈不信夫。

《詩》、《書》之義，蓋有同者。《史記·殷本紀》云：「帝盤庚崩，弟小辛立，是爲帝小辛。帝小辛立，殷復衰。百姓思盤庚，乃作《盤庚》三篇。」是作《盤庚》所以諷小辛也。《小雅·楚茨》、《信南山》、《甫田》、《大田》序並云：「刺幽王也。」其《信南山》序云：「不能脩成王之業，疆理天下，以奉禹功，故君子思古焉。」正義謂「四詩皆思成王」。夫周人經幽王之亂而思成王，猶殷人當小辛之衰而思盤庚也。然思盤庚而作《盤庚》三篇，不及小辛也；思成王而作《楚茨》諸篇，不及幽王也。此古人立言之微婉也。是故《楚茨》諸篇言雖美盛，意實悲涼。正如白頭宮女閒説玄宗，聞者爲之起舞，而言者涕淚盈掬矣。後人不信序説，但泥文詞，將詩人言外之意，付之悠悠，於是諸詩味同嚼蠟矣。

讀《詩》不可忽略於一字之間。如云「出自北門，憂心殷殷」，夫門有四而獨言北者，以北門背明而向陰也，此毛義也。又如「溯洄從之，道阻且右」，夫道有左右兩畔而獨言右者，右亦陰也。此義毛、鄭均未及也。《采苓篇》首章云「采苓采苓，首陽之巔」，次章云「采苦采苦，首陽之下」，則山之上下已徧及矣。三章云「采葑采葑，首陽之東」，夫山有四面，乃獨言東者，東爲《震》方，《震》爲長子，故太子居東宫，明讒人之言切近太子。此詩刺晉獻公之信讒，蓋爲太子申生發也。不然，詩人之詞，豈苟且趁韵而已哉！

湖樓筆談三　弟一樓叢書之九

《五帝紀》曰「擇其言尤雅者」，故唐、虞二紀悉本《尚書》，高辛以上無稽則略，而《禹本紀》，《山海經》所有怪物不以入史。至《高帝紀》乃有劉媼夢龍、白帝化蛇之事，蓋當時方以爲受命之符，不可得而削也。世以史公爲好奇，過矣。

《秦本紀》曰：「帝顓頊之苗裔，孫曰女脩。」女脩生子大業，取少典之子，曰女華。按：顓頊爲黄帝之孫，女脩既爲顓頊苗裔，則去黄帝遠矣，况大業又其子乎。而少典者，黄帝之父也。女華爲少典之子，則與黄帝兄弟也，而謂大業得娶之乎。以《五帝紀》及《秦紀》參觀，其謬殊甚。

申侯言於孝王曰：「昔我先酈山之女，爲戎胥軒妻，生中潏，以親故歸周，保西垂。今我復與大駱妻，生適子成，申駱重婚，西戎皆服。」婁敬之言和親，其仿諸此乎？然申駱重婚，而其後申侯卒以犬戎入寇。履霜堅冰，所由來漸矣。

《秦本紀》：「周太史儋見獻公曰：『周故與秦國合而別，別五百歲復合，合七十七歲而霸王出。』」《周本紀》及《封禪書》竝作「合十七歲」。按：秦昭王五十一年，「使將軍摎攻西周，西周君走來自歸，盡獻其邑」。自是至始皇元年，適十七年，無七十七年也。《秦紀》衍上「七」字，《漢書·郊祀志》誤從之。

春秋之世，吴、楚稱王。然夷、狄大國，無不稱王者。《秦本紀》「襄公元年，以女弟繆嬴爲豐王妻」。秦甯公三年，「與亳戰，亳王奔戎」。皇甫謐曰：「亳王號湯，西夷之國也。」秦穆公三十四年，「戎王使由余於秦」。厲共公十六年，「伐大荔，取其王城」。「三十三年，伐義渠，虜其王」。孝公元年，「西斬戎之獂王」。然則吴、楚之稱王，亦沿夷、狄之俗耳。齊桓不以稱王責楚，其以此乎？

文公四十八年，「太子卒，賜謚爲竫公」。又「哀公卒，太子夷公蚤死，不得立，立夷公子，是爲惠公」。夫太子而爵之以公，非禮也，當時諸侯所未有也。至唐而高宗謚太子弘爲孝敬皇帝，玄宗謚其兄憲爲讓皇帝，德宗謚其兄琮爲奉天皇帝，代宗謚其弟倓爲承天皇帝，皆非可爲典要也。

厲共公二年，蜀人來賂。五年，楚人來賂。六年，義渠來賂。十四年，晉人、楚人來賂。不以聘問禮來而曰來賂。先王輕財重禮之意，不復存矣。春秋所以爲戰國也。

晉滅霍、滅耿、滅魏，在獻公十六年，爲魯閔公元年，《晉世家》及《十二諸侯年表》竝與《左氏》合，而《秦本紀》乃繫之武公十三年。按：武公十三年爲魯莊公九年，是時曲沃未并晉，晉侯湣二十二年，曲沃武公三十一年，尚非獻公也。

「莊襄王三年，蒙驁攻魏高都、汲，拔之。」徐廣曰：「汲，一作波。波縣亦在河内。」按：《年表》「魏景湣王三年，秦拔我汲」，距莊襄王三年已十年矣。則蒙驁所拔者，波也，非汲也。

韓、魏、趙皆故晉國，而魏獨以晉稱。秦獻公二十一年，與晉戰於石門，斬首六萬。按：《趙世家》成侯十一年「秦攻魏，趙救之曲阿」，即是年也。是所謂晉者，魏也。孝公二十四年與晉戰雁門，《年表》在二十三年，作「與晉戰岸門」。按：《魏世家》哀王二年「秦使樗里子伐取我曲沃，走犀首岸門」。是所謂晉者，亦魏也。并有稱魏晉者。獻公二十三年「與魏晉戰少梁」。其曰魏晉，猶言殷商也。故梁惠王自云晉國。

《綱目》於赧王五十九年書：「秦遂入寇，王入秦，盡獻其地，歸而卒。」以爲合《春秋》之書法，而不知入秦者非赧王也，西周君也。按：周考王二年，封其弟於河南，是爲桓公，於是有西周君。桓公卒，威公立；威公卒，惠公立。復封其少子於鞏，以奉王，於是有東周君。而周天子自在成周。至赧王立，自成周遷於王城。王城即河南也。於是始與西周君同居。及秦昭襄王五十一年，西周君背秦，與諸侯約從，秦使將軍摎攻西周。西周君自歸於秦，頓首受罪，盡獻其邑三十六城。此西周君也，非赧王也。而赧王亦旋卒。《周本紀》所書「周君王赧卒」是也。西周君固無恙，而爲秦人遷於𢠸狐。是時無周天子，而尚有西周君在𢠸狐，東周君在鞏。至秦莊襄元年，滅東、西周，周乃不祀。合周、秦兩紀觀之，周之事迹甚明，赧王初無入秦獻地之事，《綱目》所書，失之疎矣。

秦孝文王立，尊唐八子爲唐太后。莊襄王立，尊夏姬爲夏太后。後世人主追尊所生者仿乎此。其始本於《春秋》妾母之稱夫人，至漢哀帝時有四太后。

秦滅六國，以天下爲郡縣，而古之建國猶有存者，衛是也，抑非獨此也。莊襄王使呂不韋滅周，盡入其國而不絶其祀，以陽人地賜周君，奉其祭祀。至始皇時，未聞見奪，則周君猶在也。秦始皇十八年滅韓，二十二年滅魏，而韓、魏滅亡之後，尚有安陵君見於《戰國策》，則安陵君猶在也。陳、項之亂，掃地盡矣。乃漢興而滇、閩尚楚、越之苗裔，朝鮮猶故燕之遺民。蓋封建之世，其國皆歷千載之久，根深蔕固，非可一旦騷除。至漢世大啓諸侯，乃如萍梗之漂於江湖，儵然而散，亦可知古今之異勢矣。

秦之先伯翳賜姓嬴。其子一曰大廉，實鳥俗氏；一曰若木，實費氏。秦則大廉之後也。是秦嬴姓鳥俗氏。其後周穆王以趙城封造父，又爲趙氏。太史公於《始皇本紀》大書之曰「姓趙氏」，不箸其爲嬴姓者，以見三代以下之即以氏爲姓也。《高祖本紀》曰「姓劉氏」，《孔子世家》曰「姓孔氏」，同一書法。世乃謂太史公混氏姓爲一。果爾，則直曰姓某足矣，何必曰姓某氏哉？

「二世三世至於萬世，傳之無窮」，此乃臨文之宜。賈山《至言》曰：「堯、舜、禹、湯、文、武累世廣德，以爲子孫基業，無過二三十世者也。」其言雖正，而以此罪始皇則過矣。《書》曰：「欲至於萬年，惟王子子孫孫永保民。」《詩》曰：「文王孫子，本支百世。」有天下國家者，孰不欲其長守弗失，傳之無窮哉。自古豈有萬歲天子？斯言也，乃晉人之清談，非可登之詔令。

秦有列侯，又有倫侯。琅邪臺刻石云：「列侯武成侯王離，列侯通武侯王賁，倫侯建成侯趙亥，倫侯昌武侯成，倫侯武信侯馮毋擇。」倫侯之名止見於此。

秦刻碣石門曰「墮壞城郭，决通川防」。然則九河故道，或者於此時失之邪？《緯》書稱齊桓公塞八流以自廣，不足據也。

秦宗廟之制，略見於二世元年群臣之議。其曰：「古者天子七廟，諸侯五，大夫三，雖萬世世不軼毁。今始皇爲極廟，四海之内皆獻貢賦，增犧牲，禮咸備，毋以加。先王廟或在西雍，或在咸陽。天子儀當獨奉酌祠始皇廟，自襄公以下軼毁。所置凡七廟，以尊始皇廟爲帝者祖廟。」按：極廟乃始皇二十七年所立，亦曰太極廟。漢代諸帝，身存而豫立廟，本乎此。古之人君，有置椑之事，無立廟之文，是固非禮矣。至所言廟數，則秦時博士之書具在，當必有據。漢元、成間毁廟之議起，韋玄成以爲當存五廟，劉歆以爲當存七廟，而無有及秦時之議者，以其爲亡國之事也。乃後儒於鄭、王之異同，亦未嘗以此折之，何邪？東坡論南北郊引王莽事曰：「議禮當問其是非，而不可以人廢。」

秦廢封建，身爲天子，而子弟爲匹夫。故趙高稱始皇帝二十餘子，今見於史者，扶蘇、胡亥、公子將閭、公子高而已。《李斯傳》注引辨士隱姓名與章邯書曰「李斯爲秦王死，廢十七兄而立今上」，則胡亥乃始皇十八子也。而史稱胡亥爲少子，趙高亦曰「諸公子盡帝兄」，則當始皇時，諸子已未必皆在矣。繼以二世之屠戮，遂無遺種。楚靈王有言：「余殺人子多矣，能無及此乎！」至王子嬰，《本紀》以爲始皇之孫，《李斯傳》以爲始皇之弟，蓋不可考。而徐廣又以爲始皇之弟子，未知何據。

阿房宫作於始皇三十五年，而未成，始皇崩，即以作阿房之人復土酈山，至二世元年酈山事畢，乃復作之。《年表》書十二月就阿房宫，然二世二年李斯、馮去疾、馮劫尚有「且止阿房作者」之請，是阿房宫尚未成。始皇自居咸陽宫，未得一日居阿房宫也。唐杜牧之賦，乃夸言而非實。

始皇生十三年而立爲秦王，三十七年而崩，故徐廣曰「年五十」。《秦本紀》云「始皇五十一年而崩」，誤也。又《本紀》二十六年事，《年表》爲二十七年；《本紀》二十七年事，《年表》爲二十八年，《紀》與《表》有一年之差。

《始皇紀》：「二世三年，沛公已屠武關，使人私於趙高。」按：《高帝紀》「遣魏人甯昌使秦」，然則望夷之事，高固受計於沛公也。高本趙之疏屬。《索隱》謂「高痛其國爲秦所滅，誓欲報讎，卒殺秦子孫而亡其天下」，未爲無據。使子嬰不殺趙高，高祖入關，必有所以處之矣。東坡《始皇論》可爲人主以刑餘爲周、召之戒，而非所以論高也。然考《蒙恬傳》，趙高昆弟數人，皆生隱宫，其母被刑僇，世世卑賤。則《索隱》謂高本趙公子、自宫以進者，亦未必然耳。

《項羽本紀》於立楚懷王之後始曰：「項梁自號爲武信君。」《高祖本紀》亦云：「立楚後懷王孫心爲楚王。項梁號爲武信君。」《月表》於二世元年九月，項梁初起，即曰號武信君，非也。

「會稽守通謂項梁曰：『江西皆反，此亦天亡秦之時也。吾聞先即制人，後則爲人所制。

吾欲發兵，使公及桓楚將。』」據《漢書》則此數言皆項梁謂會稽守語也。「守嘆曰：『聞夫子楚將世家，唯足下耳。』梁曰：『吴有奇士桓楚。』」云云，與《史記》不同。班固必別有所據。

平時有忘軀犯顔之士，臨難有徇義守死之臣。秦之盛也，稱其德則賢於堯、舜，頌其功則過於湯、武；及其亡也，委而去之矣。然則蘇角、王離、涉閒、泗川守、陳留令，此數人者，君子不猶有取哉？夫罪秦可也，罪秦而罪及爲秦死者，不可也。讀史者當表而出之，以爲忠義勸。

鉅鹿之戰，功不細矣。沛公得入關，羽之力也。微項羽，則趙旦夕破，而章邯以勝軍還救秦，沛公十萬之衆可坐縛矣。夫南陽守在宛，張良猶危之，况章邯之兵乎。故曰沛公得入關，羽之力也。

蒲將軍見《項羽紀》，剛武侯見《高帝紀》，而不箸其姓名。高起亦見《高帝紀》，而不箸其官爵。史之失傳者多矣。《文帝紀》封趙丞相嘉爲江陵侯，徐廣曰：「姓蘇。」《年表》作江陽侯，則易其封。徐廣注曰「蘇，一作藉」，則變其姓。《漢書》、《年表》亦作江陽侯，而蘇嘉又作蘇息，則訛其名。噫，「舃」九寫而爲「烏」，「虎」三寫而爲「帝」，吾安所取信哉？又《景帝紀》封故相國蕭何孫係爲武陵侯，《功臣表》「係」作「嘉」，「武陵」作「武陽」，此必有一誤。徐廣疑其人有二名，非也。《漢書·景帝紀》從《史記·帝紀》作「係」，《功臣表》從《史記·侯表》作「嘉」，各因舊文，不加考覈。至《蕭何傳》亦作「嘉」，則但檢《侯表》，未尋《帝紀》也。乃歎古人讀書亦多疎略，無怪後人之鹵莽滅裂矣。

《漢書》於漢王即皇帝位之後，即曰：「尊王后曰皇后，太子曰皇太子。追尊先媪曰昭靈夫人。」《史記》無之。按：六年始尊太公爲太上皇，何高帝之先母而後父乎？若后與太子俱尊，而尊不及父，益非人情矣。蓋史失其年，故總紀於即位之下，非必是年所舉行也。漢初草創，非有前典，未必能如後代帝王，一登天位，尊崇之典，秩然俱舉。《史記》不書，非疎略也。

立淮南王英布，《月表》在四年七月。太公、吕后歸自楚在九月。《高紀》先叙太公、吕后之歸，而以立淮南王爲在會垓下之後。韓信徙封楚王，《月表》在五年正月，漢王即皇帝位在五年二月，《高紀》稱即皇帝位於汜水之陽，皇帝曰：「義帝無後，齊王韓信習楚風俗，徙爲楚王。」二王之位，《紀》、《表》不同，以本傳核之，則皆《本紀》誤也。

《高帝紀》：「七年，更命酈邑曰新豐。」是時太上皇已崩矣。《漢書·地理志》：「新豐，秦曰驪邑，高祖七年置。」應劭曰：「太上皇思東歸，於是改築城市街里，以象豐，徙豐民以實之，故號新豐。」此《三輔舊事》、《西京雜記》諸小説家所載耳，非其實也。

《高帝紀》皇甫謐曰：「以秦昭王五十一年生，至漢十二年，年六十三。」按：秦昭王終五十六年，高帝始六歲，孝文一年，莊襄三年，得十歲。始皇三十七年，二世三年，得五十歲，加高帝十二年，得六十二歲。而皇甫謐乃云六十三者，蓋從《本紀》，以莊襄王爲四年也。按：《始皇本紀》，始皇生於昭王四十八年。十三歲，莊襄王死。據此，則昭王五十六年始皇九歲，加孝文王一年，莊襄王三年，適十三歲。然則莊襄王安得有四年也？《本紀》以莊襄王爲四年，恐誤，而皇甫之説亦爲不考矣。

《孝惠帝紀》皇甫謐謂「以秦始皇三十七年生，崩時年二十三」。臣瓚以爲帝年十七，即位七年，壽二十四。二説不同。以愚考之，惠帝之崩年二十三。夫謐以帝爲生於始皇三十七年，加二世皇帝三年，高帝十二年，得十六歲，加惠帝七年，非二十三歲乎？是皇甫謐謂生於始皇三十七年者不誤，特所謂二十二者誤耳。夫瓚以爲帝年十七即位，是元年十七歲，至七年非二十三歲乎？是臣瓚謂年十七即位者不誤，特所謂二十四者誤耳。

《高后紀》：「吕禄軍北軍，吕産居南軍。」按：高祖八年，蕭何營未央宫，立東闕、北闕。師古曰：「未央殿雖南嚮，而上書奏事謁見之徒皆詣北闕，公車司馬皆在焉。是則以北闕爲正門，西南兩面無門闕矣。」以是考之，北軍在北闕外，南軍在未央宫之南，自南軍入未央宫，仍須由北闕，故太尉之謀在先得北軍，北軍既得，而南軍孤懸於外，無能爲矣。

秦廢謚法而以二世三世爲紀，雖不師古，而猶近質，較殷人之以十干爲號似爲勝之。死而有謚，周道也。夏、殷本無謚，自周而興之，自秦而廢之，亦未足爲秦罪也。漢興，諸事皆因秦舊，而獨復謚法，然《高祖紀》云：「上尊號爲高皇帝。」《文帝紀》云：「上尊號曰孝文皇帝。」謂之尊號而不曰謚，蓋亦避秦人臣子議君父之嫌也。

《文帝紀》「祝兹侯」，徐廣曰：「《表》作松滋侯，姓徐名悍。」按：《惠景間侯者年表》「松兹侯徐厲」，非悍也。文帝遺詔屬國悍爲將屯將軍，悍不書姓，而徐廣注以爲姓徐，未知所據。

《景帝紀》：七年「立膠東王太后爲皇后」。夫婦人從夫，夫在而後其子之稱，非名也。《漢書》作立皇后王氏，爲得其正。此當以《漢書》爲長。「中元年，封故御史大夫周苛孫平爲繩侯，故御史大夫周昌子左車爲安陽侯」，其文甚明。《漢書》作「封故御史大夫周苛、周昌孫子爲列侯」。師古曰：「封苛之孫及昌之子也。苛、昌從昆弟也，故總言之。」然非注不明矣。此當以《史記》爲長。

《史記》自文帝後元年至後七年，每年書「後」；景帝中元年至中六年，每年書「中」；後元年至後三年，每年書「後」。《漢書》但書後元年、中元年而已。是《史記》之密而《漢書》之疎也。然如後世有年號者，亦將每年冠以年號乎？太史公《武帝本紀》不傳，不知其書法又何如也。

褚先生取《封禪書》作《武帝本紀》，然亦有小異者。如「食巨棗，大如瓜」，作「食臣棗」。《漢書·郊祀志》亦然，恐史公原文本是「臣」字，傳寫者誤也。至《紀》與《書》異而勝於《書》者，如《書》云「天子識其手書」，《紀》云「天子疑之，有識其手書，問之人，果爲書」，此當以《紀》爲長。蓋牛腹中書，必文成使人爲之，非所自爲也。《書》云「神君最貴者太一，其佐曰大禁、司命之屬」，《紀》云「神君最貴者大夫」。按：神君乃巫之神，以巫爲主人，居帷幄中，與人言。即所謂上郡有巫病而鬼神降之者也。太一乃天神之最貴者，漢祀太一有二：其一則天子三年親郊祠，如雍郊之禮；其一則亳人薄誘忌所奏祠，以歲時致禮，謂之薄忌太一。是二者均與神君無涉也。太一之佐曰五帝，亦非大禁、司命之屬也。然則此「太一」當作「大夫」，蓋巫神之貴者曰「大夫」耳。秦漢時民俗相稱，尊之則曰大夫，若蕭何稱沛中吏是也。巫覡鄙俚，亦沿此稱，非謂太一也。亦當以《紀》爲長。

史公作夏、商、周《本紀》，又作《三代世表》，而《紀》與《表》亦有不同者。《夏本紀》「帝宁」，《世表》作「帝予」。《周本紀》「恭王翳扈、懿王艱」，《世表》「翳」作「伊」，「艱」作「堅」；「孝王辟方」，《世表》無「辟」字。太史公竝存之而不易，此可見其網羅放失之意矣。是故《魏世家》「文侯都」，《年表》作「文侯斯」。《楚世家》「哀王猶」，《年表》作「哀王郝」。若斯之類，非不能改也，所以廣異聞也。

《夏本紀》云：「帝孔甲立，天降龍二。」與左氏所載蔡墨之言合。《世表》乃云：「孔甲淫亂，不好德，二龍去。」《封禪書》亦云：「孔甲淫德好神，二龍去之。」按：《後漢書·班固傳》注引《括地圖》云：「夏德盛，二龍降之。禹使范氏御之。」豈龍固以禹時來，至孔甲時乃去邪？太史公時，《左氏春秋傳》未行，然史公固見其書，《史記》亦採其說。《十二年表序》云：「魯君子左丘明，因孔子史記成《左氏春秋》。」《陳世家》「甲戌、己丑，陳桓公鮑卒」，以爲國亂再訃，即左氏之說也。《史通·申左篇》乃云：「秦漢之世，《左氏》未行，遂使五經雜史，百家諸子，其言河漢，無所遵憑。當晉景行霸，公室方强，而有程嬰、杵臼之事。」然史公載此等事，亦以廣異聞，非不見《左傳》也。孔甲二龍事，《本紀》與《書》、《表》不同，亦此意矣。近人有謂太史公時《左傳》未行，無由據以筆之書，何其疏邪！

《天官書》云：「甲、乙，四海之外，日月不占。丙、丁，江、淮、海、岱也。戊、己，中州、河、濟也。庚、辛，華山以西。壬、癸，恒山以北。」按：甲、乙主東方，天地左海，而中國之地東至於海而止，故甲、乙在海外也。云「四海之外」，概言之耳。《漢書》止作「海外」。

《天官書》：「五殘星，去地可六丈大。」徐廣謂：「大字一作六。」此亦誤也。據《漢書》「大」

字之下尚有「而黄」兩字，文義方明。《史記》奪之耳。

《天官書》：「斗魁戴筐六星曰文昌宫：一曰上將，二曰次將，三曰貴相，四曰司命，五曰司中，六曰司禄。在斗魁中，貴人之牢。」按：文昌六星非牢也。在斗魁中者，何星邪？孟康注以爲天理四星。及考《漢書・天文志》，文昌六星無司中，「五曰司禄，六曰司災，在魁中，貴人之牢」。乃知所謂「貴人之牢」即文昌六星中司災也。注《史記》者，當據《漢書》以正其誤，而不必佗引也。若《漢書・五行志》引《星傳》曰：「魁者，貴人之牢。」則以牢在魁中，故云耳，非謂魁即牢也。

昌黎曰：「漢諱武帝名徹爲通，不聞又諱車轍之轍爲某字也。」按：《天官書》「氣來卑而循車通者」，注：「車通，車轍也。避漢武諱，故曰通。」周密《齊東野語》據此以糾韓文之失。愚考《漢書・天文志》作「循車道」，然則《史記》「車通」，當亦「車道」之誤。注承其誤而妄爲之説，不足據也。

太史公於《張儀傳》曰：「三晉多權變之士，言縱横强秦大抵皆三晉之人。」晉文公譎而不正，豈其遺風邪？齊自太公以陰謀佐周，《金匱》之書，《陰符》之經，皆託於太公。是以秦漢間方士多出燕、齊。漢武帝時，齊人言神怪奇方者以萬計，所從來遠矣。惟魯當楚漢傾側擾攘之中，弦歌不輟，其風俗固殊焉。周公之政，孔子之教，不可及已。

古稱淫祀無福，是以不在祀典。文仲蒙譏，請改祀命，武子見美。春秋之世，尚知淫祀之非也。至後世，人鬼雜揉，祭祀無制。齊有天主、地主、兵主之祀，楚有東皇太一、雲中君之歌，而秦尤甚，九臣、十四臣、諸布、諸嚴、諸逑之屬，皆莫知所自始。國將亡，聽於神，不其然乎？然猶上所崇奉也。秦有天下，郡縣遠方之民得自奉祠，不領於天子之祝官，而淫祀偏天下矣。越二百餘年而釋氏遂入中國，有開必先，豈非秦人爲之嚆矢也哉！

秦滅周而所奉有周天子之祠，漢滅秦而所奉有秦二世皇帝之祠，然特巫覡之見耳，非古者祭因國之義。

秦取九鼎，箸於《周本紀》。九鼎入秦，箸於《秦本紀》。史公之辭固甚明也。始皇二十六年，使人没泗水求周鼎，鼎不言九，非禹鼎也。禹鼎自在秦，而後世不見者，燬於咸陽三月之火矣。《封禪書》云：「周之九鼎入於秦。」又云「或曰宋大丘社亡而鼎没於泗水彭城下」，乃方士新垣平輩之妄説也。夫周鼎自在雒邑，何緣而入泗水乎？宋之社亡，又與周鼎何預乎？且《年表》載宋太丘社亡於周顯王之三十三年，則秦惠文王之二年也。後此二十年，爲惠文王之後九年，張儀欲伐韓，尚有「周自知不救，九鼎寶器必出」之言，安得已亡於周顯王之三十三年也。即如《漢書·郊祀志》之説，謂社亡於顯王四十二年，至惠文王後九年亦十有二年矣。《漢·郊祀志》又曰：「周德衰，鼎遷於秦。秦德衰，宋之社亡，鼎乃淪伏而不見。」尤爲無據。當秦之世，豈復有宋哉？故知九鼎入秦，史公之實録；九鼎没泗，方士之空談。秦所求泗水之鼎，漢所出汾陰之鼎，均非禹鼎也。

齊田氏在春秋始終以陳氏稱，而史公謂敬仲奔齊即改姓田氏者，古田、陳同聲也。然春秋時自稱陳，戰國時自稱田。恐史公據後以改前，非其實也。陳之變爲田，當必有説。《年表》齊平公驁元年云：「齊自是稱田氏。」按：平公時雖政在大夫，而變君之姓以從臣，恐無其事。或者陳氏於是年始改稱田氏，而史公誤爲此説耳。考《世家》，平公即位，田常相之，割齊安平以東爲田氏封邑，是乃田氏有齊之始，變陳爲田，當在此時也。

魯亡於頃公，齊亡於康公，晉亡於静公。國亡矣，其君何以有謚也？鄭君乙，《世家》無謚，而《年表》曰鄭康公，則亦有謚也。宋王偃，《史記》無謚，而《吕氏春秋》作宋康王，《荀子》作宋獻王，則亦有謚也。楊倞注《荀子》曰：「國滅之後，其臣子各私爲謚。」然則魯、鄭諸君之有謚，或亦其臣子所爲，猶金主守緒之謚，承麟謚之曰哀宗。其遺臣私爲之謚，則或曰閔宗，或曰義宗也。若齊康公、晉静公，則或田齊、三晉之所爲，猶魏謚山陽公爲獻皇帝，晉謚陳留公爲元皇帝也。

燕昭王築宫求士，樂毅自魏往，鄒衍自齊往，劇辛自趙往。然此三人中，惟樂毅乃真士也。

鄒衍雖能著書，無益人國。劇辛反覆小人，卒爲龐煖所殺。然則燕昭之駿，半亦葉公之龍耳。其後太子丹養士二十人，荆軻之外無聞焉。養士豈易言哉！

《春秋·昭公十三年》：蔡侯廬歸於蔡，陳侯吴歸於陳，楚平王立而後得復封也。《史記·十二國年表》於魯昭九年已書陳惠公吴元年，魯昭十二年已書蔡侯廬元年。至昭十三年，蔡則二年，陳則五年矣。按：《陳世家》「楚平王求故陳悼太子之子吴，立爲陳侯，是爲惠公。惠公立，探續哀公卒時年而爲元，空籍五歲矣」，是惠公不以即位之年爲元，而以哀公卒之明年爲元年。蔡亦必如是。史公所書，本其國史之原文也。意古者亡國復封類然，乃國不可一日無君之義也。

宋萬立公子游爲君，是公子游乃賊黨也。《左傳》書殺子游於師，蓋不以爲君。史公易「殺」爲「弑」，稱之曰「新君游」，此必本宋國史記之原文。噫！非南、董之筆矣。此宋之文所以不足徵也。

《趙世家》云：晉定公卒，「而簡子除三年之喪，期而已」。此簡子不成禮於其君，猶魯悼公之喪，孟敬子曰：「我則食食也。」史公所載，自有所本。顧亭林《日知録》乃謂：「即《左傳》降於喪食之事，史公誤解而爲此文。」然其下又云：「趙襄子元年，越圍吴，襄子降喪食，使楚隆問吴王。」則史公原未嘗誤解《左傳》也。

《年表》：「魏文侯二十五年，太子罃生。」據《世家》，則罃乃文侯子擊之子，而謂之太子，是太子之子亦稱太子也。其亦稱太子者，天之生物也，使之一本，人本乎父，不得舍其父而本乎祖也。《秦本紀》：「文公太子卒，賜謚爲竫公，竫公之長子爲太子。」夫竫公之長子，文公之孫也，然曰太子者，父雖亡，猶繫之父也。後世不達此義，於是乎有皇太孫之名。

《魏世家》：哀王五年，「秦使樗里子伐取我曲沃，走犀首岸門」。《年表》：哀王五年，「秦拔我曲沃，歸其人，走犀首岸門」。而《秦本紀》云：惠文王後十一年，「樗里疾攻魏焦，降之。敗韓岸門，其將犀首走」。夫犀首即公孫衍，魏人也，而以爲韓將，是《本紀》之誤也。《世家》、《年表》竝言取曲沃，而《本紀》獨言取焦。考《魏世家》及《年表》，魏襄王十三年，秦取我曲沃。則曲沃入秦久矣。何於哀王五年又云取曲沃乎？是又《世家》、《年表》之誤也。

太史公曰：「楚惠王滅杞，其後越王句踐興。」按：楚之滅杞在周定王之二十四年，而周敬王時句踐已即位，元王時句踐已滅吴矣。《越世家》言「周元王使人賜句踐胙，命爲伯」，是句踐之霸在楚滅杞之前。太史公乃謂杞滅而後句踐興，誤也。

《戰國策》：「聶政刺韓傀，兼中烈侯。」按：《韓世家》「烈侯三年，聶政殺韓相俠累」。烈侯十三年卒，子文侯立。文侯卒，子哀侯立。哀侯六年，韓嚴弒其君。是哀侯見弒而烈侯不見弒。《國策》云「兼中烈侯」，豈未中要害，故不死邪？考《刺客傳》，又以聶政事爲在哀侯時。夫哀侯固見弒者也。且聶政之刺，嚴仲子使之，或即《世家》所書韓嚴乎？然則《戰國策》紀載自得當時之實，特誤以哀侯爲烈侯耳。

《秦本紀》孝公十二年，「并諸小鄉聚，爲大縣，縣一令，四十一縣」。《六國表》：孝公十二年，「初取小邑爲三十一縣」。其數不同。按：《商君傳》：「集小都鄉邑聚爲縣，置令丞，凡三十一縣。」疑《本紀》「四」字誤也。古「三」「四」字多積畫，往往致誤。

《穰侯傳》：「相秦六歲而免，免二歲，復相秦。」按：《六國表》，秦昭王十二年，穰侯魏冉爲丞相。十五年，魏冉免。二十六年，魏冉復爲丞相。據此，則當云「相秦四歲而免，免十一年而復相也」。疑本傳誤。

《屈原傳》叙事之中，間以議論，論者以爲變體。愚讀《趙世家》云：「以至父子俱死，爲天下笑，豈不悲乎。」《魏世家》云：「惠王之所以身不死、國不分者，二家謀不和也。若從一家之謀，魏必分矣。故曰『君終無適子，其國可破也』。」皆於叙事中入議論，與《屈原傳》同，古人之文無成法也。

田和遷齊康公於海上，食一城，自是田和列爲諸侯，稱元年。然《年表》仍大書康公之年，其間太公和二年，桓公午六年，皆不書也。至二十六年，康公卒，齊無君矣。然後書齊威王元年，是亦史公興滅繼絶之義也。後之作史者不達此義，乃有當漢帝在位，魏未受禪，而大書黄初元年者。

趙良曰：「孔丘有言，推賢而戴者進，聚不肖而王者退。」良本秦人，而能稱述闕里緒言。蔡澤亦云：「不義而富且貴，於我如浮雲。國有道則仕，無道則隱。」知戰國之世已家有孔氏之書矣。

歐陽公曰：「始爲朋黨之説者誰歟？」愚按：蘇秦説趙肅侯曰：「屏流言之迹，塞朋黨之門。」張儀説齊湣王曰：「夫從人朋黨比周，莫不以從爲可。」蓋朋黨之名起於戰國。吴起相楚，禁朋黨以厲百姓，其後從人横人假此名以互相傾軋。至西漢時，弘恭石顯之徒以蕭望之、劉更生等爲朋黨。自漢唐以下迨於有明紛紛者，無非戰國之餘禍也。

古未有以所居爲號者，幼名冠字，死則以謚。仲尼不稱闕里，子輿不號武城。《樗里子傳》：「樗里子疾室在昭王廟西渭南陰鄉樗里，故俗謂之樗里子。」《蘇秦傳》「鬼谷先生」注，徐廣曰：「潁川陽城有鬼谷，蓋是其人所居，因爲號。」蓋以所居爲號，始見於此。濂溪、伊川乃襲此稱，後之道學先生遂無不以是爲號，夫亦習而不察也。

太史公《六國年表序》曰：「秦燒天下《詩》、《書》，諸侯史記尤甚，獨有《秦紀》，其文略不具。」然則古之史皆名史記。《十二年表序》云魯君子左丘明因孔子史記成《左氏春秋》，是孔子所修亦名「史記」也。太史公本《秦紀》以成書，名曰《史記》，蓋因乎古也。又《大宛傳贊》云：「《禹本紀》言：『河出昆崙。』」《衛世家》云：「予讀世家言。」近世趙耘菘氏箸《陔餘叢考》，據此謂《本紀》、《世家》其名皆有所本，獨《傳》之名創自史公。愚按：《平原君傳》徐廣注引「《魏公子傳》曰趙惠文王弟」，然則傳之名亦有所本矣。

史公叙秦以前事，皆本其國史之文。蓋戰國時史職未廢，觀秦趙澠池之會可見。雖經秦火，亦頗有存者。《燕世家》稱今王喜，此即其國史之文也。至秦漢以後，網羅放失，爲力尤勤。《刺客傳贊》云：「始公孫季功董生與夏無且游，具知其事，爲余道之如是。」《樊酈滕灌列傳贊》云：「余與他廣通，爲言高祖功臣之興時若此云。」《酈生陸賈列傳贊》曰：「平原君子與余善，是以得具論之。」此其勤與懷鉛提槧者等，而《方言》第一時之空談，《史記》乃千古之實録，又未可同日語也。

黄歇曰：「臣聞物至則反，冬夏是也。致至則危，累棋是也。」蔡澤曰：「日中則移，月滿則虧，物盛則衰，天地之常數也。」趙高曰：「秋霜降者草花落，水摇動者萬物作。」此皆黄老之説。蓋自河上丈人傳安期生，安期生三傳而至樂巨公，樂巨公傳蓋公，爲曹參師，而田叔亦學黄老於樂巨公〔一〕。戰國、楚、漢之際，相傳不絶。漢初崇尚黄老，其來有自矣。

虞卿無名，荆軻無姓。虞卿説趙孝成王，再見爲趙上卿，故號虞卿，是其名不傳也。荆軻其先齊人，徙於衛，衛人謂之慶卿；之燕，燕人謂之荆卿，是其姓不傳也。

《高祖紀》：「其以沛爲朕湯沐邑。」注引《風俗通義》曰：「《漢舊注》，沛人語初發聲皆言『其』，其者，楚言也。高祖始登帝位教令言其，後以爲常。」按：此説非也。《始皇本紀》「其議帝號」，《李斯傳》「其以李斯屬郎中令趙高案治」，則秦詔令已用「其」字矣。「其」乃古語。《左傳》成公十三年「其承甯諸侯以退」，昭公三十二年「其委之伯父」，春秋時語已如此。又按：《盤庚》曰「其惟致告」，《金縢》曰「其新迎」，則三代之書亦有之矣。

《蒯成侯周緤傳》：「賜殺人不死。」後世鐵券之賜，其仿於此乎？

張廷尉事景帝，歲餘，爲淮南王相。《容齋續筆》據《漢書·公卿表》謂「釋之未嘗以廷尉事

〔一〕巨，原誤作「毅」，據蔡啓盛《校勘記》及上下文意改。

景帝」。愚按：此論似密而實疎，蓋史公於傳首即云張廷尉。《釋之傳》中一則曰張廷尉，再則曰張廷尉，然則所謂張廷尉事景帝歲餘，乃仍其故稱耳，非謂以廷尉事景帝也。

《高祖功臣侯年表序》云：「罔亦少密焉。」今觀《年表》所載，有以謀反國除者，斯固法所宜爾也。他如武昌侯德坐傷人，二旬内死，棄市，國除，猶曰重民命也。又如蓼侯臧坐爲太常南陵橋壞，國除。廣阿侯越坐爲太常酒酸，國除，猶曰嚴祀事也。即如曲城侯皋柔坐知民不用赤仄錢爲賦，國除。樂成侯義坐言五利侯不道，國除，猶曰撓時禁也。乃至芒侯申坐尚南宫公主不敬，國除矣。祈侯它坐從射擅罷，國除矣。絳陽侯禄、甯侯指坐出畍，國除矣。武原侯不害坐葬過律，國除矣。高苑侯信坐出入屬車間，國除矣。安丘侯指坐入上林謀盜鹿，國除矣。噫，祖父累百戰之功而得國，子孫負一朝之過而失侯，遂使降將無反顧之心，功臣有自危之意，亦豈長有天下之道哉。

《酷吏・周陽由傳》云：「與汲黯俱爲忮，司馬安之文惡，俱在二千石列，同車未嘗敢均茵伏。」夫以汲、直之守正，而謂與由同爲忮，固失梟鸞之辨，而班固作《漢書》乃删去「與」「俱」二字，直云「汲黯爲忮，司馬安之文惡，俱在二千石列，同車未嘗敢均茵馮」。則以汲長孺爲畏周陽由矣。夫於衛青且揖之，而於周陽由乃不敢均茵馮乎？吕成公所以譏班固之陋也。王伯厚乃謂謂班史本《史記》，誤矣。

《殷本紀》：「武乙無道，爲革囊，盛血，而仰射之，名曰射天。」《宋世家》：「宋偃王盛血以革囊，懸而射之，名曰射天。」《龜策傳》：「紂殺人六畜，以革爲囊，盛其血，與人縣而射之，與天帝争彊。」三君所爲如出一轍，何哉？子貢不云乎，紂之不善不如是之甚。

《太史公自叙》：「晉中軍隨會奔秦，而司馬氏入少梁。」《漢書・司馬遷傳》誤以奔秦爲奔魏。師古曰：「魏國在獻公時已滅爲邑，封畢萬矣。既非别國，不得言奔，未詳遷之所説。」小顔此注，蓋未考史公原文也。

紀事之體本於《尚書》，故太史公作《自序》一篇，云爲某事作某本紀、某表、某書、某世家、某列傳，猶《尚書》之有序也。古人之文，其體裁必有所自，非漢以後之人所識也。

褚先生補《史記》，張宴已譏其鄙俚，然其人亦未易輕。考《漢書・儒林傳》，褚少孫與張幼君、唐長賓竝受《詩》於王吉，由是《魯詩》有張、唐、褚氏之學，是固有功於經學者矣。元、成間王氏嚮盛，少孫補《建元以來侯者年表》，於陽平侯王稚君云：「初元以來，方盛貴用事，游宦求官於京師者多得其力，未聞其有知略廣宣於國家也。」此可見少孫雖與同時，而不屑依附，乃真不辱其師傳者，以視樓君卿、谷子雲之徒，猶腐鼠也。論者以旗亭之論謂其附霍大將軍，冤矣。

湖樓筆談四　第一樓叢書之九

武帝「元光元年，初令郡國舉孝廉各一人」。謂孝與廉各一人，非郡國各一人也。蓋漢制有以孝舉者，有以廉舉者。故元朔元年有司議曰：「不舉孝，當以不敬論。不察廉，當免。」是孝重於廉也。《馮唐傳》「唐以孝著，爲中郎署長」，乃專以孝舉之證。淳于長《夏承碑》「察孝不行」，《孔廟置卒史碑》乙君「察舉守宅除吏，孔子十九世孫麟廉」，竝其證。

武帝登中嶽太室，聞若有言萬歲。此人所習知也。《漢書・武帝紀》：「天漢三年，登之罘，浮大海，山稱萬歲。」此又一事，人罕知者。《夏侯勝傳》載宣帝詔，議立武帝廟樂，但云「山稱萬歲」，不言其爲何山也。

除妖言令，見《高后紀》，而《文帝紀》又有誹謗妖言勿聽治之詔。罷三服官，見《元帝紀》，而《哀帝紀》又有齊三服官「皆止，無作輸」之詔。豈除而不盡邪，抑罷而復設邪？積重難返，豈不信夫！

《後漢書・徐璆傳》注引衛宏曰：「秦以前以金、玉、銀爲方寸璽，秦以來天子獨稱璽，又以玉，群下莫敢用。」按：此説非也。《漢書・百官表》云：「諸侯王金璽盭綬。」師古注引《漢舊儀》云：「諸侯王黄金璽，槖佗鈕，文曰某王之璽。」然則漢諸侯王固得稱璽，故賜匈奴單于印亦稱璽，比之於諸侯王也。

《食貨志》：「公卿請令京師鑄官赤仄，一當五，非赤仄不得行。」此事《武帝本紀》不書，不知其爲何年。然云是歲張湯死，則是元鼎二年也。其上乃云「自鑄白銀五銖錢後五歲」，按：鑄白銀在元狩四年，鑄五銖錢在元狩五年，以是考之，則鑄赤仄又當在後矣。愚按：《功臣侯表》，曲成侯皇柔「元鼎二年，坐爲汝南太守知民不用赤側錢爲賦，爲鬼薪」，則知赤仄之鑄，在元鼎二年。又鄲侯仲居「元鼎三年，坐爲太常收赤仄錢不收，完爲城旦」，則知赤仄錢至元鼎三年已廢不行。《食貨志》所云「鑄白銀五銖錢後五歲」，乃沿《史記》之誤而未及正也。

《百官表》：「相國、丞相，皆秦官。高帝即位，置一丞相，十一年更名相國。」似相國、丞相乃通稱耳。然觀《史記・吕不韋傳》：「莊襄王以爲丞相。太子政立，尊爲相國。」《蕭相國世家》：「上已聞淮陰侯誅，使使拜丞相何爲相國。」《曹參世家》：「孝惠元年，除諸侯相國法，更以參爲齊丞相。」《周勃世家》：「從高帝，得相國一人，丞相二人。」是相國、丞相非一官，而相國更尊於丞相也。《百官志》但沿後世所通稱者爲説，而未溯其初耳。

《史記·高帝紀》：「韓信説漢王曰：『項羽王諸將之有功者，而王獨居南鄭，是遷也。軍吏士卒皆山東之人，日夜跂而望歸，及其鋒而用之，可以有大功。天下已定，人皆自甯，不可復用。不如決策東鄉，争權天下。』」此數語亦見《韓王信傳》，而《淮陰侯傳》初無是言也。故徐廣注其下曰：「韓王信，非淮陰侯信。」其辭甚明。至班固作《漢書》，誤以韓信爲淮陰侯，因增入蕭何追信事，而以此數語屬之淮陰侯矣。然於《韓王信傳》，仍從《史記》，載此數語。師古遂疑之曰：「《高紀》及《韓彭英盧列傳》皆稱斯説是楚王韓信之辭。」蓋不知班《史高紀》之誤，而反疑此傳所載《史記》之原文，遂成千古之誤。又班固於《高紀》則誤，而《韓彭英盧列傳》亦止載《史記》原文，未嘗增韓王信語也，師古云云，抑又誤矣。

《史記》高祖十年，大書「春夏無事」。《漢書》乃有「夏五月，太上皇后崩」之文。如淳、晉灼竝以爲無此事，而《史記·項羽本紀》云「羽取漢王父母妻子」，又云「歸漢王父母妻子」，則高祖又似有母。李奇以太上皇后爲高帝後母，證以楚元王交爲高祖同父弟，則李奇之説容或有據。但高祖之母止追尊爲夫人，呂后時始尊爲后，而後母乃先有皇后之稱乎？殆不然矣。按：荀悦《漢紀》「夏五月，太上皇崩。秋七月，太上皇葬萬年」，則知班史於五月衍一「后」字，於七月衍一「崩」字，遂成此誤耳。若陸士衡《漢高祖功臣贊》「侯公伏軾，皇媪來歸」，此乃謂太公與呂后，猶鄒陽《上吴王書》所云「惠后」。惠者，惠帝；后者，吕后也。古人不以爲嫌也。以爲太上皇后之證，恐未足據。

《孝景紀》後二年詔曰：「今歲或不登，民食頗寡，其咎安在。或詐僞爲吏，吏以貨賂爲市，漁奪百姓，侵牟萬民。」注家皆以「或詐僞爲吏」絶句，張晏曰：「以詐僞人爲吏也。」臣瓚曰：「律所謂矯枉以爲吏者也。」師古曰：「二説竝非也，直謂詐自稱吏耳。」按：下文但曰「其令二千石各修其職，不事官職秏亂者，丞相以聞，請其罪」，初不言詐自稱吏者宜如何禁絶，則師古説非也。本文蓋有衍字，當作「或詐僞吏以貨賂爲市」，因「僞」下誤衍「爲」字，乃於「吏」下又沾「吏」字，以就文勢耳。《武紀》元狩六年詔曰：「將百姓所安殊路，而撟虔吏因乘勢以侵蒸庶邪。」此云「詐僞吏」，彼云「撟虔吏」，義正一律。韋昭曰：「凡稱詐爲矯，强取爲虔。」然則「詐僞」之與「撟虔」，二者同科。

《孝哀紀》建平元年詔曰：「其與大司馬、列侯、將軍、中二千石、州牧、守、相舉孝弟惇厚能直言通政事，延於側陋可親民者，各一人。」「延」乃「记」字之誤。「记」，古「起」字。惟其起於側陋，故能周知民間疾苦，可使親民也。「迟」字書傳罕見，因誤作「延」。師古注曰：「雖在側陋，可延致而任者。」則所見本已誤，故曲爲之説，而於文勢未合。王氏念孫《讀書雜志》因欲移此四字於「州牧、守、相」之下，以就文勢，義亦未安。皆由不知「延」爲「迟」之誤字也。

《刑法志》：「年八十以上，八歲以下，及孕者未乳，師、朱儒當鞠繫者，頌繫之。」按：「八歲以下」本作「七歲以下」。《孝平紀》元始三年詔曰：「男子年八十以上，七歲以下，家非坐不道，詔所名捕，它皆無得繫。」是其證也。《禮記・曲禮篇》：「八十、九十曰耄，七年曰悼，悼與耄雖有罪，不加刑焉。」此正漢制所本。今作「八歲以下」，蓋涉上句八十而誤。下文又述「成帝鴻嘉元年，定令：『年未滿七歲，賊鬭殺人及犯殊死者，上請廷尉以聞，得減死。』」以爲合於三赦之法。然則漢制皆以七歲爲斷，益明矣。

《蕭何傳》：「子禄薨，高后封何夫人同爲酇侯，小子延爲筑陽侯。至孝文元年，罷同，更封延爲酇侯。」愚按：《史記・蕭何世家》：「孝惠二年，相國何卒。」「後嗣以罪失侯者四世，絶，天子輒復求何後，封續酇侯。」《史記》原文止如此，未嘗有封何夫人之事也。又考《史記・功臣侯表》：「惠帝三年，哀侯禄元年，高后二年，懿侯同元年。同，禄弟。孝文元年，同有罪，封何小子延元年。」然則同乃禄之弟，《史記・侯表》甚明，而《漢書》乃以爲何之夫人，此是班固別有所據。然史公生西京時，終當以《史記》爲正。《地理志》：「郡國一百三，縣邑千三百一十四，道三十二。」是道之名漢已有之。《百官表》云：「列侯所食縣曰國，皇太后、皇后、公主所食曰邑，有蠻夷曰道。」是漢之道乃以轄蠻夷之地，故惟零陵、廣漢、越巂、武都、隴西、天水諸郡有之。又紀傳中屢稱縣道，是道卑於縣也。自唐分天下爲十五道，而道之名始尊矣。

漢分天下爲十三部，故有部刺史之名。所謂部者，若唐之言道，宋之言路，元之言行省也。《楊惲傳》：「其豪富郎，日出游戲，或行錢得善部。」師古曰：「郎官之職，各有主部。」此則後世六部之名所由始矣。

《古今人表》，張宴已譏其紛錯，然所指摘亦未盡也。夫其所列爲上上者，自伏羲、神農以至周公、孔子十數人耳。乃周公之後，孔子之前，數百年中獨列一弗父何，弗父何固賢矣，恐未足以與於此也。鮌之妃女志有㜪氏，湯之妃亦有㜪氏。此二有㜪氏者，於經傳初不見其美惡，乃一則以鮌之故而置之第八，一則以湯之故而置之第二，是謂附驥尾而彰，入鮑肆而臭，非表也。桀、紂之罪，宜亦同科，而桀與末嬉第八，紂與妲己第九。坐跖蹻而課貪廉，晝嫫璽而評妍醜，固何據也。周王子猛、衛世子、共伯，不幸短命，未聞其罪，而列下下，此何爲者？且表列九等，而復標聖人、仁人、知人之名，如齊召忽、宋仇牧、晉荀息之徒，吾未見其爲知也。文王太姒則曰仁人，武王邑姜則曰知人。孔氏之徒亦爲區別，顔、閔爲仁，游、夏爲知。若斯之類，咸所未喻。學者但以資多識可耳，其所品題，固弗論也。

《顔氏家訓》云：「《漢書・禮樂志》：『給大官挏馬酒。』李奇注：『以馬乳爲酒，挏撞乃成。』有一後進，以爲種桐時，大官釀馬酒乃熟，其孤陋遂至於此。」按：顔氏但辨「挏」之非「桐」，而未及此句之義也。是時哀帝詔罷樂府官，故孔光、何武議云：「師學百四十二人，其七十二人給大官挏馬酒，其七十人可罷。」蓋百四十二人中，罷遣其七十人，餘者給大官使挏撞馬酒，即詔書所謂别屬他官也。若以「挏」爲「桐」，是直謂以桐馬酒給此七十二人矣。句讀之不知而欲言史學哉，顔氏當日，未知以此曉之否？

周子南君姬喜，殷紹嘉侯孔何齊、襃魯節侯公子寬、襃成侯孔均，此皆以先聖之後封者，而列之《外戚恩澤侯表》，殊失其倫。此當與高帝十年所封樂毅之後華成君竝爲一表也。

《食貨志》：孝文五年，使民放鑄。賈誼諫曰：「法使天下公得顧租鑄銅錫爲錢，敢以雜鉛鐵爲他巧者，其罪黥。」然則漢之錢有以錫鑄者矣。武帝時造銀錫白金，如淳曰「雜鑄銀錫爲白金」，是錫在漢時固充國用。自唐以下，天下常患乎無銅，於是有禁銅於民間者，有市銅於外夷者，而莫議及錫，何也？

《周官》所載官數，但曰人而已。如「太宰，卿一人，小宰，中大夫二人」是也。然《廋人職》曰「正校人員選」，則員之名亦古矣。《漢・百官志》始有吏員之名，乃漢時不獨吏稱員，《功臣侯表》「東茅侯告，坐事國人過員，免」，師古曰：「事謂役使員數也。」此民之以員稱也。《禮樂志》「琴工員五人，柱工員二人，繩弦工員六人，鐘工、磬工、簫工員各一人」，此工之以員稱也。《翼奉傳》「諸侯王國，與其後宮，宜爲設員」，此後宮之以員稱也。蓋有定數皆曰員，故博士弟子亦稱員。

《天文志》：「牽牛爲犧牲，其北河鼓。河鼓大星，上將。左，左將。右，右將。」是牽牛、河鼓非一星。丹元子《步天歌》所謂「牛上直建三河鼓，鼓上三星號織女」是也。《爾雅》：「何鼓謂之牽牛。」此古人考之不審耳。後人承《爾雅》之誤，而又誤其聲爲黄姑，於是古詩有「黄姑織女時相見」之語。又誤以黄姑爲織女，於是李後主有「迢迢牽牛星，粲粲黄姑女」之詩。轉展相沿，失之彌遠。

「元延元年四月丁酉，有流星頭大如缶，長十餘丈，從日下東南去。四面或大如盂，或如鷄子，燿燿如雨下。」愚因此思《春秋》所書「星隕如雨」當亦此類，不必讀「如」爲「而」，以合左氏之説。

古者每易一官，必鑄一印授之。故朱買臣拜會稽太守，未至郡而已懷會稽太守章。至宋孔琳之始建議除之，見《南史》。然以《漢書》考之，亦不盡然。《周昌傳》：「帝持御史大夫印弄之，熟視堯曰：『無以易堯。』遂拜堯爲御史大夫。」此印非即周昌之印乎？又《地理志》汝南郡「慎陽」注，師古曰：「慎字本作滇。闞駰云永平五年，失印更刻，遂誤以『水』爲『心』。」此亦可見漢世之制，非易官必易印也。

《地理志》有平的縣。師古曰：「的音丁歷反，其字從白。」據此則漢世本有「的」字，近人或因《説文》有「旳」無「的」，而欲改《周易》之「的顙」、《中庸》之「的然」盡作「旳」字〔二〕，則好古而泥者也。

韓信曰：「果若人言，狡兔死，良狗烹。」師古云：「此黄石公《三略》之言。」然則淮陰此言，其聞諸留侯者乎？所謂人者，或即留侯也。范少伯之去，以書招文種。留侯之於淮陰，當亦不能無言也。惜兩人均不能用耳。

〔二〕 的然盡作旳，原「的」「旳」上下互訛，據蔡啓盛《校勘記》乙正。

《蕭何傳》:「以文無害爲沛主吏掾。」秦雖任法而其取吏乃如此。酷吏《趙禹傳》:「亞夫曰:『極知禹無害,然文深。』」漢初議論猶然。至武帝時,吏益務爲嚴峻,如禹者又號爲平,吾是以知武宣之間其吏治不減於暴秦。世之訾秦者,未見及此也。

楚漢之際,受封者虚建名號,而不必實有其地。如曹參之爲建成君,灌嬰之爲昌文君,樊噲之爲賢成君,傅寬之爲共德君,皆師古所謂「楚漢之際,權設寵榮,或得邑地,或受空爵」是也。若靳歙封臨平君,按《地理志》鉅鹿郡有臨平縣,則實有封邑矣。而《史》、《漢》均無注,豈誤以爲虚封邪?

《張釋之傳》:「上居外臨厠。」師古曰:「厠,岸之邊側也。」《汲長孺傳》:「大將軍青侍中,上踞厠視之。」孟康曰:「厠,牀邊側也。」疑古文叚「厠」爲「側」,所謂「踞厠」者,坐不正耳。師古於《張釋之傳》訓「厠」爲「邊側」,而於《汲長孺傳》必從如淳之説,以「厠」爲「溷」。竊謂武帝雖倨,亦何至於溷上見大臣哉。《史記·吕后本紀》:「斷戚夫人手足,使居厠中。」《漢書·外戚傳》云:「使居鞠域中。」師古曰:「鞠域如蹋鞠之域,謂窟室也。」然則史公所謂「厠中」者,亦未必爲溷中也。

《初學記》引《漢官》云:「秦、漢秩有中二千石、真二千石、二千石、比二千石,凡四等。比二千石月得粟百石，二千石月得粟百二十石，真二千石月得粟百五十石，中二千石月得粟百八十石。」而《漢書・百官公卿表》但有中二千石、二千石、比二千石，而無真二千石。《後漢書・百官志》亦然。愚按：《汲長孺傳》：「令黯以諸侯相秩居淮陽。」如淳曰：「諸侯王相在郡守上，秩真二千石。」《朱博傳》：「前丞相方進奏罷刺史，更置州牧，秩真二千石。」《外戚傳》：「婭娥視中二千石，傛華視真二千石，美人視二千石。」則漢制自有真二千石。《初學記》所引，可補史之闕。

《藝文志》：《曲臺后蒼記》九篇。晉灼曰：「天子射宫也。」愚按：曲臺有二，鄒陽《上吴王書》曰：「秦倚曲臺之宫。」應劭曰：「秦皇帝所治之處，若漢之未央宫。」此一曲臺也。《翼奉傳》：孝文皇帝時，「未央無高門、武臺、麒麟、鳳皇、白虎、玉堂、金華之殿，獨有前殿、曲臺、宣室、温室、承明耳」。此又一曲臺也。蓋漢之曲臺在未央宫中。《三輔黄圖》所謂「未央宫東有曲臺殿」，《長門賦》所謂「覽曲臺之央央」也。秦之曲臺别在一處。枚乘《上吴王書》：「游曲臺，臨上路。」張晏注：「曲臺，長安臺。臨道上。」《王尊傳》「正月中，行幸曲臺」，當即此也。使即未央宫之曲臺，不得言行幸矣。后蒼爲記，亦必在此。蓋即秦之故宫而習射，故以爲天子射宫也。

賈生《弔屈原文》：「闒茸尊顯兮，讒諛得志，賢聖逆曳兮，方正倒植。」師古曰：「植，立也，音值。」愚按：師古之音非也。《論語》「植其杖而芸」，《漢石經》作「置其杖而芸」。是「植」與「置」古通用，「倒植」猶「倒置」耳。

《上林賦》「靈圄燕於閒館」，《封禪文》「靈圄賓於閒館」，《大人賦》「悉徵靈圄而選之」，相如文每喜相襲。且如《子虛》、《上林》皆一時奏御之作，而既云「轠輷輘」，又云「轠白鹿」；既云「軼野馬」，又云「軼赤電」；既云「捷狡兔」，又云「捷鵷雛」；既云「掩兔轔鹿」，又云「轔距虛」。如此類，不可勝舉。蓋本無實事，而徒以夸誕之言飾而成之，無惑乎語之重，字之複也。余嘗謂相如出而漢文衰，信矣。

淮南王《諫伐閩越書》云：「間者，歲比不登，民待賣爵贅子以接衣食。」蓋漢時每有恩詔，輒賜民爵一級，意其時民得自爲賣買也。此亦可見漢爵之不足重矣。

《東方朔傳》：「年十三學書，三冬文史足用。」如淳曰：「貧子冬日乃得學書。」按：此注非是。據其下云「十五學擊劍」，蓋自十三至十五適三年。學書至三年，則於文史已足用矣，故又學劍也。其云「三冬」猶云「三秋」耳，非必至冬日乃學書也。

《嚴助傳》稱：東方朔，「上俳優畜之。唯助與壽王見任用」。然漢武起上林苑，吾丘壽王成之，而諫之者朔也。辟戟之言，義形於色，雖汲、直不過焉，尚謂其俳優哉？其《非有先生論》曰：「放鄭聲，遠佞人，薄賦斂，省刑辟。」然則先生之論，皆孔孟之緒言，其所欲設施於漢者可知矣。史乃稱其專言商鞅、韓非，豈知朔乎？又述揚雄之言，謂朔言不純師、行不純德。噫，子雲作《大玄》擬《周易》，《法言》擬《論語》，可謂純矣。晚節不終，至有《美新》之作，所謂純者安在哉？

史稱張歐爲廷尉，未嘗按人。王伯厚謂：鼂錯之死，張叔劾奏，安得云「不按人」哉？余亦謂：于定國爲廷尉，稱無冤民，而楊惲之獄，定國摭拾口語以爲左驗，此亦安得云「無冤」也。本傳不書，爲之諱耳，然其實不可掩也。若張釋之者，豈不賢哉？

《陳萬年傳》：「萬年召咸，教戒於牀下。咸睡，頭觸屏風。萬年怒，咸曰：『具曉所言，大要教兒諂也。』」然陳咸後以久滯郡守，賂遺陳湯，入爲少府，與其父傾家賂許、史何異，喪其初心矣。况所至以殺伐立威，死者歲數百千人，固不如乃翁之廉平也。

鼂錯之父呼錯爲公，霍去病之父見去病稱臣，皆漢世風俗之陋也。太公之於高祖，有以先之矣。

傅介子之誅樓蘭王，誘以金帛，醉而刺之。以堂堂之漢而行荆軻、聶政之事，甚爲中國羞，不如常惠之責龜茲，段會宗之誅番丘遠矣，况以比甘、陳乎？謂之立功異域，吾不信也。

漢人重舉主，實爲座主門生之濫觴。雖其意良厚，然而私也。《王駿傳》，光禄勳匡衡舉駿有專對才，後駿爲司隸校尉，奏免丞相匡衡。此則不媿古之遺直。後世若張陵之於梁冀，卻詵之於崔洪，滎毗之於楊素，皆伸公憲以報私恩，君子人與？

《貢禹傳》：「三工官費五千萬。」師古注謂少府之屬官，是也。如淳曰：「《地理志》河内懷、蜀郡成都、廣漢皆有工官。」此説非是。考《地理志》，工官凡九：河南郡也，潁川郡也，太山郡也，廣漢郡也，河内郡之懷也，蜀郡之成都也，南陽郡之宛也，濟南郡之東平陵也，太山郡之奉高也。安得云三工官乎？師古糾之，亦未及此。

《彭宣傳》：「遷廷尉，以王國人出爲太原太守。」李奇注曰：「初，漢制，王國人不得在京師。」按：《兩龔傳》「勝三舉孝廉，以王國人不得宿衛」。是漢固有王國人不得在京師之制。然以他傳考之，爰盎楚人，枚乘、嚴助、朱買臣吴人，韓安國梁人，主父偃齊人。又《鹽鐵論》：「魯國萬生之徒，咸集闕廷。」漢世王國人之在京師者多矣。然則此制當起於元、成間，彭宣所以仕至廷尉而復出也。李奇之注未覈。

《王貢兩龔鮑傳》首列鄭子真、嚴君平而末附薛方、郇越、郇相、郭欽、蔣詡、栗融、禽慶、蘇章、曹竟諸人，表章清節，勝太史公之傳游俠多矣。惟紀逡及唐林、唐尊竝仕莽朝〔一〕，而亦羼其間，未免失荃茅之辨。按：唐林當哀帝之初已爲尚書令，頗持正論，見《傅喜傳》，晚節不終，惜哉。

《衛青傳》「民母」，服虔曰：「嫡母也。」師古曰：「言鄭季正妻本在編户之間，以別於公主家也。」《丙吉傳》「宫婢則令民夫上書，自陳有阿保之功」，師古曰：「謂未爲宫婢時，有舊夫見在俗間者。」愚按：民母、民夫語意正同，服虔所解未得古人之旨。

眭孟因大石自立，僵柳復起，使友人内官長賜上言：「漢家堯後，有傳國之運，帝宜求索賢人，禪以帝位。」此真妄人也。其後王莽、曹丕先後篡逆，皆言漢承堯後，宜有禪代，未必非此等議論啓之，以妖言誅死宜矣。宣帝興自民間，乃官其子，甚無謂也。

《李尋傳》：「政治感陰陽，猶鐵炭之低卬。」孟康曰：「《天文志》云『縣土炭』也，以鐵易土耳。先冬夏至，縣鐵炭於衡，各一端，令適停。冬，陽氣至，炭卬而鐵低；夏，陰氣至，炭低而鐵卬。」愚按：燥濕之氣，炭受之而鐵不受，故足以驗陰陽。若土則亦能受燥濕之氣，與炭不異，

〔一〕 唐尊，原作「唐遵」，據《漢書・王莽傳》改。

恐低則俱低，卬則俱卬，不足驗也。然則以鐵易土，固勝之矣。

殷太史執簡争紂當立，而紂亡國。伍子胥以死争於闔閭立夫差，而夫差以滅。漢史丹伏青蒲争太子不當廢，太子立，是爲成帝，而王氏之盛自此始，遂以篡漢。諸君子所議非不正，而天之亡人國，豈意計所能料哉？

衛青、霍去病名見《佞幸傳》，而得入列傳者，以有軍功也。張湯、杜周名見《酷吏傳》，而得入列傳者，以有賢子也。周仁之名亦見《佞幸傳》，而得與雋不疑、張歐同爲一傳，幾於韓非、老子矣。若楊僕，因爲御史，督關中盜賊，治放尹齊，故史列之《酷吏》。然考其生平，以南越功封侯，又破東越，其後以朝鮮事失爵，與郅、甯之徒專以殘酷見者不同，似宜入列傳也。

《蘇建傳》不過數語，而附其子《蘇武傳》甚詳。竊謂當立《蘇武傳》而父建附見其首。若《唐書·劉全諒傳》不過數語，而附其父《劉客奴傳》甚詳，則當立《劉客奴傳》而子全諒附見其末。凡此皆史家體例之可議者也。

太史公葺以蠶室，《張安世傳》「兄賀下蠶室」，《西域傳》「樓蘭王質子坐漢法，下蠶室」，《外戚傳》「許皇后父廣漢下蠶室」。蠶室之義，注家所説皆未明。按：《咸宣傳》「闌入上林中蠶室」，然則蠶室乃上林中室也。

古諸侯皆有史，秦漢以降無聞焉。然考之《漢書》，何竝爲潁川太守，見紀潁川，名次黄霸，見本傳；王閎爲牧守，所至見紀，見《董賢傳》。是則漢時郡國必有記注，亦史之遺也。《匈奴傳》：「漢軍乘勝追北，至范夫人城。」應劭曰：「本漢將築此城，將亡，其妻率餘衆完保之，因以爲名。」然則晉朱序母築城，號夫人城，亦有所本。世傳范良妻事，疑即范夫人事，而傳者失其實也。

古婦人不以名行，而《漢書》所載婦人之名甚衆。如《衛青傳》「衛媪長女君孺，次女少兒，次女子夫」，《張安世傳》「女孫敬」，《霍光傳》「夫人顯，女成君」，《義縱傳》「姊姁」，《陳遵傳》「陳遂妻君甯」，又「寡婦左阿君」，此類不可勝數。《外戚傳》「女醫淳于衍，字少夫」，并以字行矣。成帝所幸曹宫，亦稱偉能，或亦其字乎。他若元帝宫人有王昭君，而廣陵厲王胥所幸八子又有郭昭君。東方朔小妻名細君，而江都王建女亦名細君。史書僻處，人所忽略，因記於此。

西王母見於《山海經》、《汲冢周書》，《史記》亦有造父御穆王西巡守見西王母之事。按：《爾雅》：「觚竹、北户、西王母、日下，謂之四荒。」然西王母之所在，迄無知之者。《漢書·西域傳》：「安息長老傳聞條支有弱水、西王母，亦未嘗見也。」故漢世相承皆以西王母爲女仙人。

相如《大人賦》：「吾乃今日見西王母，暠然白首戴勝而穴處兮，亦幸有三足烏爲之使。」揚雄《甘泉賦》：「想西王母欣然而上壽兮，屏玉女而卻虙妃。」此可見漢人皆以西王母爲女仙也。故哀帝時民間相傳行西王母籌，而王莽作《大誥》曰：「太皇太后配元生成，興我天下之符，遂獲西王母之應。」則并托之爲符命矣。至《大宛傳》：「宛人斬其王母寡首，獻馬三十匹。」《李廣利傳》：「宛貴人謀曰：『王母寡匿善馬，殺漢使，今殺王而出善馬，漢兵宜解。』」此自謂大宛之王名母寡者，《陳湯傳》又作「母鼓」，與西王母初不相涉。世儒强作曉事，輒曰西王母西方國名，漢時嘗得西王母之頭，豈不謬哉？

《孝昭帝紀》，帝姊鄂邑公主爲長公主。師古曰：「帝之姊妹則稱長公主。」然漢世稱長公主者，非必帝之姊妹也。《外戚傳》：「文帝立數月，公卿請立太子，而竇姬男最長，立爲太子，女爲長公主。」是時文帝在而已云長公主，是女亦可云長公主，非必姊妹也。蓋男之長者爲太子，女子長者爲長公主。曰太曰長，其義一也。古「大」「太」同字。僖八年《左氏》經文「禘於太廟」，正義曰：「太廟，廟之大者。」是太廟即大廟也。司馬相如《封禪書》「以登介丘」，注云：「介，大也。丘，山也。言周以白魚爲瑞，登太山封禪。」是太山即大山也。以是推之，太子即大子也。知太子之義，而長公主之義亦明矣。

王氏五侯之初起也，起土山漸臺。百姓歌之曰：「土山漸臺西白虎。」及王莽之敗也，死於漸臺。地雖異，名則同焉。又王莽即真，拜甄豐爲更始將軍，遣五威將班符命於天下，有曰「海内更始」。及劉聖公起，以更始建元。此與魏起安世殿，而晉武帝字安世；後周《華嶽頌》有曰「會一區寓納之仁壽」，而隋文帝立，改元仁壽，事正相類，皆幾之先見者也。

王莽一庸妄子耳，其矯誣之詞，淩亂之政，班固乃備載無遺，陋矣。魏之篡漢也，其臣下勸進，稱述功德，援引符命，見於裴松之注者幾萬餘言，而陳壽作《三國志》，削而不書，其見高於班固。

漢興，惟韋、平父子至宰相。後世頌宰輔者，輒引爲美談。愚按：平當子晏仕至大司徒，而莽之篡也，曾不能死其位，反爲莽太傅，又分陝爲左相，此豈特莽大夫已哉？《漢書》不爲列傳，蓋削之也。平氏父子非令典，世但習而不察耳。

張竦字伯松，見《陳遵傳》。史稱其廉謹自守，然竦爲陳崇作奏，頌莽功德，幾千餘言。又爲劉嘉作奏，言安衆侯崇「進不跬步，退伏其殃。百歲之母，孩提之子，同時斷斬，懸頭竿杪。珠珥在耳，首飾猶存」。噫，何言之忍哉！韓退之《元和聖德詩》：「婉婉弱子，赤立傴僂，牽頭曳足，先斷腰膂。」蓋以施之劉闢，讀者猶病之。竦之言不亦喪心病狂之甚哉？其悖逆如此，何以爲廉謹自守也。又曰「拂其頭，銜其匈，刃其軀，切其肌，撥其門，仆其墻，夷其屋，焚其器」，是亦四其御史矣。張京兆乃有此孫，惜哉！世人徒於《陳遵傳》見之，幾以爲禮法之士，亦未一考《王莽傳》也。

古列國之史，皆名史記。故太史公之書，亦因其名。至班固之史，名之曰《漢書》，是直欲追配唐、虞、三代之書也。又《叙傳》以諸帝紀爲春秋考紀，則又將續獲麟之筆矣。其箸述之意，可爲盛哉！文中子作《元經》以擬《春秋》，遂蹈吴越僭王之罪。此後世之刻論，古人無是也。

荀悦《漢紀》，改「紀」「表」「志」「傳」爲編年，與《漢書》小有異同處，要皆不及班《書》。《日知録》采其一二事，今細核之，亦殊不然。其一事云：「杜陵陳遂字長子，上微時，與游戲博奕，數負遂。上即位，稍見進用，至太原太守。乃賜遂璽書曰：『制詔太原太守：官尊禄重，可以償遂博負矣。妻君甯時在旁，知狀。』遂乃上書謝恩曰：『事在元平元年赦前。』其見厚如此。」《漢書》以「負遂」爲「負進」，又曰「可以償博進矣」。「進」乃悼皇考之名，宣帝不應用之。《荀紀》爲長。今按：《漢書·陳遵傳》：「祖父遂，字長子。宣帝微時，與有故，相隨博奕，數負進。」師古曰：「進者，會禮之財也。謂博所賭也。解在《高紀》。一説進，勝也。帝博而勝，故遂有所負。」此二説解「進」字不同，而要之遂負帝也，非帝負遂也。故璽書云：「官尊禄厚，可以償博進矣。妻君甯時在旁，知狀。」蓋戲爲索債之辭，故引君甯爲證，見非空言也。遂謝曰：「事在元平元年赦令前。」明其已更赦令，雖有宿負，當蒙恩免也。《荀紀》乃云「帝數負遂」，此與《漢書》正相矛盾。夫遂負帝，則可引赦令以自解；帝負遂，而遂引赦令解之，則失尊卑之分矣。此事仍以《漢書》爲長。若「進」字犯史皇孫諱，則師古已釋之矣。又一事曰，元康三年三月，詔曰：「骨肉之親，放而不誅。」《漢書》作「粲而不殊」，文義難曉。《荀紀》爲長。按：《昌邑王傳》作「析而不殊」，師古曰：「析，分也。殊，絶也。」此注甚明。蓋謂骨肉之親，雖至分析，不當殊絶。《宣紀》「粲」字，顧氏謂當作「粲」。據《説文》，粲，散之義。則「粲」與「析」義可相通，而「粲」字之誤無疑。《荀紀》作「放而不誅」，其義又别。夫既云「放而不誅」，則雖免誅夷，猶當流放。下乃云「其封故昌邑王賀爲海昏侯」，文義不屬矣。此事亦仍以《漢書》爲長，但「粲」當爲「粲」，則誠如顧氏説，不可不知耳。

湖樓筆談五　第一樓叢書之九

孔子曰：「必也正名乎。」鄭康成謂正書字也。自周内史達書名之職廢〔一〕，而文字之間日趨簡易。如馬頭人爲「長」，人持十爲「斗」，見於許氏《説文序》。黿、鼉從龜，亂、辭從舌，「席」下爲「帶」，「惡」上安「西」；「析」旁著「片」，「離」邊作「禹」，見於陸氏《經典釋文序》。覺、學從與，泰、恭從小，匱、匠從走，巢、藻從果，耕、籍從禾，「美」下爲「火」，「㝵」下爲「衣」，「極」下爲「點」，見於張守節《史記正義序》。百念爲憂，言反爲變，不用爲罷，追來爲歸，更生爲蘇，先人爲老，見於《顔氏家訓》。如此之流，布滿經傳，良由漢人改篆爲隸，但求便美，罔顧形聲，摇筆染翰，輒成詭異。洪氏《隸釋》曾略舉數字云：平聲則窂、牢。霻、靈。逿、通。濡、濡。遷。遷。上聲則響、響。覽、覽。秉、秉。啓、啓。典。典。去聲則掾、據。裔、裔。盋、孟。驗、驗。舜。舜。入

〔一〕内史，據《周禮·春官·外史》「掌達書名于四方」，當作「外史」。

聲則衕、衕。屬、屬。隮、陟。愢、惻。壼。壹。又擬《急就》一章云：湧喜悠悠獸蘗繼，滂喜悠悠獨無繼。鯀灋乖離界宋丗，隸法乖離昉中世。騁異早新蹊尖畜，騁異爭新墜筆意。斷援圖籍載壼貳，斷據圖籍載一二。姄羲農，氏羲農。邦堯禹，邦舜禹。終春秋，終春秋。陳鄒魯，陳鄒魯。戔暴羸，剗暴嬴。禽霸埜，禽霸楚。基宇恢，基宇恢。啓劉祚，啓劉祚。罕、夔、棄，臯、夔、棄。朝弼聚，朝弼聚。殖葉曹，解葉曹。呂孟祖，呂孟祖。秉典禮，秉典禮。垂律度，垂律度。儒術顯，儒術顯。爵祿屢。爵祿屢。凮雲霜露星電煇，風雲霜露星電煇。壺籩壺兕鼎彝，簠籩壺兕與鼎彝。黍稷香馥薦皿犧，黍稷香馥薦血犧。滌齋蠲禱靈響歸，滌齋蠲禱靈響歸。鳥獸鼠蛙鳩麟龜，鳥獸鼠蛙鳩麟龜。道邊通逵遭過遀，道邊通達遭過隨。測深闕奧表出之，測深闕奧表出之。以上諸字，或隸體之變，亦或本是《說文》正體。

洪氏攟摭亦多雜粈，長洲顧南原著《隸辨》，末附疑字。璪、狃、裎、弻、弜、蕠、荮、犻、慎、虤、鮀、猔、樵、䞸、憂、𢣄、勔、𢡏、衜、漏、遑、鋍、亢、譯、軿、艻、衛、㤝、棣、𩊓、酷、阠、㹨、鍾、楷、瑍、闆、碤、磵、嵖、嶊、瘃、臓、夏、蔛、羣、戕，如此之類，頗涉詭異，附筆於此，惟好奇嗜古者詳之。

漢人隸體變易有頗似他字者，如《夏承碑》，「東」作「柬」，則似「秉」字。《李翊夫人碑》，「眉」作「肩」，則似「肩」字。《孫叔敖碑》，「塗」作「涂」，則似「涂」字。《嚴發碑》，「身」作「身」，則似「牙」字。《苑鎮碑》，「身」作「身」，則似「耳」字。《北海相景君碑》陰，「幹」作「午」則似「午」字，「驎」作「駤」，則似「駿」字。《韓勑碑》兩側題名「淳」作「渟」，則似「渟」字。《張納功德叙》，「賁」作「賁」，則似「責」字。《魯峻碑》陰，「般」作「股」，則似「股」字，「王」作「壬」，則似「壬」字。《魯峻石壁畫象》，「鮮」作「觧」，則似「解」字。《吴仲山碑》，「剻」作「剻」，則似「割」字。《衡方碑》，「賓」作「賔」，則似「賓」字。《鄭固碑》，「牙」作「耳」，則似「耳」字。《唐公房碑》，「房」作「防」，則似「防」字。《孔耽神祠碑》，「成」作「朮」，則似「求」字。《議郎元賓碑》，「朋」作「多」，則似「多」字。《太尉公墓中畫像》，「太」作「伏」，則似「伏」字〔一〕。《校官碑》，「介」作「尒」，則似「爪」字。《唐扶頌》，「奮」作「奮」，則似「舊」字。《徐氏紀產碑》，「冠」作「寇」，則似「寇」字。《嚴訢碑》，「貌」作「貇」，則似「類」字。《張遷碑》，「雪」作「雪」，則似「虐」字。《楊統碑》，「克」作「官」，則似「官」字。《金恭碑》，「兆」作「氺」，則似「水」字。《周憬功勳銘》，「偬」作「促」，則似「促」字。《陳寔碑》，「美」作「羿」，則似「筭」字。《韓勑後碑》，「耳」作「瓦」，則似「瓦」字。夫股、般字近，禹河失鉤股之名，房防形同，漢史没宣房之實。竊恐經典中因隸體混淆，以致沿訛千

〔一〕伏則似伏，原誤作「伏則似伏」，據蔡啓盛《校勘記》乙正。

古者，殆不少矣。聊記大凡，以俟好學深思之士。

許君作《説文》，正篆之下，更出重文，廣蒐古籀之文，亦存或作之體，足見探索之勤矣。然亦有實係重文，而誤收兩部。學者但觀其音義之同，可知其本爲一字。如「瞉，擊也」，「椓，擊也」，則瞉、椓一字也。「庰，蔽也」，「屏，蔽也」，則庰、屏一字也。「徬，跡也」，「衜，跡也」，則徬、衜一字也。「睍，衺視也」，「䫉，旁視也」，則睍、䫉一字也。「親，至也」，「寴，至也」，則親、寴一字也。「晏，安也」，「旻，安也」，則晏、旻一字也。「摜，習也」，「遦，習也」，則摜、遦一字也。「遺，媟遺也」，「嬻，媟嬻也」，則遺、嬻一字也。「譎，權詐也」，「憰，權詐也」，則譎、憰一字也。「踣，僵也」，「趥，僵也」，則踣、趥一字也。「逴，遠也」，「趠，遠也」，則逴、趠一字也。「勍，彊也」，「倞，彊也」，則勍、倞一字也。「窴，塞也」，「填，塞也」，則窴、填一字也。「嫖，輕也」，「僄，輕也」，則嫖、僄一字也。「嘌，疾也」，「慓，疾也」，則嘌、慓一字也。「諝，知也」，「惰，知也」，則諝、惰一字也。「滄，寒也」，「凔，寒也」，則滄、凔一字也。「賏，頸飾也」，「嬰，頸飾也」，則賏、嬰一字也。「粈，雜飯也」，「鈕，雜飯也」，則粈、鈕一字也。「䙥，行皃」，「躍，行皃」，則䙥、躍一字也。如此之類，雖居兩部，實是一文。區以别之，乃其偶不照耳。

《説文》所載九千三百五十三文，有似隱僻不適於用而實爲經典正文者，錢氏大昕《潛研堂集》、陳氏壽祺《左海經辨》皆曾枚舉之，可云略備矣。今復加蒐輯，以坿益其所未盡。在《周易》則「攺」即「德施音也」之「施」；「痍」即「明夷」之「夷」；「儥」即「三歲不覿」之「覿」；「㣿」即「有疾憊也」之「憊」；「䙳」即「引而申之」之「申」；「傷」即「交易而退」之「易」；在《尚書》則「蓧」即「篠簜既敷」之「敷」；「迶」即《左傳》所引《夏書》「遒人」之「遒」；「攺」即僞《泰誓傳》「姐己」之「己」；「鄛」即《序》「巢伯來朝」之「巢」。在《詩》則「輾」即「展轉反側」之「展」；「抍」即「福履將之」之「將」；「橡」即「象服是宜」之「象」；「敚」即「式微式微」之「微」；「㥜」即「自貽伊戚」之「戚」；「枎」即「山有扶蘇」之「扶」；「𩊚」即「在城闕兮」之「闕」；「杸」即「伯也執殳」之「殳」；「㬦」即「厭厭良人」之「厭」；「虢」即「鞹鞃淺幭」之「淺」；「鬅」即「綢直如髮」之「綢」；「𥢠」即「題彼脊令」之「題」；「捝」即「汝覆說之」之「說」；「憒」即「無不潰止」之「潰」；「弴」即「敦弓既堅」之「敦」；「奄」即「文王之德之純」之「純」；「徥」即「有夷之行」之「夷」；「𢘌」即「白牡騂剛」之「剛」；「盉」即「亦有和羹」之「和」；「㜮」即「不僭不濫」之「濫」；「獊」即《萇楚》箋「狡狘」之「狘」；「𩑰」即《蒸民》箋「濡毳」之「毳」；「䒚」即《小毖》箋「懲艾」之「艾」；「䨦」即《絲衣序》「靈星之尸」之「靈」。在《春秋》則「夅」即「郕降於齊師」之「降」；「郊」即「盟於葵丘」之「葵」；「𨘰」即《公羊傳》「漸，進也」之「漸」；「媄」即《左傳》「美而艷」之「美」；「㒞」即「招携以禮」之「携」；「廦」即「闢西辟」之「辟」；「郱」即「邢茅胙祭」之「祭」；「𠬝」即「鄭石制字子服」之「服」；「讀」即「匰盟也」之「匰」；「堞」即「傅於堞」之「堞」；「懾」即「武震以攝威之」之「攝」；「嫭」即「僕臣臺」之「臺」。在《儀禮》則「袳」即「主婦衣袳衣侈袂」之「侈」；「𩎱」即「朱極三」之「極」；「殔」即「掘肂見衽」之「肂」。在《周禮》則「殨」即「潰瘍」之「潰」；「痰」即「六曰筴祝」之「筴」；「祰」即「二曰造」之「造」；「索」即「索室毆疫」之「索」；「摩」即「建大麾」之「麾」；「敉」即「春招弭」之「弭」；「鐘」即「暴内陵外則壇之」之「壇」；「籚」即《考工記》「輪輿弓盧」之「盧」；「輾」即「萬之以其眂匡也」之「匡」；在《禮記》則「攘」即「暑無裹裳」之「裹」；「傜」即「騷爾則野」之「騷」；「辧」即「斑白者」之「斑」；「渻」即「省囹圄」之「省」；「篙」即「告於甸人」之「告」；「帉」即「紛帨」之「紛」；「趫」即「鳥不獝」之「獝」；「㺐」即「獸不狘」之「狘」；「杲」即「殷以椇」之「椇」；「坌」即「掃席前曰拚」之「拚」；「袂」即「加夫繞」之「夫」；「孎」即「屬屬乎」之「屬」；「㞾」即「仲尼曰」之「尼」。在《論語》則「璶」即「瑚璉也」之「瑚」；「趣」及「𢜣」竝即「與與如也」之「與」；「鼻」即「三嗅而作」之「嗅」；「𥐓」即「鞠躬」之「鞠」；「䃟」即「鏗爾舍瑟」之「鏗」；「僪」即「晉文公譎」之「譎」。「詐」即「其言之不怍」之「怍」。在《孟子》則「嬸」即「畜君何尤」之「畜」；「刱」即「創業垂統」之「創」；「𢜰」即「隱几而卧」之「隱」；「恑」即「爲之詭遇」之

「詭」;「欸」即「惡是何言也」之「惡」;「偄」即「懦夫有立志」之「懦」;「匃」即「萬室之國,一人陶」之「陶」;「厥」即「若崩厥角稽首」之「厥」;「纕」即「馮婦攘臂下車」之「攘」;「搈」即「動容周旋」之「容」。在《爾雅》則「𢶍」即「毛,搴也」之「搴」;「迀」即「干,求也」之「干」;「勴」即「助,勴也」之「勴」;「忓」即「盱,憂也」之「盱」;「諠」即「述,鞠也」之「述」;「餬」即「餬,饘也」之「餬」;「䁛」即「監,視也」之「監」;「潐」即「水醮曰厬」之「醮」;「隕」即「水出其右正丘」之「正」;「酕」即「太歲在壬曰元黓」之「黓」;「殽」即「殧殽」之「殽」。凡此之類,悉數難終,偶因所見而筆之,好學之士有能觸類引申者,寓目即是,固非區區掇拾所能盡也。

《周官·保氏》疏稱形聲之體有六:「江」「河」之類,左形右聲。「鳩」「鴿」之類,右形左聲。「草」「藻」之類,上形下聲。「婆」「娑」之類,上聲下形。「圃」「國」之類,外形内聲。「闤」「闠」「衡」「銜」之類,外聲内形。然《說文》無「婆」字,宜易以「嫳」字。「闤」「闠」仍是外形内聲。「衡」則從角從大,會意,奐非形也。「銜」則全是會意字,非形聲字也。考之《說文》,從行得聲而在外者,竟無其字。擬易之曰:問、聞、風、鳳之類,外聲内形,庶爲得之。惟書之六體,形聲居多。古人製字,亦頗錯綜。如「韋」從舛口聲,乃分其所從之舛置口於中。此藏聲於形也。「鹽」從鹵監聲,乃分其得聲之監,置鹵於中,此藏形於聲也。至如「竊」,則禼、廿皆聲,「韈」則次、𠂔皆聲，是聲不一聲也。「嚴」從二口，而「囓」又從一口。冒從目，而瞐又從目，是形不一形也。然則六等之説，固不足以盡之。

《公羊》定十二年《傳》「五板而堵，五堵而雉」。按：「雉」乃叚字，其字當作「垁」，從土矢聲，與堵字從土者聲同。經典皆叚「雉」爲之，而「垁」字亡矣。揚子《太玄經・閑次》「六閑黄垁」。范望注曰：「五堵爲垁。」「垁」字他無所見，惟見於此。子雲多識古文，信矣。許叔重失收此字，學者遂不知「雉」爲叚字。陸佃《埤雅》曰：「雉飛不越分域，崇不過丈，修不過三丈，故以雉計丈。」望文生訓，實非古義。

十、百、千皆有本字，而萬獨無本字。《玉篇・方部》有万字，云：「俗萬字，十千也。」然《隸續》載建平五年《郫縣碑》云「賈二万五千」，則漢世固有万字也。《水經・汝水篇》注云：「楚盛周衰，控霸南土，欲争强中國，多築列城於北方以逼華夏，故號此城爲萬城，或作方字。」據此則楚之方城本作萬城。其或作「方」者，正以古「萬」字作「万」，形似故也。然則「万」爲古字無疑矣。《説文》云：「千，十百也，從十從人。」愚謂千與万皆從一從人，人持一爲千，人戴一爲万。

《説文》有從爿得聲之字，而無爿篆。張參《五經文字・爿部》曰：「爿音牆。」元度《九經字樣》鼎字注云：「下象析木以炊，篆文𣎳，析之兩向，左爲爿，音牆，右爲片。」李陽冰亦云：「木字右旁爲片，左爲爿，音牆。」然許君鼎篆説解云：「象析木以炊也。」是以「鼎」爲象形，形則非字。分之爲「片」「爿」二字，非許意也。嚴鐵橋謂「爿」即「疒」之省，然凡從爿得聲者，皆隸陽唐部，與「疒」聲絶遠。《玉篇》「疒，女戹切。又音牀」。《廣韵》十陽、二十一麥，竝收「疒」字。夫二部本不相通，何以一「疒」字而兼二音？疑并「爿」「疒」二字而一之，故既隸陽部，又隸麥部，此是誤合，未足據也。竊謂「爿」雖不知何字，而唐人舊讀皆作「牆」，則斑斑可考。此字蓋即「牆」之古文，象形字也。《毛詩・緜篇》「縮版以載」，箋云：「以索縮其築版，上下相承而起。」正義曰：「以繩縮束其版，版滿築訖，則升下於上，以相承載。」「爿」字正象縮版以載之形，故爲「牆」古文。

《説文》無「藏」字，愚謂藏即「葬」之或體也。古之葬者，厚衣之以薪，故葬從茻，而藏從艸。從艸猶從茻也，臧其聲也。《禮記・檀弓篇》「葬也者，藏也」。以藏釋葬，實則一字，此例古固有之。《毛傳》曰：「蕳〔一〕，蘭也。」蕳、蘭亦一字也。《説文》「葬」篆説解云：「臧也。」「臧」字無義，當作「藏」字，用《檀弓》説也。藏字之義爲藏蓄義所專，相沿既久，經傳無作葬埋義用者，惟《列子・楊朱篇》述端木叔事云：「及其死也，無瘞埋之資，一國之人受其施者，相與賦而藏

〔一〕蕳，原誤作「簡」，據蔡啓盛《校勘記》改。

之。」古字古義，一字千金矣。

「藏」爲「葬」字，則藏蓄字當爲何字？曰：其字當作贓，從貝藏聲。《玉篇·貝部》「贓，藏也」，是其字也。「贓」字雖《説文》所無，愚嘗讀《墨子·節葬下篇》曰：「計厚葬爲多埋贓之財者也。」則古固有「贓」字。《玉篇》所收，足補許書之缺。乃今本《墨子》贓誤作賦〔一〕，而古字不見矣。辨見《諸子平議》。

《易》卦「《坎》爲水，《離》爲火」。水字篆作巛，横看即《坎》卦。《説文》曰：「象衆水並流，中有微陽之氣。」亦「坎」義也。乃火字篆作火，與《離》卦不合。愚謂此殆篆者過求整齊，轉失製字之意。火字當作巛，其旁之丨丨，即《離》卦上下兩陽也。其中之ㄅ，即《離》卦中爻之陰也。字形與卦象本無不合，作者將其中畫之參差者引而齊之，乃成火字，其後變篆爲隸，又將其旁變爲兩點，彌失其真矣。

《廣雅》：「弍，視也。」或問「弍」是何字，曰：即《尚書》「在璿璣玉衡」之「在」也。漢人書「在」字或作「弍」。《州輔碑》「弍貴不濡」是也。「在」本從才聲，「弍」則變從弋聲，此作「弍」者，

〔一〕子，原誤作「字」，據蔡啓盛《校勘記》及上下文意改。

又變從土爲從目，以合於在察之義也。殆漢魏閒俗書歟？或「戠」本古字，因經典皆叚「在」爲之，而本字獨存於《廣雅》歟？

《廣雅》「㦓，健也」。字書無「㦓」字。《周易》「咸亨利貞，取女吉」。疑「㦓」即《咸》卦之「咸」，以其取女吉，故變從女。漢時俗書也。《雜卦傳》曰：「咸，速也。」故有健義。且上經始《乾》、《坤》，下經始《咸》、《恒》，是《咸》卦本配《乾》卦，《乾》爲健，《咸》亦爲健，殆古《易》説乎？

《廣雅》嗞、吟並訓笑。按：嗞者，嗟嗞。吟者，於乎。與笑義絶遠而得訓笑者，《説文·欠部》「歎，吟也」。段氏玉裁據《文選》盧諶《覽古詩》注，補其下曰：「謂情有所説，吟歎而歌詠。」且爲之説其義曰：「古歎與嘆別，歎與喜樂爲類，嘆與怒哀爲類。如《樂記》云一唱而三歎，有遺音者矣。」又云：「長言之不足，故嗟歎之。嗟歎之不足，故不知手之舞之、足之蹈之。《論語》『喟然歎曰』，皆是『歎』字。《檀弓》曰：『戚斯嘆。』《詩》云『而無永嘆』，『愾我寤嘆』，皆是『嘆』字。」以段氏説推之，嗞也，吟也，蓋皆「歎」而非「嘆」也。《尚書·堯典篇》「僉曰：『於，鯀哉。』」《管子·小稱篇》「嗟嗞乎，聖人之言長乎哉」，並是情有所悦，吟歎而歌詠之詞。然歎、嘆不分，由來已久。古書所用，亦未必不混於所施。《詩·雲漢篇》「王曰於乎」，與「僉曰於」異矣。《説苑·貴德篇》「嗟嗞乎，我窮必矣」，與「嗟嗞乎，聖人之言」又異矣。而《廣雅》「嗟」「吤」並訓笑，則尚與古義合，宜表而出之。「吤」即「於」字，因訓笑，故從口耳。

《玉篇·一部》所收字與《説文》同，但「天」下沾「兂」「兲」，古文耳。部末乃有「大」字，注「竹瓦切」，而不説其義。必後人附益，非顧氏之舊也。「大」即「寡」之俗字。一人爲寡，正如《龍龕手鑑》所載「歺」爲多，「㚘」爲矮，「甭」爲棄，「覔」爲暗之類。俗書鄙俚，大率然矣。

《玉篇》之末附《分豪字樣》二百四十八字，其中多鄙陋不經。如「台我」之「台」，「三台」之「台」，本是一字，乃分台台二字云：「上湯來反，星也。下羊支反，我也。」「臧否」之「否」，「否泰」之「否」，亦是一字，乃分「否」「丕」二字云：「上方久反，臧否。下符鄙反，屯丕。」又如「咀含」字作「咀」，「詛祝」字作「詛」，二字有從口從言之别，而從且得聲則同，乃列「咀」「咀」二字云：「上茲冶反，駡也。下慈吕反，咀嚼。」以兩字謂皆從口，猶屬可通。謂一從且而一從且，不知且是何字。偏考經傳，並無「台」「丕」「咀」諸字，抑何鄙陋乃爾。顧野王當不至此也。

《説文》無「塔」字，梵音初入中國，譯者蓋即以「鞳」字爲之。《一切經音義》卷五出「佛塔」二字云：「經文從革作鞳。」是其證也。又曰：「或云塔婆或作得婆。」是塔之音轉而爲「得」矣。卷十又出「偷婆」二字曰：「經中或作兜婆，或云塔婆，或言藪斗波。」是塔之音又轉而爲「偷」爲

「兜」，或引而長之爲「藪斗」矣。梵音無定，不獨其字不必定作「塔」，并其音亦不必定如「塔」也。偶讀阮文達《塔性説》，因記之。

《説文》無「樾」字。《淮南子·人間篇》「武王蔭暍人於樾下」，注曰：「樾下，衆樹之虚也。」則漢世固有「樾」字矣。而《精神篇》曰：「當此之時，得茠越下，則脱然而喜矣。」注曰：「楚人樹上大本小如車蓋狀〔一〕，爲越。言多蔭也。」則越字又不從木。同一《淮南》而有作「樾」作「越」之殊。嘗謂此是高、許二注之别。許書無「樾」字，則許慎所注《淮南》必作「越」，而作「樾」者，高誘本也。余之生也，先大夫初名之曰森，字之曰立甫。後更命之曰樾，字之曰蔭甫。及中歲治經，或謂「樾」字《説文》所無，宜易之。余謂已孤，不更名。名字受之先人，不可易也。或又謂宜去木旁作越，然自先高祖以來，皆以五行偏旁命名〔二〕。去木作越，失其序矣。是亦未爲可也。嘗爲解嘲語曰：漢諸葛孔明名亮，而《説文》無「亮」字。唐韓退之名愈，而《説文》無「愈」字。夫如孔明者，可謂名臣矣。如退之者，可謂大儒矣。皆以《説文》所無之字爲名，然則名何

〔一〕上大本小，原誤作「上本大小」，據蔡啓盛《校勘記》及《淮南子》高誘注改。
〔二〕偏旁，原誤作「偏旁」，據蔡啓盛《校勘記》改。

必《説文》所有乎？且許叔重者，親著《説文》者也，於《邑部》出鄦篆，謂炎帝太嶽之允。甫侯所封在潁川，則固許君之所自出。然許君自序曰：「吕叔作藩，俾侯於許。」不作鄦也。李陽冰以篆書顯於唐代，豈不知冰凍字當作仌，而冰乃凝字乎？然其自署皆作「陽冰」，不作「陽仌」。或謂李少温之名自是「凝」字，不知陽冰乃以字行者。其兄字堅冰，見《唐書·宰相世系表》。以堅冰例之，則陽冰非「陽凝」審矣。蓋君子雖好古，亦貴從時。名字氏族之行於當代者，不必盡泥於古文也。

《石鼓》有「迧」字，即堂塗，謂「陳」之本字也。《小雅·何人斯篇》「胡逝我陳」，《毛傳》曰：「陳，堂塗也。」《爾雅·釋宫》「堂塗謂之陳」，竝當作此迧字。潘迪《音訓》曰：「迧，鄭氏云今作徇。是謂『迧』即『徇』之古文，殆非也。《説文》，陳從𨸏，從木，申聲。古文作陣。」愚謂古陣、迧二字聲同義異。陣者，宛丘也，故從𨸏。迧者，堂塗也，故從辵。經傳皆以「陳」字爲之，而迧廢矣。弟四鼓言「迧禽」，弟九鼓言「馬既迧」，竝陳列之義，其字本當作「敶」。凡作「陳」者，叚字也。此作「迧」者，亦叚字也。《説文》失收「迧」字，非《石鼓文》則「迧」字竟不可見，而堂塗之「陳」遂無本字矣。是宜表出之，以存古文也。

有人用銷金鍋事，問《説文》無「鍋」字，宜何從？或曰：「宜用《鬲部》之融字。」愚按：「《説文》：「秦名土釜曰鬴，從鬲屮聲，讀若過。」與今「鍋」字聲固相近矣，然云土鬴則非鍋也。今之鍋其即古之盉乎？《積古齋鐘鼎款識》有鷄父丁盉、子丁父甲盉、亢盉、册父考盉。《説文》盉字在《皿部》，云「調味也」。《廣川書跋》引作「調味器也」。是今本奪「器」字，調味之器，非鍋而何？盉從禾聲，與鍋亦聲近。《文選》盧子諒《覽古詩》「趙氏有和璧」。李注引《琴操》曰：「昭王得瑀氏璧。」「瑀」古「和」字，「盉」字變爲「鍋」，正猶「和」之變爲「瑀」矣。

漢人注經，止爲譬況，以正音讀。魏孫炎始作翻音，而梁沈約遂立紐字之圖。蓋反切布滿經傳，學者苦其難了，不得不有以統攝之，此紐弄之所由興而即爲字母之權輿。其實反切之法，止是雙聲疊韻。雙聲爲主，疊韻輔之。理本淺而易見，初無艱深難曉之事，亦無神妙難傳之學。如「東」字，德紅反，德東即雙聲也。然德都亦雙聲，德登亦雙聲，德當亦雙聲，德篤亦雙聲，止一德字，無以定其爲「東」字，於是加一疊韻之「紅」字，而其爲「東」字無疑矣。「公」字古紅反，古公即雙聲也。然古該亦雙聲，古岡亦雙聲，古怪亦雙聲，古骨亦雙聲，無以定其爲「公」字，於是加一疊韻之「紅」字，而其爲「公」字無疑矣。「籠」字盧紅反，盧籠即雙聲也。然盧留亦雙聲，盧郎亦雙聲，盧黎亦雙聲，盧落亦雙聲，無以定其爲「籠」字，於是加一疊韻之「紅」字，而其爲「籠」字無疑矣。「蔥」字倉紅反，倉蔥即雙聲也。然倉麤亦雙聲，倉青亦雙聲，倉妻亦雙聲，倉促亦雙聲，無以定其爲「葱」字，於是加一疊韵之「紅」字，而其爲「葱」字無疑矣。如此之類，略舉見例，可以類推。善乎錢竹汀先生之言曰：「知雙聲則不言字母可也，言字母而不知雙聲不可也。」乃後人不知雙聲，專言字母，忘其天籟之梵音。淺見之徒，詫爲絶學，抑何悠謬之甚乎。

未有《六經》先有六書，然則讀經者可不知六書乎！六書中象形、指事、會意、諧聲、轉注，於經義或尚無關。惟叚借之不明，則爲經義一大蔽。鄭康成箋《詩》注《禮》皆有「讀爲」「讀曰」之文，於是叚借之例大顯，有功經學不淺，而後儒乃以好改經字病之。夫經字無可改讀，將六書遂無叚借乎？今以人人共知者言之：《論語》「不亦説乎」，其字當作「悦」，而經則作「説」，使用鄭注之例，得不曰「説，讀爲悦」乎？「齊必變食」，其字當作「齋」，而經則作「齊」，使用鄭注之例，得不曰「齊，讀爲齋」乎？使謂「不亦説乎」是言説之説，「齊必變食」是齊魯之齊，則雖三家村夫子知其不然。而與言「讀爲」「讀曰」之例，則雖老師宿儒摇頭而不信。蓋知二五而不知十，大率然矣。

古文叚借字，布滿經傳。約舉其類，蓋有三科。一曰文省，如《周禮》故書「涖」作「立」，「納」作「内」，是也。一曰文增，如《周易》「束帛戔戔」，子夏《傳》作「殘殘」，「成象之爲《乾》」，蜀才本作「盛象」，是也。一曰文異，如《儀禮·聘禮》注，古文「裼」皆作「賜」，《大射禮》注，古文「獲」皆作「護」，此變其形也。《詩》「河水浼浼」，《韓詩》作「浘浘」；「周原膴膴」，《韓詩》作「腜腜」，此變其聲也。《書》「平秩東作」，《說文》作「平䇷」，《易》「服牛乘馬」，《說文》作「犕牛」，此形聲俱變也。總此三科，分爲五類。叚借之例，亦略備矣。至若《明堂位篇》「資禮樂」之「資」或爲「飲」，《周官·巹人》「用蜃」之「蜃」或爲「謨」，此則直是別本異文，無關叚借。愚嘗欲法毛公說《詩》不破字，即以訓詁明叚借，刺取經傳中叚借之文，作《聲雅》一書，因循未果，今即以《周易音義》所載各本異同及經師音讀之異，準前所陳三科五類，爲《聲雅》五篇，聊以示例，或好事者踵而成之，博采諸書爲之疏證，未始於小學無裨也。

文省篇

冓，媾也。鹿，麓也。咨，諮也。取，娶也。位，涖也。龍，寵也。禽，擒也。血，恤也。巟，荒也。庸，墉也。折，晢也。鳶，薦也。官，館也。止，趾也。右，佑也。差，嗟也。備，憊也。守，狩也。其，箕也。母，拇也。尼，柅也。取，聚也。弇，揜也。雍，甕也。息，熄也。食，蝕也。菩，蔀也。疾，嫉也。烝，蒸也。尃，搏也。先，洗也。其，期也。奇，倚也。柔，糅也。喜喜，嘻嘻也。佘佘，徐徐也。

文增篇

覆，復也。凝，疑也。機，幾也。蓄，畜也。苞，包也。輿，車也。砎、扴，介也。崩，朋也。嚬、顰，頻也。拂，弗也。溺，弱也。麓，麗也。喊，戚也。道，首也。埸，易也。似，以也。胰，夷也。祀，巳也。苞、庖、胞，包也。握，屋也。虀，韲也。豐，豊也。遯，豚也。劘，靡也。盛，成也。效，爻也。埤，卑也。仁，人也。佃，田也。檝，楫也。阪，反也。廣，黄也。極，亟也。閛，寺也。殘殘，戔戔也。趑趄、跋踖，次且也。庖犧，包羲也。

文異篇上

繆，謬也。輝，揮也。殺，弑也。溓、嗛，嫌也。構，媾也。資，諮也。窒，咥也。掇，惙也。槃，磐也。錫，賜也。驅，敺也。孿，戀也。詳，祥也。堭、湟，隍也。哲、逝，晢也。嗛，謙也。福，富也。紆、汙、盱，盱也。撍，簪也。麠，薦也。蹯，皤也。欿，坎也。荐，洊也。檢，險也。

沈，枕也。坻，衹也。絰、咥，耋也。踇，拇也。誧，輔也。俠，頰也。媵，滕也。震，振也。碩，鼫也。鯨，剠也。時，待也。瀓，徵也。恎，窒也。浴，欲也。顓，湍也。徧，偏也。權，顴也。瓶，牴也。睦，陸也。抳，柅也。渥，握也。鮠，剶也。凝，擬也。渥，剭也。噫，億也。隮，躋也。賁，膹也。旆、芾，沛也。昧，沬也。際，瘵也。翔，祥也。戕，藏也。縻、縻、緜，靡也。措、厝，錯也。鬅，茀也。茹、絮，袽也。磨，摩也。蕩，盪也。違，圍也。禮，體也。嘖，賾也。儀，議也。悔，誨也。功，貢也。挎，刳也。掞，剡也。綺，倚也。眇，妙也。嘆，熯也。琅，莨也。駒，的也。撟，矯也。揉，輮也。倫，輪也。熇，槁也。治、怡，怠也。「經綸」謂之「經論」，「磐桓」謂之「槃桓」，「氤氳」謂之「絪緼」，「翩翩」謂之「篇篇」，又謂之「偏偏」，「嗃嗃」謂之「熇熇」，「嘻嘻」謂之「嬉嬉」，「徐徐」謂之「荼荼」。

文異篇中

輻，輹也。遂、遁，遯也。埳，坎也。池、沲，沱也。肥，腓也。悝，憧也。抍，拯也。頯，頄也。莞，莧也。得，德也。掩，揜也。劊，刖也。閲，闃也。黚，黔也。躑躅、蹢躅，蹢躅也。

文異篇下

聚，造也。履，禮也。變，辨也。苞，彪也。咥，躓也。褫，拕也。裁，財也。偉、萉，彙也。旁、𢓍，彭也。灃，晢也。捊、培，裒也。撝，宣也。殷，隱也。猶，由也。貸、臧、宗、戠，簪也。冥，鳴也。明，命也。槃，皤也。簠，膚也。禔、敎，祇也。揣，朵也。荑，稊也。臻，洊也。誘，牖也。㦧，德也。綶、纍、累、藟，羸也。齊，晉也。睇，夷也。挈、絜、栔、觭，掣也。壺，弧也。決，譎也。宅，坼也。軌，簋也。澄，徵也。憤，窒也。以，已也。趆，次也。掔，牽也。遘，姤也。檷、鑈，柅也。儲，除也。躍，禴也。鼿，卼也。收，甃也。斐，蔚也。乘，孕也。嬬，須也。既，幾也。稷，昃也。均、鈞，旬也。窒，闃也。齊，資也。夷，弟也。媵，蒸也。紱，茀也。絮，袽也。犯，範也。置，德也。野，冶也。册，賾也。退、妥，隤也。保，寶也。粥，餗也。龍，駹也。朱，㪉也。衆，終也。「虩虩」謂之「愬愬」，「逐逐」謂之「攸攸」，又謂之「悠悠」，又謂之「篴篴」，「嗃嗃」謂之「確確」。

湖樓筆談六　弟一樓叢書之九

《離騷》者，屈原所作之篇名，而後人題之曰《離騷經》。《過秦》者，賈誼書中弟一篇之名，而後人題之曰《過秦論》。皆失作者本意。

自「帝高陽之苗裔兮」至「吾將從彭咸之所居」。此一篇總謂之《離騷》，實則賦體也。班孟堅《幽通賦》、張平子《思玄賦》皆仿此而作〔一〕。班《賦》首云「系高頊之玄胄兮」，正與《離騷》發端同，猶可見其摹擬之迹。是故《離騷》之後，有《幽通》、《思玄》，正猶《答客難》之後有《解嘲》、《答賓戲》也。昭明不達斯旨，妄標騷體，然則《幽通賦》可謂之「通」，《思玄賦》可謂之「玄」乎？乃至《九歌》、《九辯》、《招魂》、《招隱》不分體例，盡被騷名，古人之所不料矣。

《文選》一書，詞賦家奉爲準繩，乃其體例，實多可議。如賦、詩宜以時代爲次，多爲標目，

〔一〕班，原誤作「斑」，據蔡啓盛《校勘記》改。

反或拘牽。且特立耕籍之目，而所録止潘安仁《籍田賦》一首。特立論文之目，而所録止陸士衡《文賦》一首。然則耕籍即潘賦之正名，論文乃陸賦之本意。題前立題，猶屋上架屋矣。又如《風》、《月》、《雪賦》，謂之物色，義既不通，而《秋興》一賦，又非其倫，斯亦義例之未安者乎？

《文選·封禪書》「率邇者踵武，逖聽者風聲」，與《史記》所載同。然徐廣曰：「循省近世之遺跡，聽察遠古之風聲。」則下句當從《漢書》作「聽逖者風聲」，於義方明，而與上句「率邇者踵武」文亦一律。傳寫倒之，所宜訂正。

《西都賦》「衆流之隈，汧湧其西」。《後漢書》班固本傳無此八字。然李善注略不及此二句之義。至下文「商洛緣其隈」，始云：「隈，水曲也。於回切。」則知李善本亦無此二句，不然「隈」字已見前，何不注於前，而反注於後乎？又云「於是後宫乘輚路，登龍舟，張鳳蓋，建華旗，祛黼帷，鏡清流，靡微風，澹淡浮」，數句中獨「旗」字不入韵，疑「旒」字之誤。注引《上林賦》「乘法駕，建華旗」，正文「旗」字即涉注文而誤。然本傳亦然，無可訂正矣。

流水之爲物，以起伏見奇，文士之筆端，以抑揚入妙。雖聖賢作述，亦必由之。是故「富而可求也」，爲「如不可求」蓄勢，「夫天未欲平治天下也」，爲「如欲平治天下」發端，口角翕闢，誦之如生矣。然或失之已甚，則亦以文害詞。賈子《治安策》引「四維不張，國乃滅亡」之語，而曰：「使管子而愚人也則可，使管子而少知治體，則是豈可不爲寒心者哉。」夫管子非愚人，誰不知之，雖云翻空易奇，未免意圓語滯。東坡上神宗書引《論語》「欲速則不達，見小利則大事不成」，而曰：「使孔子而非聖人，則此言亦不可用。」藍本長沙，抑又甚矣。

《韓昌黎集·感二鳥賦》「時返顧以流涕，念西路之羌永」。朱文公《考異》云：「羌乃發語詞，施之句内，似未安。」愚謂，此乃「羕」字之誤。羕、永同義。《詩》「江之永矣」，《説文》引作「江之羕矣」。古人用字不避重複，《周易》以輔、相並稱，相亦輔也。《大雅》以昭、明並言，昭亦明也。韓賦羕、永並言，羕亦永耳。羕、羌形似，因而致誤。《國語·吴語》曰：「今吾道路悠遠。」「羕永」之文，正猶「悠遠」二字同義，古人不嫌也。

曹子建《與楊德祖書》云：「吾雖德薄，位爲蕃侯，猶庶幾戮力上國，流惠下民，建永世之業，留金石之功。豈徒以翰墨爲勳績，辭賦爲君子哉。若吾志未果，吾道不行，則將采庶官之實録，辯時俗之得失，定仁義之衷，成一家之言。雖未能藏之於名山，將以傳之於同好，非要之皓首〔一〕，豈今日之論乎。其言之不慙，恃惠子之知我也。」此段文勢，昌黎曾襲用之。其《答崔

〔一〕首，原誤作「百」，據曹氏原文與蔡啓盛《校勘記》改。

立之書》云：「僕雖不賢，亦且潛究其得失，致之乎吾相，薦之乎吾君。上希卿大夫之位，下猶取一障而乘之。若都不可得，猶將耕於寬閑之野，釣於寂寞之濱〔一〕，求國家之遺事，考賢人哲士之終始，作唐之一經，垂之於無窮。誅姦諛於既死，發潛德之幽光。二者必有一可。足下以爲僕之玉凡幾獻，而足凡幾刖也。又所謂勍者果誰哉。再刖之刑，信如何也。士固信於知己，微足下，無以發吾之狂言。」與曹書語意絶相似。末二語曹云：「其言之不慙，恃惠子之知我也。」韓云：「士固信於知己，微足下，無以發吾之狂言。」一顛到閒，而筆意更健，可悟脱胎之法矣。

王坦之著《廢莊論》，而其論多用《莊子》。柳子厚著《非國語》，而其文多學《國語》。蓋其平日致力也深，故能窺其罅漏而詆諆之。然亦可謂蟲生木中，還食其木矣。

老蘇《辨姦論》或謂是坡公所作，此固不然。老蘇學識自在二子之上。當荆公未進用時，天下想望風采，老蘇獨著論力詆之，真不媿見微知著之學。其後東坡與程正叔同朝，惡其不近人情，力言其姦邪，此正用老蘇料荆公故智。乃老蘇於荆公，則受知言之名，東坡於伊川，則負

〔一〕釣，原誤作「鈞」，據曹氏原文與蔡啓盛《校勘記》改。

失人之咎。益歎老蘇高見，非坡公所及也。

東坡《上梅直講書》謂：「周公之富貴，不如孔子之貧賤。夫以召公之賢，以管、蔡之親，而不知其心，則周公誰與樂其富貴。而夫子之所與共貧賤者，皆天下之賢才，則亦足與樂乎此矣。」此段議論絶高，蓋以天下賢才自命也。其意以爲梅公門下有子瞻一人，雖不達，亦足以豪矣。此意未可明言，故借周、孔爲喻。其末段自叙云：「人不可以苟富貴，亦不可以徒貧賤。有大賢焉而爲其徒，則亦足恃矣。苟其僥一時之幸，從車騎數十人，使閭巷小民聚觀而贊歎之，亦何以易此樂也。《傳》曰：『不怨天，不尤人。』蓋優哉游哉，聊以卒歲。」此雖自言，而實爲梅公言。夫有大賢焉而爲其徒，誠足樂矣，有大賢焉而爲其師，其樂更當何如。末云「執事名滿天下，而位不過五品」。此正其點睛處。蓋梅公當時必有歎老嗟卑之意，故以此寬假之。迄今梅宛陵之名雖自足不朽，要之，得坡公而名益重。此書云云，真言大而非夸也。

范希文《嚴先生祠堂記》謂：「光武得聖人之時，先生得聖人之清。」然聖人之時，豈光武之謂哉。篇中以光武及先生對舉，其後云「蓋先生之心出乎日月之上，光武之量包乎天地之外。微先生不能成光武之大，微光武豈能遂先生之高哉」。則語意反注重光武矣。當云「微光武不能遂先生之高，微先生豈能成光武之大哉」。庶於賓主之間無到置之患。蓋雖古人佳篇，不能無疵累，亦足見行文之難矣。

樊宗師《絳守居園池記》以「甲辛」二字易「東西」二字，顧亭林等之吳人之呼庚癸。愚按：班固《幽通賦》「伯徂歸於龍虎」。蓋謂晉文公出亡，歲在卯，返國，歲在酉耳。乃以卯主東方爲龍，酉主西方爲虎。此視樊宗師以東西爲甲辛，更繚以曲矣。特作賦與作記體例不同，故樊記有詭異之譏，而班賦無艱深之誚。文體固各有當也。

《史記·淮陰侯傳》「大王當王關中，關中民咸知之」，《漢書》作「關中民户知之」，師古曰：「言家家皆知。」此孟堅有意見奇，轉不如《史記》原文矣。宋子京修《唐書》，竊用其語。《舊書·太宗長孫后傳》曰：「安業之罪，萬死無赦。然不慈于妾，天下知之。」《新書》易之曰：「安業罪死無赦，然向遇妾不以慈，户知之。」子京固好摹古，然亦可見其《史》、《漢》之熟。顧亭林譏之曰：「户知之三字，殊不成文。」便不知語出《漢書》矣。古人之文，固未可輕議也。

《西都賦》極言西都之盛，序所謂極衆人之所眩曜也。篇末乃云：「若臣者，徒觀迹於舊墟，聞之乎故老，十分而未得其一端，故不能徧舉也。」使讀者有悠然不盡之思，而西都之盛愈見。《子虛賦》極言雲夢之饒富，篇首乃言：「楚有七澤，嘗見其一，未覩其餘也。臣之所見，蓋特其小小者耳。」亦是此法。《孟子》將言爵禄之制，而曰「嘗聞其略」。將言諸侯喪禮，而曰「吾未之學也」。文字抑揚，自昔然矣。

凡光景自隙中注射，若其小如豆者，則無論隙之或方或圓，或三角或八角，而其光皆圓滿如珠。至方寸以上，則光各如其隙，不能皆圓矣。此理絶不可解。沈休文《詠月詩》云：「方輝竟户入，圓影隙中來。」每歎其體物之工妙。然月光如此，日光亦如此，凡光皆然。未見其爲詠月也。此二句體物雖工，意境或猶滯乎。

謝靈運《還舊園作》云：「事躓兩如直，心惬三避賢。」此二語極煅鍊。「兩如直」用史魚事，「三避賢」用孫叔敖三去相事。蓋以避賢當去相二字也。李善注乃云：「心惬三避之賢。」又云：「三避，三黜也。」失其旨矣。

四聲之説，古人所不拘。潘安仁《河陽縣作》云：「豈敢陋微官，但恐忝所荷。」陸士衡《從軍行》云：「飛鋒無絶影，鳴鏑自相和。」此「荷」字「和」字依今人並當讀仄聲，而皆入歌麻韵。又如一「漲」字也，江文通《望荆山詩》「雲霞肅川漲」，則作平聲。丘希範《旦發漁浦潭詩》「析析寒沙漲」，則作仄聲。今人屑屑分别，殊爲多事矣。

范彦龍《贈張徐州詩》可稱妙絶，而云「恨不具雞黍，得與故人揮」，「揮」字終不免趁韵，注引《易》注「揮，散也」，於義豈可通乎？潘安仁《河陽縣詩》亦是名作，而云「引領望京室，南路在伐柯」。「伐柯」二字亦無理，注引《詩》「伐柯伐柯，其則不遠」。然則凡不遠者，皆爲伐柯。廋辭隱語，豈詩乎。

杜詩「白頭搔更短，渾欲不勝簪」。此句亦有語病。髮可言短，頭不可言短。雖出老杜，要是語句之小疵。讀者不可不知也。

李太白詩「牀前明月光，疑是地上霜。舉頭望明月，低頭思故鄉」。王昌齡詩「閨中少婦不知愁，春日凝妝上翠樓。忽見陌頭楊柳色，悔教夫壻覓封侯」。此兩詩體格不倫，而意實相準。夫閨中少婦本不知愁，方且凝妝而上翠樓，乃忽見陌頭楊柳色，則悔教夫壻覓封侯矣。此以見春色之感人者深也。牀前明月光，初以爲地上之霜耳，乃舉頭而見明月，則低頭而思故鄉矣。此以見月色之感人者深也。蓋欲言其感人之深，而但言如何相感，則雖深仍淺矣。以無情言情，則情出；從無意寫意，則意真。知此者，可以言詩乎。

王維《終南別業詩》「中歲頗好道，晚家南山陲。興來每獨往，勝事空自知。行到水窮處，坐看雲起時。偶然值鄰叟，談笑無還期」。此詩極有意味，真所謂一篇如一句者，讀者或未之見及也。蓋詩中往還字，乃一詩之關鍵。其興來獨往也，有無窮之勝事，人不能知而自知之。行到水窮，坐看雲起，勝事之在其中者，不可勝寫矣。使不逢鄰叟，則亦興盡而還耳。乃偶與叟遇，遂談笑而忘還。人讀至此，以爲尋常結句，不知還字與往字正相應也。苟不爲拈出，負作者苦心矣。

李義山《韓碑詩》「點竄《堯典》、《舜典》字，塗改《清廟》、《生民》詩」。《清廟》、《生民》兩詩，並非一律。《清廟》是《周頌》首篇，或舉《大雅》首篇《文王》以配之，猶有可言，乃舍《文王》而舉《生民》，不知何意。或亦隨筆湊合乎？竊謂《堯典》、《舜典》與《清廟》、《生民》，詞句本不相儷，儻易之曰「點竄《堯典》、《舜典》字，塗改《周頌》、《商頌》詩」，豈不較勝？惜不能起古人而共質之。

温、李之詩，妍麗可喜。然求工字句間，不能無病。如温飛卿《蘇武廟詩》云：「歸日樓臺非甲帳，去時冠劍是丁年。」「甲帳」「丁年」，語既工而詞意亦自渾成，斯誠名句也。李義山《隋宫詩》云：「玉璽不緣歸日角，錦帆應是到天涯。」「日角」「天涯」，工則工矣，然詩意本謂天命歸於真主，而乃云「玉璽歸於日角」，「日」「角」二字遂可以代真主乎？果爾，則漢高祖有七十二黑子，漢人稱高祖直謂之「黑子」可矣。詞章之士，不求文義之安，往往有此。駱賓王文云：「類同心異者，龍蹲歸而宋樹伐。質殊聲合者，魚形出而吴石鳴。」苟求龍魚工對，遂呼孔子爲「龍蹲」。按：《春秋演孔圖》云：「孔子坐如蹲龍，立如牽牛。」然則以牽牛目孔子，其亦可乎？日角之稱，猶此類矣。

《墨客揮犀》云：「樂天每作詩，令一老嫗解之。嫗曰解，則録之。不解，則不復録。」康熙間歙人汪立名刻《香山詩集》，深以此語爲不然，云：「試舉公晚年長律，其根柢之博，立格鍊句之妙，果百老嫗所能解否？」余謂汪説是矣。然老嫗解詩，正不足爲白公病。蓋詩人用意之妙，在乎深入而顯出。入之不深，則有淺易之病，出之不顯，則有艱澀之患〔一〕。公力矯此弊，故他人所百思不到者，無不脱口而出。如《偶吟》云：「老自退閒非世棄，貧蒙强健是天憐。」高曠極矣。《哭崔兒》云：「誰料汝先爲異物，常憂吾不見成人。」沈痛極矣。然此等句，老嫗安必不能解乎？公當吟髭拈斷之時，偶就老嫗一决，或亦事所嘗有。若其不解，必深入，而猶未顯出，宜更改易。此正可見其千辟萬灌之功，伐毛洗髓之力，非率爾而作也。余於太傅詩百讀不厭，在詁經精舍曾以「書《白集》後」命題，有肄業生陸雅南詩云：「苦心百鍊總無痕」，得香山三

〔一〕澀，原誤作「澀」，據蔡啓盛《校勘記》改。

昧矣。

白太傅以《長恨歌》得名，余謂太傅晚年實有奇奇妙妙之作。若《長恨》一篇，乃其少作，雖至今膾炙人口，非其至者也。「峨眉山下少人行」，明皇幸蜀，不由此路。「孤燈挑盡未成眠」，不合帝王家氣象。皆爲後人指摘，非止「上窮碧落下黄泉」有目連之誚矣。然讀至結句，則不能不服其筆力之高。「在天願爲比翼鳥，在地願爲連理枝。」此尚是太真所述七夕私語之詞。使後人捉筆爲之，則此下必叙方士復命，上皇感悼，然後再作詠歎之語，收束全篇。乃白公只作二句云：「天長地久有時盡，此恨緜緜無絶期。」以後不更著一字，而已將全篇收束。讀者但覺含豪邈然，初無鼓衰氣竭之病。此是何等筆力，雖老杜猶恐未辦此也。

《日知録》有《古人作詩不避重韵》一條，誠哉是言也。《香山集》中多長篇，重韵更所不避。《渭村退居詩》押二房字，《夢遊春詩》押二行字，《路次藍溪詩》押二水字，《遊悟真寺詩》押二槃字，蓋不一而足矣。《昌黎集·晚秋郾城夜會聯句》云：「五鼎調勺藥。」又云：「仍祈卻老藥。」後人謂「勺藥」之「藥」音略，與下「藥」字音義不同，無嫌重押。愚按：《漢書·相如傳》「芍藥之和具」，師古注曰：「勺藥，藥草名，其根主和五臟，又辟惡氣，故合之蘭桂五味以助諸食。讀賦之士不得其意，妄爲音訓，以誤後學。」據此則「勺藥」之「藥」仍當讀如本字，與下「藥」字初無異讀也。蘇詩「忽憶釣臺歸洗耳」，又曰「亦念人生行樂耳」，自注曰：「二耳字義不同，故得重用。」反失之泥矣。

東坡《梨花詩》云：「梨花淡白柳深青，柳絮飛時花滿城。惆悵東欄一株雪，人生看得幾清明。」此詩妙絶，而明郎仁寶以爲既云「淡白」，又云「一株雪」，恐重言相犯，欲易「梨花淡白」爲「桃花爛漫」。此真强作解事者。首句「梨花淡白」即本題也。次句「花滿城」正承「梨花淡白」而言，若易首句爲「桃花爛漫」，則「花滿城」當屬「桃花」，與「惆悵東欄一株雪」了不相屬。且是詠桃花，非復詠梨花矣。此等議論，大是笑柄。又引雍陶《鷺鷥詩》：「立當青草人先見，行傍白蓮魚未知」，而欲互易其「行」「立」兩字。愚謂，立而人已先見，行而魚猶未知，正其措詞之妙。若互易其「行」「立」二字，則意反淺矣。郎氏此論，亦殊點金成鐵也。

有即古人成句，易一二字而遂爲己有者。如江爲詩「竹影横斜水清淺，桂香浮動月黄昏」。林君復易「疎」「暗」二字，遂成詠梅名句是也。有截去其二字而爲己有者。如王右丞詩「漠漠水田飛白鷺，陰陰夏木囀黄鸝」。李嘉祐截去「漠漠」「陰陰」四字，變七言爲五言是也。有移易其上下句而爲己有者。如坡詩「才大本難用，論高常近迂」。放翁《謁昭烈惠陵及諸葛祠》即用此二語，以下句作上句是也。若斯之類，咸所未喻。昌黎云「惟古於詞必己出」，何必蹈襲前人乎。

《東坡集》有《陽關曲》三首：一《贈張繼愿》，一《答李公擇》，一《中秋月》。翁覃溪先生《石洲詩話》謂：「與右丞《渭城》之作若合符節。首句平起，次句仄起，三句又平起，四句又仄起，而第三句與四句之第五字各以平仄互易，第二句之第五字、第三句之第七字皆用上聲，若填詞然。」余細按之，翁説誠然矣。惟取四詩逐字排比之，他字無小出入，惟第二句之第一字，右丞作是「客」字。蘇《贈張繼愿》用「戲」字。《答李公擇》用「行」字。《中秋月》用「銀」字。似乎平仄不拘，然填詞家每每以入聲字作平聲用。右丞用「客」字正是入聲，或「客」字宜讀作平也。蓋此調第一句、第三句以仄平起，第二句、第四句以平仄起。若「客」字讀仄聲，便不合律。東坡《答李公擇》及《中秋月》兩首，次句均以平仄起可證也。惟《贈張繼愿》用「戲」字，則是去聲，於律失諧，或坡公於此小疎。又《玉篇》「戲」字有忻義、虛奇二切，此字借作平聲讀，或亦無害也。今録四詩於後，精於音律者審之。「渭城朝雨浥輕塵，客舍青青柳色新。勸君更盡一杯酒，西出陽關無故人。」「受降城下紫髯郎，戲馬臺前古戰場。恨君不取契丹首，金甲牙旗歸故鄉。」「濟南春好雪初晴，行到龍山馬足輕。使君莫忘霅溪女，時作陽關腸斷聲。」「暮雲收盡溢清寒，銀漢無聲轉玉盤。此生此夜不長好，明月明年何處看。」

東坡《遊金山寺詩》「是時江月初生魄，二更月落天深黑」。此謂初三之月也。按：《康誥》「惟三月載生魄」。《釋文》引馬云：「魄，朏也。謂月三日始生兆，朏名曰魄。」《説文·月部》：「霸，月始生霸然也。承大月二日，承小月三日，從月䨣聲。《周書》曰哉生霸。」是「魄」乃「霸」之叚字。後人因經傳相承作魂魄字，遂誤以「魄」爲月質，而有「死霸朔，生霸望」之説。與《鄉飲酒義》「月三日則成魄」，《白虎通》「三日成魄，八日成光」之説不合矣。僞《孔傳》曰：「月十六日明消而魄生。」此非古義，乃温公解揚子《法言》「月未望則載魄於西，既望則終魄於東」，從宋咸説，謂未望亦言魄。蓋字之誤，「魄」當作「朏」。此不知古義而惑於僞《孔傳》之説也。坡詩以初三夜爲江月初生魄，不爲僞《傳》所誤，其見高於温公矣。

湖樓筆談七　第一樓叢書之九

《遁甲開山圖》云：「古有大禹，女媧十九代孫，壽三百六十歲，入九疑山仙去。後三千六百歲，堯理天下，洪水既甚，人民墊溺，大禹念之，乃化生於石紐山泉，女狄暮汲水，得石子如珠，愛而吞之，有娠，十四月，生子。及長，能知泉原，代父鯀理洪水。堯帝知其功如古大禹，乃賜號禹。」據此則古有兩大禹矣，荒誕之説，固不足據。然《堯典》正義引《謚法》曰：「淵源流通曰禹。」則禹之爲禹，本以治水得名。或古善治水者皆曰「禹」，猶古善射者皆曰「羿」乎？湯居亳，而六國時又有亳王湯。吕望封齊，是稱太公。田和篡齊，亦稱太公。古名號之相襲者多矣，無以斷其必無也。但以爲一人化生，則近乎佛家轉世之説耳。

《列仙傳》：「務光自沈于蓼水，已而自匿。後四百餘歲，至武丁時復見。武丁欲以爲相，不從，遂投浮梁山。」《拾遺記》：「傅説賃爲赭衣者，舂於深巖以自給。夢乘雲繞日而行，筮得『利建侯』之卦。歲餘，湯以玉帛聘爲阿衡。」夫務光，成湯時人，而以爲武丁時復見。傅説，武丁時人，而以爲成湯聘之。二事適相對，記載失真，玆爲尤矣。

宋玉云：「太公九十乃顯榮兮，誠未遇其配合。」蓋言其晚遇也。然高誘注《淮南·説林篇》云：「吕望年七十始學讀書，自七十至九十，止二十年耳。九十顯榮，猶爲早達矣。」《紫微斗數》稱：「太公望壽一百六十。」此固不足據，然太公必享大年可知。故其七十讀書，正其勝衣就傅之年。其九十顯榮，乃其弱冠登朝之日也。漢郎顗稱：「顏回十八，天下歸仁。」然《列子》稱：「顏淵壽十八。」則天下歸仁之日，亦其頭童齒豁之年矣。是故蚤成不足喜，晚遇不足悲。辟草木之榮枯，亦各以其時而已。惟《論衡》稱「召公年百八十」，而《説苑·建本篇》又稱「周召公年十九而冠，則可以爲方伯諸侯」，是召公早慧而又大年，古賢臣所尟見。其得天獨厚者歟？

《晏子·雜篇》「燕之游士有泯子午者，南見晏子於齊，言有文章，術有條理。巨可以補國，細可以益晏子者，三百篇」。按：泯子午之書，盛爲晏子所稱，而其書不傳，其名亦在若存若亡之間。古來著書之士如此者，當不獨一泯子午矣，可勝大息。又按，《管子·四稱篇》載，桓公問管子，管子每對，必云「夷吾聞之於徐伯曰」。徐伯亦不知何人，其管子之師乎？今其言雖幸託管子之書以傳，然世之知有徐伯者尟矣。傳不傳，豈非命歟？

《管子·内業篇》：「桓公使管子求甯戚，甯戚應之曰：『浩浩乎。』管子不知，婢子曰：『《詩》有之，浩浩者水，育育者魚。未有室家，而安召我居。甯子其欲室乎？』」此婢知《詩》，更在鄭家詩婢之前矣。《晏子·諫下篇》曰：「嬰有一妾，能書。」管仲、晏子，一以君霸，一以君顯，乃其家一婢一妾，亦非常人。管婢知《詩》，晏妾能書，亦論古者一佳話也。今《晏子》書「一妾」誤作「一妄」，遂使風流勝事爲之淹没。余著《諸子平議》始訂正之。

湯祝網而漢南四十國歸之。然四十國不知何國也。公劉遷豳，而諸侯之從者十有八國。然十八國亦不知何國也。周公相武王，滅國五十。然五十國亦不知何國也。徐偃王行仁義而江淮間服之者三十六國。然三十六國亦不知何國也。推之塗山之會萬國，孟津之會八百國，更無從稽考矣。封禪七十二家，而管夷吾所記者止十有二〔一〕，信博聞强識之難矣。

嘗讀《孟子》，至「孟獻子有友五人焉，樂正裘、牧仲，其三人則予忘之矣」。未嘗不廢書而嘆也，曰：樂正裘、牧仲幸而爲孟子所記憶，從此姓名千古矣。其三人者不幸而不爲孟子所記憶，則遂湮没無聞矣。在孟子當日，不過一沉吟間，而傳與不傳，即繫乎此。人知富貴窮賤有

〔一〕止，原誤作「正」，據蔡啓盛《校勘記》改。

命存焉，而不知身後之名亦自由命，不然彼五人者，何以有傳有不傳哉。

《列子·楊朱篇》「衛端木叔者，子貢之世也。藉其先貲，家累萬金。不治世故，放意所好。其生民之所欲爲，人意之所欲玩者，無不爲也，無不玩也。牆屋臺榭，園囿池沼，飲食車服，聲樂嬪御擬齊、楚之君焉。至其情所欲好，耳所欲聽，目所欲視，口所欲嘗，雖殊方偏國，非齊土之所産育者，無不必致之，猶藩牆之物也。及其游也，雖山川阻險，塗逕修遠，無不必之，猶人之行咫尺也。賓客在庭者日百住。庖廚之下，不絶烟火；堂廡之上，不絶樂聲。奉養之餘，先散之宗族；宗族之餘，次散之邑里；邑里之餘，乃散之一國。行年六十，氣幹將衰，棄其家事，都散其庫藏珍寶、車服、妾媵，一年之中盡焉。不爲子孫留財。及其病也，無藥石之儲。及其死也，無瘞埋之資。一國之人受其施者，相與賦而藏之，反其子孫之財焉。禽骨釐聞之曰：『端木叔，狂人也。辱其祖矣。』段干生聞之曰：『端木叔，達人也。德過其祖矣。』」按：《列子》雖多寓言，然端木叔必實有其人。大都輕財好施與以貧其家，亦豪傑之士也。據云「德過其祖」，知其爲子貢之孫，但不知其爲孫與爲曾玄與？《詩·裳裳者華》序曰：「棄賢者之類，絶功臣之世焉。」正義曰：「類謂種類，世謂繼世。」此云子貢之世，蓋古語然也。子貢以貨殖起家，至端木叔乃一舉而空之。聚必有散，成必有毁，亦理數之常歟？故無而能有者，子貢也。有而能無者，端木叔也。無而能有易，有而能無難。

《史記》稱莊子與梁惠王、齊宣王同時，則與孟子同時也。乃二子之書無一語相及，是孟子當日不知有莊子，莊子當日不知有孟子也。千載而後，二子名滿天壤。在當日，則亦東家邱耳，安必其相知哉。雖然，使二子而相遇，則見於孟子書者，必莊生理屈。見於莊子書者，必孟叟詞窮。從此是非蠭起矣。吾故以孟、莊之無言而笑朱、陸之多事也。

《左傳》所載有文在手者三人，所習知也。《唐書・宰相世系表》云：「閻姓出自姬姓。昭王少子生而手文曰『閻』，康王封於閻城。」又云：「武氏出自姬姓。周平王少子生而有文在手曰『武』，遂以爲氏。」何周人有文在手者之多乎，殆因唐叔虞事，子孫各尊其祖，競爲美談，以自誇異，遂成一轍矣。

王子淵《洞簫賦》「夔妃準法」，李善注曰：「妃未詳也。」愚按：《左傳》云：「昔有仍氏生女，鬒黑而甚美，光可以鑑，名曰玄妻。樂正后夔取之，生伯封，實有豕心。」然則夔之妃即玄妻也。而云「夔妃準法」，豈夔之典樂，妻亦贊助之歟？漢時古書猶在，必有所據。意有仍氏之女，非止容貌之美，其材藝亦有過人者也。夫周姥不能談詩，而夔妃乃能作樂。唐虞之盛，五臣而外，有婦人焉。斯亦奇矣。《漢書・古今人表》列后夔於上中，列玄妻於下上，蓋因厥子而累及其母，或未允乎？

顔之推《寃魂志》引《周春秋》曰：「周杜國之伯名恒，爲周大夫。宣王之妾曰女鳩，欲通之，杜伯不可。女鳩訴之宣王曰：『恒竊與妾交。』宣王信之，囚杜伯於焦。其友左儒争之，九諫而王不聽。王使薛甫與司工錡殺杜伯，左儒死之。杜伯既死，即爲人見王曰：『恒之罪何哉？』召祝而以杜伯語告之。祝曰：『始殺杜伯，誰與王謀之？』王曰：『司工錡也。』祝曰：『何不殺錡以謝之。』宣王乃殺錡，使祝以謝杜伯。司工錡爲人而至曰：『臣何罪之有？』宣王告皇甫曰：『祝也與我謀而殺人。吾所殺者，又皆爲人而見。奈何？』皇甫曰：『殺祝以兼謝焉。』又無益也，皆爲人而至。祝亦曰：『我焉知之，奈何以爲罪而殺臣也？』後三年，游於圃田，從人滿野。日中，杜伯乘白馬素車，司工錡爲左，祝爲右，朱衣朱冠，起於道左，執朱弓朱矢射宣王，中心折脊，伏於弓矢而死。」按：宣王殺其臣杜伯而不辜，見於《墨子》而其事本末不詳，獨見於此。末句弓矢字，乃弢字之誤。《墨子》所云「伏弢而死」是也。杜伯之事，儒者疑之。然所引《周春秋》，必周史所紀載，墨子實親見之。且至秦、漢間，雍菅尚有杜主之祠，爲小鬼之最神者，豈得謂無其人、無其事乎？杜恒之死，自是寃獄，而其禍起於女鳩，婦女之階厲，自昔然矣。

《列女傳》：「齊威王即位九年，委政大臣。佞臣周破胡專權擅勢，即墨大夫賢而日毀之，阿大夫不肖反日譽之。虞姬謂王曰：『破胡讒諛之臣也，不可不退。齊有北郭先生者，賢明有道，可置左右。』」按：北郭先生不知其名。《説苑》成侯卿對威王曰：「忌舉北郭刁勃子爲大士，而九族益親。」北郭先生其即刁勃子歟？

漢唐以來二千餘年之事，存乎史氏紀載者半，存乎委巷傳聞者亦半。學士大夫之所知，史氏紀載之事也。愚夫愚婦之所知，委巷傳聞之事也。然學士大夫少而愚夫愚婦多，則史氏之紀載不敵委巷之傳聞矣。是故元霸爲唐高祖子，史固有之，然不壽早死，無所表見，而至今傳其神勇比擬關、張。唐薛仁貴、宋楊業，皆一代名將，史固有之。然其後裔，亦無聞焉，而至今稱道其家風，以爲美談。沿習既久，雖士夫亦誤信之。趙雲菘《甌北集》有《關索嶺詩》云：「未必傳聞盡僞史策真。」亦善於解嘲矣。乃如《漢書・律曆志》所載張壽王言驪山女亦爲天子，在殷周間。夫殷周之間事蹟具在，烏有驪山女爲天子之事。當日陳之朝廷，傳之史策，何歟？是知不經之説，自古有之，好奇輕信，亦所不免。後世負鼓盲翁，登場優孟，附會古人，張皇幽渺，復何尤焉。

又按：驪山女者，戎胥軒之妻，中潏之母也。《史記・秦本紀》，申侯言於孝王曰：「昔我先酈山之女，爲戎胥軒妻，生中潏。以親故歸周，保西垂，西垂以其故和睦。」按：上文顓頊之苗裔孫曰女脩，女脩生大業，大業生大費，大費生二子曰大廉、曰若木。大廉玄孫曰孟戲、中衍。中衍之後遂世有功，以佐殷國。其玄孫曰中潏，在西戎，保西垂，生蜚廉。蜚廉生惡來。以是言之，戎胥軒者，中衍之曾孫也。酈山女者，申國之女，故申侯稱之曰我先酈山女。正義曰：「申侯之先娶於酈山。」酈山女蓋申侯娶於酈山所生之女，以母名子，古有此例。襄十九年《左傳》「齊侯娶於魯，曰顏懿姬，其姪鬷聲姬」。杜注曰：「顏、鬷皆二姬母姓，因以爲號。」此以母名女之例也。申，姜姓之國。然則驪山女，姜姓也。驪山女爲戎胥軒妻，適當商周之間，與張壽王所言正合。其後自蜚廉至造父五世，周穆王封之於趙城，春秋時趙氏其後也。自惡來至非子六世，周孝王封之秦。至始皇而有天下。然則驪山女之遺祚孔長矣。傳至後世，并有爲天子之説。度其在當時，必有非常材藝爲列國所稱道者也。《神仙感遇傳》：「唐少室書生李筌，常游嵩山石壁中，得黄帝《陰符經》。遇驪山老母，指授祕要，撰爲兵書，名曰《太白陰經》。乾元二年，表上之。」驪山老母其即驪山女乎？至今流俗相傳猶有此名，余爲詳考之如此。使有好事如楊升庵者，爲《驪山女外傳》，當必古艷可觀也。

昔堯之禪舜也，先以二女女之。及舜禪禹，未聞有此事。然《戰國·魏策》曰：「昔者，帝女令儀狄作酒而美，進之禹。」此帝女何人？意者舜亦以女女禹，如堯故事乎？夫舜起側陋，無所表見。二女嬪虞，觀厥型也。若禹，則治水成功，聲教訖於四海，詢謀僉同，復奚試焉，乃亦循二女女之之例，何歟？使劉知幾得此事，益滋疑竇矣。漢魏之際，釐降二女，以嬪於魏，率由舊章，不亦古乎。

甘羅曰：「項橐七歲，爲孔子師。」《尸子》曰：「蒲衣生八年，舜讓以天下。周王大子晉生八年而服師曠。」《傅子》曰：「禹十二爲司空。」之數子者，雖云早慧，豈其然乎。大子晉事見《周書》，其年已十五矣。古人文字，喜爲已甚之辭。稱其早慧，則曰「顔淵十八，天下歸仁」。語其晚成，則曰「曾子七十乃學，名聞天下」。王充有《語增》之篇，非無見矣。

范睢曰：「吕望之遇文王也，身爲漁父而釣於渭陽之濱。」《墨子》乃曰：「文王舉閎夭泰顛於罝網之中，授之政而西土服。」則以吕望事爲閎夭泰顛事矣。《論語》曰：「微子去之，箕子爲之奴。」《易林》乃曰：「貞良得願，微子解囚。」則以箕子事爲微子事矣。《史記》曰：「舜耕歷山，漁雷澤。」馮衍《顯志賦》乃曰：「皋陶釣於雷澤兮。」則以舜事爲皋陶事矣。《尸子》曰：「孔子至於勝母，暮矣而不宿。」鄒陽《上吴王書》乃曰：「里名勝母，曾子不入。」則以孔子事爲曾子事矣。《鬼谷子·午合篇》曰：「伊尹五就桀，五就湯，然後合於湯。吕尚三入殷朝，三就文王，然後合於文王。」呂尚事於書傳無見，蓋因伊尹而類及呂望也。《呂氏春秋》曰：「孔丘、墨翟晝日諷誦習業，夜親見文王、周公旦而問焉。」墨翟事於書傳無見，蓋因孔子而類及墨翟。且因周公而類及文王也。古人之文，其猶九方皋之相馬乎，得其意而牝牡驪黄有所不計。至後世，文字日密，而體格日卑矣。

周之尹氏，詠於《詩》，書於《春秋》，至東遷之後，詩人歌詠彼都，猶稱尹吉，可謂盛矣。《困學紀聞》引《録異傳》所載尹氏一事，余讀《列子·周穆王篇》又得一事，輒并録之。《録異傳》曰：「周時尹氏貴盛，數代不别，食口數千。嘗遭饑荒，羅鼎鑊作糜，聲聞數十里中。臨食，失三十人。入鑊中，𢶀取鑊底糜。鑊深大，故人不見也。」《列子》曰：「周之尹氏，大治産。其下趣役者，侵晨昏而弗息。有老役夫，筋力竭矣，而使之彌勤。晝則呻呼而即事，夜則昏憊而熟寐。精神荒散，昔昔夢爲國君，居人民之上，總一國之事，遊燕宫觀，恣意所欲，其樂無比。尹氏心營世事，慮鍾家業，心形俱疲，夜亦昏憊而寐，昔昔夢爲人僕，趨走作役，無不爲也。數罵杖撻，無不至也。尹氏病之，寬其役夫之程，減己思慮之事，疾並少閒。」《列子》雖多寓言，要亦因尹氏當日聲勢赫然，故從而附會之。前一事可爲世家巨族法，後一事可爲世家巨族戒。

唐天寶元年，封莊子爲南華真人，列子爲沖虚真人，文子爲通玄真人，庚桑子爲洞靈真人。其四子所著書並隨號稱爲真經，事見《舊唐書·禮儀志》。今石刻尚在盩厔縣樓。李肇《國史補》云：「天寶中，天下屢言聖祖見，因以四子列學官。故有僞爲《庚桑子》者，其辭鄙俚，非古人書。」然則唐時固以此四子書列學官矣。自宋以來，以《大學》、《中庸》、《論語》、《孟子》列學官，亦稱《四子書》。是以儒家之言，襲彼玄門之號。且孔子之聖，非思、孟之儔，而《大學》一書，亦未定爲曾子之作。四子之名，不無可議乎？

奇肱氏獻飛車，周公破之，不以示中國。聖人之意，不欲以機巧教天下也。指南車亦周公所制，以送荒外之來朝者。多材多藝之聖人，其智巧豈出公輸、偃師之下，乃制度秘而不傳，工師無聞焉。蓋聖人作車以行陸，作舟以行水。吉行日五十里，師行日三十里。能如是，是亦足矣。然奇智異巧，中國亦往往有之。《晉書·宣帝紀》：「乘追鋒車，晝夜兼行，四百餘里，一宿而至。」斯亦神速之至乎？《舊唐書·李皋傳》：「爲戰艦，挾二輪，蹈之翔風鼓，疾若挂帆席。」則舟以輪運，亦昔人所有矣。推陳出新，無所不有。若《拾遺記》所載「宛渠之民，乘螺舟，沈行海底」者，在他日，或竟有之，亦不可知也。

「陰疑於陽，必戰」，誠哉是言乎。是故有孔子則有少正卯矣，有子産則有鄧析矣。桓譚

《新論》曰：「少正卯在魯，與孔子同時。孔子門人三盈三虛，惟顔淵不去。」然則少正卯者，疑於孔子者也。《呂氏春秋》曰：「鄭國多相縣書者，子産令無縣書，鄧析致之。子産令無致書，鄧析倚之。令無窮，則鄧析應之亦無窮。」然則鄧析者，疑於子産者也。孔子不殺少正卯不能治魯，然非孔子不能殺少正卯。子産不殺鄧析不能治鄭，然非子産不能殺鄧析。夫玄黄交戰，兩敗而俱傷者，豈少也哉。

東坡《安期生詩》引云：「安期生，世知爲仙者也。然太史公曰：『蒯通善齊人安期生。生嘗以策干項羽，羽不能用。羽欲封此兩人，兩人終不肯受，亡去。』予每讀此，未嘗不廢書而歎。嗟乎，仙者非斯人而誰爲之。故意戰國之士，如魯連、虞卿，皆得道者歟？」以上並東坡之説。余謂古出世之士，其始皆有意以用世者也。世傳呂洞賓，唐進士也。詣京師應舉，遇鍾離翁，授以丹訣，遂不復之京師。後人題《飛吟亭》云：「金丹一粒誤先生。」然則洞賓亦安期生歟？唐陳陶詩云：「近來世上無徐庶，誰向桑麻識卧龍。」又云：「中原莫道無麟鳳，自是皇家結網疏。」其自負亦不淺矣。乃讀《南唐書》云：「陶遯西山，先産藥物數十種。陶採而餌之。開寳中，嘗見一叟，角髮被褐，與一老媪貨藥於市，歌曰：『籃采禾，籃采禾，塵世紛紛事更多。争如賣藥沽酒飲，歸去深崖拍手歌。』或疑爲陶夫婦云。」然則俗傳八仙中之藍采和，即陳陶也。以皇家結網之疏，而麟鳳化爲麇鹿，亦足悲矣。至陳圖南事，則更可怪。《聞見前録》云：「陳摶字圖南，唐長興中進士，游四方，有大志，隱武當山，題詩云『他年南面去，記得此山名』。張鄧公改『南面』爲『南嶽』，題其後云：『蘚壁題詩志何大，可憐今老華圖南。』」然則先生之志視前數公更遠矣。又稱其「從惡少年數百，欲入汴州，中途聞藝祖登極，大笑墜騾，曰：『天下於是定矣。』遂入華山爲道士」。是先生之入華山而仙，猶虬髯公之至扶餘國而王，皆無聊之極思，不得已之變計也。後人乃津津樂道之曰「仙乎，仙乎」，不知仙者乃千古傷心人，别有懷抱也。羅隱始名横。十上，不中第，乃改名隱。方其爲羅横也，是一人也，及其爲羅隱也，又一人也。前後兩人，若是者多矣。

伍員事在《國語》皆稱申胥。韋昭注曰：「申胥，楚大夫伍奢之子子胥也，名員。魯昭二十年，奢誅於楚，員奔吴，吴子與之申地，故曰申胥。」然則申胥與申包胥兩名相混矣。余舊寓仁和之臨平鎮，有申包胥廟，不知其立廟之由，今乃知即伍子胥廟也。其地近錢唐江入海處。世傳伍子胥爲潮神，是宜有廟。云申胥廟者，從《國語》所稱也。俗士止讀《左傳》，不讀《國語》，因誤以爲申包胥矣。今有申包胥廟，又有伍子胥廟，蓋不知申廟即伍廟而重立也。兵燹後，久不至臨平矣。偶筆於此，告居其地者。

公父文伯之母猶績，孔子善之。臧孫之妾織蒲，孔子非之。事固有因人而異者乎？《齊書・庾杲之傳》：「杲之清貧自業，食惟有韭葅、瀹韭、生韭雜菜，或戲之曰：『誰謂庾郎貧，食鮭有二十七種。』言三九也」。楊衒之《洛陽伽藍記》：「陳留侯李崇爲尚書令、儀同三司，富傾天下，而性多儉吝，惡衣粗食，常無肉味，止有韭菇。崇客李元祐語人曰：『李令公一食十八品。』人問其故，曰：『二九一十八。』問者大笑。」此二事極相類，然一見其清貧，一見其鄙吝矣。是故祭遵以布被見重，而公孫弘以布被蒙譏。王良之妻以布裙表其儉，而王莽之妻以布蔽膝著其詐。

《齊書》稱周顒、何胤並精信佛法，而周妻何肉，各有其累。此拘墟之談也。按：《净諸業障經》云：「無垢光比丘遇婬女呪術[一]，因共行欲歸。以自責投佛。佛問：『汝有心邪？』曰：『我無心也。』佛云：『汝既無心，云何言犯？又未曾有。』經曰：祇陀太子白佛言，『向受五戒，酒戒難持。今欲捨戒受十善法。』佛言：『汝飲酒時有何惡邪？』答曰：『國中豪族時時相率齎持酒食，共相娛樂，自餘無惡。』佛言：『若如汝者，終身飲酒，有何惡哉？』」以此言之，周、何二

[一] 婬，原誤作「媱」，據蔡啓盛《校勘記》改。

公自不精進，妻肉兩端，何累之有。是故齊桓公負婦人而朝，不害爲霸；鄭簡公抱鐘而朝，不失爲治。

天堂地獄，在佛家初無是言，乃其後展轉增加之語也。何以言之？《四十二章經》，其初入中國之書也。有云：「知足之人，雖卧地上，猶爲安樂；不知足者，雖處天堂，亦不稱意。」夫使佛教本有天堂、地獄之説，則言天堂必言地獄，乃以地上與天堂相儷，則地獄之説，爾時無有矣。即「天堂」二字，應别有説，古書多叚借。天堂者，天上也。上、尚古字通，在彼教書亦有之，如「和上」之爲「和尚」是也。此經疑本作天尚，天尚之與地上，文雖異而義則同。秦漢間書若此者衆，後人不達尚字之義，加土作堂，既設天堂之號，遂立地獄之名。劍葉刀山，流爲圖繪矣。

唐建中二年，《景教流行中國碑》云：「判十字以定四方。」又云：「七日一薦，洗心反素。」論者謂即今天主教，固已。惟景教之義未詳。愚謂景教者，丙教也。唐人諱丙，故以景代丙。丙教者，火教也。據《册府元龜》所載天寶四載之詔，知景教初入中國謂之波斯經教，所建寺名波斯寺。王溥《唐會要》云：「波斯國其俗事天地、日月、水火諸神。西域諸胡事火祆者，皆詣波斯。」然則天主，即諸胡所事火祆也。丙者，火位，故謂之丙教。後又避諱，改作景教，而其義乃不著矣。碑文云：「景宿告祥。」景宿即火宿也。又云：「懸景日以破暗府。」謂火也、日也。景教之義可以瞭然。又云：「宗周德喪，青駕西昇，巨唐道光，景風東扇。」余讀其文，爲之大息。夫海外諸國以中國爲唐人，至今猶然。「巨唐道光，景風東扇」，此語蓋驗於千載後矣。

《釋迦譜》言摩竭提國優樓頻羅迦葉兄弟，學於仙道。佛至彼住，日暮求宿。迦葉答言：「石室潔净，可得相容。內事火龍，恐相害爾。」佛入室中，惡龍吐火，發燄衝天，世尊即入，火光三昧，龍反遭火，藏身無地，輒投佛鉢。迦葉師徒翌朝往看，佛言：「我內清涼，終不爲彼外火之焚，君所事龍，今降鉢中。」迦葉歎服，復言：「雖則沙門神通，不如我道真。」世尊住此。第二夜四天王衆，第三夜帝釋衆，第四夜大梵衆，各下聽法，身光洞耀。迦葉問佛：「夜夜光現，汝事火邪？」佛言：「不也。諸天每夜下來聞法，是其身光。」迦葉又言：「雖沙門神妙，不如我道真。」迦葉晨朝，燒火不然。即往白佛，佛令歸去，見火已然。事畢滅之，又不能滅。復至白佛，佛令歸去，見火已息。此等神變，凡十八種。迦葉各各强言：「是大沙門神則神矣，不如我道真也。」佛語迦葉：「汝非阿羅漢道，何故虛妄？」於是迦葉自知非真，心怖毛竪，即與五百弟子投佛出家。事火之具，悉皆捐棄尼連禪河。迦葉二弟：一名那提迦葉，一名伽闍迦葉，各有弟子二百五十，居於下流。忽見厥兄所事火器隨流而下，同奔兄所，隨兄同學，並領弟子投佛出家。按此可見事火諸胡之大概。迦葉兄弟三人已歸佛教，而其徒撮拾餘論，傳播中原，至今未艾，可慨也。《景教流行中國碑》稱：「三一妙身，無玄真主。」其文「真」字屢見，曰「常然真寂」，曰「戢隱真威」，曰「鍊塵成真」，曰「亭午昇真」，曰「真常之道」，曰「占青雲而載真」。經曰「潤色真宗」，而迦葉亦屢言「不如我道真」。今禮拜寺，又名真教寺，可知其所自來矣。

《爾雅》所載四極四荒之名，實莫知其所在。古時必有紀載，學者罕能言之矣。《史記》載騶衍之說，以爲中國名曰赤縣神州。中國外，如赤縣神州者九，乃所謂九州也。於是有裨海環之。如此者九，乃有大瀛海環其外。當時斥爲怪迂，莫信其說。《漢志》有《鄒子》四十九篇，《鄒子終始》五十六篇，後世無傳焉。佛氏書入中國，乃有四大部洲之説，更爲學士大夫所不道。然自泰西諸邦交乎中國，海上往來捷於飈輪，於是始有五大洲之名。曰歐羅巴，曰利末亞，曰阿細亞，曰南北亞墨利加，曰墨瓦蠟泥加。至近時，魏氏《海國圖志》則謂阿細亞、歐羅巴、利末亞此三洲者共爲釋典之南瞻部洲。南北亞墨利加則爲西牛賀洲。至墨瓦蠟泥加，則西士未能言其詳，不知於釋典當屬何洲。而釋典之東勝神洲、北具盧洲，則阻於南北冰海，更無從問津矣。茫茫海宇，雖西士如墨瓦蘭者，尚不能周知大雄氏之法力，真不可思議。乃鄒衍在戰國時先有大九州之說，博覽宏識，更出大雄氏上。烏呼，先秦諸子若鄒衍者，其聖矣乎。

孔子言：「道不行，乘桴浮於海。」又欲居九夷，不知聖人當日何惓惓於海外如此。乃至今觀之，東洋諸國，如日本、琉球、朝鮮，皆服習儒書，涵濡聖教。而自泰西諸邦交於中國，亦皆翻譯經書，流傳其地。更數百年後，必與東洋諸國同染華風，孔子之教，愈行而愈遠矣。子思子曰：「是以聲名洋溢乎中國，施及蠻貊。舟車所至，人力所通，天之所覆，地之所載，日月所照，霜露所隊，凡有血氣者，莫不尊親。」烏呼，斯言也，其弗信矣乎。

《智度論》云：「譬如清净池水，狂象入中，令其混濁。若清水珠入，水即净。」不知清水珠是何物，後讀《宣室志》云：「馮翊嚴生，嘗游峴山，得一物，其狀若彈丸，色黑而大，有光，或曰珠也。因以彈珠名之。其後生游長安，乃於春明門逢一胡人，叩馬而言，衣橐中有奇寶，願得一見。生以彈珠示之，胡人奉之而喜曰：『此天下之奇寶也，願以三十萬爲價。』曰：『此寶安用。』胡人曰：『我西國人，此乃吾國之至寶，國人謂之清水珠。若置於濁水中，泠然洞徹，自亡此寶，吾國之井泉盡濁，國人俱病，故此越海踰山來中夏以求之，今果得於子矣。』」然則清水珠實有此物，佛經所云真實不虛也。

宋鄭景璧《蒙齋筆談》云：余童子時，大父魏公自湖外罷官，還道岳州，客有言洞賓事者云：「近歲常過城南一古寺，題二詩，其一云：『獨自行時獨自坐，無限時人不識我。惟有城南老樹精，分明知道神仙過。』說者云：『寺有大古松，呂始至時，有老人自松顛徐下致恭，故詩云然。』」按：元人有《洞賓度城南柳》雜劇，蓋即本此，然誤松爲柳矣。

生必有死，人之常理。聖人知其無可奈何，故曰「君子疾没世而名不稱焉」。蓋以身之不能常存，而冀其名之不至於泯滅也。乃仙之人，則起而笑之，以爲身後之名，於我何有哉。於是有龍虎鉛汞之說，取《坎》填《離》之法，金丹既成，大約一二百年間可以不死矣。乃佛之徒，則又起而笑之，以爲天地之氣，不能常聚而不散，今强制之使不死，此豈長久之道哉。一旦强制之力稍有疏懈，則前功盡失矣。夫吾身未生之初，自有虛靈圓妙者存。吾但保守此而已，其軀體之存亡可勿論也。能保守此者，則雖齒危髮秃，恒幹將毁，而死於此者，又生於彼。所謂天地壞而者箇不壞也。是故道家求長生，佛家求不死。總而言之，仙佛兩家，不外畏死之一念。古人云「死生亦大矣」，豈不信哉。

《關尹子・三極篇》曰：「蝍蛆食蛇，蛇食蛙，蛙食蝍蛆，互相食也。」此五行相克之理，佛家果報之説所從出歟？《列子·天瑞篇》曰：「鷂之爲鸇，鸇之爲布穀，布穀久復爲鷂也。」此五行相生之理，佛家輪迴之説所自來歟？

岳珂《桯史》云：「元祐間，黄、秦諸君子在館，暇日觀畫。山谷出李龍眠所作《賢已圖》，博弈、樗蒲之儔咸在焉。博者六七人，方據一局，投迸盆中，五皆玈而一猶旋轉不已。一人俯盆疾呼，旁觀者皆變色起立。纖穠態度，曲盡其妙，相與歎賞。適東坡從外來，睨之曰：『李龍眠天下士，顧乃效閩人語邪？』衆咸怪，請其故。東坡曰：『四海語音，言六皆合口，惟閩音則張口。今盆中皆六，一猶未定，法當呼六，而疾呼者乃張口，何也？』龍眠聞之，亦笑而服。」此雖戲語，而足見東坡之用心入微。以此讀書，定無間不入也。相傳有獻趙子昂《洗馬圖》於鉅公者，中有一馬自水出，圉人曳以繩。或訾之曰：「是非真本也。某所見真本，其繩勁直。今繩不直，便不見圉人用力之勢矣。」鉅公以爲然，卻弗受。或人因以賤值得之，重付裝潢，直其繩而獻之，得重值焉。聞此乃乾嘉間一名流事，似非美談，故不箸其名。雖然，讀書得閒，不當如是歟？

《俞樾全集》總目録